王阳明馆藏文献典籍普查、复制和研究丛书

王阳明著述篇目索引

连玉明　陈红彦　主编

刘　悦　李文洁　贾大伟
李　坚　刘炳梅　樊长远
杜　萌　编纂

学苑出版社

图书在版编目（CIP）数据

王阳明著述篇目索引 / 刘悦等编纂. -- 北京：学苑出版社，2019.5

（王阳明馆藏文献典籍普查、复制和研究丛书 / 连玉明，陈红彦主编）

ISBN 978-7-5077-5694-4

Ⅰ．①王… Ⅱ．①刘… Ⅲ．①王守仁（1472-1528）-专题文献-书目索引 Ⅳ．①Z89；B248.2

中国版本图书馆CIP数据核字(2019)第088738号

责任编辑：战葆红
出版发行：学苑出版社
社　　址：北京市丰台区南方庄2号院1号楼
邮政编码：100079
网　　址：www.book001.com
电子信箱：xueyuanpress@163.com
联系电话：010-67601101（营销部）　67603091（总编室）
经　　销：新华书店
印　刷　厂：北京赛文印刷有限公司
开本尺寸：787×1094　1/16
印　　张：28.5
字　　数：450千字
版　　次：2019年5月第1版
印　　次：2019年5月第1次印刷
定　　价：198.00元

编 委 会

顾　　　问：赵德明　饶权　魏大威　陈晏
主　　　编：连玉明　陈红彦
副　主　编：何丹　萨仁高娃　谢冬荣　李文洁
执行主编：李文洁
编　　　委：贾大伟　刘悦　李坚　卢芳玉
　　　　　　徐慧　刘赟　韩旭　樊长远
　　　　　　杜萌　颜彦　尤海燕　李林芳
　　　　　　白帆　刘毅超　袁媛　肖刚
　　　　　　马琳　刘菲　刘炳梅　刘玉芬
　　　　　　程宏　赵大莹　曹菁菁　郭静
　　　　　　周莹　严旭　谢思琪　王怡
　　　　　　易康宁　姜璠　田润　刘珮琪
　　　　　　王琳萱　罗韵　楼乐天　储越
　　　　　　王俊芳　赵珈艺　周丹

总 序

习近平总书记指出:"体现一个国家综合实力最核心的、最高层的,还是文化软实力,这事关一个民族精气神的凝聚。我们要坚持道路自信、理论自信、制度自信,最根本的还有一个文化自信。"同时,他指出王阳明的心学正是中国传统文化中的精华,也是增强中国人文化自信的切入点之一。

王阳明(1472—1529)名守仁,字伯安,浙江余姚人,由他所弘扬的心学,力倡"心即是理",在中国优秀传统文化的发展中独树一帜。他的学术思想,在当时即有众多弟子传习,在江浙、湘赣、闽粤等地形成不同的学派,并传至日本、朝鲜半岛等东亚地区。他的讲学语录和诗文序记,由其门人整理汇编,通过《传习录》《阳明先生文录》《王文成公全书》等流传至今。王阳明的学术思想有着广泛而深远的影响,他所倡导的"致良知""知行合一",对当今社会仍有重要的现实意义。

王阳明少年立志,以"读书学圣贤"为第一等事。28岁,登进士第,授刑部主事。34岁,因触犯逆宦刘瑾,贬谪贵州龙场。在瘴疠虫毒、衣食难继的恶劣环境下,阳明从容自持,成就了"龙场悟道"的突破。他重新阐释《大学》格物致知之旨,云:"始知圣人之道,吾性自足,向之求理于事物者,误也。"此处的"反求诸心"是王阳明心学体系建立的基础,"致良知""知行合一""心即是理"等心学要语,一义贯通而有所递进,使得阳明心学的理念愈发明晰和完善。王阳明以勤王、平叛建立卓越功勋,但却仕宦起伏、百死千难,更加磨砺了他身心性命之学,所谓"自经宸濠、忠、泰之变,益信良知真足以忘患难、出生死"。王阳明一生的经历正可为"知行合一"做一个很好的注脚。

正德元年（1506）王阳明被贬为贵州龙场驿驿丞，三年（1508）春至龙场，五年（1510）三月升江西庐陵知县，王阳明在贵州大约生活两年，写下《居夷诗》百余首，《五经臆说序》《龙场生问答》《象祠记》《何陋轩记》《瘗旅文》等书信、序记、墓志铭、祭文等30余篇。谪居贵州期间的"龙场悟道"，是阳明心学体系建立的重要标志；而王阳明于贵州，亦开兴文重教之风气。王阳明先后在龙岗书院、贵阳书院讲学，使当时"连峰际天""飞鸟不通"之地从此文教渐兴。身处多民族聚居的贵州，王阳明不仅教当地百姓以土木筑房，从最初的言语不通到日渐亲狎，而且调和思州太守与当地百姓的矛盾，劝诫水西宣慰使平叛安民。贵阳市修文县城东栖霞山，至今保存着"阳明洞"遗迹，以纪念王阳明。

基于王阳明与贵州的深厚渊源，贵阳市委于2015年10月批准成立阳明文化（贵阳）国际文献研究中心，重点开展阳明文化文物文献普查、整理与研究工作。该工作得到了国家文物局的大力支持，并发函要求国家图书馆对阳明文化文物文献的资料收集与复制工作给予支持与协助。2016年6月，贵阳市委致函国家图书馆，希望双方联合普查王阳明相关文物、文献，并开展相应的复制和研究。国家图书馆迅疾予以回应并开始进行文献摸查、专家讨论等工作。同年11月，国家图书馆接受贵阳市政府的委托，开展国家图书馆藏王阳明相关古籍特藏文献普查、研究和高仿复制工作。阳明文化（贵阳）国际文献研究中心作为代贵阳市政府行使该项目职责的单位，配合国家图书馆古籍馆，积极参与文献的普查、整理与研究，在该工作的开展过程中发挥了重要作用。经过两年的艰苦努力，已形成《王阳明文献普查目录》《王阳明著述篇目索引》《王阳明著述序跋辑录》《王阳明著述提要》四个重要研究成果。

《王阳明文献普查目录》全面揭示国家图书馆所藏王阳明相关古籍文献现状，同时重点普查含香港、台湾地区在内的15家图书馆收藏情况，所涉文献按载体形态分古籍、碑帖两部分，其中古籍按内容分为王阳明著述、王阳明著述整理阐释类文献、谱传资料三类。古籍部分在调查各馆馆藏的基础上，以《中国古籍善本书目》《中国古籍总目》进行核查和增补，对各家著录方式进行适当规范、归并。碑帖部分则仅就大陆已公布的收藏信息加以著录。普查目录同时搜辑方志辑录诗文和王阳明弟子、后学著述，二者可从零篇散帙和王学整体两个角度，为王阳明研究提供更多资料。

王阳明著述以别集、全集、选辑、丛编等不同方式纂辑，在流传过程中形成不同版本，各版本所收篇目的多少、编辑的次序，一定程度上反映了王阳明著述在流传过程中的内容变化和版本源流。《王阳明著述篇目索引》旨在通过篇目分析、对比列目的方式，展示王阳明著述的单篇文章在各书中的收录情况。索引的"篇目对照"，以国家图书馆所藏王阳明著述为文献基础，以明隆庆六年（1572）谢廷杰刻《王文成公全书》为篇目对照基准，列出各书收录此篇的情况，并简要标明篇题异名、节略增改等情况；"音序索引"按音序排列各篇，并注明所属书籍，以便检索。索引另列《王文成公全书》未收而见于他书的篇目约170条，按语录、诗文、公移的顺序排列，可为王阳明诗文的辑佚工作提供线索。

《王阳明著述序跋辑录》辑录国家图书馆所藏王阳明著述序跋，以期直观反映王阳明著述的编撰缘起、刊刻始末，并进一步明了王阳明著述对当时的影响及后世的流传。本书从60余种王阳明著述（含年谱2种）辑出古籍序跋260多篇、碑序跋10篇。先分类排序，再一一录出书内序跋。如某一序跋为多书所收，录出较早版本中的序跋文字，再次出现时如文字差异较小，以校记反映。为便于比勘查考，《序跋辑录》以图文对照的方式，示以序跋书影、迻录相应文字。为便于阅读和利用，序跋录文加以句读、分节。

《王阳明著述提要》以版本提要的方式展示王阳明著述的基本情况和整体面貌，旨在为学界进一步研究阳明文化提供可靠的文献依据。提要涉及国家图书馆所藏古籍、碑帖中王阳明著述的各个版本及两部重要王阳明年谱，适当合并相同或相近版本后，共计有古籍提要67篇、碑刻提要12篇、法帖提要33篇。提要详细著录书名、著者、版本、行款，及卷端、扉叶、序跋等基本信息，以反映原书面貌及特征；提要概述各书内容编次、成书经过、考订版本，以反映王阳明著述的结集和刊刻情况。碑帖部分，另释读碑帖原文，并附以书影，以便于研读。

王阳明相关文献的复制、数字化和研究工作，具有重要的学术价值和现实意义。国家图书馆以馆藏文献为基础，从多个角度进行广泛调查和深入研究。如果说《王阳明文献普查目录》通过普查范围和普查内容之广泛，力图反映王阳明学术思想整体面貌；《王阳明著述篇目索引》通过逐篇分析之细密，反映王阳明著述在流传过程中的变化；《王阳明著述序跋辑录》通过序跋资料之近切，反映王阳明著述的成书、刊刻及后人的评价；那么，《王阳明著述提要》则通过著录、考订之翔实，提供可靠的文献依据。王阳明文献研究的四个角度相辅相成，为王阳明的进一步研究提供了基础而丰富的文献资料。

在此项工作进行中，贵阳市委、市政府的领导和国家图书馆领导给予了大力支持和悉心指导，贵阳市委宣传部和贵阳市文化和旅游局全力配合相关工作的开展，成为项目得以完成的关键，在此一并感谢。

国家图书馆古籍馆

阳明文化（贵阳）国际文献研究中心

2019 年 4 月

编辑说明

一、主旨

王阳明著述以别集、全集、选本、丛编等不同形式纂辑,并在流传过程中形成不同版本。各个版本所收篇目的多少、编辑的次序,一定程度上反映出王阳明著述在流传过程中的内容变化和版本源流。

本索引以国家图书馆所藏王阳明著述为文献基础,通过篇目分析、对比列目的方式,展示王阳明著述的单篇文章在各书中的收录情况。

二、编制说明

1. 篇目对照以明隆庆六年谢廷杰刻《王文成公全书》(简称《全书》)为基准,列出其他书籍收录此篇的情况,并简要标明篇题异名、内容节略增改等情况。

A. 本索引取国家图书馆馆藏王阳明著述中具索引意义的63种书籍为索引对象。《国家图书馆藏王阳明著述目录》的顺序号作为索引编号,其中王阳明仅作评注的《新刻世史类编》(编号08)、摘录词句的《王阳明集节录》(编号56)不进行篇目索引。

B. 索引以《王文成公全书》(编号20)为篇目对照的基准。《王文成公全书》卷三十二至三十八为附录而非王阳明撰述篇章,不进行篇目对照。

C.《全书》篇目顺序列出。目录或正文篇题如有不同,以完整、合理者为准;原篇题如有缩略,用"〔 〕"补足。篇题小注以"( )"括注;小注所计诗篇数量间或有误,暂照录不改;如原标注撰著时间,括注于篇题之后,并附公元纪年以便于查考。

2.标示符号说明。

与《全书》进行篇目对照的书籍，用著述目录中的编号标示。编号之后，直接标注篇章所在卷次，不分卷者视为一卷。

以"《 》"括注异名；以"*"表示此篇较《全书》内容有所节略，以"#"表示有所增加或改动；某本某篇之残损、装订错误等情况如需说明，在该书各项标识之后用"（ ）"备注。

其中，"异名"限定为对照书籍的正文、目录篇题均与《王文成公全书》不同的情况，仅一者不同或明显讹误所致不同则不标注；并备注篇题小注之不同、新增或不同的篇目系年等。"节略""增改"，提示篇章文字有明显不同，备注尽可能指出数量差异，如备注某书部分收录《归越诗五首》为"其×至×"。如有正文无篇题、有目无文等情况，亦备注说明。

例如化城寺六首：……27卷十六*（其三），28卷十六*（其三），33卷六《化成寺》*（其四至六）……

3.《全书》未收的篇目，按语录、诗文、公移的顺序排列。如增补篇目为一组诗文之一而篇题仅标示序号者，可根据前后篇目用"[ ]"补足篇名。

4.篇目音序索引，只列包含此篇的书籍编号及卷次包括作为篇目对照基准的《王文成公全书》，不再标注异名、增改等情况。

目 录

《王文成公全书》篇目（隆庆六年谢廷杰刻本）/1

国家图书馆藏王阳明著述目录 /55

王阳明著述篇目对照 /61

《王文成公全书》未收篇目 /261

王阳明著述篇目音序索引 /275

《王文成公全书》篇目
（隆庆六年谢廷杰刻本）

卷一　语录一
传习录上
徐爱录[14条]
陆澄录[80条]
薛侃录[35条]

卷二　语录二
传习录中
答顾东桥书[14条]
启问道通书[7条]
答陆原静书[4条]
又[答陆原静书][13条]
答欧阳崇一[4条]
答罗整庵少宰书[6条]
答聂文蔚[7条]
[答聂文蔚]二[10条]
训蒙大意示教读刘伯颂等[1条]
教约[5条]

卷三　语录三

传习录下

陈九川录 [21 条]

黄直录 [15 条]

黄修易录 [11 条]

黄省曾录 [12 条]

钱德洪录 [56 条]

黄以方录 [27 条]

[附录] 朱子晚年定论 [34 条]

卷四　文录一　书一（始正德己巳至庚辰）

与辰中诸生（己巳）　（正德四年，1509）

答徐成之（辛未）　（正德六年，1511）

答黄宗贤应原忠（辛未）　（正德六年，1511）

答汪石潭内翰（辛未）　（正德六年，1511）

寄诸用明（辛未）　（正德六年，1511）

答王虎谷（辛未）　（正德六年，1511）

与黄宗贤（辛未）　（正德六年，1511）

[与黄宗贤]二（壬申）　（正德七年，1512）

[与黄宗贤]三（癸酉）　（正德八年，1513）

[与黄宗贤]四（癸酉）　（正德八年，1513）

[与黄宗贤]五（癸酉）　（正德八年，1513）

[与黄宗贤]六（丙子）　（正德十一年，1516）

[与黄宗贤]七（戊寅）　（正德十三年，1518）

与王纯甫（壬申）　（正德七年，1512）

[与王纯甫]二（癸酉）　（正德八年，1513）

［与王纯甫］三（甲戌）　（正德九年，1514）

［与王纯甫］四（甲戌）　（正德九年，1514）

寄希渊（壬申）　（正德七年，1512）

［寄希渊］二（壬申）　（正德七年，1512）

［寄希渊］三（癸酉）　（正德八年，1513）

［寄希渊］四（己卯）　（正德十四年，1519）

与戴子良（癸酉）　（正德八年，1513）

与胡伯忠（癸酉）　（正德八年，1513）

与黄诚甫（癸酉）　（正德八年，1513）

［与黄诚甫］二（丁丑）　（正德十二年，1517）

答天宇书（甲戌）　（正德九年，1514）

［答天宇书］二（甲戌）　（正德九年，1514）

寄李道夫（乙亥）　（正德十年，1515）

与陆元静（丙子）　（正德十一年，1516）

［与陆元静］二（戊寅）　（正德十三年，1518）

与希颜台仲明德尚谦元静（丁丑）　（正德十二年，1517）

与杨仕德薛尚谦（丁丑）　（正德十二年，1517）

寄闻人邦英邦正（戊寅）　（正德十三年，1518）

［寄闻人邦英邦正］二（戊寅）　（正德十三年，1518）

［寄闻人邦英邦正］三（庚辰）　（正德十五年，1520）

与薛尚谦（戊寅）　（正德十三年，1518）

［与薛尚谦］二

［与薛尚谦］三

寄诸弟（戊寅）　（正德十三年，1518）

与安之（己卯）　（正德十四年，1519）

答甘泉（己卯）　（正德十四年，1519）

[答甘泉]二（庚辰）　（正德十五年，1520）

答方叔贤（己卯）　（正德十四年，1519）

与陈国英（庚辰）　（正德十五年，1520）

复唐虞佐（庚辰）　（正德十五年，1520）

卷五　文录二　书二（始正德辛巳至嘉靖乙酉）

与邹谦之（辛巳）　（正德十六年，1521）

[与邹谦之]二（乙酉）　（嘉靖四年，1525）

与夏敦夫（辛巳）　（正德十六年，1521）

与朱守忠（辛巳）　（正德十六年，1521）

与席元山（辛巳）　（正德十六年，1521）

答甘泉（辛巳）　（正德十六年，1521）

答伦彦式（辛巳）　（正德十六年，1521）

与唐虞佐侍御（辛巳）　（正德十六年，1521）

答方叔贤（辛巳）　（正德十六年，1521）

[答方叔贤]二（癸未）　（嘉靖二年，1523）

与杨仕鸣（辛巳）　（正德十六年，1521）

[与杨仕鸣]二（癸未）　（嘉靖二年，1523）

[与杨仕鸣]三（癸未）　（嘉靖二年，1523）

与陆元静（辛巳）　（正德十六年，1521）

[与陆元静]二（壬午）　（嘉靖元年，1522）

答舒国用（癸未）　（嘉靖二年，1523）

与刘元道（癸未）　（嘉靖二年，1523）

答路宾阳（癸未）　（嘉靖二年，1523）

与黄勉之（甲申）　（嘉靖三年，1524）

[与黄勉之]二（甲申）　（嘉靖三年，1524）

答刘内重（乙酉）　（嘉靖四年，1525）

与王公弼（乙酉）　（嘉靖四年，1525）

答董沄萝石（乙酉）　（嘉靖四年，1525）

与黄宗贤（癸未）　（嘉靖二年，1523）

寄薛尚谦（癸未）　（嘉靖二年，1523）

卷六　文录三　书三（始嘉靖丙戌至戊子）

寄邹谦之（丙戌）　（嘉靖五年，1526）

[寄邹谦之]二（丙戌）　（嘉靖五年，1526）

[寄邹谦之]三（丙戌）　（嘉靖五年，1526）

[寄邹谦之]四（丙戌）　（嘉靖五年，1526）

[寄邹谦之]五（丙戌）　（嘉靖五年，1526）

答友人（丙戌）　（嘉靖五年，1526）

答友人问（丙戌）　（嘉靖五年，1526）

答南元善（丙戌）　（嘉靖五年，1526）

[答南元善]二（丙戌）　（嘉靖五年，1526）

答季明德（丙戌）　（嘉靖五年，1526）

与王公弼（丙戌）　（嘉靖五年，1526）

[与王公弼]二（丁亥）　（嘉靖六年，1527）

与欧阳崇一（丙戌）　（嘉靖五年，1526）

寄陆原静（丙戌）　（嘉靖五年，1526）

答甘泉（丙戌）　（嘉靖五年，1526）

答魏师说（丁亥）　（嘉靖六年，1527）

与马子莘（丁亥）　（嘉靖六年，1527）

与毛古庵宪副（丁亥）　（嘉靖六年，1527）

与黄宗贤（丁亥）　（嘉靖六年，1527）

答以乘宪副（丁亥）　（嘉靖六年，1527）

与戚秀夫（丁亥）　（嘉靖六年，1527）

与陈惟浚（丁亥）　（嘉靖六年，1527）

寄安福诸同志（丁亥）　（嘉靖六年，1527）

与钱德洪王汝中（丁亥）　（嘉靖六年，1527）

[与钱德洪王汝中]二（戊子）　（嘉靖七年，1528）

[与钱德洪王汝中]三（戊子）　（嘉靖七年，1528）

答何廷仁（戊子）　（嘉靖七年，1528）

卷七　文录四　序　记　说

别三子序（丁卯）　（正德二年，1507）

赠林以吉归省序（辛未）　（正德六年，1511）

送宗伯乔白岩序（辛未）　（正德六年，1511）

赠王尧卿序（辛未）　（正德六年，1511）

别张常甫序（辛未）　（正德六年，1511）

别湛甘泉序（壬申）　（正德七年，1512）

别方叔贤序（辛未）　（正德六年，1511）

别王纯甫序（辛未）　（正德六年，1511）

别黄宗贤归天台序（壬申）　（正德七年，1512）

赠周莹归省序（乙亥）　（正德十年，1515）

赠林典卿归省序（乙亥）　（正德十年，1515）

赠陆清伯归省序（乙亥）　（正德十年，1515）

赠周以善归省序（乙亥）　（正德十年，1515）

赠郭善甫归省序（乙亥）　（正德十年，1515）

赠郑德夫归省序（乙亥）　（正德十年，1515）

紫阳书院集序（乙亥）　（正德十年，1515）

朱子晚年定论序（戊寅） （正德十三年，1518）

别梁日孚序（戊寅） （正德十三年，1518）

大学古本序（戊寅） （正德十三年，1518）

礼记纂言序（庚辰） （正德十五年，1520）

象山文集序（庚辰） （正德十五年，1520）

观德亭记（戊寅） （正德十三年，1518）

重修文山祠记（戊寅） （正德十三年，1518）

从吾道人记（乙酉） （嘉靖四年，1525）

亲民堂记（乙酉） （嘉靖四年，1525）

万松书院记（乙酉） （嘉靖四年，1525）

稽山书院尊经阁记（乙酉） （嘉靖四年，1525）

重修山阴县学记（乙酉） （嘉靖四年，1525）

梁仲用默斋说（辛未） （正德六年，1511）

示弟立志说（乙亥） （正德十年，1515）

约斋说（甲戌） （正德九年，1514）

见斋说（乙亥） （正德十年，1515）

矫亭说（乙亥） （正德十年，1515）

谨斋说（乙亥） （正德十年，1515）

夜气说（乙亥） （正德十年，1515）

修道说（戊寅） （正德十三年，1518）

自得斋说（甲申） （嘉靖三年，1524）

博约说（乙酉） （嘉靖四年，1525）

惜阴说（丙戌） （嘉靖五年，1526）

卷八 文录五 杂著

书汪汝成格物卷（癸酉） （正德八年，1513）

书石川卷（甲戌） （正德九年，1514）

与傅生凤（甲戌） （正德九年，1514）

书王天宇卷（甲戌） （正德九年，1514）

书王嘉秀请益卷（甲戌） （正德九年，1514）

书孟源卷（乙亥） （正德十年，1515）

书杨思元卷（乙亥） （正德十年，1515）

书玄默卷（乙亥） （正德十年，1515）

书顾维贤卷（辛巳） （正德十六年，1521）

壁帖（壬午） （嘉靖元年，1522）

书王一为卷（癸未） （嘉靖二年，1523）

书朱守谐卷（甲申） （嘉靖三年，1524）

书诸阳伯卷（甲申） （嘉靖三年，1524）

书张思钦卷（乙酉） （嘉靖四年，1525）

书中天阁勉诸生（乙酉） （嘉靖四年，1525）

书朱守乾卷（乙酉） （嘉靖四年，1525）

书正宪扇（乙酉） （嘉靖四年，1525）

书魏师孟卷（乙酉） （嘉靖四年，1525）

书朱子礼卷（甲申） （嘉靖三年，1524）

书林司训卷（丙戌） （嘉靖五年，1526）

书黄梦星卷（丁亥） （嘉靖六年，1527）

卷九　别录一　奏疏一

陈言边务疏（弘治十二年，时进士） （弘治十二年，1499）

乞养病疏（十五年八月，时官刑部主事） （弘治十五年，1502）

乞宥言官去权奸以章圣德疏（正德元年，时官兵部主事） （正德元年，1506）

自劾乞休疏（十年，时官鸿胪寺卿）（正德十年，1515）

乞养病疏（十年八月）（正德十年，1515）

谏迎佛疏（稿具未上）

辞新任乞以旧职致仕疏（十一年十月时升南赣佥都御史）（正德十一年，1516）

谢恩疏（十二年正月二十六日）（正德十二年，1517）

给由疏（十二年二月二十五日）（正德十二年，1517）

参失事官员疏（十二年三月十五日）（正德十二年，1517）

闽广捷音疏（十二年五月初八日）（正德十二年，1517）

申明赏罚以励人心疏（十二年五月初八日）（正德十二年，1517）

攻治盗贼二策疏（十二年五月二十八日）（正德十二年，1517）

类奏擒斩攻次疏（十二年五月二十八日）（正德十二年，1517）

添设清平县治疏（十二年五月二十八日）（正德十二年，1517）

疏通盐法疏（十二年六月十五日）（正德十二年，1517）

卷十　别录二　奏疏二

议夹剿兵粮疏（正德十二年七月初五日）（正德十二年，1517）

南赣擒斩功次疏（十二年七月初五日）（正德十二年，1517）

议夹剿方略疏（十二年九月十五日）（正德十二年，1517）

换敕谢恩疏（十二年九月十五日）（正德十二年，1517）

交收旗牌疏（十二年九月二十五日）（正德十二年，1517）

议南赣商税疏（十二年九月二十五日）（正德十二年，1517）

升赏谢恩疏（正德十二年十月初□日）（正德十二年，1517）

横水桶冈捷音疏（十二年闰十二月初二日）（正德十二年，1517）

立崇义县治疏（十二年闰十二月初五日）（正德十二年，1517）

卷十一　别录三　奏疏三

乞休致疏（正德十三年三月初四日）　（正德十三年，1518）

移置驿传疏（正德十三年二月二十五日）　（正德十三年，1518）

浰头捷音疏（十三年四月二十日）　（正德十三年，1518）

添设和平县治疏（十三年五月初一日）　（正德十三年，1518）

三省夹剿捷音疏（十三年六月十五日）　（正德十三年，1518）

辞免升荫乞以原职致仕疏（十三年六月十八日）　（正德十三年，1518）

再议崇义县治疏（十三年十月十一日）　（正德十三年，1518）

再议平和县治疏（十三年十月十五日）　（正德十三年，1518）

再请疏通盐法疏（十三年十月二十二日）　（正德十三年，1518）

升荫谢恩疏（十四年正月初二日）　（正德十四年，1519）

乞放归田里疏（十四年正月十四日）　（正德十四年，1519）

卷十二　别录四　奏疏四

飞报宁王谋反疏（十四年六月十九日）　（正德十四年，1519）

再报谋反疏（十四年六月二十一日）　（正德十四年，1519）

乞便道省葬疏（十四年六月二十一日）　（正德十四年，1519）

奏闻宸濠伪造檄榜疏（十四年七月初五日）　（正德十四年，1519）

留用官员疏（十四年七月初五日）　（正德十四年，1519）

江西捷音疏（十四年七月三十日）　（正德十四年，1519）

擒获宸濠捷音疏（十四年七月三十日）　（正德十四年，1519）

奏闻益王助军饷疏（十四年七月三十日）　（正德十四年，1519）

旱灾疏（十四年七月三十日）　（正德十四年，1519）

请止亲征疏（十四年八月十七日）　（正德十四年，1519）

奏留朝觐官疏（十四年八月十七日）　（正德十四年，1519）

奏闻淮王助军饷疏（十四年八月十七日）　（正德十四年，1519）

恤重刑以实军伍疏（十四年八月二十五日）　（正德十四年，1519）

处置官员署印疏（十四年八月二十五日）　（正德十四年，1519）

二乞便道省葬疏（十四年八月二十五日）　（正德十四年，1519）

处置从逆官员疏（十四年八月二十五日）　（正德十四年，1519）

处置府县从逆官员疏（十四年八月二十五日）　（正德十四年，1519）

收复九江南康参失事官员疏（十四年九月初十日）　（正德十四年，1519）

卷十三　别录五　奏疏五

乞宽免税粮急救民困以弭灾变疏（十五年三月二十五日）　（正德十五年，1520）

计处地方疏（十五年五月十五日）　（正德十五年，1520）

水灾自劾疏（十五年五月十五日）　（正德十五年，1520）

重上江西捷音疏（十五年七月十七日遵奉大将军钧帖）　（正德十五年，1520）

四乞省葬疏（十五年闰八月二十日）　（正德十五年，1520）

开豁军前用过钱粮疏（十五年九月初四日）　（正德十五年，1520）

征收秋粮稽迟待罪疏（十五年十二月初十日）　（正德十五年，1520）

巡抚地方疏（十五年四月二十五日）　（正德十五年，1520）

剿平安义叛党疏（十六年五月十五日）　（正德十六年，1521）

乞便道归省疏

辞封爵普恩赏以彰国典疏（嘉靖元年正月初十日）　（嘉靖元年，1522）

再辞封爵普恩赏以彰国典疏（嘉靖元年）　（嘉靖元年，1522）

卷十四　别录六　奏疏六

辞免重任乞恩养病疏（嘉靖六年六月）　（嘉靖六年，1527）

赴任谢恩遂陈肤见疏（六年十二月初一日）　（嘉靖六年，1527）

辞巡抚兼任举能自代疏（七年正月初二日）　（嘉靖七年，1528）

奏报田州思恩平复疏（七年二月十三日）　（嘉靖七年，1528）

地方紧急用人疏（七年二月十五日）　（嘉靖七年，1528）

地方急缺官员疏（七年二月十八日）　（嘉靖七年，1528）

处置平复地方以图久安疏（七年四月初六日）　（嘉靖七年，1528）

卷十五　别录七　奏疏七

征剿稔恶瑶贼疏（七年四月十五日）　（嘉靖七年，1528）

举能抚治疏（七年正月二十五日）　（嘉靖七年，1528）

边方缺官荐才赞理疏（七年七月初六日）　（嘉靖七年，1528）

八寨断藤峡捷音疏（七年七月初十日）　（嘉靖七年，1528）

处置八寨断藤峡以图永安疏（嘉靖七年七月十二日）　（嘉靖七年，1528）

查明岑邦相疏（七年七月十九日）　（嘉靖七年，1528）

奖励赏赍谢恩疏（七年九月二十日）　（嘉靖七年，1528）

乞恩暂容回籍就医养病疏（七年十月初十日）　（嘉靖七年，1528）

卷十六　别录八　公移一（提督南赣军务征横水桶冈三浰）

巡抚南赣钦奉敕谕通行各属（正德十二年正月）　（正德十二年，1517）

选拣民兵

十家牌法告谕各府父老子弟

案行各分巡道督编十家牌

告谕各府父老子弟

剿捕漳寇方略牌（正月）

案行广东福建领兵官进剿事宜

案行漳南道守巡官戴罪督兵剿贼

案行领兵官搜剿馀贼

奖励福建守巡漳南道广东守巡岭东道领兵官

告谕新民

钦奉敕谕切责失机官员通行各属

兵符节制（五月）

预整操练

选募将领牌

批留岭北道杨璋给由呈

批广东韶州府留兵防守申

咨报湖广巡抚右副都御史秦防贼奔窜（八月）

钦奉敕谕提督军务新命通行各属（九月）

咨报湖广巡抚右副都御史秦夹攻事宜

征剿横水桶冈分委统哨牌

案行分守岭北道官兵戴罪剿贼

搜剿馀党牌

奖励湖广统兵参将史春牌

设立茶寮隘所

牌行招抚官（正德十三年五月）　（正德十三年，1518）

批留兵搜捕呈

批将士争功呈

告谕浰头巢贼（正德十二年五月）　（正德十二年，1517）

进剿浰贼方略

克期进剿牌（正德十三年正月）　（正德十三年，1518）

批汀州知府唐淳乞休申

告谕

仰南安赣州府印行告谕牌

禁约榷商官吏

批赣州府赈济石城县申

议处河源馀贼

告谕父老子弟（正德十四年二月）　（正德十四年，1519）

行龙川县抚谕新民

优奖致仕县丞龙韬牌

卷十七　别录九　公移二（巡抚江西、征宁藩）

牌行赣州府集兵策应（正德十四年六月十八日）　（正德十四年，1519）

咨两广总制都御史杨共勤国难

案行南安等十三府及奉新等县募兵策应（六月二十六日）

宽恤禁约

奖瑞州府通判胡尧元擒斩叛党（六月二十七日）

策应丰城牌

调取吉水县八九等都民兵牌

预备水战牌

咨都察院都御史颜权宜进剿（七月初五日）

权处行粮牌

牌行吉安府敦请乡士夫共守城池（七月初八日）

牌行各哨统兵官进攻屯守（七月十七日）

告示在城官兵（七月十八日）

示谕江西布按三司从逆官员

告示七门从逆军民（七月二十一日）

牌行江西二司安葬宁府宫眷

手本南京内外守备追袭叛首（七月二十三日）

咨两广总督都御史杨停止调集狼兵

牌行抚州知府陈槐等收复南康九江（七月二十四日）

犒赏福建官军

释放投首牌

牌仰沿途各府州县卫所驿递巡司衙门慰谕军民

案行江西按察司停止献俘呈

咨兵部查验文移

案行浙江按察司交割逆犯暂留养病（十月初九日）

告谕军民（十二月十五日）

钦奉诏书宽宥胁从

批追征钱粮呈

再批追征钱粮呈

批南昌府追征钱粮呈

褒崇陆氏子孙（正德十五年正月）　　（正德十五年，1520）

告谕安义等县渔户

批按察司伍文定患病呈

批临江府耆民建立生祠呈

批吉安府救荒申

批抚州府同知汪嵩乞休呈

批提学佥事邵锐乞休呈

礼取副提举舒芬牌

南赣乡约

旌奖节妇牌

兴举社学牌

颁定里甲杂办

批江西布政司设县呈

议处官吏廪俸

咨六部伸理冀元亨

奖励主簿于旺

申谕十家牌法

申谕十家牌法增立保长

颁行社学教条

清理永新田粮

批宁都县祠祀知县王天与申

晓谕安仁馀干顽民牌（正德十五年二月）　（正德十五年，1520）

告谕顽民（十二月十五日）

批江西都司掌管印信

牌行崇义县查行十家牌法

牌谕都指挥冯勋等振旅还师

批瑞州知府告病申

赈恤水灾牌

仰湖广布按二司优恤冀元亨家属

批江西按察司故官水手呈

仰南康府劝留教授蔡宗兖

批江西布政司礼送致仕官呈

卷十八　别录十　公移三（总督两广、平定思田、征剿八寨）

钦奉敕谕通行（嘉靖六年十月初三日）　（嘉靖六年，1527）

湖兵进止事宜（十月）

牌谕安远县旧从征义官叶芳等（十一月）

批南康县生员张云霖复学词

批赣县生员雷瑞词（同）

放回各处官军牌（十二月二十五日）

犒谕都康等州官男彭一等（十二月二十八日）

札付永顺宣慰司官舍彭宗舜冠带听调

批广西布按二司请建讲堂呈

批立社学师耆老名呈（嘉靖七年正月） （嘉靖七年，1528）

议处江古诸处瑶贼

批岭西道立营防守呈（二月）

犒送湖兵

批岭西道抚处盗贼呈

禁革轻委职官

分派思田土目办纳兵粮（四月）

案行广西提学道兴举思田学校

揭阳县主簿季本乡约呈（四月）

赈给思田二府（四月）

牌行灵山县延师设教（六月）

牌行委官陈逅设教灵山

牌行南宁府延师设教

牌行委官季本设教南宁

批岭东道额编民壮呈（六月）

裁革文移

批右江道调和寨目呈

批南宁府表扬先哲申

批增城县改立忠孝祠申

批参政张怀奏留朝觐官呈

经理书院事宜（八月）

牌行南宁府延师讲礼（八月）

札付同知林宽经理田宁

札付同知桂鳌经理思恩

牌行南昌府保昌县礼送故官

调发土兵（十月）

犒奖儒士岑伯高

征剿八寨断藤峡牌（七年三月。以下俱征八寨）

牌行领兵官

戒谕土目（五月）

追捕逋贼

牌行委官林应骢督谕土目（五月）

牌委指挥赵璇留剿馀贼（六月）

牌行副总兵张祐搜剿馀巢（七月）

犒劳从征土目（八月）

绥柔流贼（五月）

告谕村寨

议立县卫

抚恤来降（八月）

批广东市舶司提举故官水手呈

卷十九　外集一　赋　骚　诗
赋骚七首

　　太白楼赋（丙辰）　　（弘治九年，1496）

　　九华山赋（壬戌）　　（弘治十五年，1502）

　　吊屈平赋（丙寅）　　（正德元年，1506）

　　思归轩赋（庚辰）　　（正德十五年，1520）

　　答言（丙寅）　　（正德元年，1506）

　　守俭弟归曰仁歌楚声为别予亦和之

　　祈雨辞（正德丙子南赣作）　　（正德十一年，1516）

归越诗三十五首（弘治壬戌年，以刑部主事告病归越并楚游作）　（弘治十五年，1502）

  游牛峰寺四首（牛峰今改名浮峰）

  [游牛峰寺]又四绝句

  姑苏吴氏海天楼次邝尹韵

  山中立秋日偶书

  夜雨山翁家偶书

  寻春

  西湖醉中漫书二首

  九华山下柯秀才家

  夜宿无相寺

  题四老围棋图

  无相寺三首

  化城寺六首

  李白祠二首

  双峰

  莲花峰

  列仙峰

  云门峰

  芙蓉阁二首

  书梅竹小画

山东诗六首（弘治甲子年起复，主试山东时作）　（弘治十七年，1504）

  登泰山五首[一]

  [登泰山五首]二

  [登泰山五首]三

  [登泰山五首]四

[登泰山五首]五

　　泰山高次王内翰司献韵

京师诗八首（弘治乙丑年改除兵部主事时作）（弘治十八年，1505）

　　忆龙泉山

　　忆诸弟

　　寄舅

　　送人东归

　　寄西湖友

　　赠阳伯

　　故山

　　忆鉴湖友

狱中诗十四首（正德丙寅年十二月，以上疏忤逆瑾，下锦衣狱作）（正德元年，1506）

　　不寐

　　有室七章

　　读易

　　岁暮

　　见月

　　天涯

　　屋罅月

　　别友狱中

赴谪诗五十五首（正德丁卯年赴谪贵阳龙场驿作）（正德二年，1507）

　　答汪抑之三首

　　阳明子之南也其友湛元明歌九章以赠崔子钟和之以五诗于是阳明子作八咏以答之[其一]

　　[阳明子之南也其友湛元明歌九章以赠崔子钟和之以五诗于是阳明子作

八咏以答之] 其二

[阳明子之南也其友湛元明歌九章以赠崔子钟和之以五诗于是阳明子作八咏以答之] 其三

[阳明子之南也其友湛元明歌九章以赠崔子钟和之以五诗于是阳明子作八咏以答之] 其四

[阳明子之南也其友湛元明歌九章以赠崔子钟和之以五诗于是阳明子作八咏以答之] 其五

[阳明子之南也其友湛元明歌九章以赠崔子钟和之以五诗于是阳明子作八咏以答之] 其六

[阳明子之南也其友湛元明歌九章以赠崔子钟和之以五诗于是阳明子作八咏以答之] 其七

[阳明子之南也其友湛元明歌九章以赠崔子钟和之以五诗于是阳明子作八咏以答之] 其八

南游三首 [其一]

[南游三首] 其二

[南游三首] 其三

忆昔答乔白岩因寄储柴墟三首 [其一]

[忆昔答乔白岩因寄储柴墟三首] 其二

[忆昔答乔白岩因寄储柴墟三首] 其三

一日怀抑之也抑之之赠既尝答以三诗意若有歉焉是以赋也 [其一]

[一日怀抑之也抑之之赠既尝答以三诗意若有歉焉是以赋也] 其二

[一日怀抑之也抑之之赠既尝答以三诗意若有歉焉是以赋也] 其三

梦与抑之昆季语湛崔皆在焉觉而有感因记以诗三首 [其一]

[梦与抑之昆季语湛崔皆在焉觉而有感因记以诗三首] 其二

[梦与抑之昆季语湛崔皆在焉觉而有感因记以诗三首] 其三

因雨和杜韵

赴谪次北新关喜见诸弟

南屏

卧病静慈写怀

移居胜果寺二首

忆别

泛海

武夷次壁间韵

草萍驿次林见素韵奉寄

玉山东岳庙遇旧识严星士

广信元夕蒋太守舟中夜话

夜泊石亭寺用韵呈陈娄诸公因寄储柴墟都宪及乔白岩太常诸友

过分宜望钤冈庙

杂诗三首 [其一]

[杂诗三首] 其二

[杂诗三首] 其三

袁州府宜春台四绝

夜宿宣风馆

萍乡道中谒濂溪祠

宿萍乡武云观

醴陵道中风雨夜宿泗州寺次韵

长沙答周生

涉湘于迈岳麓是尊仰止先哲因怀友生丽泽兴感伐木寄言二首 [其一]

[涉湘于迈岳麓是尊仰止先哲因怀友生丽泽兴感伐木寄言二首] 其二

游岳麓书事

次韵答赵太守王推官

天心湖阻泊既济书事

居夷诗

去妇叹五首（楚人有间于新娶而去其妇者，其妇无所归，去之山间独居，怀绻不忘，终无他适，予闻其事而悲之，为作去妇叹）

罗旧驿

沅水驿

钟鼓洞

平溪馆次王文济韵

清平卫即事

兴隆卫书壁

七盘

初至龙场无所止结草庵居之

始得东洞遂改为阳明小洞天三首

谪居粮绝请学于农将田南山永言寄怀

观稼

采蕨

猗猗

南溟

溪水

龙冈新构

诸生来

西园

水滨洞

山石

无寐二首 [其一]

[无寐二首] 其二

诸生夜坐

艾草次胡少参韵

凤雏次韵答胡少参

鹦鹉和胡韵

诸生

游来仙洞早发道中

别友

赠黄太守澍

寄友用韵

秋夜

采薪二首

龙冈漫兴五首

答毛拙庵见招书院

老桧

却巫

过天生桥

南霁云祠

春晴

陆广晓发

雪夜

元夕二首

家僮作纸灯

白云堂

来仙洞

木阁道中雪

元夕雪用苏韵二首

晓霁用前韵书怀二首

次韵陆金宪元日喜晴

元夕木阁山火

夜宿汪氏园

春行

村南

山途二首

白云

答刘美之见寄次韵

寄徐掌教

书庭蕉

送张宪长左迁滇南大参次韵

南庵次韵二首

观傀儡次韵

徐都宪同游南庵次韵

即席次王文济少参韵二首

赠刘侍御二首（编者按：实为一首）

夜寒

冬至

春日花间偶集示门生

次韵送陆文顺金宪

次韵陆金宪病起见寄

次韵胡少参见过

雪中桃次韵

舟中除夕二首

溆浦山夜泊

过江门崖

辰州虎溪龙兴寺闻杨名父将到留韵壁间

武陵潮音阁怀元明

阁中坐雨

霁夜

僧斋

德山寺次壁间韵

沅江晚泊二首

夜泊江思湖忆元明

睡起写怀

三山晚眺

鹅羊山

泗洲寺

再经武云观书林玉玑道士壁

再过濂溪祠用前韵

卷二十　外集二　诗

庐陵诗六首（正德庚午年三月迁庐陵尹作）　（正德五年，1510）

游瑞华二首

古道

立春日道中短述

公馆午饭偶书

午憩香社寺

京师诗二十四首（正德庚午年十月升南京刑部主事。辛未年入觐，调北京吏部主事作）　（正德五年，1510；正德六年，1511）

夜宿功德寺次宗贤韵二绝

别方叔贤四首

白湾六章

　　寄隐岩

　　香山次韵

　　夜宿香山林宗师房次韵二首

　　别湛甘泉二首

　　赠别黄宗贤

归越诗五首（正德壬申年升南京太仆寺少卿，便道归越作）　（正德七年，1512）

　　四明观白水二首

　　杖锡道中用张宪使韵

　　又用曰仁韵

　　书杖锡寺

滁州诗三十六首（正德癸酉年到太仆寺作）　（正德八年，1513）

　　梧桐江用韵

　　林间睡起

　　赠熊彰归

　　别易仲

　　送守中至龙盘山中

　　龙蟠山中用韵

　　琅琊山中三首

　　答朱汝德用韵

　　送惟乾二首

　　别希颜二首

　　山中示诸生五首

　　龙潭夜坐

　　送德观归省二首

送蔡希颜三首

赠守中北行二首

郑伯兴谢病还鹿门雪夜过别赋赠三首

门人王嘉秀实夫萧琦子玉告归书此见别意兼寄声辰阳诸贤

滁阳别诸友

寄浮峰诗社

栖云楼坐雪二首

与商贡士二首

南都诗四十七首（正德甲戌年四月升南京鸿胪寺卿作）　（正德九年，1514）

题岁寒亭赠汪尚和

与徽州程毕二子

山中懒睡四首

题灌山小隐二绝

六月五章

守文弟归省携其手歌以别之

书扇面寄馆宾

用实夫韵

游牛首山

送徽州洪伛承瑞

病中大司马乔公有诗见怀次韵奉答二首

送诸伯生归省

寄冯雪湖二首

诸用文归用子美韵为别

题王实夫画

赠潘给事

与沅陵郭掌教

别族太叔克彰

登凭虚阁和石少宰韵

登阅江楼

狮子山

游清凉寺三首

寄张东所次前韵

别余缙子绅

送刘伯光

冬夜偶书

寄潘南山

送胡廷尉

与郭子全

次栾子仁韵送别四首

书悟真篇答张太常二首

赣州诗三十六首（正德丙子年九月升南赣佥都御史以后作）（正德十一年，1516）

丁丑二月征漳寇进兵长汀道中有感

回军上杭

喜雨三首

闻曰仁买田雪上携同志待予归二首

祈雨二首

还赣

借山亭

桶冈和邢太守韵二首

通天岩

游通天岩次邹谦之韵

又次陈惟浚韵

忘言岩次谦之韵

圆明洞次谦之韵

潮头岩次谦之韵

天成临别索赠（正文作：天成素有志于学兹得告东归林居静养其所就可知矣临别以此纸索赠漫为赋此遂寄声山泽诸贤）

坐忘言岩问二三子

留陈惟浚

栖禅寺雨中与惟乾同登

茶寮纪事

回军九连山道中短述

回军龙南小憩玉石岩双洞绝奇徘徊不忍去因寓以阳明别洞之号兼留此作三首

再至阳明别洞和邢太守韵二首

夜坐偶怀故山

怀归二首

送德声叔父归姚（并序）

示宪儿

赠陈东川

江西诗一百二十首（正德己卯年奉敕往福建处叛军，至丰城遭宸濠之变，趋还吉安，集兵平之。八月升副都御史，巡抚江西作）（正德十四年，1519）

鄱阳战捷

书草萍驿（九月献俘北上，驻草萍，时已暮，忽传王师已及徐淮，遂乘夜速发，次壁间韵纪之二首）

西湖

寄江西诸士夫

太息

宿净寺四首（十月至杭，王师遣人追宁濠，复还江西，是日遂谢病，退居西湖）

归兴

即事漫述四首

泊金山寺二首（十月将趋行在）

舟夜

舟中至日

阻风

用韵答伍汝真

过鞋山戏题

杨邃庵待隐园次韵五首

登小孤书壁

登蜈矶次草泉心刘石门韵二首（二诗弘治壬戌年楚游时作，误次于此）

望庐山

除夕伍汝真用待隐园韵即席次答五首

元日雾

二日雨

三日风

立春二首

游庐山开元寺

又次壁间杜牧韵

舟过铜陵野云县东小山有铁船因往观之果见其仿佛因题石上

山僧

江上望九华山二首

观九华龙潭

庐山东林寺次韵

又次邵二泉韵

远公讲经台

太平宫白云

书九江行台壁

又次李佥事素韵

繁昌道中阻风二首

江边阻风散步至灵山寺

泊舟大同山溪间诸生闻之有挟册来寻者

岩下桃花盛开携酒独酌

白鹿洞独对亭

丰城阻风（前岁遇难于此，得北风幸免）

江上望九华不见

江施二生与医官陶野冒雨登山人多笑之戏作歌

游九华道中

芙蓉阁

重游无相寺次韵四首

登莲花峰

重游无相寺次旧韵

登云峰望始尽九华之胜因复作歌

双峰遗柯生乔

归途有僧自望华亭来迎且请诗

无相寺金沙泉次韵

夜宿天池月下闻雷次早知山下大雨三首

文殊台夜观佛灯

书汪进之太极岩二首

劝酒

重游化城寺二首

游九华

弘治壬戌尝游九华值时阴雾竟无所睹至是正德庚辰复往游之风日清朗尽得其胜喜而作歌

岩头闲坐漫成

将游九华移舟宿寺山二首

登云峰二三子咏歌以从欣然成谣二首

有僧坐岩中已三年诗以励吾党

春日游齐山寺用杜牧之韵二首

重游开元寺戏题壁

贾胡行

送邵文实方伯致仕

纪梦（并序）

无题

游落星寺

游通天岩示邹陈二子

青原山次黄山谷韵

睡起偶成

立春

游庐山开元寺

登小孤次陆良弼韵

月下吟三首

月夜二首

雪望四首

火秀宫次一峰韵三首

归怀

啾啾吟

居越诗三十四首（正德辛巳年归越后作）　（正德十六年，1521）

归兴二首

次谦之韵

再游浮峰次韵

夜宿浮峰次谦之韵

再游延寿寺次旧韵

碧霞池夜坐

秋声

林汝桓以二诗寄次韵为别

月夜二首（与诸生歌于天泉桥）

　秋夜

　夜坐

心渔歌为钱翁希明别号题（钱翁，德洪父，三岁双瞽，好古博学，能诗文）

登香炉峰次萝石韵

观从吾登炉峰绝顶戏赠

书扇赠从吾

嘉靖甲申冬二十一日再登秦望自弘治戊午登后二十七年矣将下适董萝石与二三子来复坐久之暮归同宿云门僧舍

山中漫兴

挽潘南山

和董萝石菜花韵

天泉楼夜坐和萝石韵

咏良知四首示诸生

示诸生三首

答人问良知二首

答人问道

寄题玉芝庵（丙戌）

别诸生

后中秋望月歌

书扇示正宪

送萧子雍宪副之任

中秋

嘉靖丙戌十二月庚申始得子年已五十有五矣六月静斋二丈昔与先公同举于乡闻之而喜各以诗来贺蔼然世交之谊也次韵为谢二首

两广诗二十一首（嘉靖丁亥起，平思田之乱）　（嘉靖六年，1527）

秋日饮月岩新构别王侍御

复过钓台

方思道送西峰

西安雨中诸生出候因寄德洪汝中并示书院诸生

德洪汝中方卜书院盛称天真之奇并寄及之

寄石潭二绝

长生

南浦道中

重登黄土脑

过新溪驿

梦中绝句

谒伏波庙二首

破断藤峡

平八寨

南宁二首

往岁破桶冈宗舜祖世麟老宣慰实来督兵今兹思田之役乃随父致仕宣慰明辅来从事目击其父子孙三世皆以忠孝相承相尚也诗以嘉之

题甘泉居

书泉翁壁

卷二十一　外集三　书

答佟太守求雨（癸亥）　（弘治十六年，1503）

答毛宪副（戊辰）　（正德三年，1508）

与安宣慰（戊辰）　（正德三年，1508）

[与安宣慰]二（戊辰）　（正德三年，1508）

[与安宣慰]三（戊辰）　（正德三年，1508）

答人问神仙（戊辰）　（正德三年，1508）

答徐成之（壬午）　（嘉靖元年，1522）

[答徐成之]二（壬午）　（嘉靖元年，1522）

答储柴墟（壬申）　（正德七年，1512）

[答储柴墟]二（壬申）　（正德七年，1512）

答何子元（壬申）　（正德七年，1512）

上晋溪司马（戊寅）　（正德十三年，1518）

[上晋溪司马]二（己卯）　（正德十四年，1519）

上彭幸庵（壬午）　（嘉靖元年，1522）

寄杨邃庵阁老（壬午）　（嘉靖元年，1522）

[寄杨邃庵阁老]二（癸未）　（嘉靖二年，1523）

[寄杨邃庵阁老]三（丁亥）　（嘉靖六年，1527）

[寄杨邃庵阁老]四（丁亥）　（嘉靖六年，1527）

寄席元山（癸未）　（嘉靖二年，1523）

答王虋庵中丞（甲申）　（嘉靖三年，1524）

与陆清伯（甲申）　（嘉靖三年，1524）

与黄诚甫（甲申）　（嘉靖三年，1524）

[与黄诚甫]二（甲申）　（嘉靖三年，1524）

[与黄诚甫]三（乙酉）　（嘉靖四年，1525）

与黄勉之（乙酉）　（嘉靖四年，1525）

复童克刚（乙酉）　（嘉靖四年，1525）

与郑启范侍御（丁亥）　（嘉靖六年，1527）

答方叔贤（丁亥）　（嘉靖六年，1527）

[答方叔贤]二（丁亥）　（嘉靖六年，1527）

与黄宗贤（丁亥）　（嘉靖六年，1527）

[与黄宗贤]二（丁亥）　（嘉靖六年，1527）

[与黄宗贤]三（丁亥）　（嘉靖六年，1527）

[与黄宗贤]四（戊子）　（嘉靖七年，1528）

[与黄宗贤]五（戊子）　（嘉靖七年，1528）

答见山冢宰（丁亥）　（嘉靖六年，1527）

与霍兀崖宫端（丁亥）　（嘉靖六年，1527）

答潘直卿（丁亥）　（嘉靖六年，1527）

寄翟石门阁老（戊子）　（嘉靖七年，1528）

寄何燕泉（戊子）　（嘉靖七年，1528）

卷二十二　外集四　序

罗履素诗集序（壬戌）　（弘治十五年，1502）

两浙观风诗序（壬戌）　（弘治十五年，1502）

山东乡试录序（甲子）　（弘治十七年，1504）

气候图序（戊辰）　　（正德三年，1508）

送毛宪副致仕归桐江书院序（戊辰）　　（正德三年，1508）

恩寿双庆诗后序（戊辰）　　（正德三年，1508）

重刊文章轨范序（戊辰）　　（正德三年，1508）

五经臆说序（戊辰）　　（正德三年，1508）

潘氏四封录序（辛未）　　（正德六年，1511）

送章达德归东雁序（辛未）　　（正德六年，1511）

寿汤云谷序（甲戌）　　（正德九年，1514）

文山别集序（甲戌）　　（正德九年，1514）

金坛县志序（乙亥）　　（正德十年，1515）

送南元善入觐序（乙酉）　　（嘉靖四年，1525）

送闻人邦允序

送别省吾林都宪序（戊子）　　（嘉靖七年，1528）

卷二十三　外集五　记

兴国守胡孟登生像记（壬戌）　　（弘治十五年，1502）

新建预备仓记（癸亥）　　（弘治十六年，1503）

平山书院记（癸亥）　　（弘治十六年，1503）

何陋轩记（戊辰）　　（正德三年，1508）

君子亭记（戊辰）　　（正德三年，1508）

远俗亭记（戊辰）　　（正德三年，1508）

象祠记（戊辰）　　（正德三年，1508）

卧马冢记（戊辰）　　（正德三年，1508）

宾阳堂记（戊辰）　　（正德三年，1508）

重修月潭寺建公馆记（戊辰）　　（正德三年，1508）

玩易窝记（戊辰）　　（正德三年，1508）

东林书院记（癸酉） （万历元年，1573）

应天府重修儒学记（甲戌） （正德九年，1514）

重修六合县儒学记（乙亥） （正德十年，1515）

时雨堂记（丁丑） （正德十二年，1517）

重修浙江贡院记（乙酉） （嘉靖四年，1525）

浚河记（乙酉） （嘉靖四年，1525）

卷二十四　外集六　说 杂著

白说字贞夫说（乙亥） （正德十年，1515）

刘氏三子字说（乙亥） （正德十年，1515）

南冈说（丙戌） （嘉靖五年，1526）

悔斋说（癸酉） （正德八年，1513）

题汤大行殿试策问下（壬戌） （弘治十五年，1502）

示徐曰仁应试（丁卯） （正德二年，1507）

龙场生问答（戊辰） （正德三年，1508）

论元年春王正月（戊辰） （正德三年，1508）

书东斋风雨卷后（癸酉） （正德八年，1513）

竹江刘氏族谱跋（甲戌） （正德九年，1514）

书察院行台壁（丁丑） （正德十二年，1517）

谕俗四条（丁丑） （正德十二年，1517）

题遥祝图（戊寅） （正德十三年，1518）

书诸阳伯卷（戊寅） （正德十三年，1518）

书陈世杰卷（庚辰） （正德十五年，1520）

谕泰和杨茂（其人聋哑，自候门求见，先生以字问，茂以字答）

书栾惠卷（庚辰） （正德十五年，1520）

书佛郎机遗事（庚辰） （正德十五年，1520）

题寿外母蟠桃图（庚辰） （正德十五年，1520）

书徐汝佩卷（癸未） （嘉靖二年，1523）

题梦槎奇游诗卷（乙酉） （嘉靖四年，1525）

为善最乐文（丁亥） （嘉靖六年，1527）

客坐私祝（丁亥） （嘉靖六年，1527）

卷二十五　外集七　墓志铭 墓表 墓碑 传 碑 赞 箴 祭文

易直先生墓志（壬戌）（弘治十五年，1502）

陈处士墓志铭（癸亥） （弘治十六年，1503）

平乐同知尹公墓志铭（癸亥） （弘治十六年，1503）

徐昌国墓志（辛未） （正德六年，1511）

凌孺人杨氏墓志铭（乙亥） （正德十年，1515）

文橘庵墓志（乙亥） （正德十年，1515）

登仕郎马文重墓志铭（丙子） （正德十一年，1516）

明封刑部主事浩斋陆君墓碑志（丙子） （正德十一年，1516）

谥襄惠两峰洪公墓志铭

赠翰林院编修湛公墓表（壬申） （正德七年，1512）

节庵方公墓表（乙酉） （嘉靖四年，1525）

湛贤母陈太孺人墓碑（甲戌） （正德九年，1514）

程守夫墓碑（甲申） （嘉靖三年，1524）

太傅王文恪公传（丁亥） （嘉靖六年，1527）

平茶寮碑（丁丑） （正德十二年，1517）

平浰头碑（丁丑） （正德十二年，1517）

田州立碑（丙戌） （嘉靖五年，1526）

田州石刻

陈直夫南宫像赞

三箴

南镇祷雨文（癸亥）　（弘治十六年，1503）

瘗旅文（戊辰）　（正德三年，1508）

祭郑朝朔文（甲戌）　（正德九年，1514）

祭涮头山神文（戊寅）　（正德十三年，1518）

祭徐曰仁文（戊寅）　（正德十三年，1518）

祭孙中丞文（己卯）　（正德十四年，1519）

祭外舅介庵先生文（辛巳）　（正德十六年，1521）

祭文相文

又祭徐曰仁文（甲申）　（嘉靖三年，1524）

祭国子助教薛尚哲文（甲申）　（嘉靖三年，1524）

祭朱守忠文（甲申）　（嘉靖三年，1524）

祭洪襄惠公文

祭杨士鸣文（丙戌）　（嘉靖五年，1526）

祭元山席尚书文（丁亥）　（嘉靖六年，1527）

祭吴东湖文（丁亥）　（嘉靖六年，1527）

祭永顺宝靖土兵文（戊子）　（嘉靖七年，1528）

祭军牙六纛之神文（戊子）　（嘉靖七年，1528）

祭南海文（戊子）　（嘉靖七年，1528）

祭六世祖广东参议性常府君文（戊子）　（嘉靖七年，1528）

卷二十六　续编一

大学问

教条示龙场诸生

　　立志

　　勤学

改过

责善

五经臆说十三条

与滁阳诸生书并问答语

家书墨迹四首

　　一与克彰太叔

　　二与徐仲仁

　　三上海日翁书

　　四岭南寄正宪男

赣州书示四侄正思等

又与克彰太叔

寄正宪男手墨二卷

[寄正宪男手墨]又

卷二十七　续编二　书

与郭善甫

寄杨仕德

与顾惟贤

与当道书

与汪节夫书

寄张世文

与王晋溪司马

与陆清伯书

与许台仲书

[与许台仲书]又

与林见素

与杨邃庵

与萧子雍

与德洪

卷二十八　续编三
自劾不职以明圣治事疏

乞恩表扬先德疏

辩诛遗奸正大法以清朝列疏

书同门科举题名录后

书宋孝子朱寿昌孙教读源卷

书汪进之卷

书赵孟立卷

书李白骑鲸

书三酸

书韩昌黎与太颠坐叙

春郊赋别引

告谕庐陵父老子弟

庐陵县公移

教场石碑

铭一首

箴一首

阳朔知县杨君墓志铭

刘子青墓表

祭刘仁征主事

祭陈判官文

祭张广溪司徒

卷二十九　续编四

序

鸿泥集序

澹然子序（有诗）

寿杨母张太孺人序

对菊联句序

东曹倡和诗序

豫轩都先生八十受封序

送黄敬夫先生佥宪广西序

性天卷诗序

送陈怀文尹宁都序

送骆蕴良潮州太守序

高平县志序

送李柳州序

送吕丕文先生少尹京丞序

庆吕素庵先生封知州序

贺监察御史姚应隆考绩推恩序

送绍兴佟太守序

送张侯宗鲁考最还治绍兴序

送方寿卿广东佥宪序

记

提牢厅壁题名记

重修提牢厅司狱司记

赋

黄楼夜涛赋（朱君朝章将复黄楼，为予言其故。夜泊彭城之下，子瞻呼予曰："吾将与子听黄楼之夜涛乎？"觉则梦也。感子瞻之事，作《黄楼夜涛赋》）

来雨山雪图赋

诗

雨霁游龙山次五松韵

雪窗闲卧

次韵毕方伯写怀之作

春晴散步

[春晴散步]又

次魏五松荷亭晚兴

[次魏五松荷亭晚兴]又

次张体仁联句韵

[次张体仁联句韵]又[一]

[次张体仁联句韵]又[二]

题郭诩濂溪图

西湖醉中漫书

文衡堂试事毕书壁

白发漫书一绝

游泰山

雪岩次苏颖滨韵

试诸生有作

再试诸生

夏日登易氏万卷楼用唐韵

再试诸生用唐韵

次韵陆文顺佥宪

太子桥

与胡少参小集

再用前韵赋鹦鹉

送客过二桥

复用杜韵一首

先日与诸友有郊园之约是日因送客后期小诗写怀

待诸友不至

夏日游阳明小洞天喜诸生偕集偶用唐韵

将归与诸生别于城南蔡氏楼

诸门人送至龙里道中二首

赠陈宗鲁

醉后歌用燕思亭韵

题施总兵所翁龙

卷三十　续编五　三征公移逸稿

南赣公移（凡三十三条）

批漳南道教练民兵呈（正德十一年十一月二十五日）　（正德十一年，1516）

批漳南道进剿呈（十一月二十六日）

教习骑射牌（十二年五月十六日）

批南安府请兵策应呈（六月初十日）

批岭北道攻守机宜呈（六月二十六日）

批漳南道给由呈

批兵备道奖励官兵呈（七月初一日）

调用三省夹攻官兵（七月十五日）

夹攻防守咨（十月）

行岭北道催督进剿牌（十月初十日）

刻期会剿咨（十月二十一日）

横水建立营场牌（十月二十七日）

搜扒残寇咨（十一月十一日）

批准惠州府给由呈（正德十三年二月二十四日）　　（正德十三年，1518）

批攻取河源贼巢呈（三月二十三日）

批赣州府赈济呈（四月二十八日）

批岭北道修筑城垣呈（五月十五日）

查访各属贤否牌（六月十九日）

行漳南道禁支税牌（六月二十八日）

禁约驿递牌（七月初一日）

申明便宜敕谕（七月二十一日）

犒赏新民牌（七月二十八日）

行岭北等道议处兵饷（八月十四日）

再批攻剿河源贼巢呈（八月二十一日）

优礼谪官牌（十一月二十七日）

批漳南道设立军堡呈（十二月初三日）

再申明三省敕谕（十二月十二日）

批赣州府给由呈（十二月二十五日）

行岭北道裁革军职巡捕牌（十四年五月初五日）　　（正德十四年，1519）

遵奉钦依行福建三司清查钱粮（五月二十七日）

议处添设县所城堡巡司咨（五月三十日）

督责哨官牌（六月初七日）

委分巡岭北道暂管地方事（六月初六日）

思田公移（凡四十九条）

行广西统领军兵各官剿抚事宜牌（嘉靖六年十一月初五日）　　（嘉靖六年，1527）

行南韶二府招集民兵牌（十一月十二日）

奖留金事顾溱批呈（十一月二十三日）

批岭西道议处兵屯事宜呈（十一月二十三日）

批广州卫议处哨守官兵呈（十一月二十五日）

批都指挥李翱操演哨守官兵呈（十一月二十七日）

行两广都布按三司选用武职官员（十二月初七日）

行两广按察司稽查冒滥关文

给思明州官孙黄永宁冠带札付牌

省发土官罗廷凤等牌（十二月十七日）

给迁隆寨巡检黄添贵冠带牌（嘉靖七年正月初八日）　　（嘉靖七年，1528）

批左州分俸养亲申（正月十八日）

批右江道断复向武州地土呈（正月二十六日）

批左江道推立土官呈（二月初一日）

批遣还夷人归国申（二月十四日）

批苍梧道修理梧州府城呈（三月十一日）

批永安州知州乞休呈（三月十四日）

行参将沈希仪守八寨牌（二月二十三日）

行左江道剿抚仙台白竹诸瑶牌（三月二十四日）

委土目蔡德政统率各土目牌（四月初一日）

批左江道查给狼田呈（四月十一日）

行浔州府抚恤新民牌

批兴安县请发粮饷申（四月十三日）

行廉州府清查十家牌法（四月十六日）

行右江道招回新民牌（五月初六日）

委官赞画牌（五月初七日）

行参将沈希仪计剿八寨牌（五月初九日）

调发土官岑璹牌（五月初十日）

分调土官韦虎林进剿事宜牌（五月十五日）

行通判陈志敬查禁田州府私征商税牌（五月十五日）

批南宁卫给发土官银两申（五月十八日）

批左江道纪验首级呈（五月二十八日）

行左江道犒赏湖兵牌（六月初十日）

奖劳督兵官牌（六月初十日）

土舍彭荩臣军前冠带札付（六月初十日）

奖劳永保二司官舍土目牌（六月初十日）

调发武缘乡兵搜剿八寨残贼牌（六月十八日）

行右江道犒赏卢苏王受牌（七月初三日）

给土目行粮牌（七月初八日）

批右江道移置凤化县南丹卫事宜呈（八月初十日）

行左江道赈济牌（八月初十日）

批右江道议筑思恩府城垣呈（八月十五日）

奖劳剿贼各官牌（八月十九日）

行福建漳州府取回岑邦佐牌

批参将沈良佐经理军伍呈（八月二十四日）

告谕新民（八月）

批佥事吴天挺乞休呈（八月二十五日）

批苍梧道创建敷文书院呈（九月初六日）

改委南丹卫监督指挥牌

卷三十一　续编六

征藩公移上（凡二十九条）

行吉安府收囤兑粮牌（正德十四年六月二十日）　（正德十四年，1519）

行吉安府禁止镇守贡献牌（六月二十日）

行福建布政司调兵勤王

预行南京各衙门勤王咨

抚安百姓告示（六月二十二日）

差官调发梅花等峒义兵牌（六月二十七日）

行吉安府踏勘灾伤（七月初五日）

行吉安府知会纪功御史牌（七月初八日）

行知县刘守绪等袭剿坟厂牌（七月十三日）

督责知府伍文定等同心剿贼牌（七月二十五日）

行南昌府清查占夺民产（八月十六日）

批江西按察司优恤孙许死事（八月十五日）

行南昌府礼送孙公归榇牌（八月二十九日）

讨叛敕旨通行各属（九月初二日）

咨南京兵部议处献俘船只（九月初二日）

行江西三司清查被劫府库起运钱粮（九月初四）

行江西布按二司看守宁府库藏（九月十一日）

委按察使伍文定纪验残孽（九月二十日）

委知府伍文定邢珣防守省城牌（九月十二日）

行江西布按二司厘革抚绥条件（九月十二日）

行江西按察司知会逆党宫眷姓名

行江西按察司编审九姓渔户牌（九月二十四日）

献俘揭帖（九月二十六日）

行袁州等府查处军中备用钱粮牌（十月初六日）

行江西布按二司清查军前取用钱粮

防制省城奸恶牌（十二月十一日）

行江西按察司查禁因公科索民财（十二月十一日）

禁省词讼告谕（十二月十七日）

再禁词讼告谕（十二月）

征藩公移下（凡二十七条）

开报征藩功次赃仗咨（正德十五年三月初四日）　　（正德十五年，1520）

进缴征藩钧帖（四月十七日）

行江西三司搜剿鄱阳馀贼牌（五月二十日）

追剿入湖贼党牌（十五年）

行岭北道清查赣州钱粮牌（十月二十三日）

申行十家牌法

行江西布政司清查没官房产（十一月二十日）

批再申十家牌法呈（十一月二十九日）

批各道巡历地方呈（十二月二十六日）

禁约释罪自新军民告示（正德十六年正月初五日）　（正德十六年，1521）

批湖广兵备道设县呈（十六年）　（正德十六年，1521）

督剿安义逆贼牌（二月十一日）

截剿安义逃贼牌（二月十三日）

批议赏获功阵亡等次呈（三月初十日）

覆应天巡抚派取船只咨（三月二十四日）

批东乡叛民投顺状词（四月初九日）

批江西布政司清查造册呈（四月十六日）

行丰城县督造浅船牌（十六年）　（正德十六年，1521）

行江西按察司审问通贼罪犯牌（六月十五日）

行江西按察司清查军前解回粮赏等物（六月十九日）

批广东按察司立县呈（七月二十八日）

行江西三司停止兴作牌（八月初九日）

行岭北道申明教场军令（九月十七日）

行雩都县建立社学牌（十二月二十七日）

卷三十二　附录一

年谱一（自成化壬辰始生至正德戊寅征赣）　（成化八年至正德十三年，1472—1518）

卷三十三　附录二

年谱二（自正德己卯在江西至正德辛巳归越）　（正德十四年至十六年，1519—1521）

卷三十四　附录三

年谱三（自嘉靖壬午在越至嘉靖己丑丧归越）　（嘉靖元年至八年，1522—1529）

卷三十五　附录四

年谱附录一（自嘉靖庚寅建精舍于天真山至隆庆丁卯复伯爵）　（嘉靖九年至隆庆元年，1530—1567）

卷三十六　附录五

年谱附录二（年谱旧序至论年谱书）

阳明先生年谱序（钱德洪）

阳明先生年谱考订序（罗洪先）

刻阳明先生年谱序（王畿）

[刻阳明先生年谱序]又（胡松）

[刻阳明先生年谱序]又（王宗沐）

论年谱书（邹守益）

论年谱书（凡九首）（罗洪先）

答论年谱书（凡十首）（钱德洪）

卷三十七　附录六　世德纪

传

王性常先生传（张壹民）

遯石先生传（胡俨）

槐里先生传（戚澜）

竹轩先生传（魏瀚）

海日先生墓志铭（杨一清）

海日先生行状（陆深）

阳明先生墓志铭（湛若水）

阳明先生行状（黄绾）

祭文

亲友祭文（九篇）（汪俊、熊浃、汪鋐、胡东皋、徐玺、储良材二篇、王尧封、王暐）

有司祭文（三篇）（吉安府知府张汉等、南昌府儒学教授廖廷臣等、玉山知县吕应阳）

门人祭文（十五篇）（顾应祥、应良、黄宗明、魏良器、应典、栾惠等、王良知、薛侃、翁万达、应大桂、刘魁、万潮、张津等、王时柯等、邹守益、叶溥、阳克慎）

师服问（钱德洪）

讣告同门

遇丧于贵溪书哀感

书稽山感别卷

谢江广诸当道书

再谢汪诚斋书

再谢储谷泉书

丧纪（程辉）

卷三十八　附录七　世德纪附录

辨忠谗以定国是疏（陆澄）

明军功以励忠勤疏（黄绾）

地方疏（霍韬）

征宸濠反间遗事（钱德洪）

阳明先生平浰头记（费宏）

移置阳明先生石刻记

阳明王先生报功祠记

田石平记（陆必东）

阳明先生画像记（徐阶）

重修阳明王先生祠记（李春芳）

平宁藩事略（蔡文）

荫子咨呈

处分家务题册（黄宗明）

同门轮年抚孤题单（薛侃）

请恤典赠谥疏

辨明功罚疏

请从祀疏

题赠谥疏

题遣官造葬照会

祭葬札付

江西奏复封爵咨（任士凭）

浙江巡抚奏复封爵疏（王得春）

题请会议复爵疏

会议复爵疏（杨博）

再议世袭大典

国家图书馆藏王阳明著述目录

1.《居夷集》三卷,(明)王守仁撰。明嘉靖三年(1524)丘养浩刻本。

2.《阳明先生则言》二卷,(明)王守仁撰。明嘉靖十六年(1537)薛侃刻本。

3.《传习录》三卷《续录》二卷,(明)王守仁撰。明刻本。

4.《传习录》三卷,(明)王守仁撰。明李益大刻本。存一卷(卷上)。

5.《王阳明先生传习录》三卷,(明)王守仁撰。民国十六年(1927)上海扫叶山房石印本。存一卷(卷上)。

6.《王阳明先生传习录论》三卷《附集》一卷,(明)王守仁撰、(清)王应昌论、(清)唐九经评。清顺治刻本。

7.《朱子晚年定论》一卷附《王文成公示弟立志说》,(明)王守仁辑、(清)费熙评述。清光绪十九年(1893)周文桂刻本。

8.《新刻世史类编》四十五卷《首》一卷,(明)李纯卿草创、(明)谢迁补遗、(明)王守仁覆详、(明)王世贞会纂、(明)李槃增修。明万历三十四年(1606)书林余彰德刻本。

9.《大学古本旁注》一卷,(明)王守仁注。清刻本。

10.《大学古本》一卷,(明)王守仁撰、(清)徐润第辑。民国六年(1917)太原文蔚阁铅印本。

11.《古本大学集说》三卷,(清)王䜣编。民国八年(1919)榆次常氏石印本。

12.《阳明先生文录》五卷《外集》九卷《别录》十卷,(明)王守仁撰。明嘉靖十四年(1535)闻人诠刻本。

13.《阳明先生文录》五卷《外集》九卷《别录》十卷《传习录》二卷《则言》二卷,（明）王守仁撰。明嘉靖刻本。

14. 河东重刻《阳明先生文录》五卷《外集》九卷《别录》十卷,（明）王守仁撰。明嘉靖三十二年（1553）宋仪望刻本。存十四卷（《文录》《外集》）。

15.《阳明先生文录》十七卷《语录》三卷,（明）王阳明撰。明嘉靖二十六年（1547）范庆刻本。

16.《阳明先生文录》五卷《外集》九卷《别录》十四卷,（明）王守仁撰。明嘉靖二十九年（1550）闾东刻本。存十一卷（《文录》,《外集》卷一至六）。

17.《阳明先生文录》五卷《外集》九卷《别录》十四卷,（明）王守仁撰。明嘉靖刻本。

18.《阳明先生文录》五卷《外集》九卷《别录》十卷,（明）王守仁撰。明刻本。

19.《阳明先生别录》十三卷,（明）王守仁撰。明刻本。

20.《王文成公全书》三十八卷,（明）王守仁撰。明隆庆六年（1572）谢廷杰刻本。

21.《王文成公全书》三十八卷,（明）王守仁撰。清文津阁《四库全书》本。

22.《王文成公全书》三十八卷,（明）王守仁撰。清光绪浙江书局刻本。

23.《王文成公全书》三十八卷,（明）王守仁撰。民国二年（1913）上海中华图书馆石印本。存二十五卷（卷一至二十五）。

24.《王文成公全书》三十八卷,（明）王守仁撰。民国上海中华书局铅印《四部备要》本。

25.《王阳明先生全集》十卷,（明）王守仁撰、（清）俞嶙辑;《首》一卷。清康熙十二年（1673）俞嶙是政堂刻本。

26.《王阳明先生全集》二十二卷,（明）王守仁撰、（清）俞嶙辑;《首》一卷。清康熙十二年（1673）俞嶙是政堂刻余姚敦厚堂黄氏印本。

27.《王阳明先生全集》十六卷,（明）王守仁撰、（清）王贻乐辑、（清）陶浔霍批注。清道光六年（1826）柳廷芳刻本。

28.《王阳明先生全集》十六卷，（明）王守仁撰、（清）王贻乐辑、（清）陶浔霍批注。清道光六年（1826）柳廷芳刻湘潭王文德印本。

29.《阳明先生文选》四卷，（明）王守仁撰、（明）赵友琴辑。明万历赵友琴刻本。

30.《文成先生文要》五卷，（明）王守仁撰。明万历三十一年（1603）陆典等刻本。存四卷（卷一至三、五）。

31.《阳明先生道学钞》八卷，（明）王守仁撰、（明）李贽辑。明万历三十七年（1609）武林继锦堂刻本。存七卷（卷一至七）。

32.《阳明先生道学钞》八卷，（明）王守仁撰、（明）李贽辑。明万历三十七年（1609）武林继锦堂刻本。

33.《王文成公文选》八卷，（明）王守仁撰、（明）王畿辑、（明）钟惺评。明崇祯六年（1633）刻本。

34.《王文成公文选》八卷，（明）王守仁撰、（明）王畿辑、（明）钟惺评。民国七年（1918）上海新学会社铅印本。

35.《王阳明先生文钞》二十卷，（明）王守仁撰、（清）张问达辑。清康熙致和堂刻本。

36.《阳明先生集要三编》十五卷《年谱》一卷，（明）王守仁撰、（明）施邦曜辑。明崇祯七至八年（1634—1635）王立准刻本。存十五卷（缺《经济编》卷七）。

37.《阳明先生集要三编》十五卷《年谱》一卷，（明）王守仁撰、（明）施邦曜辑。清乾隆五十二年（1787）济美堂刻本。

38.《阳明先生集要三编》十五卷《年谱》一卷，（明）王守仁撰、（明）施邦曜辑。清光绪五年（1879）黔南刻本。存《三编》十五卷。

39.《阳明先生集要三编》十五卷《年谱》一卷《古本大学注》一卷，（明）王守仁撰、（明）施邦曜辑。清光绪三十二年（1906）铅印本。

40.《阳明先生集要三种》十五卷《年谱》一卷《古本大学注》一卷，（明）

王守仁撰、(明)施邦曜辑。清光绪三十三年(1907)上海明明学社铅印本。

41.《阳明先生集要三种》十五卷《年谱》一卷《古本大学注》一卷,(明)王守仁撰、(明)施邦曜辑。清宣统三年(1911)上海明明学社铅印本。

42.《王文成公集要》七卷,(明)王守仁撰、(清)刘永宦编;《观感录》一卷,(明)李颙撰。清嘉庆三年(1798)原邑刘永宦刻本。

43.《阳明先生要书》八卷《附录》五卷,明王守仁撰、(明)陈龙正纂。明崇祯八年(1635)刻本。存一卷(卷一)。

44.《王阳明诗集》四卷,(明)王守仁撰、[日本]近藤元粹选评。日本明治四十三年(1910)嵩山堂铅印本。

45.《王文成公书牍》一卷,(明)王阳明撰。民国三年(1914)上海图书局石印本。

46.《王阳明尺牍》一卷,(明)王守仁撰。民国十年(1921)上海文明书局石印《明清十大家尺牍》本。

47.《王阳明年谱节本》一卷《传习录节本》一卷,陈筑山辑。民国十六年(1927)中华平民教育促进总会铅印本。

48.《王阳明集》一卷,(明)王守仁撰。明嘉靖隆庆间刻《盛明百家诗》本。

49.《王阳明稿》一卷,(明)王守仁撰、(清)陈名夏辑。明末陈氏石云居刻《国朝大家制义》本。

50.《王阳明稿》不分卷,(明)王守仁撰、(清)俞长城辑。清康熙可仪堂刻《可仪堂一百二十名家制义》令德堂印本。

51.《王阳明稿》不分卷,(明)王守仁撰、(清)俞长城辑。清乾隆三年(1738)文盛堂、怀德堂刻《可仪堂一百二十名家制义》本。

52.《王阳明先生集》不分卷,(明)王守仁撰、(清)范鄗鼎汇编。清康熙洪洞范鄗鼎五经堂刻道光五年(1825)洪洞张恢重修《广理学备考》本。

53.《王阳明文选》二卷,(明)王守仁撰、(清)刘肇虞辑。清乾隆二十九年(1764)刻《元明八大家古文选》本。

54.《王阳明文集》一卷,(明)王守仁撰、(清)石韫玉选。清道光八年(1828)刻《明八家文选》本。

55.《王阳明先生文选》七卷,(明)王守仁撰、(清)李祖陶辑评。清道光二十五年(1845)刻《金元明八大家文选》本。

56.《王阳明集节录》一卷,(明)王守仁撰、(清)陈溥节录评注。清光绪八至九年(1882-1883)邛州伍肇龄刻《陈氏丛书》本。

57.《传习则言》一卷,(明)王守仁撰。明嘉靖三十三年郑梓刻《明世学山》本。

58.《传习则言》一卷,(明)王守仁撰。明万历刻《百陵学山》本。

59.《传习则言》一卷《阳明先生保甲法》一卷《阳明先生乡约法》一卷,(明)王守仁撰。清道光十一年(1831)晁氏木活字印《学海类编》本。

60.《[王子]语录》不分卷,(明)王守仁撰。清康熙抄《读书笔录》本。

61.《传习录钞》一卷,(明)王守仁撰。日本昭和二年(1927)日本大阪积善馆株式会社铅印《汉文新选诸子钞》本。

62.《大学古本旁释》一卷《大学古本问》一卷,(明)王守仁撰。明万历刻《百陵学山》本。

63.《征藩功次》一卷,(明)王守仁撰。清顺治李际期刻清重修《说郛》本。

64.《大学古本旁注》一卷,(明)王守仁注。清乾隆绵州李调元刻《函海》本。

65.《阳明理学集》三卷,(明)王守仁撰、周学熙辑。民国二十一年(1932)至德周氏师古堂刻《古训粹编》本。

王阳明著述篇目对照

卷一 语录一
传习录上

徐爱录 [14条]：02卷上（1条*），03卷一，04上卷一（13条），05卷上，06卷上之一《徐曰仁录》（13条），10卷一（9条），11卷上（8条），13传习录上卷一（14条#），15语录卷一（14条#），22卷一，23卷一，24卷一，26卷二十一（14条#），27卷二《门人徐爱手述》（14条#），28卷二《门人徐爱手述》（14条#），35卷一《徐爱录第一》（14条#），36理学编卷一《传习录一》（14条#），37理学编卷一《传习录一》（14条#），38理学编卷一《传习录一》（14条#），39理学编卷一《传习录一》（14条#），40理学集卷一《传习录一》（14条#），41理学集卷一《传习录一》（14条#），42卷一，43卷一上《徐曰仁录》（13条），47传习录节录（6条），52卷一（2条*），57卷一（1条*#），58卷一（1条*#），59传习则言（1条*#），60卷一（4条*），65传习录上（5条）

陆澄录 [80条]：02卷上（1条*），03卷二（82条），04上卷二（79条），05卷上，06卷上之二《陆澄录（附疏）》，10卷一（10条），11卷上（9条），13传习录上卷二（80条），15语录卷二（80条），22卷一，23卷一，24卷一，26卷二十一（80条#），27卷二《门人陆澄手述》，28卷二《门人陆澄手述》，35卷一《陆澄录第二》（73条*#），36理学编卷一《传习录二》（66条*#），37理学编卷一《传习录二》（66条*#），38理学编卷一《传习录二》（66条*#），39理学编卷一《传习录二》（66条*#），40理学集卷一《传习录二》（66条*#），

41理学集卷一《传习录二》(66条*#),42卷一,43卷一上(73条),47传习录节录(29条),52卷一(11条*),57卷一(4条*),58卷一(4条*),59传习则言(4条*),60卷一(18条*),65传习录上(29条)

薛侃录 [35条]:03卷三,04上卷三(34条),05卷上,06卷上之三,10卷一(3条),11卷上(5条),13传习录上卷三(35条*),15语录卷三(35条*),22卷一,23卷一,24卷一,26卷二十一,27卷二《门人薛侃手述》,28卷二《门人薛侃手述》,35卷一《薛侃录第三》(34条*),36理学编卷一《传习录三》(35条*#),37理学编卷一《传习录三》(35条*#),38理学编卷一《传习录三》(35条*#),39理学编卷一《传习录三》(35条*#),40理学集卷一《传习录三》(35条*#),41理学集卷一《传习录三》(35条*#),42卷一,43卷一上(33条),47传习录节录(6条),52卷一(6条*),57卷一(5条*#),58卷一(5条*#),59传习则言(5条*#),60卷一(7条*),65传习录上(7条)

卷二 语录二
传习录中

答顾东桥书 [14条]:02卷上(11条*#),06卷下之一,10卷一《答顾东桥》(3条),11卷中《答顾东桥》(7条),12文录卷二《答顾东桥(乙酉)》,13文录卷二《答顾东桥(乙酉)》、传习录下卷二《答人论学书》(重出),14文录卷二《答顾东桥(乙酉)》(1条)(抄配),15文录卷二《答顾东桥书(乙酉)》,16文录卷二《答顾东桥书(乙酉)》,17文录卷二《答顾东桥书(乙酉)》,18文录卷二《答顾东桥书(乙酉)》,22卷二,23卷二,24卷二,25卷二《答顾东桥(乙酉)》,26卷二《答顾东桥(乙酉)》,27卷三,28卷三,29卷二《答顾东桥(乙酉)》,30卷二(14条*#),35卷三《答顾东桥论知行格致之学书(乙酉)》(14条*),36理学编卷三《答顾东桥书(乙酉)》,37理学编卷三《答顾东桥书(乙酉)》,38理学编卷三《答顾东桥书(乙酉)》,39理学编卷三《答顾东桥书(乙酉)》,40理学集卷三《答顾东桥书(乙酉)》,41理学集卷三《答顾东桥书(乙酉)》,

42 卷二，47 传习录节录（3 条 *），52 卷一《答顾东桥（录第十段）》（1 条 *），65 传习录中（3 条）

启问道通书 [7 条]：02 卷上（4 条 *#），06 卷下之二《答周道通书》，12 文录卷二《答周道通（甲申）》，13 文录卷二《答周道通（甲申）》、传习录下卷三《答周道通书》（重出），14 文录卷二《答周道通（甲申）》（1 条 *）（抄配），15 文录卷二《答周道通（甲申）》，16 文录卷二《答周道通（甲申）》，17 文录卷二《答周道通（甲申）》，18 文录卷二《答周道通（甲申）》，22 卷二，23 卷二，24 卷二，25 卷二《答周道通（甲申）》，26 卷二《答周道通（甲申）》，27 三《答周道通书》（7 条 *#），28 卷三《答周道通书》（7 条 *#），29 卷二《答周道通（甲申）》（7 条 *）（正文无篇题），30 卷二《答周道通》（6 条 *），35 卷三《答周道通论何思何虑书（壬午）》（7 条 *#），36 理学编卷三《答周道通书其一（甲申）》，37 理学编卷三《答周道通书其一（甲申）》，38 理学编卷三《答周道通书其一（甲申）》，39 理学编卷三《答周道通书其一（甲申）》，40 理学集卷三《答周道通书其一（甲申）》，41 理学集卷三《答周道通书其一（甲申）》，42 卷二，52 卷一《答周道通（录第四段）》（1 条 *），65 传习录中

答陆原静书 [4 条]：02 卷上（3 条 *#），06 卷下之二，12 文录卷二《[与陆元静]三（甲申）[一]》（有文无目），13 文录卷二《[与陆元静]三[一]》、传习录下卷三《答陆原静书》（重出，有文无目），14 文录卷二《[与陆元静]三》（1 条）（抄配），15 文录卷二《[与陆元静]三（壬午）[一]》，16 文录卷二《[与陆元静]三（甲申）[一]》，17 文录卷二《[与陆元静]三（甲申）[一]》，18 文录卷二《[与陆元静]三（甲申）[一]》，22 卷二，23 卷二，24 卷二，25 卷二《[与陆元静]三（甲申）[一]》，26 卷二《[与陆元静]三（甲申）[一]》，27 卷三《答陆原静书[一]》（4 条 #），28 卷三《答陆原静书[一]》（4 条 #），29 卷二《[与陆元静]三（壬午）[一]》，30 卷二《[与陆元静]三[一]》，35 卷三《答陆原静论动静之学书（辛巳）》（4 条），36 理学编卷三《与陆元静书其三（甲申）[一]》，37 理学编卷三《与陆元静书其三（甲申）[一]》，38 理学编卷三《与陆元静书

其三（甲申）[一]》，39 理学编卷三《与陆元静书其三（甲申）[一]》，40 理学集卷三《与陆元静书其三（甲申）[一]》，41 理学集卷三《与陆元静书其三（甲申）[一]》，42 卷二，57 卷一（1 条*），58 卷一（1 条*），59 传习则言（1 条*），65 传习录中（1 条*）

又 [答陆原静书] [13 条]：02 卷上（8 条*#），06 卷下之二，12 文录卷二《[与陆元静]三（甲申）[二]》（有文无目），13 文录卷二《[与陆元静]三[二]》、传习录下卷三《又[答陆原静书]》（重出，有文无目），15 文录卷二《[与陆元静]三（壬午）[二]》，16 文录卷二《[与陆元静]三（甲申）[二]》，17 文录卷二《[与陆元静]三（甲申）[二]》，18 文录卷二《[与陆元静]三（甲申）[二]》，22 卷二，23 卷二，24 卷二，25 卷二《[与陆元静]三（甲申）[二]》，26 卷二《[与陆元静]三（甲申）[二]》，27 卷三《答陆原静书[二]》，28 卷三《答陆原静书[二]》，29 卷二《[与陆元静]三（壬午）[二]》，30 卷二《[与陆元静]三[二]》（13 条*），35 卷三《答陆原静论动静之学书（辛巳）》（13 条*#），36 理学编卷三《与陆元静书其三（甲申）[二]》，37 理学编卷三《与陆元静书其三（甲申）[二]》，38 理学编卷三《与陆元静书其三（甲申）[二]》，39 理学编卷三《与陆元静书其三（甲申）[二]》，40 理学集卷三《与陆元静书其三（甲申）[二]》，41 理学集卷三《与陆元静书其三（甲申）[二]》，42 卷二，47 传习录节录（2 条），57 卷一（1 条*），58 卷一（1 条*），59 传习则言（1 条*），60 卷一（1 条*），65 传习录中（4 条*）（无篇题）

答欧阳崇一 [4 条]：02 卷上（4 条*#），06 卷下之三，12 文录卷三《答欧阳崇一[一]（丙戌）》，13 文录卷三《答欧阳崇一[一]（丙戌）》、传习录下卷四《答欧阳崇一》（重出），14 文录卷三《答欧阳崇一[一]（丙戌）》，15 文录卷三《答欧阳崇一[一]》，16 文录卷三《答欧阳崇一[一]（丙戌）》，17 文录卷三《答欧阳崇一[一]》，18 文录卷三《答欧阳崇一[一]（丙戌）》，22 卷二，23 卷二，24 卷二，25 卷三《答欧阳崇一[一]（丙戌）》，26 卷三《答欧阳崇一[一]（丙戌）》，27 卷三（残），28 卷三（残），29 卷三《答欧阳崇一（丙戌）》，30 卷二，35 卷三《答欧阳崇一论致知之功书（丙戌）》（4条#），36 理学编卷三《答欧阳崇一书（丙戌）》,37 理学编卷三《答欧阳崇一书（丙戌）》,38 理学编卷三《答欧阳崇一书（丙戌）》,39 理学编卷三《答欧阳崇一书（丙戌）》,40 理学集卷三《答欧阳崇一书（丙戌）》,41 理学集卷三《答欧阳崇一书（丙戌）》,42 卷二，65 传习录中（3条*）

答罗整庵少宰书 [6条]：02 卷上（6条*），06 卷下之三，10 一《答罗整庵少宰》，11 卷中《答罗整庵少宰》，12 文录卷一《答罗整庵少宰（庚辰）》，13 文录卷一《答罗整庵少宰（庚辰）》，14 文录卷一《答罗整庵少宰（庚辰）》，15 文录卷一《答罗整庵少宰（庚辰）》，16 文录卷一《答罗整庵少宰（庚辰）》，17 文录卷一《答罗整庵少宰（庚辰）》，18 文录卷一《答罗整庵少宰（庚辰）》，22 卷二，23 卷二，24 卷二，25 卷一《答罗整庵少宰（庚辰）》，26 卷一《答罗整庵少宰书（庚辰）》，27 卷三《答罗整庵书》（6条*），28 卷三《答罗整庵书》（6条*），29 卷一《答罗整庵少宰（庚辰）》，30 卷二《答罗整庵》（3条*），35 卷三《答罗整庵论格物为用力日可见之地书（庚辰）》（6条*），36 理学编卷四《答罗整庵少宰书（庚辰）》，37 理学编卷四《答罗整庵少宰书（庚辰）》，38 理学编卷四《答罗整庵少宰书（庚辰）》，39 理学编卷四《答罗整庵少宰书（庚辰）》，40 理学集卷四《答罗整庵少宰书（庚辰）》，41 理学集卷四《答罗整庵少宰书（庚辰）》，42 卷二，62 大学古本问卷一（1条*）

答聂文蔚 [7条]：02 卷上（5条*），06 卷下之三，12 文录三《答聂文蔚（丙戌）》，13 文录卷三《答聂文蔚（丙戌）》、传习录下卷四《答聂文蔚书》（重出），14 文录卷三《答聂文蔚（丙戌）》，15 文录卷三《答聂文蔚（丙戌）》，16 文录卷三《答聂文蔚（丙戌）》，17 文录卷三《答聂文蔚（丙戌）》（残），18 文录卷三《答聂文蔚（丙戌）》，22 卷二，23 卷二，24 卷二，25 卷三《答聂文蔚（丙戌）》，26 卷三《答聂文蔚（丙戌）》，27 卷三（7条*），28 卷三（7条*），29 卷三《答聂文蔚（丙戌）》，35 卷三《答聂文蔚论讲学明道书（丙戌）》（7条*），36 理学编卷四《答聂文蔚书其一（丙戌）》，37 理学编卷四《答聂文蔚书其一（丙戌）》，38 理学编卷四《答聂文蔚书其一（丙戌）》,39 理学编卷四《答聂文蔚书其一（丙戌)》,40 理学集卷四《答聂文蔚书其一（丙戌)》,41 理学集卷四《答聂文蔚书其一（丙戌)》,42 卷二,52 卷一《答聂文蔚（节录)》(3 条*)

[答聂文蔚] 二 [10 条]:02 卷上（5 条*),06 卷下之三,12 文三《[答聂文蔚] 二（戊子)》(10 条#),13 文录卷三《[答聂文蔚] 二（戊子)》(10 条#),14 文录卷三《[答聂文蔚] 二（戊子)》(10 条#),15 文录卷三《[答聂文蔚] 二（戊子)》(10 条#),16 文录卷三《[答聂文蔚] 二（戊子)》(10 条#),17 文录卷三《[答聂文蔚] 二（戊子)》(10 条#),18 文录卷三《[答聂文蔚] 二（戊子)》(10 条#),22 卷二,23 卷二,24 卷二,25 卷三《[答聂文蔚] 二（戊子)》(10 条#),26 卷三《[答聂文蔚] 二（戊子)》(10 条#),27 卷三《再答聂文蔚》(10 条*),28 卷三《再答聂文蔚》(10 条*),29 卷三《[答聂文蔚] 二（戊子)》(9 条),30 卷二《答聂文蔚》(5 条*),35 卷三《答聂文蔚论必有事焉为致知之功书（戊子十月)》(8 条),36 理学编卷四《答聂文蔚书其二（戊子)》(10#),37 理学编卷四《答聂文蔚书其二（戊子)》(10#),38 理学编卷四《答聂文蔚书其二（戊子)》(10#),39 理学编卷四《答聂文蔚书其二（戊子)》(10#),40 理学集卷四《答聂文蔚书其二（戊子)》(10#),41 理学集卷四《答聂文蔚书其二（戊子)》(10#),42 卷二

训蒙大意示教读刘伯颂等 [1 条]:02 卷上（1 条*),06 卷下之三,13 传习录下卷五,22 卷二,23 卷二,24 卷二,35 卷三,42 卷二

教约 [5 条]:06 卷下之三,13 传习录下卷五,22 卷二,23 卷二,24 卷二,35 卷三,42 卷二

卷三　语录三

传习录下

陈九川录 [21 条]:03 续录卷上,06 卷中之一《九川录》,10 卷一（5 条*#),11 卷上（4 条),22 卷三,23 卷三,24 卷三,26 卷二十二（21 条#)（顺序改变),27 卷二《语录》(14 条*),28 卷二《语录》(14 条*),35 卷二《陈

九川录第四》（20条*#），36理学编卷二（14条），37理学编卷二（14条），38理学编卷二（14条），39理学编卷二（14条），40理学集卷二（14条），41理学集卷二（14条），42卷三，43卷一下（18条），47传习录节录（8条），52卷一（3条*），60卷一（1条*），65传习录下（3条）

黄直录 [15条]：03续录卷上（13条），06卷中之一，10卷一（5条），11卷上（5条），22卷三，23卷三，24卷三，26卷二十二，27卷二《语录》（12条*），28卷二《语录》（12条*），35卷二《黄直录第五》（15条*#），36理学编卷二（11条），37理学编卷二（11条），38理学编卷二（11条），39理学编卷二（11条），40理学集卷二（11条），41理学集卷二（11条），42卷三，43卷一下，47传习录节录（4条），52卷一（2条*），60卷一（2条*），65传习录下（7条）

黄修易录 [11条]：03续录卷上（13条），06卷中之一，10卷一（1条），11卷上（1条），22卷三，23卷三，24卷三，26卷二十二，27卷二《语录》（7条*），28卷二《语录》（7条*），35卷二《黄修易录第六》（11条*#），36理学编卷二（7条*），37理学编卷二（7条*），38理学编卷二（7条*），39理学编卷二（7条*），40理学集卷二（7条*），41理学集卷二（7条*），42卷三，43卷一下（10条），47传习录节录（3条），52卷一（2条*），60卷一（1条*），65传习录下（4条）

黄省曾录 [12条]：03续录卷上（11条），06卷中之二，22卷三，23卷三，24卷三，26卷二十二，27卷二《语录》（5条*），28卷二《语录》（5条*），35卷二《黄曾省录第七》（12条#），36理学编卷二（5条），37理学编卷二（5条），38理学编卷二（5条），39理学编卷二（5条），40理学集卷二（5条），41理学集卷二（5条），42卷三，43卷一下（9条），47传习录节录（5条），52卷一（3条*），60卷一（1条*），65传习录下（2条）

钱德洪录 [56条]：03续录卷下（57条），06卷中之二，10卷一（2条），11卷上（2条），22卷三，23卷三，24卷三，26卷二十二（56条#）（顺序改变），27卷二《语录》（36条*），28卷二《语录》（36条*），35卷二《钱德洪录第八》（54

条*#），36 理学编卷二（27 条*#），37 理学编卷二（27 条*#），38 理学编卷二（27 条*#），39 理学编卷二（27 条*#），40 理学集卷二（27 条*#），41 理学集卷二（27 条*#），42 卷三，43 卷一下（51 条），47 传习录节录（19 条），52 卷一（10 条*），60 卷一（6 条*），65 传习录下（11 条）

黄以方录 [27 条]：03 续录卷下（29 条），06 卷中之二，10 卷一（3 条），11 卷上（4 条），22 卷三，23 卷三，24 卷三，26 卷二十二，27 卷二《语录》（17 条*），28 卷二《语录》（17 条*），35 卷二《黄直录第五》（26 条*#），36 理学编卷二（13 条），37 理学编卷二（13 条），38 理学编卷二（13 条），39 理学编卷一、卷二（13 条），40 理学集卷二（13 条），41 理学集卷二（13 条），42 卷三，43 卷一下（25 条），47 传习录节录（11 条），52 卷一（2 条*），60 卷一（1 条*），65 传习录下（3 条）

[附录] 朱子晚年定论 [34 条]：06 附集一卷，07 卷一，21 卷三，22 卷三，23 卷三，24 卷三

卷四　文录一　书一（始正德己巳至庚辰）

与辰中诸生（己巳）：12 文录卷一，13 文录卷一，14 文录卷一，15 文录卷一，16 文录卷一，17 文录卷一，18 文录卷一，21 卷四，22 卷四，23 卷四，24 卷四，25 卷一，26 卷一，27 卷四，28 卷四，29 卷一，33 卷三，34 卷三，35 卷十《与辰中诸生论收放心书》*，36 理学编卷四《与辰中诸生书》，37 理学编卷四《与辰中诸生书》，38 理学编卷四《与辰中诸生书》，39 理学编卷四《与辰中诸生书》，40 理学集卷四《与辰中诸生书》，41 理学集卷四《与辰中诸生书》，45 卷一

答徐成之（辛未）：02 卷上*，12 文录卷一，13 文录卷一，14 文录卷一，15 文录卷一《答徐成之书》，16 文录卷一，17 文录卷一《答徐成之书》，18 文录卷一，21 卷四，22 卷四，23 卷四，24 卷四，25 卷一，26 卷一，27 卷五《答徐成之书》，28 卷五《答徐成之书》，29 卷一，35 卷十《答徐成之论心存则理自熟书》*（目录作《答徐成之论心同理自熟书》），36 理学编卷四《答徐成之书》，

37 理学编卷四《答徐成之书》，38 理学编卷四《答徐成之书》，39 理学编卷四《答徐成之书》，40 理学集卷四《答徐成之书》，41 理学集卷四《答徐成之书》，45 卷一，46 卷一

答黄宗贤应原忠（辛未）：02 卷上*，12 文录卷一（有目无文），13 文录卷一，14 文录卷一，15 文录卷一，16 文录卷一，17 文录卷一，18 文录卷一，21 卷四，22 卷四，23 卷四，24 卷四，25 卷一，26 卷一，27 卷五，28 卷五，29 卷一，35 卷十《答黄宗贤应原忠论去私存理书》，36 理学编卷四，37 理学编卷四，38 理学编卷四，39 理学编卷四，40 理学集卷四，41 理学集卷四，45 卷一

答汪石潭内翰（辛未）：02 卷上*，12 文录卷一，13 文录卷一，14 文录卷一，15 文录卷一，16 文录卷一，17 文录卷一#，18 文录卷一，21 卷四，22 卷四，23 卷四，24 卷四，25 卷一，26 卷一，27 卷五《答汪石潭内翰书》(目录作《答汪石潭》)，28 卷五《答汪石潭内翰书》(目录作《答汪石潭》)，29 卷一，30 卷一《答汪石潭》*，35 卷十《答汪石潭论动静体用书》*，36 理学编卷四《答汪石潭内翰书》，37 理学编卷四《答汪石潭内翰书》，38 理学编卷四《答汪石潭内翰书》，39 理学编卷四《答汪石潭内翰书》，40 理学集卷四《答汪石潭内翰书》，41 理学集卷四《答汪石潭内翰书》，45 卷一

寄诸用明（辛未）：02 卷上*，12 文录卷一，13 文录卷一，14 文录卷一，15 文录卷一，16 文录卷一，17 文录卷一，18 文录卷一，21 卷四，22 卷四，23 卷四，24 卷四，25 卷一，26 卷一，27 卷五，28 卷五，29 卷一，35 卷十《寄诸用明论道贵禽聚书》*，36 理学编卷四《寄诸用明书》，37 理学编卷四《寄诸用明书》，38 理学编卷四《寄诸用明书》，39 理学编卷四《寄诸用明书》，40 理学集卷四《寄诸用明书》，41 理学集卷四《寄诸用明书》，45 卷一

答王虎谷（辛未）：12 文录卷一，13 文录卷一，14 文录卷一，15 文录卷一，16 文录卷一，17 文录卷一，18 文录卷一，21 卷四，22 卷四，23 卷四，24 卷四，25 卷一，26 卷一，29 卷一，35 卷十《答王虎谷论仁体本自弘毅书》*，45 卷一

与黄宗贤（辛未）：12 文录卷一，13 文录卷一，14 文录卷一，15 文录卷一《与

黄宗贤书》，16 文录卷一，17 文录卷一《与黄宗贤书一》#，18 文录卷一，21 卷四，22 卷四，23 卷四，24 卷四，25 卷一，26 卷一，35 卷十《与黄宗贤论仁恕之别书》*，45 卷一

[与黄宗贤]二（壬申）：12 文录卷一，13 文录卷一，14 文录卷一，15 文录卷一，16 文录卷一，17 文录卷一《[与黄宗贤书]二》，18 文录卷一，21 卷四，22 卷四，23 卷四，24 卷四，25 卷一，26 卷一，45 卷一

[与黄宗贤]三（癸酉）：12 文录卷一，13 文录卷一，14 文录卷一，15 文录卷一，16 文录卷一，17 文录卷一《[与黄宗贤书]三》#，18 文录卷一，21 卷四，22 卷四，23 卷四，24 卷四，25 卷一，26 卷一，35 卷十《与黄宗贤论牵制文义书》，45 卷一

[与黄宗贤]四（癸酉）：12 文录卷一，13 文录卷一，14 文录卷一，15 文录卷一，16 文录卷一，17 文录卷一《[与黄宗贤书]四》，18 文录卷一，21 卷四，22 卷四，23 卷四，24 卷四，25 卷一，26 卷一，45 卷一

[与黄宗贤]五（癸酉）:02 卷上 *，12 文录卷一，13 文录卷一，14 文录卷一，15 文录卷一，16 文录卷一，17 文录卷一《[与黄宗贤书]五》，18 文录卷一，21 卷四，22 卷四，23 卷四，24 卷四，25 卷一，26 卷一，27 卷五（无"五"）#，28 卷五（无"五"）#，29 卷一，35 卷十《与黄宗贤论王纯甫交情书》*，36 理学编卷四，37 理学编卷四，38 理学编卷四，39 理学编卷四，40 理学集卷四，41 理学集卷四，45 卷一

[与黄宗贤]六（丙子):02 卷上 *，12 文录卷一，13 文录卷一，14 文录卷一，15 文录卷一，16 文录卷一，17 文录卷一《[与黄宗贤书]六》，18 文录卷一，21 卷四，22 卷四，23 卷四，24 卷四，25 卷一，26 卷一，29 卷一，35 卷十一《与黄宗贤论学贵有源书》*，45 卷一

[与黄宗贤]七（戊寅）：12 文录卷一，13 文录卷一，14 文录卷一，15 文录卷一，16 文录卷一，17 文录卷一《[与黄宗贤书]七》，18 文录卷一，21 卷四，22 卷四，23 卷四，24 卷四，25 卷一，26 卷一，29 卷一，45 卷一

与王纯甫（壬申）：02卷上*，12文录卷一，13文录卷一，14文录卷一，15文录卷一，16文录卷一，17文录卷一《与王纯甫书》，18文录卷一，21卷四，22卷四，23卷四，24卷四，25卷一，26卷一，27卷四，28卷四，29卷一，35卷十《与王纯甫论变化气质书》，36理学编卷四《与王纯甫书其一》，37理学编卷四《与王纯甫书其一》，38理学编卷四《与王纯甫书其一》，39理学编卷四《与王纯甫书其一》，40理学集卷四《与王纯甫书其一》，41理学集卷四《与王纯甫书其一》，45卷一，55卷六《与王纯甫论变化气质书》，60卷一*，61卷一*

[与王纯甫]二（癸酉）：02卷上*，12文录卷一，13文录卷一，14文录卷一，15文录卷一，16文录卷一，17文录卷一《[与王纯甫书]二》，18文录卷一，21卷四，22卷四，23卷四，24卷四，25卷一，26卷一，27卷五（无"二"）（此本装订有误），28卷五（无"二"）（此本装订有误），30卷二《答王纯甫》*，35卷十《答王纯甫论明善诚身书》*#，36理学编卷四《与王纯甫书其二》，37理学编卷四《与王纯甫书其二》，38理学编卷四《与王纯甫书其二》，39理学编卷四《与王纯甫书其二》，40理学集卷四《与王纯甫书其二》，41理学集卷四《与王纯甫书其二》，45卷一

[与王纯甫]三（甲戌）：12文录卷一，13文录卷一，14文录卷一，15文录卷一，16文录卷一，17文录卷一《[与王纯甫书]三》，18文录卷一，21卷四，22卷四，23卷四，24卷四，25卷一，26卷一，35卷十《与王纯甫论必有事焉书》，45卷一

[与王纯甫]四（甲戌）：02卷上*，12文录卷一，13文录卷一，14文录卷一，15文录卷一，16文录卷一，17文录卷一《[与王纯甫书]四》，18文录卷一，21卷四，22卷四，23卷四，24卷四，25卷一，26卷一，29卷一，35卷十《与王纯甫论学有同异书》，45卷一

寄希渊（壬申）：02卷上*，12文录卷一，13文录卷一，14文录卷一，15文录卷一，16文录卷一，17文录卷一，18文录卷一，21卷四，22卷四23卷四，24卷四，25卷一，26卷一，27卷五《寄希渊书》，28卷五《寄希渊书》，29卷

一，35 卷十《寄蔡希渊论待人应物书》，36 理学编卷四《寄希渊书其一》，37 理学编卷四《寄希渊书其一》，38 理学编卷四《寄希渊书其一》，39 理学编卷四《寄希渊书其一》，40 理学集卷四《寄希渊书其一》，41 理学集卷四《寄希渊书其一》，45 卷一

[寄希渊]二（壬申）：02 卷上*，12 文录卷一，13 文录卷一，14 文录卷一，15 文录卷一，16 文录卷一，17 文录卷一，18 文录卷一，21 卷四，22 卷四，23 卷四，24 卷四，25 卷一，26 卷一，27 卷五《再寄希渊书》（正文作《寄希渊书》），28 卷五《再寄希渊书》（正文作《寄希渊书》），35 卷十《寄蔡希渊论取友之益书》，36 理学编卷四《寄希渊书其二》，37 理学编卷四《寄希渊书其二》，38 理学编卷四《寄希渊书其二》，39 理学编卷四《寄希渊书其二》，40 理学集卷四《寄希渊书其二》，41 理学集卷四《寄希渊书其二》，45 卷一

[寄希渊]三（癸酉）：12 文录卷一，13 文录卷一，14 文录卷一，15 文录卷一，16 文录卷一，17 文录卷一，18 文录卷一，21 卷四，22 卷四，23 卷四，24 卷四，25 卷一，26 卷一，35 卷十《寄蔡希颜论学愈讲愈无穷书》*，45 卷一

[寄希渊]四（己卯）：12 文录卷一，13 文录卷一，14 文录卷一，15 文录卷一，16 文录卷一，17 文录卷一，18 文录卷一，21 卷四，22 卷四，23 卷四，24 卷四，25 卷一，26 卷一，35 卷十一《寄蔡希渊论君子自反书》*，45 卷一

与戴子良（癸酉）：12 文录卷一，13 文录卷一，14 文录卷一，15 文录卷一，16 文录卷一，17 文录卷一，18 文录卷一，21 卷四，22 卷四，23 卷四，24 卷四，25 卷一，26 卷一，35 卷十《与戴子良论立志书》*，45 卷一

与胡伯忠（癸酉）：12 文录卷一，13 文录卷一，14 文录卷一，15 文录卷一，16 文录卷一，17 文录卷一，18 文录卷一，21 卷四，22 卷四，23 卷四，24 卷四，25 卷一，26 卷一，27 卷五，28 卷五，35 卷十《与胡伯忠论君子待小人之道书》*，36 文章编卷一《与胡伯忠书》，37 文章编卷一《与胡伯忠书》，38 文章编卷一《与胡伯忠书》，39 文章编卷一《与胡伯忠书》，40 文章集卷一《与胡伯忠书》，41 文章集卷一《与胡伯忠书》，45 卷一

与黄诚甫（癸酉）：12 文录卷一，13 文录卷一，14 文录卷一，16 文录卷一，18 文录卷一，21 卷四，22 卷四，23 卷四，24 卷四，25 卷一，26 卷一，27 卷五，28 卷五，29 卷一，35 卷十《与黄诚甫论正谊明道书》，36 理学编卷四《与黄诚甫书》，37 理学编卷四《与黄诚甫书》，38 理学编卷四《与黄诚甫书》，39 理学编卷四《与黄诚甫书》，40 理学集卷四《与黄诚甫书》，41 理学集卷四《与黄诚甫书》，45 卷一

[与黄诚甫]二（丁丑）：12 文录卷一，13 文录卷一，14 文录卷一，16 文录卷一，18 文录卷一，21 卷四，22 卷四，23 卷四，24 卷四，25 卷一，26 卷一，45 卷一

答天宇书（甲戌）：12 文录卷一，13 文录卷一《答王天宇书》，14 文录卷一，15 文录卷一《答王天宇书》，16 文录卷一（此本装订有误），17 文录卷一《答王天宇书》，18 文录卷一，21 卷四，22 卷四，23 卷四，24 卷四，25 卷一《答王天宇书》，26 卷一《答王天宇书》，27 卷四《答王天宇书》(目录作《答王天宇》)，28 卷四《答王天宇书》(目录作《答王天宇》)，29 卷一，35 卷十《答王天宇论为学笃志书》*，36 理学编卷三《答王天宇书其一》，37 理学编卷三《答王天宇书其一》，38 理学编卷三《答王天宇书其一》，39 理学编卷三《答王天宇书其一》，40 理学集卷三《答王天宇书其一》，41 理学集卷三《答天王宇书其一》，45 卷一

[答天宇书]二（甲戌）：02 卷上*，10 卷一《答王天宇》*，11 卷中《答王天宇》*，12 文录卷一，13 文录卷一《[答王天宇书]二》，14 文录卷一，15 文录卷一，16 文录卷一（此本装订有误），17 文录卷一《[答王天宇书]二》，18 文录卷一，21 卷四，22 卷四，23 卷四，24 卷四，25 卷一，26 卷一，27 卷四《答王天宇书其二》(目录作《再答王天宇》)，28 卷四《答王天宇书其二》(目录作《再答王天宇》)，29 卷一*，30 卷二《答王天宇》*，35 卷十《答王天宇论格致明诚书》*#，36 理学编卷三《答王天宇书其二》，37 理学编卷三《答王天宇书其二》，38 理学编卷三《答王天宇书其二》，39 理学编卷三《答王天宇书其二》，40 理学集卷三《答王天宇书其二》，41 理学集卷三《答天王宇书其二》，45 卷一

王阳明著述篇目索引

寄李道夫（乙亥）：02卷上*，12文录卷一，13文录卷一，14文录卷一，15文录卷一，16文录卷一，17文录卷一，18文录卷一，21卷四，22卷四，23卷四，24卷四，25卷一，26卷一，27卷五，28卷五，35卷十《寄李道夫论教宜随机引导书》*，36理学编卷四，37理学编卷四，38理学编卷四，39理学编卷四，40理学集卷四，41理学集卷四，45卷一

与陆元静（丙子）：12文录卷一，13文录卷一，14文录卷一，15文录卷一，16文录卷一，17文录卷一《与陆原静书》，18文录卷一，21卷四，22卷四，23卷四，24卷四，25卷一，26卷一，27卷四《再与陆元静》（正文作《与陆元静书》），28卷四《再与陆元静》（正文作《与陆元静书》），29卷一，35卷十一《与陆清伯论无往非实学书》*，36理学编卷三《与陆元静书》，37理学编卷三《与陆元静书》，38理学编卷三《与陆元静书》，39理学编卷三《与陆元静书》，40理学集卷三《与陆元静书》，41理学集卷三《与陆元静书》，45卷一

[与陆元静]二（戊寅）：12文录卷一，13文录卷一，14文录卷一，15文录卷一，16文录卷一，17文录卷一《[与陆原静书]二》，18文录卷一，21卷四，22卷四，23卷四，24卷四，25卷一，26卷一，35卷十一《与陆元静论深造自得书》，45卷一

与希颜台仲明德尚谦元静（丁丑）：12文录卷一，13文录卷一，14文录卷一，15文录卷一，16文录卷一，17文录卷一，18文录卷一，21卷四，22卷四，23卷四，24卷四，25卷一，26卷一，35卷十一《与希颜台仲诸友论仕途功夫须有得力书》*，45卷一

与杨仕德薛尚谦（丁丑）：02卷上*，12文录卷一，13文录卷一，14文录卷一，15文录卷一，16文录卷一，17文录卷一，18文录卷一，21卷四，22卷四，23卷四，24卷四，25卷一，26卷一，27卷四，28卷四，45卷一《与杨仕德薛尚诚》

寄闻人邦英邦正（戊寅）：12文录卷一，13文录卷一，14文录卷一，15文录卷一，16文录卷一，17文录卷一，18文录卷一，21卷四，22卷四，23卷四，24卷四，25卷一，26卷一，27卷五《寄门人邦英邦正》，28卷五《寄门人邦英

74

邦正》，35 卷十一《寄闻人邦英邦正论举业无妨圣学书》*，36 理学编卷四，37 理学编卷四，38 理学编卷四，39 理学编卷四，40 理学集卷四，41 理学集卷四，45 卷一

[寄闻人邦英邦正]二（戊寅）：02 卷上*，12 文录卷一，13 文录卷一，14 文录卷一，15 文录卷一，16 文录卷一，17 文录卷一，18 文录卷一，21 卷四，22 卷四，23 卷四，24 卷四，25 卷一，26 卷一，35 卷十一《寄闻人邦英邦正论举业书》，45 卷一，52 卷一（无"二"）

[寄闻人邦英邦正]三（庚辰）：12 文录卷一，13 文录卷一，14 文录卷一，16 文录卷一，18 文录卷一，21 卷四，22 卷四，23 卷四，24 卷四，25 卷一，26 卷一，35 卷十一《寄闻人邦英邦正立志书（戊寅）》，45 卷一

与薛尚谦（戊寅）：12 文录卷一，13 文录卷一，14 文录卷一，15 文录卷一《寄薛尚谦》，16 文录卷一，17 文录卷一《寄尚谦》，18 文录卷一，21 卷四，22 卷四，23 卷四，24 卷四，25 卷一，26 卷一，35 卷十一《与薛尚谦论学贵真切书》*，45 卷一

[与薛尚谦]二：12 文录卷一，13 文录卷一，14 文录卷一，15 文录卷四，16 文录卷一、外集卷五《与薛尚谦》（重出），17 外集卷五《与薛尚谦》，18 文录卷一，21 卷四，22 卷四，23 卷四，24 卷四，25 卷一，26 卷一，35 卷十一《与薛尚谦论用功实落书（戊寅）》*，45 卷一

[与薛尚谦]三：12 文录卷一，13 文录卷一，14 文录卷一，15 文录卷四，16 文录卷一、外集卷五《[与薛尚谦]二》（重出），17 外集卷五《[与薛尚谦]二》，18 文录卷一，21 卷四，22 卷四，23 卷四，24 卷四，25 卷一，26 卷一，35 卷十一《与薛尚谦论功夫得力书（戊寅）》*，45 卷一

寄诸弟（戊寅）：02 卷上*，12 文录卷一，13 文录卷一，14 文录卷一，15 文录卷一，16 文录卷一，17 文录卷一，18 文录卷一，21 卷四，22 卷四，23 卷四，24 卷四，25 卷一，26 卷一，27 卷四，28 卷四，29 卷一，35 卷十一《戒诸弟及时改过书》*，36 理学编卷四《寄诸弟书》，37 理学编卷四《寄诸弟书》，38 理

学编卷四《寄诸弟书》，39 理学编卷四《寄诸弟书》，40 理学集卷四《寄诸弟书》，41 理学集卷四《寄诸弟书》，45 卷一

与安之（己卯）：12 文录卷一，13 文录卷一，14 文录卷一，15 文录卷一，16 文录卷一，17 文录卷一，18 文录卷一，21 卷四，22 卷四，23 卷四，24 卷四，25 卷一，26 卷一，29 卷一，35 卷十一《与安之论朱子晚年定论书（辛巳）》，45 卷一

答甘泉（己卯）：02 卷上＊，12 文录卷一，13 文录卷一，14 文录卷一，15 文录卷一，16 文录卷一，17 文录卷一《答甘泉书》，18 文录卷一，21 卷四，22 卷四，23 卷四，24 卷四，25 卷一，26 卷一，27 卷四，28 卷四，29 卷一，35 卷十一《答湛甘泉论心同理同书》＊，36 理学编卷四＊，37 理学编卷四＊，38 理学编卷四＊，39 理学编卷四＊，40 理学集卷四＊，41 理学集卷四＊，45 卷一

[答甘泉] 二（庚辰）：12 文录卷一，13 文录卷一，14 文录卷一，15 文录卷一，16 文录卷一，17 文录卷一《[答甘泉书]二》，18 文录卷一，21 卷四，22 卷四，23 卷四，24 卷四，25 卷一，26 卷一，45 卷一

答方叔贤（己卯）：12 文录卷一，13 文录卷一，14 文录卷一，15 文录卷一，16 文录卷一，17 文录卷一《答方叔贤书》，18 文录卷一，21 卷四，22 卷四，23 卷四，24 卷四，25 卷一，26 卷一，27 卷五＊，28 卷五＊，29 卷一，35 卷十一《答方叔贤论切实为己书》＊，36 理学编卷四＊，37 理学编卷四＊，38 理学编卷四＊，39 理学编卷四＊，40 理学集卷四＊，41 理学集卷四＊，45 卷一

与陈国英（庚辰）：12 文录卷一，13 文录卷一，14 文录卷一，15 文录卷一，16 文录卷一，17 文录卷一，18 文录卷一，21 卷四，22 卷四，23 卷四，24 卷四，25 卷一，26 卷一，35 卷十一《与陈国英论学日进书》，45 卷一

复唐虞佐（庚辰）：02 卷上＊，12 文录卷一，13 文录卷一，14 文录卷一，15 文录卷一，16 文录卷一，17 文录卷一＃，18 文录卷一，21 卷四，22 卷四，23 卷四，24 卷四，25 卷一，26 卷一，35 卷十一《复唐虞佐论有教无类书》＊，45 卷一

卷五　文录二　书二（始正德辛巳至嘉靖乙酉）

与邹谦之（辛巳）：12 文录卷二，13 文录卷二，14 文录卷二，18 文录卷二，21 卷五，22 卷五，23 卷五，24 卷五，25 卷二，26 卷二，45 卷一

[与邹谦之] 二（乙酉）：12 文录卷二，13 文录卷二，14 文录卷二，18 文录卷二，21 卷五，22 卷五，23 卷五，24 卷五，25 卷二，26 卷二，27 卷四（无"二"），28 卷四（无"二"），29 卷二，45 卷一

与夏敦夫（辛巳）：12 文录卷二，13 文录卷二，14 文录卷二，15 文录卷二，16 文录卷二，17 文录卷二，18 文录卷二，21 卷五，22 卷五，23 卷五，24 卷五，25 卷二，26 卷二，35 卷十一《与夏敦夫论为学实要书》*，45 卷一

与朱守忠（辛巳）：12 文录卷二，13 文录卷二，14 文录卷二，15 文录卷二，16 文录卷二，17 文录卷二，18 文录卷二，21 卷五，22 卷五，23 卷五，24 卷五，25 卷二，26 卷二，29 卷二，35 卷十一《与朱守忠论谦虚立诚书》，45 卷一

与席元山（辛巳）：12 文录卷二，13 文录卷二，14 文录卷二，15 文录卷二，16 文录卷二，17 文录卷二，18 文录卷二，21 卷五，22 卷五，23 卷五，24 卷五，25 卷二，26 卷二，27 卷四，28 卷四，29 卷二，35 卷十一《与席元山论讲学实践书》*，36 理学编卷四，37 理学编卷四，38 理学编卷四，39 理学编卷四，40 理学集卷四，41 理学集卷四，45 卷一

答甘泉（辛巳）：12 文录卷二，13 文录卷二，14 文录卷二，15 文录卷二，16 文录卷二，17 文录卷二，18 文录卷二，21 卷五，22 卷五，23 卷五，24 卷五，25 卷一，26 卷一，29 卷二，35 卷十一《答湛甘泉论随处体认天理书》*，45 卷一

答伦彦式（辛巳）：02 卷下《答静根问》*，12 文录卷二，13 文录卷二，14 文录卷二，15 文录卷二，16 文录卷二，17 文录卷二，18 文录卷二，21 卷五，22 卷五，23 卷五，24 卷五，25 卷二，26 卷二，27 卷四*，28 卷四*，29 卷二，30 卷二*，31 卷一*，32 卷一*，33 卷三*，34 卷三*，35 卷十一《答伦彦式论动静体用书》*，36 理学编卷四《答伦彦式书》，37 理学编卷四《答伦彦式书》，

38 理学编卷四《答伦彦式书》,39 理学编卷四《答伦彦式书》,40 理学集卷四《答伦彦式书》,41 理学集卷四《答伦彦式书》,45 卷一,55 卷六《答伦彦式谕动静体用书》(目录作《与伦彦式谕动静体用书》)*

与唐虞佐侍御(辛巳):02 卷上*,12 文录卷二,13 文录卷二,14 文录卷二,15 文录卷二,16 文录卷二,17 文录卷二,18 文录卷二,21 卷五,22 卷五,23 卷五,24 卷五,25 卷二,26 卷二,27 卷四*,28 卷四*,29 卷二,31 卷一*,32 卷一*,33 卷三*,34 卷三*,35 卷十一《与唐虞佐论学古有获书》*,36 文章编卷一《与唐虞佐侍御书》,37 文章编卷一《与唐虞佐侍御书》,38 文章编卷一《与唐虞佐侍御书》,39 文章编卷一《与唐虞佐侍御书》,40 文章集卷一《与唐虞佐侍御书》,41 文章集卷一《与唐虞佐侍御书》,45 卷一

答方叔贤(辛巳):02 卷上*,12 文录卷二,13 文录卷二,14 文录卷二,15 文录卷二,16 文录卷二,17 文录卷二,18 文录卷二,21 卷五,22 卷五,23 卷五,24 卷五,25 卷二,26 卷二,27 卷五#(目录作"再答方叔贤"),28 卷五#(目录作"再答方叔贤"),35 卷十一《答方叔贤论为学入门工夫宜辨书》*,36 理学编卷四,37 理学编卷四,38 理学编卷四,39 理学编卷四,40 理学集卷四,41 理学集卷四,45 卷一

[答方叔贤]二(癸未):12 文录卷二,13 文录卷二,14 文录卷二,15 文录卷二,16 文录卷二,17 文录卷二,18 文录卷二,21 卷五,22 卷五,23 卷五,24 卷五,25 卷二,26 卷二,45 卷一

与杨仕鸣(辛巳):02 卷上*,12 文录卷二,13 文录卷二,14 文录卷二,15 文录卷二,16 文录卷二,17 文录卷二*,18 文录卷二,21 卷五,22 卷五,23 卷五,24 卷五,25 卷二,26 卷二,27 卷五,28 卷五,29 卷二*,35 卷十一《与杨仕鸣论致知之学书》*,36 理学编卷四,37 理学编卷四,38 理学编卷四,39 理学编卷四,40 理学集卷四,41 理学集卷四,45 卷一,57 卷一*#,58 卷一*#,59 传习则言*#(无篇题)

[与杨仕鸣]二(癸未):12 文录卷二,13 文录卷二,14 文录卷二,15 文

录卷二，16 文录卷二，17 文录卷二，18 文录卷二，21 卷五，22 卷五，23 卷五，24 卷五，25 卷二，26 卷二，35 卷十二《与杨仕鸣论教人不宜过当书》*，45 卷一

[与杨仕鸣] 三（癸未）：12 文录卷二，13 文录卷二，14 文录卷二，15 文录卷二，16 文录卷二，17 文录卷二，18 文录卷二，21 卷五，22 卷五，23 卷五，24 卷五，25 卷二，26 卷二，35 卷十二《与杨仕鸣论学贵自得书》*，45 卷一

与陆元静（辛巳）：02 卷上*，12 文录卷二，13 文录卷二，14 文录卷二，15 文录卷二，16 文录卷二，17 文录卷二，18 文录卷二，21 卷五，22 卷五，23 卷五，24 卷五，25 卷二，26 卷二，29 卷二，30 卷二*，35 卷十一《与陆元静论养生之学书》*，36 理学编卷三《与陆元静书其一》，37 理学编卷三《与陆元静书其一》，38 理学编卷三《与陆元静书其一》，39 理学编卷三《与陆元静书其一》，40 理学集卷三《与陆元静书其一》，41 理学集卷三《与陆元静书其一》，45 卷一，52 卷一，53 卷五《与陆元静论养生之学书》*，57 卷一《与陆原静（辛巳）》*#，58 卷一*#，59 传习则言*#（无篇题）

[与陆元静] 二（壬午）：02 卷上*，12 文录卷二，13 文录卷二，14 文录卷二，15 文录卷二，16 文录卷二，17 文录卷二，18 文录卷二，21 卷五，22 卷五，23 卷五，24 卷五，25 卷二，26 卷二，27 卷四《与陆元静》（正文作《与陆元静书》），28 卷四《与陆元静》（正文作《与陆元静书》），29 卷二，30 卷二*，33 卷三《与陆元静》*，34 卷三《与陆元静》*，35 卷十二《与陆元静论讲学异同书》*，36 理学编卷三《与陆元静书其二》，37 理学编卷三《与陆元静书其二》，38 理学编卷三《与陆元静书其二》，39 理学编卷三《与陆元静书其二》，40 理学集卷三《与陆元静书其二》，41 理学集卷三《与陆元静书其二》，45 卷一

答舒国用（癸未）：02 卷上*，12 文录卷二，13 文录卷二，14 文录卷二，15 文录卷二，16 文录卷二，17 文录卷二，18 文录卷二，21 卷五，22 卷五，23 卷五，24 卷五，25 卷二，26 卷二，27 卷五，28 卷五，29 卷二*，30 卷二*，35 卷十二《答舒国用论敬畏书（甲申）》*，36 理学编卷三《答舒国用书》，37

理学编卷三《答舒国用书》，38 理学编卷三《答舒国用书》，39 理学编卷三《答舒国用书》，40 理学集卷三《答舒国用书》，41 理学集卷三《答舒国用书》，45卷一，55卷六《答舒国用谕敬畏书》*，60卷一*

与刘元道（癸未）：12文录卷二，13文录卷二，14文录卷二，15文录卷二，16文录卷二，17文录卷二，18文录卷二，21卷五，22卷五，23卷五，24卷五，25卷二，26卷二，29卷二，35卷十二《与刘元道论为学勿偏虚静书》*，45卷一

答路宾阳（癸未）：12文录卷二，13文录卷二，14文录卷二，15文录卷二，16文录卷二，17文录卷二，18文录卷二，21卷五，22卷五《答路宾阳》，23卷五《答路宾阳》，24卷五，25卷二，26卷二，45卷一

与黄勉之（甲申）：02卷上*，12文录卷二，13文录卷二，14文录卷二，15文录卷二#，16文录卷二，17文录卷二#，18文录卷二，21卷五，22卷五，23卷五，24卷五，25卷二，26卷二，35卷十二《与黄勉之论述左非当物书》*，45卷一

[与黄勉之]二（甲申）：12文录卷二，13文录卷二，15文录卷二，16文录卷二，17文录卷二，18文录卷二，21卷五，22卷五，23卷五，24卷五，25卷二，26卷二，27卷五（无"二"），28卷五（无"二"），29卷二*（正文无篇题），30卷二*，35卷十二《与黄勉之论良知之学书》*，36理学编卷三《与黄勉之书其二》，37理学编卷三《与黄勉之书其二》，38理学编卷三《与黄勉之书其二》，39理学编卷三《与黄勉之书其二》，40理学集卷三《与黄勉之书其二》，41理学集卷三《与黄勉之书其二》，45卷一，52卷一《与黄勉之》*

答刘内重（乙酉）：02卷上*，12文录卷二，13文录卷二，14文录卷二，15文录卷二，16文录卷二，17文录卷二，18文录卷二，21卷五，22卷五，23卷五，24卷五，25卷二，26卷二，27卷五，28卷五，29卷二，35卷十二《答刘内重论去人我之见书》*，36理学编卷四《答刘内重书》，37理学编卷四《答刘内重书》，38理学编卷四《答刘内重书》，39理学编卷四《答刘内重书》，40

理学集卷四《答刘内重书》，41 理学集卷四《答刘内重书》，45 卷一

与王公弼（乙酉）：12 文录卷二，13 文录卷二，14 文录卷二，15 文录卷二，16 文录卷二，17 文录卷二，18 文录卷二，21 卷五，22 卷五，23 卷五，24 卷五，25 卷二，26 卷二，27 卷四，28 卷四，45 卷一

答董沄萝石（乙酉）：12 文录卷二，13 文录卷二，14 文录卷二，15 文录卷二，16 文录卷二，17 文录卷二，18 文录卷二，21 卷五，22 卷五，23 卷五，24 卷五，25 卷二，26 卷二，27 卷四，28 卷四，30 卷二*，45 卷一

与黄宗贤（癸未）：02 卷上*，12 文录卷二，13 文录卷二，14 文录卷二，15 文录卷二，16 文录卷二《[与黄宗贤]二》，17 文录卷二《[与黄宗贤]二》，18 文录卷二，21 卷五，22 卷五，23 卷五，24 卷五，25 卷二，26 卷二，29 卷二*，35 卷十二《与黄宗贤论讲学须谦虚简明书》*，45 卷一

寄薛尚谦（癸未）：12 文录卷二，13 文录卷二，14 文录卷二，15 文录卷二（乙酉），16 文录卷二《[寄薛尚谦]二（乙酉）》，17 文录卷二《[寄薛尚谦]二（乙酉）》，18 文录卷二，21 卷五，22 卷五，23 卷五，24 卷五，25 卷二，26 卷二，27 卷四，28 卷四，29 卷二，35 卷十二《与薛尚谦论去轻傲书》*，45 卷一

卷六　文录三　书三（始嘉靖丙戌至戊子）

寄邹谦之（丙戌）：12 文录卷三，13 文录卷三，14 文录卷三，15 文录卷三，16 文录卷三，17 文录卷三，18 文录卷三，21 卷六，22 卷六，23 卷六，24 卷六，25 卷三，26 卷三，27 卷五（正文作《寄邹谦之书》），28 卷五（正文作《寄邹谦之书》），29 卷三，30 卷三*，35 卷十二《寄邹谦之论立志宜辨是非书》*，36 理学编卷四《寄邹谦之书其一》，37 理学编卷四《寄邹谦之书其一》，38 理学编卷四《寄邹谦之书其一》，39 理学编卷四《寄邹谦之书其一》，40 理学集卷四《寄邹谦之书其一》，41 理学集卷四《寄邹谦之书其一》，45 卷一

[寄邹谦之]二（丙戌）：02 卷上*，12 文录卷三，13 文录卷三，14 文录卷三，15 文录卷三，16 文录卷三，17 文录卷三，18 文录卷三，21 卷六，22 卷六，23

卷六，24 卷六，25 卷三，26 卷三，27 卷五《再寄邹谦之》*#（正文作《寄邹谦之书》），28 卷五《再寄邹谦之》*#（正文作《寄邹谦之书》），29 卷三，35 卷十二《答邹谦之论礼书》*，36 理学编卷四《寄邹谦之书其二》，37 理学编卷四《寄邹谦之书其二》，38 理学编卷四《寄邹谦之书其二》，39 理学编卷四《寄邹谦之书其二》，40 理学集卷四《寄邹谦之书其二》，41 理学集卷四《寄邹谦之书其二》，45 卷一，52 卷一《寄邹谦之》*

[寄邹谦之] 三（丙戌）：02 卷上*，12 文录卷三，13 文录卷三，14 文录卷三，15 文录卷三，16 文录卷三，17 文录卷三，18 文录卷三，21 卷六，22 卷六，23 卷六，24 卷六，25 卷三，26 卷三，27 卷五《三寄邹谦之》（正文作《寄邹谦之书》），28 卷五《三寄邹谦之》（正文作《寄邹谦之书》），29 卷三，35 卷十二《与邹谦之论致良知书》*，36 理学编卷四《寄邹谦之书其三》，37 理学编卷四《寄邹谦之书其三》，38 理学编卷四《寄邹谦之书其三》，39 理学编卷四《寄邹谦之书其三》，40 理学集卷四《寄邹谦之书其三》，41 理学集卷四《寄邹谦之书其三》，45 卷一

[寄邹谦之] 四（丙戌）：02 卷上*，12 文录卷三，13 文录卷三，14 文录卷三，15 文录卷三，16 文录卷三，17 文录卷三，18 文录卷三，21 卷六，22 卷六，23 卷六，24 卷六，25 卷三（残），26 卷三，35 卷十二《与邹谦之论讲学书》*，45 卷一

[寄邹谦之] 五（丙戌）：02 卷上*，12 文录卷三，13 文录卷三，14 文录卷三，15 文录卷三，16 文录卷三，17 文录卷三，18 文录卷三，21 卷六，22 卷六，23 卷六，24 卷六，25 卷三（残），26 卷三，27 卷五《四寄邹谦之》（正文作《寄邹谦之书》），28 卷五《四寄邹谦之》（正文作《寄邹谦之书》），29 卷三，35 卷十二《与邹谦之论尊经阁记书》，36 理学编卷四《寄邹谦之书其五》，37 理学编卷四《寄邹谦之书其五》，38 理学编卷四《寄邹谦之书其五》，39 理学编卷四《寄邹谦之书其五》，40 理学集卷四《寄邹谦之书其五》，41 理学集卷四《寄邹谦之书其五》，45 卷一

答友人（丙戌）：02卷上*，12文录卷三，13文录卷三，14文录卷三，15文录卷三，16文录卷三，17文录卷三，18文录卷三，21卷六，22卷六，23卷六，24卷六，25卷三，26卷三，27卷四，28卷四，29卷三，31卷一，32卷一，33卷三，34卷三，35卷十二《答友人论疑谤书》*，36文章编卷一《答友人书》，37文章编卷一《答友人书》，38文章编卷一《答友人书》，39文章编卷一《答友人书》，40文章集卷一《答友人书》，41文章集卷一《答友人书》，45卷一，60卷一*，61卷一*

答友人问（丙戌）：02卷上*，12文录卷三，13文录卷三，14文录卷三，15文录卷三《答友人》，16文录卷三，17文录卷三，18文录卷三，21卷六，22卷六，23卷六，24卷六，25卷三，26卷三，27卷五，28卷五，29卷三，30卷二*，35卷十二《答友人论知行合一书》*，36理学编卷三《答友人问书》，37理学编卷三《答友人问书》，38理学编卷三《答友人问书》，39理学编卷三《答友人问书》，40理学集卷三《答友人问书》，41理学集卷三《答友人问书》，45卷一，57卷一*#（无篇题），59传习则言*#（无篇题）

答南元善（丙戌）：02卷下《论良知书》*，12文录卷三，13文录卷三，14文录卷三，15文录卷三，16文录卷三，17文录卷三，18文录卷三，21卷六，22卷六，23卷六，24卷六，25卷三，26卷三，27卷五*，28卷五*，29卷三，35卷十二《答南元善论良知之学书》*，36理学编卷四，37理学编卷四，38理学编卷四，39理学编卷四，40理学集卷四，41理学集卷四，45卷一

[答南元善]二（丙戌）：02卷上*，12文录卷三，13文录卷三，14文录卷三，15文录卷三，16文录卷三，17文录卷三，18文录卷三，21卷六，22卷六，23卷六，24卷六，25卷三，26卷三，35卷十二《与南元善论讲学须涵育熏陶书》*，45卷一

答季明德（丙戌）：02卷上*，12文录卷三，13文录卷三，14文录卷三，15文录卷三，16文录卷三，17文录卷三，18文录卷三，21卷六，22卷六，23卷六，24卷六，25卷三，26卷三，27卷五，28卷五，29卷三，30卷二*，35

卷十二《答季明德论讲学书》*,36 理学编卷四《答季明德书》,37 理学编卷四《答季明德书》,38 理学编卷四《答季明德书》,39 理学编卷四《答季明德书》,40 理学集卷四《答季明德书》,41 理学集卷四《答季明德书》,45 卷一,57 卷一*（无篇题）,59 传习则言*（无篇题）

与王公弼（丙戌）：12 文录卷三,13 文录卷三,14 文录卷三,15 文录卷三,16 文录卷三,17 文录卷三,18 文录卷三,21 卷六,22 卷六,23 卷六,24 卷六,25 卷三,26 卷三,29 卷三,45 卷一

[与王公弼]二（丁亥）：12 文录卷三#,13 文录卷三,14 文录卷三,15 文录卷三#,16 文录卷三,17 文录卷三,18 文录卷三#,21 卷六,22 卷六,23 卷六,24 卷六,25 卷三#,26 卷三,45 卷一

与欧阳崇一（丙戌）：12 文录卷三《[与欧阳崇一]二（丙戌）》（残）,13 文录卷三《[答欧阳崇一]二（丙戌）》（残）,14 文录卷三《[答欧阳崇一]二（丙戌）》#,15 文录卷三《答欧阳崇一》#,16 文录卷三《[答欧阳崇一]二》#,17 文录卷三《[答欧阳崇一]二》#,18 文录卷三,21 卷六,22 卷六,23 卷六,24 卷六,25 卷三《[答欧阳崇]二》#,26 卷三《[与欧阳崇一]二》#,27 卷四*,28 卷四*,35 卷十二《与欧阳崇一论为学在实有诸己书》（目录作《与欧阳崇一论为学书》）,45 卷一

寄陆原静（丙戌）：12 文录卷三,13 文录卷三,14 文录卷三,15 文录卷三,16 文录卷三,17 文录卷三,18 文录卷三,21 卷六,22 卷六,23 卷六,24 卷六,25 卷三,26 卷三,29 卷三,35 卷十二《与陆原静论刊录讲学条目书》（目录作《与陆元静论刊讲学条目书》）*,45 卷一

答甘泉（丙戌）：12 文录卷三,13 文录卷三,14 文录卷三,15 文录卷三,16 文录卷三,17 文录卷三,18 文录卷三,21 卷六,22 卷六,23 卷六,24 卷六,25 卷三,26 卷三,45 卷一

答魏师说（丁亥）：02 卷上*,12 文录卷三,13 文录卷三,14 文录卷三,15 文录卷三,16 文录卷三,17 文录卷三,18 文录卷三,21 卷六,22 卷六,23

卷六，24卷六，25卷三，26卷三，27卷四，28卷四，29卷三，35卷十二《答魏师说论良知之学书》*，36理学编卷四《答魏师说书》，37理学编卷四《答魏师说书》，38理学编卷四《答魏师说书》，39理学编卷四《答魏师说书》，40理学集卷四《答魏师说书》，41理学集卷四《答魏师说书》，45卷一，52卷一

与马子莘（丁亥）：02卷上*，12文录卷三，13文录卷三，14文录卷三，15文录卷三，16文录卷三，17文录卷三，18文录卷三，21卷六，22卷六，23卷六，24卷六，25卷三，26卷三，27卷四，28卷四，29卷三（残），35卷十二《与马子莘论致知之外无学书》*，36理学编卷四，37理学编卷四，38理学编卷四，39理学编卷四，40理学集卷四，41理学集卷四，45卷一

与毛古庵宪副（丁亥）：12文录卷三，13文录卷三，14文录卷三，15文录卷三，16文录卷三，17文录卷三，18文录卷三，21卷六，22卷六，23卷六，24卷六，25卷三，26卷三，27卷五，28卷五，29卷三（残），35卷十二《与毛古庵论致知用功不息书》，36理学编卷四，37理学编卷四，38理学编卷四，39理学编卷四，40理学集卷四，41理学集卷四，45卷一

与黄宗贤（丁亥）：02卷上*，12文录卷三，13文录卷三，14文录卷三，15文录卷三，16文录卷三《[与黄宗贤]二》，17文录卷三《[与黄宗贤]二》，18文录卷三，21卷六，22卷六，23卷六，24卷六，25卷三，26卷三，27卷四，28卷四，29卷三，33卷三，34卷三，35卷十二《与黄宗贤论出处书》，36理学编卷四，37理学编卷四，38理学编卷四，39理学编卷四，40理学集卷四，41理学集卷四，45卷一，55卷六《与黄宗贤论出处书》，60卷一*，61卷一*

答以乘宪副（丁亥）：12文录卷三，13文录卷三，14文录卷三，15文录卷三，16文录卷三，17文录卷三，18文录卷三，21卷六，22卷六，23卷六，24卷六，25卷三，26卷三，29卷三，35卷十二《答以乘宪副论为学笃信书》*，45卷一

与戚秀夫（丁亥）：12文录卷三，13文录卷三，14文录卷三，18文录卷三，21卷六，22卷六，23卷六，24卷六，25卷三，26卷三，27卷四，28卷四，35卷十二《与戚秀夫论明德本体书》*，45卷一

与陈惟浚（丁亥）：02 卷上 *，12 文录卷三，13 文录卷三，14 文录卷三，15 文录卷三，16 文录卷三，17 文录卷三，18 文录卷三，21 卷六，22 卷六，23 卷六，24 卷六，25 卷三，26 卷三，27 卷四，28 卷四，35 卷十二《与陈惟浚论致知实功书（戊子）》*，45 卷一

寄安福诸同志（丁亥）：02 卷上 *，12 文录卷三，13 文录卷三，14 文录卷三，15 文录卷三，16 文录卷三，17 文录卷三，18 文录卷三，21 卷六，22 卷六，23 卷六，24 卷六，25 卷三，26 卷三，27 卷四《寄安福同志》，28 卷四《寄安福同志》，35 卷十二《寄安福诸同志书》*，45 卷一

与钱德洪王汝中（丁亥）：12 文录卷三，13 文录卷三，14 文录卷三，15 文录卷三《与德弘汝中》，16 文录卷三《与德弘汝中》，17 文录卷三《与德弘汝中》，18 文录卷三，21 卷六，22 卷六，23 卷六，24 卷六，25 卷三，26 卷三，27 卷四#，28 卷四#，45 卷一

[与钱德洪王汝中] 二（戊子）：12 文录卷三，13 文录卷三，14 文录卷三，15 文录卷三，16 文录卷三，17 文录卷三，18 文录卷三，21 卷六，22 卷六，23 卷六，24 卷六，25 卷三，26 卷三，27 卷四，28 卷四，45 卷一

[与钱德洪王汝中] 三（戊子）：12 文录卷三，13 文录卷三，14 文录卷三，15 文录卷三，16 文录卷三，17 文录卷三，18 文录卷三，21 卷六，22 卷六，23 卷六，24 卷六，25 卷三，26 卷三，27 卷四 *#，28 卷四 *#，45 卷一

答何廷仁（戊子）：12 文录卷三，13 文录卷三，14 文录卷三，15 文录卷三#，16 文录卷三（文末题"九月十六日"），17 文录卷三#，18 文录卷三，21 卷六，22 卷六，23 卷六，24 卷六，25 卷三，26 卷三，27 卷四，28 卷四，45 卷一

卷七　文录四　序　记　说

别三子序（丁卯）：02 卷上 *，12 文录卷四，13 文录卷四，14 文录卷四，15 文录卷六，16 文录卷四，17 文录卷四，18 文录卷四，21 卷七，22 卷七，23 卷七，24 卷七，25 卷五，26 卷五，27 卷四（小注"送会试也"），28 卷四（小注"送

会试也"），29卷四，31卷一，32卷一，33卷四，34卷四，35卷八，36文章编卷一，37文章编卷一，38文章编卷一，39文章编卷一，40文章集卷一，41文章集卷一，53卷五，55卷五

赠林以吉归省序（辛未）：02卷上*，12文录卷四，13文录卷四，14文录卷四，15文录卷六，16文录卷四，17文录卷四，18文录卷四，21卷七，22卷七，23卷七，24卷七，25卷五，26卷五，27卷四，28卷四，31卷一，32卷一，33卷四，34卷四，35卷八，36文章编卷一，37文章编卷一，38文章编卷一，39文章编卷一，40文章集卷一，41文章集卷一，53卷五

送宗伯乔白岩序（辛未）：12文录卷四，13文录卷四，14文录卷四，15文录卷六，16文录卷四，17文录卷四，18文录卷四，21卷七《送大宗伯乔白岩序》，22卷七，23卷七，24卷七，25卷五，26卷五，27卷十五，28卷十五，29卷四，35卷八《送大宗伯乔白岩序》，36文章编卷一，37文章编卷一，38文章编卷一，39文章编卷一，40文章集卷一，41文章集卷一，53卷五《送大宗伯乔白岩序》，55卷五《送大宗伯乔白岩序》

赠王尧卿序（辛未）：02卷上*，12文录卷四，13文录卷四，14文录卷四，15文录卷六，16文录卷四，17文录卷四，18文录卷四，21卷七，22卷七，23卷七，24卷七，25卷五，26卷五，35卷八

别张常甫序（辛未）：12文录卷四，13文录卷四，14文录卷四，15文录卷六，16文录卷四，17文录卷四，18文录卷四，21卷七，22卷七，23卷七，24卷七，25卷五，26卷五，27卷十五，28卷十五，29卷四，35卷八，36文章编卷一，37文章编卷一，38文章编卷一，39文章编卷一，40文章集卷一，41文章集卷一，53卷五，55卷五

别湛甘泉序（壬申）：12文录卷四，13文录卷四，14文录卷四，15文录卷六，16文录卷四，17文录卷四，18文录卷四，21卷七，22卷七，23卷七，24卷七，25卷五，26卷五，27卷四，28卷四，31卷一，32卷一，33卷四，34卷四，35卷八，36文章编卷一，37文章编卷一，38文章编卷一，39文章编卷一，

40文章集卷一，41文章集卷一，52卷一，54卷一，55卷五

别方叔贤序（辛未）：12文录卷四，13文录卷四，15文录卷六，16文录卷四，17文录卷四，18文录卷四，21卷七，22卷七，23卷七，24卷七，25卷五，26卷五，35卷八，52卷一，53卷五

别王纯甫序（辛未）：02卷上*，12文录卷四，13文录卷四，15文录卷六（壬申），16文录卷四，17文录卷四，18文录卷四，21卷七，22卷七，23卷七，24卷七，25卷五，26卷五，29卷四，35卷八

别黄宗贤归天台序（壬申）：02卷上*，12文录卷四，13文录卷四，14文录卷四，15文录卷六，16文录卷四，17文录卷四，18文录卷四，21卷七，22卷七，23卷七，24卷七，25卷五，26卷五，35卷八

赠周莹归省序（乙亥）：12文录卷四，13文录卷四，14文录卷四，15文录卷六，16文录卷四，17文录卷四，18文录卷四，21卷七，22卷七，23卷七，24卷七，25卷五，26卷五，27卷十五，28卷十五，29卷四，35卷八，36文章编卷一，37文章编卷一，38文章编卷一，39文章编卷一，40文章集卷一，41文章集卷一

赠林典卿归省序（乙亥）：12文录卷四，13文录卷四，14文录卷四，15文录卷六，16文录卷四，17文录卷四，18文录卷四，21卷七，22卷七，23卷七，24卷七，25卷五，26卷五，27卷十五（此本装订有误），28卷十五（此本装订有误），29卷四，35卷八，36文章编卷一，37文章编卷一，38文章编卷一，39文章编卷一，40文章集卷一，41文章集卷一

赠陆清伯归省序（乙亥）：12文录卷四，13文录卷四，14文录卷四，15文录卷六，16文录卷四，17文录卷四，18文录卷四，21卷七，22卷七，23卷七，24卷七，25卷五，26卷五，27卷十五，28卷十五，29卷四，35卷八，36文章编卷一，37文章编卷一，38文章编卷一，39文章编卷一，40文章集卷一，41文章集卷一

赠周以善归省序（乙亥）：12文录卷四，13文录卷四，14文录卷四，15文

录卷六，16 文录卷四，17 文录卷四，18 文录卷四，21 卷七，22 卷七，23 卷七，24 卷七，25 卷五，26 卷五，29 卷四，35 卷八

赠郭善甫归省序（乙亥）：02 卷上 *，12 文录卷四，13 文录卷四，14 文录卷四，15 文录卷六，16 文录卷四，17 文录卷四，18 文录卷四，21 卷七，22 卷七，23 卷七，24 卷七，25 卷五，26 卷五，27 卷五，28 卷五，35 卷八，36 理学编卷四，37 理学编卷四，38 理学编卷四，39 理学编卷四，40 理学集卷四，41 理学集卷四

赠郑德夫归省序（乙亥）：02 卷上 *，12 文录卷四，13 文录卷四，14 文录卷四，15 文录卷六，16 文录卷四，17 文录卷四，18 文录卷四，21 卷七，22 卷七，23 卷七，24 卷七，25 卷五，26 卷五，27 卷五，28 卷五，29 卷四，35 卷八，36 理学编卷四，37 理学编卷四，38 理学编卷四，39 理学编卷四，40 理学集卷四，41 理学集卷四，52 卷一

紫阳书院集序（乙亥）：02 卷上 *，12 文录卷四，13 文录卷四，14 文录卷四，15 文录卷六，16 文录卷四，17 文录卷四，18 文录卷四，21 卷七，22 卷七，23 卷七，24 卷七，25 卷五，26 卷五，27 卷五，28 卷五，29 卷四，35 卷八，36 理学编卷四，37 理学编卷四，38 理学编卷四，39 理学编卷四，40 理学集卷四，41 理学集卷四

朱子晚年定论序（戊寅）：02 卷上 *，12 文录卷四，13 文录卷四，14 文录卷四，15 文录卷六，16 文录卷四，17 文录卷四，18 文录卷四，21 卷七，22 卷七，23 卷七，24 卷七，25 卷五，26 卷五，27 卷五，28 卷五，29 卷四，35 卷八（乙亥），36 理学编卷四，37 理学编卷四，38 理学编卷四，39 理学编卷四，40 理学集卷四，41 理学集卷四，52 卷一

别梁日孚序（戊寅）：12 文录卷四，13 文录卷四，14 文录卷四，15 文录卷六，16 文录卷四，17 文录卷四，18 文录卷四，21 卷七，22 卷七，23 卷七，24 卷七，25 卷五，26 卷五，27 卷十五，28 卷十五，29 卷四，35 卷八，36 文章编卷一，37 文章编卷一，38 文章编卷一，39 文章编卷一，40 文章集卷一，41 文章集卷一，

55 卷五

大学古本序(戊寅):02 卷下,09 卷一《[大学古本旁注]自序》*#,10 卷一《大学古本叙》,11 序《阳明先生初刻大学古本原序》,12 文录卷四,13 文录卷四,14 文录卷四,15 文录卷六,16 文录卷四,17 文录卷四,18 文录卷四,21 卷七,22 卷七,23 卷七,24 卷七,25 卷五,26 卷五,27 卷五,28 卷五,29 卷四,30 卷三(残),35 卷八,36 理学编卷四,37 理学编卷四,38 理学编卷四,39 理学编卷四,40 理学集卷四,41 理学集卷四,42 卷三,62 大学古本旁释卷一

礼记纂言序(庚辰):02 卷下,12 文录卷四,13 文录卷四,14 文录卷四,15 文录卷六,16 文录卷四,17 文录卷四,18 文录卷四,21 卷七,22 卷七,23 卷七,24 卷七,25 卷五,26 卷五,27 卷五,28 卷五,29 卷四,35 卷八,36 理学编卷四,37 理学编卷四,38 理学编卷四,39 理学编卷四,40 理学集卷四,41 理学集卷四

象山文集序(庚辰):02 卷上*,12 文录卷四,13 文录卷四,14 文录卷四,15 文录卷六,16 文录卷四,17 文录卷四,18 文录卷四,21 卷七,22 卷七,23 卷七,24 卷七,25 卷五,26 卷五,27 卷五,28 卷五,29 卷四,35 卷八,36 理学编卷四,37 理学编卷四,38 理学编卷四,39 理学编卷四,40 理学集卷四,41 理学集卷四,52 卷一

观德亭记(戊寅):02 卷上*,12 文录卷四,13 文录卷四,14 文录卷四,15 文录卷六,16 文录卷四,17 文录卷四,18 文录卷四,21 卷七,22 卷七,23 卷七,24 卷七,25 卷六,26 卷六,29 卷四,30 卷三,35 卷九,42 卷三

重修文山祠记(戊寅):12 文录卷四,13 文录卷四,14 文录卷四,15 文录卷六,16 文录卷四,17 文录卷四,18 文录卷四,21 卷七,22 卷七,23 卷七,24 卷七,25 卷六,26 卷六,27 卷十四,28 卷十四,33 卷四,34 卷四,35 卷九,36 文章编卷二,37 文章编卷二,38 文章编卷二,39 文章编卷二,40 文章集卷二,41 文章集卷二,54 卷一,55 卷五

从吾道人记(乙酉):02 卷上*,12 文录卷四,13 文录卷四,14 文录卷四(首

叶误装订为《稽山书院尊经阁记》首叶),15 文录卷六,16 文录卷四,17 文录卷四,18 文录卷四,21 卷七,22 卷七,23 卷七,24 卷七,25 卷六,26 卷六,27 卷四,28 卷四,29 卷四,31 卷一,32 卷一,33 卷四,34 卷四,35 卷九,36 文章编卷二,37 文章编卷二,38 文章编卷二,39 文章编卷二,40 文章集卷二,41 文章集卷二,52 卷一,55 卷五

亲民堂记(乙酉):10 卷一《亲民堂记》,11 卷中,12 文录卷四,13 文录卷四,14 文录卷四,15 文录卷六,16 文录卷四,17 文录卷四,18 文录卷四,21 卷七,22 卷七,23 卷七,24 卷七,25 卷六,26 卷六,27 卷十四,28 卷十四,29 卷四,30 卷三,35 卷九,36 文章编卷二,37 文章编卷二,38 文章编卷二,39 文章编卷二,40 文章集卷二,41 文章集卷二,42 卷三

万松书院记(乙酉):02 卷上*,12 文录卷四,13 文录卷四,14 文录卷四,15 文录卷六,16 文录卷四,17 文录卷四,18 文录卷四,21 卷七,22 卷七,23 卷七,24 卷七,25 卷六,26 卷六,35 卷九

稽山书院尊经阁记(乙酉):02 卷下,12 文录卷四,13 文录卷四,14 文录卷四,15 文录卷六,16 文录卷四,17 文录卷四,18 文录卷四,21 卷七,22 卷七,23 卷七,24 卷七,25 卷六,26 卷六,27 卷十四,28 卷十四,29 卷四,30 卷三《尊经阁记》,35 卷九,36 文章编卷二,37 文章编卷二,38 文章编卷二,39 文章编卷二,40 文章集卷二,41 文章集卷二,42 卷三,55 卷五

重修山阴县学记(乙酉):02 卷下,12 文录卷四,13 文录卷四,14 文录卷四,15 文录卷六,16 文录卷四,17 文录卷四,18 文录卷四,21 卷七,22 卷七,23 卷七,24 卷七,25 卷六,26 卷六,27 卷十四,28 卷十四,29 卷四,30 卷三《修学记》*,35 卷九,36 文章编卷二,37 文章编卷二,38 文章编卷二,39 文章编卷二,40 文章集卷二,41 文章集卷二

梁仲用默斋说(辛未):12 文录卷四,13 文录卷四,14 文录卷四,15 文录卷六,16 文录卷四,17 文录卷四,18 文录卷四,21 卷七,22 卷七,23 卷七,24 卷七,25 卷七,26 卷七,27 卷十四,28 卷十四,29 卷四,33 卷四,34 卷四,35 卷

十三，36 文章编卷二，37 文章编卷二，38 文章编卷二，39 文章编卷二，40 文章集卷二，41 文章集卷二，52 卷一，53 卷五

示弟立志说（乙亥）：02 卷下，07《王文成公示弟立志说》，12 文录卷四，13 文录卷四、传习录下卷五（重出），14 文录卷四，15 文录卷六，16 文录卷四，17 文录卷四，18 文录卷四，21 卷七，22 卷七，23 卷七，24 卷七，25 卷七，26 卷七，27 卷五，28 卷五，35 卷十三《立志说》*，36 理学编卷四，37 理学编卷四，38 理学编卷四，39 理学编卷四，40 理学集卷四，41 理学集卷四，42 卷三*

约斋说（甲戌）：12 文录卷四，13 文录卷四，14 文录卷四，15 文录卷六，16 文录卷四，17 文录卷四，18 文录卷四，21 卷七，22 卷七，23 卷七，24 卷七，25 卷七，26 卷七，27 卷十四，28 卷十四，35 卷十三《刘生约斋说》，36 文章编卷二，37 文章编卷二，38 文章编卷二，39 文章编卷二，40 文章集卷二，41 文章集卷二

见斋说（乙亥）：02 卷下，12 文录卷四，13 文录卷四，14 文录卷四，15 文录卷六，16 文录卷四，17 文录卷四，18 文录卷四，21 卷七，22 卷七，23 卷七，24 卷七，25 卷七，26 卷七，27 卷十四，28 卷十四，29 卷四，35 卷十三《刘观时见斋说》，36 文章编卷二，37 文章编卷二，38 文章编卷二，39 文章编卷二，40 文章集卷二，41 文章集卷二，53 卷五《刘观时见斋说》，55 卷六《刘观时见斋说》（目录作《刘观亭见斋说》）

矫亭说（乙亥）：12 文录卷四，13 文录卷四，14 文录卷四，15 文录卷六，16 文录卷四，17 文录卷四，18 文录卷四，21 卷七，22 卷七，23 卷七，24 卷七，25 卷七，26 卷七，27 卷十四，28 卷十四，30 卷三*，33 卷四，34 卷四，35 卷十三《方时举矫亭说》，36 文章编卷二，37 文章编卷二，38 文章编卷二，39 文章编卷二，40 文章集卷二，41 文章集卷二

谨斋说（乙亥）：12 文录卷四，13 文录卷四，14 文录卷四，15 文录卷六，16 文录卷四，17 文录卷四，18 文录卷四，21 卷七，22 卷七，23 卷七，24 卷七，25 卷七，26 卷七，30 卷三*，35 卷十三《杨景瑞谨斋说》

夜气说（乙亥）：12 文录卷四，13 文录卷四，14 文录卷四，15 文录卷六，16 文录卷四，17 文录卷四，18 文录卷四，21 卷七，22 卷七，23 卷七，24 卷七，25 卷七，26 卷七，29 卷四，35 卷十三《天泽夜气说》

修道说（戊寅）：02 卷下，12 文录卷四，13 文录卷四，14 文录卷四，15 文录卷六，16 文录卷四，17 文录卷四，18 文录卷四，21 卷七，22 卷七，23 卷七，24 卷七，25 卷七，26 卷七，27 卷十四，28 卷十四，29 卷四，35 卷十三，36 文章编卷二，37 文章编卷二，38 文章编卷二，39 文章编卷二，40 文章集卷二，41 文章集卷二

自得斋说（甲申）：02 卷上 *，12 文录卷四，13 文录卷四，14 文录卷四，15 文录卷六 #，16 文录卷四，17 文录卷四，18 文录卷四，21 卷七，22 卷七，23 卷七，24 卷七，25 卷七，26 卷七，35 卷十三《黄勉之自得斋说》*

博约说（乙酉）：02 卷下，12 文录卷四，13 文录卷四，14 文录卷四，15 文录卷六，16 文录卷四，17 文录卷四，18 文录卷四，21 卷七，22 卷七，23 卷七，24 卷七，25 卷七，26 卷七，27 卷十四，28 卷十四，29 卷四，30 卷三 *，35 卷十三《南元真博约说》，36 文章编卷二，37 文章编卷二，38 文章编卷二，39 文章编卷二，40 文章集卷二，41 文章集卷二，42 卷三

惜阴说（丙戌）：12 文录卷四，13 文录卷四，14 文录卷四，15 文录卷六，16 文录卷四，17 文录卷四，18 文录卷四，21 卷七，22 卷七，23 卷七，24 卷七，25 卷七，26 卷七，30 卷三 *，35 卷十三《刘邦采惜阴说》

卷八　文录五　杂著

书汪汝成格物卷（癸酉）：12 文录卷五，13 文录卷五，14 文录卷五，15 文录卷九，16 文录卷五，17 文录卷五，18 文录卷五，21 卷八，22 卷八，23 卷八，24 卷八，25 卷七，26 卷七，35 卷十四

书石川卷（甲戌）：02 卷上 *，12 文录卷五，13 文录卷五，14 文录卷五，15 文录卷九，16 文录卷五，17 文录卷五，18 文录卷五，21 卷八，22 卷八，23

卷八，24卷八，25卷七，26卷七，27卷十四，28卷十四，35卷十四，36文章编卷三，37文章编卷三，38文章编卷三，39文章编卷三，40文章集卷三，41文章集卷三

与傅生凤（甲戌）：12文录卷五，13文录卷五，15文录卷九，16文录卷五，17文录卷五，18文录卷五，21卷八，22卷八，23卷八，24卷八，25卷七，26卷七，33卷四《书与傅生凤》，34卷四《书与傅生凤》，35卷十四《书傅生凤卷》

书王天宇卷（甲戌）：12文录卷五，13文录卷五，14文录卷五，15文录卷九，16文录卷五，17文录卷五，18文录卷五，21卷八，22卷八，23卷八，24卷八，25卷七，26卷七，35卷十四

书王嘉秀请益卷（甲戌）：02卷上*，12文录卷五，13文录卷五，14文录卷五，15文录卷九，16文录卷五，17文录卷五，18文录卷五，21卷八，22卷八，23卷八，24卷八，25卷七，26卷七，35卷十四

书孟源卷（乙亥）：02卷上*，12文录卷五，13文录卷五，14文录卷五，15文录卷九，16文录卷五，17文录卷五，18文录卷五，21卷八，22卷八，23卷八，24卷八，25卷七，26卷七，35卷十四

书杨思元卷（乙亥）：12文录卷五，13文录卷五，14文录卷五，15文录卷九，16文录卷五，17文录卷五，18文录卷五，21卷八，22卷八，23卷八，24卷八，25卷七，26卷七，35卷十四

书玄默卷（乙亥）：12文录卷五，13文录卷五，14文录卷五，15文录卷九，16文录卷五，17文录卷五，18文录卷五，21卷八，22卷八，23卷八，24卷八，25卷七，26卷七，35卷十四

书顾维贤卷（辛巳）：02卷上*，12文录卷五，13文录卷五，14文录卷五，15文录卷九，16文录卷五，17文录卷五，18文录卷五，21卷八，22卷八，23卷八，24卷八，25卷七，26卷七，27卷十四，28卷十四，35卷十四，36文章编卷三，37文章编卷三，38文章编卷三，39文章编卷三，40文章集卷三，41文章集卷三

壁帖（壬午）：02卷上*，12文录卷五，13文录卷五，14文录卷五，15文录卷九，16文录卷五，17文录卷五，18文录卷五，21卷八，22卷八，23卷八，24卷八，25卷七，26卷七，35卷十四#，52卷一

书王一为卷（癸未）：12文录卷五，13文录卷五，14文录卷五，15文录卷九，16文录卷五，17文录卷五，18文录卷五，21卷八，22卷八，23卷八，24卷八，25卷七，26卷七，35卷十四

书朱守谐卷（甲申）：12文录卷五，13文录卷五，14文录卷五，15文录卷九，16文录卷五，17文录卷五，18文录卷五，21卷八，22卷八，23卷八，24卷八，25卷七，26卷七，27卷十四，28卷十四，35卷十四，36文章编卷三，37文章编卷三，38文章编卷三，39文章编卷三，40文章集卷三，41文章集卷三

书诸阳伯卷（甲申）：12文录卷五，13文录卷五《书诸阳卷》，14文录卷五《书诸阳卷》，15文录卷九，16文录卷五，17文录卷五，18文录卷五，21卷八《书诸阳卷》，22卷八《书诸阳卷》，23卷八《书诸阳卷》，24卷八《书诸阳卷》，25卷七，26卷七《书诸阳卷》，27卷十四，28卷十四，35卷十四《再书诸阳伯俩卷》，36文章编卷三，37文章编卷三，38文章编卷三，39文章编卷三，40文章集卷三，41文章集卷三

书张思钦卷（乙酉）：12文录卷五，13文录卷五，14文录卷五，15文录卷九，16文录卷五，17文录卷五，18文录卷五，21卷八，22卷八，23卷八，24卷八，25卷七，26卷七，27卷十四，28卷十四，31卷二，32卷二，33卷四，34卷四，35卷十四，36文章编卷三，37文章编卷三，38文章编卷三，39文章编卷三，40文章集卷三，41文章集卷三，52卷一

书中天阁勉诸生（乙酉）：02卷上*，12文录卷五，13文录卷五，14文录卷五，15文录卷九，16文录卷五，17文录卷五，18文录卷五，21卷八，22卷八，23卷八，24卷八，25卷七，26卷七，27卷五，28卷五，30卷三《书天中阁》，35卷十四，36理学编卷四，37理学编卷四，38理学编卷四，39理学编卷四，40理学集卷四，41理学集卷四，61卷一*

书朱守乾卷（乙酉）：02卷上*，12文录卷五，13文录卷五，14文录卷五，15文录卷九，16文录卷五，17文录卷五，18文录卷五，21卷八，22卷八，23卷八，24卷八，25卷七，26卷七，35卷十四

书正宪扇（乙酉）：02卷上*，12文录卷五，13文录卷五，14文录卷五，15文录卷九，16文录卷五，17文录卷五，18文录卷五，21卷八，22卷八，23卷八，24卷八，25卷七，26卷七，27卷五，28卷五，30卷三，35卷十三《示正宪戒傲尚谦说》，36理学编卷四，37理学编卷四，38理学编卷四，39理学编卷四，40理学集卷四，41理学集卷四，60卷一*

书魏师孟卷（乙酉）：02卷上*，12文录卷五，13文录卷五，14文录卷五，15文录卷九，16文录卷五，17文录卷五，18文录卷五，21卷八，22卷八，23卷八，24卷八，25卷七，26卷七，35卷十四，57卷一*，58卷一*，59传习则言*（无篇题）

书朱子礼卷（甲申）：12文录卷五，13文录卷五，14文录卷五，15文录卷九，16文录卷五，17文录卷五，18文录卷五，21卷八，22卷八，23卷八，24卷八，25卷七，26卷七，27卷十四，28卷十四，35卷十四，36文章编卷三，37文章编卷三，38文章编卷三，39文章编卷三，40文章集卷三，41文章集卷三，53卷五，55卷六

书林司训卷（丙戌）：12文录卷五，13文录卷五，14文录卷五，15文录卷九，16文录卷五（甲戌），17文录卷五，18文录卷五，21卷八，22卷八，23卷八，24卷八，25卷七，26卷七，35卷十四

书黄梦星卷（丁亥）：12文录卷五，13文录卷五，14文录卷五，15文录卷九（丁卯）#，16文录卷五（丁卯）#，17文录卷五（丁卯）#，18文录卷五，21卷八，22卷八，23卷八，24卷八，25卷七，26卷七，27卷四，28卷四，31卷一，32卷一，33卷四，34卷四，35卷十四*，36文章编卷三，37文章编卷三，38文章编卷三，39文章编卷三，40文章集卷三，41文章集卷三

卷九　别录一　奏疏一

陈言边务疏（弘治十二年，时进士）：12别录卷一，13别录卷一，15文录卷十五，17别录卷一，18别录卷一，19卷一，21卷九，22卷九，23卷九，24卷九，26卷十一，27卷十四，28卷十四，36经济编卷一，37经济编卷一，38经济编卷一，39经济编卷一，40经济集卷一，41经济集卷一

乞养病疏（十五年八月，时官刑部主事）：12别录卷一，13别录卷一，17别录卷一，18别录卷一，19卷一，21卷九，22卷九，23卷九，24卷九，26卷十一

乞宥言官去权奸以章圣德疏（正德元年，时官兵部主事）：12别录卷一，13别录卷一，15文录卷十五，17别录卷一，18别录卷一，19卷一，21卷九，22卷九，23卷九，24卷九，26卷十一，27卷十四，28卷十四，36经济编卷一，37经济编卷一，38经济编卷一，39经济编卷一，40经济集卷一，41经济集卷一

自劾乞休疏（十年，时官鸿胪寺卿）：12别录卷一，13别录卷一，17别录卷一，18别录卷一，19卷一，21卷九，22卷九，23卷九，24卷九，26卷十一

乞养病疏（十年八月）：12别录卷一，13别录卷一，17别录卷一，18别录卷一，19卷一，21卷九，22卷九，23卷九，24卷九，26卷十一

谏迎佛疏（稿具未上）：02卷下*，12别录卷一，13别录卷一，15文录卷十五，17别录卷一，18别录卷一，19卷一，21卷九，22卷九，23卷九，24卷九，26卷十一，27卷十四*，28卷十四*，31卷二（小注作"未上"）*，32卷二（小注作"未上"）*，33卷一（小注作"未上"）*，34卷一（小注作"未上"）*，35卷五（小注作"正德十年稿具未上"）*，36经济编卷一（无小注），37经济编卷一（无小注），38经济编卷一（无小注），39经济编卷一（无小注），40经济集卷一（无小注），41经济集卷一（无小注），53卷四*

辞新任乞以旧职致仕疏（十一年十月，时升南赣佥都御史）：12别录卷一，13别录卷一，17别录卷一，18别录卷一，19卷一，21卷九，22卷九，23卷九，24卷九，26卷十一

谢恩疏（十二年正月二十六日）：12 别录卷一，13 别录卷一，17 别录卷一，18 别录卷一，19 卷一，21 卷九，22 卷九，23 卷九，24 卷九，26 卷十一，35 卷五《巡抚南赣谢恩疏》*

给由疏（十二年二月二十五日）：12 别录卷一，13 别录卷一，17 别录卷一，18 别录卷一，19 卷一，21 卷九，22 卷九，23 卷九，24 卷九，26 卷十一

参失事官员疏（十二年三月十五日）：12 别录卷一，13 别录卷一，17 别录卷一，18 别录卷一，19 卷一，21 卷九，22 卷九，23 卷九，24 卷九，26 卷十一

闽广捷音疏（十二年五月初八日）：12 别录卷一，13 别录卷一，17 别录卷一，18 别录卷一，19 卷一，21 卷九，22 卷九，23 卷九，24 卷九，26 卷十一，27 卷八，28 卷八，36 经济编卷一，37 经济编卷一，38 经济编卷一，39 经济编卷一，40 经济集卷一，41 经济集卷一

申明赏罚以励人心疏（十二年五月初八日）：12 别录卷一，13 别录卷一，15 文录卷十五，17 别录卷一，18 别录卷一，19 卷一，21 卷九，22 卷九，23 卷九，24 卷九，26 卷十一，27 卷六*，28 卷六*，31 卷五*，32 卷五*，33 卷一*，34 卷一*，35 卷五*#，36 经济编卷一*，37 经济编卷一*，38 经济编卷一*，39 经济编卷一*，40 经济集卷一*，41 经济集卷一*，53 卷四*，55 卷一

攻治盗贼二策疏（十二年五月二十八日）：12 别录卷一，13 别录卷一，15 文录卷十五，17 别录卷一，18 别录卷一，19 卷一，21 卷九，22 卷九，23 卷九，24 卷九，26 卷十一，27 卷六*（残），28 卷六*（残），31 卷五*，32 卷五*，33 卷一*，34 卷一*，35 卷五*#，36 经济编卷一，37 经济编卷一，38 经济编卷一，39 经济编卷一，40 经济集卷一，41 经济集卷一

类奏擒斩攻次疏（十二年五月二十八日）：12 别录卷一，13 别录卷一，17 别录卷一，18 别录卷一，19 卷一，21 卷九，22 卷九，23 卷九（小注作"十二年六月二十五日"），24 卷九，26 卷十一

添设清平县治疏（十二年五月二十八日）：12 别录卷一，13 别录卷一，17 别录卷一，18 别录卷一，19 卷一，21 卷九，22 卷九，23 卷九，24 卷九，26 卷

十一，27卷六，28卷六，31卷五，32卷五，35卷五*#，36经济编卷一《添设平和县治疏》，37经济编卷一《添设平和县治疏》，38经济编卷一《添设平和县治疏》，39经济编卷一《添设平和县治疏》，40经济集卷一《添设平和县治疏》，41经济集卷一《添设平和县治疏》

疏通盐法疏（十二年六月十五日）：12别录卷一，13别录卷一，17别录卷一，18别录卷一，19卷一，21卷九，22卷九，23卷九，24卷九，26卷十一，27卷八*，28卷八*，36经济编卷一，37经济编卷一，38经济编卷一，39经济编卷一，40经济集卷一，41经济集卷一

卷十　别录二　奏疏二

议夹剿兵粮疏（正德十二年七月初五日）：12别录卷二，13别录卷二，17别录卷二，18别录卷二，19卷二，21卷十，22卷十，23卷十，24卷十，26卷十二，27卷六，28卷六，36经济编卷二，37经济编卷二，38经济编卷二，39经济编卷二，40经济集卷二，41经济集卷二

南赣擒斩功次疏（十二年七月初五日）：12别录卷二，13别录卷二，17别录卷二，18别录卷二，19卷二，21卷十，22卷十，23卷十，24卷十，26卷十二，27卷八，28卷八，36经济编卷一，37经济编卷一，38经济编卷一，39经济编卷一，40经济集卷一，41经济集卷一

议夹剿方略疏（十二年九月十五日）：12别录卷二，13别录卷二，17别录卷二，18别录卷二，19卷二，21卷十，22卷十，23卷十，24卷十，26卷十二，27卷六，28卷六，35卷五*#，36经济编卷二，37经济编卷二，38经济编卷二，39经济编卷二，40经济集卷二，41经济集卷二

换敕谢恩疏（十二年九月十五日）：12别录卷二，13别录卷二，17别录卷二，18别录卷二，19卷二，21卷十，22卷十，23卷十，24卷十，26卷十二，27卷六，28卷六，31卷五，32卷五，35卷五*

交收旗牌疏（十二年九月二十五日）：12别录卷二，13别录卷二，17别录

卷二#，18别录卷二，19卷二，21卷十，22卷十，23卷十，24卷十，26卷十二

议南赣商税疏（十二年九月二十五日）：12别录卷二，13别录卷二，17别录卷二，18别录卷二，19卷二，21卷十，22卷十，23卷十，24卷十，26卷十二，27卷八*，28卷八*，35卷五*，36经济编卷一，37经济编卷一，38经济编卷一，39经济编卷一，40经济集卷一，41经济集卷一

升赏谢恩疏（正德十二年十月初□日）：12别录卷二，13别录卷二，17别录卷二（正德十二年十月初一日），18别录卷二，19卷二，21卷十，22卷十，23卷十，24卷十，26卷十二

横水桶冈捷音疏（十二年闰十二月初二日）：12别录卷二，13别录卷二，17别录卷二，18别录卷二，19卷二，21卷十，22卷十，23卷十，24卷十，26卷十二，27卷七*，28卷七*，31卷五，32卷五，35卷五*，36经济编卷二，37经济编卷二，38经济编卷二，39经济编卷二，40经济集卷二，41经济集卷二，53卷四《横水桶冈左溪捷音疏》*，55卷一

立崇义县治疏（十二年闰十二月初五日）：12别录卷二，13别录卷二，17别录卷二，18别录卷二，19卷二，21卷十，22卷十，23卷十，24卷十，26卷十二，27卷七（此本装订有误），28卷七（此本装订有误），36经济编卷二，37经济编卷二，38经济编卷二，39经济编卷二，40经济集卷二，41经济集卷二

卷十一　别录三　奏疏三

乞休致疏（正德十三年三月初四日）：12别录卷三，13别录卷三，15文录卷十五，17别录卷三，18别录卷三，19卷三，21卷十一，22卷十一，23卷十一，24卷十一，26卷十三

移置驿传疏（正德十三年二月二十五日）：12别录卷三，13别录卷三，17别录卷三，18别录卷三，19卷三，21卷十一，22卷十一，23卷十一，24卷十一，26卷十三

浰头捷音疏（十三年四月二十日）：12 别录卷三，13 别录卷三，15 文录卷十五，17 别录卷三，18 别录卷三，19 卷三，21 卷十一，22 卷十一*，23 卷十一，24 卷十一，26 卷十三，27 卷八（此本装订有误），28 卷八（此本装订有误），31 卷五（目录末衍"与王晋溪司马书共十一首"），32 卷五（目录末衍"与王晋溪司马书共十一首"），35 卷五*，36 经济编卷三，37 经济编卷三，38 经济编卷三，39 经济编卷三，40 经济集卷三，41 经济集卷三，53 卷四*，55 卷一

添设和平县治疏（十三年五月初一日）：12 别录卷三，13 别录卷三，17 别录卷三，18 别录卷三，19 卷三，21 卷十一，22 卷十一，23 卷十一，24 卷十一，26 卷十三，35 卷五*#，55 卷二

三省夹剿捷音疏（十三年六月十五日）：12 别录卷三，13 别录卷三，17 别录卷三，18 别录卷三，19 卷三，21 卷十一，22 卷十一，23 卷十一，24 卷十一，26 卷十三，27 卷八*，28 卷八*，36 经济编卷三，37 经济编卷三，38 经济编卷三，39 经济编卷三，40 经济集卷三，41 经济集卷三

辞免升荫乞以原职致仕疏（十三年六月十八日）：12 别录卷三，13 别录卷三，15 文录卷十六，17 别录卷三，18 别录卷三，19 卷三，21 卷十一，22 卷十一，23 卷十一，24 卷十一，26 卷十三，27 卷七，28 卷七，31 卷五，32 卷五，35 卷五*，36 经济编卷三，37 经济编卷三，38 经济编卷三，39 经济编卷三，40 经济集卷三，41 经济集卷三

再议崇义县治疏（十三年十月十一日）：12 别录卷三，13 别录卷三，17 别录卷三，18 别录卷三，19 卷三，21 卷十一，22 卷十一，23 卷十一，24 卷十一，26 卷十三

再议平和县治疏（十三年十月十五日）：12 别录卷三，13 别录卷三，17 别录卷三，18 别录卷三，19 卷三，21 卷十一，22 卷十一，23 卷十一，24 卷十一，26 卷十三

再请疏通盐法疏（十三年十月二十二日）：12 别录卷三，13 别录卷三，17 别录卷三，18 别录卷三，19 卷三，21 卷十一，22 卷十一（十三年十月一十二日），

23卷十一，24卷十一，26卷十三，27卷八（此本装订有误），28卷八（此本装订有误），35卷五*，36经济编卷二，37经济编卷二，38经济编卷二，39经济编卷二，40经济集卷二，41经济集卷二*，55卷二*

升荫谢恩疏（十四年正月初二日）：12别录卷三，13别录卷三，17别录卷三，18别录卷三，19卷三，21卷十一，22卷十一，23卷十一，24卷十一，26卷十三

乞放归田里疏（十四年正月十四日）：12别录卷三，13别录卷三，15文录卷十六（十四年正月初四日），17别录卷三，18别录卷三，19卷三，21卷十一，22卷十一，23卷十一，24卷十一，26卷十三，35卷五*#

卷十二　别录四　奏疏四

飞报宁王谋反疏（十四年六月十九日）：12别录卷四，13别录卷四，15文录卷十六，17别录卷四，18别录卷四，19卷四，21卷十二，22卷十二，23卷十二，24卷十二，26卷十四，27卷九，28卷九，35卷六*#，36经济编卷四，37经济编卷四，38经济编卷四，39经济编卷四，40经济集卷四，41经济集卷四，55卷二

再报谋反疏（十四年六月二十一日）：12别录卷四，13别录卷四，17别录卷四，18别录卷四，19卷四，21卷十二，22卷十二，23卷十二，24卷十二，26卷十四，27卷九，28卷九，36经济编卷四（有文无目），37经济编卷四（有文无目），38经济编卷四（有文无目），39经济编卷四（有文无目），40经济集卷四（有文无目），41经济集卷四（有文无目）

乞便道省葬疏（十四年六月二十一日）：12别录卷四，13别录卷四，17别录卷四，18别录卷四，19卷四，21卷十二，22卷十二，23卷十二，24卷十二，26卷十四

奏闻宸濠伪造檄榜疏（十四年七月初五日）：12别录卷四，13别录卷四，15文录卷十六，17别录卷四，18别录卷四，19卷四，21卷十二，22卷十二，

23卷十二，24卷十二，26卷十四，27卷九，28卷九

留用官员疏（十四年七月初五日）：12别录卷四，13别录卷四，17别录卷四，18别录卷四，19卷四，21卷十二，22卷十二，23卷十二，24卷十二，26卷十四

江西捷音疏（十四年七月三十日）：12别录卷四，13别录卷四，17别录卷四（十四年七月□□日），18别录卷四，19卷四，21卷十二，22卷十二，23卷十二，24卷十二，26卷十四，27卷九，28卷九

擒获宸濠捷音疏（十四年七月三十日）：12别录卷四，13别录卷四，15文录卷十六，17别录卷四，18别录卷四，19卷四，21卷十二，22卷十二，23卷十二，24卷十二，26卷十四，27卷九*，28卷九*，31卷六*，32卷六*，33卷一*，34卷一*，35卷六*#，36经济编卷四，37经济编卷四，38经济编卷四，39经济编卷四，40经济集卷四，41经济集卷四，53卷四*，55卷二

奏闻益王助军饷疏（十四年七月三十日）：12别录卷四，13别录卷四，17别录卷四，18别录卷四，19卷四，21卷十二，22卷十二，23卷十二，24卷十二，26卷十四

旱灾疏（十四年七月三十日）：12别录卷四，13别录卷四，17别录卷四，18别录卷四，19卷四，21卷十二，22卷十二，23卷十二，24卷十二，26卷十四

请止亲征疏（十四年八月十七日）：12别录卷四，13别录卷四，17别录卷四，18别录卷四，19卷四，21卷十二，22卷十二，23卷十二，24卷十二，26卷十四，27卷九，28卷九，35卷六*#，36经济编卷四，37经济编卷四，38经济编卷四，39经济编卷四，40经济集卷四，41经济集卷四

奏留朝觐官疏（十四年八月十七日）：12别录卷四，13别录卷四，17别录卷四，18别录卷四，19卷四，21卷十二，22卷十二，23卷十二，24卷十二，26卷十四

奏闻淮王助军饷疏（十四年八月十七日）：12别录卷四，13别录卷四，17

别录卷四，18 别录卷四，19 卷四，21 卷十二，22 卷十二，23 卷十二，24 卷十二，26 卷十四

恤重刑以实军伍疏（十四年八月二十五日）：12 别录卷四，13 别录卷四，17 别录卷四，18 别录卷四，19 卷四，21 卷十二，22 卷十二，23 卷十二，24 卷十二，26 卷十四

处置官员署印疏（十四年八月二十五日）：12 别录卷四，13 别录卷四，17 别录卷四，18 别录卷四，19 卷四，21 卷十二，22 卷十二，23 卷十二，24 卷十二，26 卷十四，27 卷十，28 卷十

二乞便道省葬疏（十四年八月二十五日）：12 别录卷四，13 别录卷四，17 别录卷四，18 别录卷四，19 卷四，21 卷十二，22 卷十二，23 卷十二，24 卷十二，26 卷十四

处置从逆官员疏（十四年八月二十五日）：12 别录卷四，13 别录卷四，17 别录卷四，18 别录卷四，19 卷四，21 卷十二，22 卷十二，23 卷十二，24 卷十二，26 卷十四

处置府县从逆官员疏（十四年八月二十五日）：12 别录卷四，13 别录卷四，17 别录卷四，18 别录卷四，19 卷四，21 卷十二，22 卷十二，23 卷十二，24 卷十二，26 卷十四

收复九江南康参失事官员疏（十四年九月初十日）：12 别录卷四，13 别录卷四，17 别录卷四，18 别录卷四，19 卷四，21 卷十二，22 卷十二，23 卷十二，24 卷十二，26 卷十四，27 卷十*，28 卷十*

卷十三　别录五　奏疏五

乞宽免税粮急救民困以弭灾变疏（十五年三月二十五日）：12 别录卷五，13 别录卷五，15 文录卷十六，17 别录卷五，18 别录卷五，19 卷五，21 卷十三，22 卷十三，23 卷十三，24 卷十三，26 卷十五，27 卷十，28 卷十，31 卷六，32 卷六，33 卷一，34 卷一，35 卷六《乞免江西税粮疏》*#，36 经济编卷五（"二十五"

作 "廿五"），37 经济编卷五（"二十五"作 "廿五"），38 经济编卷五（"二十五"作 "廿五"），39 经济编卷五（"二十五"作 "廿五"），40 经济集卷五（"二十五"作 "廿五"），41 经济集卷五（"二十五"作 "廿五"），55 卷二

计处地方疏（十五年五月十五日）：12 别录卷五，13 别录卷五，15 文录卷十七，17 别录卷五，18 别录卷五，19 卷五，21 卷十三，22 卷十三，23 卷十三，24 卷十三，26 卷十五，27 卷十一，28 卷十一，35 卷六 *#，36 经济编卷五，37 经济编卷五，38 经济编卷五，39 经济编卷五，40 经济集卷五，41 经济集卷五

水灾自劾疏（十五年五月十五日）：12 别录卷五，13 别录卷五，15 文录卷十六（十五年五月十三日），17 别录卷五，18 别录卷五，19 卷五，21 卷十三，22 卷十三，23 卷十三，24 卷十三，26 卷十五，27 卷十，28 卷十，31 卷六，32 卷六，33 卷二，34 卷二，35 卷六，36 经济编卷五，37 经济编卷五，38 经济编卷五，39 经济编卷五，40 经济集卷五，41 经济集卷五，54 卷一

重上江西捷音疏（十五年七月十七日遵奉大将军钧帖）：12 别录卷五，13 别录卷五，17 别录卷五，18 别录卷五，19 卷五，21 卷十三，22 卷十三，23 卷十三，24 卷十三，26 卷十五

四乞省葬疏（十五年闰八月二十日）：12 别录卷五，13 别录卷五，15 文录卷十六，17 别录卷五，18 别录卷五，19 卷五，21 卷十三，22 卷十三，23 卷十三，24 卷十三，26 卷十五，27 卷十一（此本装订有误），28 卷十一（此本装订有误），31 卷六，32 卷六，33 卷一，34 卷一，36 经济编卷五，37 经济编卷五，38 经济编卷五，39 经济编卷五，40 经济集卷五，41 经济集卷五

开豁军前用过钱粮疏（十五年九月初四日）：12 别录卷五，13 别录卷五，17 别录卷五，18 别录卷五，19 卷五，21 卷十三，22 卷十三，23 卷十三，24 卷十三，26 卷十五

征收秋粮稽迟待罪疏（十五年十二月初十日）：12 别录卷五，13 别录卷五，17 别录卷五，18 别录卷五，19 卷五，21 卷十三，22 卷十三，23 卷十三，24 卷

十三，26卷十五，27卷十#，28卷十#，31卷六，32卷六，33卷一，34卷一，35卷六*，36经济编卷五，37经济编卷五，38经济编卷五，39经济编卷五，40经济集卷五，41经济集卷五，53卷四*，55卷二*

巡抚地方疏（十五年四月二十五日）：12别录卷五，17别录卷五（十五年四月二十八日），18别录卷五，19卷五，21卷十三，22卷十三，23卷十三，24卷十三，26卷十五

剿平安义叛党疏（十六年五月十五日）：12别录卷五，13别录卷五，17别录卷五，18别录卷五，19卷五，21卷十三，22卷十三，23卷十三（十六年五月十九日），24卷十三，26卷十五，27卷十一，28卷十一，36经济编卷五，37经济编卷五，38经济编卷五，39经济编卷五，40经济集卷五，41经济集卷五

乞便道归省疏：12别录卷五，13别录卷五，17别录卷五，18别录卷五，19卷五，21卷十三，22卷十三，23卷十三，24卷十三，26卷十五

辞封爵普恩赏以彰国典疏（嘉靖元年正月初十日）：12别录卷五，13别录卷五，15文录卷十六，17别录卷五，18别录卷五，19卷五，21卷十三，22卷十三，23卷十三，24卷十三，26卷十五，27卷十一，28卷十一，35卷六《辞封爵疏》*#，36经济编卷五，37经济编卷五，38经济编卷五，39经济编卷五，40经济集卷五，41经济集卷五，52卷一*，53卷四《辞封爵疏》*，54卷一，55卷三

再辞封爵普恩赏以彰国典疏（嘉靖元年）：12别录卷五，13别录卷五，15文录卷十六，17别录卷五，18别录卷五，19卷五，21卷十三，22卷十三，23卷十三，24卷十三，26卷十五，27卷十一，28卷十一，31卷六，32卷六，33卷一，34卷一，35卷六《再辞封爵疏（嘉靖元年七月）》*，36经济编卷五，37经济编卷五，38经济编卷五，39经济编卷五，40经济集卷五，41经济集卷五，55卷三

卷十四　别录六　奏疏六

辞免重任乞恩养病疏（嘉靖六年六月）：12别录卷六，13别录卷六，17别录卷六，18别录卷六，19卷六，21卷十四，22卷十四，23卷十四，24卷十四，26卷十六，27卷十二，28卷十二，35卷七*，36经济编卷六，37经济编卷六，38经济编卷六，39经济编卷六，40经济集卷六，41经济集卷六

赴任谢恩遂陈肤见疏（六年十二月初一日）：12别录卷六，13别录卷六，15文录卷十七，17别录卷六（"年"为"■"），18别录卷六，19卷六，21卷十四，22卷十四，23卷十四，24卷十四，26卷十六，27卷十二，28卷十二，31卷七，32卷七，33卷二，34卷二，35卷七《赴两广任谢恩遂陈肤见疏》*#，36经济编卷六，37经济编卷六，38经济编卷六，39经济编卷六，40经济集卷六，41经济集卷六，53卷四《赴两广任谢恩遂陈肤见疏》*，55卷三

辞巡抚兼任举能自代疏（七年正月初二日）：12别录卷六，13别录卷六，17别录卷六，18别录卷六，19卷六，21卷十四，22卷十四，23卷十四，24卷十四，26卷十六，27卷十二，28卷十二，35卷七（小注作"嘉靖六年十二月"）*，36经济编卷六，37经济编卷六，38经济编卷六，39经济编卷六，40经济集卷六，41经济集卷六

奏报田州思恩平复疏（七年二月十三日）：12别录卷六，13别录卷六，15文录卷十七，17别录卷六，18别录卷六，19卷六，21卷十四，22卷十四，23卷十四，24卷十四，26卷十六，27卷十二，28卷十二，31卷七，32卷七，33卷二，34卷二，35卷七*#，36经济编卷六，37经济编卷六，38经济编卷六，39经济编卷六，40经济集卷六，41经济集卷六，55卷三

地方紧急用人疏（七年二月十五日）：12别录卷六，13别录卷六，17别录卷六，18别录卷六，19卷六，21卷十四，22卷十四，23卷十四，24卷十四，26卷十六，27卷十二，28卷十二，35卷七（小注作"嘉靖七年五月"）*，36经济编卷六，37经济编卷六，38经济编卷六，39经济编卷六，40经济集卷六，41经济集卷六

地方急缺官员疏（七年二月十八日）：12 别录卷六，13 别录卷六，17 别录卷六，18 别录卷六，19 卷六，21 卷十四，22 卷十四，23 卷十四，24 卷十四，26 卷十六，27 卷十二，28 卷十二，36 经济编卷六，37 经济编卷六，38 经济编卷六，39 经济编卷六，40 经济集卷六，41 经济集卷六

处置平复地方以图久安疏（七年四月初六日）：12 别录卷六，13 别录卷六，15 文录卷十七，17 别录卷六，18 别录卷六，19 卷六，21 卷十四，22 卷十四，23 卷十四，24 卷十四，26 卷十六，27 卷十二*，28 卷十二*，31 卷七*，32 卷七*，33 卷二*，34 卷二*，35 卷七*，36 经济编卷六，37 经济编卷六，38 经济编卷六，39 经济编卷六，40 经济集卷六，41 经济集卷六，55 卷三*

卷十五　别录七　奏疏七

征剿稔恶瑶贼疏（七年四月十五日）：12 别录卷七，13 别录卷七，17 别录卷七，18 别录卷七，19 卷七，21 卷十五，22 卷十五，23 卷十五，24 卷十五，26 卷十七，27 卷十三，28 卷十三，37 经济编卷七，38 经济编卷七，39 经济编卷七，40 经济集卷七，41 经济集卷七

举能抚治疏（七年正月二十五日）：12 别录卷七，13 别录卷七，17 别录卷七，18 别录卷七，19 卷七，21 卷十五，22 卷十五，23 卷十五，24 卷十五，26 卷十七

边方缺官荐才赞理疏（七年七月初六日）：12 别录卷七，13 别录卷七，15 文录卷十七，17 别录卷七，18 别录卷七，19 卷七，21 卷十五，22 卷十五，23 卷十五，24 卷十五，26 卷十七，27 卷十二，28 卷十二，31 卷七，32 卷七，35 卷七*，37 经济编卷七，38 经济编卷七，39 经济编卷七，40 经济集卷七，41 经济集卷七，55 卷四

八寨断藤峡捷音疏（七年七月初十日）：12 别录卷七，13 别录卷七，17 别录卷七，18 别录卷七，19 卷七，21 卷十五，22 卷十五，23 卷十五，24 卷十五，26 卷十七，27 卷十三，28 卷十三，30 卷五*，31 卷七，32 卷七，33 卷二，

34卷二，35卷七*#，37经济编卷七，38经济编卷七，39经济编卷七，40经济集卷七，41经济集卷七，55卷四

处置八寨断藤峡以图永安疏（嘉靖七年七月十二日）：12别录卷七，13别录卷七，15文录卷十七，17别录卷七，18别录卷七，19卷七，21卷十五，22卷十五，23卷十五，24卷十五，26卷十七，27卷十三*，28卷十三*，30卷五，31卷七*，32卷七*，35卷七*#，37经济编卷七，38经济编卷七，39经济编卷七，40经济集卷七，41经济集卷七，55卷四

查明岑邦相疏（七年七月十九日）：12别录卷七，13别录卷七，17别录卷七，18别录卷七，19卷七，21卷十五，22卷十五，23卷十五，24卷十五，26卷十七

奖励赏赉谢恩疏（七年九月二十日）：12别录卷七，13别录卷七，17别录卷七，18别录卷七，19卷七，21卷十五，22卷十五，23卷十五，24卷十五，26卷十七

乞恩暂容回籍就医养病疏（七年十月初十日）：12别录卷七，13别录卷七，17别录卷七，18别录卷七，19卷七，21卷十五，22卷十五，23卷十五，24卷十五，26卷十七，27卷十三*，28卷十三*，35卷七*，37经济编卷七，38经济编卷七，39经济编卷七，40经济集卷七，41经济集卷七

卷十六　别录八　公移一（提督南赣军务征横水桶冈三浰）

巡抚南赣钦奉敕谕通行各属（正德十二年正月）：12别录卷八，13别录卷八，17别录卷八《巡抚南赣等处通行各属（共五条）/其一钦奉敕谕通行各属正德（十二年正月二十日）》#，18别录卷八，19卷八《巡抚南赣等处通行各属（共五条）/其一钦奉敕谕通行各属（正德十二年正月二十日）》#，21卷十六，22卷十六，23卷十六，24卷十六，26卷十八，27卷六#，28卷六#，30卷五《巡抚南赣等处通行各属》*，35卷十七《奉敕巡抚南赣通行各属牌》*，36经济编卷一，37经济编卷一，38经济编卷一，39经济编卷一，40经济集卷一，41经

济集卷一，55卷七《奉敕巡抚南赣通行各属牌》*

选拣民兵：12别录卷八，13别录卷八，17别录卷八《[巡抚南赣等处通行各属]其二案行各兵备官选拣民兵（正月二十六日）》，18别录卷八，19卷八《[巡抚南赣等处通行各属]其二案行各兵备官选拣民兵（正月二十六日）》，21卷十六，22卷十六，23卷十六，24卷十六，26卷十八，27卷六#（此本装订有误），28卷六#（此本装订有误），30卷五《案行各兵备官选拣民兵》*，31卷五，32卷五，33卷五，34卷五，35卷十七《选拣民兵牌（正德十二年正月）》，36经济编卷一，37经济编卷一，38经济编卷一，39经济编卷一，40经济集卷一，41经济集卷一，55卷七《选练民兵牌（正德十二年正月）》

十家牌法告谕各府父老子弟：12别录卷八，13别录卷八，17别录卷八《[巡抚南赣等处通行各属]其三行十家牌法告谕各府父老子弟（二月初一日）》，18别录卷八，19卷八《[巡抚南赣等处通行各属]其三行十家牌法告谕各府父老子弟（二月初一日）》，21卷十六，22卷十六，23卷十六，24卷十六，26卷十八，27卷六，28卷六，31卷五，32卷五，35卷十七《饬行十家牌告谕（正德十二年正月）》*，52卷一*，59保甲法*#

案行各分巡道督编十家牌：12别录卷八，13别录卷八，17别录卷八《[巡抚南赣等处通行各属]其四案行各分巡道督编十家牌（三月初五日）》，18别录卷八，19卷八《[巡抚南赣等处通行各属]其四案行各分巡道督编十家牌（三月初五日）》，21卷十六，22卷十六，23卷十六，24卷十六，26卷十八，59保甲法#

告谕各府父老子弟：12别录卷八，13别录卷八，17别录卷八《[巡抚南赣等处通行各属]其五告谕各府父老子弟（三月）》，18别录卷八，19卷八《[巡抚南赣等处通行各属]其五告谕各府父老子弟（三月）》，21卷十六，22卷十六，23卷十六，24卷十六，26卷十八，35卷十七《告谕抚属军民（正德十二年）》

剿捕漳寇方略牌（正月）：12别录卷八，13别录卷八，17别录卷八《[巡抚南赣征缴漳寇始末]其三牌行广东福建兵备官缴捕方略（正德十二年正月二十二日)》,18 别录卷八,19 卷八《[巡抚南赣征缴漳寇始末]其三牌行广东福建兵备官剿捕方略(正德十二年正月二十二日)》,21 卷十六,22 卷十六,23 卷十六,24 卷十六,26 卷十八,27 卷六*,28 卷六*,30 卷五《牌行广东福建兵备剿捕方略》*,31 卷五*,32 卷五*,33 卷五*,34 卷五*,35 卷十七《行广东福建各兵备道剿捕漳寇方略牌(正月)》*(目录作《剿捕漳寇方略牌》),36 经济编卷一,37 经济编卷一,38 经济编卷一,39 经济编卷一,40 经济集卷一,41 经济集卷一,55 卷七《行广东福建各兵备道剿捕漳寇方略牌(正德十二年)》*

案行广东福建领兵官进剿事宜:12 别录卷八,13 别录卷八,17 别录卷八《[巡抚南赣征缴漳寇始末]其四案行广东福建领兵官进缴事宜(二月二十二日)》#,18 别录卷八,19 卷八《[巡抚南赣征缴漳寇始末]其四案行广东福建领兵官进剿事宜(二月二十二日)》#,21 卷十六,22 卷十六,23 卷十六,24 卷十六,26 卷十八,27 卷六(残),28 卷六(残),30 卷五*,31 卷五*,32 卷五*,35 卷十七《案行广东福建领进剿事宜(正德十二年)》*,36 经济编卷一,37 经济编卷一,38 经济编卷一,39 经济编卷一,40 经济集卷一,41 经济集卷一,55 卷七《案行广东福建司道进剿事宜(正德十二年)》*

案行漳南道守巡官戴罪督兵剿贼:12 别录卷八,13 别录卷八,17 别录卷八《[巡抚南赣征缴漳寇始末]其五案行福建漳南道守巡等官戴罪督兵缴贼(二月二十日)》,18 别录卷八,19 卷八《[巡抚南赣征缴漳寇始末]其五案行福建漳南道守巡等官戴罪督兵剿贼(二月二十日)》,21 卷十六,22 卷十六,23 卷十六,24 卷十六,26 卷十八,27 卷八,28 卷八,30 卷五《案行福建守巡等官戴罪督兵剿贼》*,35 卷十七《案行漳南道戴罪督兵剿贼(正德十二年)》*,36 经济编卷一,37 经济编卷一,38 经济编卷一,39 经济编卷一,40 经济集卷一,41 经济集卷一

案行领兵官搜剿馀贼:12 别录卷八,13 别录卷八,17 别录卷八《[巡抚南赣征缴漳寇始末]其六案行福建广东守巡漳南岭东道领兵官搜缴馀贼(三月十六日),》18 别录卷八,19 卷八《[巡抚南赣征缴漳寇始末]其六案行福建广东守

巡漳南岭东道领兵官搜剿馀贼（三月十六日）》，21卷十六，22卷十六，23卷十六，24卷十六，26卷十八，27卷八，28卷八，35卷十七《行领兵官搜剿馀贼牌（正德十二年）》*，36经济编卷一，37经济编卷一，38经济编卷一，39经济编卷一，40经济集卷一，41经济集卷一

奖励福建守巡漳南道广东守巡岭东道领兵官：12别录卷八，13别录卷八，17别录卷八《[巡抚南赣征缴漳寇始末]其七奖励福建守巡漳南道广东守巡岭东道领兵官（三月二十九日）》#，18别录卷八，19卷八《[巡抚南赣征缴漳寇始末]其七奖励福建守巡漳南道广东守巡岭东道领兵官（三月二十九日）》#，21卷十六，22卷十六《奖励福建官巡漳南道广东守巡岭东道领兵官》，23卷十六，24卷十六，26卷十八

告谕新民：12别录卷八，13别录卷八，17别录卷八《[巡抚南赣征缴漳寇始末]其八告谕新民（四月初二日）》，18别录卷八，19卷八《[巡抚南赣征缴漳寇始末]其八告谕新民（四月初二日）》，21卷十六，22卷十六，23卷十六，24卷十六，26卷十八，27卷八，28卷八，30卷五*，36经济编卷一，37经济编卷一，38经济编卷一，39经济编卷一，40经济集卷一，41经济集卷一

钦奉敕谕切责失机官员通行各属：12别录卷八，13别录卷八，17别录卷八《[巡抚南赣征缴漳寇始末]其九钦奉敕谕切责失机官员通行各属》，18别录卷八，19卷八《[巡抚南赣征缴漳寇始末]其九钦奉敕谕切责失机官员通行各属》，21卷十六，22卷十六，23卷十六，24卷十六，26卷十八，27卷八*，28卷八*，36经济编卷一*，37经济编卷一*，38经济编卷一*，39经济编卷一*，40经济集卷一*，41经济集卷一*

兵符节制（五月）：12别录卷八，13别录卷八，17别录卷八《巡抚南赣征缴横水桶冈等巢贼始末（共四十四条，是年九月奉敕提督军务）/其一案行江西兵备分巡岭北道兵符节制（正德十二年五月初五日）》，18别录卷八，19卷八《巡抚南赣征缴横水桶冈等巢贼始末（共四十四条，是年九月奉敕提督军务）/其一案行江西兵备分巡岭北道兵符节制（正德十二年五月初五日）》，21卷

十六，22卷十六，23卷十六，24卷十六，26卷十八，27卷六，28卷六，30卷五《示将领》*，31卷五，32卷五，35卷十七（小注作"正德十二年正月"）*，36经济编卷一，37经济编卷一，38经济编卷一，39经济编卷一，40经济集卷一，41经济集卷一，55卷七（小注作"正德十二年正月"）*

预整操练：12别录卷八，13别录卷八，17别录卷八《[巡抚南赣征缴横水桶冈等巢贼始末]其二案行江西岭北道预整操练（五月十三日）》，18别录卷八，19卷八《[巡抚南赣征缴横水桶冈等巢贼始末]其二案行江西岭北道预整操练（五月十三日）》，21卷十六，22卷十六，23卷十六，24卷十六，26卷十八，27卷七，28卷七，35卷十七《预整操练牌（正德十二年）》*，36经济编卷一，37经济编卷一，38经济编卷一，39经济编卷一，40经济集卷一，41经济集卷一

选募将领牌：12别录卷八，13别录卷八，17别录卷八《[巡抚南赣征缴横水桶冈等巢贼始末]其三牌行湖广郴桂兵备道选募将领（六月初二日）》，18别录卷八，19卷八《[巡抚南赣征缴横水桶冈等巢贼始末]其三牌行湖广郴桂兵备道选募将领（六月初二日）》，21卷十六，22卷十六，23卷十六，24卷十六，26卷十八，27卷七，28卷七，35卷十七（小注作"正德十二年"），36经济编卷一，37经济编卷一，38经济编卷一，39经济编卷一，40经济集卷一，41经济集卷一

批留岭北道杨璋给由呈：12别录卷八，13别录卷八，17别录卷八《[巡抚南赣征缴横水桶冈等巢贼始末]其四批留岭北道杨璋给由呈（六月初九日）》，18别录卷八，19卷八《[巡抚南赣征缴横水桶冈等巢贼始末]其四批留岭北道杨璋给由呈（六月初九日）》，21卷十六，22卷十六，23卷十六，24卷十六，26卷十八，35卷十七《批留岭北道给由呈（正德十二年）》*

批广东韶州府留兵防守申：12别录卷八，13别录卷八，17别录卷八《[巡抚南赣征缴横水桶冈等巢贼始末]其十二批广东韶州府留兵防守申（八月二十八日）》#，18别录卷八，19卷八《[巡抚南赣征缴横水桶冈等巢贼始末]其十二批广东韶州府留兵防守申（八月二十八日）》#，21卷十六，22卷十六，23卷

十六，24卷十六，26卷十八，27卷六，28卷六，30卷五#，31卷五，32卷五，35卷十七（小注作"正德十二年"）*，36经济编卷一，37经济编卷一，38经济编卷一，39经济编卷一，40经济集卷一，41经济集卷一

咨报湖广巡抚右副都御史秦防贼奔窜（八月）：12别录卷八，13别录卷八，17别录卷八《[巡抚南赣征缴横水桶冈等巢贼始末]其十三咨报湖广巡抚右副都御史秦发兵把截防贼奔窜（八月）》#，18别录卷八，19卷八《[巡抚南赣征缴横水桶冈等巢贼始末]其十三咨报湖广巡抚右副都御史秦发兵把截防贼奔窜（八月）》#，21卷十六，22卷十六，23卷十六，24卷十六，26卷十八，27卷六，28卷六，31卷五，32卷五，36经济编卷二，37经济编卷二，38经济编卷二，39经济编卷二，40经济集卷二，41经济集卷二（此本装订有误）

钦奉敕谕提督军务新命通行各属（九月）：12别录卷八，13别录卷八，17别录卷八《[巡抚南赣征缴横水桶冈等巢贼始末]其十四钦奉敕谕提督军务新命通行各属（九月）》，18别录卷八，19卷八《[巡抚南赣征缴横水桶冈等巢贼始末]其十四钦奉敕谕提督军务新命通行各属（九月）》，21卷十六，22卷十六，23卷十六，24卷十六，26卷十八

咨报湖广巡抚右副都御史秦夹攻事宜：12别录卷八，13别录卷八，17别录卷八《[巡抚南赣征缴横水桶冈等巢贼始末]其十七咨报湖广巡抚右副都御史秦夹攻事宜》，18别录卷八，19卷八《[巡抚南赣征缴横水桶冈等巢贼始末]其十七咨报湖广巡抚右副都御史秦夹攻事宜》#，21卷十六，22卷十六，23卷十六，24卷十六，26卷十八，27卷七，28卷七，36经济编卷二，37经济编卷二，38经济编卷二，39经济编卷二，40经济集卷二，41经济集卷二

征剿横水桶冈分委统哨牌：12别录卷八，13别录卷八，17别录卷八《[巡抚南赣征缴横水桶冈等巢贼始末]其十八分委赣州府知府邢珣等统哨（十月初十日）》，18别录卷八，19卷八《[巡抚南赣征缴横水桶冈等巢贼始末]其十八分委赣州府知府邢珣等统哨（十月初十日）》，21卷十六，22卷十六，23卷十六，24卷十六，26卷十八，27卷六，28卷六，31卷五*，32卷五*，35卷十七（小

注作"正德十二年十二月")*，36 经济编卷二 *#，37 经济编卷二 *#，38 经济编卷二 *#，39 经济编卷二 *#，40 经济集卷二 *#，41 经济集卷二 *#

案行分守岭北道官兵戴罪剿贼：12 别录卷八，13 别录卷八，17 别录卷八《[巡抚南赣征缴横水桶冈等巢贼始末]其二十案行分守岭北道官兵戴罪剿贼（十月二十一日）》#，18 别录卷八，19 卷八《[巡抚南赣征缴横水桶冈等巢贼始末]其二十案行分守岭北道官兵戴罪剿贼（十月二十一日）》#，21 卷十六，22 卷十六，23 卷十六，24 卷十六，26 卷十八，27 卷七，28 卷七，36 经济编卷二，37 经济编卷二，38 经济编卷二，39 经济编卷二，40 经济集卷二，41 经济集卷二

搜剿馀党牌：12 别录卷八《搜灭馀党牌》，13 别录卷八《搜灭馀党牌》，17 别录卷八《[巡抚南赣征缴横水桶冈等巢贼始末]其二十四牌行分守岭北道搜灭馀党（十月二十三日）》，18 别录卷八《搜灭馀党牌》，19 卷八《[巡抚南赣征缴横水桶冈等巢贼始末]其二十四牌行分守岭北道搜灭馀党（十月二十三日）》，21 卷十六，22 卷十六，23 卷十六，24 卷十六，26 卷十八《搜灭馀党牌》，27 卷七*，28 卷七*，36 经济编卷二，37 经济编卷二，38 经济编卷二，39 经济编卷二，40 经济集卷二，41 经济集卷二

奖励湖广统兵参将史春牌：12 别录卷八，13 别录卷八，17 别录卷八《[巡抚南赣征缴横水桶冈等巢贼始末]其二十六奖励湖广统兵参将史春（十一月初四日）》，18 别录卷八，19 卷八《[巡抚南赣征缴横水桶冈等巢贼始末]其二十六奖励湖广统兵参将史春（十一月初四日）》，21 卷十六，22 卷十六，23 卷十六，24 卷十六，26 卷十八，27 卷七，28 卷七，31 卷五，32 卷五，35 卷十七（小注作"正德十三年正月"）*#，36 经济编卷二，37 经济编卷二，38 经济编卷二，39 经济编卷二，40 经济集卷二，41 经济集卷二

设立茶寮隘所：12 别录卷八，13 别录卷八，17 别录卷八《[巡抚南赣征缴横水桶冈等巢贼始末]其三十七案行岭北道设立茶寮隘所》，18 别录卷八，19 卷八《[巡抚南赣征缴横水桶冈等巢贼始末]其三十七案行岭北道设立茶寮隘所》，

21卷十六，22卷十六，23卷十六，24卷十六，26卷十八，27卷七，28卷七，36经济编卷二，41经济集卷二

牌行招抚官（正德十三年五月）：12别录卷八，13别录卷八，17别录卷八《[巡抚南赣征缴横水桶冈等巢贼始末]其三十九牌行招抚官县丞舒富（正德十三年二月初八）》，18别录卷八，19卷八《[巡抚南赣征缴横水桶冈等巢贼始末]其三十九牌行招抚官县丞舒富（正德十三年二月初八）》，21卷十六（小注作"正德十三年二月"），22卷十六（小注作"正德十三年二月"），23卷十六（正文两篇重出，第一篇杂糅前一篇《设立茶寮隘所》部分内容），24卷十六，26卷十八，27卷七，28卷七，31卷五，32卷五，36经济编卷二，37经济编卷二，38经济编卷二，39经济编卷二，40经济集卷二，41经济集卷二

批留兵搜捕呈：12别录卷八，13别录卷八，17别录卷八《[巡抚南赣征缴横水桶冈等巢贼始末]其四十二广东统兵都指挥等官留兵搜捕呈（七月十九日）》#，18别录卷八，19卷八《[巡抚南赣征剿横水桶冈等巢贼始末]其四十二批广东统兵都指挥等官留兵搜捕呈（七月十九日）》#，21卷十六，22卷十六，23卷十六，24卷十六，26卷十八，27卷七，28卷七，35卷十七《批广东兵备道留兵搜捕呈（正德十三年）》*，36经济编卷二，37经济编卷二，38经济编卷二，39经济编卷二，40经济集卷二，41经济集卷二

批将士争功呈：12别录卷八，13别录卷八，17别录卷八《[巡抚南赣征缴横水桶冈等巢贼始末]其四十三批广东岭南道将士争功呈（十月十一日）》，18别录卷八，19卷八《[巡抚南赣征缴横水桶冈等巢贼始末]其四十三批广东岭南道将士争功呈（十月十一日）》，21卷十六，22卷十六，23卷十六，24卷十六，26卷十八，27卷七，28卷七，30卷五《批广东岭南道将士争功呈》*，31卷五，32卷五，33卷五，34卷五，35卷十七《批湖广广东批将士争功呈（正德十三年）》*，36经济编卷二，37经济编卷二，38经济编卷二，39经济编卷二，40经济集卷二，41经济集卷二

告谕浰头巢贼（正德十二年五月）：12别录卷八，13别录卷八，17别录卷

九《征剿浰头巢贼始末/其一告谕各巢贼党（正德十二年五月）》，18 别录卷八，19 卷九《征剿浰头巢贼始末/其一告谕各巢贼党（正德十二年五月）》，21 卷十六，22 卷十六，23 卷十六，24 卷十六，26 卷十八，27 卷七，28 卷七，30 卷五《告谕各巢贼党》，31 卷五，32 卷五，33 卷五，34 卷五，35 卷十七（小注作"正德十二年十月"），36 经济编卷三，37 经济编卷三，38 经济编卷三，39 经济编卷三，40 经济集卷三，41 经济集卷三，55 卷七（小注作"正德十二年十月"）

进剿浰贼方略：12 别录卷八，13 别录卷八，17 别录卷九《[征剿浰头巢贼始末]其二牌行广东兵备兼分巡岭东道计处进剿方略（八月二十二日）》#，18 别录卷八，19 卷九《[征剿浰头巢贼始末]其二牌行广东兵备兼分巡岭东道计处进剿方略（八月二十二日）》#，21 卷十六，22 卷十六，23 卷十六，24 卷十六，26 卷十八，27 卷八《进剿浰头贼方略》，28 卷八《进剿浰头贼方略》，36 经济编卷三《进剿浰头贼方略》（有目无文），37 经济编卷三《进剿浰头贼方略》，38 经济编卷三《进剿浰头贼方略》，39 经济编卷三《进剿浰头贼方略》，40 经济集卷三《进剿浰头贼方略》，41 经济集卷三《进剿浰头贼方略》

克期进剿牌（正德十三年正月）：12 别录卷八，13 别录卷八，17 别录卷九《[征剿浰头巢贼始末]其三牌行岭北道等官克期进剿（正德十三年正月初二日）》，18 别录卷八，19 卷九《[征剿浰头巢贼始末]其三牌行岭北道等官克期进剿（正德十三年正月初二日）》，21 卷十六，22 卷十六，23 卷十六，24 卷十六，26 卷十八，27 卷八，28 卷八，36 经济编卷三，37 经济编卷三，38 经济编卷三，39 经济编卷三，40 经济集卷三，41 经济集卷三

批汀州知府唐淳乞休申：12 别录卷八，13 别录卷八，17 别录卷九《[征剿浰头巢贼始末]其十五批汀州知府唐淳乞休申（三月十五日）》，18 别录卷八，19 卷九《[征剿浰头巢贼始末]其十五批汀州知府唐淳乞休申（三月十五日）》，21 卷十六，22 卷十六，23 卷十六，24 卷十六，26 卷十八，35 卷十七《批汀州知府乞休申（正德十三年）》*

告谕：12 别录卷八，13 别录卷八，17 别录卷九《[征剿浰头巢贼始末]其

十六告谕百姓（五月初一日）》，18别录卷八，19卷九《[征剿浰头巢贼始末]其十六告谕百姓（五月初一日）》，21卷十六，22卷十六，23卷十六，24卷十六，26卷十八，35卷十七《告谕南安赣州军民（正德十三年）》#，52卷一

仰南安赣州府印行告谕牌：12别录卷八，13别录卷八，17别录卷九《[征剿浰头巢贼始末]其十七牌仰南安赣州府印行告谕（五月二十一日）》，18别录卷八，19卷九《[征剿浰头巢贼始末]其十七牌仰南安赣州府印行告谕（五月二十一日）》，21卷十六，22卷十六，23卷十六，24卷十六，26卷十八

禁约榷商官吏：12别录卷八，13别录卷八，17别录卷九《[征剿浰头巢贼始末]其十八案行岭北道禁约榷商官吏（五月十一日）》，18别录卷八，19卷九《[征剿浰头巢贼始末]其十八案行岭北道禁约榷商官吏（五月十一日）》，21卷十六，22卷十六，23卷十六，24卷十六，26卷十八，35卷十七（小注作"正德十三年"）

批赣州府赈济石城县申：12别录卷八，13别录卷八，17别录卷九《[征剿浰头巢贼始末]其十九批赣州府赈济石城县申（五月十二日）》#，18别录卷八，19卷九《[征剿浰头巢贼始末]其十九批赣州府赈济石城县申（五月十二日）》#，21卷十六，22卷十六，23卷十六，24卷十六，26卷十八，35卷十七《批赣州府赈济申（正德十三年）》*#

议处河源馀贼：12别录卷八，13别录卷八，17别录卷九《[征剿浰头巢贼始末]其二十一批岭南道议处河源馀贼呈（五月十四日）》#，18别录卷八，19卷九《[征剿浰头巢贼始末]其二十一批岭南道议处河源馀贼呈（五月十四日）》#，21卷十六，22卷十六，23卷十六，24卷十六，26卷十八，27卷六，28卷六，30卷五《批岭南道议处河源馀贼呈》*，31卷五，32卷五，33卷五，34卷五，35卷十七《议处河源馀贼牌（正德十三年）》*，36经济编卷三，37经济编卷三，38经济编卷三，39经济编卷三，40经济集卷三，41经济集卷三

告谕父老子弟（正德十四年二月）：12别录卷八，13别录卷八，17别录卷九《[征剿浰头巢贼始末]其二十八告谕父老子弟（正德十四年二月初一日）》，18别录卷八，19卷九《[征剿浰头巢贼始末]其二十八告谕父老子弟（正德十四

年二月初一日)》，22卷十六，23卷十六，24卷十六，26卷十八，35卷十七《申行保甲告谕》

行龙川县抚谕新民：12别录卷八，13别录卷八，17别录卷九《[征剿浰头巢贼始末]其三十牌行龙川县抚谕新民（三月十八日）》，18别录卷八，19卷九《[征剿浰头巢贼始末]其三十牌行龙川县抚谕新民（三月十八日）》，22卷十六，23卷十六，24卷十六，26卷十八

优奖致仕县丞龙韬牌：12别录卷八，13别录卷八，17别录卷九（小注作"八月初九日"），18别录卷八，19卷九（小注作"八月初九日"），22卷十六，23卷十六，24卷十六，26卷十八，27卷七，28卷七，31卷二，32卷二，33卷五，34卷五，35卷十七（小注作"正德十四年"），36经济编卷三，37经济编卷三，38经济编卷三，39经济编卷三，40经济集卷三，41经济集卷三

卷十七　别录九　公移二（巡抚江西、征宁藩）

牌行赣州府集兵策应（正德十四年六月十八日）：12别录卷九，13别录卷九，17别录卷十《平宁藩叛乱上（共八十八条）/其一牌行赣州府集兵策应（正德十四年六月十八日）》，18别录卷九，19卷十《平宁藩叛乱上（共八十八条）/其一牌行赣州府集兵策应（正德十四年六月十八日）》，21卷十七，22卷十七，23卷十七，24卷十七，26卷十九，30卷五《平宁潘叛乱牌行赣州府集兵策应》

咨两广总制都御史杨共勤国难：12别录卷九，13别录卷九，17别录卷十《[平宁藩叛乱上]其七咨两广总制都御史杨共勤国难》，18别录卷九，19卷十《[平宁藩叛乱上]其七咨两广总制都御史杨共勤国难》，21卷十七，22卷十七，23卷十七，24卷十七，26卷十九，27卷九*，28卷九*，36经济编卷四*，37经济编卷四*，38经济编卷四*，39经济编卷四*，40经济集卷四*，41经济集卷四*

案行南安等十三府及奉新等县募兵策应（六月二十六日）：12别录卷九，13别录卷九，17别录卷十《[平宁藩叛乱上]其十八案仰南安等十二府及奉新县募

兵策应（六月二十六日）》，18 别录卷九，19 卷十《[平宁藩叛乱上]其十八案仰南安等十二府及奉新县募兵策应（六月二十六日）》，21 卷十七，22 卷十七，23 卷十七，24 卷十七，26 卷十九《案行南安等十二府及奉新等县募兵策应（六月二十六日）》，27 卷九《案行南安等十二府及奉新等县募兵策应》（目录作《案行南安等十二府及奉新等县》），28 卷九《案行南安等十二府及奉新等县募兵策应》（目录作《案行南安等十二府及奉新等县》），30 卷五《案仰南安等十二府及奉新县募兵策应》，36 经济编卷四《行南安等十二府及奉新等县募兵策应》，37 经济编卷四《行南安等十二府及奉新等县募兵策应》，38 经济编卷四《行南安等十二府及奉新等县募兵策应》，39 经济编卷四《行南安等十二府及奉新等县募兵策应》，40 经济集卷四《行南安等十二府及奉新等县募兵策应》，41 经济集卷四《行南安等十二府及奉新等县募兵策应》

宽恤禁约：12 别录卷九，13 别录卷九，17 别录卷十《[平宁藩叛乱上]其二十案行吉安等十二府及丰城等县宽恤禁约事宜（六月二十七日）》，18 别录卷九，19 卷十《[平宁藩叛乱上]其二十案行吉安等十二府及丰城等县宽恤禁约事宜（六月二十七日）》，21 卷十七，22 卷十七，23 卷十七，24 卷十七，26 卷十九，27 卷九，28 卷九，36 经济编卷四，37 经济编卷四，38 经济编卷四，39 经济编卷四，40 经济集卷四，41 经济集卷四

奖瑞州府通判胡尧元擒斩叛党（六月二十七日）：12 别录卷九，13 别录卷九，17 别录卷十《[平宁藩叛乱上]其二十三奖劝瑞州府通判胡尧元擒斩叛党（六月十七日）》，18 别录卷九，19 卷十《[平宁藩叛乱上]其二十三奖劝瑞州府通判胡尧元擒斩叛党（六月十七日）》，21 卷十七，22 卷十七，23 卷十七，24 卷十七，26 卷十九

策应丰城牌：12 别录卷九，13 别录卷九，17 别录卷十《[平宁藩叛乱上]其二十四牌行吉安府通判杨昉统兵策应丰城》#，18 别录卷九，19 卷十《[平宁藩叛乱上]其二十四牌行吉安府通判杨昉统兵策应丰城》#，21 卷十七，22 卷十七，23 卷十七，24 卷十七，26 卷十九，27 卷九，28 卷九，36 经济编卷四，

37 经济编卷四，38 经济编卷四，39 经济编卷四，40 经济集卷四，41 经济集卷四

调取吉水县八九等都民兵牌：12 别录卷九，13 别录卷九，17 别录卷十《[平宁藩叛乱上]其二十六牌差致仕县丞龙光调取吉水县八九等都民兵（七月初一日）》，18 别录卷九，19 卷十《[平宁藩叛乱上]其二十六牌差致仕县丞龙光调取吉水县八九等都民兵（七月初一日）》，21 卷十七，22 卷十七（有文无目），23 卷十七（有文无目），24 卷十七（有文无目），26 卷十九，27 卷九，28 卷九，30 卷五《牌差致仕县丞龙光调取吉水县民兵》，36 经济编卷四，37 经济编卷四，38 经济编卷四，39 经济编卷四，40 经济集卷四，41 经济集卷四

预备水战牌：12 别录卷九，13 别录卷九，17 别录卷十《[平宁藩叛乱上]其二十九牌行福建布政司预备水战（七月初四日）》，18 别录卷九，19 卷十《[平宁藩叛乱上]其二十九牌行福建布政司预备水战（七月初四日）》（正文误作《其二十九牌行福建布政司调海沧打手》），21 卷十七，22 卷十七，23 卷十七，24 卷十七，26 卷十九，27 卷九，28 卷九，36 经济编卷四，37 经济编卷四，38 经济编卷四，39 经济编卷四，40 经济集卷四，41 经济集卷四

咨都察院都御史颜权宜进剿（七月初五日）：12 别录卷九，13 别录卷九，17 别录卷十《[平宁藩叛乱上]其三十咨都察院御史颜权宜进剿（七月初五日）》，18 别录卷九，19 卷十《[平宁藩叛乱上]其三十咨都察院御史颜权宜进剿（七月初五日）》，21 卷十七，22 卷十七，23 卷十七，24 卷十七，26 卷十九，27 卷九，28 卷九

权处行粮牌：12 别录卷九，13 别录卷九，17 别录卷十《[平宁藩叛乱上]其三十五牌行抚州府权处行粮》，18 别录卷九，19 卷十《[平宁藩叛乱上]其三十五牌行抚州府权处行粮》，21 卷十七，22 卷十七，23 卷十七，24 卷十七，26 卷十九

牌行吉安府敦请乡士夫共守城池（七月初八日）：12 别录卷九，13 别录卷九，17 别录卷十《[平宁藩叛乱上]其三十七牌行吉安府敦请乡大人共守城池（七月

初八日）》，18别录卷九，19卷十《[平宁藩叛乱上]其三十七牌行吉安府敦请乡大人共守城池（七月初八日）》，21卷十七，22卷十七，23卷十七，24卷十七，26卷十九，27卷九，28卷九，36经济编卷四，37经济编卷四，38经济编卷四，39经济编卷四，40经济集卷四，41经济集卷四

牌行各哨统兵官进攻屯守（七月十七日）：12别录卷九，13别录卷九，17别录卷十《[平宁藩叛乱上]其四十八牌行各哨统兵官进攻屯守（七月十七日）》，18别录卷九，19卷十《[平宁藩叛乱上]其四十八牌行各哨统兵官进攻屯守（七月十七日）》，21卷十七，22卷十七，23卷十七，24卷十七，26卷十九，27卷九，28卷九，31卷六，32卷六，36经济编卷四，37经济编卷四，38经济编卷四，39经济编卷四，40经济集卷四，41经济集卷四

告示在城官兵（七月十八日）：12别录卷九，13别录卷九，17别录卷十《[平宁藩叛乱上]其四十九告示在城官民（七月十八日）》，18别录卷九，19卷十《[平宁藩叛乱上]其四十九告示在城官民（七月十八日）》，21卷十七，22卷十七，23卷十七，24卷十七，26卷十九，27卷九，28卷九，30卷五，31卷六，32卷六，33卷五，34卷五（有文无目），36经济编卷四《告示在城官民》，37经济编卷四《告示在城官民》，38经济编卷四《告示在城官民》，39经济编卷四《告示在城官民》，40经济集卷四《告示在城官民》，41经济集卷四《告示在城官民》

示谕江西布按三司从逆官员：12别录卷九，13别录卷九，17别录卷十《[平宁藩叛乱上]其五十牌示谕江西布按三司从逆官员》，18别录卷九，19卷十《[平宁藩叛乱上]其五十牌示谕江西布按三司从逆官员》，21卷十七，22卷十七，23卷十七，24卷十七，26卷十九，27卷九，28卷九，30卷五，31卷六，32卷六，33卷五*，34卷五*（有文无目），35卷十八《收复南昌招谕从逆官员牌（正德十四年七月十八日）》，36经济编卷四，37经济编卷四，38经济编卷四，39经济编卷四，40经济集卷四，41经济集卷四

告示七门从逆军民（七月二十一日）：12别录卷九，13别录卷九，17别录卷十《[平宁藩叛乱上]其五十二告示七门从逆军民（七月二十一日）》，18别录

卷九，19卷十《[平宁藩叛乱上]其五十二告示七门从逆军民（七月二十一日）》，21卷十七，22卷十七，23卷十七，24卷十七，26卷十九，27卷九，28卷九，30卷五*，31卷六，32卷六，36经济编卷四（小注作"七月二十二日"），37经济编卷四（小注作"七月二十二日"），38经济编卷四（小注作"七月二十二日"），39经济编卷四（小注作"七月二十二日"），40经济集卷四（小注作"七月二十二日"），41经济集卷四（小注作"七月二十二日"）

牌行江西二司安葬宁府宫眷：12别录卷九，13别录卷九，17别录卷十《[平宁藩叛乱上]其五十四牌行江西二司安葬宁府宫眷（七月二十二日）》，18别录卷九，19卷十《[平宁藩叛乱上]其五十四牌行江西二司安葬宁府宫眷（七月二十二日）》，21卷十七，22卷十七，23卷十七，24卷十七，26卷十九，27卷九，28卷九

手本南京内外守备追袭叛首（七月二十三日）：12别录卷九，13别录卷九，17别录卷十《[平宁藩叛乱上]其五十五手本南京内外守备追袭叛首（七月二十三日）》，18别录卷九，19卷十《[平宁藩叛乱上]其五十五手本南京内外守备追袭叛首（七月二十三日）》，21卷十七，22卷十七，23卷十七，24卷十七，26卷十九

咨两广总督都御史杨停止调集狼兵：12别录卷九，13别录卷九，17别录卷十《[平宁藩叛乱上]其五十六咨两广总督都指挥杨停止原调狼兵（七月二十三日）》#，18别录卷九，19卷十《[平宁藩叛乱上]其五十六咨两广总督都指挥杨停止原调狼兵（七月二十三日）》#，21卷十七，22卷十七，23卷十七，24卷十七，26卷十九，27卷九，28卷九

牌行抚州知府陈槐等收复南康九江（七月二十四日）：12别录卷九，13别录卷九，17别录卷十《[平宁藩叛乱上]其五十七牌行抚州知府陈槐等收复南康九江（七月二十四日）》#，18别录卷九，19卷九《[平宁藩叛乱上]其五十七牌行抚州知府陈槐等收复南康九江（七月二十四日）》#，21卷十七，22卷十七，23卷十七，24卷十七，26卷十九，27卷九，28卷九，35卷十八《行抚州知府

收复南康九江牌》*，36 经济编卷四，37 经济编卷四，38 经济编卷四，39 经济编卷四，40 经济集卷四，41 经济集卷四

犒赏福建官军：12 别录卷九，13 别录卷九，17 别录卷十《[平宁藩叛乱上]其六十七犒赏福建官军（八月十四日）》，18 别录卷九，19 卷十《[平宁藩叛乱上]其六十七犒赏福建官军（八月十四日）》，21 卷十七，22 卷十七，23 卷十七，24 卷十七，26 卷十九，27 卷九，28 卷九，30 卷五，36 经济编卷四，37 经济编卷四，38 经济编卷四，39 经济编卷四，40 经济集卷四，41 经济集卷四

释放投首牌：12 别录卷九，13 别录卷九，17 别录卷十《[平宁藩叛乱上]其七十五牌行宁州府知府汪宪释放投首（九月初一日）》，18 别录卷九，19 卷十《[平宁藩叛乱上]其七十五牌行宁州府知府汪宪释放投首（九月初一日）》，21 卷十七，22 卷十七，23 卷十七，24 卷十七，26 卷十九

牌仰沿途各府州县卫所驿递巡司衙门慰谕军民：12 别录卷九，13 别录卷九，17 别录卷十《[平宁藩叛乱上]其八十二牌仰沿途各府州县卫所驿递巡司衙门慰谕军民》，18 别录卷九，19 卷十《[平宁藩叛乱上]其八十二牌仰沿途各府州县卫所驿递巡司衙门慰谕军民》，21 卷十七，22 卷十七，23 卷十七，24 卷十七，26 卷十九，27 卷十*，28 卷十*，30 卷五，31 卷六*，32 卷六*，33 卷五*，34 卷五*（有文无目），35 卷十八《仰沿途州县卫所驿递巡司慰谕军民牌（正德十四年八月）》*，36 经济编卷四*，37 经济编卷四*，38 经济编卷四*，39 经济编卷四，40 经济集卷四*，41 经济集卷四*

案行江西按察司停止献俘呈：12 别录卷九，13 别录卷九，17 别录卷十一《[平定藩叛乱下]其五案行江西按察司停止献俘呈（九月二十六日）》，18 别录卷九，19 卷十一《[平定藩叛乱下]其五案行江西按察司停止献俘呈（九月二十六日）》，21 卷十七，22 卷十七，23 卷十七，24 卷十七，26 卷十九，27 卷十，28 卷十，31 卷六，32 卷六，35 卷十八（小注作"正德十四年"）*

咨兵部查验文移：12 别录卷九，13 别录卷九，17 别录卷十一《[平定藩叛乱下]其八咨兵部查验各项文移（十月初二日）》，18 别录卷九，19 卷十一[平定藩叛

乱下]其八咨兵部查验各项文移（十月初二日）》，21卷十七，22卷十七，23卷十七，24卷十七，26卷十九，27卷十，28卷十，31卷六，32卷六，35卷十八《咨兵部查验文移咨（正德十四年）》*，36经济编卷四，37经济编卷四，38经济编卷四，39经济编卷四，40经济集卷四，41经济集卷四

案行浙江按察司交割逆犯暂留养病（十月初九日）：12别录卷九，13别录卷九，14外集卷九，17别录卷十一《[平定藩叛乱下]其九案行浙江按察司交割逆犯暂留养病（十月初九日）》，18别录卷九，19卷十一《[平定藩叛乱下]其九案行浙江按察司交割逆犯暂留养病（十月初九日）》，21卷十七，22卷十七，23卷十七，24卷十七，26卷十九，27卷十#，28卷十#，35卷十八《案行浙江按察司交割逆犯》*，36经济编卷四，37经济编卷四，38经济编卷四，39经济编卷四，40经济集卷四，41经济集卷四

告谕军民（十二月十五日）：12别录卷九，13别录卷九，17别录卷十一《[平定藩叛乱下]其二十一告谕军民（十二月十五日）》，18别录卷九，19卷十一《[平定藩叛乱下]其二十一告谕军民（十二月十五日）》，21卷十七，22卷十七，23卷十七，24卷十七，26卷十九，27卷十，28卷十，31卷六，32卷六，33卷五，34卷五（有文无目），35卷十八《抚谕军民并慰劳京边官军告示（正德十四年十月）》，36经济编卷五，37经济编卷五，38经济编卷五，39经济编卷五，40经济集卷五，41经济集卷五

钦奉诏书宽宥胁从：12别录卷九，13别录卷九，17别录卷十一《[平定藩叛乱下]其二十二钦奉诏书行江西按察司宽宥胁从（十二月十六日）》，18别录卷九，19卷十一《[平定藩叛乱下]其二十二钦奉诏书行江西按察司宽宥胁从（十二月十六日）》，21卷十七，22卷十七，23卷十七，24卷十七，26卷十九

批追征钱粮呈：12别录卷九，13别录卷九，17别录卷十一《[平定藩叛乱下]其二十六批江西追征钱粮呈》，18别录卷九，19卷十一《[平定藩叛乱下]其二十六批江西追征钱粮呈》，21卷十七，22卷十七，23卷十七，24卷十七，26卷十九，27卷十，28卷十，31卷六，32卷六，33卷五，34卷五（有文无目），

35卷十八《批江西布政司追征钱粮呈》（正德十四年）*

再批追征钱粮呈： 12别录卷九，13别录卷九，17别录卷十一《[平定藩叛乱下]其二十七再批江西布政司追征钱粮呈》，18别录卷九，19卷十一《[平定藩叛乱下]其二十七再批江西布政司追征钱粮呈》，21卷十七，22卷十七，23卷十七，24卷十七，26卷十九，27卷十，28卷十，31卷六，32卷六，33卷五，34卷五（有文无目），35卷十八《再批江西布政司追征钱粮呈（正德十四年）》*，36经济编卷五*，37经济编卷五*，38经济编卷五*，39经济编卷五*，40经济集卷五*，41经济集卷五*

批南昌府追征钱粮呈： 12别录卷九，13别录卷九，17别录卷十一《[平定藩叛乱下]其二十八批南昌府追征钱粮呈》，18别录卷九，19卷十一《[平定藩叛乱下]其二十八批南昌府追征钱粮呈》，21卷十七，22卷十七，23卷十七，24卷十七，26卷十九，27卷十，28卷十，31卷六，32卷六，33卷五，34卷五（有文无目），35卷十八（小注作"正德十四年"）*

褒崇陆氏子孙（正德十五年正月）： 12别录卷九，13别录卷九，17别录卷十一《[平定藩叛乱下]其二十九批金溪县褒崇陆氏子孙（正德十五年正月初四日）》，18别录卷九，19卷十一《[平定藩叛乱下]其二十九金溪县褒崇陆氏子孙（正德十五年正月初四日）》，21卷十七，22卷十七，23卷十七，24卷十七，26卷十九，27卷七，28卷七，31卷二，32卷二，33卷五，34卷五，35卷十八《褒崇陆氏子孙牌（正德十六年正月）》*

告谕安义等县渔户： 12别录卷九，13别录卷九《告谕义安等县渔户》，17别录卷十一《[平定藩叛乱下]其三十告谕义安等县渔户（三月）》，18别录卷九，19卷十一《[平定藩叛乱下]其三十告谕安义等县渔户（三月）》，22卷十七，23卷十七，24卷十七，26卷十九，27卷十一《告谕安义县渔户》，28卷十一《告谕安义县渔户》，36经济编卷五，37经济编卷五，38经济编卷五，39经济编卷五，40经济集卷五，41经济集卷五

批按察司伍文定患病呈： 12别录卷九，13别录卷九《批按察使伍文定患病

呈》，17别录卷十一《[平宁藩叛乱下]其三十五批按察使伍文定患病呈（正德十五年四月二十八日）》，18别录卷九，19卷十一《[平宁藩叛乱下]其三十五批按察使伍文定患病呈（正德十五年四月二十八日）》，22卷十七，23卷十七，24卷十七，26卷十九，35卷十八（小注作"正德十五年"）*

批临江府耆民建立生祠呈：12别录卷九，13别录卷九，17别录卷十二《提督军务兼理巡抚批行事宜（共五十条）/其一批临江府耆民建立生祠呈（正德十五年五月初十日）》，18别录卷九，19卷十二《提督军务兼理巡抚批行事宜（共五十条）/其一批临江府耆民建立生祠呈（正德十五年五月初十日）》，22卷十七，23卷十七，24卷十七，26卷十九，35卷十八（正德十五年）*

批吉安府救荒申：12别录卷九，13别录卷九，17别录卷十二《[提督军务兼理巡抚批行事宜]其二批吉安府救荒申（五月）》，18别录卷九，19卷十二《[提督军务兼理巡抚批行事宜]其二批吉安府救荒申（五月）》，22卷十七，23卷十七，24卷十七，26卷十九

批抚州府同知汪嵩乞休呈：12别录卷九，13别录卷九，17别录卷十二《[提督军务兼理巡抚批行事宜]其四批抚州府同知汪嵩乞休呈（七月十九日）》，18别录卷九，19卷十二《[提督军务兼理巡抚批行事宜]其四批抚州府同知汪嵩乞休呈（七月十九日）》，22卷十七，23卷十七，24卷十七，26卷十九

批提学佥事邵锐乞休呈：12别录卷九，13别录卷九，17别录卷十二《[提督军务兼理巡抚批行事宜]其五批提学佥事邵锐乞休呈（七月二十二日）》，18别录卷九，19卷十二《[提督军务兼理巡抚批行事宜]其五提学佥事邵锐乞休呈（七月二十二日）》，22卷十七，23卷十七，24卷十七，26卷十九，27卷十#，28卷十#，31卷二，32卷二，33卷五，34卷五，35卷十八（小注作"正德十五年"）*，36经济编卷五，37经济编卷五，38经济编卷五，39经济编卷五，40经济集卷五，41经济集卷五

礼取副提举舒芬牌：12别录卷九，13别录卷九，17别录卷十二《[提督军务兼理巡抚批行事宜]其八牌行福建布政司礼取副提举舒芬（八月二十三日）》，

18 别录卷九，19 卷十二《[提督军务兼理巡抚批行事宜]其八牌行福建布政司礼取副提举舒芬（八月二十三日）》，22 卷十七，23 卷十七，24 卷十七，26 卷十九

南赣乡约：12 别录卷九，13 别录卷九，17 别录卷十二《[提督军务兼理巡抚批行事宜]其九立南赣乡约（闰八月）》，18 别录卷九，19 卷十二《[提督军务兼理巡抚批行事宜]其九立南赣乡约（闰八月）》，21 卷十七，22 卷十七，23 卷十七，24 卷十七，26 卷十九，30 卷五《乡约》*，35 卷十八（小注作"正德十五年"），36 经济编卷五，37 经济编卷五，38 经济编卷五，39 经济编卷五，40 经济集卷五，41 经济集卷五，59 乡约法

旌奖节妇牌：12 别录卷九，13 别录卷九，17 别录卷十二《[提督军务兼理巡抚批行事宜]其十二牌行吉安府旌奖节妇（九月初九日）》，18 别录卷九，19 卷十二《[提督军务兼理巡抚批行事宜]其十二牌行吉安府旌奖节妇（九月初九日）》，21 卷十七，22 卷十七，23 卷十七，24 卷十七，26 卷十九

兴举社学牌：12 别录卷九，13 别录卷九，17 别录卷十二《[提督军务兼理巡抚批行事宜]其十三牌行岭北道兴举社学（九月十三日）》，18 别录卷九，19 卷十二《[提督军务兼理巡抚批行事宜]其十三牌行岭北道兴举社学（九月十三日）》，21 卷十七，22 卷十七，23 卷十七，24 卷十七，26 卷十九

颁定里甲杂办：12 别录卷九，13 别录卷九，17 别录卷十二《[提督军务兼理巡抚批行事宜]其十四案行岭北道颁定里甲杂办（九月十五日）》，18 别录卷九，19 卷十二《[提督军务兼理巡抚批行事宜]其十四案行岭北道颁定里甲杂办（九月十五日）》，21 卷十七，22 卷十七，23 卷十七，24 卷十七，26 卷十九

批江西布政司设县呈：12 别录卷九，13 别录卷九，17 别录卷十二《[提督军务兼理巡抚批行事宜]其十五批江西布政司设县呈（十月初二日）》，18 别录卷九，19 卷十二《[提督军务兼理巡抚批行事宜]其十五批江西布政司设县呈（十月初二日）》，21 卷十七，22 卷十七，23 卷十七，24 卷十七，26 卷十九，27 卷十一，28 卷十一，31 卷六，32 卷六，35 卷十八（小注作"正德十五年"）

议处官吏廪俸：12别录卷九，13别录卷九，17别录卷十二《[提督军务兼理巡抚批行事宜]其十六案行江西布政司议处官吏廪俸（十月初十日）》，18别录卷九，19卷十二《[提督军务兼理巡抚批行事宜]其十六案行江西布政司议处官吏廪俸（十月初十日）》，21卷十七，22卷十七，23卷十七，24卷十七，26卷十九，27卷十二，28卷十二，31卷七，32卷七，35卷十八（小注作"正德十五年"），36经济编卷五，37经济编卷五，38经济编卷五，39经济编卷五，40经济集卷五，41经济集卷五

咨六部伸理冀元亨：12别录卷九，13别录卷九，17别录卷十二《[提督军务兼理巡抚批行事宜]其十七咨六部伸理冀元亨（十月十五日）》#，18别录卷九，19卷十二《[提督军务兼理巡抚批行事宜]其十七咨六部伸理冀元亨（十月十五日）》#，21卷十七，22卷十七，23卷十七，24卷十七，26卷十九，27卷十，28卷十，30卷五，35卷十八《移部院伸理冀元亨咨（正德十五年八月）》，36经济编卷五，37经济编卷五，38经济编卷五，39经济编卷五，40经济集卷五，41经济集卷五

奖励主簿于旺：12别录卷九，13别录卷九，17别录卷十二《[提督军务兼理巡抚批行事宜]其十八奖励主簿于旺（十月二十六日）》#，18别录卷九，19卷十二《[提督军务兼理巡抚批行事宜]其十八奖励主簿于旺（十月二十六日）》#，21卷十七，22卷十七，23卷十七，24卷十七，26卷十九，27卷十，28卷十，35卷十八《奖励主簿于旺牌（正德十五年）》

申谕十家牌法：12别录卷九，13别录卷九，17别录卷十二《[提督军务兼理巡抚批行事宜]其十九申谕十家牌法（十月二十六日）》，18别录卷九，19卷十二《[提督军务兼理巡抚批行事宜]其十九申谕十家牌法（十月二十六日）》，21卷十七，22卷十七，23卷十七，24卷十七，26卷十九，27卷七，28卷七，30卷五，31卷五，32卷五，35卷十七（小注作"正德十三年正月"）*，36经济编卷五，37经济编卷五，38经济编卷五，39经济编卷五，40经济集卷五，41经济集卷五，55卷七（小注作"正德十三年正月"），59保甲法*

申谕十家牌法增立保长：12别录卷九，13别录卷九，17别录卷十二《[提督军务兼理巡抚批行事宜]其二十申谕十家牌法增立保长（十一月初八日）》，18别录卷九，19卷十二《[提督军务兼理巡抚批行事宜]其二十申谕十家牌法增立保长（十一月初八日）》，21卷十七，22卷十七，23卷十七，24卷十七，26卷十九，27卷十一，28卷十一，30卷五《[申谕十家牌法]其二》，36经济编卷五，37经济编卷五，38经济编卷五，39经济编卷五，40经济集卷五，41经济集卷五，59保甲法《申谕十家牌增立保长》*

颁行社学教条：12别录卷九，13别录卷九，17别录卷十二《[提督军务兼理巡抚批行事宜]其二十一牌行岭北道及赣州府颁行社学教条（十一月）》，18别录卷九，19卷十二《[提督军务兼理巡抚批行事宜]其二十一牌行岭北道及赣州府颁行社学教条（十一月）》，21卷十七，22卷十七，23卷十七，24卷十七，26卷十九，35卷十七《颁行社学训蒙教条（正德十三年）》#

清理永新田粮：12别录卷九，13别录卷九，17别录卷十二《[提督军务兼理巡抚批行事宜]其二十二批湖西道清理永新田粮（十一月十九日）》，18别录卷九，19卷十二《[提督军务兼理巡抚批行事宜]其二十二批湖西道清理永新田粮（十一月十九日）》，21卷十七，22卷十七，23卷十七，24卷十七，26卷十九

批宁都县祠祀知县王天与申：12别录卷九，13别录卷九，17别录卷十二《[提督军务兼理巡抚批行事宜]其二十三批宁都县祠祀知县王天与申（十一月十九日）》#，18别录卷九，19卷十二《[提督军务兼理巡抚批行事宜]其二十三批宁都县祠祀知县王天与申（十一月十九日）》，21卷十七，22卷十七，23卷十七，24卷十七，26卷十九

晓谕安仁馀干顽民牌（正德十五年二月）：12别录卷九，13别录卷九，17别录卷十二《[提督军务兼理巡抚批行事宜]其二十六牌行抚州府同知陆俸等晓谕安仁馀干顽民（正德十五年十二月初八日）》，18别录卷九，19卷十二《[提督军务兼理巡抚批行事宜]其二十六牌行抚州府同知陆俸等晓谕安仁馀干顽民

（正德十五年十二月初八日）》，21卷十七，22卷十七，23卷十七，24卷十七，26卷十九，27卷十一，28卷十一，36经济编卷五，37经济编卷五，38经济编卷五，39经济编卷五，40经济集卷五，41经济集卷五

告谕顽民（十二月十五日）：12别录卷九，13别录卷九，17别录卷十二《[提督军务兼理巡抚批行事宜]其二十七告谕安仁馀干东乡三县顽民（十二月十五日）》，18别录卷九，19卷十二《[提督军务兼理巡抚批行事宜]其二十七告谕安仁馀干东乡三县顽民（十二月十五日）》，21卷十七《告谕顽民示》，22卷十七，23卷十七，24卷十七，26卷十九，27卷十一，28卷十一，30卷五《告谕安仁馀干东乡三县顽民》，31卷六，32卷六，33卷五，34卷五（有文无目），35卷十八《招谕安仁馀干东乡顽民告谕》*，36经济编卷五（正文前衍《告谕军民》篇），37经济编卷五，38经济编卷五，39经济编卷五，40经济集卷五，41经济集卷五，55卷七《招谕安仁馀干东乡三县顽民告谕（正德十五年）》（目录作《招谕馀干东乡安仁三县顽民告谕》）*

批江西都司掌管印信：12别录卷九，13别录卷九，17别录卷十二《[提督军务兼理巡抚批行事宜]其二十八批江西都司掌管印信（十二月二十一日）》#，18别录卷九，19卷十二《[提督军务兼理巡抚批行事宜]其二十八批江西都司掌管印信（十二月二十一日）》#，21卷十七，22卷十七，23卷十七，24卷十七，26卷十九

牌行崇义县查行十家牌法：12别录卷九，13别录卷九，17别录卷十二《[提督军务兼理巡抚批行事宜]其三十二牌行崇义县知县陈瓒查行十家牌法（正月初十日）》，18别录卷九，19卷十二《[提督军务兼理巡抚批行事宜]其三十二牌行崇义县知县陈瓒查行十家牌法（正月初十日）》，21卷十七，22卷十七，23卷十七，24卷十七，26卷十九

牌谕都指挥冯勋等振旅还师：12别录卷九，13别录卷九，17别录卷十二《[提督军务兼理巡抚批行事宜]其三十六牌谕都指挥冯勋等振旅还师（二月二十三日）》，18别录卷九，19卷十二《[提督军务兼理巡抚批行事宜]其三十六牌谕都

指挥冯勋等振旅还师（二月二十三日）》，21 卷十七，22 卷十七，23 卷十七，24 卷十七，26 卷十九

批瑞州知府告病申：12 别录卷九，13 别录卷九，17 别录卷十二《[提督军务兼理巡抚批行事宜]其三十八批瑞州知府告病申（正德十六年五月初二日）》，18 别录卷九，19 卷十二《[提督军务兼理巡抚批行事宜]其三十八批瑞州知府告病申（正德十六年五月初二日）》，22 卷十七，23 卷十七，24 卷十七，26 卷十九，27 卷十，28 卷十，31 卷二，32 卷二，33 卷五，34 卷五，35 卷十八《批瑞州知府告病呈（正德十五年）》*

赈恤水灾牌：12 别录卷九，13 别录卷九，17 别录卷十二《[提督军务兼理巡抚批行事宜]其三十九牌行南昌道赈恤水灾（五月初五日）》，18 别录卷九，19 卷十二《[提督军务兼理巡抚批行事宜]其三十九牌行南昌道赈恤水灾（五月初五日）》，22 卷十七，23 卷十七，24 卷十七，26 卷十九，27 卷十一，28 卷十一，35 卷十八《赈恤南昌抚州二府水灾牌（正德十五年）》*，36 经济编卷五，37 经济编卷五，38 经济编卷五，39 经济编卷五，40 经济集卷五，41 经济集卷五

仰湖广布按二司优恤冀元亨家属：12 别录卷九，13 别录卷九，17 别录卷十二《[提督军务兼理巡抚批行事宜]其四十一案仰湖广布按二司优恤冀元亨家属（五月二十日）》，18 别录卷九，19 卷十二《[提督军务兼理巡抚批行事宜]其四十一案仰湖广布按二司优恤冀元亨家属（五月二十日）》，22 卷十七，23 卷十七，24 卷十七，26 卷十九

批江西按察司故官水手呈：12 别录卷九，13 别录卷九，17 别录卷十二《[提督军务兼理巡抚批行事宜]其四十三批江西按察司故官水手呈（六月初七日）》#，18 别录卷九，19 卷十二《[提督军务兼理巡抚批行事宜]其四十三批江西按察司故官水手呈（六月初七日）》#，22 卷十七，23 卷十七，24 卷十七，26 卷十九

仰南康府劝留教授蔡宗兖：12 别录卷九，13 别录卷九，17 别录卷十二《[提督军务兼理巡抚批行事宜]其四十九仰南康府劝留教授蔡宗兖（六月）》，18 别

录卷九，19卷十二《[提督军务兼理巡抚批行事宜]其四十九抑南康府劝留教授蔡宗兖（六月）》，22卷十七，23卷十七，24卷十七，26卷十九，27卷七，28卷七，31卷二，32卷二，33卷五，34卷五，35卷十八《劝留教授蔡宗兖牌（正德十六年）》*

批江西布政司礼送致仕官呈：12别录卷九，13别录卷九，17卷别录卷十二《[提督军务兼理巡抚批行事宜]其五十批江西布政司礼送致仕官呈（六月二十五日）》，18别录卷九，19卷十二《[提督军务兼理巡抚批行事宜]其五十批江西布政司礼送致仕官呈（六月二十五日）》，22卷十七，23卷十七，24卷十七，26卷十九

卷十八　别录十　公移三（总督两广、平定思田、征剿八寨）

钦奉敕谕通行（嘉靖六年十月初三日）：12别录卷十，13别录卷十，17别录卷十三《总督两广平定思田始末（共八十七条）/其一钦奉敕谕通行（嘉靖六年十月初三日）》，18别录卷十，19卷十三《总督两广平定思田始末（共八十七条）/其一钦奉敕谕通行（嘉靖六年十月初三日）》，21卷十八，22卷十八，23卷十八，24卷十八，26卷二十，27卷十二，28卷十二，35卷十九《奉敕总督两广通行各属牌（嘉靖六年十二月）》*，36经济编卷六，37经济编卷六，38经济编卷六，39经济编卷六，40经济集卷六，41经济集卷六

湖兵进止事宜（十月）：12别录卷十，13别录卷十，17别录卷十三《[总督两广平定思田始末]其五牌行广西布政林富及右江桂林道守巡等官湖兵进止事宜（十月十八日）》，18别录卷十，19卷十三《[总督两广平定思田始末]其五牌行广西布政林富及右江桂林道守巡等官湖兵进止事宜（十月十八日）》，21卷十八，22卷十八，23卷十八，24卷十八，26卷二十，27卷十二，28卷十二，35卷十九《行广西各道湖兵进止事宜》*，36经济编卷六，37经济编卷六，38经济编卷六，39经济编卷六，40经济集卷六，41经济集卷六

牌谕安远县旧从征义官叶芳等（十一月）：12别录卷十，13别录卷十，17

别录卷十三《[总督两广平定思田始末]其六牌谕安远旧从征义官叶芳等（十一月初二日）》，18别录卷十，19卷十三《[总督两广平定思田始末]其六牌谕安远县旧从征义官叶芳等（十一月初二日）》，21卷十八，22卷十八，23卷十八，24卷十八，26卷二十，27卷十二，28卷十二，35卷十九《谕安远县义官叶芳牌》*，36经济编卷六，37经济编卷六，38经济编卷六，39经济编卷六，40经济集卷六，41经济集卷六

批南康县生员张云霖复学词：12别录卷十，13别录卷十，17别录卷十三《[总督两广平定思田始末]其九批南康县生员张云林复学词（十一月初七日）》，18别录卷十，19卷十三《[总督两广平定思田始末]其九批南康县生员张云霖复学词（十一月初七日）》，21卷十八，22卷十八，23卷十八，24卷十八，26卷二十

批赣县生员雷瑞词（同）：12别录卷十，13别录卷十，17别录卷十三，18别录卷十，19卷十三，21卷十八，22卷十八（有目无文），23卷十八，24卷十八，26卷二十

放回各处官军牌（十二月二十五日）：12别录卷十，13别录卷十，17别录卷十三《[总督两广平定思田始末]其二十二牌行广西林布政放回各处官军（十二月十五日）》，18别录卷十，19卷十三《[总督两广平定思田始末]其二十二牌行广西林布政放回各处官军（十二月十五日）》，21卷十八，22卷十八，23卷十八，24卷十八，26卷二十，27卷十二，28卷十二，36经济编卷六，37经济编卷六，38经济编卷六，39经济编卷六，40经济集卷六，41经济集卷六

犒谕都康等州官男彭一等（十二月二十八日）：12别录卷十，13别录卷十，17别录卷十三《[总督两广平定思田始末]其二十四犒谕都康等州官男彭一等放回复业（十二月二十八日）》，18别录卷十，19卷十三《[总督两广平定思田始末]其二十四犒谕都康等州官男彭一等放回复业（十二月二十八日）》，21卷十八，22卷十八，23卷十八，24卷十八，26卷二十，30卷五《总督两广犒谕官男彭一等》

札付永顺宣慰司官舍彭宗舜冠带听调：12 别录卷十，13 别录卷十，17 别录卷十三《[总督两广平定思田始末]其二十五札付永顺宣慰司官舍彭宗舜冠带听调（十二月二十九日）》，18 别录卷十，19 卷十三《[总督两广平定思田始末]其二十五札付永顺宣慰司官舍彭宗舜冠带听调（十二月二十九日）》，21 卷十八，22 卷十八，23 卷十八，24 卷十八，26 卷二十，30 卷五*

批广西布按二司请建讲堂呈：12 别录卷十，13 别录卷十，17 别录卷十三《[总督两广平定思田始末]其二十八批广西布按二司请建讲堂呈（正月十三日）》，18 别录卷十，19 卷十三《[总督两广平定思田始末]其二十八批广西布按二司请建讲堂呈（正月十三日）》，21 卷十八，22 卷十八，23 卷十八，24 卷十八，26 卷二十，30 卷五，35 卷十九（小注作"嘉靖六年"）*

批立社学师耆老名呈（嘉靖七年正月）：12 别录卷十，13 别录卷十，17 别录卷十三《[总督两广平定思田始末]其二十九批思明府立社学师耆老名呈（正月十四日）》，18 别录卷十，19 卷十三《[总督两广平定思田始末]其二十九批思明府立社学师耆老名呈（正月十四日）》，21 卷十八，22 卷十八，23 卷十八，24 卷十八，26 卷二十

议处江古诸处瑶贼：12 别录卷十，13 别录卷十，17 别录卷十三《[总督两广平定思田始末]其三十牌行广西布按二司议处江古诸处瑶贼》，18 别录卷十，19 卷十三《[总督两广平定思田始末]其三十牌行广西布按二司议处江古诸处瑶贼》，21 卷十八，22 卷十八，23 卷十八《议处江古诸处瑶贼》，24 卷十八，26 卷二十《议处江古诸处瑶贼》，27 卷十三，28 卷十三，30 卷五《行广西布按二司议处江右诸处瑶贼》，37 经济编卷七，38 经济编卷七，39 经济编卷七，40 经济集卷七，41 经济集卷七

批岭西道立营防守呈（二月）：12 别录卷十，13 别录卷十，17 别录卷十三《[总督两广平定思田始末]其三十四批岭西道顾募防守呈（二月初五日）》，18 别录卷十，19 卷十三《[总督两广平定思田始末]其三十四批岭西道顾募防守呈（二月初五日）》，21 卷十八，22 卷十八，23 卷十八，24 卷十八，26 卷二十，27 卷七，

28卷七，30卷五，31卷五，32卷五，35卷十九*，36经济编卷六，37经济编卷六（小注作"七年二月"），38经济编卷六（小注作"七年二月"），39经济编卷六（小注作"七年二月"），40经济集卷六，41经济集卷六（小注作"七年二月"）

犒送湖兵：12别录卷十，13别录卷十，17别录卷十三《[总督两广平定思田始末]其三十九牌行左江道计处湖广回兵沿途粮赏（俱三月初十日）》，18别录卷十，19卷十三《[总督两广平定思田始末]其三十九牌行左江道计处湖广回兵沿途粮赏（俱三月初十日）》，21卷十八，22卷十八，23卷十八，24卷十八，26卷二十，27卷十二，28卷十二，36经济编卷六，37经济编卷六，38经济编卷六，39经济编卷六，40经济集卷六，41经济集卷六

批岭西道抚处盗贼呈：12别录卷十，13别录卷十，17别录卷十三《[总督两广平定思田始末]其四十三批岭西道抚处各处盗贼（三月十九日）》，18别录卷十，19卷十三《[总督两广平定思田始末]其四十三批岭西道抚处各处盗贼（三月十九日）》，21卷十八，22卷十八，23卷十八，24卷十八，26卷二十，35卷十九（小注作"嘉靖七年二月"）*

禁革轻委职官：12别录卷十，13别录卷十，17别录卷十三《[总督两广平定思田始末]其四十六批广东布政司参问擅离职役官呈》，18别录卷十，19卷十三《[总督两广平定思田始末]其四十六批广东布政司参问擅离职役官呈》，21卷十八，22卷十八，23卷十八，24卷十八，26卷二十，27卷十二，28卷十二，35卷十九《禁革轻委职官牌（嘉靖七年）》*，36经济编卷六，37经济编卷六，38经济编卷六，39经济编卷六，40经济集卷六，41经济集卷六

分派思田土目办纳兵粮（四月）：12别录卷十，13别录卷十，17别录卷十三《[总督两广平定思田始末]其四十七仰田州龙寄等各目分管各甲（初□）》#，18别录卷十，19卷十三《[总督两广平定思田始末]其四十七仰田州龙寄等各目分管各甲》#，21卷十八，22卷十八，23卷十八，24卷十八，26卷二十，27卷十二，28卷十二，36经济编卷六，37经济编卷六，38经济编卷六，39经济编卷六，40经济集卷六，41经济集卷六

案行广西提学道兴举思田学校：12 别录卷十，13 别录卷十，17 别录卷十三《[总督两广平定思田始末]其五十一案行广西提学道创立田州学政》，18 别录卷十，19 卷十三《[总督两广平定思田始末]其五十一案行广西提学道创立田州学校》，21 卷十八，22 卷十八，23 卷十八，24 卷十八，26 卷二十

揭阳县主簿季本乡约呈（四月）：12 别录卷十，13 别录卷十，17 别录卷十三《[总督两广平定思田始末]其五十二批潮州府揭阳县举行乡约呈》，18 别录卷十，19 卷十三《[总督两广平定思田始末]其五十二批潮州府揭阳县举行乡约呈》，21 卷十八，22 卷十八，23 卷十八，24 卷十八，26 卷二十

赈给思田二府（四月）：12 别录卷十，13 别录卷十，17 别录卷十三《[总督两广平定思田始末]其五十九牌行南宁府赈给停歇湖兵之家》，18 别录卷十，19 卷十三《[总督两广平定思田始末]其五十九牌行南宁府赈给停歇湖兵之家》，21 卷十八，22 卷十八，23 卷十八，24 卷十八，26 卷二十

牌行灵山县延师设教（六月）：12 别录卷十，13 别录卷十，17 别录卷十三《[总督两广平定思田始末]其六十七牌行灵山县延师训士（六月二十日）》，18 别录卷十，19 卷十三《[总督两广平定思田始末]其六十七牌行灵山县延师训士（六月二十日）》，21 卷十八，22 卷十八，23 卷十八，24 卷十八，26 卷二十，30 卷五《牌行灵山县延师训士》

牌行委官陈逅设教灵山：12 别录卷十，13 别录卷十，17 别录卷十三《[总督两广平定思田始末]其六十八牌行委官陈逅整教灵山（六月二十日）》，18 别录卷十，19 卷十三《[总督两广平定思田始末]其六十八牌行委官陈逅整教灵山（六月□十日）》，21 卷十八，22 卷十八，23 卷十八，24 卷十八，26 卷二十

牌行南宁府延师设教：12 别录卷十，13 别录卷十，17 别录卷十三《[总督两广平定思田始末]其六十九牌行南宁府延师设教敷文书院》，18 别录卷十，19 卷十三《[总督两广平定思田始末]其六十九牌行南宁府延师立教敷文书院》，21 卷十八，22 卷十八，23 卷十八，24 卷十八，26 卷二十

牌行委官季本设教南宁：12 别录卷十，13 别录卷十，17 别录卷十三《[总

督两广平定思田始末]其七十牌行委官季本立教敷文书院（六月二十一日）》，18别录卷十，19卷十三《[总督两广平定思田始末]其七十牌行委官季本立教敷文书院（六月二十一日）》，21卷十八，22卷十八，23卷十八，24卷十八，26卷二十

批岭东道额编民壮呈（六月）：12别录卷十，13别录卷十，17别录卷十三《[总督两广平定思田始末]其七十一批岭东道姑留民壮呈（六月二十六日）》，18别录卷十，19卷十三《[总督两广平定思田始末]其七十一批岭东道姑留民壮呈（六月二十六日）》，21卷十八，22卷十八，23卷十八，24卷十八，26卷二十，27卷六，28卷六，31卷五，32卷五

裁革文移：12别录卷十，13别录卷十，17别录卷十三《[总督两广平定思田始末]其七十二批广东布政司裁革文移呈（六月二十八日）》，18别录卷十，19卷十三《[总督两广平定思田始末]其七十二批广东布政司裁革文移呈（六月口十八日）》，21卷十八，22卷十八，23卷十八，24卷十八，26卷二十，27卷十三，28卷十三，35卷十九《批布政司裁革文移呈》*，37经济编卷七，38经济编卷七，39经济编卷七，40经济集卷七，41经济集卷七

批右江道调和寨目呈：12别录卷十，13别录卷十，17别录卷十三《[总督两广平定思田始末]其七十三批右江道土目相属呈（七月初二日）》，18别录卷十，19卷十三《[总督两广平定思田始末]其七十三批右江道土目相属呈（七月初二日）》，21卷十八，22卷十八，23卷十八，24卷十八，26卷二十，35卷十九*

批南宁府表扬先哲申：12别录卷十，13别录卷十，17别录卷十三《[总督两广平定思田始末]其七十四批南宁府表杨先哲申（七月十二日）》，18别录卷十，19卷十三《[总督两广平定思田始末]其七十四批南宁府表杨先哲申（七月十二日）》，21卷十八，22卷十八，23卷十八，24卷十八，26卷二十

批增城县改立忠孝祠申：12别录卷十，13别录卷十，17别录卷十三《[总督两广平定思田始末]其七十五批增城县改立忠孝祠申（七月十五日）》，18别录卷十，19卷十三《[总督两广平定思田始末]其七十五批增城县改立忠孝祠申

（七月十五日）》，21卷十八，22卷十八，23卷十八，24卷十八，26卷二十

批参政张怀奏留朝觐官呈：12别录卷十，13别录卷十，17别录卷十三《[总督两广平定思田始末]其七十八批参政张怀秦留应朝正官呈》，18别录卷十，19卷十三《[总督两广平定思田始末]其七十八批参政张怀奏留应朝正官呈》，21卷十八，22卷十八，23卷十八，24卷十八，26卷二十

经理书院事宜（八月）：12别录卷十，13别录卷十，17别录卷十三《[总督两广平定思田始末]其七十九批左江道议处书院成规呈（八月十一日）》，18别录卷十，19卷十三《[总督两广平定思田始末]其七十九批左江道议处书院成规呈（八月十一日）》，21卷十八，22卷十八，23卷十八，24卷十八，26卷二十

牌行南宁府延师讲礼（八月）：12别录卷十，13别录卷十，17别录卷十三《[总督两广平定思田始末]其八十一牌行南宁府选集生员延师讲礼》，18别录卷十，19卷十三《[总督两广平定思田始末]其八十一牌行南宁府选集生员延师讲礼》，21卷十八，22卷十八，23卷十八，24卷十八，26卷二十，35卷十九《行南宁府延师讲礼牌》

札付同知林宽经理田宁：12别录卷十，13别录卷十，17别录卷十三《[总督两广平定思田始末]其八十三札付同知林宽管理田宁》，18别录卷十，19卷十三《[总督两广平定思田始末]其八十三札付同知林宽管理田宁》，21卷十八，22卷十八，23卷十八，24卷十八，26卷二十

札付同知桂鳌经理思恩：12别录卷十，13别录卷十，17别录卷十三《[总督两广平定思田始末]其八十四札付同知桂鳌迁立思恩府县治》，18别录卷十，19卷十三《[总督两广平定思田始末]其八十四札付同知桂鳌迁立思恩府县治》，21卷十八，22卷十八，23卷十八，24卷十八，26卷二十

牌行南昌府保昌县礼送故官：12别录卷十，13别录卷十，17别录卷十三《[总督两广平定思田始末]其八十五牌行南昌府及保昌县资送故官杜洞》，18别录卷十，19卷十三《[总督两广平定思田始末]其八十五牌行南昌府及保昌县资送故官杜洞》，21卷十八，22卷十八，23卷十八，24卷十八，26卷二十，27卷七《牌

行南雄府保昌县礼送故官》，28卷七《牌行南雄府保昌县礼送故官》，31卷二《牌行南雄府保昌县礼送故官》，32卷二《牌行南雄府保昌县礼送故官》，33卷五《牌行南雄府保昌县礼送故官》，34卷五，35卷十九《行南雄府礼送故官牌（嘉靖七年八月）》

调发土兵（十月）：12别录卷十，13别录卷十，17别录卷十三《[总督两广平定思田始末]其八十六牌行广西副总兵李璋更调土兵事宜》，18别录卷十，19卷十三《[总督两广平定思田始末]其八十六牌行广西副总兵李璋更调土兵事宜》，21卷十八《调发土兵牌》，22卷十八，23卷十八，24卷十八，26卷二十，27卷十二（此本装订有误），28卷十二（此本装订有误），36经济编卷六，37经济编卷六，38经济编卷六，39经济编卷六，40经济集卷六，41经济集卷六

犒奖儒士岑伯高：12别录卷十，13别录卷十，17别录卷十三《[总督两广平定思田始末]其八十七牌行广东布政司犒奖儒士岑伯高》，18别录卷十，19卷十三《[总督两广平定思田始末]其八十七牌行广东布政司犒赏儒士岑伯高》，21卷十八，22卷十八，23卷十八，24卷十八，26卷二十，27卷十三，28卷十三，30卷五《牌行广东布政司犒奖儒士岑伯高》，31卷七，32卷七，35卷十九（小注作"嘉靖七年"），36经济编卷六，37经济编卷六，38经济编卷六，39经济编卷六，40经济集卷六，41经济集卷六

征剿八寨断藤峡牌（七年三月。以下俱征八寨）：12别录卷十，13别录卷十，17别录卷十四《征剿八寨断藤峡（共四十五条）》/其一牌行右布政林富副总兵张祐进剿方略（三月十三日）》，18别录卷十，21卷十八，22卷十八，23卷十八，24卷十八，26卷二十，27卷十三 *#，28卷十三 *#，37经济编卷七，38经济编卷七，39经济编卷七，40经济集卷七，41经济集卷七

牌行领兵官：12别录卷十，13别录卷十，17别录卷十四《[征缴八寨断藤峡]其四牌行左参将张经守巡左江道参议汪必东佥事吴天挺进剿方略》，18别录卷十，21卷十八，22卷十八，23卷十八，24卷十八，26卷二十，27卷十三《行领兵官剿牛肠六寺磨刀等寨瑶贼》*，28卷十三《行领兵官剿牛肠六寺磨刀等

寨瑶贼》*，35卷十九（小注作"嘉靖七年"）*#，37经济编卷七《行领兵官剿牛肠六寺磨刀等寨瑶贼》*，38经济编卷七《行领兵官剿牛肠六寺磨刀等寨瑶贼》*，39经济编卷七《行领兵官剿牛肠六寺磨刀等寨瑶贼》*，40经济集卷七《行领兵官剿牛肠六寺磨刀等寨瑶贼》*，41经济集卷七《行领兵官剿牛肠六寺磨刀等寨瑶贼》

戒谕土目（五月）：12别录卷十，13别录卷十，17别录卷十四《[征缴八寨断藤峡]其十牌行副总兵张祐督谕报效土目（五月一日）》，18别录卷十，21卷十八《戒谕土目牌》，22卷十八，23卷十八，24卷十八，26卷二十，27卷十三，28卷十三，31卷七，32卷七，35卷十九《戒谕土目牌》*，37经济编卷七，38经济编卷七，39经济编卷七，40经济集卷七，41经济集卷七

追捕逋贼：12别录卷十，13别录卷十，17别录卷十四《[征缴八寨断藤峡]其十一牌行南丹卫指挥程万全等搜捕逋贼》，18别录卷十，21卷十八，22卷十八，23卷十八，24卷十八，26卷二十，27卷十三，28卷十三，31卷七，32卷七，37经济编卷七，38经济编卷七，39经济编卷七，40经济集卷七，41经济集卷七

牌行委官林应骢督谕土目（五月）：12别录卷十，13别录卷十《牌行委官林应总督谕土目》，17别录卷十四《[征缴八寨断藤峡]其十六牌行委官应骢督谕土目（五月初九日）》，18别录卷十，21卷十八，22卷十八，23卷十八，24卷十八，26卷二十，27卷十三，28卷十三，30卷五《牌行委官督谕土目》，31卷七，32卷七，33卷五，34卷五（有文无目），35卷十九《督谕田州思恩土目牌》*，37经济编卷七，38经济编卷七，39经济编卷七，40经济集卷七，41经济集卷七

牌委指挥赵璇留剿馀贼（六月）：12别录卷十，13别录卷十，17别录卷十四《[征缴八寨断藤峡]其二十八牌委指挥赵璇督剿逋贼（六月二十五日）》，18别录卷十，21卷十八，22卷十八，23卷十八，24卷十八，26卷二十，27卷十三，28卷十三，31卷七，32卷七，33卷五，34卷五（有文无目），35卷十九《委

指挥赵璇留剿馀贼牌》，37经济编卷七，38经济编卷七，39经济编卷七，40经济集卷七，41经济集卷七

牌行副总兵张祐搜剿馀巢（七月）：12别录卷十，13别录卷十《牌行副总兵张祐搜剿馀巢（七月）》，17别录卷十四《[征缴八寨断藤峡]其三十牌行副总兵张祐督剿绿茅诸巢》，18别录卷十，21卷十八，22卷十八，23卷十八，24卷十八，26卷二十，27卷十三#，28卷十三#，30卷五《牌行副总兵张祐督剿绿茅诸巢》*，31卷七（目录误在《八寨断藤峡捷音疏》前），32卷七，37经济编卷七，38经济编卷七，39经济编卷七，40经济集卷七，41经济集卷七

犒劳从征土目（八月）：12别录卷十，13别录卷十，17别录卷十四《[征缴八寨断藤峡]其三十二牌行署思恩府事同知桂鳌赈给报效土目（八月初一日）》，18别录卷十，21卷十八，22卷十八，23卷十八，24卷十八，26卷二十

绥柔流贼（五月）：02卷上*，12别录卷十，13别录卷十，17别录卷十四《[征缴八寨断藤峡]其三十六牌行左江道绥柔流贼（五月初三日）》，18别录卷十，21卷十八，22卷十八，23卷十八，24卷十八，26卷二十，27卷六，28卷六，30卷五《行左江道绥柔流贼》*，31卷五，32卷五，33卷五，34卷五，35卷十九《行广西左江道绥柔流贼牌》*，37经济编卷七，38经济编卷七，39经济编卷七，40经济集卷七，41经济集卷七

告谕村寨：12别录卷十，13别录卷十，17别录卷十四《[征缴八寨断藤峡]其三十七告谕村寨（五月初五日）》，18别录卷十，21卷十八，22卷十八，23卷十八，24卷十八，26卷二十，27卷六，28卷六，31卷五，32卷五

议立县卫：12别录卷十，13别录卷十，17别录卷十四《[征缴八寨断藤峡]其三十九牌行右江道副使翁素议立县卫》，18别录卷十，21卷十八，22卷十八，23卷十八，24卷十八，26卷二十，27卷十三，28卷十三，35卷十九《行广西左江道议立县卫牌（嘉靖七年）》*，37经济编卷七《议立县治》（目录作《立议县卫》），38经济编卷七《议立县治》（目录作《立议县卫》），39经济编卷七《议立县治》（目录作《立议县卫》），40经济集卷七《议立县治》（目录作《立议县卫》），

41 经济集卷七《议立县治》（目录作《立议县卫》）

抚恤来降（八月）：12 别录卷十，13 别录卷十，17 别录卷十四《[征缴八寨断藤峡]其四十一批参将张经抚恤来降呈》，18 别录卷十，21 卷十八，22 卷十八，23 卷十八，24 卷十八，26 卷二十，27 卷十三，28 卷十三，37 经济编卷七，38 经济编卷七，39 经济编卷七，40 经济集卷七，41 经济集卷七

批广东市舶司提举故官水手呈：18 别录卷十（有目无文），22 卷十八，23 卷十八，24 卷十八

卷十九　外集一　赋　骚　诗

赋骚七首

太白楼赋（丙辰）：12 外集卷一，13 外集卷一，14 外集卷一，15 文录卷十一，16 外集卷一，17 外集卷一（此本叶一为抄配），18 外集卷一，21 卷十九，22 卷十九，23 卷十九，24 卷十九，25 卷八，26 卷八，27 卷十六，28 卷十六，36 文章编卷四，37 文章编卷四，38 文章编卷四，39 文章编卷四，40 文章集卷四，41 文章集卷四

九华山赋（壬戌）：12 外集卷一，13 外集卷一，14 外集卷一，15 文录卷十一，16 外集卷一，17 外集卷一，18 外集卷一，21 卷十九，22 卷十九，23 卷十九，24 卷十九，25 卷八，26 卷八，35 卷十六

吊屈平赋（丙寅）：01 卷一，12 外集卷一，13 外集卷一，14 外集卷一，15 文录卷十一，16 外集卷一，17 外集卷一，18 外集卷一，21 卷十九，22 卷十九，23 卷十九，24 卷十九，25 卷八，26 卷八，48 卷一

思归轩赋（庚辰）：12 外集卷一，13 外集卷一，14 外集卷一，15 文录卷十一，16 外集卷一，17 外集卷一，18 外集卷一，21 卷十九，22 卷十九，23 卷十九，24 卷十九，25 卷八，26 卷八，33 卷六，34 卷六

咎言（丙寅）：01 卷三，12 外集卷一，13 外集卷一，14 外集卷一，15 文录卷十一，16 外集卷一，17 外集卷一，18 外集卷一，21 卷十九，22 卷十九，23

卷十九，24卷十九，25卷八，26卷八，48卷一

守俭弟归日仁歌楚声为别予亦和之：12外集卷一，13外集卷一，14外集卷一，18外集卷一，21卷十九，22卷十九，23卷十九，24卷十九，25卷八，26卷八，33卷六，34卷六

祈雨辞（正德丙子南赣作）：12外集卷一，13外集卷一，14外集卷一，15文录卷十一，16外集卷一，17外集卷一，18外集卷一，21卷十九，22卷十九，23卷十九，24卷十九，25卷八，26卷八，33卷六，34卷六

归越诗三十五首（弘治壬戌年，以刑部主事告病归越并楚游作）

游牛峰寺四首（牛峰今改名浮峰）：12外集卷一，13外集卷一，14外集卷一，15文录卷十一，16外集卷一，17外集卷一，18外集卷一，21卷十九，22卷十九，23卷十九，24卷十九，25卷八，26卷八，35卷十六《游浮峰寺［其一］（壬戌）》*，44卷一，48卷一*（其二）

［游牛峰寺］又四绝句：12外集卷一，13外集卷一，14外集卷一，15文录卷十一，16外集卷一，17外集卷一，18外集卷一，21卷十九，22卷十九，23卷十九，24卷十九，25卷八，26卷八，33卷六《游牛峰寺二首》《游牛峰寺二首（今改名浮峰）》，34卷六《游牛峰寺二首》《游牛峰寺二首（今改名浮峰）》，35卷十六《游浮峰寺（壬戌）》*（其二至五），44卷一

姑苏吴氏海天楼次邝尹韵：12外集卷一，13外集卷一，14外集卷一，15文录卷十一，16外集卷一，17外集卷一，18外集卷一，21卷十九，22卷十九，23卷十九，24卷十九，25卷八，26卷八，44卷一

山中立秋日偶书：12外集卷一，13外集卷一，14外集卷一，15文录卷十一，16外集卷一，17外集卷一，18外集卷一，21卷十九，22卷十九，23卷十九，24卷十九，25卷八，26卷八，35卷十六，44卷一

夜雨山翁家偶书：12外集卷一，13外集卷一，14外集卷一，15文录卷十一，16外集卷一，17外集卷一，18外集卷一，21卷十九，22卷十九，23卷十九，24卷十九，25卷八，26卷八，33卷六，34卷六，44卷一

寻春：12 外集卷一，13 外集卷一，14 外集卷一，15 文录卷十一，16 外集卷一，17 外集卷一，18 外集卷一，21 卷十九，22 卷十九，23 卷十九，24 卷十九，25 卷八，26 卷八，44 卷一，48 卷一

西湖醉中漫书二首：12 外集卷一，13 外集卷一，14 外集卷一，15 文录卷十一，16 外集卷一，17 外集卷一，18 外集卷一，21 卷十九，22 卷十九，23 卷十九，24 卷十九，25 卷八，26 卷八，33 卷六《西湖醉中漫诗》*（其一），34 卷六《西湖醉中漫诗》*（其一），44 卷一

九华山下柯秀才家：12 外集卷一，13 外集卷一，14 外集卷一，15 文录卷十一，16 外集卷一，17 外集卷一，18 外集卷一，21 卷十九，22 卷十九，23 卷十九，24 卷十九，25 卷八，26 卷八，33 卷六，34 卷六，44 卷一

夜宿无相寺：12 外集卷一，13 外集卷一，14 外集卷一，15 文录卷十一，16 外集卷一，17 外集卷一，18 外集卷一，21 卷十九，22 卷十九，23 卷十九，24 卷十九，25 卷八，26 卷八，44 卷一

题四老围棋图：12 外集卷一，13 外集卷一，14 外集卷一，15 文录卷十一，16 外集卷一，17 外集卷一，18 外集卷一，21 卷十九，22 卷十九，23 卷十九，24 卷十九，25 卷八，26 卷八，27 卷十六，28 卷十六，33 卷六，34 卷六，36 文章编卷四，37 文章编卷四，38 文章编卷四，39 文章编卷四，40 文章集卷四，41 文章集卷四，44 卷一

无相寺三首：12 外集卷一，13 外集卷一，14 外集卷一，15 文录卷十一，16 外集卷一，17 外集卷一，18 外集卷一，21 卷十九，22 卷十九，23 卷十九，24 卷十九，25 卷八，26 卷八，33 卷六*（其三），34 卷六*（其三），44 卷一

化城寺六首：12 外集卷一，13 外集卷一，14 外集卷一，15 文录卷十一，16 外集卷一，17 外集卷一，18 外集卷一，21 卷十九，22 卷十九，23 卷十九，24 卷十九，25 卷八，26 卷八，27 卷十六*（其三），28 卷十六*（其三），33 卷六《化成寺》*（其四至六），34 卷六*（其四至六），36 文章编卷四*（其三），37 文章编卷四*（其三），38 文章编卷四*（其三），39 文章编卷四*（其三），

40文章集卷四＊（其三），41文章集卷四＊（其三），44卷一

李白祠二首：12外集卷一，13外集卷一，14外集卷一，15文录卷十一，16外集卷一，17外集卷一，18外集卷一，21卷十九，22卷十九，23卷十九，24卷十九，25卷八，26卷八，44卷一

双峰：12外集卷一，13外集卷一，14外集卷一，15文录卷十一，16外集卷一，17外集卷一，18外集卷一，21卷十九，22卷十九，23卷十九，24卷十九，25卷八，26卷八，33卷六，34卷六，44卷一

莲花峰：12外集卷一，13外集卷一，14外集卷一，15文录卷十一，16外集卷一，17外集卷一，18外集卷一，21卷十九，22卷十九，23卷十九，24卷十九，25卷八，26卷八，33卷六，34卷六，44卷一

列仙峰：12外集卷一，13外集卷一，14外集卷一，15文录卷十一，16外集卷一，17外集卷一，18外集卷一，21卷十九，22卷十九，23卷十九，24卷十九，25卷八，26卷八，44卷一

云门峰：12外集卷一，13外集卷一，14外集卷一，15文录卷十一，16外集卷一，17外集卷一，18外集卷一，21卷十九，22卷十九，23卷十九，24卷十九，25卷八，26卷八，33卷六，34卷六，44卷一

芙蓉阁二首：12外集卷一，13外集卷一，14外集卷一，15文录卷十一，16外集卷一，17外集卷一，18外集卷一，21卷十九，22卷十九，23卷十九，24卷十九，25卷八，26卷八，33卷六，34卷六，44卷一

书梅竹小画：12外集卷一，13外集卷一，14外集卷一，15文录卷十一，16外集卷一，17外集卷一，18外集卷一，21卷十九，22卷十九，23卷十九，24卷十九，25卷八，26卷八，44卷一

山东诗六首（弘治甲子年起复，主试山东时作）

登泰山五首［一］：12外集卷一，13外集卷一，14外集卷一，15文录卷十一，16外集卷一，17外集卷一，18外集卷一，21卷十九，22卷十九，23卷十九，24卷十九，25卷八，26卷八，27卷十六，28卷十六，36文章编卷四，

37文章编卷四，38文章编卷四，39文章编卷四，40文章集卷四，41文章集卷四，44卷一

[登泰山五首]二：12外集卷一，13外集卷一，14外集卷一，15文录卷十一，16外集卷一，17外集卷一，18外集卷一，21卷十九，22卷十九，23卷十九，24卷十九，25卷八，26卷八，27卷十六，28卷十六，36文章编卷四，37文章编卷四，38文章编卷四，39文章编卷四，40文章集卷四，41文章集卷四，44卷一

[登泰山五首]三：12外集卷一，13外集卷一，14外集卷一，15文录卷十一，16外集卷一，17外集卷一，18外集卷一，21卷十九，22卷十九，23卷十九，24卷十九，25卷八，26卷八，27卷十六，28卷十六，36文章编卷四，37文章编卷四，38文章编卷四，39文章编卷四，40文章集卷四，41文章集卷四，44卷一

[登泰山五首]四：12外集卷一，13外集卷一，14外集卷一，15文录卷十一，16外集卷一，17外集卷一，18外集卷一，21卷十九，22卷十九，23卷十九，24卷十九，25卷八，26卷八，27卷十六，28卷十六，36文章编卷四，37文章编卷四，38文章编卷四，39文章编卷四，40文章集卷四，41文章集卷四，44卷一

[登泰山五首]五：12外集卷一，13外集卷一，14外集卷一，15文录卷十一，16外集卷一，17外集卷一，18外集卷一，21卷十九，22卷十九，23卷十九，24卷十九，25卷八，26卷八，27卷十六，28卷十六，36文章编卷四，37文章编卷四，38文章编卷四，39文章编卷四，40文章集卷四，41文章集卷四，44卷一

泰山高次王内翰司献韵：12外集卷一，13外集卷一，14外集卷一（此本装订有误，正文存篇题），15文录卷十一，16外集卷一，17外集卷一，18外集卷一，21卷十九，22卷十九，23卷十九，24卷十九，25卷八，26卷八，27卷十六，28卷十六，36文章编卷四，37文章编卷四，38文章编卷四，39文章编

卷四，40 文章集卷四，41 文章集卷四，44 卷一

京师诗八首（弘治乙丑年改除兵部主事时作）

忆龙泉山：12 外集卷一，13 外集卷一，14 外集卷一，15 文录卷十一，16 外集卷一，17 外集卷一，18 外集卷一，21 卷十九，22 卷十九，23 卷十九，24 卷十九，25 卷八，26 卷八，44 卷一

忆诸弟：12 外集卷一，13 外集卷一，14 外集卷一，15 文录卷十一，16 外集卷一，17 外集卷一，18 外集卷一，21 卷十九，22 卷十九，23 卷十九，24 卷十九，25 卷八，26 卷八，44 卷一

寄舅：12 外集卷一，13 外集卷一，14 外集卷一，15 文录卷十一，16 外集卷一，17 外集卷一，18 外集卷一，21 卷十九，22 卷十九，23 卷十九，24 卷十九，25 卷八，26 卷八，44 卷一

送人东归：12 外集卷一，13 外集卷一，14 外集卷一，15 文录卷十一，16 外集卷一，17 外集卷一，18 外集卷一，21 卷十九，22 卷十九，23 卷十九，24 卷十九，25 卷八，26 卷八，44 卷一

寄西湖友：12 外集卷一，13 外集卷一，14 外集卷一，15 文录卷十一，16 外集卷一，17 外集卷一，18 外集卷一，21 卷十九，22 卷十九，23 卷十九，24 卷十九，25 卷八，26 卷八，30 卷三，44 卷一

赠阳伯：12 外集卷一，13 外集卷一，14 外集卷一，15 文录卷十一，16 外集卷一，17 外集卷一，18 外集卷一，21 卷十九，22 卷十九，23 卷十九，24 卷十九，25 卷八，26 卷八，30 卷三，44 卷一

故山：12 外集卷一，13 外集卷一，14 外集卷一，15 文录卷十一，16 外集卷一，17 外集卷一，18 外集卷一，21 卷十九，22 卷十九，23 卷十九，24 卷十九，25 卷八，26 卷八，30 卷三，44 卷一

忆鉴湖友：12 外集卷一，13 外集卷一，14 外集卷一，15 文录卷十一，16 外集卷一，17 外集卷一，18 外集卷一，21 卷十九，22 卷十九，23 卷十九，24 卷十九，25 卷八，26 卷八，30 卷三，44 卷一

狱中诗十四首（正德丙寅年十二月，以上疏忤逆瑾，下锦衣狱作）

不寐：01 卷三，12 外集卷一，13 外集卷一，14 外集卷一，15 文录卷十一，16 外集卷一，17 外集卷一，18 外集卷一，21 卷十九，22 卷十九，23 卷十九，24 卷十九，25 卷八，26 卷八，27 卷十六，28 卷十六，33 卷六，34 卷六，36 文章编卷四，37 文章编卷四，38 文章编卷四，39 文章编卷四，40 文章集卷四，41 文章集卷四，44 卷一

有室七章：01 卷三，12 外集卷一，13 外集卷一，14 外集卷一，15 文录卷十一，16 外集卷一，17 外集卷一，18 外集卷一，21 卷十九，22 卷十九，23 卷十九，24 卷十九，25 卷八，26 卷八，27 卷十六，28 卷十六，33 卷六，34 卷六，36 文章编卷四，37 文章编卷四，38 文章编卷四，39 文章编卷四，40 文章集卷四，41 文章集卷四，44 卷一，48 卷一《有室七首》

读易：01 卷三，12 外集卷一，13 外集卷一，14 外集卷一，15 文录卷十一，16 外集卷一，17 外集卷一，18 外集卷一，21 卷十九，22 卷十九，23 卷十九，24 卷十九，25 卷八，26 卷八，27 卷十六，28 卷十六，30 卷三，36 文章编卷四，37 文章编卷四，38 文章编卷四，39 文章编卷四，40 文章集卷四，41 文章集卷四，44 卷一，48 卷一《狱中读易》

岁暮：01 卷三，12 外集卷一，13 外集卷一，14 外集卷一，15 文录卷十一，16 外集卷一，17 外集卷一，18 外集卷一，21 卷十九，22 卷十九，23 卷十九，24 卷十九，25 卷八，26 卷八，27 卷十六，28 卷十六，33 卷六《狱中岁暮》，34 卷六《狱中岁暮》，36 文章编卷四，37 文章编卷四，38 文章编卷四，39 文章编卷四，40 文章集卷四，41 文章集卷四，44 卷一

见月：01 卷三，12 外集卷一，13 外集卷一，14 外集卷一，15 文录卷十一，16 外集卷一，17 外集卷一，18 外集卷一，21 卷十九，22 卷十九，23 卷十九，24 卷十九，25 卷八，26 卷八，27 卷十六，28 卷十六，33 卷六，34 卷六，36 文章编卷四，37 文章编卷四，38 文章编卷四，39 文章编卷四，40 文章集卷四，41 文章集卷四，44 卷一

天涯：01卷三，12外集卷一，13外集卷一，14外集卷一，15文录卷十一，16外集卷一，17外集卷一，18外集卷一，21卷十九，22卷十九，23卷十九，24卷十九（正文无篇题），25卷八，26卷八，27卷十六，28卷十六，36文章编卷四，37文章编卷四，38文章编卷四，39文章编卷四，40文章集卷四，41文章集卷四，44卷一。

屋罅月：01卷三，12外集卷一，13外集卷一，14外集卷一，15文录卷十一，16外集卷一，17外集卷一，18外集卷一，21卷十九，22卷十九，23卷十九，24卷十九，25卷八，26卷八，27卷十六，28卷十六，33卷六，34卷六，36文章编卷四，37文章编卷四，38文章编卷四，39文章编卷四，40文章集卷四，41文章集卷四，44卷一。

别友狱中：01卷三，12外集卷一，13外集卷一，14外集卷一，15文录卷十一，16外集卷一，17外集卷一，18外集卷一，21卷十九，22卷十九，23卷十九，24卷十九，25卷八，26卷八，27卷十六，28卷十六，30卷三，36文章编卷四，37文章编卷四，38文章编卷四，39文章编卷四，40文章集卷四，41文章集卷四，44卷一，48卷一。

赴谪诗五十五首（正德丁卯年赴谪贵阳龙场驿作）

答汪抑之三首：01卷三，12外集卷一，13外集卷一，14外集卷一，15文录卷十一，16外集卷一，17外集卷一，18外集卷一，21卷十九，22卷十九，23卷十九，24卷十九，25卷八，26卷八，27卷十六*（其二），28卷十六*（其二），33卷六*（其一、二），34卷六*（其一、二），36文章编卷四*（其二），37文章编卷四*（其二），38文章编卷四*（其二），39文章编卷四*（其二），40文章集卷四*（其二），41文章集卷四*（其二），44卷一，48卷一*（其一、三）。

阳明子之南也其友湛元明歌九章以赠崔子钟和之以五诗于是阳明子作八咏以答之[其一]：01卷三，12外集卷一，13外集卷一，14外集卷一，15文录卷十一，16外集卷一，17外集卷一，18外集卷一，21卷十九，22卷十九，23卷十九，24卷十九，25卷八，26卷八，27卷十六，28卷十六，36文章编卷四，

37文章编卷四,38文章编卷四,39文章编卷四,40文章集卷四,41文章集卷四,44卷一,48卷一

[阳明子之南也其友湛元明歌九章以赠崔子钟和之以五诗于是阳明子作八咏以答之]其二:01卷三,12外集卷一,13外集卷一,14外集卷一,15文录卷十一,16外集卷一,17外集卷一,18外集卷一,21卷十九,22卷十九,23卷十九,24卷十九,25卷八,26卷八,27卷十六,28卷十六,36文章编卷四,37文章编卷四,38文章编卷四,39文章编卷四,40文章集卷四,41文章集卷四,44卷一,48卷一

[阳明子之南也其友湛元明歌九章以赠崔子钟和之以五诗于是阳明子作八咏以答之]其三:01卷三,12外集卷一,13外集卷一,14外集卷一,15文录卷十一,16外集卷一,17外集卷一,18外集卷一,21卷十九,22卷十九,23卷十九,24卷十九,25卷八,26卷八,44卷一,48卷一

[阳明子之南也其友湛元明歌九章以赠崔子钟和之以五诗于是阳明子作八咏以答之]其四:01卷三,12外集卷一,13外集卷一,14外集卷一,15文录卷十一,16外集卷一,17外集卷一,18外集卷一,21卷十九,22卷十九,23卷十九,24卷十九,25卷八,26卷八,30卷三《答湛元明崔子钟(俱赴谪)》,44卷一,48卷一

[阳明子之南也其友湛元明歌九章以赠崔子钟和之以五诗于是阳明子作八咏以答之]其五:01卷三,12外集卷一,13外集卷一,14外集卷一,15文录卷十一,16外集卷一,17外集卷一,18外集卷一,21卷十九,22卷十九,23卷十九,24卷十九,25卷八,26卷八,30卷三《[答湛元明崔子钟]又》,44卷一,48卷一

[阳明子之南也其友湛元明歌九章以赠崔子钟和之以五诗于是阳明子作八咏以答之]其六:01卷三,12外集卷一,13外集卷一,14外集卷一,15文录卷十一,16外集卷一,17外集卷一,18外集卷一,21卷十九,22卷十九,23卷十九,24卷十九,25卷八,26卷八,30卷三《[答湛元明崔子钟]又》,44卷一,

48卷一

　　[阳明子之南也其友湛元明歌九章以赠崔子钟和之以五诗于是阳明子作八咏以答之] 其七：01卷三，12外集卷一，13外集卷一，14外集卷一，15文录卷十一，16外集卷一，17外集卷一，18外集卷一，21卷十九，22卷十九，23卷十九，24卷十九，25卷八，26卷八，44卷一，48卷一

　　[阳明子之南也其友湛元明歌九章以赠崔子钟和之以五诗于是阳明子作八咏以答之] 其八：01卷三，12外集卷一，13外集卷一，14外集卷一，15文录卷十一，16外集卷一，17外集卷一，18外集卷一，21卷十九，22卷十九，23卷十九，24卷十九，25卷八，26卷八，27卷十六，28卷十六，36文章编卷四，37文章编卷四，38文章编卷四，39文章编卷四，40文章集卷四，41文章集卷四，44卷一，48卷一

　　南游三首 [其一]：01卷三，12外集卷一，13外集卷一，14外集卷一，15文录卷十一，16外集卷一，17外集卷一，18外集卷一，21卷十九，22卷十九，23卷十九，24卷十九，25卷八，26卷八，44卷一，48卷一

　　[南游三首] 其二：01卷三，12外集卷一，13外集卷一，14外集卷一，15文录卷十一，16外集卷一，17外集卷一，18外集卷一，21卷十九，22卷十九，23卷十九，24卷十九，25卷八，26卷八，44卷一，48卷一

　　[南游三首] 其三：01卷三，12外集卷一，13外集卷一，14外集卷一，15文录卷十一，16外集卷一，17外集卷一，18外集卷一，21卷十九，22卷十九，23卷十九，24卷十九，25卷八，26卷八，44卷一

　　忆昔答乔白岩因寄储柴墟三首 [其一]：01卷三，12外集卷一，13外集卷一，14外集卷一，15文录卷十一，16外集卷一，17外集卷一，18外集卷一，21卷十九，22卷十九，23卷十九，24卷十九，25卷八，26卷八，30卷三，44卷一

　　[忆昔答乔白岩因寄储柴墟三首] 其二：01卷三，12外集卷一，13外集卷一，14外集卷一，15文录卷十一，16外集卷一，17外集卷一，18外集卷一，21卷十九，22卷十九，23卷十九，24卷十九，25卷八，26卷八，30卷三《[忆昔

答乔白岩因寄储柴墟]又》,44卷一

[忆昔答乔白岩因寄储柴墟三首]其三:01卷三,12外集卷一,13外集卷一,14外集卷一,15文录卷十一,16外集卷一,17外集卷一,18外集卷一,21卷十九,22卷十九,23卷十九,24卷十九,25卷八,26卷八,44卷一

一日怀抑之也抑之之赠既尝答以三诗意若有欿焉是以赋也[其一]:01卷三,12外集卷一,13外集卷一,14外集卷一,15文录卷十一,16外集卷一,17外集卷一,18外集卷一,21卷十九,22卷十九,23卷十九,24卷十九,25卷八,26卷八,27卷十六,28卷十六,36文章编卷四,37文章编卷四,38文章编卷四,39文章编卷四,40文章集卷四,41文章集卷四,44卷一,48卷一《怀汪抑之三首[其一]》

[一日怀抑之也抑之之赠既尝答以三诗意若有欿焉是以赋也]其二:01卷三,12外集卷一,13外集卷一,14外集卷一,15文录卷十一,16外集卷一,17外集卷一,18外集卷一,21卷十九,22卷十九,23卷十九,24卷十九,25卷八,26卷八,27卷十六,28卷十六,36文章编卷四,37文章编卷四,38文章编卷四,39文章编卷四,40文章集卷四,41文章集卷四,44卷一,48卷一《怀汪抑之三首[其二]》

[一日怀抑之也抑之之赠既尝答以三诗意若有欿焉是以赋也]其三:01卷三,12外集卷一,13外集卷一,14外集卷一,15文录卷十一,16外集卷一,17外集卷一,18外集卷一,21卷十九,22卷十九,23卷十九,24卷十九,25卷八,26卷八,27卷十六,28卷十六,36文章编卷四,37文章编卷四,38文章编卷四,39文章编卷四,40文章集卷四,41文章集卷四,44卷一,48卷一《怀汪抑之三首[其三]》

梦与抑之昆季语湛崔皆在焉觉而有感因记以诗三首[其一]:01卷三,12外集卷一,13外集卷一,14外集卷一,15文录卷十一,16外集卷一,17外集卷一《梦与抑之昆季语湛崔皆在焉觉而有感因纪以诗三首[其一]》,18外集卷一,21卷十九,22卷十九,23卷十九,24卷十九,25卷八,26卷八,30卷三(此

本装订有误），44 卷一（"记"作"纪"）

[梦与抑之昆季语湛崔皆在焉觉而有感因记以诗三首] 其二：01 卷三，12 外集卷一，13 外集卷一，14 外集卷一，15 文录卷十一，16 外集卷一，17 外集卷一《梦与抑之昆季语湛崔皆在焉觉而有感因纪以诗三首[其二]》，18 外集卷一，21 卷十九，22 卷十九，23 卷十九，24 卷十九，25 卷八，26 卷八，30 卷三《[梦与抑之昆季语湛崔皆在焉觉而有感因记以诗]又》（此本装订有误），44 卷一，48 卷一

[梦与抑之昆季语湛崔皆在焉觉而有感因记以诗三首] 其三：01 卷三，12 外集卷一，13 外集卷一，14 外集卷一，15 文录卷十一，16 外集卷一，17 外集卷一《梦与抑之昆季语湛崔皆在焉觉而有感因纪以诗三首[其三]》，18 外集卷一，21 卷十九，22 卷十九，23 卷十九，24 卷十九，25 卷八，26 卷八，44 卷一，48 卷一

因雨和杜韵：01 卷三，12 外集卷一，13 外集卷一，14 外集卷一，15 文录卷十一，16 外集卷一，17 外集卷一，18 外集卷一，21 卷十九，22 卷十九，23 卷十九，24 卷十九，25 卷八，26 卷八，27 卷十六，28 卷十六，33 卷六，34 卷六，36 文章编卷四，37 文章编卷四，38 文章编卷四，39 文章编卷四，40 文章集卷四，41 文章集卷四，44 卷一，48 卷一《雨和杜韵》

赴谪次北新关喜见诸弟：01 卷三，12 外集卷一，13 外集卷一，14 外集卷一，15 文录卷十一，16 外集卷一，17 外集卷一，18 外集卷一，21 卷十九，22 卷十九，23 卷十九，24 卷十九，25 卷八，26 卷八，27 卷十六，28 卷十六，36 文章编卷四，37 文章编卷四，38 文章编卷四，39 文章编卷四，40 文章集卷四，41 文章集卷四，44 卷一，48 卷一

南屏：01 卷三，12 外集卷一，13 外集卷一，14 外集卷一，15 文录卷十一，16 外集卷一，17 外集卷一，18 外集卷一，21 卷十九，22 卷十九，23 卷十九，24 卷十九，25 卷八，26 卷八，44 卷一，48 卷一

卧病静慈写怀：01 卷三，12 外集卷一，13 外集卷一，14 外集卷一，15 文

录卷十一,16 外集卷一,17 外集卷一,18 外集卷一,21 卷十九,22 卷十九,23 卷十九,24 卷十九,25 卷八,26 卷八,30 卷三(此本装订有误),44 卷一

移居胜果寺二首:01 卷三《移居胜果》*(其一),12 外集卷一,13 外集卷一,14 外集卷一,15 文录卷十一,16 外集卷一,17 外集卷一,18 外集卷一,21 卷十九,22 卷十九,23 卷十九,24 卷十九,25 卷八,26 卷八,30 卷三(此本装订有误),35 卷十六(小注作"癸亥")*(其一),44 卷一,48 卷一*(其一)

忆别:12 外集卷一,13 外集卷一,14 外集卷一,15 文录卷十一,16 外集卷一,17 外集卷一,18 外集卷一,21 卷十九,22 卷十九,23 卷十九,24 卷十九,25 卷八,26 卷八,30 卷三,44 卷一

泛海:12 外集卷一,13 外集卷一,14 外集卷一,15 文录卷十一,16 外集卷一,17 外集卷一,18 外集卷一,21 卷十九,22 卷十九,23 卷十九,24 卷十九,25 卷八,26 卷八,27 卷十六,28 卷十六,35 卷十六,36 文章编卷四,37 文章编卷四,38 文章编卷四,39 文章编卷四,40 文章集卷四,41 文章集卷四,44 卷一

武夷次壁间韵:12 外集卷一,13 外集卷一,14 外集卷一,15 文录卷十一,16 外集卷一,17 外集卷一,18 外集卷一,21 卷十九,22 卷十九,23 卷十九,24 卷十九,25 卷八,26 卷八,44 卷一

草萍驿次林见素韵奉寄:01 卷三,12 外集卷一,13 外集卷一,15 文录卷十一,16 外集卷一,17 外集卷一,18 外集卷一,21 卷十九,22 卷十九,23 卷十九,24 卷十九,25 卷八,26 卷八,33 卷六,34 卷六,44 卷一

玉山东岳庙遇旧识严星士:01 卷三,12 外集卷一,13 外集卷一,15 文录卷十一,16 外集卷一,17 外集卷一,18 外集卷一,21 卷十九,22 卷十九,23 卷十九,24 卷十九,25 卷八,26 卷八,33 卷六,34 卷六,44 卷一

广信元夕蒋太守舟中夜话:01 卷三,12 外集卷一,13 外集卷一,15 文录卷十一,16 外集卷一,17 外集卷一,18 外集卷一,21 卷十九,22 卷十九,23 卷十九,24 卷十九,25 卷八,26 卷八,27 卷十六,28 卷十六,36 文章编卷四,37 文章编卷四,38 文章编卷四,39 文章编卷四,40 文章集卷四,41 文章集卷四,

44 卷一

夜泊石亭寺用韵呈陈娄诸公因寄储柴墟都宪及乔白岩太常诸友：01 卷三，12 外集卷一，13 外集卷一，15 文录卷十一，16 外集卷一，17 外集卷一，18 外集卷一，21 卷十九，22 卷十九，23 卷十九，24 卷十九，25 卷八，26 卷八，27 卷十六，28 卷十六，33 卷六，34 卷六，36 文章编卷四，37 文章编卷四，38 文章编卷四，39 文章编卷四，40 文章集卷四，41 文章集卷四，44 卷一

过分宜望钤冈庙：01 卷三，12 外集卷一，13 外集卷一，14 外集卷一，15 文录卷十一，16 外集卷一，17 外集卷一，18 外集卷一，21 卷十九，22 卷十九，23 卷十九，24 卷十九，25 卷八，26 卷八，44 卷一

杂诗三首 [其一]：01 卷三，12 外集卷一，13 外集卷一，14 外集卷一，15 文录卷十一，16 外集卷一，17 外集卷一，18 外集卷一，21 卷十九，22 卷十九，23 卷十九，24 卷十九，25 卷八，26 卷八，27 卷十六*（其一、三），28 卷十六*（其一、三），33 卷六，34 卷六，36 文章编卷四，37 文章编卷四，38 文章编卷四，39 文章编卷四，40 文章集卷四，41 文章集卷四，44 卷一

[杂诗三首] 其二：01 卷三，12 外集卷一，13 外集卷一，14 外集卷一，15 文录卷十一，16 外集卷一，17 外集卷一，18 外集卷一，21 卷十九，22 卷十九，23 卷十九，24 卷十九，25 卷八，26 卷八，33 卷六，34 卷六，44 卷一

[杂诗三首] 其三：01 卷三，12 外集卷一，13 外集卷一，14 外集卷一，15 文录卷十一，16 外集卷一，17 外集卷一，18 外集卷一，21 卷十九，22 卷十九，23 卷十九，24 卷十九，25 卷八，26 卷八，27 卷十六，28 卷十六，30 卷三《杂诗》，33 卷六，34 卷六，36 文章编卷四，37 文章编卷四，38 文章编卷四，39 文章编卷四，40 文章集卷四，41 文章集卷四，44 卷一

袁州府宜春台四绝：01 卷三，12 外集卷一，13 外集卷一，14 外集卷一，15 文录卷十一#，16 外集卷一，17 外集卷一，18 外集卷一，21 卷十九，22 卷十九，23 卷十九，24 卷十九，25 卷八，26 卷八，30 卷三*（其二、三），33 卷六《袁州府宜春台四首》，34 卷六《袁州府宜春台四首》，44 卷一

夜宿宣风馆：01卷三，12外集卷一，13外集卷一，14外集卷一，15文录卷十一，16外集卷一，17外集卷一，18外集卷一，21卷十九，22卷十九，23卷十九，24卷十九，25卷八，26卷八，27卷十六，28卷十六，33卷六，34卷六，35卷十六，36文章编卷四，37文章编卷四，38文章编卷四，39文章编卷四，40文章集卷四，41文章集卷四，44卷一，48卷一

萍乡道中谒濂溪祠：01卷三《谒濂溪祠（萍乡道中）》，12外集卷一，13外集卷一，14外集卷一，15文录卷十一，16外集卷一，17外集卷一，18外集卷一，21卷十九，22卷十九，23卷十九，24卷十九，25卷八，26卷八，27卷十六，28卷十六，30卷三，33卷六，34卷六，36文章编卷四，37文章编卷四，38文章编卷四，39文章编卷四，40文章集卷四，41文章集卷四，44卷一，48卷一

宿萍乡武云观：01卷三，12外集卷一，13外集卷一，14外集卷一，15文录卷十一，16外集卷一，17外集卷一，18外集卷一，21卷十九，22卷十九，23卷十九，24卷十九，25卷八，26卷八，27卷十六，28卷十六，36文章编卷四，37文章编卷四，38文章编卷四，39文章编卷四，40文章集卷四，41文章集卷四，44卷一，48卷一

醴陵道中风雨夜宿泗州寺次韵：01卷三《醴陵道中风雨夜宿泗州寺（次韵）》，12外集卷一，13外集卷一，14外集卷一，15文录卷十一，16外集卷一，17外集卷一，18外集卷一，21卷十九，22卷十九，23卷十九，24卷十九，25卷八，26卷八，44卷一

长沙答周生：01卷三，12外集卷一，13外集卷一，15文录卷十一，16外集卷一，17外集卷一，18外集卷一，21卷十九，22卷十九，23卷十九，24卷十九，25卷八，26卷八，44卷一

涉湘于迈岳麓是尊仰止先哲因怀友生丽泽兴感伐木寄言二首[其一]：01卷三，12外集卷一，13外集卷一，15文录卷十一，16外集卷一，17外集卷一，18外集卷一，21卷十九，22卷十九，23卷十九，24卷十九，25卷八，26卷八，44卷一

[涉湘于迈岳麓是尊仰止先哲因怀友生丽泽兴感伐木寄言二首] 其二：01卷三，12外集卷一，13外集卷一，15文录卷十一，16外集卷一，17外集卷一，18外集卷一，21卷十九，22卷十九，23卷十九，24卷十九，25卷八，26卷八，27卷十六，28卷十六，36文章编卷四《涉湘于迈岳麓是遵仰止先哲因怀友生丽泽兴感伐木寄言二首（录一首）》，37文章编卷四《涉湘于迈岳麓是遵仰止先哲因怀友生丽泽兴感伐木寄言二首（录一首）》，38文章编卷四《涉湘于迈岳麓是遵仰止先哲因怀友生丽泽兴感伐木寄言二首（录一首）》，39文章编卷四《涉湘于迈岳麓是遵仰止先哲因怀友生丽泽兴感伐木寄言二首（录一首）》，40文章集卷四《涉湘于迈岳麓是遵仰止先哲因怀友生丽泽兴感伐木寄言二首（录一首）》，41文章集卷四《涉湘于迈岳麓是遵仰止先哲因怀友生丽泽兴感伐木寄言二首（录一首）》，44卷一

游岳麓书事：01卷三，12外集卷一，13外集卷一，14外集卷一，15文录卷十一，16外集卷一，17外集卷一，18外集卷一，21卷十九，22卷十九，23卷十九，24卷十九，25卷八，26卷八，44卷一

次韵答赵太守王推官：01卷三《答赵太守王推官（次来韵）》，12外集卷一，13外集卷一，14外集卷一，15文录卷十一，16外集卷一，17外集卷一，18外集卷一，21卷十九，22卷十九，23卷十九，24卷十九，25卷八，26卷八，44卷一

天心湖阻泊既济书事：01卷三，12外集卷一，13外集卷一，14外集卷一，15文录卷十一，16外集卷一，17外集卷一《天心湖沮泊既济书事》，18外集卷一，21卷十九，22卷十九，23卷十九，24卷十九，25卷八，26卷八，44卷一

居夷诗

去妇叹五首（楚人有间于新娶而去其妇者，其妇无所归，去之山间独居，怀绻不忘，终无他适，予闻其事而悲之，为作去妇叹）：12外集卷二，13外集卷二，14外集卷二，15文录卷十二，16外集卷二，17外集卷二，18外集卷二，21卷十九，22卷十九，23卷十九，24卷十九，25卷八，26卷八，27卷十六（"去之"

作"云之"), 28 卷十六("去之"作"云之"), 33 卷六, 34 卷六, 35 卷十六《去妇叹（戊辰）》, 36 文章编卷四（目录装订有误）, 37 文章编卷四, 38 文章编卷四, 39 文章编卷四, 40 文章集卷四, 41 文章集卷四, 44 卷二, 48 卷一*（其一、二、五）#

罗旧驿：01 卷二, 12 外集卷二, 13 外集卷二, 14 外集卷二, 15 文录卷十二, 16 外集卷二, 17 外集卷二, 18 外集卷二, 21 卷十九, 22 卷十九, 23 卷十九, 24 卷十九, 25 卷八, 26 卷八, 27 卷十六, 28 卷十六, 36 文章编卷四, 37 文章编卷四, 38 文章编卷四, 39 文章编卷四, 40 文章集卷四, 41 文章集卷四, 44 卷二, 48 卷一

沅水驿：01 卷二, 12 外集卷二, 13 外集卷二, 14 外集卷二, 15 文录卷十二, 16 外集卷二, 17 外集卷二, 18 外集卷二, 21 卷十九, 22 卷十九, 23 卷十九, 24 卷十九, 25 卷八, 26 卷八, 44 卷二, 48 卷一

钟鼓洞：01 卷二, 12 外集卷二, 13 外集卷二, 14 外集卷二, 15 文录卷十二, 16 外集卷二, 17 外集卷二, 18 外集卷二, 21 卷十九, 22 卷十九, 23 卷十九, 24 卷十九, 25 卷八, 26 卷八, 44 卷二

平溪馆次王文济韵：01 卷二, 12 外集卷二, 13 外集卷二, 14 外集卷二, 15 文录卷十二, 16 外集卷二, 17 外集卷二, 18 外集卷二, 21 卷十九, 22 卷十九, 23 卷十九, 24 卷十九, 25 卷八, 26 卷八, 44 卷二

清平卫即事：01 卷二, 12 外集卷二, 13 外集卷二, 14 外集卷二, 15 文录卷十二, 16 外集卷二, 17 外集卷二, 18 外集卷二, 21 卷十九, 22 卷十九, 23 卷十九, 24 卷十九, 25 卷八, 26 卷八, 44 卷二

兴隆卫书壁：01 卷二, 12 外集卷二, 13 外集卷二, 14 外集卷二, 15 文录卷十二, 16 外集卷二, 17 外集卷二, 18 外集卷二, 21 卷十九, 22 卷十九, 23 卷十九, 24 卷十九, 25 卷八, 26 卷八, 27 卷十六, 28 卷十六, 33 卷六, 34 卷六, 36 文章编卷四, 37 文章编卷四, 38 文章编卷四, 39 文章编卷四, 40 文章集卷四, 41 文章集卷四, 44 卷二, 48 卷一

七盘：01卷二，12外集卷二，13外集卷二，14外集卷二，15文录卷十二，16外集卷二，17外集卷二，18外集卷二，21卷十九，22卷十九，23卷十九，24卷十九，25卷八，26卷八，33卷六，34卷六，44卷二，48卷一

初至龙场无所止结草庵居之：01卷二，12外集卷二，13外集卷二，14外集卷二，15文录卷十二，16外集卷二，17外集卷二，18外集卷二，21卷十九，22卷十九，23卷十九，24卷十九，25卷八，26卷八，30卷三，33卷六，34卷六，44卷二，48卷一

始得东洞遂改为阳明小洞天三首：01卷二《移居阳明小洞天》，12外集卷二，13外集卷二，14外集卷二，15文录卷十二《始得东洞遂改阳明小洞天二首》（编者按：实为三首），16外集卷二，17外集卷二《始得东洞遂改为阳明小洞天二首》（编者按：实为三首），18外集卷二，21卷十九，22卷十九，23卷十九，24卷十九《始得东洞遂为阳明小洞天三首》，25卷八，26卷八，30卷三*（其二），44卷二，48卷一

谪居粮绝请学于农将田南山永言寄怀：01卷二，12外集卷二，13外集卷二，15文录卷十二，16外集卷二，17外集卷二，18外集卷二，21卷十九，22卷十九，23卷十九，24卷十九，25卷八，26卷八，30卷三《谪居粮绝将田南山》，33卷六，34卷六，44卷二

观稼：01卷二，12外集卷二，13外集卷二，15文录卷十二，16外集卷二，17外集卷二，18外集卷二，21卷十九，22卷十九，23卷十九，24卷十九，25卷八，26卷八，30卷三，33卷六，34卷六，44卷二，52卷一

采蕨：01卷二，12外集卷二，13外集卷二，14外集卷二，15文录卷十二，16外集卷二，17外集卷二，18外集卷二，21卷十九，22卷十九，23卷十九，24卷十九，25卷八，26卷八，33卷六，34卷六，44卷二

猗猗：01卷二，12外集卷二，13外集卷二，14外集卷二，15文录卷十二，16外集卷二，17外集卷二，18外集卷二，21卷十九，22卷十九，23卷十九，24卷十九，25卷八，26卷八，33卷六，34卷六，44卷二

南溪：01卷二，12外集卷二，13外集卷二，14外集卷二，15文录卷十二，16外集卷二，17外集卷二，18外集卷二，21卷十九，22卷十九，23卷十九，24卷十九，25卷八，26卷八，27卷十六，28卷十六，36文章编卷四，37文章编卷四，38文章编卷四，39文章编卷四，40文章集卷四，41文章集卷四，44卷二

溪水：01卷二，12外集卷二，13外集卷二，14外集卷二，15文录卷十二，16外集卷二，17外集卷二，18外集卷二，21卷十九，22卷十九，23卷十九，24卷十九，25卷八，26卷八，33卷六，34卷六，44卷二

龙冈新构：01卷二，12外集卷二，13外集卷二，14外集卷二，15文录卷十二，16外集卷二，17外集卷二，18外集卷二，21卷十九，22卷十九，23卷十九，24卷十九，25卷八，26卷八，33卷六《龙冈新构二首》，34卷六《龙冈新构二首》，44卷二，48卷一

诸生来：01卷二，12外集卷二，13外集卷二，14外集卷二，15文录卷十二，16外集卷二，17外集卷二，18外集卷二，21卷十九，22卷十九，23卷十九，24卷十九，25卷八，26卷八，44卷二，48卷一

西园：01卷二，12外集卷二，13外集卷二，14外集卷二，15文录卷十二，16外集卷二，17外集卷二，18外集卷二，21卷十九，22卷十九，23卷十九，24卷十九，25卷八，26卷八，44卷二

水滨洞：01卷二，12外集卷二，13外集卷二，14外集卷二，15文录卷十二，16外集卷二，17外集卷二，18外集卷二，21卷十九，22卷十九，23卷十九，24卷十九，25卷八，26卷八，44卷二，48卷一

山石：01卷二，12外集卷二，13外集卷二，14外集卷二，15文录卷十二，16外集卷二，17外集卷二，18外集卷二，21卷十九，22卷十九，23卷十九，24卷十九，25卷八，26卷八，33卷六，34卷六，44卷二，48卷一

无寐二首[其一]：01卷二，12外集卷二，13外集卷二，14外集卷二，15文录卷十二，16外集卷二，17外集卷二，18外集卷二，21卷十九，22卷十九，

23卷十九，24卷十九，25卷八，26卷八，33卷六《无寐》，34卷六《无寐》，44卷二

[无寐二首] 其二：01卷二，12外集卷二，13外集卷二，14外集卷二，15文录卷十二，16外集卷二，17外集卷二，18外集卷二，21卷十九，22卷十九，23卷十九，24卷十九，25卷八，26卷八，44卷二

诸生夜坐：01卷二，12外集卷二，13外集卷二，14外集卷二，15文录卷十二，16外集卷二，17外集卷二，18外集卷二，21卷十九，22卷十九，23卷十九，24卷十九，25卷八，26卷八，44卷二，48卷一

艾草次胡少参韵：01卷二《艾草（次胡少参韵）》，12外集卷二，13外集卷二，14外集卷二，15文录卷十二，16外集卷二，17外集卷二，18外集卷二，21卷十九，22卷十九，23卷十九，24卷十九，25卷八，26卷八，27卷十六，28卷十六，30卷三，33卷六，34卷六，36文章编卷四，37文章编卷四，38文章编卷四，39文章编卷四，40文章集卷四，41文章集卷四，44卷二

凤雏次韵答胡少参：01卷二《凤雏（次韵答少参）》，12外集卷二，13外集卷二，14外集卷二，15文录卷十二，16外集卷二，17外集卷二，18外集卷二，21卷十九，22卷十九，23卷十九，24卷十九，25卷八，26卷八，27卷十六，28卷十六，30卷三，36文章编卷四，37文章编卷四，38文章编卷四，39文章编卷四，40文章集卷四，41文章集卷四，44卷二

鹦鹉和胡韵：01卷二《鹦鹉（和胡韵）》，12外集卷二，13外集卷二，14外集卷二，15文录卷十二，16外集卷二，17外集卷二，18外集卷二，21卷十九，22卷十九，23卷十九，24卷十九，25卷八，26卷八，27卷十六，28卷十六，36文章编卷四，37文章编卷四，38文章编卷四，39文章编卷四，40文章集卷四，41文章集卷四，44卷二

诸生：01卷二，12外集卷二，13外集卷二，14外集卷二，15文录卷十二，16外集卷二，17外集卷二，18外集卷二，21卷十九，22卷十九，23卷十九，24卷十九，25卷八，26卷八，30卷三，33卷六，34卷六，44卷二

游来仙洞早发道中：01卷二，12外集卷二，13外集卷二，14外集卷二，15文录卷十二，16外集卷二，17外集卷二，18外集卷二，21卷十九，22卷十九，23卷十九，24卷十九，25卷八，26卷八，44卷二

别友：01卷二，12外集卷二，13外集卷二，14外集卷二，15文录卷十二，16外集卷二，17外集卷二，18外集卷二，21卷十九，22卷十九，23卷十九，24卷十九，25卷八，26卷八，44卷二

赠黄太守澍：01卷二，12外集卷二，13外集卷二，14外集卷二，15文录卷十二，16外集卷二，17外集卷二，18外集卷二，21卷十九，22卷十九，23卷十九，24卷十九，25卷八，26卷八，44卷二，48卷一

寄友用韵：01卷二，12外集卷二，13外集卷二，14外集卷二，15文录卷十二，16外集卷二，17外集卷二，18外集卷二，21卷十九，22卷十九，23卷十九，24卷十九，25卷八，26卷八，44卷二

秋夜：01卷二，12外集卷二，13外集卷二，14外集卷二，15文录卷十二，16外集卷二，17外集卷二，18外集卷二，21卷十九，22卷十九，23卷十九，24卷十九，25卷八，26卷八，27卷十六，28卷十六，36文章编卷四，37文章编卷四，38文章编卷四，39文章编卷四，40文章集卷四，41文章集卷四，44卷二，48卷一

采薪二首：01卷二，12外集卷二，13外集卷二，14外集卷二，15文录卷十二，16外集卷二，17外集卷二，18外集卷二，21卷十九，22卷十九，23卷十九，24卷十九，25卷八，26卷八，27卷十六*（其二），28卷十六*（其二），33卷六，34卷六，35卷十六（小注作"戊辰"），36文章编卷四*（其二），37文章编卷四*（其二），38文章编卷四*（其二），39文章编卷四*（其二），40文章集卷四*（其二），41文章集卷四*（其二），44卷二

龙冈漫兴五首：01卷二，12外集卷二，13外集卷二，14外集卷二，15文录卷十二#，16外集卷二，17外集卷二，18外集卷二，21卷十九，22卷十九，23卷十九，24卷十九，25卷八，26卷八，27卷十六*（其四），28卷十六*（其四），

30卷三＊（其一、二、三、五），36文章编卷四＊（其四），37文章编卷四＊（其四），38文章编卷四＊（其四），39文章编卷四＊（其四），40文章集卷四＊（其四），41文章集卷四＊（其四），44卷二，48卷一＊（其五）

答毛拙庵见招书院：01卷二，12外集卷二，13外集卷二，14外集卷二，15文录卷十二，16外集卷二，17外集卷二，18外集卷二，21卷十九，22卷十九，23卷十九，24卷十九，25卷八，26卷八，44卷二，48卷一

老桧：01卷二，12外集卷二，13外集卷二，14外集卷二，15文录卷十二，16外集卷二，17外集卷二，18外集卷二，21卷十九，22卷十九，23卷十九，24卷十九，25卷八，26卷八，33卷六，34卷六，44卷二

却巫：01卷二，12外集卷二，13外集卷二，14外集卷二，15文录卷十二，16外集卷二，17外集卷二，18外集卷二，21卷十九，22卷十九，23卷十九，24卷十九，25卷八，26卷八，30卷三，44卷二，48卷一

过天生桥：01卷二，12外集卷二，13外集卷二，14外集卷二，15文录卷十二，16外集卷二，17外集卷二，18外集卷二，21卷十九，22卷十九，23卷十九，24卷十九，25卷八，26卷八，44卷二，48卷一

南霁云祠：01卷二，12外集卷二，13外集卷二，14外集卷二，15文录卷十二，16外集卷二，17外集卷二，18外集卷二，21卷十九，22卷十九，23卷十九，24卷十九，25卷八，26卷八，33卷六，34卷六，44卷二，48卷一

春晴：01卷二，12外集卷二，13外集卷二，14外集卷二，15文录卷十二，16外集卷二，17外集卷二，18外集卷二，21卷十九，22卷十九，23卷十九，24卷十九，25卷八，26卷八，33卷六，34卷六，44卷二，48卷一

陆广晓发：01卷二，12外集卷二，13外集卷二，14外集卷二，15文录卷十二，16外集卷二，17外集卷二，18外集卷二，21卷十九，22卷十九，23卷十九，24卷十九，25卷八，26卷八，27卷十六，28卷十六，33卷六，34卷六，36文章编卷四，37文章编卷四，38文章编卷四，39文章编卷四，40文章集卷四，41文章集卷四，44卷二

雪夜：01卷二，12外集卷二，13外集卷二，14外集卷二，15文录卷十二，16外集卷二，17外集卷二，18外集卷二，21卷十九，22卷十九，23卷十九，24卷十九，25卷八，26卷八，44卷二，48卷一

元夕二首：01卷二，12外集卷二，13外集卷二，14外集卷二，15文录卷十二，16外集卷二，17外集卷二，18外集卷二，21卷十九，22卷十九，23卷十九，24卷十九，25卷八，26卷八，27卷十六，28卷十六，30卷三*（其一），36文章编卷四，37文章编卷四，38文章编卷四，39文章编卷四，40文章集卷四，41文章集卷四，44卷二，48卷一*（其一）

家僮作纸灯：01卷二，12外集卷二，13外集卷二，14外集卷二，15文录卷十二，16外集卷二，17外集卷二，18外集卷二，21卷十九，22卷十九，23卷十九，24卷十九，25卷八，26卷八，44卷二

白云堂：01卷二，12外集卷二，13外集卷二，14外集卷二，15文录卷十二，16外集卷二，17外集卷二，18外集卷二，21卷十九《白云堂二首[其一]》#（与《来仙洞》合为二首），22卷十九，23卷十九，24卷十九，25卷八，26卷八，33卷六，34卷六，44卷二，48卷一

来仙洞：01卷二，12外集卷二，13外集卷二，14外集卷二，15文录卷十二，16外集卷二，17外集卷二，18外集卷二，21卷十九《白云堂二首[其二]》，22卷十九，23卷十九，24卷十九，25卷八，26卷八，33卷六，34卷六，44卷二，48卷一

木阁道中雪：01卷二，12外集卷二，13外集卷二，14外集卷二，15文录卷十二，16外集卷二，17外集卷二，18外集卷二，21卷十九，22卷十九，23卷十九，24卷十九，25卷八，26卷八，44卷二

元夕雪用苏韵二首：01卷二，12外集卷二，13外集卷二，14外集卷二，15文录卷十二，16外集卷二，17外集卷二，18外集卷二，21卷十九，22卷十九，23卷十九，24卷十九，25卷八，26卷八，33卷六《元日雪用苏韵二首》，34卷六《元日雪用苏韵二首》，44卷二，48卷一

晓霁用前韵书怀二首：01卷二，12外集卷二，13外集卷二，14外集卷二，15文录卷十二，16外集卷二，17外集卷二，18外集卷二，21卷十九，22卷十九，23卷十九，24卷十九，25卷八，26卷八，33卷六，34卷六，44卷二

次韵陆金宪元日喜晴：01卷二，12外集卷二，13外集卷二，14外集卷二，15文录卷十二，16外集卷二，17外集卷二，18外集卷二，21卷十九，22卷十九，23卷十九，24卷十九，25卷八，26卷八，33卷六，34卷六，44卷二

元夕木阁山火：01卷二，12外集卷二，13外集卷二，14外集卷二，15文录卷十二，16外集卷二，17外集卷二，18外集卷二，21卷十九，22卷十九，23卷十九，24卷十九，25卷八，26卷八，44卷二，48卷一

夜宿汪氏园：01卷二，12外集卷二，13外集卷二，14外集卷二，15文录卷十二，16外集卷二，17外集卷二，18外集卷二，21卷十九，22卷十九，23卷十九，24卷十九，25卷八，26卷八，44卷二

春行：01卷二，12外集卷二，13外集卷二，14外集卷二，15文录卷十二，16外集卷二，17外集卷二，18外集卷二，21卷十九，22卷十九，23卷十九，24卷十九，25卷八（残），26卷八，35卷十六（己巳），44卷二

村南：01卷二，12外集卷二，13外集卷二，14外集卷二（此本外集卷一装订有误，重出），15文录卷十二，16外集卷二，17外集卷二，18外集卷二，21卷十九，22卷十九，23卷十九，24卷十九，26卷八，33卷六，34卷六，35卷十六（己巳），44卷二

山途二首：01卷二，12外集卷二，13外集卷二，14外集卷二（此本外集卷一装订有误，重出），15文录卷十二，16外集卷二，17外集卷二，18外集卷二，21卷十九，22卷十九，23卷十九，24卷十九，26卷八，44卷二

白云：01卷二，12外集卷二，13外集卷二，14外集卷二（此本外集卷一装订有误，重出），15文录卷十二，16外集卷二，17外集卷二，18外集卷二，21卷十九，22卷十九，23卷十九，24卷十九，26卷八，30卷三，33卷六，34卷六，44卷二，48卷一

答刘美之见寄次韵：01卷二，12外集卷二，13外集卷二，14外集卷二（此本外集卷一装订有误，重出），15文录卷十二，16外集卷二，17外集卷二，18外集卷二，21卷十九，22卷十九，23卷十九，24卷十九，26卷八，44卷二

寄徐掌教：01卷二，12外集卷二，13外集卷二，14外集卷二（此本外集卷一装订有误，重出），15文录卷十二，16外集卷二，17外集卷二，18外集卷二，21卷十九，22卷十九，23卷十九，24卷十九，25卷八，26卷八，44卷二

书庭蕉：01卷二，12外集卷二，13外集卷二，14外集卷二，15文录卷十二，16外集卷二，17外集卷二，18外集卷二，21卷十九，22卷十九，23卷十九，24卷十九，25卷八，26卷八，27卷十六，28卷十六，33卷六，34卷六，36文章编卷四，37文章编卷四，38文章编卷四，39文章编卷四，40文章集卷四，41文章集卷四，44卷二

送张宪长左迁滇南大参次韵：01卷二，12外集卷二，13外集卷二，14外集卷二，15文录卷十二，16外集卷二，17外集卷二，18外集卷二，21卷十九，22卷十九，23卷十九，24卷十九，25卷八，26卷八，33卷六，34卷六，44卷二，48卷一

南庵次韵二首：01卷二，12外集卷二，13外集卷二，14外集卷二，15文录卷十二，16外集卷二，17外集卷二，18外集卷二，21卷十九，22卷十九，23卷十九，24卷十九，25卷八，26卷八，27卷十六，28卷十六，36文章编卷四，37文章编卷四，38文章编卷四，39文章编卷四，40文章集卷四，41文章集卷四，44卷二，48卷一

观傀儡次韵：01卷二《观傀儡用韵》，12外集卷二，13外集卷二，14外集卷二，15文录卷十二，16外集卷二，17外集卷二，18外集卷二，21卷十九，22卷十九，23卷十九，24卷十九，25卷八，26卷八，30卷三，44卷二，48卷一

徐都宪同游南庵次韵：01卷二，12外集卷二，13外集卷二，14外集卷二，15文录卷十二，16外集卷二，17外集卷二，18外集卷二，21卷十九，22卷十九，23卷十九，24卷十九，25卷八，26卷八，33卷六，34卷六，44卷二

即席次王文济少参韵二首：01 卷二，12 外集卷二，13 外集卷二，14 外集卷二，15 文录卷十二，16 外集卷二，17 外集卷二，18 外集卷二，21 卷十九，22 卷十九，23 卷十九，24 卷十九，25 卷八，26 卷八，33 卷六，34 卷六，44 卷二

赠刘侍御二首（编者按：实为一首）：01 卷二《寄刘侍御次韵》，12 外集卷二，13 外集卷二，14 外集卷二，15 文录卷十二，16 外集卷二，17 外集卷二，18 外集卷二，21 卷十九，22 卷十九，23 卷十九，24 卷十九，25 卷八，26 卷八，27 卷十六《赠刘侍御一首》，28 卷十六《赠刘侍御一首》，33 卷六《赠刘侍御》，34 卷六《赠刘侍御》，36 文章编卷四《赠刘侍御一首》（目录作《赠刘侍御》），37 文章编卷四《赠刘侍御一首》（目录作《赠刘侍御》），38 文章编卷四《赠刘侍御一首》（目录作《赠刘侍御》），39 文章编卷四《赠刘侍御一首》（目录作《赠刘侍御》），40 文章集卷四《赠刘侍御一首》（目录作《赠刘侍御》），41 文章集卷四《赠刘侍御一首》（目录作《赠刘侍御》），44 卷二

夜寒：01 卷二，12 外集卷二，13 外集卷二，14 外集卷二，15 文录卷十二，16 外集卷二，17 外集卷二，18 外集卷二，21 卷十九，22 卷十九，23 卷十九，24 卷十九，25 卷八，26 卷八，33 卷六，34 卷六，44 卷二

冬至：01 卷二，12 外集卷二，13 外集卷二，14 外集卷二，15 文录卷十二，16 外集卷二，17 外集卷二，18 外集卷二，21 卷十九，22 卷十九，23 卷十九，24 卷十九，25 卷八，26 卷八，33 卷六，34 卷六，44 卷二

春日花间偶集示门生：01 卷二，12 外集卷二，13 外集卷二，14 外集卷二，15 文录卷十二，16 外集卷二，17 外集卷二，18 外集卷二，21 卷十九，22 卷十九，23 卷十九，24 卷十九，25 卷八，26 卷八，30 卷三，44 卷二，52 卷一

次韵送陆文顺佥宪：01 卷二，12 外集卷二，13 外集卷二，14 外集卷二，15 文录卷十二，16 外集卷二，17 外集卷二，18 外集卷二，21 卷十九，22 卷十九，23 卷十九，24 卷十九，25 卷八，26 卷八，44 卷二

次韵陆佥宪病起见寄：01 卷二，12 外集卷二，13 外集卷二，14 外集卷二，15 文录卷十二，16 外集卷二，17 外集卷二，18 外集卷二，21 卷十九，22 卷

十九，23卷十九，24卷十九，25卷八，26卷八，44卷二

次韵胡少参见过：01卷二，12外集卷二，13外集卷二，14外集卷二，15文录卷十二，16外集卷二，17外集卷二，18外集卷二，21卷十九，22卷十九，23卷十九，24卷十九，25卷八，26卷八，44卷二

雪中桃次韵：01卷二，12外集卷二，13外集卷二，14外集卷二，15文录卷十二，16外集卷二，17外集卷二，18外集卷二，21卷十九，22卷十九，23卷十九，24卷十九，25卷八，26卷八，33卷六，34卷六，44卷二

舟中除夕二首：01卷二，12外集卷二，13外集卷二，14外集卷二，15文录卷十二，16外集卷二，17外集卷二，18外集卷二，21卷十九，22卷十九，23卷十九，24卷十九，25卷八，26卷八，44卷二，48卷一*（其二）

溆浦山夜泊：01卷二，12外集卷二，13外集卷二，14外集卷二，15文录卷十二，16外集卷二，17外集卷二《溆浦山夜泊》，18外集卷二，21卷十九，22卷十九，23卷十九，24卷十九《溆浦山夜泊》，25卷八，26卷八，33卷六《溆浦山夜泊》，34卷六，44卷二《溆浦山夜泊》，48卷一

过江门崖：01卷二，12外集卷二，13外集卷二，14外集卷二，15文录卷十二，16外集卷二，17外集卷二，18外集卷二，21卷十九，22卷十九，23卷十九，24卷十九，25卷八，26卷八，44卷二，48卷一

辰州虎溪龙兴寺闻杨名父将到留韵壁间：01卷二，12外集卷二，13外集卷二，14外集卷二，15文录卷十二，16外集卷二，17外集卷二，18外集卷二，21卷十九，22卷十九，23卷十九，24卷十九，25卷八，26卷八，33卷六，34卷六，44卷二

武陵潮音阁怀元明：01卷二，12外集卷二，13外集卷二，14外集卷二，15文录卷十二，16外集卷二，17外集卷二，18外集卷二，21卷十九，22卷十九，23卷十九，24卷十九，25卷八，26卷八，33卷六，34卷六，44卷二

阁中坐雨：01卷二，12外集卷二，13外集卷二，14外集卷二，15文录卷十二，16外集卷二，17外集卷二，18外集卷二，21卷十九，22卷十九，23卷

十九，24 卷十九，25 卷八，26 卷八，44 卷二

霁夜：01 卷二，12 外集卷二，13 外集卷二，14 外集卷二，15 文录卷十二，16 外集卷二，17 外集卷二，18 外集卷二，21 卷十九，22 卷十九，23 卷十九，24 卷十九，25 卷八，26 卷八，30 卷三，33 卷六，34 卷六，44 卷二，48 卷一

僧斋：01 卷二，12 外集卷二，13 外集卷二，14 外集卷二，15 文录卷十二，16 外集卷二，17 外集卷二，18 外集卷二，21 卷十九，22 卷十九，23 卷十九，24 卷十九，25 卷八，26 卷八，30 卷三，33 卷六，34 卷六，44 卷二

德山寺次壁间韵：01 卷二，12 外集卷二，13 外集卷二，14 外集卷二，15 文录卷十二，16 外集卷二，17 外集卷二，18 外集卷二，21 卷十九，22 卷十九，23 卷十九，24 卷十九，25 卷八，26 卷八，44 卷二

沅江晚泊二首：01 卷二，12 外集卷二，13 外集卷二，14 外集卷二，15 文录卷十二，16 外集卷二，17 外集卷二，18 外集卷二，21 卷十九，22 卷十九，23 卷十九，24 卷十九，25 卷八，26 卷八，44 卷二

夜泊江思湖忆元明：01 卷二，12 外集卷二，13 外集卷二，14 外集卷二，15 文录卷十二，16 外集卷二，17 外集卷二，18 外集卷二，21 卷十九，22 卷十九，23 卷十九，24 卷十九，25 卷八，26 卷八，35 卷十六《夜泊忆元明（庚午）》，44 卷二

睡起写怀：01 卷二，12 外集卷二，13 外集卷二，14 外集卷二，15 文录卷十二，16 外集卷二，17 外集卷二，18 外集卷二，21 卷十九，22 卷十九，23 卷十九，24 卷十九，25 卷八，26 卷八，30 卷三，44 卷二，52 卷一

三山晚眺：01 卷二，12 外集卷二，13 外集卷二，14 外集卷二，15 文录卷十二，16 外集卷二，17 外集卷二，18 外集卷二，21 卷十九，22 卷十九，23 卷十九，24 卷十九，25 卷八，26 卷八，44 卷二

鹅羊山：01 卷二，12 外集卷二，13 外集卷二，14 外集卷二，15 文录卷十二，16 外集卷二，17 外集卷二，18 外集卷二，21 卷十九，22 卷十九，23 卷十九，24 卷十九，25 卷八，26 卷八，44 卷二

泗洲寺：01卷二，12外集卷二，13外集卷二，14外集卷二，15文录卷十二，16外集卷二，17外集卷二，18外集卷二，21卷十九，22卷十九，23卷十九，24卷十九，25卷八，26卷八，44卷二

再经武云观书林玉玑道士壁：01卷二，12外集卷二，13外集卷二，14外集卷二，15文录卷十二，16外集卷二，17外集卷二，18外集卷二，21卷十九，22卷十九，23卷十九，24卷十九，25卷八，26卷八，44卷二，48卷一

再过濂溪祠用前韵：01卷二，12外集卷二，13外集卷二，14外集卷二，15文录卷十二，16外集卷二，17外集卷二，18外集卷二，21卷十九，22卷十九，23卷十九，24卷十九，25卷八，26卷八，30卷三，33卷六，34卷六，44卷二，48卷一，52卷一

卷二十 外集二 诗

庐陵诗六首（正德庚午年三月迁庐陵尹作）

游瑞华二首：12外集卷三，13外集卷三，14外集卷三，15文录卷十三，16外集卷三，17外集卷三，18外集卷三，21卷二十，22卷二十，23卷二十，24卷二十，25卷九，26卷九，27卷十六《游瑞峰》*（其一），28卷十六《游瑞峰》*（其一），36文章编卷四（游瑞峰）*（其一），37文章编卷四《游瑞峰》*（其一），38文章编卷四《游瑞峰》*（其一），39文章编卷四《游瑞峰》*（其一），40文章集卷四《游瑞峰》*（其一），41文章集卷四《游瑞峰》*（其一），44卷二，52卷一《游瑞华》*（其二）

古道：12外集卷三，13外集卷三，14外集卷三，15文录卷十三，16外集卷三，17外集卷三，18外集卷三，21卷二十，22卷二十，23卷二十，24卷二十，25卷九，26卷九，33卷六，34卷六，44卷二

立春日道中短述：12外集卷三，13外集卷三，14外集卷三，15文录卷十三，16外集卷三，17外集卷三，18外集卷三，21卷二十，22卷二十，23卷二十，24卷二十，25卷九，26卷九，35卷十六（小注作"庚午"），44卷二

公馆午饭偶书：12 外集卷三，13 外集卷三，14 外集卷三，15 文录卷十三，16 外集卷三，17 外集卷三，18 外集卷三，21 卷二十，22 卷二十，23 卷二十，24 卷二十，25 卷九，26 卷九，44 卷二

午憩香社寺：12 外集卷三，13 外集卷三，14 外集卷三，15 文录卷十三，16 外集卷三，17 外集卷三，18 外集卷三，21 卷二十，22 卷二十，23 卷二十，24 卷二十，25 卷九，26 卷九，44 卷二

京师诗二十四首（正德庚午年十月升南京刑部主事。辛未年入觐，调北京吏部主事作）

夜宿功德寺次宗贤韵二绝：12 外集卷三，13 外集卷三，14 外集卷三，15 文录卷十三，16 外集卷三，17 外集卷三，18 外集卷三，21 卷二十，22 卷二十，23 卷二十，24 卷二十，25 卷九，26 卷九，27 卷十六*（其一），28 卷十六*（其一），33 卷六《夜宿功德寺次宗贤韵二首》，34 卷六《夜宿功德寺次宗贤韵二首》，36 文章编卷四*（其一），37 文章编卷四*（其一），38 文章编卷四*（其一），39 文章编卷四*（其一），40 文章集卷四*（其一），41 文章集卷四《夜宿功德寺次宗贤韵二首》*（其一），44 卷二

别方叔贤四首：12 外集卷三，13 外集卷三，14 外集卷三，15 文录卷十三，16 外集卷三，17 外集卷三，18 外集卷三，21 卷二十，22 卷二十，23 卷二十，24 卷二十，25 卷九，26 卷九，27 卷十六*（其一、四），28 卷十六*（其一、四），30 卷三*（其二、三、四），36 文章编卷四*（其一、四），37 文章编卷四*（其一、四），38 文章编卷四*（其一、四），39 文章编卷四*（其一、四），40 文章集卷四*（其一、四），41 文章集卷四*（其一、四），44 卷二，52 卷一

白湾六章：12 外集卷三，13 外集卷三，14 外集卷三，15 文录卷十三，16 外集卷三，17 外集卷三，18 外集卷三，21 卷二十，22 卷二十，23 卷二十，24 卷二十，25 卷九，26 卷九，30 卷三，44 卷二

寄隐岩：12 外集卷三，13 外集卷三，14 外集卷三，15 文录卷十三，16 外集卷三，17 外集卷三，18 外集卷三，21 卷二十，22 卷二十，23 卷二十，24 卷

二十，25 卷九，26 卷九（残），44 卷二

香山次韵：12 外集卷三，13 外集卷三，14 外集卷三，15 文录卷十三，16 外集卷三，17 外集卷三，18 外集卷三，21 卷二十，22 卷二十，23 卷二十，24 卷二十，25 卷九，26 卷九（残），30 卷三，35 卷十六（辛未），44 卷二

夜宿香山林宗师房次韵二首：12 外集卷三，13 外集卷三，14 外集卷三，15 文录卷十三，16 外集卷三，17 外集卷三，18 外集卷三，21 卷二十，22 卷二十，23 卷二十，24 卷二十，25 卷九，26 卷九（残），27 卷十六*（其二），28 卷十六*（其二），36 文章编卷四*（其二），37 文章编卷四*（其二），38 文章编卷四*（其二），39 文章编卷四*（其二），40 文章集卷四*（其二），41 文章集卷四*（其二），44 卷二，48 卷一

别湛甘泉二首：12 外集卷三，13 外集卷三，14 外集卷三，15 文录卷十三，16 外集卷三，17 外集卷三，18 外集卷三，21 卷二十，22 卷二十，23 卷二十，24 卷二十，25 卷九，26 卷九（残，存其二），33 卷六*（其一），34 卷六*（其一），44 卷二

赠别黄宗贤：12 外集卷三，13 外集卷三，14 外集卷三，15 文录卷十三，16 外集卷三，17 外集卷三，18 外集卷三，21 卷二十，22 卷二十（有文无目），23 卷二十（有文无目），24 卷二十（有文无目），25 卷九，26 卷九，30 卷三，44 卷二

归越诗五首（正德壬申年升南京太仆寺少卿，便道归越作）

四明观白水二首：12 外集卷三，13 外集卷三，14 外集卷三，15 文录卷十三，16 外集卷三，17 外集卷三，18 外集卷三，21 卷二十，22 卷二十，23 卷二十，24 卷二十，25 卷九，26 卷九，44 卷二

杖锡道中用张宪使韵：12 外集卷三，13 外集卷三，14 外集卷三，15 文录卷十三，16 外集卷三，17 外集卷三，18 外集卷三，21 卷二十，22 卷二十，23 卷二十，24 卷二十，25 卷九，26 卷九，44 卷二

又用日仁韵：12 外集卷三，13 外集卷三，14 外集卷三，15 文录卷十三，

16 外集卷三，17 外集卷三，18 外集卷三，21 卷二十，22 卷二十，23 卷二十，24 卷二十，25 卷九，26 卷九，35 卷十六《杖锡道中用曰仁韵（辛未）》，44 卷二

书杖锡寺：12 外集卷三，13 外集卷三，14 外集卷三，15 文录卷十三，16 外集卷三，17 外集卷三，18 外集卷三，21 卷二十，22 卷二十，23 卷二十，24 卷二十，25 卷九，26 卷九，44 卷二

滁州诗三十六首（正德癸酉年到太仆寺作）

梧桐江用韵：12 外集卷三，13 外集卷三，14 外集卷三，15 文录卷十三，16 外集卷三，17 外集卷三，18 外集卷三，21 卷二十，22 卷二十，23 卷二十，24 卷二十，25 卷九，26 卷九，44 卷二，48 卷一《梧桐冈用韵》

林间睡起：12 外集卷三，13 外集卷三，14 外集卷三，15 文录卷十三，16 外集卷三，17 外集卷三，18 外集卷三，21 卷二十，22 卷二十，23 卷二十，24 卷二十，25 卷九，26 卷九，30 卷三，44 卷二

赠熊彰归：12 外集卷三，13 外集卷三，14 外集卷三，15 文录卷十三，16 外集卷三，17 外集卷三，18 外集卷三，21 卷二十，22 卷二十，23 卷二十，24 卷二十，25 卷九，26 卷九，33 卷六，34 卷六，44 卷二

别易仲：12 外集卷三，13 外集卷三，14 外集卷三，15 文录卷十三，16 外集卷三，17 外集卷三，18 外集卷三，21 卷二十，22 卷二十，23 卷二十，24 卷二十，25 卷九，26 卷九，27 卷十六*，28 卷十六*，33 卷六，34 卷六，36 文章编卷四*，37 文章编卷四*，38 文章编卷四*，39 文章编卷四*，40 文章集卷四*，41 文章集卷四*，44 卷二，48 卷一*

送守中至龙盘山中：12 外集卷三，13 外集卷三，14 外集卷三，15 文录卷十三，16 外集卷三，17 外集卷三，18 外集卷三，21 卷二十，22 卷二十，23 卷二十，24 卷二十，25 卷九，26 卷九，27 卷十六，28 卷十六，35 卷十六（小注作"壬申"），36 文章编卷四，37 文章编卷四，38 文章编卷四，39 文章编卷四，40 文章集卷四，41 文章集卷四，44 卷二，48 卷一

龙蟠山中用韵：12 外集卷三，13 外集卷三，14 外集卷三，15 文录卷十三，16 外集卷三，17 外集卷三，18 外集卷三，21 卷二十，22 卷二十，23 卷二十，24 卷二十，25 卷九，26 卷九，44 卷二，48 卷一

琅琊山中三首：12 外集卷三，13 外集卷三，14 外集卷三，15 文录卷十三，16 外集卷三，17 外集卷三，18 外集卷三，21 卷二十，22 卷二十，23 卷二十，24 卷二十，25 卷九，26 卷九，27 卷十六*（其一），28 卷十六*（其一），33 卷六*（其一），34 卷六*（其一），35 卷十六*（其一、三），36 文章编卷四*（其一），37 文章编卷四*（其一），38 文章编卷四*（其一），39 文章编卷四*（其一），40 文章集卷四*（其一），41 文章集卷四*（其一），44 卷二，48 卷一*（其三）

答朱汝德用韵：12 外集卷三，13 外集卷三，14 外集卷三，15 文录卷十三，16 外集卷三，17 外集卷三，18 外集卷三，21 卷二十，22 卷二十，23 卷二十，24 卷二十，25 卷九，26 卷九，27 卷十六，28 卷十六，30 卷三，36 文章编卷四，37 文章编卷四，38 文章编卷四，39 文章编卷四，40 文章集卷四，41 文章集卷四，44 卷二

送惟乾二首：12 外集卷三，13 外集卷三，14 外集卷三，15 文录卷十三，16 外集卷三，17 外集卷三，18 外集卷三，21 卷二十，22 卷二十，23 卷二十，24 卷二十，25 卷九，26 卷九，44 卷二，48 卷一*（其二）

别希颜二首：12 外集卷三，13 外集卷三，14 外集卷三，15 文录卷十三，16 外集卷三，17 外集卷三，18 外集卷三，21 卷二十，22 卷二十，23 卷二十，24 卷二十，25 卷九，26 卷九，27 卷十六*（其二），28 卷十六*（其二），36 文章编卷四*（其二），37 文章编卷四*（其二），38 文章编卷四*（其二），39 文章编卷四*（其二），40 文章集卷四*（其二），41 文章集卷四*（其二），44 卷二，48 卷一*（其一）

山中示诸生五首：12 外集卷三，13 外集卷三，14 外集卷三，15 文录卷十三，16 外集卷三，17 外集卷三，18 外集卷三，21 卷二十，22 卷二十，23 二十，24 卷二十，25 卷九，26 卷九，27 卷十六*（其一、三、四、五），28 卷

十六*（其一、三、四、五），30卷三，33卷六*（其二至五），34卷六*（其二至五），36文章编卷四*（其一、三、四、五），37文章编卷四*（其一、三、四、五），38文章编卷四*（其一、三、四、五），39文章编卷四*（其一、三、四、五），40文章集卷四*（其一、三、四、五），41文章集卷四*（其一、三、四、五），44卷二

龙潭夜坐：12外集卷三，13外集卷三，14外集卷三，15文录卷十三#，16外集卷三，17外集卷三，18外集卷三，21卷二十，22卷二十，23卷二十，24卷二十，25卷九，26卷九，27卷十六，28卷十六，33卷六，34卷六，35卷十六，36文章编卷四，37文章编卷四，38文章编卷四，39文章编卷四，40文章集卷四，41文章集卷四，44卷二，48卷一

送德观归省二首：12外集卷三，13外集卷三，14外集卷三，15文录卷十三，16外集卷三，17外集卷三，18外集卷三，21卷二十，22卷二十，23卷二十，24卷二十，25卷九，26卷九，27卷十六*（其二），28卷十六*（其二），30卷三*（其二），36文章编卷四*（其二），37文章编卷四*（其二），38文章编卷四*（其二），39文章编卷四*（其二），40文章集卷四*（其二），41文章集卷四*（其二），44卷二

送蔡希颜三首：12外集卷三，13外集卷三，14外集卷三，15文录卷十三，16外集卷三，17外集卷三，18外集卷三，21卷二十《送蔡希渊》，22卷二十，23卷二十，24卷二十，25卷九，26卷九，27卷十六*（其一、二），28卷十六*（其一、二），30卷三*（其三），33卷六*（其一），34卷六*（其一），35卷十六*（其一），36文章编卷四*（其一、二），37文章编卷四*（其一、二），38文章编卷四*（其一、二），39文章编卷四*（其一、二），40文章集卷四*（其一、二），41文章集卷四*（其一、二），44卷二，48卷一*（其二）

赠守中北行二首：12外集卷三，13外集卷三，14外集卷三，15文录卷十三，16外集卷三，17外集卷三，18外集卷三，21卷二十，22卷二十，23卷二十，24卷二十，25卷九，26卷九，44卷二

郑伯兴谢病还鹿门雪夜过别赋赠三首：12外集卷三，13外集卷三，14外集卷三，15文录卷十三，16外集卷三，17外集卷三，18外集卷三，21卷二十，22卷二十，23卷二十，24卷二十，25卷九，26卷九，35卷十六*（其二），44卷二

门人王嘉秀实夫萧琦子玉告归书此见别意兼寄声辰阳诸贤：12外集卷三，13外集卷三，14外集卷三，15文录卷十三，16外集卷三，17外集卷三，18外集卷三，21卷二十，22卷二十，23卷二十，24卷二十，25卷九，26卷九，44卷二

滁阳别诸友：12外集卷三，13外集卷三，14外集卷三，15文录卷十三，16外集卷三，17外集卷三，18外集卷三，21卷二十，22卷二十，23卷二十，24卷二十，25卷九，26卷九，30卷三，35卷十六（小注作"甲戌"）*，36文章编卷四，37文章编卷四，38文章编卷四，39文章编卷四，40文章集卷四，41文章集卷四，44卷二

寄浮峰诗社：12外集卷三，13外集卷三，14外集卷三，15文录卷十三，16外集卷三，17外集卷三，18外集卷三，21卷二十，22卷二十，23卷二十，24卷二十，25卷九，26卷九，44卷二

栖云楼坐雪二首：12外集卷三，13外集卷三，14外集卷三，15文录卷十三，16外集卷三，17外集卷三，18外集卷三，21卷二十，22卷二十，23卷二十，24卷二十，25卷九，26卷九，27卷十六，28卷十六，36文章编卷四，37文章编卷四，38文章编卷四，39文章编卷四，40文章集卷四，41文章集卷四，44卷二

与商贡士二首：12外集卷三，13外集卷三，14外集卷三，15文录卷十三，16外集卷三，17外集卷三，18外集卷三，21卷二十，22卷二十，23卷二十，24卷二十，25卷九，26卷九，44卷二

南都诗四十七首（正德甲戌年四月升南京鸿胪寺卿作）

题岁寒亭赠汪尚和：12外集卷三，13外集卷三，14外集卷三，15文录卷

十三，16 外集卷三，17 外集卷三，18 外集卷三，21 卷二十，22 卷二十，23 卷二十，24 卷二十，25 卷九，26 卷九，27 卷十六《题岁寒亭赠汪和尚》，28 卷十六《题岁寒亭赠汪和尚》，36 文章编卷四《题岁寒亭赠汪和尚》，37 文章编卷四《题岁寒亭赠汪和尚》，38 文章编卷四《题岁寒亭赠汪和尚》，39 文章编卷四《题岁寒亭赠汪和尚》，40 文章集卷四《题岁寒亭赠汪和尚》，41 文章集卷四《题岁寒亭赠汪和尚》，44 卷三

与徽州程毕二子：12 外集卷三，13 外集卷三，14 外集卷三，15 文录卷十三，16 外集卷三，17 外集卷三，18 外集卷三，21 卷二十，22 卷二十，23 卷二十，24 卷二十，25 卷九，26 卷九，30 卷三，44 卷三

山中懒睡四首：12 外集卷三，13 外集卷三，14 外集卷三，15 文录卷十三，16 外集卷三，17 外集卷三，18 外集卷三，21 卷二十，22 卷二十，23 卷二十，24 卷二十，25 卷九，26 卷九，27 卷十六＊（其三、四），28 卷十六＊（其三、四），30 卷三＊（其四），36 文章编卷四＊（其三、四），37 文章编卷四＊（其三、四），38 文章编卷四＊（其三、四），39 文章编卷四＊（其三、四），40 文章集卷四＊（其三、四），41 文章集卷四＊（其三、四）#，44 卷三

题灌山小隐二绝：12 外集卷三，13 外集卷三，14 外集卷三，15 文录卷十三，16 外集卷三，17 外集卷三，18 外集卷三，21 卷二十，22 卷二十，23 卷二十，24 卷二十，25 卷九，26 卷九，44 卷三

六月五章：12 外集卷三，13 外集卷三，14 外集卷三，15 文录卷十三，16 外集卷三，17 外集卷三，18 外集卷三，21 卷二十，22 卷二十，23 卷二十，24 卷二十，25 卷九，26 卷九，44 卷三

守文弟归省携其手歌以别之：12 外集卷三，13 外集卷三，14 外集卷三，15 文录卷十三，16 外集卷三，17 外集卷三，18 外集卷三，21 卷二十，22 卷二十，23 卷二十，24 卷二十，25 卷九，26 卷九，44 卷三

书扇面寄馆宾：12 外集卷三，13 外集卷三，14 外集卷三，15 文录卷十三，16 外集卷三，17 外集卷三，18 外集卷三，21 卷二十，22 卷二十，23 卷二十，

24卷二十，25卷九，26卷九，44卷三

用实夫韵：12外集卷三，13外集卷三，14外集卷三，15文录卷十三，16外集卷三，17外集卷三，18外集卷三，21卷二十，22卷二十，23卷二十，24卷二十，25卷九，26卷九，44卷三

游牛首山：12外集卷三，13外集卷三，14外集卷三，15文录卷十三，16外集卷三，17外集卷三，18外集卷三，21卷二十，22卷二十，23卷二十，24卷二十，25卷九，26卷九，44卷三

送徽州洪俓承瑞：12外集卷三，13外集卷三，14外集卷三，15文录卷十三，16外集卷三，17外集卷三，18外集卷三，21卷二十，22卷二十，23卷二十，24卷二十，25卷九，26卷九，44卷三

病中大司马乔公有诗见怀次韵奉答二首：12外集卷三，13外集卷三，14外集卷三，15文录卷十三，16外集卷三，17外集卷三，18外集卷三，21卷二十，22卷二十，23卷二十，24卷二十，25卷九，26卷九，44卷三

送诸伯生归省：12外集卷三，13外集卷三，14外集卷三，15文录卷十三，16外集卷三，17外集卷三，18外集卷三，21卷二十，22卷二十，23卷二十，24卷二十，25卷九，26卷九，44卷三

寄冯雪湖二首：12外集卷三，13外集卷三，14外集卷三，15文录卷十三，16外集卷三，17外集卷三，18外集卷三，21卷二十，22卷二十，23卷二十，24卷二十，25卷九，26卷九，44卷三

诸用文归用子美韵为别：12外集卷三，13外集卷三，14外集卷三，15文录卷十三，16外集卷三，17外集卷三，18外集卷三，21卷二十，22卷二十，23卷二十，24卷二十，25卷九，26卷九，44卷三，48卷一

题王实夫画：12外集卷三，13外集卷三，14外集卷三，15文录卷十三，16外集卷三，17外集卷三，18外集卷三，21卷二十，22卷二十，23卷二十，24卷二十，25卷九，26卷九，44卷三，48卷一

赠潘给事：12外集卷三，13外集卷三，14外集卷三，15文录卷十三，16

外集卷三，17外集卷三，18外集卷三，21卷二十，22卷二十，23卷二十，24卷二十，25卷九，26卷九，44卷三，48卷一

与沅陵郭掌教：12外集卷三，13外集卷三，14外集卷三，15文录卷十三，16外集卷三，17外集卷三，18外集卷三，21卷二十，22卷二十，23卷二十，24卷二十，25卷九，26卷九，44卷三

别族太叔克彰：12外集卷三，13外集卷三，14外集卷三，15文录卷十三，16外集卷三，17外集卷三，18外集卷三，21卷二十，22卷二十，23卷二十，24卷二十，25卷九，26卷九，44卷三

登凭虚阁和石少宰韵：12外集卷三，13外集卷三，14外集卷三，15文录卷十三，16外集卷三，17外集卷三，18外集卷三，21卷二十，22卷二十，23卷二十，24卷二十，25卷九，26卷九，44卷三

登阅江楼：12外集卷三，13外集卷三，14外集卷三，15文录卷十三，16外集卷三，17外集卷三，18外集卷三，21卷二十，22卷二十，23卷二十，24卷二十，25卷九，26卷九，27卷十六，28卷十六，33卷六，34卷六，36文章编卷四，37文章编卷四，38文章编卷四，39文章编卷四，40文章集卷四，41文章集卷四，44卷三，48卷一

狮子山：12外集卷三，13外集卷三，14外集卷三，15文录卷十三，16外集卷三，17外集卷三，18外集卷三，21卷二十，22卷二十，23卷二十，24卷二十，25卷九，26卷九，33卷六，34卷六，44卷三，48卷一

游清凉寺三首：12外集卷三，13外集卷三，14外集卷三，15文录卷十三，16外集卷三，17外集卷三，18外集卷三，21卷二十，22卷二十，23卷二十，24卷二十，25卷九，26卷九，33卷六*（其一、二），34卷六*（其一、二），44卷三

寄张东所次前韵：12外集卷三，13外集卷三，14外集卷三，15文录卷十三，16外集卷三，17外集卷三，18外集卷三，21卷二十，22卷二十，23卷二十，24卷二十，25卷九，26卷九，30卷三，33卷六，34卷六，44卷三

别余缙子绅：12 外集卷三，13 外集卷三，14 外集卷三，15 文录卷十三，16 外集卷三，17 外集卷三，18 外集卷三，21 卷二十，22 卷二十，23 卷二十，24 卷二十，25 卷九，26 卷九，30 卷三，44 卷三，48 卷一

送刘伯光：12 外集卷三，13 外集卷三，14 外集卷三，15 文录卷十三，16 外集卷三，17 外集卷三，18 外集卷三，21 卷二十，22 卷二十，23 卷二十，24 卷二十，25 卷九，26 卷九，30 卷三，44 卷三

冬夜偶书：12 外集卷三，13 外集卷三，14 外集卷三，15 文录卷十三，16 外集卷三，17 外集卷三，18 外集卷三，21 卷二十，22 卷二十，23 卷二十，24 卷二十，25 卷九，26 卷九，44 卷三，48 卷一

寄潘南山：12 外集卷三，13 外集卷三，14 外集卷三，15 文录卷十三#，16 外集卷三，17 外集卷三，18 外集卷三，21 卷二十，22 卷二十，23 卷二十，24 卷二十，25 卷九，26 卷九，44 卷三

送胡廷尉：12 外集卷三，13 外集卷三，14 外集卷三，15 文录卷十三，16 外集卷三，17 外集卷三，18 外集卷三，21 卷二十，22 卷二十，23 卷二十，24 卷二十，25 卷九，26 卷九，44 卷三

与郭子全：12 外集卷三，13 外集卷三，14 外集卷三，15 文录卷十三，16 外集卷三，17 外集卷三，18 外集卷三，21 卷二十，22 卷二十，23 卷二十，24 卷二十，25 卷九，26 卷九，44 卷三

次栾子仁韵送别四首：12 外集卷三，13 外集卷三，14 外集卷三，15 文录卷十三，16 外集卷三，17 外集卷三，18 外集卷三，21 卷二十，22 卷二十，23 卷二十，24 卷二十，25 卷九，26 卷九，27 卷十六*（其三、四），28 卷十六*（其三、四），30 卷三*（其二、三、四），35 卷十六（乙亥）*，36 文章编卷四*（其三、四），37 文章编卷四*（其三、四），38 文章编卷四*（其三、四），39 文章编卷四*（其三、四），40 文章集卷四*（其三、四），41 文章集卷四*（其三、四），44 卷三，52 卷一*

书悟真篇答张太常二首：12 外集卷三，13 外集卷三，14 外集卷三，15 文

录卷十三，16外集卷三，17外集卷三，18外集卷三，21卷二十，22卷二十，23卷二十，24卷二十，25卷九，26卷九，30卷三，44卷三，52卷一

赣州诗三十六首（正德丙子年九月升南赣佥都御史以后作）

丁丑二月征漳寇进兵长汀道中有感：12外集卷三，13外集卷三，14外集卷三，15文录卷十三，16外集卷三，17外集卷三，18外集卷三，21卷二十，22卷二十，23卷二十，24卷二十，25卷九，26卷九，27卷十六，28卷十六，30卷三，33卷六，34卷六，35卷十六《征漳寇进兵长汀道中有感（丁丑）》，36文章编卷四，37文章编卷四，38文章编卷四，39文章编卷四，40文章集卷四，41文章集卷四，44卷三

回军上杭：12外集卷三，13外集卷三，14外集卷三，15文录卷十三，16外集卷三，17外集卷三，18外集卷三，21卷二十，22卷二十，23卷二十，24卷二十，25卷九，26卷九，27卷十六，28卷十六，36文章编卷四，37文章编卷四，38文章编卷四，39文章编卷四，40文章集卷四，41文章集卷四，44卷三，48卷一

喜雨三首：12外集卷三，13外集卷三，14外集卷三，15文录卷十三，16外集卷三，17外集卷三，18外集卷三，21卷二十，22卷二十，23卷二十，24卷二十，25卷九，26卷九，27卷十六*（其一、三），28卷十六*（其一、三），36文章编卷四*（其一、三），37文章编卷四*（其一、三），38文章编卷四*（其一、三），39文章编卷四*（其一、三），40文章集卷四*（其一、三），41文章集卷四*（其一、三），44卷三，48卷一*（其三）

闻曰仁买田霅上携同志待予归二首：12外集卷三，13外集卷三，14外集卷三，15文录卷十三，16外集卷三，17外集卷三，18外集卷三，21卷二十，22卷二十，23卷二十，24卷二十，25卷九，26卷九，27卷十六*（其一），28卷十六*（其一），33卷六（"闻"误作"开"），34卷六，36文章编卷四*（其一），37文章编卷四*（其一），38文章编卷四*（其一），39文章编卷四*（其一），40文章集卷四*（其一），41文章集卷四*（其一），44卷三，48卷一*（其二）

祈雨二首：12外集卷三，13外集卷三，14外集卷三，15文录卷十三，16外集卷三，17外集卷三，18外集卷三，21卷二十，22卷二十，23卷二十，24卷二十，25卷九，26卷九，33卷六＊（其二），34卷六＊（其二），44卷三

还赣：12外集卷三，13外集卷三，14外集卷三，15文录卷十三，16外集卷三，17外集卷三，18外集卷三，21卷二十，22卷二十，23卷二十，24卷二十，25卷九，26卷九，33卷六，34卷六，44卷三

借山亭：12外集卷三，13外集卷三，14外集卷三，15文录卷十三，16外集卷三，17外集卷三，18外集卷三，21卷二十，22卷二十，23卷二十，24卷二十，25卷九，26卷九，44卷三

桶冈和邢太守韵二首：12外集卷三，13外集卷三，14外集卷三，15文录卷十三，16外集卷三，17外集卷三，18外集卷三，21卷二十，22卷二十，23卷二十，24卷二十，25卷九，26卷九，44卷三

通天岩：12外集卷三，13外集卷三，14外集卷三，15文录卷十三，16外集卷三，17外集卷三，18外集卷三，21卷二十，22卷二十，23卷二十，24卷二十，25卷九，26卷九，27卷十六，28卷十六，30卷三，35卷十六（小注作"丁丑"），36文章编卷四，37文章编卷四，38文章编卷四，39文章编卷四，40文章集卷四，41文章集卷四，44卷三

游通天岩次邹谦之韵：12外集卷三，13外集卷三，14外集卷三，15文录卷十三，16外集卷三，17外集卷三，18外集卷三，21卷二十，22卷二十，23卷二十，24卷二十，25卷九，26卷九，30卷三，44卷三

又次陈惟浚韵：12外集卷三，13外集卷三，14外集卷三，15文录卷十三，16外集卷三，17外集卷三，18外集卷三，21卷二十，22卷二十，23卷二十，24卷二十，25卷九，26卷九，27卷十六，28卷十六，36文章编卷四，37文章编卷四，38文章编卷四，39文章编卷四，40文章集卷四，41文章集卷四，44卷三

忘言岩次谦之韵：12外集卷三，13外集卷三，14外集卷三，18外集卷三，

21卷二十，22卷二十，23卷二十，24卷二十，25卷九，26卷九，44卷三

　　圆明洞次谦之韵：12外集卷三，13外集卷三，14外集卷三，18外集卷三，21卷二十，22卷二十，23卷二十，24卷二十，25卷九，26卷九，44卷三

　　潮头岩次谦之韵：12外集卷三，13外集卷三，14外集卷三，18外集卷三，21卷二十，22卷二十，23卷二十，24卷二十，25卷九，26卷九，33卷六，34卷六，35卷十六（小注作"丁丑"）*，44卷三

　　天成临别索赠（正文作《天成素有志于学兹得告东归林居静养其所就可知矣临别以此纸索赠漫为赋此遂寄声山泽诸贤》）：12外集卷三，13外集卷三，14外集卷三，18外集卷三，21卷二十（无目录，正文篇名同），22卷二十，23卷二十，24卷二十，25卷九，26卷九，44卷三（目录、正文篇名均为《天成素有志于学兹得告东归林居静养其所就可知矣临别以此纸索赠漫为赋此遂寄声山泽诸贤》）

　　坐忘言岩问二三子：12外集卷三，13外集卷三，14外集卷三，15文录卷十三，16外集卷三，17外集卷三，18外集卷三，21卷二十，22卷二十，23卷二十，24卷二十，25卷九，26卷九，30卷三，44卷三，52卷一

　　留陈惟濬：12外集卷三，13外集卷三，14外集卷三，15文录卷十三，16外集卷三，17外集卷三，18外集卷三，21卷二十，22卷二十，23卷二十，24卷二十，25卷九，26卷九，44卷三

　　栖禅寺雨中与惟乾同登：12外集卷三，13外集卷三，14外集卷三，15文录卷十三，16外集卷三，17外集卷三，18外集卷三，21卷二十，22卷二十，23卷二十，24卷二十，25卷九，26卷九，44卷三

　　茶寮纪事：12外集卷三，13外集卷三，14外集卷三，15文录卷十三，16外集卷三，17外集卷三，18外集卷三，21卷二十，22卷二十，23卷二十，24卷二十，25卷九，26卷九，44卷三

　　回军九连山道中短述：12外集卷三，13外集卷三，14外集卷三，15文录卷十三，16外集卷三，17外集卷三，18外集卷三，21卷二十，22卷二十，23

卷二十，24 卷二十，25 卷九，26 卷九，27 卷十六，28 卷十六，30 卷三，33 卷六，34 卷六，36 文章编卷四，37 文章编卷四，38 文章编卷四，39 文章编卷四，40 文章集卷四，41 文章集卷四，44 卷三

回军龙南小憩玉石岩双洞绝奇徘徊不忍去因寓以阳明别洞之号兼留此作三首：12 外集卷三，13 外集卷三，15 文录卷十三，16 外集卷三，17 外集卷三，18 外集卷三，21 卷二十，22 卷二十，23 卷二十，24 卷二十，25 卷九，26 卷九，27 卷十六＊（其一），28 卷十六＊（其一），35 卷十六（戊寅）＊（其一、三）（目录作《题阳明别洞》），36 文章编卷四＊（其一），37 文章编卷四＊（其一），38 文章编卷四＊（其一），39 文章编卷四＊（其一），40 文章集卷四＊（其一），41 文章集卷四＊（其一），44 卷三，48 卷一＊（其二）

再至阳明别洞和邢太守韵二首：12 外集卷三，13 外集卷三，14 外集卷三，15 文录卷十三，16 外集卷三，17 外集卷三，18 外集卷三，21 卷二十，22 卷二十，23 卷二十，24 卷二十，25 卷九，26 卷九，44 卷三

夜坐偶怀故山：12 外集卷三，13 外集卷三，14 外集卷三，15 文录卷十三，16 外集卷三，17 外集卷三，18 外集卷三，21 卷二十，22 卷二十，23 卷二十，24 卷二十，25 卷九，26 卷九，44 卷三

怀归二首：12 外集卷三，13 外集卷三，14 外集卷三，15 文录卷十三，16 外集卷三，17 外集卷三，18 外集卷三，21 卷二十，22 卷二十，23 卷二十，24 卷二十，25 卷九，26 卷九，44 卷三，48 卷一＊（其一）

送德声叔父归姚（并序）：12 外集卷三，13 外集卷三，14 外集卷三，15 文录卷十三，16 外集卷三，17 外集卷三，18 外集卷三，21 卷二十，22 卷二十，23 卷二十，24 卷二十，25 卷九，26 卷九，44 卷三

示宪儿：12 外集卷三，13 外集卷三，14 外集卷三，15 文录卷十三，16 外集卷三，17 外集卷三，18 外集卷三，21 卷二十，22 卷二十，23 卷二十，24 卷二十，25 卷九，26 卷九，30 卷三，35 卷十五《示正宪》，44 卷三

赠陈东川：12 外集卷三，13 外集卷三，14 外集卷三，15 文录卷十三，16

外集卷三，17外集卷三，18外集卷三，21卷二十，22卷二十，23卷二十，24卷二十，25卷九，26卷九，44卷三

江西诗一百二十首（正德己卯年奉敕往福建处叛军，至丰城遭宸濠之变，趋还吉安，集兵平之。八月升副都御史，巡抚江西作）

鄱阳战捷：12外集卷四，13外集卷四，14外集卷四，15文录卷十四，16外集卷四，17外集卷四，18外集卷四，21卷二十，22卷二十，23卷二十，24卷二十，25卷九，26卷九，27卷十六，28卷十六，30卷三，36文章编卷四，37文章编卷四，38文章编卷四，39文章编卷四，40文章集卷四，41文章集卷四，44卷三，52卷一

书草萍驿（九月献俘北上，驻草萍，时已暮，忽传王师已及徐淮，遂乘夜速发，次壁间韵纪之二首）：12外集卷四，13外集卷四，14外集卷四，15文录卷十四，16外集卷四，17外集卷四，18外集卷四，21卷二十，22卷二十，23卷二十（小注"徐淮"作"淮徐"），24卷二十，25卷九，26卷九，27卷十六*（其一），28卷十六*（其一），30卷三（小注"纪"作"记"）*（其一），33卷六，34卷六，35卷十六《书玉山草萍驿》（小注作"己卯，献俘晚驻，忽传王师及徐淮，遂乘夜速发，次壁间韵"）*，36文章编卷四*（其一），37文章编卷四*（其一），38文章编卷四*（其一），39文章编卷四*（其一），40文章集卷四*（其一），41文章集卷四*（其一），44卷三

西湖：12外集卷四，13外集卷四，14外集卷四，15文录卷十四，16外集卷四，17外集卷四，18外集卷四，21卷二十，22卷二十，23卷二十，24卷二十，25卷九，26卷九，44卷三

寄江西诸士夫：12外集卷四，13外集卷四，14外集卷四，15文录卷十四，16外集卷四，17外集卷四，18外集卷四，21卷二十，22卷二十，23卷二十，24卷二十，25卷九，26卷九，27卷十六，28卷十六，36文章编卷四，37文章编卷四，38文章编卷四，39文章编卷四，40文章集卷四，41文章集卷四，44卷三

太息: 12 外集卷四,13 外集卷四,14 外集卷四,15 文录卷十四,16 外集卷四,17 外集卷四,18 外集卷四,21 卷二十,22 卷二十,23 卷二十,24 卷二十,25 卷九,26 卷九,44 卷三

宿净寺四首(十月至杭,王师遣人追宁濠,复还江西,是日遂谢病,退居西湖)

归兴: 12 外集卷四,13 外集卷四,14 外集卷四,15 文录卷十四,16 外集卷四,17 外集卷四,18 外集卷四,21 卷二十,22 卷二十,23 卷二十,24 卷二十,25 卷九,26 卷九,27 卷十六,28 卷十六,36 文章编卷四,37 文章编卷四,38 文章编卷四,39 文章编卷四,40 文章集卷四,41 文章集卷四,44 卷三,48 卷一

即事漫述四首: 12 外集卷四,13 外集卷四,14 外集卷四,15 文录卷十四,16 外集卷四,17 外集卷四,18 外集卷四,21 卷二十,22 卷二十,23 卷二十,24 卷二十,25 卷九,26 卷九,27 卷十六*(其二、四),28 卷十六*(其二、四),36 文章编卷四*(其二、四),37 文章编卷四*(其二、四),38 文章编卷四*(其二、四),39 文章编卷四*(其二、四),40 文章集卷四*(其二、四),41 文章集卷四*(其二、四),44 卷三

泊金山寺二首(十月将趋行在)**:** 12 外集卷四,13 外集卷四,14 外集卷四,15 文录卷十四,16 外集卷四,17 外集卷四(小注作"十月将趋行上"),18 外集卷四,21 卷二十,22 卷二十,23 卷二十,24 卷二十,25 卷九,26 卷九,27 卷十六,28 卷十六,33 卷六,34 卷六,36 文章编卷四,37 文章编卷四,38 文章编卷四,39 文章编卷四,40 文章集卷四,41 文章集卷四,44 卷三

舟夜: 12 外集卷四,13 外集卷四,14 外集卷四,15 文录卷十四,16 外集卷四,17 外集卷四,18 外集卷四,21 卷二十,22 卷二十,23 卷二十,24 卷二十,25 卷九,26 卷九,27 卷十六,28 卷十六,36 文章编卷四,37 文章编卷四,38 文章编卷四,39 文章编卷四,40 文章集卷四,41 文章集卷四,44 卷三

舟中至日: 12 外集卷四,13 外集卷四,14 外集卷四,15 文录卷十四#,16 外集卷四,17 外集卷四,18 外集卷四,21 卷二十,22 卷二十,23 卷二十,24

卷二十，25 卷九，26 卷九，35 卷十六，44 卷三

阻风：12 外集卷四，13 外集卷四，14 外集卷四，15 文录卷十四，16 外集卷四，17 外集卷四，18 外集卷四，21 卷二十，22 卷二十，23 卷二十，24 卷二十，25 卷九，26 卷九，33 卷六，34 卷六，35 卷十六，44 卷三

用韵答伍汝真：12 外集卷四，13 外集卷四，14 外集卷四，15 文录卷十四#，16 外集卷四，17 外集卷四，18 外集卷四，21 卷二十，22 卷二十，23 卷二十，24 卷二十，25 卷九，26 卷九，44 卷三

过鞋山戏题：12 外集卷四，13 外集卷四，14 外集卷四，15 文录卷十四，16 外集卷四，17 外集卷四，18 外集卷四，21 卷二十，22 卷二十，23 卷二十，24 卷二十，25 卷九，26 卷九，27 卷十六，28 卷十六，36 文章编卷四，37 文章编卷四，38 文章编卷四，39 文章编卷四，40 文章集卷四，41 文章集卷四，44 卷三，48 卷一

杨邃庵待隐园次韵五首：12 外集卷四，13 外集卷四，14 外集卷四，15 文录卷十四，16 外集卷四，17 外集卷四，18 外集卷四，21 卷二十，22 卷二十，23 卷二十，24 卷二十，25 卷九，26 卷九，27 卷十六*（其三、五），28 卷十六*（其三、五），30 卷三*（其一、二），33 卷六，34 卷六，35 卷十六*（其一、五），36 文章编卷四*（其三、五），37 文章编卷四*（其三、五），38 文章编卷四*（其三、五），39 文章编卷四*（其三、五），40 文章集卷四*（其三、五），41 文章集卷四*（其三、五），44 卷三

登小孤书壁：12 外集卷四，13 外集卷四，14 外集卷四，15 文录卷十四，16 外集卷四，17 外集卷四，18 外集卷四，21 卷二十，22 卷二十，23 卷二十，24 卷二十，25 卷九，26 卷九，27 卷十六，28 卷十六，36 文章编卷四，37 文章编卷四，38 文章编卷四，39 文章编卷四，40 文章集卷四，41 文章集卷四，44 卷三

登蠡矶次草泉心刘石门韵二首（二诗弘治壬戌年楚游时作，误次于此）：12 外集卷四（无小注），13 外集卷四（无小注），14 外集卷四（无小注），15 文录

卷十四,16 外集卷四（无小注）,17 外集卷四（无小注）,18 外集卷四（小注不同）,21 卷二十（小注不同）,22 卷二十,23 卷二十（小注作"二诗壬戌年作，误入此"）,24 卷二十,25 卷九（无小注）,26 卷九,44 卷三（小注作"二诗壬戌年作，误入此"）

望庐山：12 外集卷四,13 外集卷四,14 外集卷四,15 文录卷十四,16 外集卷四,17 外集卷四,18 外集卷四,21 卷二十,22 卷二十,23 卷二十,24 卷二十,25 卷九,26 卷九,44 卷三

除夕伍汝真用待隐园韵即席次答五首：12 外集卷四,13 外集卷四,14 外集卷四,15 文录卷十四#,16 外集卷四,17 外集卷四,18 外集卷四,21 卷二十,22 卷二十,23 卷二十,24 卷二十,25 卷九,26 卷九,33 卷六,34 卷六,44 卷三,48 卷一*（其四）

元日雾：12 外集卷四,13 外集卷四,14 外集卷四,15 文录卷十四,16 外集卷四,17 外集卷四,18 外集卷四,21 卷二十,22 卷二十,23 卷二十,24 卷二十,25 卷九,26 卷九,44 卷三,48 卷一

二日雨：12 外集卷四,13 外集卷四,14 外集卷四,15 文录卷十四,16 外集卷四,17 外集卷四,18 外集卷四,21 卷二十,22 卷二十,23 卷二十,24 卷二十,25 卷九,26 卷九,44 卷三

三日风：12 外集卷四,13 外集卷四,14 外集卷四,15 文录卷十四,16 外集卷四,17 外集卷四,18 外集卷四,21 卷二十,22 卷二十,23 卷二十,24 卷二十,25 卷九,26 卷九,44 卷三

立春二首：12 外集卷四,13 外集卷四,14 外集卷四,15 文录卷十四,16 外集卷四,17 外集卷四,18 外集卷四,21 卷二十,22 卷二十,23 卷二十,24 卷二十,25 卷九,26 卷九,27 卷十六*（其二）,28 卷十六*（其二）,36 文章编卷四*（其二）,37 文章编卷四*（其二）,38 文章编卷四*（其二）,39 文章编卷四*（其二）,40 文章集卷四*（其二）,41 文章集卷四*（其二）,44 卷三,48 卷一*（其二）

游庐山开元寺：12外集卷四，13外集卷四，14外集卷四，15文录卷十四，16外集卷四，17外集卷四，18外集卷四，21卷二十，22卷二十，23卷二十，24卷二十，25卷九，26卷九，44卷三

又次壁间杜牧韵：12外集卷四，13外集卷四，14外集卷四，15文录卷十四，16外集卷四，17外集卷四，18外集卷四，21卷二十，22卷二十，23卷二十，24卷二十，25卷九，26卷九，27卷十六，28卷十六，35卷十六《游庐山开元寺次壁间杜牧韵》，36文章编卷四，37文章编卷四，38文章编卷四，39文章编卷四，40文章集卷四，41文章集卷四，44卷三，48卷一

舟过铜陵野云县东小山有铁船因往观之果见其仿佛因题石上：12外集卷四，13外集卷四，14外集卷四，15文录卷十四，16外集卷四，17外集卷四，18外集卷四，21卷二十，22卷二十，23卷二十，24卷二十，25卷九，26卷九，36文章编卷四，37文章编卷四，38文章编卷四，39文章编卷四，40文章集卷四，41文章集卷四，44卷三

山僧：12外集卷四，13外集卷四，14外集卷四，15文录卷十四，16外集卷四，17外集卷四，18外集卷四，21卷二十，22卷二十，23卷二十，24卷二十，25卷九，26卷九，44卷三

江上望九华山二首：12外集卷四，13外集卷四，14外集卷四，15文录卷十四，16外集卷四，17外集卷四，18外集卷四，21卷二十，22卷二十，23卷二十，24卷二十，25卷九，26卷九，44卷三，48卷一*（其一）

观九华龙潭：12外集卷四，13外集卷四，14外集卷四，15文录卷十四，16外集卷四，17外集卷四，18外集卷四，21卷二十，22卷二十，23卷二十，24卷二十，25卷九，26卷九，27卷十六，28卷十六，33卷六，34卷六，36文章编卷四，37文章编卷四，38文章编卷四，39文章编卷四，40文章集卷四，41文章集卷四，44卷三，48卷一

庐山东林寺次韵：12外集卷四，13外集卷四，14外集卷四，15文录卷十四，16外集卷四，17外集卷四，18外集卷四，21卷二十，22卷二十，23卷

二十，24 卷二十，25 卷九，26 卷九，27 卷十六，28 卷十六，33 卷六，34 卷六，36 文章编卷四，37 文章编卷四，38 文章编卷四，39 文章编卷四，40 文章集卷四，41 文章集卷四，44 卷三

又次邵二泉韵：12 外集卷四，13 外集卷四，14 外集卷四，15 文录卷十四，16 外集卷四，17 外集卷四，18 外集卷四，21 卷二十，22 卷二十，23 卷二十，24 卷二十，25 卷九，26 卷九，27 卷十六，28 卷十六，33 卷六，34 卷六，36 文章编卷四，37 文章编卷四，38 文章编卷四，39 文章编卷四，40 文章集卷四，41 文章集卷四，44 卷三，48 卷一《庐山东林寺次邵二泉韵》

远公讲经台：12 外集卷四，13 外集卷四，14 外集卷四，15 文录卷十四，16 外集卷四，17 外集卷四，18 外集卷四，21 卷二十，22 卷二十，23 卷二十，24 卷二十，25 卷九，26 卷九，27 卷十六，28 卷十六，33 卷六，34 卷六，36 文章编卷四，37 文章编卷四，38 文章编卷四，39 文章编卷四，40 文章集卷四，41 文章集卷四，44 卷三

太平宫白云：12 外集卷四，13 外集卷四，14 外集卷四，15 文录卷十四，16 外集卷四，17 外集卷四，18 外集卷四，21 卷二十，22 卷二十，23 卷二十，24 卷二十，25 卷九，26 卷九，33 卷六，34 卷六，35 卷十六，44 卷三

书九江行台壁：12 外集卷四，13 外集卷四，14 外集卷四，15 文录卷十四，16 外集卷四，17 外集卷四，18 外集卷四，21 卷二十，22 卷二十，23 卷二十，24 卷二十，25 卷九，26 卷九，44 卷三

又次李佥事素韵：12 外集卷四，13 外集卷四，14 外集卷四，15 文录卷十四，16 外集卷四，17 外集卷四，18 外集卷四，21 卷二十，22 卷二十，23 卷二十，24 卷二十，25 卷九，26 卷九，44 卷三

繁昌道中阻风二首：12 外集卷四，13 外集卷四，14 外集卷四，15 文录卷十四，16 外集卷四，17 外集卷四，18 外集卷四，21 卷二十，22 卷二十，23 卷二十，24 卷二十，25 卷九，26 卷九，44 卷三

江边阻风散步至灵山寺：12 外集卷四，13 外集卷四，14 外集卷四，15 文

录卷十四，16外集卷四，17外集卷四，18外集卷四，21卷二十，22卷二十，23卷二十，24卷二十，25卷九，26卷九，44卷三

泊舟大同山溪间诸生闻之有挟册来寻者：12外集卷四，13外集卷四，14外集卷四，15文录卷十四，16外集卷四，17外集卷四，18外集卷四，21卷二十，22卷二十，23卷二十，24卷二十，25卷九，26卷九，44卷三

岩下桃花盛开携酒独酌：12外集卷四，13外集卷四，14外集卷四，15文录卷十四，16外集卷四，17外集卷四，18外集卷四，21卷二十，22卷二十，23卷二十，24卷二十，25卷九，26卷九，44卷三

白鹿洞独对亭：12外集卷四，13外集卷四，14外集卷四，15文录卷十四，16外集卷四，17外集卷四，18外集卷四，21卷二十，22卷二十，23卷二十，24卷二十，25卷九，26卷九，27卷十六，28卷十六，36文章编卷四，37文章编卷四，38文章编卷四，39文章编卷四，40文章集卷四，41文章集卷四，44卷三

丰城阻风（前岁遇难于此，得北风幸免）：12外集卷四，13外集卷四，14外集卷四，15文录卷十四，16外集卷四，17外集卷四，18外集卷四，21卷二十，22卷二十，23卷二十，24卷二十，25卷九，26卷九，30卷三，44卷三

江上望九华不见：12外集卷四，13外集卷四，14外集卷四，15文录卷十四，16外集卷四，17外集卷四，18外集卷四，21卷二十，22卷二十，23卷二十，24卷二十，25卷九，26卷九，27卷十六，28卷十六，35卷十六，36文章编卷四，37文章编卷四，38文章编卷四，39文章编卷四，40文章集卷四，41文章集卷四，44卷三

江施二生与医官陶野冒雨登山人多笑之戏作歌：12外集卷四，13外集卷四，14外集卷四，15文录卷十四，16外集卷四，17外集卷四，18外集卷四，21卷二十，22卷二十，23卷二十，24卷二十，25卷九，26卷九，44卷三

游九华道中：12外集卷四，13外集卷四，14外集卷四，15文录卷十四#，16外集卷四，17外集卷四，18外集卷四，21卷二十，22卷二十，23卷二十，

24卷二十，25卷九，26卷九，33卷六，34卷六，35卷十六，44卷三

芙蓉阁：12外集卷四，13外集卷四，14外集卷四，15文录卷十四，16外集卷四，17外集卷四，18外集卷四，21卷二十，22卷二十，23卷二十，24卷二十，25卷九，26卷九，27卷十六，28卷十六，33卷六，34卷六，36文章编卷四，37文章编卷四，38文章编卷四，39文章编卷四，40文章集卷四，41文章集卷四，44卷三

重游无相寺次韵四首：12外集卷四，13外集卷四，14外集卷四，15文录卷十四，16外集卷四，17外集卷四，18外集卷四，21卷二十，22卷二十，23卷二十，24卷二十，25卷九，26卷九，33卷六*（其一、四），34卷六*（其一、四），44卷三

登莲花峰：12外集卷四，13外集卷四，14外集卷四（正文存篇题，内容有误），15文录卷十四，16外集卷四，17外集卷四，18外集卷四，21卷二十，22卷二十，23卷二十，24卷二十，25卷九，26卷九，27卷十六，28卷十六，36文章编卷四，37文章编卷四，38文章编卷四，39文章编卷四，40文章集卷四，41文章集卷四，44卷三

重游无相寺次旧韵：12外集卷四，13外集卷四，14外集卷四（有目无文），15文录卷十四，16外集卷四，17外集卷四，18外集卷四，21卷二十，22卷二十，23卷二十，24卷二十，25卷九，26卷九，44卷三，48卷一

登云峰望始尽九华之胜因复作歌：12外集卷四，13外集卷四，14外集卷四（有目无文），15文录卷十四，16外集卷四，17外集卷四，18外集卷四，21卷二十，22卷二十，23卷二十，24卷二十，25卷九，26卷九，27卷十六，28卷十六，33卷六，34卷六，36文章编卷四，37文章编卷四，38文章编卷四，39文章编卷四，40文章集卷四，41文章集卷四，44卷三，48卷一

双峰遗柯生乔：12外集卷四，13外集卷四，14外集卷四（有目无文），15文录卷十四，16外集卷四，17外集卷四，18外集卷四，21卷二十，22卷二十，23卷二十，24卷二十，25卷九，26卷九，27卷十六，28卷十六，35卷十六，

36 文章编卷四, 37 文章编卷四, 38 文章编卷四, 39 文章编卷四, 40 文章集卷四, 41 文章集卷四, 44 卷三

归途有僧自望华亭来迎且请诗: 12 外集卷四, 13 外集卷四, 14 外集卷四*, 15 文录卷十四, 16 外集卷四, 17 外集卷四, 18 外集卷四, 21 卷二十, 22 卷二十, 23 卷二十, 24 卷二十, 25 卷九, 26 卷九, 44 卷三

无相寺金沙泉次韵: 12 外集卷四, 13 外集卷四, 14 外集卷四, 15 文录卷十四, 16 外集卷四, 17 外集卷四, 18 外集卷四, 21 卷二十, 22 卷二十, 23 卷二十, 24 卷二十, 25 卷九, 26 卷九, 44 卷三

夜宿天池月下闻雷次早知山下大雨三首: 12 外集卷四, 13 外集卷四, 14 外集卷四, 15 文录卷十四, 16 外集卷四, 17 外集卷四, 18 外集卷四, 21 卷二十, 22 卷二十, 23 卷二十, 24 卷二十, 25 卷九, 26 卷九, 27 卷十六*（其三）, 28 卷十六*（其三）, 33 卷六, 34 卷六, 35 卷十六, 36 文章编卷四*（其三）, 37 文章编卷四*（其三）, 38 文章编卷四*（其三）, 39 文章编卷四*（其三）, 40 文章集卷四*（其三）, 41 文章集卷四*（其三）, 44 卷三

文殊台夜观佛灯: 12 外集卷四, 13 外集卷四, 14 外集卷四, 15 文录卷十四, 16 外集卷四, 17 外集卷四, 18 外集卷四, 21 卷二十, 22 卷二十, 23 卷二十, 24 卷二十, 25 卷九, 26 卷九, 27 卷十六, 28 卷十六, 33 卷六, 34 卷六, 36 文章编卷四, 37 文章编卷四, 38 文章编卷四, 39 文章编卷四, 40 文章集卷四, 41 文章集卷四, 44 卷三, 48 卷一

书汪进之太极岩二首: 12 外集卷四, 13 外集卷四, 14 外集卷四, 15 文录卷十四, 16 外集卷四, 17 外集卷四, 18 外集卷四, 21 卷二十, 22 卷二十, 23 卷二十, 24 卷二十, 25 卷九, 26 卷九, 30 卷三, 44 卷四, 52 卷一

劝酒: 12 外集卷四, 13 外集卷四, 14 外集卷四, 15 文录卷十四, 16 外集卷四, 17 外集卷四, 18 外集卷四, 21 卷二十, 22 卷二十, 23 卷二十, 24 卷二十, 25 卷九, 26 卷九, 44 卷四

重游化城寺二首: 12 外集卷四, 13 外集卷四, 14 外集卷四, 15 文录卷十四#,

16 外集卷四，17 外集卷四，18 外集卷四，21 卷二十，22 卷二十，23 卷二十，24 卷二十，25 卷九，26 卷九，44 卷四

游九华：12 外集卷四，13 外集卷四，14 外集卷四，15 文录卷十四，16 外集卷四，17 外集卷四，18 外集卷四，21 卷二十，22 卷二十，23 卷二十，24 卷二十，25 卷九，26 卷九，35 卷十六*，44 卷四

弘治壬戌尝游九华值时阴雾竟无所睹至是正德庚辰复往游之风日清朗尽得其胜喜而作歌：12 外集卷四，13 外集卷四，14 外集卷四，15 文录卷十四《弘治壬戌尝游九华值时阴雾竟无所见至是正德庚辰复往游之风日清朗尽得其胜喜而作歌》，16 外集卷四，17 外集卷四（"睹"为"■"），18 外集卷四，21 卷二十，22 卷二十，23 卷二十，24 卷二十，25 卷九，26 卷九，44 卷四，48 卷一

岩头闲坐漫成：12 外集卷四，13 外集卷四，14 外集卷四，15 文录卷十四，16 外集卷四，17 外集卷四，18 外集卷四，21 卷二十，22 卷二十，23 卷二十，24 卷二十，25 卷九，26 卷九，44 卷四，48 卷一

将游九华移舟宿寺山二首：12 外集卷四，13 外集卷四，14 外集卷四，15 文录卷十四，16 外集卷四，17 外集卷四，18 外集卷四，21 卷二十，22 卷二十，23 卷二十，24 卷二十，25 卷九，26 卷九，27 卷十六*（其二），28 卷十六*（其二），35 卷十六（小注作"庚辰"）*（其一），36 文章编卷四*（其二），37 文章编卷四*（其二），38 文章编卷四*（其二），39 文章编卷四*（其二），40 文章集卷四*（其二），41 文章集卷四*（其二），44 卷四

登云峰二三子咏歌以从欣然成谣二首：12 外集卷四，13 外集卷四，14 外集卷四，15 文录卷十四，16 外集卷四，17 外集卷四，18 外集卷四，21 卷二十，22 卷二十，23 卷二十，24 卷二十，25 卷九，26 卷九，30 卷三*（其一），44 卷四

有僧坐岩中已三年诗以励吾党：12 外集卷四，13 外集卷四，14 外集卷四，15 文录卷十四，16 外集卷四，17 外集卷四，18 外集卷四，21 卷二十，22 卷二十，23 卷二十，24 卷二十，25 卷九，26 卷九，30 卷三，35 卷十六（小注作"庚

辰"），44卷四，52卷一

春日游齐山寺用杜牧之韵二首：12外集卷四，13外集卷四，14外集卷四，15文录卷十四，16外集卷四，17外集卷四，18外集卷四，21卷二十，22卷二十，23卷二十，24卷二十，25卷九，26卷九，44卷四，48卷一*（其二）

重游开元寺戏题壁：12外集卷四，13外集卷四，14外集卷四，15文录卷十四，16外集卷四，17外集卷四，18外集卷四，21卷二十，22卷二十，23卷二十，24卷二十，25卷九，26卷九，33卷六，34卷六，35卷十六（庚辰），44卷四，48卷一

贾胡行：12外集卷四，13外集卷四，14外集卷四，15文录卷十四，16外集卷四，17外集卷四，18外集卷四，21卷二十，22卷二十，23卷二十，24卷二十，25卷九，26卷九，27卷十六，28卷十六，36文章编卷四，37文章编卷四，38文章编卷四，39文章编卷四，40文章集卷四，41文章集卷四，44卷四，48卷一

送邵文实方伯致仕：12外集卷四，13外集卷四，14外集卷四，15文录卷十四，16外集卷四，17外集卷四，18外集卷四，21卷二十，22卷二十，23卷二十，24卷二十（残），25卷九，26卷九，30卷三，44卷四，48卷一

纪梦（并序）：12外集卷四，13外集卷四，14外集卷四，15文录卷十四《记梦》#，16外集卷四，17外集卷四，18外集卷四，21卷二十，22卷二十，23卷二十，24卷二十（残），25卷九，26卷九，27卷十六，28卷十六，36文章编卷四，37文章编卷四，38文章编卷四，39文章编卷四，40文章集卷四，41文章集卷四，44卷四，52卷一

无题：12外集卷四，13外集卷四，14外集卷四，15文录卷十四，16外集卷四，17外集卷四，18外集卷四，21卷二十，22卷二十，23卷二十，24卷二十，25卷九，26卷九，27卷十六《戏题》，28卷十六《戏题》，36文章编卷四，37文章编卷四，38文章编卷四，39文章编卷四，40文章集卷四，41文章集卷四，44卷四

游落星寺：12外集卷四，13外集卷四，14外集卷四，15文录卷十四，16外集卷四，17外集卷四，18外集卷四，21卷二十，22卷二十，23卷二十，24卷二十，25卷九，26卷九，44卷四

游通天岩示邹陈二子：12外集卷四，13外集卷四，14外集卷四，15文录卷十四，16外集卷四，17外集卷四，18外集卷四，21卷二十，22卷二十，23卷二十，24卷二十，25卷九，26卷九，30卷三，44卷四

青原山次黄山谷韵：12外集卷四，13外集卷四，14外集卷四，15文录卷十四，16外集卷四，17外集卷四，18外集卷四，21卷二十，22卷二十，23卷二十，24卷二十，25卷九，26卷九，44卷四

睡起偶成：12外集卷四，13外集卷四，14外集卷四，15文录卷十四，16外集卷四，17外集卷四，18外集卷四，21卷二十《睡起偶成二首》，22卷二十，23卷二十，24卷二十，25卷九，26卷九，27卷十六，28卷十六，30卷三，35卷十六（小注作"庚辰"），36文章编卷四，37文章编卷四，38文章编卷四，39文章编卷四，40文章集卷四，41文章集卷四，44卷四

立春：12外集卷四，13外集卷四，14外集卷四，15文录卷十四，16外集卷四，17外集卷四，18外集卷四，21卷二十，22卷二十，23卷二十，24卷二十，25卷九，26卷九，44卷四

游庐山开元寺：12外集卷四，13外集卷四，14外集卷四，15文录卷十四，16外集卷四，17外集卷四，18外集卷四，21卷二十，22卷二十，23卷二十，24卷二十，25卷九，26卷九，44卷四

登小孤次陆良弼韵：12外集卷四，13外集卷四，14外集卷四，15文录卷十四，16外集卷四，17外集卷四，18外集卷四，21卷二十，22卷二十，23卷二十，24卷二十，25卷九，26卷九，44卷四

月下吟三首：12外集卷四，13外集卷四，14外集卷四，15文录卷十四，16外集卷四，17外集卷四，18外集卷四，21卷二十，22卷二十，23卷二十，24卷二十，25卷九，26卷九，27卷十六*（其二），28卷十六*（其二），36

文章编卷四*（其二），37 文章编卷四*（其二），38 文章编卷四*（其二），39 文章编卷四*（其二），40 文章集卷四*（其二），41 文章集卷四*（其二），44 卷四

月夜二首：12 外集卷四，13 外集卷四，14 外集卷四，15 文录卷十四，16 外集卷四，17 外集卷四，18 外集卷四，21 卷二十，22 卷二十，23 卷二十，24 卷二十，25 卷九，26 卷九，44 卷四

雪望四首：12 外集卷四，13 外集卷四，14 外集卷四，15 文录卷十四，16 外集卷四，17 外集卷四，18 外集卷四，21 卷二十，22 卷二十，23 卷二十，24 卷二十，25 卷九，26 卷九，27 卷十六*（其一），28 卷十六*（其一），33 卷六，34 卷六，36 文章编卷四*（其一），37 文章编卷四*（其一），38 文章编卷四*（其一），39 文章编卷四*（其一），40 文章集卷四*（其一），41 文章集卷四*（其一），44 卷四

火秀宫次一峰韵三首：12 外集卷四，13 外集卷四，14 外集卷四，15 文录卷十四，16 外集卷四，17 外集卷四，18 外集卷四，21 卷二十，22 卷二十，23 卷二十，24 卷二十，25 卷九，26 卷九，27 卷十六*（其三），28 卷十六*（其三），36 文章编卷四*（其三），37 文章编卷四*（其三），38 文章编卷四*（其三），39 文章编卷四*（其三），40 文章集卷四*（其三），41 文章集卷四*（其三），44 卷四

归怀：12 外集卷四，13 外集卷四，14 外集卷四，15 文录卷十四，16 外集卷四，17 外集卷四，18 外集卷四，21 卷二十，22 卷二十，23 卷二十，24 卷二十，25 卷九，26 卷九，44 卷四，48 卷一

啾啾吟：12 外集卷四，13 外集卷四，14 外集卷四，15 文录卷十四，16 外集卷四，17 外集卷四，18 外集卷四，21 卷二十，22 卷二十，23 卷二十，24 卷二十，25 卷九，26 卷九，27 卷十六，28 卷十六，30 卷三，35 卷十六（小注作"庚辰"），36 文章编卷四，37 文章编卷四，38 文章编卷四，39 文章编卷四，40 文章集卷四，41 文章集卷四，44 卷四

居越诗三十四首（正德辛巳年归越后作）

归兴二首：12 外集卷四，13 外集卷四，14 外集卷四，15 文录卷十四，16 外集卷四，17 外集卷四，18 外集卷四，21 卷二十，22 卷二十，23 卷二十，24 卷二十，25 卷九，26 卷九，27 卷十六*（其二），28 卷十六*（其二），30 卷三，33 卷六*（其一），34 卷六*（其一），36 文章编卷四*（其二），37 文章编卷四*（其二），38 文章编卷四*（其二），39 文章编卷四*（其二），40 文章集卷四*（其二），41 文章集卷四*（其二），44 卷四，48 卷一*（其一）

次谦之韵：12 外集卷四，13 外集卷四，14 外集卷四，15 文录卷十四，16 外集卷四，17 外集卷四，18 外集卷四，21 卷二十，22 卷二十，23 卷二十，24 卷二十，25 卷九，26 卷九，30 卷三，44 卷四

再游浮峰次韵：12 外集卷四，13 外集卷四，14 外集卷四，15 文录卷十四，16 外集卷四，17 外集卷四，18 外集卷四，21 卷二十，22 卷二十，23 卷二十，24 卷二十，25 卷九，26 卷九，44 卷四

夜宿浮峰次谦之韵：12 外集卷四，13 外集卷四，14 外集卷四，15 文录卷十四，16 外集卷四，17 外集卷四，18 外集卷四，21 卷二十，22 卷二十，23 卷二十，24 卷二十，25 卷九，26 卷九，27 卷十六，28 卷十六，33 卷六，34 卷六，36 文章编卷四，37 文章编卷四，38 文章编卷四，39 文章编卷四，40 文章集卷四，41 文章集卷四，44 卷四，48 卷一

再游延寿寺次旧韵：12 外集卷四，13 外集卷四，14 外集卷四，15 文录卷十四，16 外集卷四，17 外集卷四，18 外集卷四，21 卷二十，22 卷二十，23 卷二十，24 卷二十，25 卷九，26 卷九，33 卷六，34 卷六，44 卷四

碧霞池夜坐：12 外集卷四，13 外集卷四，14 外集卷四，15 文录卷十四，16 外集卷四，17 外集卷四，18 外集卷四，21 卷二十《碧霞夜坐》，22 卷二十，23 卷二十，24 卷二十，25 卷九，26 卷九，30 卷三，33 卷六，34 卷六，35 卷十六（小注作"甲申"）#，44 卷四

秋声：12 外集卷四，13 外集卷四，14 外集卷四，15 文录卷十四，16 外集卷四，

199

17 外集卷四,18 外集卷四,21 卷二十,22 卷二十,23 卷二十,24 卷二十,25 卷九,26 卷九,30 卷三,44 卷四

林汝桓以二诗寄次韵为别:12 外集卷四,13 外集卷四,14 外集卷四,15 文录卷十四,16 外集卷四,17 外集卷四,18 外集卷四,21 卷二十,22 卷二十,23 卷二十,24 卷二十,25 卷九,26 卷九,35 卷十六(小注作"乙酉")*(其二),44 卷四

月夜二首(与诸生歌于天泉桥)

秋夜:12 外集卷四,13 外集卷四,14 外集卷四,15 文录卷十四,16 外集卷四,17 外集卷四,18 外集卷四,21 卷二十,22 卷二十,23 卷二十,24 卷二十,25 卷九,26 卷九,44 卷四

夜坐:12 外集卷四,13 外集卷四,14 外集卷四,15 文录卷十四,16 外集卷四,17 外集卷四,18 外集卷四,21 卷二十,22 卷二十,23 卷二十,24 卷二十,25 卷九,26 卷九,27 卷十六,28 卷十六,30 卷三,36 文章编卷四,37 文章编卷四,38 文章编卷四,39 文章编卷四,40 文章集卷四,41 文章集卷四,44 卷四

心渔歌为钱翁希明别号题(钱翁,德洪父,三岁双瞽,好古博学,能诗文):12 外集卷四,13 外集卷四,14 外集卷四,15 文录卷十四,16 外集卷四(无小注),17 外集卷四《心渔为钱翁希明别号题》(无小注),18 外集卷四,21 卷二十《心渔为钱翁希明别号题》,22 卷二十(小注"三岁"作"五岁"),23 卷二十(小注"三岁"作"五岁"),24 卷二十(小注"三岁"作"五岁"),25 卷九,26 卷九,44 卷四(小注"三岁"作"五岁")

登香炉峰次萝石韵:12 外集卷四,13 外集卷四,14 外集卷四,15 文录卷十四,16 外集卷四,17 外集卷四,18 外集卷四,21 卷二十,22 卷二十,23 卷二十,24 卷二十,25 卷九,26 卷九,44 卷四,48 卷一

观从吾登炉峰绝顶戏赠:12 外集卷四,13 外集卷四,14 外集卷四,15 文录卷十四,16 外集卷四,17 外集卷四,18 外集卷四,21 卷二十,22 卷二十,23 卷二十,24 卷二十,25 卷九,26 卷九,27 卷十六,28 卷十六,36 文章编卷四,

37文章编卷四,38文章编卷四,39文章编卷四,40文章集卷四,41文章集卷四,44卷四,48卷一《从吾登炉峰绝顶戏赠》

书扇赠从吾:12外集卷四,13外集卷四,14外集卷四,15文录卷十四,16外集卷四,17外集卷四,18外集卷四,21卷二十,22卷二十,23卷二十,24卷二十,25卷九,26卷九,44卷四

嘉靖甲申冬二十一日再登秦望自弘治戊午登后二十七年矣将下适董萝石与二三子来复坐久之暮归同宿云门僧舍:12外集卷四,13外集卷四,14外集卷四,15文录卷十四,16外集卷四,17外集卷四,18外集卷四,21卷二十,22卷二十,23卷二十,24卷二十,25卷九,26卷九,44卷四,48卷一

山中漫兴:12外集卷四,13外集卷四,14外集卷四,15文录卷十四,16外集卷四,17外集卷四,18外集卷四,21卷二十,22卷二十,23卷二十,24卷二十,25卷九,26卷九,33卷六,34卷六,44卷四

挽潘南山:12外集卷四,13外集卷四,14外集卷四,15文录卷十四,16外集卷四,17外集卷四,18外集卷四,21卷二十,22卷二十,23卷二十,24卷二十,25卷九,26卷九,44卷四

和董萝石菜花韵:12外集卷四,13外集卷四,14外集卷四,15文录卷十四,16外集卷四,17外集卷四,18外集卷四,21卷二十,22卷二十,23卷二十,24卷二十,25卷九,26卷九,44卷四

天泉楼夜坐和萝石韵:12外集卷四,13外集卷四,14外集卷四,15文录卷十四,16外集卷四,17外集卷四,18外集卷四,21卷二十,22卷二十,23卷二十,24卷二十,25卷九,26卷九,27卷十六,28卷十六,33卷六,34卷六,36文章编卷四,37文章编卷四,38文章编卷四,39文章编卷四,40文章集卷四,41文章集卷四,44卷四

咏良知四首示诸生:12外集卷四,13外集卷四,14外集卷四,15文录卷十四,16外集卷四,17外集卷四,18外集卷四,21卷二十,22卷二十,23卷二十,24卷二十,25卷九,26卷九,27卷十六,28卷十六,30卷三,33卷六*(其四),

34卷六*（其四），35卷十六（小注作"甲申"），36文章编卷四，37文章编卷四，38文章编卷四，39文章编卷四，40文章集卷四，41文章集卷四，44卷四

示诸生三首：12外集卷四，13外集卷四，14外集卷四，15文录卷十四，16外集卷四，17外集卷四，18外集卷四，21卷二十，22卷二十，23卷二十（有文无目），24卷二十，25卷九，26卷九，27卷十六*（其二、三），28卷十六*（其二、三），30卷三，35卷十六（小注作"甲申"），36文章编卷四*（其二、三），37文章编卷四*（其二、三），38文章编卷四*（其二、三），39文章编卷四*（其二、三），40文章集卷四*（其二、三），41文章集卷四*（其二、三），44卷四，52卷一

答人问良知二首：12外集卷四，13外集卷四，14外集卷四，15文录卷十四，16外集卷四，17外集卷四，18外集卷四，21卷二十，22卷二十，23卷二十，24卷二十，25卷九，26卷九，35卷十六（小注作"甲申"），44卷四，52卷一

答人问道：12外集卷四，13外集卷四，14外集卷四，15文录卷十四，16外集卷四，17外集卷四，18外集卷四，21卷二十，22卷二十，23卷二十，24卷二十，25卷九，26卷九，27卷十六，28卷十六，35卷十六（小注作"甲申"），36文章编卷四，37文章编卷四，38文章编卷四，39文章编卷四，40文章集卷四，41文章集卷四，44卷四，52卷一

寄题玉芝庵（丙戌）：12外集卷四，13外集卷四，14外集卷四，15文录卷十四，16外集卷四，17外集卷四，18外集卷四，21卷二十，22卷二十，23卷二十，24卷二十，25卷九，26卷九，44卷四

别诸生：12外集卷四，13外集卷四，14外集卷四，15文录卷十四，16外集卷四，17外集卷四，18外集卷四，21卷二十，22卷二十，23卷二十，24卷二十，25卷九，26卷九，35卷十六（小注作"丙戌"），44卷四，52卷一

后中秋望月歌：12外集卷四，13外集卷四，14外集卷四，15文录卷十四，16外集卷四，17外集卷四，18外集卷四，21卷二十，22卷二十，23卷二十，

24卷二十，25卷九，26卷九，44卷四

书扇示正宪：12外集卷四，13外集卷四，14外集卷四，15文录卷十四，16外集卷四，17外集卷四，18外集卷四，21卷二十，22卷二十，23卷二十，24卷二十，25卷九，26卷九，35卷十六（小注作"丙戌"），44卷四，52卷一

送萧子雍宪副之任：12外集卷四，13外集卷四，14外集卷四，15文录卷十四，16外集卷四，17外集卷四，18外集卷四，21卷二十，22卷二十，23卷二十，24卷二十，25卷九，26卷九，44卷四

中秋：12外集卷四，13外集卷四，14外集卷四，15文录卷十四，16外集卷四，17外集卷四，18外集卷四，21卷二十，22卷二十，23卷二十，24卷二十，25卷九，26卷九，35卷十六（小注作"丙戌"），44卷四

嘉靖丙戌十二月庚申始得子年已五十有五矣六月静斋二丈昔与先公同举于乡闻之而喜各以诗来贺蔼然世交之谊也次韵为谢二首：12外集卷四，13外集卷四（"六月"误作"六有"），14外集卷四（"六月"误作"六有"），15文录卷十四，16外集卷四，17外集卷四（"六月"误作"六有"），18外集卷四，21卷二十，22卷二十，23卷二十，24卷二十，25卷九（"六月"误作"六有"），26卷九，44卷四，52卷一

两广诗二十一首（嘉靖丁亥起，平思田之乱）

秋日饮月岩新构别王侍御：12外集卷四，13外集卷四，14外集卷四，15文录卷十四，16外集卷四，17外集卷四，18外集卷四，21卷二十，22卷二十，23卷二十，24卷二十，25卷九，26卷九，44卷四

复过钓台：12外集卷四，13外集卷四，14外集卷四，15文录卷十四，16外集卷四，17外集卷四，18外集卷四，21卷二十，22卷二十，23卷二十，24卷二十，25卷九，26卷九，27卷十六，28卷十六，35卷十六（小注作"丁亥"）*，36文章编卷四，37文章编卷四，38文章编卷四，39文章编卷四，40文章集卷四，41文章集卷四，44卷四

方思道送西峰：12外集卷四，13外集卷四，14外集卷四，15文录卷十四，

16 外集卷四，17 外集卷四，18 外集卷四，21 卷二十，22 卷二十，23 卷二十，24 卷二十，25 卷九，26 卷九，44 卷四

西安雨中诸生出候因寄德洪汝中并示书院诸生：12 外集卷四，13 外集卷四，14 外集卷四，15 文录卷十四，16 外集卷四，17 外集卷四，18 外集卷四，21 卷二十，22 卷二十，23 卷二十，24 卷二十，25 卷九，26 卷九，35 卷十六（小注作"丁亥"），36 文章编卷四，37 文章编卷四，38 文章编卷四，39 文章编卷四，40 文章集卷四，41 文章集卷四，44 卷四

德洪汝中方卜书院盛称天真之奇并寄及之：12 外集卷四，13 外集卷四，14 外集卷四，15 文录卷十四，16 外集卷四，17 外集卷四，18 外集卷四，21 卷二十，22 卷二十，23 卷二十，24 卷二十，25 卷九，26 卷九，44 卷四

寄石潭二绝：12 外集卷四，13 外集卷四，14 外集卷四，15 文录卷十四，16 外集卷四，17 外集卷四，18 外集卷四，21 卷二十，22 卷二十，23 卷二十，24 卷二十，25 卷九，26 卷九，27 卷十六，28 卷十六，36 文章编卷四，37 文章编卷四，38 文章编卷四，39 文章编卷四，40 文章集卷四，41 文章集卷四，44 卷四，48 卷一

长生：12 外集卷四，13 外集卷四，14 外集卷四，15 文录卷十四，16 外集卷四，17 外集卷四，18 外集卷四，21 卷二十，22 卷二十，23 卷二十，24 卷二十，25 卷九，26 卷九，27 卷十六，28 卷十六，33 卷六，34 卷六，36 文章编卷四，37 文章编卷四，38 文章编卷四，39 文章编卷四，40 文章集卷四，41 文章集卷四，44 卷四

南浦道中：12 外集卷四，13 外集卷四，14 外集卷四，15 文录卷十四，16 外集卷四，17 外集卷四，18 外集卷四，21 卷二十，22 卷二十，23 卷二十，24 卷二十，25 卷九，26 卷九，33 卷六，34 卷六，44 卷四

重登黄土脑：12 外集卷四，13 外集卷四，14 外集卷四，15 文录卷十四，16 外集卷四，17 外集卷四，18 外集卷四，21 卷二十，22 卷二十，23 卷二十，24 卷二十，25 卷九，26 卷九，44 卷四

过新溪驿：12 外集卷四，13 外集卷四，14 外集卷四，15 文录卷十四，16 外集卷四，17 外集卷四，18 外集卷四，21 卷二十，22 卷二十，23 卷二十，24 卷二十，25 卷九，26 卷九，44 卷四

梦中绝句：12 外集卷四，13 外集卷四，14 外集卷四，15 文录卷十四，16 外集卷四，17 外集卷四，18 外集卷四，21 卷二十，22 卷二十，23 卷二十，24 卷二十，25 卷九，26 卷九，33 卷六《附梦中绝句》，34 卷六《附梦中绝句》，36 文章编卷四，37 文章编卷四，38 文章编卷四，39 文章编卷四，40 文章集卷四，41 文章集卷四，44 卷四

谒伏波庙二首：12 外集卷四，13 外集卷四，14 外集卷四，15 文录卷十四，16 外集卷四，17 外集卷四，18 外集卷四，21 卷二十，22 卷二十，23 卷二十，24 卷二十，25 卷九，26 卷九，27 卷十六*（其一），28 卷十六*（其一），33 卷六，34 卷六，35 卷十六（小注作"戊子"），36 文章编卷四*（其一），37 文章编卷四*（其一），38 文章编卷四*（其一），39 文章编卷四*（其一），40 文章集卷四*（其一），41 文章集卷四*（其一），44 卷四，48 卷一

破断藤峡：12 外集卷四，13 外集卷四，14 外集卷四，15 文录卷十四，16 外集卷四，17 外集卷四，18 外集卷四，21 卷二十，22 卷二十，23 卷二十，24 卷二十，25 卷九，26 卷九，44 卷四，48 卷一

平八寨：12 外集卷四，13 外集卷四，14 外集卷四，15 文录卷十四，16 外集卷四，17 外集卷四，18 外集卷四，21 卷二十，22 卷二十，23 卷二十，24 卷二十，25 卷九，26 卷九，35 卷十六（小注作"戊子"），44 卷四

南宁二首：12 外集卷四，13 外集卷四，14 外集卷四，15 文录卷十四，16 外集卷四，17 外集卷四，18 外集卷四，21 卷二十，22 卷二十，23 卷二十，24 卷二十，25 卷九，26 卷九，27 卷十六*（其二），28 卷十六*（其二），35 卷十六（小注作"戊子"），36 文章编卷四*（其二），37 文章编卷四*（其二），38 文章编卷四*（其二），39 文章编卷四*（其二），40 文章集卷四*（其二），41 文章集卷四*（其二），44 卷四

往岁破桶冈宗舜祖世麟老宣慰实来督兵今兹思田之役乃随父致仕宣慰明辅来从事目击其父子孙三世皆以忠孝相承相尚也诗以嘉之：12 外集卷四，13 外集卷四，14 外集卷四，15 文录卷十四，16 外集卷四，17 外集卷四，18 外集卷四，21 卷二十，22 卷二十，23 卷二十（正文篇题"忠孝"作"忠厚"，目录篇题"皆以忠厚相承相尚也诗以嘉之"作"皆以忠信相承相尚也诗嘉之"），24 卷二十，25 卷九，26 卷九，44 卷四

题甘泉居：12 外集卷四，13 外集卷四，14 外集卷四，15 文录卷十四，16 外集卷四，17 外集卷四，18 外集卷四，21 卷二十，22 卷二十，23 卷二十，24 卷二十，25 卷九，26 卷九，35 卷十六（小注作"戊子"），44 卷四

书泉翁壁：12 外集卷四，13 外集卷四，14 外集卷四，15 文录卷十四，16 外集卷四，17 外集卷四，18 外集卷四，21 卷二十，22 卷二十，23 卷二十，24 卷二十，25 卷九，26 卷九，44 卷四

卷二十一　外集三　书

答佟太守求雨（癸亥）：12 外集卷五，13 外集卷五，14 外集卷五，15 文录卷四，16 外集卷五，17 外集卷五，18 外集卷五，21 卷二十一，22 卷二十一，23 卷二十一，24 卷二十一，25 卷四，26 卷四，27 卷五，28 卷五，33 卷三，34 卷三，35 卷十《答佟太守求雨书》，36 文章编卷一《答佟太守求雨书》，37 文章编卷一《答佟太守求雨书》，38 文章编卷一《答佟太守求雨书》，39 文章编卷一《答佟太守求雨书》，40 文章集卷一《答佟太守求雨书》，41 文章集卷一《答佟太守求雨书》，45 卷一，53 卷五《答佟太守求雨书》，54 卷一《答佟太守求雨书》

答毛宪副（戊辰）：01 卷一《答毛宪副书》，12 外集卷五，13 外集卷五，14 文录卷五，15 文录卷四，16 外集卷五，17 外集卷五，18 外集卷五，21 卷二十一，22 卷二十一，23 卷二十一，24 卷二十一，25 卷四，26 卷四，27 卷十五，28 卷十五，29 卷三，30 卷三，31 卷三，32 卷三，33 卷三，34 卷三，35 卷十《答毛宪副以礼自守书》*#，36 文章编卷一《答毛宪副书》，37 文章编卷

一《答毛宪副书》,38 文章编卷一《答毛宪副书》,39 文章编卷一《答毛宪副书》,40 文章集卷一《答毛宪副书》,41 文章集卷一《答毛宪副书》,45 卷一,52 卷一,53 卷五《答毛宪副以礼自守书》*,55 卷六《答毛宪副以礼自守书》(目录作《答副宪以礼自守书》)*

与安宣慰(戊辰):01 卷一《答安宣慰书》,12 外集卷五,13 外集卷五,14 外集卷五,15 文录卷四,16 外集卷五,17 外集卷五,18 外集卷五,21 卷二十一,22 卷二十一,23 卷二十一,24 卷二十一,25 卷四,26 卷四,27 卷十五,28 卷十五,31 卷三,32 卷三,33 卷三,34 卷三,35 卷十《与安宣慰辞金帛鞍马书》,36 文章编卷一《与安宣慰书其一》,37 文章编卷一《与安宣慰书其一》,38 文章编卷一《与安宣慰书其一》,39 文章编卷一《与安宣慰书其一》,40 文章集卷一《与安宣慰书其一》,41 文章集卷一《与安宣慰书其一》,45 卷一,54 卷一《与安宣慰书》

[与安宣慰]二(戊辰):01 卷一《又答安宣慰书》,12 外集卷五,13 外集卷五,14 外集卷五,15 文录卷四,16 外集卷五,17 外集卷五,18 外集卷五,21 卷二十一,22 卷二十一,23 卷二十一,24 卷二十一,25 卷四,26 卷四,27 卷十五《再与安宣慰》,28 卷十五《再与安宣慰》,30 卷三《与安宣慰》,31 卷三,32 卷三,33 卷三,34 卷三,35 卷十《与安宣慰论减驿书》,36 文章编卷一《与安宣慰书其二》,37 文章编卷一《与安宣慰书其二》,38 文章编卷一《与安宣慰书其二》,39 文章编卷一《与安宣慰书其二》,40 文章集卷一《与安宣慰书其二》,41 文章集卷一《与安宣慰书其二》,45 卷一,54 卷一《与安宣慰书》,55 卷六《与安宣慰论减驿书》

[与安宣慰]三(戊辰):01 卷一《又答安宣慰书》,12 外集卷五,13 外集卷五,14 外集卷五,15 文录卷四,16 外集卷五,17 外集卷五,18 外集卷五,21 卷二十一,22 卷二十一,23 卷二十一,24 卷二十一,25 卷四,26 卷四,27 卷十五《三与安宣慰》,28 卷十五《三与安宣慰》,30 卷三《[与安宣慰]二》,31 卷三,32 卷三,33 卷三,34 卷三,35 卷十,36 文章编卷一《与安宣慰书其三》,37 文章

编卷一《与安宣慰书其三》，38 文章编卷一《与安宣慰书其三》，39 文章编卷一《与安宣慰书其三》，40 文章集卷一《与安宣慰书其三》，41 文章集卷一《与安宣慰书其三》，45 卷一

答人问神仙（戊辰）：01 卷一《答友人》，12 外集卷五，13 外集卷五，15 文录卷四，16 外集卷五，17 外集卷五，18 外集卷五，21 卷二十一，22 卷二十一，23 卷二十一，24 卷二十一，25 卷四，26 卷四，27 卷四，28 卷四，29 卷三，31 卷一，32 卷一，33 卷三，34 卷三，35 卷十《答人问神仙书》*，36 理学编卷四，37 理学编卷四，38 理学编卷四，39 理学编卷四，40 理学集卷四，41 理学集卷四，45 卷一，53 卷五《答人问神仙书》*

答徐成之（壬午）：12 外集卷五，13 外集卷五、传习录下卷一《答徐成之书》（重出），14 外集卷五，15 文录卷一（小注作"壬申"），17 文录卷一《[答徐成之书]二》（小注作"壬申"），18 外集卷五，21 卷二十一，22 卷二十一，23 卷二十一，24 卷二十一，25 卷四，26 卷四，27 卷三、卷四《答徐成之书》（内容重出），28 卷三、卷四《答徐成之书》（重出），29 卷三，30 卷二*，31 卷一，32 卷一，33 卷三，34 卷三，35 卷十《答徐成之论朱陆异同书（辛未）》，36 理学编卷四《答徐成之书其一》，37 理学编卷四《答徐成之书其一》，38 理学编卷四《答徐成之书其一》，39 理学编卷四《答徐成之书其一》，40 理学集卷四《答徐成之书其一》，41 理学集卷四《答徐成之书其一》，45 卷一

[答徐成之]二（壬午）：02 卷上*，12 外集卷五，13 外集卷五、传习录下卷一《又[答徐成之书]》（重出），14 外集卷五，15 文录卷一（小注作"壬申"），17 文录卷一《[答徐成之书]三》（小注作"壬申"），18 外集卷五，21 卷二十一，22 卷二十一，23 卷二十一，24 卷二十一，25 卷四，26 卷四，27 卷三《再答徐成之》，28 卷三《再答徐成之》，29 卷三，31 卷一《又答徐成之》*，32 卷一《又答徐成之》*，33 卷三《又答徐成之》*，34 卷三《又答徐成之》*，35 卷十《再答徐成之论朱陆异同书（辛未）》，36 理学编卷四《答徐成之书其二》，37 理学编卷四《答徐成之书其二》，38 理学编卷四《答徐成之书其二》，39 理学

编卷四《答徐成之书其二》,40 理学集卷四《答徐成之书其二》,41 理学集卷四《答徐成之书其二》, 45 卷一, 57 卷一*, 58 卷一*, 59 传习则言*（无篇题）, 61 卷一*

答储柴墟（壬申）: 02 卷上*, 12 外集卷五, 13 外集卷五, 14 外集卷五, 15 文录卷四, 16 外集卷五, 17 外集卷五, 18 外集卷五, 21 卷二十一, 22 卷二十一, 23 卷二十一, 24 卷二十一, 25 卷四, 26 卷四, 27 卷四*, 28 卷四*, 29 卷三, 31 卷一*, 32 卷一*, 33 卷三*, 34 卷三*, 35 卷十《答储柴墟论交际书》*, 36 文章编卷一《答储柴墟书》, 37 文章编卷一《答储柴墟书》, 38 文章编卷一《答储柴墟书》, 39 文章编卷一《答储柴墟书》, 40 文章集卷一《答储柴墟书》, 41 文章集卷一《答储柴墟书》, 45 卷一, 55 卷六《答储柴墟论交际书》*

[答储柴墟]二（壬申）: 02 卷上*, 12 外集卷五, 13 外集卷五, 14 外集卷五, 15 文录卷四, 16 外集卷五, 17 外集卷五, 18 外集卷五, 21 卷二十一, 22 卷二十一, 23 卷二十一, 24 卷二十一, 25 卷四, 26 卷四, 27 卷四《再答储柴墟》（正文作《答储柴墟》）*, 28 卷四《再答储柴墟》（正文作《答储柴墟》）*, 29 卷三, 31 卷一《又答储柴墟》*, 32 卷一《又答储柴墟》*, 33 卷三《答储柴墟二》*, 34 卷三《答储柴墟二》*, 35 卷十《答储柴墟论师道书》*, 36 理学编卷四《答储柴墟其二》, 37 理学编卷四《答储柴墟其二》, 38 理学编卷四《答储柴墟其二》, 39 理学编卷四《答储柴墟其二》, 40 理学集卷四《答储柴墟其二》, 41 理学集卷四《答储柴墟其二》, 45 卷一, 55 卷六《答储柴墟论师道书》*

答何子元（壬申）: 12 外集卷五, 13 外集卷五, 14 外集卷五, 15 文录卷四, 16 外集卷五, 17 外集卷五, 18 外集卷五, 21 卷二十一, 22 卷二十一, 23 卷二十一, 24 卷二十一, 25 卷四, 26 卷四, 27 卷五, 28 卷五, 29 卷三, 30 卷三, 35 卷十《答何子元论日食接祭书》*, 36 文章编卷一《答何子元书》, 37 文章编卷一《答何子元书》, 38 文章编卷一《答何子元书》, 39 文章编卷一《答何子元书》, 40 文章集卷一《答何子元书》, 41 文章集卷一《答何子元书》, 45 卷一

上晋溪司马（戊寅）：12 外集卷五，13 外集卷五，14 外集卷五，15 文录卷四，16 外集卷五，17 外集卷五，18 外集卷五，21 卷二十一，22 卷二十一，23 卷二十一，24 卷二十一，25 卷四，26 卷四，27 卷七《上晋溪司马书》（目录作《上王晋溪司马书》），28 卷七《上晋溪司马书》（目录作《上王晋溪司马书》），35 卷十一《与王晋溪大司马论福建叛军书（己卯）》*，36 经济编卷三《上晋溪司马书（戊寅）》，37 经济编卷三《上晋溪司马书（戊寅）》，38 经济编卷三《上晋溪司马书（戊寅）》，39 经济编卷三《上晋溪司马书（戊寅）》，40 经济集卷三《上晋溪司马书（戊寅）》，41 经济集卷三《上晋溪司马书（戊寅）》，45 卷一

[上晋溪司马] 二（己卯）：12 外集卷五，13 外集卷五，14 外集卷五，15 文录卷四，16 外集卷五，17 外集卷五，18 外集卷五，21 卷二十一，22 卷二十一，23 卷二十一，24 卷二十一，25 卷四，26 卷四，45 卷一

上彭幸庵（壬午）：12 外集卷五，13 外集卷五，14 外集卷五，15 文录卷四，16 外集卷五，17 外集卷五（小注"壬"为"■"），18 外集卷五，21 卷二十一，22 卷二十一，23 卷二十一，24 卷二十一，25 卷四，26 卷四，45 卷一

寄杨邃庵阁老（壬午）：12 外集卷五，13 外集卷五，14 外集卷五，15 文录卷四，16 外集卷五，17 外集卷五，18 外集卷五，21 卷二十一，22 卷二十一，23 卷二十一，24 卷二十一，25 卷四（残），26 卷四，27 卷十五，28 卷十五，31 卷二，32 卷二，33 卷三，34 卷三，35 卷十一《寄杨邃庵阁老乞志铭书》*，45 卷一，53 卷五《寄杨邃庵阁老乞志铭书》*

[寄杨邃庵阁老] 二（癸未）：02 卷上*，12 外集卷五，13 外集卷五，15 文录卷四，16 外集卷五，17 外集卷五，18 外集卷五，21 卷二十一，22 卷二十一，23 卷二十一，24 卷二十一，25 卷四（残），26 卷四，27 卷十五《再寄杨邃庵》（正文作《寄杨邃庵》）*，28 卷十五《再寄杨邃庵》（正文作《寄杨邃庵》）*，29 卷三，31 卷二《又寄杨邃庵》，32 卷二《又寄杨邃庵》，33 卷三《寄杨邃庵》*，34 卷三《寄杨邃庵》*，35 卷十一《寄杨邃庵阁老论相业书》*，36 文章编卷一《寄杨邃庵阁老书其二》，37 文章编卷一《寄杨邃庵阁老书其二》，

38 文章编卷一《寄杨邃庵阁老书其二》，39 文章编卷一《寄杨邃庵阁老书其二》，40 文章集卷一《寄杨邃庵阁老书其二》，41 文章集卷一《寄杨邃庵阁老书其二》，45 卷一，53 卷五《寄杨邃庵阁老论相业书》*，54 卷一《寄杨邃庵阁老书》，55 卷六《寄杨邃庵阁老论相业者》

[寄杨邃庵阁老]三（丁亥）：12 外集卷五，13 外集卷五，14 外集卷五，15 文录卷四，16 外集卷五，17 外集卷五，18 外集卷五，21 卷二十一，22 卷二十一，23 卷二十一，24 卷二十一，25 卷四，26 卷四，45 卷一

[寄杨邃庵阁老]四（丁亥）：12 外集卷五，13 外集卷五，14 外集卷五，15 文录卷四，16 外集卷五，17 外集卷五，18 外集卷五，21 卷二十一，22 卷二十一，23 卷二十一，24 卷二十一，25 卷四，26 卷四，45 卷一

寄席元山（癸未）：12 外集卷五，13 外集卷五，14 外集卷五，15 文录卷四，16 外集卷五，17 外集卷五，18 外集卷五，21 卷二十一，22 卷二十一，23 卷二十一，24 卷二十一，25 卷四，26 卷四，45 卷一

答王璧庵中丞（甲申）：12 外集卷五，13 外集卷五，14 外集卷五，15 文录卷二#，16 文录卷二#，17 文录卷二#，18 外集卷五，21 卷二十一，22 卷二十一，23 卷二十一，24 卷二十一，25 卷四，26 卷四，29 卷三，45 卷一

与陆清伯（甲申）：12 外集卷五，13 外集卷五，15 文录卷二《[与陆元静]四》，16 文录卷二《[与陆元静]四》，17 文录卷二《[与陆元静]四》，18 外集卷五，21 卷二十一，22 卷二十一，23 卷二十一，24 卷二十一，25 卷四，26 卷四，45 卷一

与黄诚甫（甲申）：12 外集卷五，13 外集卷五，18 外集卷五，21 卷二十一，22 卷二十一，23 卷二十一，24 卷二十一，25 卷四，26 卷四，45 卷一

[与黄诚甫]二（甲申）：12 外集卷五，13 外集卷五，14 外集卷五，18 外集卷五，21 卷二十一，22 卷二十一，23 卷二十一，24 卷二十一，25 卷四，26 卷四，29 卷三，45 卷一

[与黄诚甫]三（乙酉）：12 外集卷五，13 外集卷五，14 外集卷五，18 外

集卷五，21卷二十一，22卷二十一，23卷二十一，24卷二十一，25卷四，26卷四，29卷三，45卷一

与黄勉之（乙酉）：02卷上*，12外集卷五，13外集卷五，14外集卷五，15文录卷二，16文录卷二《[与黄勉之]三》，17文录卷二《[与黄勉之]三》，18外集卷五，21卷二十一，22卷二十一，23卷二十一，24卷二十一，25卷四，26卷四，29卷三，35卷十二《与黄勉之论刻王信伯遗言书》，45卷一

复童克刚（乙酉）：12外集卷五，13外集卷五，14外集卷五，15文录卷四，16外集卷五《复童克刚书》，17外集卷五，18外集卷五，21卷二十一，22卷二十一，23卷二十一，24卷二十一，25卷四，26卷四，29卷三，33卷三，34卷三，35卷十二《戒童克刚焚弃八策书》*，45卷一

与郑启范侍御（丁亥）：12外集卷五，13外集卷五，14外集卷五，15文录卷四，16文录卷二，17文录卷三，18外集卷五，21卷二十一，22卷二十一，23卷二十一，24卷二十一，25卷四，26卷四，29卷三，35卷十二《与郑启范辞谢荐举书》，45卷一

答方叔贤（丁亥）：12外集卷五，13外集卷五，14外集卷五，15文录卷四，16外集卷五，17外集卷五，18外集卷五，21卷二十一，22卷二十一，23卷二十一，24卷二十一，25卷四，26卷四，29卷三，35卷十二《答方叔贤辞两广重任书》，45卷一

[答方叔贤]二（丁亥）：02卷上*，12外集卷五，13外集卷五，14外集卷五，15文录卷四，16外集卷五，17外集卷五，18外集卷五，21卷二十一，22卷二十一，23卷二十一，24卷二十一，25卷四，26卷四，27卷十五，28卷十五，29卷三，31卷二，32卷二《答方叔贤》，33卷三《答方叔贤》，34卷三《答方叔贤》，35卷十二《答方叔贤论荐贤书》*，36文章编卷一《答方叔贤书其二》，37文章编卷一《答方叔贤书其二》，38文章编卷一《答方叔贤书其二》，39文章编卷一《答方叔贤书其二》，40文章集卷一《答方叔贤书其二》，41文章集卷一《答方叔贤书其二》，45卷一，55卷六《答方叔贤谕应贤书》*

与黄宗贤（丁亥）：12 外集卷五，13 外集卷五，14 外集卷五，15 文录卷四，16 外集卷五，17 外集卷五，18 外集卷五，21 卷二十一，22 卷二十一，23 卷二十一，24 卷二十一，25 卷四，26 卷四，45 卷一

[与黄宗贤]二（丁亥）：12 外集卷五，13 外集卷五，14 外集卷五，15 文录卷四，16 外集卷五，17 外集卷五，18 外集卷五，21 卷二十一，22 卷二十一，23 卷二十一，24 卷二十一，25 卷四，26 卷四，35 卷十二《与黄宗贤恳辞重任书》*，45 卷一

[与黄宗贤]三（丁亥）：12 外集卷五，13 外集卷五，14 外集卷五，15 文录卷四，16 外集卷五，17 外集卷五，18 外集卷五，21 卷二十一，22 卷二十一，23 卷二十一，24 卷二十一，25 卷四，26 卷四，27 卷五，28 卷五，29 卷三，35 卷十二《与黄宗贤论朝事书》*，36 文章编卷一《与黄宗贤书其三》，37 文章编卷一《与黄宗贤书其三》，38 文章编卷一《与黄宗贤书其三》，39 文章编卷一《与黄宗贤书其三》，40 文章集卷一《与黄宗贤书其三》，41 文章集卷一《与黄宗贤书其三》，45 卷一

[与黄宗贤]四（戊子）：12 外集卷五，13 外集卷五，14 外集卷五，18 外集卷五，21 卷二十一，22 卷二十一，23 卷二十一，24 卷二十一，25 卷四，26 卷四，27 卷五《再与黄宗贤》（正文作《与黄宗贤》），28 卷五《再与黄宗贤》（正文作《与黄宗贤》），35 卷十二《与黄宗贤论立朝勿求进功书》*，36 文章编卷一《与黄宗贤书其四》，37 文章编卷一《与黄宗贤书其四》，38 文章编卷一《与黄宗贤书其四》，39 文章编卷一《与黄宗贤书其四》，40 文章集卷一《与黄宗贤书其四》，41 文章集卷一《与黄宗贤书其四》，45 卷一

[与黄宗贤]五（戊子）：12 外集卷五，13 外集卷五，14 外集卷五，18 外集卷五，21 卷二十一，22 卷二十一，23 卷二十一，24 卷二十一，25 卷四，26 卷四，45 卷一

答见山冢宰（丁亥）：12 外集卷五，13 外集卷五，14 外集卷五，15 文录卷四，16 外集卷五，17 外集卷五，18 外集卷五，21 卷二十一，22 卷二十一，23

卷二十一，24卷二十一，25卷四，26卷四，35卷十二*，45卷一

与霍兀崖宫端（丁亥）：12外集卷五，13外集卷五，14外集卷五，15文录卷四，16外集卷五，17外集卷五，18外集卷五，21卷二十一，22卷二十一，23卷二十一，24卷二十一，25卷四，26卷四，27卷五（目录作《与许兀崖宫端》），28卷五（目录作《与许兀崖宫端》），35卷十二《与霍兀崖论大礼书》，36文章编卷一，37文章编卷一，38文章编卷一，39文章编卷一，40文章集卷一，41文章集卷一，45卷一

答潘直卿（丁亥）：12外集卷五，13外集卷五，14外集卷五，15文录卷四，16外集卷五，17外集卷五，18外集卷五，21卷二十一，22卷二十一，23卷二十一，24卷二十一，25卷四，26卷四，45卷一

寄翟石门阁老（戊子）：12外集卷五，13外集卷五，14外集卷五，15文录卷四，16外集卷五，17外集卷五，18外集卷五，21卷二十一，22卷二十一，23卷二十一，24卷二十一，25卷四，26卷四，29卷三，45卷一

寄何燕泉（戊子）：12外集卷五，13外集卷五，14外集卷五，15文录卷四，16外集卷五，17外集卷五，18外集卷五，21卷二十一，22卷二十一，23卷二十一，24卷二十一，25卷四，26卷四，45卷一

卷二十二　外集四　序

罗履素诗集序（壬戌）：12外集卷六，13外集卷六，14外集卷六，15文录卷五，16外集卷六，17外集卷六，18外集卷六，21卷二十二，22卷二十二，23卷二十二，24卷二十二，25卷五，26卷五，27卷十五，28卷十五，31卷二，32卷二，33卷四，34卷四，35卷八*，36文章编卷一，37文章编卷一，38文章编卷一，39文章编卷一，40文章集卷一，41文章集卷一，52卷一*

两浙观风诗序（壬戌）：12外集卷六，13外集卷六，14外集卷六，15文录卷五，16外集卷六，17外集卷六，18外集卷六，21卷二十二，22卷二十二，23卷二十二，24卷二十二，25卷五，26卷五，27卷十五，28卷十五，29卷四，

31卷二，32卷二，33卷四，34卷四，35卷八，36文章编卷一，37文章编卷一，38文章编卷一，39文章编卷一，40文章集卷一，41文章集卷一，53卷四

山东乡试录序（甲子）：12外集卷六，13外集卷六，14外集卷六，15文录卷五，16外集卷六，17外集卷六，18外集卷六，21卷二十二，22卷二十二，23卷二十二，24卷二十二，25卷五，26卷五，27卷十五，28卷十五，29卷四，31卷二*，32卷二*，33卷四*，34卷四*，35卷八，36文章编卷一，37文章编卷一，38文章编卷一，39文章编卷一，40文章集卷一，41文章集卷一，53卷四*，55卷五*

气候图序（戊辰）：01卷一，12外集卷六，13外集卷六，14外集卷六，15文录卷五，16外集卷六，17外集卷六，18外集卷六，21卷二十二，22卷二十二，23卷二十二，24卷二十二，25卷五，26卷五，27卷十五，28卷十五，29卷四，36文章编卷一，37文章编卷一，38文章编卷一，39文章编卷一，40文章集卷一，41文章集卷一

送毛宪副致仕归桐江书院序（戊辰）：01卷一《送宪副毛公致仕归桐江书院序》，12外集卷六，13外集卷六，14外集卷六，15文录卷五，16外集卷六，17外集卷六，18外集卷六，21卷二十二，22卷二十二，23卷二十二，24卷二十二，25卷五，26卷五，35卷八（己巳），53卷五《送毛宪副归桐江书院序》

恩寿双庆诗后序（戊辰）：01卷一，12外集卷六，13外集卷六，14外集卷六，15文录卷五，16外集卷六，17外集卷六（小注"庆"作"■"），18外集卷六，21卷二十二，22卷二十二，23卷二十二，24卷二十二，25卷五，26卷五

重刊文章轨范序（戊辰）：01卷一，12外集卷六，13外集卷六，14外集卷六，15文录卷五，16外集卷六，17外集卷六，18外集卷六，21卷二十二，22卷二十二，23卷二十二，24卷二十二，25卷五，26卷五，27卷十五《重刻文章轨范序》*，28卷十五《重刻文章轨范序》*，31卷二《重刻文章轨范序》，32卷二《重刻文章轨范序》，33卷四《重刻文章轨范序》*，34卷四《重刻文章轨范序》*，35卷八，36文章编卷一，37文章编卷一，38文章编卷一，39文章

编卷一，40 文章集卷一，41 文章集卷一，53 卷四，54 卷一

五经臆说序（戊辰）：01 卷一，02 卷上 *，12 外集卷六，13 外集卷六，14 外集卷六，15 文录卷五，16 外集卷六，17 外集卷六，18 外集卷六，21 卷二十二，22 卷二十二，23 卷二十二，24 卷二十二，25 卷五，26 卷五，29 卷四，35 卷八（小注作"己巳"），53 卷五，55 卷五

潘氏四封录序（辛未）：12 外集卷六，13 外集卷六，14 外集卷六，15 文录卷五，16 外集卷六，17 外集卷六，18 外集卷六，21 卷二十二，22 卷二十二，23 卷二十二，24 卷二十二，25 卷五，26 卷五，29 卷四

送章达德归东雁序（辛未）：12 外集卷六，13 外集卷六，14 外集卷六，15 文录卷五，16 外集卷六，17 外集卷六，18 外集卷六，21 卷二十二，22 卷二十二，23 卷二十二，24 卷二十二，25 卷五，26 卷五，35 卷八

寿汤云谷序（甲戌）：12 外集卷六，13 外集卷六，14 外集卷六，15 文录卷五，16 外集卷六，17 外集卷六，18 外集卷六，21 卷二十二，22 卷二十二，23 卷二十二，24 卷二十二，25 卷五，26 卷五，27 卷十五#，28 卷十五#，29 卷四，33 卷四，34 卷四，35 卷八，36 文章编卷一，37 文章编卷一，38 文章编卷一，39 文章编卷一，40 文章集卷一，41 文章集卷一，53 卷五，55 卷五

文山别集序（甲戌）：12 外集卷六，13 外集卷六，14 外集卷六，15 文录卷五，16 外集卷六，17 外集卷六，18 外集卷六，21 卷二十二，22 卷二十二，23 卷二十二，24 卷二十二，25 卷五，26 卷五，27 卷十五，28 卷十五，35 卷八，36 文章编卷一，37 文章编卷一，38 文章编卷一，39 文章编卷一，40 文章集卷一，41 文章集卷一，53 卷五

金坛县志序（乙亥）：12 外集卷六，13 外集卷六，14 外集卷六，15 文录卷五，16 外集卷六，17 外集卷六，18 外集卷六，21 卷二十二，22 卷二十二，23 卷二十二，24 卷二十二，25 卷五，26 卷五，29 卷四，35 卷八

送南元善入觐序（乙酉）：12 外集卷六，13 外集卷六，14 外集卷六，15 文录卷五，16 外集卷六，17 外集卷六，18 外集卷六，21 卷二十二，22 卷二十二，

23卷二十二，24卷二十二，25卷五，26卷五，27卷十五，28卷十五，29卷四，35卷八，36文章编卷一，37文章编卷一，38文章编卷一，39文章编卷一，40文章集卷一，41文章集卷一

送闻人邦允序：12外集卷六，13外集卷六，14外集卷六，15文录卷五，16外集卷六，17外集卷六，18外集卷六，21卷二十二，22卷二十二，23卷二十二，24卷二十二，25卷五，26卷五，35卷八（小注作"乙酉"）

送别省吾林都宪序（戊子）：12外集卷六，13外集卷六，14外集卷六，18外集卷六，21卷二十二，22卷二十二，23卷二十二，24卷二十二，25卷五，26卷五，27卷十五，28卷十五，35卷八，36文章编卷一，37文章编卷一，38文章编卷一，39文章编卷一，40文章集卷一，41文章集卷一，54卷一

卷二十三　外集五　记

兴国守胡孟登生像记（壬戌）：12外集卷七，13外集卷七，14外集卷七，15文录卷七，17外集卷七，18外集卷七，21卷二十三，22卷二十三，23卷二十三，24卷二十三，25卷六，26卷六，35卷九

新建预备仓记（癸亥）：12外集卷七，13外集卷七，14外集卷七，15文录卷七，17外集卷七，18外集卷七，21卷二十三，22卷二十三，23卷二十三，24卷二十三，25卷六，26卷六，35卷九

平山书院记（癸亥）：12外集卷七，13外集卷七，14外集卷七，15文录卷七，17外集卷七，18外集卷七，21卷二十三，22卷二十三，23卷二十三，24卷二十三，25卷六，26卷六，27卷十四，28卷十四，29卷四，35卷九，36文章编卷二，37文章编卷二，38文章编卷二，39文章编卷二，40文章集卷二，41文章集卷二，53卷五

何陋轩记（戊辰）：01卷一，12外集卷七，13外集卷七，14外集卷七，15文录卷七，17外集卷七，18外集卷七，21卷二十三，22卷二十三，23卷二十三，24卷二十三，25卷六，26卷六，27卷十四，28卷十四，33卷四，34

卷四，35 卷九，36 文章编卷二，37 文章编卷二，38 文章编卷二，39 文章编卷二，40 文章集卷二，41 文章集卷二，53 卷五

君子亭记（戊辰）：01 卷一，12 外集卷七，13 外集卷七，14 外集卷七，15 文录卷七，17 外集卷七，18 外集卷七，21 卷二十三，22 卷二十三，23 卷二十三，24 卷二十三，25 卷六，26 卷六，27 卷十四，28 卷十四，35 卷九，36 文章编卷二，37 文章编卷二，38 文章编卷二，39 文章编卷二，40 文章集卷二，41 文章集卷二，53 卷五

远俗亭记（戊辰）：01 卷一，12 外集卷七，13 外集卷七，14 外集卷七，15 文录卷七，17 外集卷七，18 外集卷七，21 卷二十三，22 卷二十三，23 卷二十三，24 卷二十三，25 卷六，26 卷六，27 卷十四，28 卷十四，30 卷三，35 卷九，36 文章编卷二，37 文章编卷二，38 文章编卷二，39 文章编卷二，40 文章集卷二，41 文章集卷二，54 卷一，55 卷五

象祠记（戊辰）：01 卷一《象庙记》，12 外集卷七，13 外集卷七，14 外集卷七，15 文录卷七，17 外集卷七，18 外集卷七，21 卷二十三，22 卷二十三，23 卷二十三，24 卷二十三，25 卷六，26 卷六，27 卷十四，28 卷十四，30 卷三，31 卷三，32 卷三，33 卷四，34 卷四，35 卷九，36 文章编卷二，37 文章编卷二，38 文章编卷二，39 文章编卷二，40 文章集卷二，41 文章集卷二，52 卷一，53 卷五，54 卷一，55 卷五

卧马冢记（戊辰）：01 卷一，12 外集卷七，13 外集卷七，14 外集卷七，15 文录卷七，17 外集卷七，18 外集卷七，21 卷二十三，22 卷二十三，23 卷二十三，24 卷二十三，25 卷六，26 卷六，27 卷十四，28 卷十四，35 卷九#，36 文章编卷二，37 文章编卷二，38 文章编卷二，39 文章编卷二，40 文章集卷二，41 文章集卷二

宾阳堂记（戊辰）：01 卷一，12 外集卷七，13 外集卷七，14 外集卷七，15 文录卷七，17 外集卷七，18 外集卷七，21 卷二十三，22 卷二十三，23 卷二十三，24 卷二十三，25 卷六，26 卷六，27 卷十四，28 卷十四，29 卷四，35

卷九，36 文章编卷二，37 文章编卷二，38 文章编卷二，39 文章编卷二，40 文章集卷二，41 文章集卷二，55 卷五

重修月潭寺建公馆记（戊辰）：01 卷一，02 卷上＊，12 外集卷七，13 外集卷七，14 外集卷七，15 文录卷七，17 外集卷七，18 外集卷七，21 卷二十三，22 卷二十三，23 卷二十三，24 卷二十三，25 卷六，26 卷六，27 卷十四，28 卷十四，35 卷九＊，36 文章编卷二，37 文章编卷二，38 文章编卷二，39 文章编卷二，40 文章集卷二，41 文章集卷二

玩易窝记（戊辰）：01 卷一，12 外集卷七，13 外集卷七，14 外集卷七，15 文录卷七，17 外集卷七，18 外集卷七，21 卷二十三，22 卷二十三，23 卷二十三，24 卷二十三，25 卷六，26 卷六，27 卷十四，28 卷十四，29 卷四，35 卷九，36 文章编卷二，37 文章编卷二，38 文章编卷二，39 文章编卷二，40 文章集卷二，41 文章集卷二

东林书院记（癸酉）：12 外集卷七，13 外集卷七，14 外集卷七，15 文录卷七，17 外集卷七，18 外集卷七，21 卷二十三，22 卷二十三，23 卷二十三，24 卷二十三，25 卷六，26 卷六，27 卷十四，28 卷十四，29 卷四，35 卷九，36 文章编卷二，37 文章编卷二，38 文章编卷二，39 文章编卷二，40 文章集卷二，41 文章集卷二，53 卷五

应天府重修儒学记（甲戌）：12 外集卷七，13 外集卷七，14 外集卷七，15 文录卷七，17 外集卷七，18 外集卷七，21 卷二十三，22 卷二十三，23 卷二十三，24 卷二十三，25 卷六，26 卷六，30 卷三《[修学记]又》＊，35 卷九，55 卷五

重修六合县儒学记（乙亥）：12 外集卷七，13 外集卷七，14 外集卷七，15 文录卷七，17 外集卷七，18 外集卷七，21 卷二十三，22 卷二十三，23 卷二十三，24 卷二十三，25 卷六《重修六合县学记》，26 卷六，35 卷九

时雨堂记（丁丑）：12 外集卷七，13 外集卷七，15 文录卷七，17 外集卷七，18 外集卷七，21 卷二十三，22 卷二十三，23 卷二十三，24 卷二十三，25 卷六，

26卷六，35卷九

重修浙江贡院记（乙酉）：12外集卷七，13外集卷七，14外集卷七，15文录卷七，17外集卷七，18外集卷七，21卷二十三，22卷二十三，23卷二十三，24卷二十三，25卷六，26卷六，35卷九

浚河记（乙酉）：12外集卷七，13外集卷七，14外集卷七，15文录卷七，17外集卷七，18外集卷七，21卷二十三，22卷二十三，23卷二十三，24卷二十三，25卷六，26卷六，27卷十四，28卷十四，33卷四，34卷四，35卷九，36文章编卷二，37文章编卷二，38文章编卷二，39文章编卷二，40文章集卷二，41文章集卷二

卷二十四　外集六　说 杂著

白说字贞夫说（乙亥）：12外集卷八，13外集卷八，14外集卷八，15文录卷八，17外集卷八，18外集卷八，21卷二十四，22卷二十四（目录误作"卷二十五"），23卷二十四，24卷二十四（目录误作"卷二十五"），25卷七，26卷七，27卷十四，28卷十四，29卷四，35卷十三，36文章编卷二，37文章编卷二，38文章编卷二，39文章编卷二，40文章集卷二，41文章集卷二

刘氏三子字说（乙亥）：12外集卷八，13外集卷八，14外集卷八，15文录卷八，17外集卷八，18外集卷八，21卷二十四，22卷二十四，23卷二十四，24卷二十四，25卷七，26卷七，35卷十三

南冈说（丙戌）：12外集卷八，13外集卷八，14外集卷八，15文录卷六#，16文录卷四，17文录卷四，18外集卷八，21卷二十四，22卷二十四，23卷二十四，24卷二十四，25卷七，26卷七，27卷十四，28卷十四，35卷十三《朱应周南冈说》，36文章编卷二，37文章编卷二，38文章编卷二，39文章编卷二，40文章集卷二，41文章集卷二

悔斋说（癸酉）：12外集卷八，13外集卷八，14外集卷八，15文录卷八，18外集卷八，21卷二十四，22卷二十四，23卷二十四，24卷二十四，25卷七，

26卷七，35卷十三《崔伯乐悔斋说》

题汤大行殿试策问下（壬戌）：12外集卷八，13外集卷八，14外集卷八，15文录卷八，17外集卷八，18外集卷八，21卷二十四，22卷二十四，23卷二十四，24卷二十四，25卷七，26卷七，27卷十四，28卷十四，35卷十四，36文章编卷三，37文章编卷三，38文章编卷三，39文章编卷三，40文章集卷三，41文章集卷三，53卷五

示徐曰仁应试（丁卯）：02卷上*，12外集卷八，13外集卷八，14外集卷八，15文录卷八，17外集卷八，18外集卷八，21卷二十四，22卷二十四，23卷二十四，24卷二十四，25卷七，26卷七，27卷五《示徐曰仁应试书》*，28卷五《示徐曰仁应试书》*，29卷四，35卷十《示徐曰仁应试书》*，57卷一*，58卷一*，59传习则言*（无篇题），60卷一*

龙场生问答（戊辰）：01卷一，12外集卷八，13外集卷八，14外集卷八，15文录卷八，17外集卷八，18外集卷八，21卷二十四，22卷二十四，23卷二十四，24卷二十四，25卷七，26卷七，27卷十五，28卷十五，35卷十四，36文章编卷三，37文章编卷三，38文章编卷三，39文章编卷三，40文章集卷三，41文章集卷三

论元年春王正月（戊辰）：02卷上*，12外集卷八，13外集卷八，14外集卷八，15文录卷八，17外集卷八，18外集卷八，21卷二十四，22卷二十四，23卷二十四，24卷二十四，25卷七，26卷七，27卷十五，28卷十五，29卷四*，35卷十三《元年春王正月论》，36文章编卷三，37文章编卷三，38文章编卷三，39文章编卷三，40文章集卷三，41文章集卷三

书东斋风雨卷后（癸酉）：12外集卷八，13外集卷八，14外集卷八，15文录卷八，17外集卷八，18外集卷八，21卷二十四，22卷二十四，23卷二十四，24卷二十四，25卷七，26卷七，27卷十四，28卷十四，31卷二，32卷二，33卷四，34卷四，35卷十四，36文章编卷三，37文章编卷三，38文章编卷三，39文章编卷三，40文章集卷三，41文章集卷三，53卷五，55卷六

竹江刘氏族谱跋（甲戌）：12 外集卷八，13 外集卷八，14 外集卷八，18 外集卷八，21 卷二十四，22 卷二十四，23 卷二十四，24 卷二十四，25 卷七，26 卷七，27 卷十五，28 卷十五，31 卷二，32 卷二，33 卷四，34 卷四，35 卷十四，36 文章编卷三，37 文章编卷三，38 文章编卷三，39 文章编卷三，40 文章集卷三，41 文章集卷三，55 卷六

书察院行台壁（丁丑）：12 外集卷八，13 外集卷八，14 外集卷八，15 文录卷八，18 外集卷八，21 卷二十四，22 卷二十四，23 卷二十四，24 卷二十四，25 卷七，26 卷七

谕俗四条（丁丑）：12 外集卷八，13 外集卷八，14 外集卷八，15 文录卷八，17 外集卷八，18 外集卷八，21 卷二十四，22 卷二十四，23 卷二十四，24 卷二十四，25 卷七，26 卷七，29 卷四，35 卷十四，52 卷一

题遥祝图（戊寅）：12 外集卷八，13 外集卷八，14 外集卷八，18 外集卷八，21 卷二十四，22 卷二十四，23 卷二十四，24 卷二十四，25 卷七，26 卷七

书诸阳伯卷（戊寅）：12 外集卷八，13 外集卷八，14 外集卷八，15 文录卷九，16 文录卷五，17 文录卷五，18 外集卷八，21 卷二十四，22 卷二十四，23 卷二十四，24 卷二十四，25 卷七，26 卷七，35 卷十四（庚辰）

书陈世杰卷（庚辰）：12 外集卷八，13 外集卷八，14 外集卷八，15 文录卷九，16 文录卷五，17 文录卷五，18 外集卷八，21 卷二十四，22 卷二十四，23 卷二十四，24 卷二十四，25 卷七，26 卷七，35 卷十四

谕泰和杨茂（其人聋哑，自候门求见，先生以字问，茂以字答）：12 外集卷八（小注"先生"作"口先生"），13 外集卷八（小注"先生"作"口先生"），14 外集卷八，15 文录卷九（小注作"其人不能言，不能听，自候门求见。庚辰"），16 文录卷五（小注作"其人不能言，不能听，自候门求见。庚辰"），17 文录卷五（小注作"其人不能言，不能听，自候门求见。庚辰"），18 外集卷八，21 卷二十四，22 卷二十四，23 卷二十四，24 卷二十四，25 卷七，26 卷七，27 卷四，28 卷四，29 卷四，31 卷一，32 卷一，35 卷十四（小注作"茂聋哑，仅能识字，

自候门求见"），36 理学编卷四，37 理学编卷四，38 理学编卷四，39 理学编卷四，40 理学集卷四，41 理学集卷四，52 卷一

书栾惠卷（庚辰）：12 外集卷八，13 外集卷八，14 外集卷八，15 文录卷九，16 文录卷五，17 文录卷五，18 外集卷八，21 卷二十四，22 卷二十四，23 卷二十四，24 卷二十四，25 卷七，26 卷七，27 卷四，28 卷四，31 卷一，32 卷一，33 卷四，34 卷四，35 卷十四

书佛郎机遗事（庚辰）：12 外集卷八，13 外集卷八，14 外集卷八，15 文录卷八，17 外集卷八，18 外集卷八，21 卷二十四，22 卷二十四，23 卷二十四，24 卷二十四，25 卷七，26 卷七，27 卷九*，28 卷九*，29 卷四，30 卷五《佛郎机铭》*，31 卷六*，32 卷六*，33 卷四*，34 卷四*，35 卷十四，36 文章编卷三，37 文章编卷三，38 文章编卷三，39 文章编卷三，40 文章集卷三，41 文章集卷三，52 卷一，55 卷六

题寿外母蟠桃图（庚辰）：12 外集卷八，13 外集卷八，14 外集卷八，15 文录卷八，17 外集卷八（小注"庚"误作"寅"），18 外集卷八，21 卷二十四，22 卷二十四，23 卷二十四，24 卷二十四，25 卷七，26 卷七，27 卷十四，28 卷十四，36 文章编卷三，37 文章编卷三，38 文章编卷三，39 文章编卷三，40 文章集卷三，41 文章集卷三

书徐汝佩卷（癸未）：12 外集卷八，13 外集卷八，14 外集卷八，15 文录卷九，16 文录卷五，18 外集卷八，21 卷二十四，22 卷二十四，23 卷二十四，24 卷二十四，25 卷七，26 卷七，27 卷十四，28 卷十四，29 卷四，35 卷十四，36 文章编卷三，37 文章编卷三，38 文章编卷三，39 文章编卷三，40 文章集卷三，41 文章集卷三，53 卷五，55 卷六

题梦槎奇游诗卷（乙酉）：02 卷上*，12 外集卷八，13 外集卷八，14 外集卷八，15 文录卷八，17 外集卷八，18 外集卷八，21 卷二十四，22 卷二十四，23 卷二十四，24 卷二十四，25 卷七，26 卷七，27 卷十四，28 卷十四，35 卷十四，36 文章编卷三，37 文章编卷三，38 文章编卷三，39 文章编卷三，40 文章集卷三，

41 文章集卷三

　　为善最乐文（丁亥）：12 外集卷八，13 外集卷八，14 外集卷八，15 文录卷八，17 外集卷八，18 外集卷八，21 卷二十四，22 卷二十四，23 卷二十四，24 卷二十四，25 卷七，26 卷七，27 卷十四，28 卷十四，35 卷十四《书诸用明为善最乐文》，36 文章编卷三，37 文章编卷三，38 文章编卷三，39 文章编卷三，40 文章集卷三，41 文章集卷三，52 卷一

　　客坐私祝（丁亥）：12 外集卷八，13 外集卷八，14 外集卷八，15 文录卷八，17 外集卷八，18 外集卷八，21 卷二十四，22 卷二十四，23 卷二十四，24 卷二十四，25 卷七，26 卷七，27 卷四，28 卷四，31 卷一，32 卷一，35 卷十四，52 卷一，61 卷一

卷二十五　外集七　墓志铭 墓表 墓碑 传 碑 赞 箴 祭文

　　易直先生墓志（壬戌）：12 外集卷九，13 外集卷九，14 外集卷九，15 文录卷十，17 外集卷九，18 外集卷九，21 卷二十五，22 卷二十五，23 卷二十五，24 卷二十五，25 卷十，26 卷十，35 卷十五

　　陈处士墓志铭（癸亥）：12 外集卷九，13 外集卷九，14 外集卷九，15 文录卷十，17 外集卷九，18 外集卷九，21 卷二十五，22 卷二十五，23 卷二十五，24 卷二十五，25 卷十，26 卷十，35 卷十五

　　平乐同知尹公墓志铭（癸亥）：12 外集卷九，13 外集卷九，14 外集卷九，15 文录卷十，17 外集卷九，18 外集卷九，21 卷二十五，22 卷二十五，23 卷二十五，24 卷二十五，25 卷十，26 卷十

　　徐昌国墓志（辛未）：02 卷上＊，12 外集卷九，13 外集卷九，14 外集卷九，15 文录卷十，17 外集卷九，18 外集卷九，21 卷二十五，22 卷二十五，23 卷二十五，24 卷二十五，25 卷十，26 卷十，27 卷十五，28 卷十五，35 卷十五，36 文章编卷三，37 文章编卷三，38 文章编卷三，39 文章编卷三，40 文章集卷三，41 文章集卷三，55 卷七

凌孺人杨氏墓志铭（乙亥）：12外集卷九，13外集卷九，14外集卷九，15文录卷十，17外集卷九，18外集卷九，21卷二十五，22卷二十五，23卷二十五，24卷二十五，25卷十，26卷十，35卷十五

文橘庵墓志（乙亥）：12外集卷九，13外集卷九，14外集卷九，18外集卷九，21卷二十五，22卷二十五，23卷二十五，24卷二十五，25卷十，26卷十，35卷十五

登仕郎马文重墓志铭（丙子）：02卷上＊，12外集卷九，13外集卷九，14外集卷九，15文录卷十，17外集卷九，18外集卷九，21卷二十五，22卷二十五，23卷二十五，24卷二十五，25卷十，26卷十

明封刑部主事浩斋陆君墓碑志（丙子）：12外集卷九，13外集卷九，14外集卷九，15文录卷十，17外集卷九，18外集卷九，21卷二十五，22卷二十五，23卷二十五，24卷二十五，25卷十，26卷十，27卷十五，28卷十五，35卷十五，36文章编卷三，37文章编卷三，38文章编卷三，39文章编卷三，40文章集卷三，41文章集卷三，54卷一

谥襄惠两峰洪公墓志铭：13外集卷九，14外集卷九，21卷二十五，22卷二十五，23卷二十五，24卷二十五，25卷十，26卷十

赠翰林院编修湛公墓表（壬申）：12外集卷九，13外集卷九，14外集卷九，15文录卷十，17外集卷九，18外集卷九，21卷二十五，22卷二十五，23卷二十五，24卷二十五，25卷十，26卷十，35卷十五

节庵方公墓表（乙酉）：02卷上＊，12外集卷九，13外集卷九，14外集卷九，15文录卷十，17外集卷九，18外集卷九，21卷二十五，22卷二十五，23卷二十五，24卷二十五，25卷十，26卷十，27卷十五，28卷十五，35卷十五，36文章编卷三，37文章编卷三，38文章编卷三，39文章编卷三，40文章集卷三，41文章集卷三，53卷五，55卷七（有文无目）

湛贤母陈太孺人墓碑（甲戌）：12外集卷九，13外集卷九，14外集卷九，15文录卷十，17外集卷九，18外集卷九，21卷二十五，22卷二十五，23卷

二十五，24 卷二十五，25 卷十，26 卷十，27 卷十五，28 卷十五，35 卷十五，36 文章编卷三，37 文章编卷三，38 文章编卷三，39 文章编卷三，40 文章集卷三，41 文章集卷三，55 卷七

程守夫墓碑（甲申）：12 外集卷九，13 外集卷九，14 外集卷九，15 文录卷十，17 外集卷九，18 外集卷九，21 卷二十五，22 卷二十五，23 卷二十五，24 卷二十五，25 卷十，26 卷十，35 卷十五

太傅王文恪公传（丁亥）：12 外集卷九，13 外集卷九，14 外集卷九，15 文录卷十，17 外集卷九，18 外集卷九，21 卷二十五，22 卷二十五，23 卷二十五，24 卷二十五，25 卷十，26 卷十，27 卷十五，28 卷十五，36 文章编卷三，37 文章编卷三，38 文章编卷三，39 文章编卷三，40 文章集卷三，41 文章集卷三

平茶寮碑（丁丑）：12 外集卷九，13 外集卷九，14 外集卷九，15 文录卷十，17 外集卷九，18 外集卷九，21 卷二十五，22 卷二十五，23 卷二十五，24 卷二十五，25 卷十，26 卷十，27 卷七，28 卷七，35 卷十五，37 经济编卷七，38 经济编卷七，39 经济编卷七，40 经济集卷七，41 经济集卷七

平浰头碑（丁丑）：12 外集卷九，13 外集卷九，14 外集卷九，15 文录卷十，17 外集卷九，18 外集卷九，21 卷二十五，22 卷二十五，23 卷二十五，24 卷二十五，25 卷十，26 卷十，27 卷八，28 卷八，35 卷十五（辛巳），37 经济编卷七，38 经济编卷七，39 经济编卷七，40 经济集卷七，41 经济集卷七

田州立碑（丙戌）：12 外集卷九，13 外集卷九，14 外集卷九，15 文录卷十，17 外集卷九，18 外集卷九，21 卷二十五，22 卷二十五，23 卷二十五，24 卷二十五，25 卷十，26 卷十，35 卷十五（丁亥），37 经济编卷七，38 经济编卷七，39 经济编卷七，40 经济集卷七，41 经济集卷七

田州石刻：12 外集卷九，13 外集卷九，14 外集卷九，15 文录卷十，17 外集卷九，18 外集卷九，21 卷二十五，22 卷二十五，23 卷二十五，24 卷二十五，25 卷十，26 卷十，27 卷十二，28 卷十二，31 卷七，32 卷七，33 卷四，34 卷四，35 卷十五（戊子），37 经济编卷七，38 经济编卷七，39 经济编卷七，40 经济集

卷七，41经济集卷七

陈直夫南宫像赞：12外集卷九，13外集卷九，14外集卷九，15文录卷十，17外集卷九，18外集卷九，21卷二十五，22卷二十五，23卷二十五，24卷二十五，25卷十，26卷十，35卷十五

三箴：12外集卷九，13外集卷九，15文录卷十，17外集卷九，18外集卷九，21卷二十五，22卷二十五，23卷二十五，24卷二十五，25卷十，26卷十，27卷十五，28卷十五，35卷十五《改过箴》《谨言箴》《务实箴》，36文章编卷三，37文章编卷三，38文章编卷三，39文章编卷三，40文章集卷三，41文章集卷三

南镇祷雨文（癸亥）：12外集卷九，13外集卷九，14外集卷九，15文录卷十，17外集卷九，18外集卷九，21卷二十五，22卷二十五，23卷二十五，24卷二十五，25卷十，26卷十，35卷十五，55卷七

瘗旅文（戊辰）：01卷一，12外集卷九，13外集卷九，14外集卷九，15文录卷十，17外集卷九，18外集卷九，21卷二十五，22卷二十五，23卷二十五，24卷二十五，25卷十，26卷十，27卷十四，28卷十四，30卷三《瘗旅》，31卷三，32卷三，33卷四，34卷四，35卷十五，36文章编卷三，37文章编卷三，38文章编卷三，39文章编卷三，40文章集卷三，41文章集卷三，52卷一，53卷五，54卷一，55卷七

祭郑朝朔文（甲戌）：12外集卷九，13外集卷九，14外集卷九，15文录卷十，17外集卷九，18外集卷九，21卷二十五，22卷二十五，23卷二十五，24卷二十五，25卷十，26卷十

祭浰头山神文（戊寅）：12外集卷九，13外集卷九，14外集卷九，15文录卷十，17外集卷九，18外集卷九，21卷二十五，22卷二十五，23卷二十五，24卷二十五，25卷十，26卷十，27卷八 *#，28卷八 *#，30卷三《祭浰头山》*，31卷五，32卷五，33卷四 *，34卷四 *，35卷十五 *，36文章编卷三，37文章编卷三，38文章编卷三，39文章编卷三，40文章集卷三，41文章集卷三，

54卷一，55卷七*

祭徐曰仁文（戊寅）：12外集卷九，13外集卷九，14外集卷九，15文录卷十，17外集卷九，18外集卷九，21卷二十五，22卷二十五，23卷二十五，24卷二十五，25卷十，26卷十，27卷十四，28卷十四，30卷三《祭徐曰仁》，31卷二，32卷二，33卷四，34卷四，35卷十五，36文章编卷三，37文章编卷三，38文章编卷三，39文章编卷三，40文章集卷三，41文章集卷三，53卷五

祭孙中丞文（己卯）：12外集卷九，13外集卷九，14外集卷九，18外集卷九，21卷二十五，22卷二十五，23卷二十五，24卷二十五，25卷十，26卷十，30卷三《祭孙中丞》

祭外舅介庵先生文（辛巳）：12外集卷九，13外集卷九，14外集卷九，15文录卷十，17外集卷九，18外集卷九，21卷二十五，22卷二十五，23卷二十五，24卷二十五，25卷十，26卷十

祭文相文：12外集卷九，13外集卷九，14外集卷九，15文录卷十，17外集卷九，18外集卷九，21卷二十五，22卷二十五，23卷二十五，24卷二十五，25卷十，26卷十

又祭徐曰仁文（甲申）：12外集卷九，13外集卷九，14外集卷九，15文录卷十，17外集卷九，18外集卷九，21卷二十五，22卷二十五，23卷二十五，24卷二十五，25卷十，26卷十，27卷十四，28卷十四，31卷二，32卷二，33卷四，34卷四，35卷十五，36文章编卷三，37文章编卷三，38文章编卷三，39文章编卷三，40文章集卷三，41文章集卷三

祭国子助教薛尚哲文（甲申）：12外集卷九，13外集卷九，14外集卷九《祭国子助教薛尚贤文》，15文录卷十，17外集卷九《祭国子助教薛尚贤文》，18外集卷九，21卷二十五，22卷二十五，23卷二十五，24卷二十五，25卷十，26卷十，30卷三《祭薛尚哲》，35卷十五，55卷七

祭朱守忠文（甲申）：12外集卷九，13外集卷九，14外集卷九，15文录卷十，17外集卷九，18外集卷九，21卷二十五，22卷二十五，23卷二十五，24

卷二十五，25卷十，26卷十，30卷三《朱守忠文》，35卷十五

祭洪襄惠公文：13外集卷九，21卷二十五，22卷二十五，23卷二十五，24卷二十五，25卷十，26卷十

祭杨士鸣文（丙戌）：12外集卷九，13外集卷九，14外集卷九，15文录卷十，17外集卷九，18外集卷九，21卷二十五，22卷二十五，23卷二十五，24卷二十五，25卷十，26卷十，27卷十四，28卷十四，30卷三《祭杨士鸣》，31卷二，32卷二，35卷十五

祭元山席尚书文（丁亥）：12外集卷九，13外集卷九，14外集卷九，15文录卷十，17外集卷九（有抄配），18外集卷九，21卷二十五，22卷二十五，23卷二十五，24卷二十五，25卷十，26卷十，35卷十五

祭吴东湖文（丁亥）：12外集卷九，13外集卷九，14外集卷九，15文录卷十，17外集卷九（有抄配），18外集卷九，21卷二十五，22卷二十五，23卷二十五，24卷二十五，25卷十，26卷十

祭永顺宝靖土兵文（戊子）：12外集卷九，13外集卷九，15文录卷十，17外集卷九，18外集卷九，21卷二十五，22卷二十五，23卷二十五，24卷二十五，25卷十，26卷十，27卷十三，28卷十三，30卷三《祭土兵》*，31卷七，32卷七，33卷四，34卷四，35卷十五，53卷五，55卷七

祭军牙六纛之神文（戊子）：12外集卷九，13外集卷九，14外集卷九，15文录卷十，17外集卷九，18外集卷九，21卷二十五，22卷二十五，23卷二十五，24卷二十五，25卷十，26卷十

祭南海文（戊子）：12外集卷九，13外集卷九，14外集卷九，15文录卷十，17外集卷九，18外集卷九，21卷二十五，22卷二十五，23卷二十五，24卷二十五，25卷十，26卷十

祭六世祖广东参议性常府君文（戊子）：12外集卷九，13外集卷九，14外集卷九，15文录卷十，17外集卷九#，18外集卷九，21卷二十五，22卷二十五，23卷二十五，24卷二十五，25卷十，26卷十

卷二十六　续编一

大学问：02 卷下，10 卷一《王阳明先生文钞·大学或问》*，21 卷二十六，22 卷二十六，23 卷二十六，24 卷二十六，27 卷二，28 卷二，35 卷四《大学或问》#，36 理学编卷二*，37 理学编卷二*，38 理学编卷二*，39 理学编卷二*，40 理学集卷二*，41 理学集卷二*，42 卷三，62 大学古本问卷一《大学古本问》#

教条示龙场诸生

立志：21 卷二十六，22 卷二十六，23 卷二十六，24 卷二十六，25 卷七，26 卷七，27 卷五，28 卷五，35 卷十四，36 理学编卷四，37 理学编卷四，38 理学编卷四，39 理学编卷四，40 理学集卷四，41 理学集卷四，42 卷三，61 卷一

勤学：21 卷二十六，22 卷二十六，23 卷二十六，24 卷二十六，25 卷七，26 卷七，27 卷五，28 卷五，35 卷十四，36 理学编卷四，37 理学编卷四，38 理学编卷四，39 理学编卷四，40 理学集卷四，41 理学集卷四，42 卷三，61 卷一

改过：21 卷二十六，22 卷二十六，23 卷二十六，24 卷二十六，25 卷七，26 卷七，27 卷五，28 卷五，35 卷十四，36 理学编卷四，37 理学编卷四，38 理学编卷四，39 理学编卷四，40 理学集卷四，41 理学集卷四，42 卷三，61 卷一

责善：21 卷二十六，22 卷二十六，23 卷二十六，24 卷二十六，25 卷七，26 卷七，27 卷五，28 卷五，35 卷十四，36 理学编卷四，37 理学编卷四，38 理学编卷四，39 理学编卷四，40 理学集卷四，41 理学集卷四，42 卷三，61 卷一

五经臆说十三条（编者按："臆"原作"億"）：21 卷二十六，22 卷二十六，23 卷二十六，24 卷二十六，35 卷十三 *#

与滁阳诸生书并问答语：21 卷二十六，22 卷二十六，23 卷二十六，24 卷二十六

家书墨迹四首

一与克彰太叔：21 卷二十六，22 卷二十六，23 卷二十六，24 卷二十六

二与徐仲仁：21 卷二十六，22 卷二十六，23 卷二十六，24 卷二十六，35

卷十《与徐曰仁论养心为学书（甲子）》*

三上海日翁书：21卷二十六，22卷二十六，23卷二十六，24卷二十六

四岭南寄正宪男：21卷二十六，22卷二十六，23卷二十六，24卷二十六

赣州书示四侄正思等：21卷二十六，22卷二十六，23卷二十六，24卷二十六

又与克彰太叔：21卷二十六，22卷二十六，23卷二十六，24卷二十六

寄正宪男手墨二卷：21卷二十六，22卷二十六，23卷二十六，24卷二十六

[寄正宪男手墨]又：21卷二十六，22卷二十六，23卷二十六，24卷二十六

卷二十七　续编二　书

与郭善甫：21卷二十七，22卷二十七，23卷二十七，24卷二十七

寄杨仕德：21卷二十七，22卷二十七（有文无目），23卷二十七（有文无目），24卷二十七（有文无目）

与顾惟贤：15文录卷一（小注作"庚辰"）*（其五），17文录卷一（小注作"庚辰"）*（其五），21卷二十七，22卷二十七，23卷二十七，24卷二十七，25卷四《与顾惟贤书》*，26卷四*，27卷五（目录作《与顾惟贤》）*，28卷五（目录作《与顾惟贤》）*，35卷十一《与顾惟贤论慈湖文集书（己卯）》*，36文章编卷一《与顾惟贤书》*（其三），37文章编卷一《与顾惟贤书》*（其三），38文章编卷一《与顾惟贤书》*（其三），39文章编卷一《与顾惟贤书》*（其三），40文章集卷一《与顾惟贤书》*（其三），41文章集卷一《与顾惟贤书》*（其三），53卷五《与顾惟贤论刻慈湖文集书》*

与当道书：21卷二十七，22卷二十七，23卷二十七，24卷二十七，25卷四，26卷四，27卷九，28卷九，31卷六，32卷六，35卷十一《与当道论宸濠叛乱书（己卯）》，36经济编卷四，37经济编卷四，38经济编卷四，39经济编卷四，

40经济集卷四，41经济集卷四

与汪节夫书：21卷二十七，22卷二十七（有文无目），23卷二十七（有文无目），24卷二十七（有文无目）

寄张世文：21卷二十七，22卷二十七（有文无目），23卷二十七（有文无目），24卷二十七（有文无目）

与王晋溪司马：21卷二十七，22卷二十七，23卷二十七，24卷二十七，25卷四《与王晋溪司马书》*（其二至五），26卷四《与王晋溪司马（其二至五）》，27卷七《再上王晋溪书》（正文作《与王晋溪司马书》）*，28卷七《再上王晋溪书》（正文作《与王晋溪司马书》）*，31卷六《与王晋溪司马书》*（目录小字注"共十五首今录十一首"。编者按：实十五首全），32卷六*（目录小字注"共十五首今录十一首"。编者按：实十五首全），33卷三*，34卷三*，35卷十一《与王晋溪大司马论南赣贼势书（丁丑）》《与王晋溪大司马议复南赣商税书（丁丑）》《与王晋溪大司马议夹攻事宜书（丁丑）》《与王晋溪大司马议南赣巡抚事宜书（丁丑）》《与王晋溪大司马乞休致书（戊寅）》《与王晋溪大司马请乞蠲租书（庚辰）》*，36经济编卷二（其二）、卷一（其三）、卷二（其四）、卷一（其五）《与王晋溪司马书》，37经济编卷二（其二）、卷一（其三）、卷二（其四）、卷一（其五）《与王晋溪司马书》，38经济编卷二（其二）、卷一（其三）、卷二（其四）、卷一（其五）《与王晋溪司马书》，39经济编卷二（其二）、卷一（其三）、卷二（其四）、卷一（其五）《与王晋溪司马书》，40经济集卷二（其二）、卷一（其三）、卷二（其四）、卷一（其五）《与王晋溪司马书》，41经济集卷二（其二）、卷一（其三）、卷二（其四）、卷一（其五）《与王晋溪司马书》，55卷六《与王晋溪大司马乞休致书》*

与陆清伯书：21卷二十七，22卷二十七，23卷二十七，24卷二十七，35卷十一《与陆清伯论格致书（庚辰）》

与许台仲书：21卷二十七，22卷二十七，23卷二十七，24卷二十七，25卷四*，26卷四，27卷五，28卷五，35卷十一《与许台仲论谏官书（庚辰）》，

36文章编卷一，37文章编卷一，38文章编卷一，39文章编卷一，40文章集卷一，41文章集卷一，53卷五《与许台仲论谏官书》，54卷一

[与许台仲书]又：21卷二十七，22卷二十七，23卷二十七，24卷二十七，35卷十《与许台仲论居丧亦学书》*

与林见素：21卷二十七，22卷二十七，23卷二十七，24卷二十七

与杨邃庵：21卷二十七，22卷二十七，23卷二十七，24卷二十七，35卷十一《与杨邃庵阁老求表扬先德书（壬午）》

与萧子雍：21卷二十七，22卷二十七，23卷二十七，24卷二十七，35卷十二《答萧子雍论毁誉书（癸未）》*

与德洪：21卷二十七，22卷二十七，23卷二十七，24卷二十七

卷二十八　续编三

自劾不职以明圣治事疏：21卷二十八，22卷二十八，23卷二十八，24卷二十八，26卷十二，36经济编卷五，37经济编卷五，38经济编卷五，39经济编卷五，40经济集卷五，41经济集卷五，54卷一

乞恩表扬先德疏：21卷二十八，22卷二十八*，23卷二十八，24卷二十八，27卷十一*，28卷十一*，31卷六*，32卷六*，33卷二*，34卷二*

辩诛遗奸正大法以清朝列疏：21卷二十八，22卷二十八，23卷二十八，24卷二十八，27卷十一，28卷十一，35卷六《奉旨回奏疏（嘉靖元年）》*#，36经济编卷五，37经济编卷五，38经济编卷五，39经济编卷五，40经济集卷五，41经济集卷五

书同门科举题名录后：21卷二十八，22卷二十八，23卷二十八，24卷二十八，35卷十四（小注作"甲申"）*

书宋孝子朱寿昌孙教读源卷：21卷二十八，22卷二十八，23卷二十八，24卷二十八，25卷七，26卷七，27卷十四，28卷十四，35卷十四《书朱源卷（己卯）》，36文章编卷三，37文章编卷三，38文章编卷三，39文章编卷三，40文章集卷三，

41 文章集卷三

  书汪进之卷：21 卷二十八，22 卷二十八，23 卷二十八，24 卷二十八，35 卷十四（小注作"庚辰"）

  书赵孟立卷：21 卷二十八，22 卷二十八，23 卷二十八，24 卷二十八，25 卷七，26 卷七，27 卷十四，28 卷十四，36 文章编卷三，37 文章编卷三，38 文章编卷三，39 文章编卷三，40 文章集卷三，41 文章集卷三

  书李白骑鲸：21 卷二十八《书李白骑鲸卷》，22 卷二十八，23 卷二十八，24 卷二十八，33 卷四，34 卷四

  书三酸：21 卷二十八，22 卷二十八，23 卷二十八，24 卷二十八，33 卷四，34 卷四

  书韩昌黎与太颠坐叙：21 卷二十八，22 卷二十八，23 卷二十八，24 卷二十八，25 卷七，26 卷七，27 卷十四，28 卷十四，35 卷十四（有目无文），36 文章编卷三，37 文章编卷三《书韩昌黎与大颠坐叙》，38 文章编卷三《书韩昌黎与大颠坐叙》，39 文章编卷三《书韩昌黎与大颠坐叙》，40 文章集卷三《书韩昌黎与大颠坐叙》，41 文章集卷三《书韩昌黎与大颠坐叙》

  春郊赋别引：21 卷二十八，22 卷二十八，23 卷二十八，24 卷二十八

  告谕庐陵父老子弟：21 卷二十八，22 卷二十八，23 卷二十八，24 卷二十八，30 卷五《令告谕庐陵父老子弟》*，35 卷十九《庐陵县告谕（正德五年）》*

  庐陵县公移：21 卷二十八，22 卷二十八，23 卷二十八，24 卷二十八，26 卷二十，27 卷十四，28 卷十四，31 卷四，32 卷四，33 卷五，34 卷五，35 卷十九《卢陵县蠲免加派公移（正德五年）》*，36 经济编卷一，37 经济编卷一，38 经济编卷一，39 经济编卷一，40 经济集卷一，41 经济集卷一

  教场石碑：21 卷二十八，22 卷二十八，23 卷二十八，24 卷二十八

  铭一首：21 卷二十八，22 卷二十八，23 卷二十八，24 卷二十八，25 卷七，26 卷七，27 卷十五，28 卷十五，35 卷十五《为学铭》，36 文章编卷三，37 文章编卷三，38 文章编卷三，39 文章编卷三，40 文章集卷三，41 文章集卷三

箴一首：21卷二十八，22卷二十八，23卷二十八，24卷二十八，35卷十五《师道箴》

阳朔知县杨君墓志铭：21卷二十八，22卷二十八，23卷二十八，24卷二十八，35卷十五

刘子青墓表：21卷二十八，22卷二十八，23卷二十八，24卷二十八，33卷四，34卷四

祭刘仁征主事：21卷二十八《祭刘仁征主事文》，22卷二十八，23卷二十八，24卷二十八

祭陈判官文：21卷二十八，22卷二十八，23卷二十八，24卷二十八

祭张广溪司徒：21卷二十八《祭张广溪司徒文》，22卷二十八《祭张广汉司徒》，23卷二十八《祭张广汉司徒》，24卷二十八

卷二十九　续编四

序

鸿泥集序：21卷二十九，22卷二十九，23卷二十九，24卷二十九

澹然子序（有诗）：21卷二十九，22卷二十九，23卷二十九，24卷二十九

寿杨母张太孺人序：21卷二十九，22卷二十九，23卷二十九，24卷二十九

对菊联句序：21卷二十九，22卷二十九，23卷二十九，24卷二十九

东曹倡和诗序：21卷二十九，22卷二十九，23卷二十九，24卷二十九

豫轩都先生八十受封序：21卷二十九，22卷二十九，23卷二十九，24卷二十九，25卷五，26卷五，27卷十五，28卷十五，36文章编卷一，37文章编卷一，38文章编卷一，39文章编卷一，40文章集卷一，41文章集卷一

送黄敬夫先生金宪广西序：21卷二十九，22卷二十九，23卷二十九，24卷二十九，26卷五，27卷十五，28卷十五，31卷二，32卷二，33卷四，34卷四，35卷八（小注作"乙丑"）*#，36文章编卷一，37文章编卷一，38文章编卷一，

39文章编卷一，40文章集卷一，41文章集卷一，53卷五《送黃敬夫佥宪广西序》，55卷五《送黃敬夫佥宪广西序》

性天卷诗序：21卷二十九，22卷二十九，23卷二十九，24卷二十九

送陈怀文尹宁都序：21卷二十九，22卷二十九，23卷二十九，24卷二十九

送骆蕴良潮州太守序：21卷二十九，22卷二十九，23卷二十九，24卷二十九

高平县志序：21卷二十九，22卷二十九，23卷二十九，24卷二十九，25卷五，26卷五，27卷十五，28卷十五，36文章编卷一，37文章编卷一，38文章编卷一，39文章编卷一，40文章集卷一，41文章集卷一，54卷一

送李柳州序：21卷二十九，22卷二十九，23卷二十九，24卷二十九

送吕丕文先生少尹京丞序：21卷二十九，22卷二十九，23卷二十九，24卷二十九

庆吕素庵先生封知州序：21卷二十九，22卷二十九，23卷二十九，24卷二十九

贺监察御史姚应隆考绩推恩序：21卷二十九，22卷二十九，23卷二十九，24卷二十九

送绍兴佟太守序：21卷二十九，22卷二十九，23卷二十九，24卷二十九

送张侯宗鲁考最还治绍兴序：21卷二十九，22卷二十九，23卷二十九，24卷二十九

送方寿卿广东佥宪序：21卷二十九，22卷二十九，23卷二十九，24卷二十九

记

提牢厅壁题名记：21卷二十九，22卷二十九，23卷二十九，24卷二十九，33卷四，35卷九，53卷五*，55卷五*

重修提牢厅司狱司记：21卷二十九，22卷二十九，23卷二十九，24卷

二十九，34 卷四

赋

黄楼夜涛赋（朱君朝章将复黄楼，为予言其故。夜泊彭城之下，子瞻呼予曰："吾将与子听黄楼之夜涛乎？"觉则梦也。感子瞻之事，作《黄楼夜涛赋》）：21 卷二十九，22 卷二十九，23 卷二十九，24 卷二十九，25 卷八，26 卷八，27 卷十六，28 卷十六，33 卷六*，34 卷六*，36 文章编卷四，37 文章编卷四，38 文章编卷四，39 文章编卷四，40 文章集卷四，41 文章集卷四

来雨山雪图赋：21 卷二十九，22 卷二十九，23 卷二十九，24 卷二十九，25 卷八，26 卷八，27 卷十六，28 卷十六，36 文章编卷四，37 文章编卷四，38 文章编卷四，39 文章编卷四，40 文章集卷四，41 文章集卷四

诗

雨霁游龙山次五松韵：21 卷二十九，22 卷二十九，23 卷二十九，24 卷二十九，44 卷四

雪窗闲卧：21 卷二十九，22 卷二十九，23 卷二十九，24 卷二十九，44 卷四

次韵毕方伯写怀之作：21 卷二十九，22 卷二十九，23 卷二十九，24 卷二十九，44 卷四

春晴散步：21 卷二十九，22 卷二十九，23 卷二十九，24 卷二十九，44 卷四

[春晴散步] 又：21 卷二十九，22 卷二十九，23 卷二十九，24 卷二十九，33 卷六，34 卷六，44 卷四

次魏五松荷亭晚兴：21 卷二十九，22 卷二十九，23 卷二十九，24 卷二十九，44 卷四

[次魏五松荷亭晚兴] 又：21 卷二十九，22 卷二十九，23 卷二十九，24 卷二十九，44 卷四

次张体仁联句韵：21 卷二十九，22 卷二十九，23 卷二十九，24 卷二十九，

44卷四

　　[次张体仁联句韵] 又 [一]：21卷二十九，22卷二十九，23卷二十九，24卷二十九，44卷四

　　[次张体仁联句韵] 又 [二]：21卷二十九，22卷二十九，23卷二十九，24卷二十九，44卷四

　　题郭诩濂溪图：21卷二十九，22卷二十九，23卷二十九，24卷二十九，44卷四

　　西湖醉中漫书：21卷二十九，22卷二十九，23卷二十九，24卷二十九，44卷四

　　文衡堂试事毕书壁：21卷二十九，22卷二十九，23卷二十九，24卷二十九，44卷四

　　白发漫书一绝：21卷二十九，22卷二十九（正文无篇题），23卷二十九，24卷二十九，44卷四《诸君以予白发之句试观予鬓果见一丝予作诗实未尝知也漫书一绝识之》

　　游泰山：21卷二十九，22卷二十九，23卷二十九，24卷二十九，33卷六，34卷六，44卷四

　　雪岩次苏颖滨韵：21卷二十九，22卷二十九，23卷二十九，24卷二十九，44卷四

　　试诸生有作：21卷二十九，22卷二十九，23卷二十九，24卷二十九，44卷四

　　再试诸生：21卷二十九，22卷二十九，23卷二十九，24卷二十九，44卷四

　　夏日登易氏万卷楼用唐韵：21卷二十九，22卷二十九，23卷二十九，24卷二十九，44卷四

　　再试诸生用唐韵：21卷二十九，22卷二十九，23卷二十九，24卷二十九，44卷四

次韵陆文顺金宪：21卷二十九，22卷二十九，23卷二十九，24卷二十九，33卷六，34卷六，44卷四

太子桥：21卷二十九，22卷二十九，23卷二十九，24卷二十九，33卷六，34卷六，44卷四

与胡少参小集：21卷二十九，22卷二十九，23卷二十九，24卷二十九，44卷四

再用前韵赋鹦鹉：21卷二十九，22卷二十九，23卷二十九，24卷二十九，44卷四

送客过二桥：21卷二十九，22卷二十九，23卷二十九，24卷二十九，44卷四

复用杜韵一首：21卷二十九，22卷二十九，23卷二十九，24卷二十九，44卷四

先日与诸友有郊园之约是日因送客后期小诗写怀：21卷二十九，22卷二十九，23卷二十九，24卷二十九，44卷四

待诸友不至：21卷二十九，22卷二十九，23卷二十九，24卷二十九，44卷四

夏日游阳明小洞天喜诸生偕集偶用唐韵：21卷二十九，22卷二十九，23卷二十九，24卷二十九，44卷四（"游"误作"邀"）

将归与诸生别于城南蔡氏楼：21卷二十九，22卷二十九，23卷二十九，24卷二十九，44卷四

诸门人送至龙里道中二首：21卷二十九，22卷二十九，23卷二十九，24卷二十九，44卷四

赠陈宗鲁：21卷二十九，22卷二十九，23卷二十九，24卷二十九，33卷六，34卷六，44卷四

醉后歌用燕思亭韵：22卷二十九，23卷二十九，24卷二十九，44卷四

题施总兵所翁龙：22卷二十九，23卷二十九，24卷二十九，44卷四

卷三十　续编五　三征公移逸稿

南赣公移（凡三十三条）

批漳南道教练民兵呈（正德十一年十一月二十五日）：17 别录卷八《巡抚南赣征缴漳寇始末（共九条）/其一批福建漳南道操拣民快呈》，19 卷八《巡抚南赣征缴漳寇始末（共九条）/其一批福建漳南道操拣民快呈》，21 卷三十，22 卷三十，23 卷三十，24 卷三十

批漳南道进剿呈（十一月二十六日）：17 别录卷八《[巡抚南赣征缴漳寇始末]其二批福建漳南道攻缴庐溪等洞贼呈》，19 卷八《[巡抚南赣征缴漳寇始末]其二批福建漳南道攻剿庐溪等洞贼呈》，21 卷三十，22 卷三十，23 卷三十，24 卷三十

教习骑射牌（十二年五月十六日）：21 卷三十，22 卷三十（有文无目），23 卷三十（有文无目），24 卷三十（有文无目）

批南安府请兵策应呈（六月初十日）：17 别录卷八《[巡抚南赣征缴横水桶冈等巢贼始末]其五批南安府请兵协剿呈（六月初十日）》，19 卷八《[巡抚南协赣征缴横水桶冈等巢贼始末]其五批南安府请兵协剿呈（六月初十日）》，21 卷三十，22 卷三十，23 卷三十，24 卷三十

批岭北道攻守机宜呈（六月二十六日）：17 别录卷八《[巡抚南赣征缴横水桶冈等巢贼始末]其六批江西岭北道防遏各巢事宜呈（六月二十六日）》，19 卷八《[巡抚南赣征缴横水桶冈等巢贼始末]其六批江西岭北道防遏各巢事宜呈（六月二十六日）》，21 卷三十，22 卷三十，23 卷三十，24 卷三十，27 卷七，28 卷七，31 卷五，32 卷五

批漳南道给由呈：21 卷三十，22 卷三十，23 卷三十，24 卷三十

批兵备道奖励官兵呈（七月初一日）：17 别录卷八《[巡抚南赣征缴横水桶冈等巢贼始末]其七奖励副使杨璋等（七月初一日）》《其八劳赏知府季敩指挥冯翔（七月初四日）》#，19 卷八《[巡抚南赣征缴横水桶冈等巢贼始末]其七奖励副使杨璋等（七月初一日）》《其八劳赏知府季敩指挥冯翔（七月初四日）》#，

21卷三十，22卷三十，23卷三十，24卷三十

调用三省夹攻官兵（七月十五日）：17别录卷八《[巡抚南赣征缴横水桶冈等巢贼始末]其十一案行预委江西吉安府九江府福建汀州府广东惠州府程乡县等官领兵听调（八月十五日）》，19卷八《[巡抚南赣征缴横水桶冈等巢贼始末]其十一案行预委江西吉安府九江府福建汀州府广东惠州府程乡县等官领兵听调（八月十五日）》，21卷三十，22卷三十，23卷三十，24卷三十

夹攻防守咨（十月）：17别录卷八《[巡抚南赣征缴横水桶冈等巢贼始末]其十六咨报湖广巡抚右副都御史秦分兵守把龙泉隘口（十月）》，19卷八《[巡抚南赣征缴横水桶冈等巢贼始末]其十六咨报湖广巡抚右副都御史秦分兵守把龙泉隘口（十月）》，21卷三十，22卷三十，23卷三十，24卷三十

行岭北道催督进剿牌（十月初十日）：17别录卷八《[巡抚南赣征缴横水桶冈等巢贼始末]其十九案行摧督各哨官兵（十月初十日）》，19卷八《[巡抚南赣征缴横水桶冈等巢贼始末]其十九案行摧督各哨官兵（十月初十日）》，21卷三十，22卷三十，23卷三十，24卷三十

刻期会剿咨（十月二十一日）：17别录卷八《[巡抚南赣征缴横水桶冈等巢贼始末]其二十二咨湖广巡抚右副都御史秦克期会剿（十月二十一日）》，19卷八《[巡抚南赣征缴横水桶冈等巢贼始末]其二十二咨湖广巡抚右副都御史秦克期会剿（十月二十一日）》，21卷三十，22卷三十，23卷三十，24卷三十

横水建立营场牌（十月二十七日）：17别录卷八《[巡抚南赣征缴横水桶冈等巢贼始末]其二十五牌行典史梁仪千户林节立营防守（十月二十七日）》，19卷八《[巡抚南赣征缴横水桶冈等巢贼始末]其二十五牌行典史梁仪千户林节立营防守（十月二十七日）》，21卷三十，22卷三十，23卷三十，24卷三十，26卷十八，27卷七，28卷七，36经济编卷二，37经济编卷二，38经济编卷二，39经济编卷二，40经济集卷二，41经济集卷二

搜扒残寇咨（十一月十一日）：17别录卷八《[巡抚南赣征缴横水桶冈等巢贼始末]其二十七咨湖广巡抚右副都御史秦摘兵搜扒（十一月十一日）》，19卷

八《[巡抚南赣征缴横水桶冈等巢贼始末]其二十七咨湖广巡抚右副都御史秦摘兵搜扒（十一月十一日）》，21卷三十，22卷三十，23卷三十，24卷三十

批准惠州府给由呈（正德十三年二月二十四日）：21卷三十，22卷三十，23卷三十，24卷三十，35卷十七《批惠州府给由呈》*

批攻取河源贼巢呈（三月二十三日）：17别录卷九《[征剿浰头巢贼始末]其二十批广东兵备官河源馀贼呈（五月十三日）》，19卷八《[征剿浰头巢贼始末]其二十批广东兵备官河源馀贼呈（五月十三日）》，21卷三十，22卷三十，23卷三十，24卷三十

批赣州府赈济呈（四月二十八日）：21卷三十，22卷三十，23卷三十，24卷三十

批岭北道修筑城垣呈（五月十五日）：21卷三十，22卷三十，23卷三十，24卷三十

查访各属贤否牌（六月十九日）：21卷三十，22卷三十，23卷三十，24卷三十

行漳南道禁支税牌（六月二十八日）：21卷三十，22卷三十，23卷三十，24卷三十

禁约驿递牌（七月初一日）：21卷三十，22卷三十，23卷三十，24卷三十

申明便宜敕谕（七月二十一日）：17别录卷九《[征剿浰头巢贼始末]其二十二钦奉敕谕协剿广东清远等处贼（七月二十一日）》，19卷九《[征剿浰头巢贼始末]其二十二钦奉敕谕协剿广东清远等处贼（七月二十一日）》，21卷三十，22卷三十，23卷三十，24卷三十，26卷十八，27卷七，28卷七，30卷五*，36《经济编卷一，37经济编卷一，38经济编卷一，39经济编卷一，40经济集卷一，41经济集卷一

犒赏新民牌（七月二十八日）：21卷三十，22卷三十，23卷三十，24卷三十

行岭北等道议处兵饷（八月十四日）：17别录卷九《[征剿浰头巢贼始末]

其二十四案行江西岭北道区画军饷（八月十四日）》，19卷九《[征剿浰头巢贼始末]其二十四案行江西岭北道区画军饷（八月十四日）》，21卷三十，22卷三十，23卷三十，24卷三十

再批攻剿河源贼巢呈（八月二十一日）：17别录卷九《[征剿浰头巢贼始末]其二十三案行广东岭东兵备道议剿河源巢贼（八月十一日）》，19卷九《[征剿浰头巢贼始末]其二十三案行广东岭东兵备道议剿河源巢贼（八月十一日）》，21卷三十，22卷三十，23卷三十，24卷三十，26卷十八，27卷八，28卷八，36经济编卷三，37经济编卷三，38经济编卷三，39经济编卷三，40经济集卷三，41经济集卷三

优礼谪官牌（十一月二十七日）：21卷三十，22卷三十，23卷三十，24卷三十，35卷十七 *

批漳南道设立军堡呈（十二月初三日）：17别录卷九《[征剿浰头巢贼始末]其二十六批福建漳南道议处深田巢贼呈（十二月初三日）》，19卷九《[征剿浰头巢贼始末]其二十六批福建漳南道议处深田巢贼呈（十二月初三日）》，21卷三十，22卷三十，23卷三十，24卷三十，30卷五《批福建漳南道议处深田剿贼呈》*

再申明三省敕谕（十二月十二日）：17别录卷九《[征剿浰头巢贼始末]其二十七钦奉敕谕处置湖广郴衡瑶贼（十二月十二日）》，19卷九《[征剿浰头巢贼始末]其二十七钦奉敕谕处置湖广郴衡瑶贼（十二月十二日）》，21卷三十，22卷三十，23卷三十，24卷三十

批赣州府给由呈（十二月二十五日）：21卷三十，22卷三十，23卷三十，24卷三十，35卷十七《批惠州府给由呈》*

行岭北道裁革军职巡捕牌（十四年五月初五日）：21卷三十，22卷三十，23卷三十，24卷三十

遵奉钦依行福建三司清查钱粮（五月二十七日）：21卷三十，22卷三十，23卷三十，24卷三十

议处添设县所城堡巡司咨（五月三十日）：17别录卷九《[征剿浰头巢贼始末]其三十三咨湖广巡抚都御史秦会定县治摘拨屯军（五月二十日）》，19卷九《[征剿浰头巢贼始末]其三十三咨湖广巡抚都御史秦会定县治摘拨屯军（五月二十日）》，21卷三十，22卷三十，23卷三十，24卷三十

督责哨官牌（六月初七日）：17别录卷九《[钦奉敕谕查处福州叛军]其二牌委千百户孙裕周芳祝震王仪（六月初八日）》，19卷九《[钦奉敕谕查处福州叛军]其二牌委千百户孙裕周芳祝震王仪（六月初八日）》，21卷三十，22卷三十，23卷三十，24卷三十

委分巡岭北道暂管地方事（六月初六日）：21卷三十，22卷三十，23卷三十，24卷三十

思田公移（凡四十九条）

行广西统领军兵各官剿抚事宜牌（嘉靖六年十一月初五日）：17别录卷十三《[总督两广平定思田始末]其八牌行广西统兵各官相机行事（十一月初五日）》，19卷十三《[总督两广平定思田始末]其八牌行广西统兵各官相机行事（十一月初五日）》，21卷三十，22卷三十，23卷三十，24卷三十

行南韶二府招集民兵牌（十一月十二日）：17别录卷十三《[总督两广平定思田始末]其十牌行韶州南雄府选取力士（十一月十二日）》，19卷十三《[总督两广平定思田始末]其十牌行韶州南雄府选取力士（十一月十二日）》，21卷三十，22卷三十，23卷三十，24卷三十，27卷十三，28卷十三，37经济编卷七，38经济编卷七，39经济编卷七，40经济集卷七，41经济集卷七

奖留金事顾溱批呈（十一月二十三日）：21卷三十，22卷三十，23卷三十，24卷三十

批岭西道议处兵屯事宜呈（十一月二十三日）：17别录卷十三《[总督两广平定思田始末]其十二批岭西道添募呈（十一月二十三日）》，19卷十三《[总督两广平定思田始末]其十二批岭西道添募呈（十一月二十三日）》，21卷三十，22卷三十，23卷三十，24卷三十，26卷二十，27卷十三，28卷十三，37经济

编卷七，38 经济编卷七，39 经济编卷七，40 经济集卷七，41 经济集卷七

批广州卫议处哨守官兵呈（十一月二十五日）：17 别录卷十三《[总督两广平定思田始末]其十四批广州后卫官军便宜呈（十一月二十五日）》，19 卷十三《[总督两广平定思田始末]其十四批广州后卫官军便宜呈（十一月二十五日）》，21 卷三十，22 卷三十，23 卷三十，24 卷三十

批都指挥李翱操演哨守官兵呈（十一月二十七日）：17 别录卷十三《[总督两广平定思田始末]其十五批广东都指挥李翱操演打手呈（十一月二十七日）》，19 卷十三《[总督两广平定思田始末]其十五批广东都指挥李翱操演打手呈（十一月二十七日）》，21 卷三十，22 卷三十，23 卷三十，24 卷三十

行两广都布按三司选用武职官员（十二月初七日）：17 别录卷十三《[总督两广平定思田始末]其十七案行两广都布按三司公举将领（十二月初七日）》，19 卷十三《[总督两广平定思田始末]其十七案行两广都布按三司公举将领（十二月初七日）》，21 卷三十，22 卷三十，23 卷三十，24 卷三十

行两广按察司稽查冒滥关文：17 别录卷十三《[总督两广平定思田始末]其十九案行两广按察司备奉钦依事理（十二月十二日）》，19 卷十三《[总督两广平定思田始末]其十九案行两广按察司备奉钦依事理（十二月十二日）》，21 卷三十，22 卷三十，23 卷三十，24 卷三十

给思明州官孙黄永宁冠带札付牌：17 别录卷十三《[总督两广平定思田始末]其六十四牌行思明府官孙黄朝比例冠带（六月初七日）》，19 卷十三《[总督两广平定思田始末]其六十四牌行思明府官孙黄朝比例冠带（六月初七日）》，21 卷三十，22 卷三十，23 卷三十，24 卷三十

省发土官罗廷凤等牌（十二月十七日）：17 别录卷十三《[总督两广平定思田始末]其二十一牌行那地州土官罗廷凤等放回本州岛（十二月十七日）》，19 卷十三《[总督两广平定思田始末]其二十一牌行那地州土官罗廷凤等放回本州岛（十二月十七日）》，21 卷三十，22 卷三十，23 卷三十，24 卷三十

给迁隆寨巡检黄添贵冠带牌（嘉靖七年正月初八日）：21 卷三十，22 卷

三十，23 卷三十，24 卷三十

批左州分俸养亲申（正月十八日）：21 卷三十，22 卷三十，23 卷三十，24 卷三十

批右江道断复向武州地土呈（正月二十六日）：21 卷三十，22 卷三十，23 卷三十，24 卷三十

批左江道推立土官呈（二月初一日）：21 卷三十，22 卷三十，23 卷三十，24 卷三十

批遣还夷人归国申（二月十四日）：21 卷三十，22 卷三十，23 卷三十，24 卷三十

批苍梧道修理梧州府城呈（三月十一日）：17 别录卷十三《[总督两广平定思田始末]其四十一批苍梧道修复梧州府城串楼呈》，19 卷十三《[总督两广平定思田始末]其四十一批苍梧道修复梧州府城串楼呈》，21 卷三十，22 卷三十，23 卷三十，24 卷三十

批永安州知州乞休呈（三月十四日）：21 卷三十，22 卷三十，23 卷三十，24 卷三十

行参将沈希仪守八寨牌（二月二十三日）：17 别录卷十四《[征缴八寨断藤峡]其六牌行参将沈希仪督兵防捕（三月二十三日）》，21 卷三十，22 卷三十，23 卷三十，24 卷三十，27 卷十三*，28 卷十三*，37 经济编卷七，38 经济编卷七，39 经济编卷七，40 经济集卷七，41 经济集卷七

行左江道剿抚仙台白竹诸瑶牌（三月二十四日）：17 别录卷十四《[征缴八寨断藤峡]其八牌行左江道守巡守备等官释宥投无贼巢》，21 卷三十，22 卷三十，23 卷三十，24 卷三十，26 卷二十，27 卷十三*，28 卷十三*，37 经济编卷七，38 经济编卷七，39 经济编卷七，40 经济集卷七，41 经济集卷七

委土目蔡德政统率各土目牌（四月初一日）：17 别录卷十三《[总督两广平定思田始末]其五十牌仰土目蔡德政统率各土目（四月初一日）》，19 卷十三《[总督两广平定思田始末]其五十牌仰土目蔡德政统率各土目（四月初一日）》，21

卷三十，22卷三十，23卷三十，24卷三十，30卷五《牌仰土目蔡德政统率各土目》

批左江道查给狼田呈（四月十一日）：17别录卷十四《[征缴八寨断藤峡]其三十五批左江道清查贼田呈（四月十一日）》，21卷三十，22卷三十，23卷三十，24卷三十

行浔州府抚恤新民牌：17别录卷十四《[征缴八寨断藤峡]其三十八牌行浔州府知府招抚残贼》#，21卷三十，22卷三十，23卷三十，24卷三十，26卷二十，27卷十三，28卷十三，37经济编卷七，38经济编卷七，39经济编卷七，40经济集卷七，41经济集卷七

批兴安县请发粮饷申（四月十三日）：17别录卷十三《[总督两广平定思田始末]其五十四批申行广西按察司议处湖兵粮赏》，19卷十三《[总督两广平定思田始末]其五十四批申行广西按察司议处湖兵粮赏》，21卷三十，22卷三十，23卷三十，24卷三十

行廉州府清查十家牌法（四月十六日）：17别录卷十三《[总督两广平定思田始末]其五十三牌行廉州府推官胡松督行十家牌谕》，19卷十三《[总督两广平定思田始末]其五十三牌行廉州府推官胡松督行十家牌谕》，21卷三十，22卷三十，23卷三十，24卷三十

行右江道招回新民牌（五月初六日）：17别录卷十四《[征缴八寨断藤峡]其十四牌行副使翁素招复良民（五月初一日）》，21卷三十，22卷三十，23卷三十，24卷三十

委官赞画牌（五月初七日）：17别录卷十四《[征缴八寨断藤峡]其十五牌行知州林宽随军赞画（五月初七日）》，21卷三十，22卷三十，23卷三十，24卷三十

行参将沈希仪计剿八寨牌（五月初九日）：17别录卷十四《[征缴八寨断藤峡]其十八牌行兼管柳庆地方参将沈希仪（五月初九日）》，21卷三十，22卷三十，23卷三十，24卷三十，26卷二十，27卷十三，28卷十三，30卷五《牌行兼管柳庆地方参将沈希仪》，37经济编卷七《行参将沈希仪计剿韦召假等贼巢牌》，

38 经济编卷七《行参将沈希仪计剿韦召假等贼巢牌》,39 经济编卷七《行参将沈希仪计剿韦召假等贼巢牌》,40 经济集卷七《行参将沈希仪计剿韦召假等贼巢牌》,41 经济集卷七《行参将沈希仪计剿韦召假等贼巢牌》

调发土官岑瓛牌（五月初十日）：17 别录卷十四《[征缴八寨断藤峡]其十九牌行归顺州官男岑瓛（五月初十日）》,21 卷三十,22 卷三十,23 卷三十,24 卷三十

分调土官韦虎林进剿事宜牌（五月十五日）：17 别录卷十四《[征缴八寨断藤峡]其二十牌行东兰州知州韦虎林扑剿逋贼》,21 卷三十,22 卷三十,23 卷三十,24 卷三十,26 卷二十,27 卷十三《分调土官韦虎林进剿韦召蛮等贼巢》*,28 卷十三《分调土官韦虎林进剿韦召蛮等贼巢》*,37 经济编卷七《分调土官韦虎林进剿韦召蛮等贼巢》,38 经济编卷七《分调土官韦虎林进剿韦召蛮等贼巢》,39 经济编卷七《分调土官韦虎林进剿韦召蛮等贼巢》,40 经济集卷七《分调土官韦虎林进剿韦召蛮等贼巢》,41 经济集卷七《分调土官韦虎林进剿韦召蛮等贼巢》

行通判陈志敬查禁田州府私征商税牌（五月十五日）：17 别录卷十三《[总督两广平定思田始末]其六十一批仰通判陈志敬田州税课呈》,19 卷十三《[总督两广平定思田始末]其六十一批仰通判陈志敬田州税课呈》,21 卷三十,22 卷三十,23 卷三十,24 卷三十

批南宁卫给发土官银两申（五月十八日）：17 别录卷十三《[总督两广平定思田始末]其六十二批南宁卫关领土官陪偿银两申》,19 卷十三《[总督两广平定思田始末]其六十二批南宁卫关领土官陪偿银两申》,21 卷三十,22 卷三十,23 卷三十,24 卷三十

批左江道纪验首级呈（五月二十八日）：17 别录卷十四《[征缴八寨断藤峡]其二十一批左江道纪验贼级呈（五月二十六日）》,21 卷三十,22 卷三十,23 卷三十,24 卷三十

行左江道犒赏湖兵牌（六月初十日）：17 别录卷十四《[征缴八寨断藤峡]

其二十二牌委左江道佥事吴天挺犒赏湖兵（六月初十日）》，21卷三十，22卷三十，23卷三十，24卷三十

奖劳督兵官牌（六月初十日）：17别录卷十四《[征缴八寨断藤峡]其二十三牌仰佥事吴天挺奖励监督官（六月初十日）》*，21卷三十，22卷三十，23卷三十，24卷三十

土舍彭荩臣军前冠带札付（六月初十日）：17别录卷十四《[征缴八寨断藤峡]其二十四札付保靖宣慰司官舍彭荩臣（六月初十日）》，21卷三十，22卷三十，23卷三十，24卷三十

奖劳永保二司官舍土目牌（六月初十日）：17别录卷十四《[征缴八寨断藤峡]其二十五牌仰佥事吴天挺奖劳统兵土官（六月初十日）》*，21卷三十，22卷三十，23卷三十，24卷三十

调发武缘乡兵搜剿八寨残贼牌（六月十八日）：17别录卷十四《[征缴八寨断藤峡]其二十七牌委通判陈志敬起调乡兵（六月十八日）》，21卷三十，22卷三十，23卷三十，24卷三十

行右江道犒赏卢苏王受牌（七月初三日）：17别录卷十四《[征缴八寨断藤峡]其二十九牌行右江道犒赏土目（七月初三日）》*，21卷三十，22卷三十，23卷三十，24卷三十

给土目行粮牌（七月初八日）：17别录卷十四《[征缴八寨断藤峡]其三十一牌行右江道督调报效头目》，21卷三十，22卷三十，23卷三十，24卷三十

批右江道移置凤化县南丹卫事宜呈（八月初十日）：17别录卷十四《[征缴八寨断藤峡]其四十批右江道议立县卫呈》，21卷三十，22卷三十，23卷三十，24卷三十

行左江道赈济牌（八月初十日）：17别录卷十三《[总督两广平定思田始末]其七十七牌行广西左江道（八月初十日）》，19卷十三《[总督两广平定思田始末]其七十七牌行广西左江道（八月初十日）》，21卷三十，22卷三十，23卷三十，

24卷三十

　　批右江道议筑思恩府城垣呈（八月十五日）：17别录卷十四《[征缴八寨断藤峡]其四十三批右江道计筑思恩府城呈（八月十五日）》，21卷三十，22卷三十，23卷三十，24卷三十

　　奖劳剿贼各官牌（八月十九日）：17别录卷十四《[征缴八寨断藤峡]其三十四牌行南宁府犒赏官兵（八月十九日）》*，21卷三十，22卷三十，23卷三十，24卷三十

　　行福建漳州府取回岑邦佐牌：21卷三十，22卷三十，23卷三十，24卷三十

　　批参将沈良佐经理军伍呈（八月二十四日）：17别录卷十四《[征缴八寨断藤峡]其四十四批参政沈良佐议处五屯呈》、21卷三十，22卷三十，23卷三十，24卷三十

　　告谕新民（八月）：17别录卷十四《[征缴八寨断藤峡]其四十二告谕十冬里》#，21卷三十，22卷三十，23卷三十，24卷三十

　　批金事吴天挺乞休呈（八月二十五日）：21卷三十，22卷三十，23卷三十，24卷三十

　　批苍梧道创建敷文书院呈（九月初六日）：17别录卷十三《[总督两广平定思田始末]其八十二批苍梧道增建学舍呈（九月初六日）》，19卷十三《[总督两广平定思田始末]其八十二批苍梧道增建学舍呈（九月初六日）》，21卷三十，22卷三十，23卷三十，24卷三十

　　改委南丹卫监督指挥牌：17别录卷十四《[征缴八寨断藤峡]其四十五牌行柳州卫指挥李楠守备宾州》，21卷三十，22卷三十，23卷三十，24卷三十

卷三十一　续编六

征藩公移上（凡二十九条）

　　行吉安府收囤兑粮牌（正德十四年六月二十日）：17别录卷十《[平宁藩叛

乱上]其三案行吉安府权处兵粮（六月二十日）》，19卷十《[平宁藩叛乱上]其三案行吉安府权处兵粮（六月二十日）》，21卷三十一上，22卷三十一，23卷三十一，24卷三十一，30卷五《案行吉安府权处兵粮》

行吉安府禁止镇守贡献牌（六月二十日）：17别录卷十《[平宁藩叛乱上]其五牌行吉安府查理馈送镇守物价（六月二十日）》，19卷十《[平宁藩叛乱上]其五牌行吉安府查理馈送镇守物价（六月二十日）》，21卷三十一上，22卷三十一，23卷三十一，24卷三十一，26卷十八，27卷十一，28卷十一，31卷六，32卷六，36经济编卷五，37经济编卷五，38经济编卷五，39经济编卷五，40经济集卷五，41经济集卷五

行福建布政司调兵勤王：17别录卷十《[平宁藩叛乱上]其九案行福建布政司督兵防截》，19卷十《[平宁藩叛乱上]其九案行福建布政司督兵防截》，21卷三十一上，22卷三十一，23卷三十一，24卷三十一

预行南京各衙门勤王咨：17别录卷十《[平宁藩叛乱上]其十三咨南京兵部集谋防守》，19卷十《[平宁藩叛乱上]其十三咨南京兵部集谋防守》，21卷三十一上，22卷三十一，23卷三十一，24卷三十一，27卷九，28卷九，30卷五《咨南京兵部集谋防守》，31卷六，32卷六，33卷五，34卷五（有文无目），36经济编卷四，37经济编卷四，38经济编卷四，39经济编卷四，40经济集卷四，41经济集卷四

抚安百姓告示（六月二十二日）：17别录卷十《[平宁藩叛乱上]其十四告示军民（六月二十二日）》，19卷十《[平宁藩叛乱上]其十四告示军民（六月二十二日）》，21卷三十一上，22卷三十一，23卷三十一，24卷三十一，27卷九，28卷九，30卷五《示军民》，31卷六，32卷六

差官调发梅花等峒义兵牌（六月二十七日）：17别录卷十《[平宁藩叛乱上]其二十二牌差千户高睿起调梅花峒等处民兵（六月二十七日）》，19卷十《[平宁藩叛乱上]其二十二牌差千户高睿起调梅花峒等处民兵（六月二十七日）》，21卷三十一上，22卷三十一，23卷三十一，24卷三十一

行吉安府踏勘灾伤（七月初五日）：21卷三十一上，22卷三十一，23卷三十一，24卷三十一

行吉安府知会纪功御史牌（七月初八日）：17别录卷十《[平宁藩叛乱上]其三十六案行吉安府知会两广巡按御史纪录军功（七月初八日）》，19卷十《[平宁藩叛乱上]其三十六案行吉安府知会两广巡按御史纪录军功（七月初八日）》，21卷三十一上，22卷三十一，23卷三十一，24卷三十一

行知县刘守绪等袭剿坟厂牌（七月十三日）：17别录卷十《[平宁藩叛乱上]其四十六牌行奉新县知县刘守绪等扑剿伏兵（七月十三日）》，19卷十《[平宁藩叛乱上]其四十六牌行奉新县知县刘守绪等扑剿伏兵（七月十三日）》，21卷三十一上，22卷三十一，23卷三十一，24卷三十一，26卷十九，27卷九，28卷九，30卷五《牌行奉新县知县刘守绪等扑剿伏兵》，36经济编卷四，37经济编卷四（小注作"七月十二日"），38经济编卷四（小注作"七月十二日"），39经济编卷四（小注作"七月十二日"），40经济集卷四（小注作"七月十二日"），41经济集卷四（小注作"七月十二日"）

督责知府伍文定等同心剿贼牌（七月二十五日）：17别录卷十《[平宁藩叛乱上]其五十八牌饬吉安府知府伍文定等同心遵依方略（七月二十五日）》，19卷十《[平宁藩叛乱上]其五十八牌饬吉安府知府伍文定等同心遵依方略（七月二十五日）》，21卷三十一上，22卷三十一，23卷三十一，24卷三十一，26卷十九，27卷九，28卷九，36经济编卷四*，37经济编卷四*，38经济编卷四*，39经济编卷四*，40经济集卷四*，41经济集卷四*

行南昌府清查占夺民产（八月十六日）：17别录卷十《[平宁藩叛乱上]其六十九案仰南昌府清查侵占田土（正德十四年八月十六日）》，19卷十《[平宁藩叛乱上]其六十九案仰南昌府清查侵占田土（正德十四年八月十六日）》，21卷三十一上，22卷三十一，23卷三十一，24卷三十一

批江西按察司优恤孙许死事（八月十五日）：17别录卷十《[平宁藩叛乱上]其七十一批江西按察司呈礼殡孙许（八月二十五日）》，19卷十《[平宁藩叛乱

上]其七十一批江西按察司呈礼殡孙许（八月二十五日）》，21卷三十一上，22卷三十一，23卷三十一，24卷三十一

行南昌府礼送孙公归榇牌（八月二十九日）：17别录卷十《[平宁藩叛乱上]其七十二牌行南昌府委官护送巡抚孙丧枢》，19卷十《[平宁藩叛乱上]其七十二牌行南昌府委官护送巡抚孙丧枢》，21卷三十一上，22卷三十一，23卷三十一，24卷三十一，27卷十，28卷十

讨叛敕旨通行各属（九月初二日）：17别录卷十《[平宁藩叛乱上]其七十六钦奉南征敕谕通行》，19卷十《[平宁藩叛乱上]其七十六钦奉南征敕谕通行》，21卷三十一上，22卷三十一，23卷三十一，24卷三十一

咨南京兵部议处献俘船只（九月初二日）：17别录卷十《[平宁藩叛乱上]其八十咨南京兵部拨船接解贼犯（九月初三日）》，19卷十《[平宁藩叛乱上]其八十咨南京兵部拨船接解贼犯（九月初三日）》，21卷三十一上，22卷三十一，23卷三十一，24卷三十一

行江西三司清查被劫府库起运钱粮（九月初四）：17别录卷十《[平宁藩叛乱上]其八十三案行江西都布按三司查报寄库钱粮（九月初四日）》，19卷十《[平宁藩叛乱上]其八十三案行江西都布按三司查报寄库钱粮（九月初四日）》，21卷三十一上，22卷三十一，23卷三十一，24卷三十一，27卷十，28卷十

行江西布按二司看守宁府库藏（九月十一日）：17别录卷十《[平宁藩叛乱上]其八十六案行江西布按二司委官巡守库藏（九月十一日）》，19卷十《[平宁藩叛乱上]其八十六案行江西布按二司委官巡守库藏（九月十一日）》，21卷三十一上，22卷三十一，23卷三十一，24卷三十一，27卷十，28卷十，36经济编卷四，37经济编卷四，38经济编卷四，39经济编卷四，40经济集卷四，41经济集卷四

委按察使伍文定纪验残孽（九月二十日）：17别录卷十一《平宁藩叛乱下（共三十七条）/其一案行江西按察司纪录续报攻次（正德十四年九月十二日）》，19卷十一《平宁藩叛乱下（共三十七条）/其一案行江西按察司纪录续报攻次

（正德十四年九月十二日）》，21卷三十一上，22卷三十一，23卷三十一，24卷三十一

委知府伍文定邢珣防守省城牌（九月十二日）：17别录卷十《[平宁藩叛乱上]其八十七牌行领兵官留兵防守（九月十二日）》，19卷十《[平宁藩叛乱上]其八十七牌行领兵官留兵防守（九月十二日）》，21卷三十一上，22卷三十一（有文无目），23卷三十一，24卷三十一，27卷十，28卷十，36经济编卷四，37经济编卷四，38经济编卷四，39经济编卷四，40经济集卷四，41经济集卷四

行江西布按二司厘革抚绥条件（九月十二日）：17别录卷十《[平宁藩叛乱上]其八十八案行江西布按二司处分乱后事宜（九月十二日）》#，19卷十《[平宁藩叛乱上]其八十八案行江西布按二司处分乱后事宜（九月十二日）》#，21卷三十一上，22卷三十一，23卷三十一，24卷三十一，26卷二十，27卷十，28卷十，36经济编卷四，37经济编卷四，38经济编卷四，39经济编卷四，40经济集卷四，41经济集卷四

行江西按察司知会逆党宫眷姓名：17别录卷十一《[平宁藩叛乱下]其十三案行江西按察司查照解回逆犯》，19卷十一《[平宁藩叛乱下]其十三案行江西按察司查照解回逆犯》，21卷三十一上，22卷三十一，23卷三十一，24卷三十一

行江西按察司编审九姓渔户牌（九月二十四日）：17别录卷十一《[平宁藩叛乱下]其二案行江西按察司禁约九姓渔户》，19卷十一《[平宁藩叛乱下]其二案行江西按察司禁约九姓渔户》，21卷三十一上，22卷三十一，23卷三十一，24卷三十一，26卷十八，27卷十，28卷十，36经济编卷四，37经济编卷四，38经济编卷四，39经济编卷四，40经济集卷四，41经济集卷四

献俘揭帖（九月二十六日）：17别录卷十一《[平宁藩叛乱下]其四用揭帖知会御马监太监张（九月二十六日）》，19卷十一《[平宁藩叛乱下]其四用揭帖知会御马监太监张（九月二十六日）》，21卷三十一上，22卷三十一，23卷三十一，24卷三十一，26卷十九，27卷十，28卷十，36经济编卷四，37经济

编卷四，38经济编卷四，39经济编卷四，40经济集卷四，41经济集卷四

行袁州等府查处军中备用钱粮牌（十月初六日）：17别录卷十《[平宁藩叛乱上]其三十四牌行袁州等九府新淦等县给助粮饷（七月初六日）》，19卷十《其三十四牌行袁州等九府新淦等县给助粮饷》，21卷三十一上，22卷三十一，23卷三十一，24卷三十一

行江西布按二司清查军前取用钱粮：17别录卷十一《[平宁藩叛乱下]其二十五牌行江西布按二司查报用过粮饷（十二月二十日）》，19卷十一《[平宁藩叛乱下]其二十五牌行江西布按二司查报用过粮饷（十二月二十日）》，21卷三十一上，22卷三十一，23卷三十一，24卷三十一，26卷十九，27卷十，28卷十，36经济编卷四，37经济编卷四，38经济编卷四，39经济编卷四，40经济集卷四，41经济集卷四

防制省城奸恶牌（十二月十一日）：17别录卷十一《[平宁藩叛乱下]其十四案行江西都指挥马骥巡逻地方》，19卷十一《[平宁藩叛乱下]其十四案行江西都指挥马骥巡逻地方》，21卷三十一上，22卷三十一，23卷三十一，24卷三十一

行江西按察司查禁因公科索民财（十二月十一日）：17别录卷十一《[平宁藩叛乱下]其十六案仰江西按察司计处官军粮草》，19卷十一《[平宁藩叛乱下]其十六案仰江西按察司计处官军粮草》，21卷三十一上，22卷三十一，23卷三十一，24卷三十一，27卷十，28卷十

禁省词讼告谕（十二月十七日）：17别录卷十一《[平宁藩叛乱下]其二十三告谕各府州县军民止息争讼（十二月十七日）》，19卷十一《[平宁藩叛乱下]其二十三告谕各府州县军民止息争讼（十二月十七日）》，21卷三十一上，22卷三十一，23卷三十一，24卷三十一

再禁词讼告谕（十二月）：17别录卷十一《[平宁藩叛乱下]其二十四再行告谕军民止息争讼（十二月）》，19卷十一《[平宁藩叛乱下]其二十四再行告谕军民止息争讼（十二月）》，21卷三十一上，22卷三十一，23卷三十一，24卷

三十一

征藩公移下（凡二十七条）

开报征藩功次赃仗咨（正德十五年三月初四日）：17 别录卷十一《[平宁藩叛乱下]其三十一咨整理兵马粮草兵部左侍郎王查报功次（三月初四日）》，19 卷十一《[平宁藩叛乱下]其三十一咨整理兵马粮草兵部左侍郎王查报功次（三月初四日）》，21 卷三十一上，22 卷三十一，23 卷三十一，24 卷三十一，26 卷十九，27 卷九（此本装订有误），28 卷九（此本装订有误），31 卷六，32 卷六，36 经济编卷四，37 经济编卷四，38 经济编卷四，39 经济编卷四，40 经济集卷四，41 经济集卷四，63 卷一《征藩功次》

进缴征藩钧帖（四月十七日）：17 别录卷十一《[平宁藩叛乱下]其三十二进缴钧帖（四月十七日）》，19 卷十一《[平宁藩叛乱下]其三十二进缴钧帖（四月十七日）》，21 卷三十一上，22 卷三十一，23 卷三十一，24 卷三十一，27 卷十，28 卷十

行江西三司搜剿鄱阳馀贼牌（五月二十日）：17 别录卷十一《[平宁藩叛乱下]其三十六案行江西都布按三司捕剿鄱阳湖盗贼（五月）》，19 卷十一《[平宁藩叛乱下]其三十六案行江西都布按三司捕剿鄱阳湖盗贼（五月）》，21 卷三十一上，22 卷三十一，23 卷三十一，24 卷三十一

追剿入湖贼党牌（十五年）：17 别录卷十一《[平宁藩叛乱下]其三十七牌行南昌道守巡及守备官督鄱阳湖盗贼》（正文篇名误作"其三十六"），19 卷十一《[平宁藩叛乱下]其三十七牌行南昌道守巡及守备官督鄱阳湖盗贼》（正文篇名误作"其三十六"），21 卷三十一上，22 卷三十一，23 卷三十一，24 卷三十一，27 卷十，28 卷十

行岭北道清查赣州钱粮牌（十月二十三日）：21 卷三十一上，22 卷三十一，23 卷三十一，24 卷三十一

申行十家牌法：21 卷三十一上，22 卷三十一，23 卷三十一，24 卷三十一，27 卷七，28 卷七，30 卷五《[申谕十家牌法]其三》《[申谕十家牌法]其四》*，

31卷五，32卷五，35卷十八《申饬十家牌法》，59保甲法一卷《申行有司十家牌法》#

行江西布政司清查没官房产（十一月二十日）：17别录卷十二《[提督军务兼理巡抚批行事宜]其二十四仰江西布政司查佃没官房产（十月）》，19卷十二《[提督军务兼理巡抚批行事宜]其二十四仰江西布政司查佃没官房产（十月）》，21卷三十一上，22卷三十一，23卷三十一，24卷三十一

批再申十家牌法呈（十一月二十九日）：17别录卷十二《[提督军务兼理巡抚批行事宜]其二十五批江西按察司失事官员呈（正德十五年十一月二十九日）》，19卷十二《[提督军务兼理巡抚批行事宜]其二十五批江西按察司失事官员呈（正德十五年十一月二十九日）》，21卷三十一上，22卷三十一，23卷三十一，24卷三十一

批各道巡历地方呈（十二月二十六日）：17别录卷十二《[提督军务兼理巡抚批行事宜]其二十九批江西按察司分巡该道（十二月二十六日）》，19卷十二《[提督军务兼理巡抚批行事宜]其二十九批江西按察司分巡该道（十二月二十六日）》，21卷三十一上，22卷三十一，23卷三十一，24卷三十一，27卷十，28卷十，35卷十八 *

禁约释罪自新军民告示（正德十六年正月初五日）：17别录卷十二《[提督军务兼理巡抚批行事宜]其三十一告示从逆官校人等（正德十六年正月初五日）》，19卷十二《[提督军务兼理巡抚批行事宜]其三十一告示从逆官校人等（正德十六年正月初五日）》，21卷三十一上，22卷三十一，23卷三十一，24卷三十一，31卷六，32卷六

批湖广兵备道设县呈（十六年）：17别录卷十一《[平宁藩叛乱下]其三十三案行郴桂衡永等处兵备道添设县治（正德十五年四月二十一日）》，19卷十一《[平宁藩叛乱下]其三十三案行郴桂衡永等处兵备道添设县治（正德十五年四月二十一日）》，21卷三十一上，22卷三十一，23卷三十一，4卷三十一，26卷二十，27卷八，28卷八，36经济编卷五，37经济编卷五，38经济编卷五，

39经济编卷五，40经济集卷五，41经济集卷五

督剿安义逆贼牌（二月十一日）：17别录卷十二《[提督军务兼理巡抚批行事宜]其三十四牌行奉新县典史徐诚调选兵夫（二月十一日）》，19卷十二《[提督军务兼理巡抚批行事宜]其三十四牌行奉新县典史徐诚调选兵夫（二月十一日）》，21卷三十一上，22卷三十一，23卷三十一，24卷三十一

截剿安义逃贼牌（二月十三日）：17别录卷十二《[提督军务兼理巡抚批行事宜]其三十五牌行饶州南康九江等府剿杀安义逆贼（二月十三日）》，19卷十二《[提督军务兼理巡抚批行事宜]其三十五牌行饶州南康九江等府剿杀安义逆贼（二月十三日）》，21卷三十一上，22卷三十一，23卷三十一，24卷三十一

批议赏获功阵亡等次呈（三月初十日）：21卷三十一上，22卷三十一，23卷三十一，24卷三十一

覆应天巡抚派取船只咨（三月二十四日）：21卷三十一上，22卷三十一，23卷三十一，24卷三十一

批东乡叛民投顺状词（四月初九日）：17别录卷十二《[提督军务兼理巡抚批行事宜]其三十七批东乡民投顺诉状（四月初九日）》，19卷十二《[提督军务兼理巡抚批行事宜]其三十七批东乡民投顺诉状（四月初九日）》，21卷三十一上，22卷三十一，23卷三十一，24卷三十一

批江西布政司清查造册呈（四月十六日）：21卷三十一上，22卷三十一，23卷三十一，24卷三十一

行丰城县督造浅船牌（十六年）：21卷三十一上，22卷三十一，23卷三十一，24卷三十一

行江西按察司审问通贼罪犯牌（六月十五日）：17别录卷十二《[提督军务兼理巡抚批行事宜]其四十四牌行江西按察司问拟罪犯王鼐（六月十五日）》，19卷十二《[提督军务兼理巡抚批行事宜]其四十四牌行江西按察司问拟罪犯王鼐（六月十五日）》，21卷三十一上，22卷三十一，23卷三十一，24卷三十一

行江西按察司清查军前解回粮赏等物（六月十九日）：17 别录卷十二《[提督军务兼理巡抚批行事宜]其四十五牌行江西按察司清查随军粮饷（六月十六日）》，19 卷十二《[提督军务兼理巡抚批行事宜]其四十五牌行江西按察司清查随军粮饷（六月十六日）》，21 卷三十一上，22 卷三十一，23 卷三十一，24 卷三十一

批广东按察司立县呈（七月二十八日）：17 别录卷十二《[提督军务兼理巡抚批行事宜]其六案行广东按察司立县事宜（七月二十八日）》，19 卷十二《[提督军务兼理巡抚批行事宜]其六案行广东按察司立县事宜（七月二十八日）》，21 卷三十一上，22 卷三十一，23 卷三十一，24 卷三十一，26 卷二十，27 卷八，28 卷八，35 卷十八*，36 经济编卷五，37 经济编卷五，38 经济编卷五，39 经济编卷五，40 经济集卷五，41 经济集卷五

行江西三司停止兴作牌（八月初九日）：17 别录卷十二《[提督军务兼理巡抚批行事宜]其七牌行江西都布按三司及南昌府停止工役（八月初九日）》，19 卷十二《[提督军务兼理巡抚批行事宜]其七牌行江西都布按三司及南昌府停止工役（八月初九日）》，21 卷三十一上，22 卷三十一，23 卷三十一，24 卷三十一

行岭北道申明教场军令（九月十七日）：17 别录卷十二《[提督军务兼理巡抚批行事宜]其十一案行岭北道禁约操军（九月十七日）》，19 卷十二《[提督军务兼理巡抚批行事宜]其十一案行岭北道禁约操军（九月十七日）》，21 卷三十一上，22 卷三十一，23 卷三十一，24 卷三十一，26 卷二十，27 卷六#，28 卷六#，36 经济编卷五，37 经济编卷五，38 经济编卷五，39 经济编卷五，40 经济集卷五，41 经济集卷五

行雩都县建立社学牌（十二月二十七日）：17 别录卷十二《[提督军务兼理巡抚批行事宜]其三十牌行雩都县兴举社学（十二月二十七日）》，19 卷十二《[提督军务兼理巡抚批行事宜]其三十牌行雩都县兴举社学（十二月二十七日）》，21 卷三十一上，22 卷三十一，23 卷三十一，24 卷三十一

《王文成公全书》未收篇目

一、语录

02 卷上（稽山承语节选），13 传习录下卷一（1 条），26 卷二十一、二十二（8 条），27 卷二《语录》（17 条），28 卷二《语录》（17 条），35 卷一、卷二（33 条），36 理学编卷一、卷二（7 条），37 理学编卷一、卷二（7 条），38 理学编卷一、卷二（7 条），39 理学编卷一、卷二（7 条），40 理学集卷一、卷二（7 条），41 理学集卷一、卷二（7 条）

二、诗

始得东洞遂改为阳明小洞天：01 卷二

三、文

1. 与黄宗贤（癸未）：15 文录卷二，16 文录卷二，17 文录卷二
2. 寄薛尚谦（癸未）：15 文录卷二，02 卷上 *，16 文录卷二，17 文录卷二
3. 答方思道金宪（甲申）：15 文录卷二，02 卷上 *，16 文录卷二，17 文录卷二
4. [与王公弼] 二（乙酉）：15 文录卷二，16 文录卷二，17 文录卷二
5. [与王公弼] 三（乙酉）：15 文录卷二，16 文录卷二，17 文录卷二
6. 答欧阳崇一 [三]（丁亥）：15 文录卷三，16 文录卷三，17 文录卷三
7. 答欧阳崇一 [四]（丁亥）：15 文录卷三，16 文录卷三，17 文录卷三

8. 与黄宗贤（丁亥）：15 文录卷三，16 文录卷三，17 文录卷三

9. 答伍汝真金宪（丁亥）：15 文录卷三，02 卷上＊，16 文录卷三，17 文录卷三

10. 与张罗峰阁老：15 文录卷四，16 外集卷五（小注作"丁亥"），17 外集卷五（小注作"丁亥"）

11. [与张罗峰阁老] 二（丁亥）：15 文录卷四，16 外集卷五，17 外集卷五

12. [与霍兀崖宫端] 二（丁亥）：15 文录卷四，16 外集卷五，17 外集卷五

13. [寄何燕泉] 二（戊子）：15 文录卷四，16 外集卷五，17 外集卷五

14. 游大伾山（己未）（见浚县大伾山石刻）：35 卷十六

15. 山东乡试录

四书

所谓大臣者以道事君不可则止：21 卷三十一下＃，50 卷一《所谓大臣》，51 卷一《所谓大臣》

齐明盛服非礼不动所以修身也：21 卷三十一下＃，50 卷一《斋明盛服》＊，51 卷一《斋明盛服》＊

禹思天下有溺者由己溺之也稷思天下有饥者由己饥之也：21 卷三十一下＃，50 卷一《禹思天下》＊，51 卷一《禹思天下》＊

易

先天而天弗违后天而奉天时：21 卷三十一下＃

河出图洛出书圣人则之：21 卷三十一下＃

书

王懋昭大德建中于民以义制事以礼制心垂裕后昆予闻曰能自得师者王：21 卷三十一下＃

继自今立政其勿以憸人其惟吉士：21 卷三十一下＃

诗

　　不遑启居玁狁之故：21卷三十一下#

　　孔曼且硕万民是若：21卷三十一下#

春秋

　　楚子入陈（宣公十一年）楚子围郑晋荀林父帅师及楚子战于邲晋师败绩楚子灭萧晋人宋人卫人曹人同盟于清丘（俱宣公十二年）：21卷三十一下#

　　楚子蔡侯陈侯许男顿子沈子徐人越人伐吴（昭公五年）：21卷三十一下#

礼记

　　君子慎其所以与人者：21卷三十一下#

　　心好之身必安之君好之民必欲之：21卷三十一下#

论

　　人君之心惟在所养：21卷三十一下#

表

　　拟唐张九龄上千秋金鉴录表：21卷三十一下#

策五道

　　问王者功成作乐：21卷三十一下#

　　问佛老为天下害：21卷三十一下#，27卷十五《策二道[一]》（正文无篇题），28卷十五《策二道[一]》（正文无篇题），31卷二《[山东乡试录序]并策二道[策一]》*（正文无篇题），32卷二《[山东乡试录序]并策二道[策一]》*（正文无篇题），33卷五《山东乡试策二道[策一]》*（正文无篇题），34卷五《山东乡试策二道[策一]》*（正文无篇题），35卷十三《杨墨释老策》（正文无篇题）

　　问古人之言曰：21卷三十一下#，27卷十五《策二道[二]》（正文无篇题），28卷十五《策二道[二]》（正文无篇题），31卷二《[山东乡试录序]并策二道[策二]》*（正文无篇题），32卷二《[山东乡试录序]并策二道[策二]》*（正文无篇题），33卷五《山东乡试策二道[策二]》*（正文无篇题），

34 卷五《山东乡试策二道[策二]》*(正文无篇题),35 卷十三《志伊学颜策》（正文无篇题）

  问风俗之美恶：21 卷三十一下 #

  问明于当世之务者：21 卷三十一下 #

  山东乡试录后序：21 卷三十一下 #

16. [大]学[中]庸

彼为善之：49 卷一，50 卷一，51 卷一

诗云鸢飞：49 卷一，50 卷一，51 卷一

舜其大孝：49 卷一，50 卷一，51 卷一

17. 论语

居则曰不（以哉）：49 卷一

子击磬于卫：49 卷一，50 卷一，51 卷一

志士仁人：49 卷一，50 卷一，51 卷一

18. 孟子

河东凶亦然：49 卷一，50 卷一，51 卷一

老吾老以（四海）：49 卷一，50 卷一，51 卷一

其为气也（与道）：49 卷一，50 卷一，51 卷一

子哙不得与人燕：49 卷一，50 卷一《子哙不得》，51 卷一《子哙不得》

周公之过：49 卷一，50 卷一，51 卷一

四、奏疏、公移

1. 行广东领兵官搜剿可塘馀贼：27 卷八，28 卷八，36 经济编卷一，37 经济编卷一，38 经济编卷一（小注作"丙戌"），39 经济编卷一（小注作"乙酉"），40 经济集卷一，41 经济集卷一

  2. 牌行抚州知府陈槐制兵设伏：30 卷五

  3. 大学古本旁注：09 卷一，62《大学古本旁释》，64 卷一

巡抚南赣征缴横水桶冈等巢贼始末

4. 其九批广东岭南道调用猺人呈（七月二十七日）：17 别录卷八，19 卷八

5. 其十批广东岭南道地理兵粮呈（七月二十八日）：17 别录卷八，19 卷八

6. 其十五案委江西分巡岭北道纪录功次（九月十九日）：17 别录卷八，19 卷八

7. 其二十一牌行统兵官协谋搜剿：17 别录卷八，19 卷八

8. 其二十八案行湖广郴桂兵备摘兵搜扒：17 别录卷八，19 卷八

9. 其二十九犒赏湖广官兵（十一月十五日）：17 别录卷八，19 卷八

10. 其三十牌行监军巡守官分屯把截（十一月十五日）：17 别录卷八，19 卷八

11. 其三十一犒恤统兵土舍（十一月二十一日）：17 别录卷八，19 卷八

12. 其三十二牌行统兵知府伍文定把截奔贼抚处降民（十一月二十五日）：17 别录卷八，19 卷八

13. 其三十三牌行江西袁州府提问失期官员（十二月初九日）:17 别录卷八，19 卷八

14. 其三十四犒赏统兵致仕宣慰彭世麒（十二月十六日）：17 别录卷八，19 卷八

15. 其三十五批广东岭南道调摘兵壮呈（闰十二月二十二日）:17 别录卷八，19 卷八

16. 其三十六案行岭北道庆贺湖广镇巡司等官（闰十二月二十九日）：17 别录卷八，19 卷八

17. 其三十八批岭北道新设县治事宜呈：17 别录卷八，19 卷八

18. 其四十牌行南安府抚缉新民（二月初八日）：17 别录卷八，19 卷八

19. 其四十一奖劳广东兵备等官（七月初六日）：17 别录卷八，19 卷八

20. 其四十四钦奉升荫敕谕通行各属（七月初一日）：17 别录卷八，19 卷八

征剿浰头巢贼始末

21. 其四牌行信丰县主簿等把截窜道（正月初八日）：17别录卷九，19卷九

22. 其五牌行督哨官（正月初十日）：17别录卷九，19卷九

23. 其六牌行督理粮饷官（正月十一日）：17别录卷九，19卷九

24. 其七牌委参谋生员黄表（正月十三日）：17别录卷九，19卷九

25. 其八牌行指挥金英等把截窜道（正月十三日）：17别录卷九，19卷九

26. 其九牌行河源始兴翁源长乐四县官分探遁贼（正月二十日）：17别录卷九，19卷九

27. 其十奖劳知府陈祥邢珣等（二月二十八日）：17别录卷九，19卷九

28. 其十一牌仰留屯官兵（二月二十八日）：17别录卷九，19卷九

29. 其十二牌行龙南县升奖百长王受等（二月二十九日）：17别录卷九，19卷九

30. 其十三牌督惠州府建立县治巡司及留屯官兵（三月十五日）：17别录卷九，19卷九

31. 其十四牌委赣州府推官危寿（三月初五日）：17别录卷九，19卷九

32. 其二十五案行广东布按二司添设县治（十月十九日）：17别录卷九，19卷九

33. 其二十九案行福州等六府行十家牌法（二月十六日）：17别录卷九，19卷九

34. 其三十一牌委参随何图抚谕新民（四月初三日）：17别录卷九，19卷九

35. 其三十二案行岭北道禁革商盐（四月十三日）：17别录卷九，19卷九

钦奉敕谕查处福州叛军

36. 其一牌行福州等八府（六月初八日）：17别录卷九，19卷九

平宁藩叛乱上

37. 其二牌行南昌吉安袁州临江抚州建昌饶州广信南安九江南康瑞州十二

府集兵策应：17别录卷十，19卷十

38. 其四牌委福建都布按三司照处本地叛军（六月二十五日）：17别录卷十，19卷十

39. 其六牌行赣州府调发官兵（六月二十一日）：17别录卷十，19卷十

40. 其八案行广东布政司共勤国难：17别录卷十，19卷十

41. 其十案行福建漳南道预备赴调兵船：17别录卷十，19卷十

42. 其十一咨巡抚湖广都御史秦吴共勤国难：17别录卷十，19卷十

43. 其十二咨都御史李共勤国难：17别录卷十，19卷十

44. 其十五牌行南安府调发官兵（六月二十四日）：17别录卷十，19卷十

45. 其十六牌谕临江府知府戴德孺等合势进剿（六月二十五日）：17别录卷十，19卷十

46. 其十七士谕吉安府城内外居民（六月二十六日）：17别录卷十，19卷十

47. 其十九牌行吉安府拣练官兵（六月二十六日）：17别录卷十，19卷十

48. 其二十一牌行吉安安福守御千户所调兵策应（六月二十七日）：17别录卷十，19卷十

49. 其二十五牌行丰城县知县顾佖遵照方略（六月二十九日）：17别录卷十，19卷十

50. 其二十七牌行广东龙川等县调取民兵（七月初二日）：17别录卷十，19卷十

51. 其二十八牌行赣州南安府宁都等县选募民兵（七月初三日）：17别录卷十，19卷十

52. 其三十一牌差百户杨锐督发建昌官兵（七月初六日）：17别录卷十，19卷十

53. 其三十二牌行统兵知府徐琏面受进剿方略（七月初六日）：17别录卷十，19卷十

54. 其三十三牌行通判陈旦往进贤等县督发民兵（七月初六日）：17 别录卷十，19 卷十

55. 其三十八牌行赣州府权处军粮（七月初十日）：17 别录卷十，19 卷十

56. 其三十九牌行吉安永新千户所解送军器（七月十一日）：17 别录卷十，19 卷十

57. 其四十牌行南赣吉临四府及万安泰和吉水新淦丰城五县预备犒劳行军（七月十一日）：17 别录卷十，19 卷十

58. 其四十一牌行指挥麻玺策应丰城（七月十一日）：17 别录卷十，19 卷十《其四十一牌行指挥麻操演应丰城兵》

59. 其四十二牌行通判谈储统领吉水官兵（七月十一日）：17 别录卷十，19 卷十

60. 其四十三牌行馀干县知县马津预备战船（七月十二日）：17 别录卷十，19 卷十

61. 其四十四牌行临江府戴德孺解送军器战船（七月十二日）：17 别录卷十，19 卷十

62. 其四十五牌行饶州府解送军器战船（七月十三日）：17 别录卷十，19 卷十

63. 其四十七牌差千户刘祥督发福建官兵（七月十五日）：17 别录卷十，19 卷十

64. 其五十一牌行主簿余旺督运兵粮（七月十九日）：17 别录卷十，19 卷十《其五十一牌行主簿于旺督运兵粮》

65. 其五十三牌行刘守绪把守武宁渡（七月二十一日）：17 别录卷十，19 卷十

66. 其五十九牌行抚州府知府陈槐掣兵设伏（七月二十五日）：17 别录卷十，19 卷十

67. 其六十牌行建昌府知府曾玙会兵夹缴（七月二十五日）：17 别录卷十，

19卷十

68. 其六十一牌行进贤县知县刘源清会兵夹剿（七月二十六日）：17别录卷十，19卷十

69. 其六十二牌行安义靖安二县知县焚烧坟厂：17别录卷十，19卷十

70. 其六十三咨总督两广右都御史杨停止原调官兵（七月二十六日）：17别录卷十，19卷十

71. 其六十四案行福建按察司停止原调兵快：17别录卷十，19卷十

72. 其六十五牌行知县刘源清杨材追剿逆党（七月二十七日）：17别录卷十，19卷十

73. 其六十六案行河间等府通州等州停止见调军兵（八月十三日）：17别录卷十，19卷十

74. 其六十八牌行统兵各哨官查报功次（八月十五日）：17别录卷十，19卷十

75. 其七十牌行南昌府追征宁府私债（八月二十九日）：17别录卷十，19卷十

76. 其七十三牌行南昌府委官护送许副使丧柩（九月）：17别录卷十，19卷十

77. 其七十四牌行上元县护送马主事丧柩（九月）：17别录卷十，19卷十《其七十四牌行上元县护送马主事家小》

78. 其七十七案行江西布按二司官戴罪护印（九月初三日）：17别录卷十，19卷十

79. 其七十八案行江西都司官戴罪护印（九月初三日）：17别录卷十，19卷十

80. 其七十九案行知府郑卦巘戴罪护印（九月初三日）：17别录卷十，19卷十

81. 其八十一牌行抚州等府县选取督解官员（九月初三日）：17别录卷十，

19卷十

82. 其八十四案行各府州县卫掌印官从宜发落罪犯（九月初四日）：17别录卷十，19卷十

83. 其八十五用手本御马监太监张（九月初六日）：17别录卷十，19卷十

84. 叙迟留宸濠反间遗事（附）：17别录卷十，19卷十

平宁藩叛乱下

85. 其三牌委随行献俘各官（九月二十五日）：17别录卷十一，19卷十一

86. 其六呈奉钦差总督军务钧帖（九月二十七日）：17别录卷十一，19卷十一

87. 其七准答安边伯朱留查功次手本（九月二十七日）：17别录卷十一，19卷十一《其七答安边伯朱留查功次手本》

88. 其十五案仰江西布按二司预备官军粮草：17别录卷十一，19卷十一

89. 其十七咨整理兵马兵部侍郎王接济官军粮草：17别录卷十一，19卷十一

90. 其十八牌行江西按察司查收随军粮赏（十月十五日）：17别录卷十一，19卷十一

91. 其十九牌差千户杨基追回起运官兵粮米（十月十七日）：17别录卷十一，19卷十一

92. 其二十案行江西布政司查报各卫兑运遇变钱粮（十月二十七日）：17别录卷十一，19卷十一

93. 其三十四案仰南昌湖东湖西九江各道颁行十家牌式（四月十五日）：17别录卷十一，19卷十一

94. 其三十七牌行通判林宽选委义勇：17别录卷十一，19卷十一

提督军务兼理巡抚批行事宜

95. 其三案行湖西道处置丰城水患（六月初九日）：17别录卷十二，19卷十二

96. 其十牌行岭北道集兵操练（闰八月二十七日）：17 别录卷十二，19 卷十二

97. 其三十三案行南昌道选拣兵士（正月三十日）：17 别录卷十二，19 卷十二

98. 其四十牌行江西临江府赈恤水灾（正月初七日）：17 别录卷十二，19 卷十二

99. 其四十二案行岭北道停革龟角尾抽分（五月二十日）：17 别录卷十二，19 卷十二

100. 其四十六奉敕赴京案照（六月十六日）：17 别录卷十二，19 卷十二

101. 其四十七案照江西都布按三司并南昌府（六月十八日）：17 别录卷十二，19 卷十二

102. 其四十八牌行南昌府防守钱粮文卷（六月十九日）：17 别录卷十二，19 卷十二

总督两广平定思田始末

103. 其二牌行江西都司操阅军马：17 别录卷十三，19 卷十三

104. 其三牌行江西布政司备办粮赏：17 别录卷十三，19 卷十三

105. 其四牌行江西按察司监视行罚（十月十二日）：17 别录卷十三，19 卷十三

106. 其七十六告谕宾州军民（七月二十五日）：17 别录卷十三，19 卷十三

107. 其七批吉安勤王有功张熠等词（十一月初五日）：17 别录卷十三，19 卷十三

108. 其十一案仰广东岭东岭南岭西海南海北及广西桂林苍梧左江右江等道行十家牌法（十一月二十一日）：17 别录卷十三，19 卷十三

109. 其十三批岭西道税法呈（十一月二十四日）：17 别录卷十三，19 卷十三

110. 其十六批海南道策谋巢贼（十二月初二日）：17 别录卷十三，19 卷

十三

    111. 其十八批广州府起盖漏泽园申（十一月初九日）：17 别录卷十三，19 卷十三

    112. 其二十牌差千户梅元辅省谕田州思恩（十二月十七日）：17 别录卷十三，19 卷十三

    113. 其二十三批湖州府预备军饷（十二月二十六日）：17 别录卷十三，19 卷十三

    114. 其二十六牌行南康府收买回军马匹（嘉靖七年正月初二日）：17 别录卷十三，19 卷十三《其二十六牌行南宁府收买回军马匹》

    115. 其二十七牌行南宁府收买回军刀枪（正月初二日）：17 别录卷十三，19 卷十三

    116. 其三十一批桂林道称获贼首呈（正月二十一日）：17 别录卷十三，19 卷十三

    117. 其三十二批放回富州广南屯兵呈（正月二十一日）：17 别录卷十三，19 卷十三

    118. 其三十三牌行通判陈志敬（约束归顺目民，正月二十四日）：17 别录卷十三，19 卷十三

    119. 其三十五案行广西布政林富（安插归顺月民，二月二十五日）：17 别录卷十三，19 卷十三

    120. 其三十六牌委化州知州安插归顺目民：17 别录卷十三，19 卷十三

    121. 其三十七牌委该道沿途督发湖广回兵：17 别录卷十三，19 卷十三

    122. 其三十八牌行南宁府犒赏湖广回兵：17 别录卷十三，19 卷十三

    123. 其四十批岭南道估修三水县城池呈（三月初八）：17 别录卷十三，19 卷十三

    124. 其四十二批广东兵备议处新宁贼峒呈（三月十八日）：17 别录卷十三，19 卷十三

125. 其四十四批岭西道呈（三月十九日）：17 别录卷十三，19 卷十三

126. 其四十五批广西布政司呈（七年三月二十一日）：17 别录卷十三，19 卷十三

127. 其四十八牌行田州土目暂管岑氏八甲：17 别录卷十三，19 卷十三

128. 其四十九牌仰思恩府土目分管各城头：17 别录卷十三，19 卷十三

129. 其五十五梧州府同知舒柏查理南宁府军饷银两：17 别录卷十三，19 卷十三

130. 其五十六又仰同知舒柏查理宾州军饷银两：17 别录卷十三，19 卷十三

131. 其五十七批海南道钤束立功官员呈：17 别录卷十三，19 卷十三

132. 其五十八批岭西道优处贫户呈（四月二十一日）：17 别录卷十三，19 卷十三

133. 其六十牌行同知桂鳌收贮军饷（五月初三日）：17 别录卷十三，19 卷十三

134. 其六十三批平乐府计处贼情申（五月十八日）：17 别录卷十三，19 卷十三

135. 其六十五札付永顺宣慰司官舍田荣有成冠带督兵（六月初十日）：17 别录卷十三，19 卷十三

136. 其六十六札付保靖永顺宣慰司官舍彭飞远王相冠带（六月初十日）：17 别录卷十三，19 卷十三

137. 其八十批宾州建立书院申（八月十三日）：17 别录卷十三，19 卷十三

征缴八寨断藤峡

138. 其二牌行永顺宣慰司统兵致仕宣慰使彭明辅进剿方略：17 别录卷十四

139. 其三牌行保靖宣慰司宣慰彭九霄进剿方略：17 别录卷十四

140. 其五牌行湖广督兵金事汪溱都指挥谢佩：17 别录卷十四

141. **其七牌行左江道守巡官布发旗号（三月二十三日）**：17 别录卷十四

142. **其九牌行南宁府支给粮饷（四月十九日）**：17 别录卷十四

143. **其十二牌行指挥孙继武搜捕逋贼**：17 别录卷十四

144. **其十三牌仰千户丁文盛等搜捕逋贼**：17 别录卷十四

145. **其十七牌仰委官季本（俱五月初九日）**：17 别录卷十四

146. **其二十六牌行宾州预处兵屯（六月十五日）**：17 别录卷十四

147. **其三十三牌行署田州府事知州林宽给发军赏**：17 别录卷十四

148. **[重修阳明先生祠记节选]**：02 卷上

王阳明著述篇目音序索引

A

艾草次胡少参韵：01卷二、12外集卷二、13外集卷二、14外集卷二、15文录卷十二、16外集卷二、17外集卷二、18外集卷二、20卷十九、21卷十九、22卷十九、23卷十九、24卷十九、25卷八、26卷八、27卷十六、28卷十六、30卷三、33卷六、34卷六、36文章编卷四、37文章编卷四、38文章编卷四、39文章编卷四、40文章集卷四、41文章集卷四、44卷二

案行分守岭北道官兵戴罪剿贼：12别录卷八、13别录卷八、17别录卷八、18别录卷八、19卷八、20卷十六、21卷十六、22卷十六、23卷十六、24卷十六、26卷十八、27卷七、28卷七、36经济编卷二、37经济编卷二、38经济编卷二、39经济编卷二、40经济集卷二、41经济集卷二

案行各分巡道督编十家牌：12别录卷八、13别录卷八、17别录卷八、18别录卷八、19卷八、20卷十六、21卷十六、22卷十六、23卷十六、24卷十六、26卷十八、59保甲法

案行广东福建领兵官进剿事宜：12别录卷八、13别录卷八、17别录卷八、18别录卷八、19卷八、20卷十六、21卷十六、22卷十六、23卷十六、24卷十六、26卷十八、27卷六、28卷六、30卷五、31卷五、32卷五、35卷十七、36经济编卷一、37经济编卷一、38经济编卷一、39经济编卷一、40经济集卷一、41经济集卷一、55卷七

案行广西提学道兴举思田学校：12别录卷十、13别录卷十、17别录卷十三、18别录卷十、19卷十三、20卷十八、21卷十八、22卷十八、23卷十八、24卷十八、26卷二十

案行江西按察司停止献俘呈：12别录卷九、13别录卷九、17别录卷十一、18别录卷九、19卷十一、20卷十七、21卷十七、22卷十七、23卷十七、24卷十七、26卷十九、27卷十、28卷十、31卷六、32卷六、35卷十八

案行领兵官搜剿馀贼：12别录卷八、13别录卷八、17别录卷八、18别录卷八、19卷八、20卷十六、21卷十六、22卷十六、23卷十六、24卷十六、26卷十八、27卷八、28卷八、35卷十七、36经济编卷一、37经济编卷一、38经济编卷一、39经济编卷一、40经济集卷一、41经济集卷一

案行南安等十三府及奉新等县募兵策应（六月二十六日）：12别录卷九、13别录卷九、17别录卷十、18别录卷九、19卷十、20卷十七、21卷十七、22卷十七、23卷十七、24卷十七、26卷十九、27卷九、28卷九、30卷五、36经济编卷四、37经济编卷四、38经济编卷四、39经济编卷四、40经济集卷四、41经济集卷四

案行漳南道守巡官戴罪督兵剿贼：12别录卷八、13别录卷八、17别录卷八、18别录卷八、19卷八、20卷十六、21卷十六、22卷十六、23卷十六、24卷十六、26卷十八、27卷八、28卷八、30卷五、35卷十七、36经济编卷一、37经济编卷一、38经济编卷一、39经济编卷一、40经济集卷一、41经济集卷一

案行浙江按察司交割逆犯暂留养病（十月初九日）：12别录卷九、13别录卷九、14外集卷九、17别录卷十一、18别录卷九、19卷十一、20卷十七、21卷十七、22卷十七、23卷十七、24卷十七、26卷十九、27卷十、28卷十、35卷十八、36经济编卷四、37经济编卷四、38经济编卷四、39经济编卷四、40经济集卷四、41经济集卷四

B

八寨断藤峡捷音疏（七年七月初十日）：12 别录卷七、13 别录卷七、17 别录卷七、18 别录卷七、19 卷七、20 卷十五、21 卷十五、22 卷十五、23 卷十五、24 卷十五、26 卷十七、27 卷十三、28 卷十三、30 卷五、31 卷七、32 卷七、33 卷二、34 卷二、35 卷七、37 经济编卷七、38 经济编卷七、39 经济编卷七、40 经济集卷七、41 经济集卷七、55 卷四

白发漫书一绝：20 卷二十九、21 卷二十九、22 卷二十九、23 卷二十九、24 卷二十九、44 卷四

白鹿洞独对亭：12 外集卷四、13 外集卷四、14 外集卷四、15 文录卷十四、16 外集卷四、17 外集卷四、18 外集卷四、20 卷二十、21 卷二十、22 卷二十、23 卷二十、24 卷二十、25 卷九、26 卷九、27 卷十六、28 卷十六、36 文章编卷四、37 文章编卷四、38 文章编卷四、39 文章编卷四、40 文章集卷四、41 文章集卷四、44 卷三

白说字贞夫说（乙亥）：12 外集卷八、13 外集卷八、14 外集卷八、15 文录卷八、17 外集卷八、18 外集卷八、20 卷二十四、21 卷二十四、22 卷二十四、23 卷二十四、24 卷二十四、25 卷七、26 卷七、27 卷十四、28 卷十四、29 卷四、35 卷十三、36 文章编卷二、37 文章编卷二、38 文章编卷二、39 文章编卷二、40 文章集卷二、41 文章集卷二

白湾六章：12 外集卷三、13 外集卷三、14 外集卷三、15 文录卷十三、16 外集卷三、17 外集卷三、18 外集卷三、20 卷二十、21 卷二十、22 卷二十、23 卷二十、24 卷二十、25 卷九、26 卷九、30 卷三、44 卷二

白云：01 卷二、12 外集卷二、13 外集卷二、14 外集卷二、15 文录卷十二、16 外集卷二、17 外集卷二、18 外集卷二、20 卷十九、21 卷十九、22 卷十九、23 卷十九、24 卷十九、26 卷八、30 卷三、33 卷六、34 卷六、44 卷二、48 卷一

白云堂：01 卷二、12 外集卷二、13 外集卷二、14 外集卷二、15 文录卷

十二、16 外集卷二、17 外集卷二、18 外集卷二、20 卷十九、21 卷十九、22 卷十九、23 卷十九、24 卷十九、25 卷八、26 卷八、33 卷六、34 卷六、44 卷二、48 卷一

颁定里甲杂办：12 别录卷九、13 别录卷九、17 别录卷十二、18 别录卷九、19 卷十二、20 卷十七、21 卷十七、22 卷十七、23 卷十七、24 卷十七、26 卷十九

颁行社学教条：12 别录卷九、13 别录卷九、17 别录卷十二、18 别录卷九、19 卷十二、20 卷十七、21 卷十七、22 卷十七、23 卷十七、24 卷十七、26 卷十九、35 卷十七

褒崇陆氏子孙（正德十五年正月）：12 别录卷九、13 别录卷九、17 别录卷十一、18 别录卷九、19 卷十一、20 卷十七、21 卷十七、22 卷十七、23 卷十七、24 卷十七、26 卷十九、27 卷七、28 卷七、31 卷二、32 卷二、33 卷五、34 卷五、35 卷十八

碧霞池夜坐：12 外集卷四、13 外集卷四、14 外集卷四、15 文录卷十四、16 外集卷四、17 外集卷四、18 外集卷四、20 卷二十、21 卷二十、22 卷二十、23 卷二十、24 卷二十、25 卷九、26 卷九、30 卷三、33 卷六、34 卷六、35 卷十六、44 卷四

壁帖（壬午）：02 卷上、12 文录卷五、13 文录卷五、14 文录卷五、15 文录卷九、16 文录卷五、17 文录卷五、18 文录卷五、20 卷八、21 卷八、22 卷八、23 卷八、24 卷八、25 卷七、26 卷七、35 卷十四、52 卷一

边方缺官荐才赞理疏（七年七月初六日）：12 别录卷七、13 别录卷七、15 文录卷十七、17 别录卷七、18 别录卷七、19 卷七、20 卷十五、21 卷十五、22 卷十五、23 卷十五、24 卷十五、26 卷十七、27 卷十二、28 卷十二、31 卷七、32 卷七、35 卷七、37 经济编卷七、38 经济编卷七、39 经济编卷七、40 经济集卷七、41 经济集卷七、55 卷四

辩诛遗奸正大法以清朝列疏：20 卷二十八、21 卷二十八、22 卷二十八、23

卷二十八、24 卷二十八、27 卷十一、28 卷十一、35 卷六、36 经济编卷五、37 经济编卷五、38 经济编卷五、39 经济编卷五、40 经济集卷五、41 经济集卷五

别方叔贤四首：12 外集卷三、13 外集卷三、14 外集卷三、15 文录卷十三、16 外集卷三、17 外集卷三、18 外集卷三、20 卷二十、21 卷二十、22 卷二十、23 卷二十、24 卷二十、25 卷九、26 卷九、27 卷十六、28 卷十六、30 卷三、36 文章编卷四、37 文章编卷四、38 文章编卷四、39 文章编卷四、40 文章集卷四、41 文章集卷四、44 卷二、52 卷一

别方叔贤序（辛未）：12 文录卷四、13 文录卷四、15 文录卷六、16 文录卷四、17 文录卷四、18 文录卷四、20 卷七、21 卷七、22 卷七、23 卷七、24 卷七、25 卷五、26 卷五、35 卷八、52 卷一、53 卷五

别黄宗贤归天台序（壬申）：02 卷上、12 文录卷四、13 文录卷四、14 卷四、15 文录卷六、16 文录卷四、17 文录卷四、18 文录卷四、20 卷七、21 卷七、22 卷七、23 卷七、24 卷七、25 卷五、26 卷五、35 卷八

别梁日孚序（戊寅）：12 文录卷四、13 文录卷四、14 文录卷四、15 文录卷六、16 文录卷四、17 文录卷四、18 文录卷四、20 卷七、21 卷七、22 卷七、23 卷七、24 卷七、25 卷五、26 卷五、27 卷十五、28 卷十五、29 卷四、35 卷八、36 文章编卷一、37 文章编卷一、38 文章编卷一、39 文章编卷一、40 文章集卷一、41 文章集卷一、55 卷五

别三子序（丁卯）：02 卷上、12 文录卷四、13 文录卷四、14 文录卷四、15 文录卷六、16 文录卷四、17 文录卷四、18 文录卷四、20 卷七、21 卷七、22 卷七、23 卷七、24 卷七、25 卷五、26 卷五、27 卷四、28 卷四、29 卷四、31 卷一、32 卷一、33 卷四、34 卷四、35 卷八、36 文章编卷一、37 文章编卷一、38 文章编卷一、39 文章编卷一、40 文章集卷一、41 文章集卷一、53 卷五、55 卷五

别王纯甫序（辛未）：02 卷上、12 文录卷四、13 文录卷四、15 文录卷六、16 文录卷四、17 文录卷四、18 文录卷四、20 卷七、21 卷七、22 卷七、23 卷七、24 卷七、25 卷五、26 卷五、29 卷四、35 卷八

别希颜二首：12 外集卷三、13 外集卷三、14 外集卷三、15 文录卷十三、16 外集卷三、17 外集卷三、18 外集卷三、20 卷二十、21 卷二十、22 卷二十、23 卷二十、24 卷二十、25 卷九、26 卷九、27 卷十六、28 卷十六、36 文章编卷四、37 文章编卷四、38 文章编卷四、39 文章编卷四、40 文章集卷四、41 文章集卷四、44 卷二、48 卷一

别易仲：12 外集卷三、13 外集卷三、14 外集卷三、15 文录卷十三、16 外集卷三、17 外集卷三、18 外集卷三、20 卷二十、21 卷二十、22 卷二十、23 卷二十、24 卷二十、25 卷九、26 卷九、27 卷十六、28 卷十六、33 卷六、34 卷六、36 文章编卷四、37 文章编卷四、38 文章编卷四、39 文章编卷四、40 文章集卷四、41 文章集卷四、44 卷二、48 卷一

别友：01 卷二、12 外集卷二、13 外集卷二、14 外集卷二、15 文录卷十二、16 外集卷二、17 外集卷二、18 外集卷二、20 卷十九、21 卷十九、22 卷十九、23 卷十九、24 卷十九、25 卷八、26 卷八、44 卷二

别友狱中：01 卷三、12 外集卷一、13 外集卷一、14 外集卷一、15 文录卷十一、16 外集卷一、17 外集卷一、18 外集卷一、20 卷十九、21 卷十九、22 卷十九、23 卷十九、24 卷十九、25 卷八、26 卷八、27 卷十六、28 卷十六、30 卷三、36 文章编卷四、37 文章编卷四、38 文章编卷四、39 文章编卷四、40 文章集卷四、41 文章集卷四、44 卷一、48 卷一

别余缙子绅：12 外集卷三、13 外集卷三、14 外集卷三、15 文录卷十三、16 外集卷三、17 外集卷三、18 外集卷三、20 卷二十、21 卷二十、22 卷二十、23 卷二十、24 卷二十、25 卷九、26 卷九、30 卷三、44 卷三、48 卷一

别湛甘泉二首：12 外集卷三、13 外集卷三、14 外集卷三、15 文录卷十三、16 外集卷三、17 外集卷三、18 外集卷三、20 卷二十、21 卷二十、22 卷二十、23 卷二十、24 卷二十、25 卷九、26 卷九、33 卷六、34 卷六、44 卷二

别湛甘泉序（壬申）：12 文录卷四、13 文录卷四、14 文录卷四、15 文录卷六、16 文录卷四、17 文录卷四、18 文录卷四、20 卷七、21 卷七、22 卷七、23 卷

七、24 卷七、25 卷五、26 卷五、27 卷四、28 卷四、31 卷一、32 卷一、33 卷四、34 卷四、35 卷八、36 文章编卷一、37 文章编卷一、38 文章编卷一、39 文章编卷一、40 文章集卷一、41 文章集卷一、52 卷一、54 卷一、55 卷五

别张常甫序（辛未）： 12 文录卷四、13 文录卷四、14 文录卷四、15 文录卷六、16 文录卷四、17 文录卷四、18 文录卷四、20 卷七、21 卷七、22 卷七、23 卷七、24 卷七、25 卷五、26 卷五、27 卷十五、28 卷十五、29 卷四、35 卷八、36 文章编卷一、37 文章编卷一、38 文章编卷一、39 文章编卷一、40 文章集卷一、41 文章集卷一、53 卷五、55 卷五

别诸生： 12 外集卷四、13 外集卷四、14 外集卷四、15 文录卷十四、16 外集卷四、17 外集卷四、18 外集卷四、20 卷二十、21 卷二十、22 卷二十、23 卷二十、24 卷二十、25 卷九、26 卷九、35 卷十六、44 卷四、52 卷一

别族太叔克彰： 12 外集卷三、13 外集卷三、14 外集卷三、15 文录卷十三、16 外集卷三、17 外集卷三、18 外集卷三、20 卷二十、21 卷二十、22 卷二十、23 卷二十、24 卷二十、25 卷九、26 卷九、44 卷三

宾阳堂记（戊辰）： 01 卷一、12 外集卷七、13 外集卷七、14 外集卷七、15 文录卷七、17 外集卷七、18 外集卷七、20 卷二十三、21 卷二十三、22 卷二十三、23 卷二十三、24 卷二十三、25 卷六、26 卷六、27 卷十四、28 卷十四、29 卷四、35 卷九、36 文章编卷二、37 文章编卷二、38 文章编卷二、39 文章编卷二、40 文章集卷二、41 文章集卷二、55 卷五

兵符节制（五月）： 12 别录卷八、13 别录卷八、17 别录卷八、18 别录卷八、19 卷八、20 卷十六、21 卷十六、22 卷十六、23 卷十六、24 卷十六、26 卷十八、27 卷六、28 卷六、30 卷五、31 卷五、32 卷五、35 卷十七、36 经济编卷一、37 经济编卷一、38 经济编卷一、39 经济编卷一、40 经济集卷一、41 经济集卷一、55 卷七

病中大司马乔公有诗见怀次韵奉答二首： 12 外集卷三、13 外集卷三、14 外集卷三、15 文录卷十三、16 外集卷三、17 外集卷三、18 外集卷三、20 卷二十、

21卷二十、22卷二十、23卷二十、24卷二十、25卷九、26卷九、44卷三

泊金山寺二首（十月将趋行在）：12外集卷四、13外集卷四、14外集卷四、15文录卷十四、16外集卷四、17外集卷四、18外集卷四、20卷二十、21卷二十、22卷二十、23卷二十、24卷二十、25卷九、26卷九、27卷十六、28卷十六、33卷六、34卷六、36文章编卷四、37文章编卷四、38文章编卷四、39文章编卷四、40文章集卷四、41文章集卷四、44卷三

泊舟大同山溪间诸生闻之有挟册来寻者：12外集卷四、13外集卷四、14外集卷四、15文录卷十四、16外集卷四、17外集卷四、18外集卷四、20卷二十、21卷二十、22卷二十、23卷二十、24卷二十、25卷九、26卷九、44卷三

博约说（乙酉）：02卷下、12文录卷四、13文录卷四、14文录卷四、15文录卷六、16文录卷四、17文录卷四、18文录卷四、20卷七、21卷七、22卷七、23卷七、24卷七、25卷七、26卷七、27卷十四、28卷十四、29卷四、30卷三、35卷十三、36文章编卷二、37文章编卷二、38文章编卷二、39文章编卷二、40文章集卷二、41文章集卷二、42卷三

不寐：01卷三、12外集卷一、13外集卷一、14外集卷一、15文录卷十一、16外集卷一、17外集卷一、18外集卷一、20卷十九、21卷十九、22卷十九、23卷十九、24卷十九、25卷八、26卷八、27卷十六、28卷十六、33卷六、34卷六、36文章编卷四、37文章编卷四、38文章编卷四、39文章编卷四、40文章集卷四、41文章集卷四、44卷一

C

裁革文移：12别录卷十、13别录卷十、17别录卷十三、18别录卷十、19卷十三、20卷十八、21卷十八、22卷十八、23卷十八、24卷十八、26卷二十、27卷十三、28卷十三、35卷十九、37经济编卷七、38经济编卷七、39经济编卷七、40经济集卷七、41经济集卷七

采蕨：01卷二、12外集卷二、13外集卷二、14外集卷二、15文录卷十二、

16 外集卷二、17 外集卷二、18 外集卷二、20 卷十九、21 卷十九、22 卷十九、23 卷十九、24 卷十九、25 卷八、26 卷八、33 卷六、34 卷六、44 卷二

采薪二首：01 卷二、12 外集卷二、13 外集卷二、14 外集卷二、15 文录卷十二、16 外集卷二、17 外集卷二、18 外集卷二、20 卷十九、21 卷十九、22 卷十九、23 卷十九、24 卷十九、25 卷八、26 卷八、27 卷十六、28 卷十六、33 卷六、34 卷六、35 卷十六、36 文章编卷四、37 文章编卷四、38 文章编卷四、39 文章编卷四、40 文章集卷四、41 文章集卷四、44 卷二

参失事官员疏（十二年三月十五日）：12 别录卷一、13 别录卷一、17 别录卷一、18 别录卷一、19 卷一、20 卷九、21 卷九、22 卷九、23 卷九、24 卷九、26 卷十一

草萍驿次林见素韵奉寄：01 卷三、12 外集卷一、13 外集卷一、15 文录卷十一、16 外集卷一、17 外集卷一、18 外集卷一、20 卷十九、21 卷十九、22 卷十九、23 卷十九、24 卷十九、25 卷八、26 卷八、33 卷六、34 卷六、44 卷一

策应丰城牌：12 别录卷九、13 别录卷九、17 别录卷十、18 别录卷九、19 卷十、20 卷十七、21 卷十七、22 卷十七、23 卷十七、24 卷十七、26 卷十九、27 卷九、28 卷九、36 经济编卷四、37 经济编卷四、38 经济编卷四、39 经济编卷四、40 经济集卷四、41 经济集卷四

茶寮纪事：12 外集卷三、13 外集卷三、14 外集卷三、15 文录卷十三、16 外集卷三、17 外集卷三、18 外集卷三、20 卷二十、21 卷二十、22 卷二十、23 卷二十、24 卷二十、25 卷九、26 卷九、44 卷三

查访各属贤否牌（六月十九日）：20 卷三十、21 卷三十、22 卷三十、23 卷三十、24 卷三十

查明岑邦相疏（七年七月十九日）：12 别录卷七、13 别录卷七、17 别录卷七、18 别录卷七、19 卷七、20 卷十五、21 卷十五、22 卷十五、23 卷十五、24 卷十五、26 卷十七

差官调发梅花等峒义兵牌（六月二十七日）：17 别录卷十、19 卷十、20 卷

三十一、21卷三十一上、22卷三十一、23卷三十一、24卷三十一

长沙答周生：01卷三、12外集卷一、13外集卷一、15文录卷十一、16外集卷一、17外集卷一、18外集卷一、20卷十九、21卷十九、22卷十九、23卷十九、24卷十九、25卷八、26卷八、44卷一

长生：12外集卷四、13外集卷四、14外集卷四、15文录卷十四、16外集卷四、17外集卷四、18外集卷四、20卷二十、21卷二十、22卷二十、23卷二十、24卷二十、25卷九、26卷九、27卷十六、28卷十六、33卷六、34卷六、36文章编卷四、37文章编卷四、38文章编卷四、39文章编卷四、40文章集卷四、41文章集卷四、44卷四

潮头岩次谦之韵：12外集卷三、13外集卷三、14外集卷三、18外集卷三、20卷二十、21卷二十、22卷二十、23卷二十、24卷二十、25卷九、26卷九、33卷六、34卷六、35卷十六、44卷三

辰州虎溪龙兴寺闻杨名父将到留韵壁间：01卷二、12外集卷二、13外集卷二、14外集卷二、15文录卷十二、16外集卷二、17外集卷二、18外集卷二、20卷十九、21卷十九、22卷十九、23卷十九、24卷十九、25卷八、26卷八、33卷六、34卷六、44卷二

陈处士墓志铭（癸亥）：12外集卷九、13外集卷九、14外集卷九、15文录卷十、17外集卷九、18外集卷九、20卷二十五、21卷二十五、22卷二十五、23卷二十五、24卷二十五、25卷十、26卷十、35卷十五

陈九川录（传习录）：03续录卷上、06卷中之一、10卷一、11卷上、20卷三、22卷三、23卷三、24卷三、26卷二十二、27卷二、28卷二、35卷二、36理学编卷二、37理学编卷二、38理学编卷二、39理学编卷二、40理学集卷二、41理学集卷二、42卷三、43卷一下、47传习录节录、52卷一、60卷一、65传习录下

陈言边务疏（弘治十二年，时进士）：12别录卷一、13别录卷一、15文录卷十五、17别录卷一、18别录卷一、19卷一、20卷九、21卷九、22卷九、23

卷九、24卷九、26卷十一、27卷十四、28卷十四、36经济编卷一、37经济编卷一、38经济编卷一、39经济编卷一、40经济集卷一、41经济集卷一

陈直夫南宫像赞：12外集卷九、13外集卷九、14外集卷九、15文录卷十、17外集卷九、18外集卷九、20卷二十五、21卷二十五、22卷二十五、23卷二十五、24卷二十五、25卷十、26卷十、35卷十五

程守夫墓碑（甲申）：12外集卷九、13外集卷九、14外集卷九、15文录卷十、17外集卷九、18外集卷九、20卷二十五、21卷二十五、22卷二十五、23卷二十五、24卷二十五、25卷十、26卷十、35卷十五

重登黄土脑：12外集卷四、13外集卷四、14外集卷四、15文录卷十四、16外集卷四、17外集卷四、18外集卷四、20卷二十、21卷二十、22卷二十、23卷二十、24卷二十、25卷九、26卷九、44卷四

重刊文章轨范序（戊辰）：01卷一、12外集卷六、13外集卷六、14外集卷六、15文录卷五、16外集卷六、17外集卷六、18外集卷六、20卷二十二、21卷二十二、22卷二十二、23卷二十二、24卷二十二、25卷五、26卷五、27卷十五、28卷十五、31卷二、32卷二、33卷四、34卷四、35卷八、36文章编卷一、37文章编卷一、38文章编卷一、39文章编卷一、40文章集卷一、41文章集卷一、53卷四、54卷一

重上江西捷音疏（十五年七月十七日遵奉大将军钧帖）：12别录卷五、13别录卷五、17别录卷五、18别录卷五、19卷五、20卷十三、21卷十三、22卷十三、23卷十三、24卷十三、26卷十五

重修六合县儒学记（乙亥）：12外集卷七、13外集卷七、14外集卷七、15文录卷七、17外集卷七、18外集卷七、20卷二十三、21卷二十三、22卷二十三、23卷二十三、24卷二十三、25卷六、26卷六、35卷九

重修山阴县学记（乙酉）：02卷下、12文录卷四、13文录卷四、14文录卷四、15文录卷六、16文录卷四、17文录卷四、18文录卷四、20卷七、21卷七、22卷七、23卷七、24卷七、25卷六、26卷六、27卷十四、28卷十四、29卷四、

30卷三、35卷九、36文章编卷二、37文章编卷二、38文章编卷二、39文章编卷二、40文章集卷二、41文章集卷二

重修提牢厅司狱司记：20卷二十九、21卷二十九、22卷二十九、23卷二十九、24卷二十九、34卷四

重修文山祠记（戊寅）：12文录卷四、13文录卷四、14文录卷四、15文录卷六、16文录卷四、17文录卷四、18文录卷四、20卷七、21卷七、22卷七、23卷七、24卷七、25卷六、26卷六、27卷十四、28卷十四、33卷四、34卷四、35卷九、36文章编卷二、37文章编卷二、38文章编卷二、39文章编卷二、40文章集卷二、41文章集卷二、54卷一、55卷五

重修月潭寺建公馆记（戊辰）：01卷一、02卷上、12外集卷七、13外集卷七、14外集卷七、15文录卷七、17外集卷七、18外集卷七、20卷二十三、21卷二十三、22卷二十三、23卷二十三、24卷二十三、25卷六、26卷六、27卷十四、28卷十四、35卷九、36文章编卷二、37文章编卷二、38文章编卷二、39文章编卷二、40文章集卷二、41文章集卷二

重修浙江贡院记（乙酉）：12外集卷七、13外集卷七、14外集卷七、15文录卷七、17外集卷七、18外集卷七、20卷二十三、21卷二十三、22卷二十三、23卷二十三、24卷二十三、25卷六、26卷六、35卷九

重游化城寺二首：12外集卷四、13外集卷四、14外集卷四、15文录卷十四、16外集卷四、17外集卷四、18外集卷四、20卷二十、21卷二十、22卷二十、23卷二十、24卷二十、25卷九、26卷九、44卷四

重游开元寺戏题壁：12外集卷四、13外集卷四、14外集卷四、15文录卷十四、16外集卷四、17外集卷四、18外集卷四、20卷二十、21卷二十、22卷二十、23卷二十、24卷二十、25卷九、26卷九、33卷六、34卷六、35卷十六、44卷四、48卷一

重游无相寺次旧韵：12外集卷四、13外集卷四、14外集卷四、15文录卷十四、16外集卷四、17外集卷四、18外集卷四、20卷二十、21卷二十、22卷

二十、23 卷二十、24 卷二十、25 卷九、26 卷九、44 卷三、48 卷一

重游无相寺次韵四首：12 外集卷四、13 外集卷四、14 外集卷四、15 文录卷十四、16 外集卷四、17 外集卷四、18 外集卷四、20 卷二十、21 卷二十、22 卷二十、23 卷二十、24 卷二十、25 卷九、26 卷九、33 卷六、34 卷六、44 卷三

初至龙场无所止结草庵居之：01 卷二、12 外集卷二、13 外集卷二、14 外集卷二、15 文录卷十二、16 外集卷二、17 外集卷二、18 外集卷二、20 卷十九、21 卷十九、22 卷十九、23 卷十九、24 卷十九、25 卷八、26 卷八、30 卷三、33 卷六、34 卷六、44 卷二、48 卷一

除夕伍汝真用待隐园韵即席次答五首：12 外集卷四、13 外集卷四、14 外集卷四、15 文录卷十四、16 外集卷四、17 外集卷四、18 外集卷四、20 卷二十、21 卷二十、22 卷二十、23 卷二十、24 卷二十、25 卷九、26 卷九、33 卷六、34 卷六、44 卷三、48 卷一

滁阳别诸友：12 外集卷三、13 外集卷三、14 外集卷三、15 文录卷十三、16 外集卷三、17 外集卷三、18 外集卷三、20 卷二十、21 卷二十、22 卷二十、23 卷二十、24 卷二十、25 卷九、26 卷九、30 卷三、35 卷十六、36 文章编卷四、37 文章编卷四、38 文章编卷四、39 文章编卷四、40 文章集卷四、41 文章集卷四、44 卷二

处置八寨断藤峡以图永安疏（嘉靖七年七月十二日）：12 别录卷七、13 别录卷七、15 文录卷十七、17 别录卷七、18 别录卷七、19 卷七、20 卷十五、21 卷十五、22 卷十五、23 卷十五、24 卷十五、26 卷十七、27 卷十三、28 卷十三、30 卷五、31 卷七、32 卷七、35 卷七、37 经济编卷七、38 经济编卷七、39 经济编卷七、40 经济集卷七、41 经济集卷七、55 卷四

处置从逆官员疏（十四年八月二十五日）：12 别录卷四、13 别录卷四、17 别录卷四、18 别录卷四、19 卷四、20 卷十二、21 卷十二、22 卷十二、23 卷十二、24 卷十二、26 卷十四

处置府县从逆官员疏（十四年八月二十五日）：12 别录卷四、13 别录卷四、

17别录卷四、18别录卷四、19卷四、20卷十二、21卷十二、22卷十二、23卷十二、24卷十二、26卷十四

处置官员署印疏（十四年八月二十五日）：12别录卷四、13别录卷四、17别录卷四、18别录卷四、19卷四、20卷十二、21卷十二、22卷十二、23卷十二、24卷十二、26卷十四、27卷十、28卷十

处置平复地方以图久安疏（七年四月初六日）：12别录卷六、13别录卷六、15文录卷十七、17别录卷六、18别录卷六、19卷六、20卷十四、21卷十四、22卷十四、23卷十四、24卷十四、26卷十六、27卷十二、28卷十二、31卷七、32卷七、33卷二、34卷二、35卷七、36经济编卷六、37经济编卷六、38经济编卷六、39经济编卷六、40经济集卷六、41经济集卷六、55卷三

春郊赋别引：20卷二十八、21卷二十八、22卷二十八、23卷二十八、24卷二十八

春晴：01卷二、12外集卷二、13外集卷二、14外集卷二、15文录卷十二、16外集卷二、17外集卷二、18外集卷二、20卷十九、21卷十九、22卷十九、23卷十九、24卷十九、25卷八、26卷八、33卷六、34卷六、44卷二、48卷一

春晴散步：20卷二十九、21卷二十九、22卷二十九、23卷二十九、24卷二十九、44卷四

春晴散步又：20卷二十九、21卷二十九、22卷二十九、23卷二十九、24卷二十九、33卷六、34卷六、44卷四

春日花间偶集示门生：01卷二、12外集卷二、13外集卷二、14外集卷二、15文录卷十二、16外集卷二、17外集卷二、18外集卷二、20卷十九、21卷十九、22卷十九、23卷十九、24卷十九、25卷八、26卷八、30卷三、44卷二、52卷一

春日游齐山寺用杜牧之韵二首：12外集卷四、13外集卷四、14外集卷四、15文录卷十四、16外集卷四、17外集卷四、18外集卷四、20卷二十、21卷

二十、22 卷二十、23 卷二十、24 卷二十、25 卷九、26 卷九、44 卷四、48 卷一

春行：01 卷二、12 外集卷二、13 外集卷二、14 外集卷二、15 文录卷十二、16 外集卷二、17 外集卷二、18 外集卷二、20 卷十九、21 卷十九、22 卷十九、23 卷十九、24 卷十九、25 卷八、26 卷八、35 卷十六、44 卷二

辞封爵普恩赏以彰国典疏（嘉靖元年正月初十日）：12 别录卷五、13 别录卷五、15 文录卷十六、17 别录卷五、18 别录卷五、19 卷五、20 卷十三、21 卷十三、22 卷十三、23 卷十三、24 卷十三、26 卷十五、27 卷十一、28 卷十一、35 卷六、36 经济编卷五、37 经济编卷五、38 经济编卷五、39 经济编卷五、40 经济集卷五、41 经济集卷五、52 卷一、53 卷四、54 卷一、55 卷三

辞免升荫乞以原职致仕疏（十三年六月十八日）：12 别录卷三、13 别录卷三、15 文录卷十六、17 别录卷三、18 别录卷三、19 卷三、20 卷十一、21 卷十一、22 卷十一、23 卷十一、24 卷十一、26 卷十三、27 卷七、28 卷七、31 卷五、32 卷五、35 卷五、36 经济编卷三、37 经济编卷三、38 经济编卷三、39 经济编卷三、40 经济集卷三、41 经济集卷三

辞免重任乞恩养病疏（嘉靖六年六月）：12 别录卷六、13 别录卷六、17 别录卷六、18 别录卷六、19 卷六、20 卷十四、21 卷十四、22 卷十四、23 卷十四、24 卷十四、26 卷十六、27 卷十二、28 卷十二、35 卷七、36 经济编卷六、37 经济编卷六、38 经济编卷六、39 经济编卷六、40 经济集卷六、41 经济集卷六

辞新任乞以旧职致仕疏（十一年十月，时升南赣佥都御史）：12 别录卷一、13 别录卷一、17 别录卷一、18 别录卷一、19 卷一、20 卷九、21 卷九、22 卷九、23 卷九、24 卷九、26 卷十一

辞巡抚兼任举能自代疏（七年正月初二日）：12 别录卷六、13 别录卷六、17 别录卷六、18 别录卷六、19 卷六、20 卷十四、21 卷十四、22 卷十四、23 卷十四、24 卷十四、26 卷十六、27 卷十二、28 卷十二、35 卷七、36 经济编卷六、37 经济编卷六、38 经济编卷六、39 经济编卷六、40 经济集卷六、41 经济

集卷六

次栾子仁韵送别四首：12 外集卷三、13 外集卷三、14 外集卷三、15 文录卷十三、16 外集卷三、17 外集卷三、18 外集卷三、20 卷二十、21 卷二十、22 卷二十、23 卷二十、24 卷二十、25 卷九、26 卷九、27 卷十六、28 卷十六、30 卷三、35 卷十六、36 文章编卷四、37 文章编卷四、38 文章编卷四、39 文章编卷四、40 文章集卷四、41 文章集卷四、44 卷三、52 卷一

次谦之韵：12 外集卷四、13 外集卷四、14 外集卷四、15 文录卷十四、16 外集卷四、17 外集卷四、18 外集卷四、20 卷二十、21 卷二十、22 卷二十、23 卷二十、24 卷二十、25 卷九、26 卷九、30 卷三、44 卷四

次魏五松荷亭晚兴：20 卷二十九、21 卷二十九、22 卷二十九、23 卷二十九、24 卷二十九、44 卷四

次魏五松荷亭晚兴又：20 卷二十九、21 卷二十九、22 卷二十九、23 卷二十九、24 卷二十九、44 卷四

次韵毕方伯写怀之作：20 卷二十九、21 卷二十九、22 卷二十九、23 卷二十九、24 卷二十九、44 卷四

次韵答赵太守、王推官：01 卷三、12 外集卷一、13 外集卷一、14 外集卷一、15 文录卷十一、16 外集卷一、17 外集卷一、18 外集卷一、20 卷十九、21 卷十九、22 卷十九、23 卷十九、24 卷十九、25 卷八、26 卷八、44 卷一

次韵胡少参见过：01 卷二、12 外集卷二、13 外集卷二、14 外集卷二、15 文录卷十二、16 外集卷二、17 外集卷二、18 外集卷二、20 卷十九、21 卷十九、22 卷十九、23 卷十九、24 卷十九、25 卷八、26 卷八、44 卷二

次韵陆金宪病起见寄：01 卷二、12 外集卷二、13 外集卷二、14 外集卷二、15 文录卷十二、16 外集卷二、17 外集卷二、18 外集卷二、20 卷十九、21 卷十九、22 卷十九、23 卷十九、24 卷十九、25 卷八、26 卷八、44 卷二

次韵陆金宪元日喜晴：01 卷二、12 外集卷二、13 外集卷二、14 外集卷二、15 文录卷十二、16 外集卷二、17 外集卷二、18 外集卷二、20 卷十九、21 卷

十九、22 卷十九、23 卷十九、24 卷十九、25 卷八、26 卷八、33 卷六、34 卷六、44 卷二

次韵陆文顺佥宪：20 卷二十九、21 卷二十九、22 卷二十九、23 卷二十九、24 卷二十九、33 卷六、34 卷六、44 卷四

次韵送陆文顺佥宪：01 卷二、12 外集卷二、13 外集卷二、14 外集卷二、15 文录卷十二、16 外集卷二、17 外集卷二、18 外集卷二、20 卷十九、21 卷十九、22 卷十九、23 卷十九、24 卷十九、25 卷八、26 卷八、44 卷二

次张体仁联句韵：20 卷二十九、21 卷二十九、22 卷二十九、23 卷二十九、24 卷二十九、44 卷四

次张体仁联句韵又二：20 卷二十九、21 卷二十九、22 卷二十九、23 卷二十九、24 卷二十九、44 卷四

次张体仁联句韵又一：20 卷二十九、21 卷二十九、22 卷二十九、23 卷二十九、24 卷二十九、44 卷四

从吾道人记（乙酉）：02 卷上、12 文录卷四、13 文录卷四、14 文录卷四、15 文录卷六、16 文录卷四、17 文录卷四、18 文录卷四、20 卷七、21 卷七、22 卷七、23 卷七、24 卷七、25 卷六、26 卷六、27 卷四、28 卷四、29 卷四、31 卷一、32 卷一、33 卷四、34 卷四、35 卷九、36 文章编卷二、37 文章编卷二、38 文章编卷二、39 文章编卷二、40 文章集卷二、41 文章集卷二、52 卷一、55 卷五

村南：01 卷二、12 外集卷二、13 外集卷二、14 外集卷二、15 文录卷十二、16 外集卷二、17 外集卷二、18 外集卷二、20 卷十九、21 卷十九、22 卷十九、23 卷十九、24 卷十九、26 卷八、33 卷六、34 卷六、35 卷十六、44 卷二

D

答储柴墟（壬申）：02 卷上、12 外集卷五、13 外集卷五、14 外集卷五、15 文录卷四、16 外集卷五、17 外集卷五、18 外集卷五、20 卷二十一、21 卷二十一、22 卷二十一、23 卷二十一、24 卷二十一、25 卷四、26 卷四、27 卷四、

28卷四、29卷三、31卷一、32卷一、33卷三、34卷三、35卷十、36文章编卷一、37文章编卷一、38文章编卷一、39文章编卷一、40文章集卷一、41文章集卷一、45卷一、55卷六

答储柴墟二（壬申）：02卷上、12外集卷五、13外集卷五、14外集卷五、15文录卷四、16外集卷五、17外集卷五、18外集卷五、20卷二十一、21卷二十一、22卷二十一、23卷二十一、24卷二十一、25卷四、26卷四、27卷四、28卷四、29卷三、31卷一、32卷一、33卷三、34卷三、35卷十、36理学编卷四、37理学编卷四、38理学编卷四、39理学编卷四、40理学集卷四、41理学集卷四、45卷一、55卷六

答董沄萝石（乙酉）：12文录卷二、13文录卷二、14文录卷二、15文录卷二、16文录卷二、17文录卷二、18文录卷二、20卷五、21卷五、22卷五、23卷五、24卷五、25卷二、26卷二、27卷四、28卷四、30卷二、45卷一

答方叔贤（丁亥）：12外集卷五、13外集卷五、14外集卷五、15文录卷四、16外集卷五、17外集卷五、18外集卷五、20卷二十一、21卷二十一、22卷二十一、23卷二十一、24卷二十一、25卷四、26卷四、29卷三、35卷十二、45卷一

答方叔贤（己卯）：12文录卷一、13文录卷一、14文录卷一、15文录卷一、16文录卷一、17文录卷一、18文录卷一、20卷四、21卷四、22卷四、23卷四、24卷四、25卷一、26卷一、27卷五、28卷五、29卷一、35卷十一、36理学编卷四、37理学编卷四、38理学编卷四、39理学编卷四、40理学集卷四、41理学集卷四、45卷一

答方叔贤（辛巳）：02卷上、12文录卷二、13文录卷二、14文录卷二、15文录卷二、16文录卷二、17文录卷二、18文录卷二、20卷五、21卷五、22卷五、23卷五、24卷五、25卷二、26卷二、27卷五、28卷五、35卷十一、36理学编卷四、37理学编卷四、38理学编卷四、39理学编卷四、40理学集卷四、41理学集卷四、45卷一

答方叔贤二（丁亥）：02卷上、12外集卷五、13外集卷五、14外集卷五、15文录卷四、16外集卷五、17外集卷五、18外集卷五、20卷二十一、21卷二十一、22卷二十一、23卷二十一、24卷二十一、25卷四、26卷四、27卷十五、28卷十五、29卷三、31卷二、32卷二、33卷三、34卷三、35卷十二、36文章编卷一、37文章编卷一、38文章编卷一、39文章编卷一、40文章集卷一、41文章集卷一、45卷一、55卷六

答方叔贤二（癸未）：12文录卷二、13文录卷二、14文录卷二、15文录卷二、16文录卷二、17文录卷二、18文录卷二、20卷五、21卷五、22卷五、23卷五、24卷五、25卷二、26卷二、45卷一

答甘泉（丙戌）：12文录卷三、13文录卷三、14文录卷三、15文录卷三、16文录卷三、17文录卷三、18文录卷三、20卷六、21卷六、22卷六、23卷六、24卷六、25卷三、26卷三、45卷一

答甘泉（己卯）：02卷上、12文录卷一、13文录卷一、14文录卷一、15文录卷一、16文录卷一、17文录卷一、18文录卷一、20卷四、21卷四、22卷四、23卷四、24卷四、25卷一、26卷一、27卷四、28卷四、29卷一、35卷十一、36理学编卷四、37理学编卷四、38理学编卷四、39理学编卷四、40理学集卷四、41理学集卷四、45卷一

答甘泉（辛巳）：12文录卷二、13文录卷二、14文录卷二、15文录卷二、16文录卷二、17文录卷二、18文录卷二、20卷五、21卷五、22卷五、23卷五、24卷五、25卷一、26卷一、29卷二、35卷十一、45卷一

答甘泉二（庚辰）：12文录卷一、13文录卷一、14文录卷一、15文录卷一、16文录卷一、17文录卷一、18文录卷一、20卷四、21卷四、22卷四、23卷四、24卷四、25卷一、26卷一、45卷一

答顾东桥书：02卷上、06卷下之一、10卷一、11卷中、12文录卷二、13文录卷二、14文录卷二、15文录卷二、16文录卷二、17文录卷二、18文录卷二、20卷二、22卷二、23卷二、24卷二、25卷二、26卷二、27卷三、28卷

三、29 卷二、30 卷二、35 卷三、36 理学编卷三、37 理学编卷三、38 理学编卷三、39 理学编卷三、40 理学集卷三、41 理学集卷三、42 卷二、47 传习录节录、52 卷一、65 传习录中

答何廷仁（戊子）：12 文录卷三、13 文录卷三、14 文录卷三、15 文录卷三、16 文录卷三、17 文录卷三、18 文录卷三、20 卷六、21 卷六、22 卷六、23 卷六、24 卷六、25 卷三、26 卷三、27 卷四、28 卷四、45 卷一

答何子元（壬申）：12 外集卷五、13 外集卷五、14 外集卷五、15 文录卷四、16 外集卷五、17 外集卷五、18 外集卷五、20 卷二十一、21 卷二十一、22 卷二十一、23 卷二十一、24 卷二十一、25 卷四、26 卷四、27 卷五、28 卷五、29 卷三、30 卷三、35 卷十、36 文章编卷一、37 文章编卷一、38 文章编卷一、39 文章编卷一、40 文章集卷一、41 文章集卷一、45 卷一

答黄宗贤应原忠（辛未）：02 卷上、12 文录卷一、13 文录卷一、14 文录卷一、15 文录卷一、16 文录卷一、17 文录卷一、18 文录卷一、20 卷四、21 卷四、22 卷四、23 卷四、24 卷四、25 卷一、26 卷一、27 卷五、28 卷五、29 卷一、35 卷十、36 理学编卷四、37 理学编卷四、38 理学编卷四、39 理学编卷四、40 理学集卷四、41 理学集卷四、45 卷一

答季明德（丙戌）：02 卷上、12 文录卷三、13 文录卷三、14 文录卷三、15 文录卷三、16 文录卷三、17 文录卷三、18 文录卷三、20 卷六、21 卷六、22 卷六、23 卷六、24 卷六、25 卷三、26 卷三、27 卷五、28 卷五、29 卷三、30 卷二、35 卷十二、36 理学编卷四、37 理学编卷四、38 理学编卷四、39 理学编卷四、40 理学集卷四、41 理学集卷四、45 卷一、57 卷一、58 卷一、59 传习则言

答见山冢宰（丁亥）：12 外集卷五、13 外集卷五、14 外集卷五、15 文录卷四、16 外集卷五、17 外集卷五、18 外集卷五、20 卷二十一、21 卷二十一、22 卷二十一、23 卷二十一、24 卷二十一、25 卷四、26 卷四、35 卷十二、45 卷一

答刘美之见寄次韵：01 卷二、12 外集卷二、13 外集卷二、14 外集卷二、15 文录卷十二、16 外集卷二、17 外集卷二、18 外集卷二、20 卷十九、21 卷

十九、22 卷十九、23 卷十九、24 卷十九、26 卷八、44 卷二

答刘内重（乙酉）：02 卷上、12 文录卷二、13 文录卷二、14 文录卷二、15 文录卷二、16 文录卷二、17 文录卷二、18 文录卷二、20 卷五、21 卷五、22 卷五、23 卷五、24 卷五、25 卷二、26 卷二、27 卷五、28 卷五、29 卷二、35 卷十二、36 理学编卷四、37 理学编卷四、38 理学编卷四、39 理学编卷四、40 理学集卷四、41 理学集卷四、45 卷一

答路宾阳（癸未）：12 文录卷二、13 文录卷二、14 文录卷二、15 文录卷二、16 文录卷二、17 文录卷二、18 文录卷二、20 卷五、21 卷五、22 卷五、23 卷五、24 卷五、25 卷二、26 卷二、45 卷一

答伦彦式（辛巳）：02 卷下、12 文录卷二、13 文录卷二、14 文录卷二、15 文录卷二、16 文录卷二、17 文录卷二、18 文录卷二、20 卷五、21 卷五、22 卷五、23 卷五、24 卷五、25 卷二、26 卷二、27 卷四、28 卷四、29 卷二、30 卷二、31 卷一、32 卷一、33 卷三、34 卷三、35 卷十一、36 理学编卷四、37 理学编卷四、38 理学编卷四、39 理学编卷四、40 理学集卷四、41 理学集卷四、45 卷一、55 卷六

答罗整庵少宰书：02 卷上、06 卷下之三、10 卷一、11 卷中、12 文录卷一、13 文录卷一、14 文录卷一、15 文录卷一、16 文录卷一、17 文录卷一、18 文录卷一、20 卷二、22 卷二、23 卷二、24 卷二、25 卷一、26 卷一、27 卷三、28 卷三、29 卷一、30 卷二、35 卷三、36 理学编卷四、37 理学编卷四、38 理学编卷四、39 理学编卷四、40 理学集卷四、41 理学集卷四、42 卷二、62 大学古本问卷一

答毛宪副（戊辰）：01 卷一、12 外集卷五、13 外集卷五、14 文录卷五、15 文录卷四、16 外集卷五、17 外集卷五、18 外集卷五、20 卷二十一、21 卷二十一、22 卷二十一、23 卷二十一、24 卷二十一、25 卷四、26 卷四、27 卷十五、28 卷十五、29 卷三、30 卷三、31 卷三、32 卷三、33 卷三、34 卷三、35 卷十、36 文章编卷一、37 文章编卷一、38 文章编卷一、39 文章编卷一、40 文

章集卷一、41 文章集卷一、45 卷一、52 卷一、53 卷五、55 卷六

答毛拙庵见招书院：01 卷二、12 外集卷二、13 外集卷二、14 外集卷二、15 文录卷十二、16 外集卷二、17 外集卷二、18 外集卷二、20 卷十九、21 卷十九、22 卷十九、23 卷十九、24 卷十九、25 卷八、26 卷八、44 卷二、48 卷一

答南元善（丙戌）：02 卷下、12 文录卷三、13 文录卷三、14 文录卷三、15 文录卷三、16 文录卷三、17 文录卷三、18 文录卷三、20 卷六、21 卷六、22 卷六、23 卷六、24 卷六、25 卷三、26 卷三、27 卷五、28 卷五、29 卷三、35 卷十二、36 理学编卷四、37 理学编卷四、38 理学编卷四、39 理学编卷四、40 理学集卷四、41 理学集卷四、45 卷一

答南元善二（丙戌）：02 卷上、12 文录卷三、13 文录卷三、14 文录卷三、15 文录卷三、16 文录卷三、17 文录卷三、18 文录卷三、20 卷六、21 卷六、22 卷六、23 卷六、24 卷六、25 卷三、26 卷三、35 卷十二、45 卷一

答聂文蔚：02 卷上、06 卷下之三、12 文录卷三、13 文录卷三、14 文录卷三、15 文录卷三、16 文录卷三、17 文录卷三、18 文录卷三、20 卷二、22 卷二、23 卷二、24 卷二、25 卷三、26 卷三、27 卷三、28 卷三、29 卷三、35 卷三、36 理学编卷四、37 理学编卷四、38 理学编卷四、39 理学编卷四、40 理学集卷四、41 理学集卷四、42 卷二、52 卷一

答聂文蔚二：02 卷上、06 卷下之三、12 文录三、13 文录卷三、14 文录卷三、15 文录卷三、16 文录卷三、17 文录卷三、18 文录卷三、20 卷二、22 卷二、23 卷二、24 卷二、25 卷三、26 卷三、27 卷三、28 卷三、29 卷三、30 卷二、35 卷三、36 理学编卷四、37 理学编卷四、38 理学编卷四、39 理学编卷四、40 理学集卷四、41 理学集卷四、42 卷二

答欧阳崇一：02 卷上、06 卷下之三、12 文录卷三、13 文录卷三、14 文录卷三、15 文录卷三、16 文录卷三、17 文录卷三、18 文录卷三、20 卷二、22 卷二、23 卷二、24 卷二、25 卷三、26 卷三、27 卷三、28 卷三、29 卷三、30 卷二、35 卷三、36 理学编卷三、37 理学编卷三、38 理学编卷三、39 理学编卷三、40 理学集卷三、

41 理学集卷三、42 卷二、65 传习录中

答潘直卿（丁亥）： 12 外集卷五、13 外集卷五、14 外集卷五、15 文录卷四、16 外集卷五、17 外集卷五、18 外集卷五、20 卷二十一、21 卷二十一、22 卷二十一、23 卷二十一、24 卷二十一、25 卷四、26 卷四、45 卷一

答人问道： 12 外集卷四、13 外集卷四、14 外集卷四、15 文录卷十四、16 外集卷四、17 外集卷四、18 外集卷四、20 卷二十、21 卷二十、22 卷二十、23 卷二十、24 卷二十、25 卷九、26 卷九、27 卷十六、28 卷十六、35 卷十六、36 文章编卷四、37 文章编卷四、38 文章编卷四、39 文章编卷四、40 文章集卷四、41 文章集卷四、44 卷四、52 卷一

答人问良知二首： 12 外集卷四、13 外集卷四、14 外集卷四、15 文录卷十四、16 外集卷四、17 外集卷四、18 外集卷四、20 卷二十、21 卷二十、22 卷二十、23 卷二十、24 卷二十、25 卷九、26 卷九、35 卷十六、44 卷四、52 卷一

答人问神仙（戊辰）： 01 卷一、12 外集卷五、13 外集卷五、15 文录卷四、16 外集卷五、17 外集卷五、18 外集卷五、20 卷二十一、21 卷二十一、22 卷二十一、23 卷二十一、24 卷二十一、25 卷四、26 卷四、27 卷四、28 卷四、29 卷三、31 卷一、32 卷一、33 卷三、34 卷三、35 卷十、36 理学编卷四、37 理学编卷四、38 理学编卷四、39 理学编卷四、40 理学集卷四、41 理学集卷四、45 卷一、53 卷五

答舒国用（癸未）： 02 卷上、12 文录卷二、13 文录卷二、14 文录卷二、15 文录卷二、16 文录卷二、17 文录卷二、18 文录卷二、20 卷五、21 卷五、22 卷五、23 卷五、24 卷五、25 卷二、26 卷二、27 卷五、28 卷五、29 卷二、30 卷二、35 卷十二、36 理学编卷三、37 理学编卷三、38 理学编卷三、39 理学编卷三、40 理学集卷三、41 理学集卷三、45 卷一、55 卷六、60 卷一

答天宇书（甲戌）： 12 文录卷一、13 文录卷一、14 文录卷一、15 文录卷一、16 文录卷一、17 文录卷一、18 文录卷一、20 卷四、21 卷四、22 卷四、23 卷四、24 卷四、25 卷一、26 卷一、27 卷四、28 卷四、29 卷一、35 卷十、36 理学编卷三、

37理学编卷三、38理学编卷三、39理学编卷三、40理学集卷三、41理学集卷三、45卷一

答天宇书二（甲戌）：02卷上、10卷一、11卷中、12文录卷一、13文录卷一、14文录卷一、15文录卷一、16文录卷一、17文录卷一、18文录卷一、20卷四、21卷四、22卷四、23卷四、24卷四、25卷一、26卷一、27卷四、28卷四、29卷一、30卷二、35卷十、36理学编卷三、37理学编卷三、38理学编卷三、39理学编卷三、40理学集卷三、41理学集卷三、45卷一

答佟太守求雨（癸亥）：12外集卷五、13外集卷五、14外集卷五、15文录卷四、16外集卷五、17外集卷五、18外集卷五、20卷二十一、21卷二十一、22卷二十一、23卷二十一、24卷二十一、25卷四、26卷四、27卷五、28卷五、33卷三、34卷三、35卷十、36文章编卷一、37文章编卷一、38文章编卷一、39文章编卷一、40文章集卷一、41文章集卷一、45卷一、53卷五、54卷一

答汪石潭内翰（辛未）：02卷上、12文录卷一、13文录卷一、14文录卷一、15文录卷一、16文录卷一、17文录卷一、18文录卷一、20卷四、21卷四、22卷四、23卷四、24卷四、25卷一、26卷一、27卷五、28卷五、29卷一、30卷二、35卷十、36理学编卷四、37理学编卷四、38理学编卷四、39理学编卷四、40理学集卷四、41理学集卷四、45卷一

答汪抑之三首：01卷三、12外集卷一、13外集卷一、14外集卷一、15文录卷十一、16外集卷一、17外集卷一、18外集卷一、20卷十九、21卷十九、22卷十九、23卷十九、24卷十九、25卷八、26卷八、27卷十六、28卷十六、33卷六、34卷六、36文章编卷四、37文章编卷四、38文章编卷四、39文章编卷四、40文章集卷四、41文章集卷四、44卷一、48卷一

答王虎谷（辛未）：12文录卷一、13文录卷一、14文录卷一、15文录卷一、16文录卷一、17文录卷一、18文录卷一、20卷四、21卷四、22卷四、23卷四、24卷四、25卷一、26卷一、29卷一、35卷十、45卷一

答王蕈庵中丞（甲申）：12外集卷五、13外集卷五、14外集卷五、15文录

卷二、16 文录卷二、17 文录卷二、18 外集卷五、20 卷二十一、21 卷二十一、22 卷二十一、23 卷二十一、24 卷二十一、25 卷四、26 卷四、29 卷三、45 卷一

答魏师说（丁亥）：02 卷上、12 文录卷三、13 文录卷三、14 文录卷三、15 文录卷三、16 文录卷三、17 文录卷三、18 文录卷三、20 卷六、21 卷六、22 卷六、23 卷六、24 卷六、25 卷三、26 卷三、27 卷四、28 卷四、29 卷三、35 卷十二、36 理学编卷四、37 理学编卷四、38 理学编卷四、39 理学编卷四、40 理学集卷四、41 理学集卷四、45 卷一、52 卷一

答徐成之（壬午）：12 外集卷五、13 外集卷五、14 外集卷五、15 文录卷一、17 文录卷一、18 外集卷五、20 卷二十一、21 卷二十一、22 卷二十一、23 卷二十一、24 卷二十一、25 卷四、26 卷四、27 卷三、卷四、28 卷三、卷四、卷四、29 卷三、30 卷二、31 卷一、32 卷一、33 卷三、34 卷三、35 卷十、36 理学编卷四、37 理学编卷四、38 理学编卷四、39 理学编卷四、40 理学集卷四、41 理学集卷四、45 卷一

答徐成之（辛未）：02 卷上、12 文录卷一、13 文录卷一、14 文录卷一、15 文录卷一、16 文录卷一、17 文录卷一、18 文录卷一、20 卷四、21 卷四、22 卷四、23 卷四、24 卷四、25 卷一、26 卷一、27 卷五、28 卷五、29 卷一、35 卷十、36 理学编卷四、37 理学编卷四、38 理学编卷四、39 理学编卷四、40 理学集卷四、41 理学集卷四、45 卷一、46 卷一

答徐成之二（壬午）：02 卷上、12 外集卷五、13 外集卷五、14 外集卷五、15 文录卷一、17 文录卷一、18 外集卷五、20 卷二十一、21 卷二十一、22 卷二十一、23 卷二十一、24 卷二十一、25 卷四、26 卷四、27 卷三、28 卷三、29 卷三、31 卷一、32 卷一、33 卷三、34 卷三、35 卷十、36 理学编卷四、37 理学编卷四、38 理学编卷四、39 理学编卷四、40 理学集卷四、41 理学集卷四、45 卷一、57 卷一、58 卷一、59 传习则言、61 卷一

答以乘宪副（丁亥）：12 文录卷三、13 文录卷三、14 文录卷三、15 文录卷三、16 文录卷三、17 文录卷三、18 文录卷三、20 卷六、21 卷六、22 卷六、23 卷六、

24卷六、25卷三、26卷三、29卷三、35卷十二、45卷一

答友人（丙戌）：02卷上、12文录卷三、13文录卷三、14文录卷三、15文录卷三、16文录卷三、17文录卷三、18文录卷三、20卷六、21卷六、22卷六、23卷六、24卷六、25卷三、26卷三、27卷四、28卷四、29卷三、31卷一、32卷一、33卷三、34卷三、35卷十二、36文章编卷一、37文章编卷一、38文章编卷一、39文章编卷一、40文章集卷一、41文章集卷一、45卷一、60卷一、61卷一

答友人问（丙戌）：02卷上、12文录卷三、13文录卷三、14文录卷三、15文录卷三、16文录卷三、17文录卷三、18文录卷三、20卷六、21卷六、22卷六、23卷六、24卷六、25卷三、26卷三、27卷五、28卷五、29卷三、30卷二、35卷十二、36理学编卷三、37理学编卷三、38理学编卷三、39理学编卷三、40理学集卷三、41理学集卷三、45卷一、57卷一、58卷一、59传习则言

答朱汝德用韵：12外集卷三、13外集卷三、14外集卷三、15文录卷十三、16外集卷三、17外集卷三、18外集卷三、20卷二十、21卷二十、22卷二十、23卷二十、24卷二十、25卷九、26卷九、27卷十六、28卷十六、30卷三、36文章编卷四、37文章编卷四、38文章编卷四、39文章编卷四、40文章集卷四、41文章集卷四、44卷二

大学古本序（戊寅）：02卷下、09卷一、10卷一、11序、12文录卷四、13文录卷四、14文录卷四、15文录卷六、16文录卷四、17文录卷四、18文录卷四、20卷七、21卷七、22卷七、23卷七、24卷七、25卷五、26卷五、27卷五、28卷五、29卷四、30卷三、35卷八、36理学编卷四、37理学编卷四、38理学编卷四、39理学编卷四、40理学集卷四、41理学集卷四、42卷三、62大学古本旁释卷一

大学问：02卷下、10卷一、20卷二十六、21卷二十六、22卷二十六、23卷二十六、24卷二十六、27卷二、28卷二、35卷四、36理学编卷二、37理学编卷二、38理学编卷二、39理学编卷二、40理学集卷二、41理学集卷二、42卷三、

62 大学古本问卷一

待诸友不至：20卷二十九、21卷二十九、22卷二十九、23卷二十九、24卷二十九、44卷四

澹然子序（有诗）：20卷二十九、21卷二十九、22卷二十九、23卷二十九、24卷二十九

德洪汝中方卜书院盛称天真之奇并寄及之：12外集卷四、13外集卷四、14外集卷四、15文录卷十四、16外集卷四、17外集卷四、18外集卷四、20卷二十、21卷二十、22卷二十、23卷二十、24卷二十、25卷九、26卷九、44卷四

德山寺次壁间韵：01卷二、12外集卷二、13外集卷二、14外集卷二、15文录卷十二、16外集卷二、17外集卷二、18外集卷二、20卷十九、21卷十九、22卷十九、23卷十九、24卷十九、25卷八、26卷八、44卷二

登莲花峰：12外集卷四、13外集卷四、14外集卷四、15文录卷十四、16外集卷四、17外集卷四、18外集卷四、20卷二十、21卷二十、22卷二十、23卷二十、24卷二十、25卷九、26卷九、27卷十六、28卷十六、36文章编卷四、37文章编卷四、38文章编卷四、39文章编卷四、40文章集卷四、41文章集卷四、44卷三

登凭虚阁和石少宰韵：12外集卷三、13外集卷三、14外集卷三、15文录卷十三、16外集卷三、17外集卷三、18外集卷三、20卷二十、21卷二十、22卷二十、23卷二十、24卷二十、25卷九、26卷九、44卷三

登仕郎马文重墓志铭（丙子）：02卷上、12外集卷九、13外集卷九、14外集卷九、15文录卷十、17外集卷九、18外集卷九、20卷二十五、21卷二十五、22卷二十五、23卷二十五、24卷二十五、25卷十、26卷十

登泰山五首二：12外集卷一、13外集卷一、14外集卷一、15文录卷十一、16外集卷一、17外集卷一、18外集卷一、20卷十九、21卷十九、22卷十九、23卷十九、24卷十九、25卷八、26卷八、27卷十六、28卷十六、36文章编卷四、

37文章编卷四、38文章编卷四、39文章编卷四、40文章集卷四、41文章集卷四、44卷一

登泰山五首三：12外集卷一、13外集卷一、14外集卷一、15文录卷十一、16外集卷一、17外集卷一、18外集卷一、20卷十九、21卷十九、22卷十九、23卷十九、24卷十九、25卷八、26卷八、27卷十六、28卷十六、36文章编卷四、37文章编卷四、38文章编卷四、39文章编卷四、40文章集卷四、41文章集卷四、44卷一

登泰山五首四：12外集卷一、13外集卷一、14外集卷一、15文录卷十一、16外集卷一、17外集卷一、18外集卷一、20卷十九、21卷十九、22卷十九、23卷十九、24卷十九、25卷八、26卷八、27卷十六、28卷十六、36文章编卷四、37文章编卷四、38文章编卷四、39文章编卷四、40文章集卷四、41文章集卷四、44卷一

登泰山五首五：12外集卷一、13外集卷一、14外集卷一、15文录卷十一、16外集卷一、17外集卷一、18外集卷一、20卷十九、21卷十九、22卷十九、23卷十九、24卷十九、25卷八、26卷八、27卷十六、28卷十六、36文章编卷四、37文章编卷四、38文章编卷四、39文章编卷四、40文章集卷四、41文章集卷四、44卷一

登泰山五首一：12外集卷一、13外集卷一、14外集卷一、15文录卷十一、16外集卷一、17外集卷一、18外集卷一、20卷十九、21卷十九、22卷十九、23卷十九、24卷十九、25卷八、26卷八、27卷十六、28卷十六、36文章编卷四、37文章编卷四、38文章编卷四、39文章编卷四、40文章集卷四、41文章集卷四、44卷一

登香炉峰次萝石韵：12外集卷四、13外集卷四、14外集卷四、15文录卷十四、16外集卷四、17外集卷四、18外集卷四、20卷二十、21卷二十、22卷二十、23卷二十、24卷二十、25卷九、26卷九、44卷四、48卷一

登螺矶次草泉心刘石门韵二首（二诗弘治壬戌年楚游时作，误次于此）：12

外集卷四、13外集卷四、14外集卷四、15文录卷十四、16外集卷四、17外集卷四、18外集卷四、20卷二十、21卷二十、22卷二十、23卷二十、24卷二十、25卷九、26卷九、44卷三

登小孤次陆良弼韵：12外集卷四、13外集卷四、14外集卷四、15文录卷十四、16外集卷四、17外集卷四、18外集卷四、20卷二十、21卷二十、22卷二十、23卷二十、24卷二十、25卷九、26卷九、44卷四

登小孤书壁：12外集卷四、13外集卷四、14外集卷四、15文录卷十四、16外集卷四、17外集卷四、18外集卷四、20卷二十、21卷二十、22卷二十、23卷二十、24卷二十、25卷九、26卷九、27卷十六、28卷十六、36文章编卷四、37文章编卷四、38文章编卷四、39文章编卷四、40文章集卷四、41文章集卷四、44卷三

登阅江楼：12外集卷三、13外集卷三、14外集卷三、15文录卷十三、16外集卷三、17外集卷三、18外集卷三、20卷二十、21卷二十、22卷二十、23卷二十、24卷二十、25卷九、26卷九、27卷十六、28卷十六、33卷六、34卷六、36文章编卷四、37文章编卷四、38文章编卷四、39文章编卷四、40文章集卷四、41文章集卷四、44卷三、48卷一

登云峰二三子咏歌以从欣然成谣二首：12外集卷四、13外集卷四、14外集卷四、15文录卷十四、16外集卷四、17外集卷四、18外集卷四、20卷二十、21卷二十、22卷二十、23卷二十、24卷二十、25卷九、26卷九、30卷三、44卷四

登云峰望始尽九华之胜因复作歌：12外集卷四、13外集卷四、14外集卷四、15文录卷十四、16外集卷四、17外集卷四、18外集卷四、20卷二十、21卷二十、22卷二十、23卷二十、24卷二十、25卷九、26卷九、27卷十六、28卷十六、33卷六、34卷六、36文章编卷四、37文章编卷四、38文章编卷四、39文章编卷四、40文章集卷四、41文章集卷四、44卷三、48卷一

地方急缺官员疏（七年二月十八日）：12别录卷六、13别录卷六、17别录

卷六、18 别录卷六、19 卷六、20 卷十四、21 卷十四、22 卷十四、23 卷十四、24 卷十四、26 卷十六、27 卷十二、28 卷十二、36 经济编卷六、37 经济编卷六、38 经济编卷六、39 经济编卷六、40 经济集卷六、41 经济集卷六

地方紧急用人疏（七年二月十五日）：12 别录卷六、13 别录卷六、17 别录卷六、18 别录卷六、19 卷六、20 卷十四、21 卷十四、22 卷十四、23 卷十四、24 卷十四、26 卷十六、27 卷十二、28 卷十二、35 卷七、36 经济编卷六、37 经济编卷六、38 经济编卷六、39 经济编卷六、40 经济集卷六、41 经济集卷六

吊屈平赋（丙寅）：01 卷一、12 外集卷一、13 外集卷一、14 外集卷一、15 文录卷十一、16 外集卷一、17 外集卷一、18 外集卷一、20 卷十九、21 卷十九、22 卷十九、23 卷十九、24 卷十九、25 卷八、26 卷八、48 卷一

调发土兵（十月）：12 别录卷十、13 别录卷十、17 别录卷十三、18 别录卷十、19 卷十三、20 卷十八、21 卷十八、22 卷十八、23 卷十八、24 卷十八、26 卷二十、27 卷十二、28 卷十二、36 经济编卷六、37 经济编卷六、38 经济编卷六、39 经济编卷六、40 经济集卷六、41 经济集卷六

调发土官岑璲牌（五月初十日）：17 别录卷十四、20 卷三十、21 卷三十、22 卷三十、23 卷三十、24 卷三十

调发武缘乡兵搜剿八寨残贼牌（六月十八日）：17 别录卷十四、20 卷三十、21 卷三十、22 卷三十、23 卷三十、24 卷三十

调取吉水县八九等都民兵牌：12 别录卷九、13 别录卷九、17 别录卷十、18 别录卷九、19 卷十、20 卷十七、21 卷十七、22 卷十七、23 卷十七、24 卷十七、26 卷十九、27 卷九、28 卷九、30 卷五、36 经济编卷四、37 经济编卷四、38 经济编卷四、39 经济编卷四、40 经济集卷四、41 经济集卷四

调用三省夹攻官兵（七月十五日）：17 别录卷八、19 卷八、20 卷三十、21 卷三十、22 卷三十、23 卷三十、24 卷三十

丁丑二月征漳寇进兵长汀道中有感：12 外集卷三、13 外集卷三、14 外集卷三、15 文录卷十三、16 外集卷三、17 外集卷三、18 外集卷三、20 卷二十、21

卷二十、22 卷二十、23 卷二十、24 卷二十、25 卷九、26 卷九、27 卷十六、28 卷十六、30 卷三、33 卷六、34 卷六、35 卷十六、36 文章编卷四、37 文章编卷四、38 文章编卷四、39 文章编卷四、40 文章集卷四、41 文章集卷四、44 卷三

冬夜偶书：12 外集卷三、13 外集卷三、14 外集卷三、15 文录卷十三、16 外集卷三、17 外集卷三、18 外集卷三、20 卷二十、21 卷二十、22 卷二十、23 卷二十、24 卷二十、25 卷九、26 卷九、44 卷三、48 卷一

冬至：01 卷二、12 外集卷二、13 外集卷二、14 外集卷二、15 文录卷十二、16 外集卷二、17 外集卷二、18 外集卷二、20 卷十九、21 卷十九、22 卷十九、23 卷十九、24 卷十九、25 卷八、26 卷八、33 卷六、34 卷六、44 卷二

东曹倡和诗序：20 卷二十九、21 卷二十九、22 卷二十九、23 卷二十九、24 卷二十九

东林书院记（癸酉）：12 外集卷七、13 外集卷七、14 外集卷七、15 文录卷七、17 外集卷七、18 外集卷七、20 卷二十三、21 卷二十三、22 卷二十三、23 卷二十三、24 卷二十三、25 卷六、26 卷六、27 卷十四、28 卷十四、29 卷四、35 卷九、36 文章编卷二、37 文章编卷二、38 文章编卷二、39 文章编卷二、40 文章集卷二、41 文章集卷二、53 卷五

督剿安义逆贼牌（二月十一日）：17 别录卷十二、19 卷十二、20 卷三十一、21 卷三十一上、22 卷三十一、23 卷三十一、24 卷三十一

督责哨官牌（六月初七日）：17 别录卷九、19 卷九、20 卷三十、21 卷三十、22 卷三十、23 卷三十、24 卷三十

督责知府伍文定等同心剿贼牌（七月二十五日）：17 别录卷十、19 卷十、20 卷三十一、21 卷三十一上、22 卷三十一、23 卷三十一、24 卷三十一、26 卷十九、27 卷九、28 卷九、36 经济编卷四、37 经济编卷四、38 经济编卷四、39 经济编卷四、40 经济集卷四、41 经济集卷四

读易：01 卷三、12 外集卷一、13 外集卷一、14 外集卷一、15 文录卷十一、16 外集卷一、17 外集卷一、18 外集卷一、20 卷十九、21 卷十九、22 卷十九、

23卷十九、24卷十九、25卷八、26卷八、27卷十六、28卷十六、30卷三、36文章编卷四、37文章编卷四、38文章编卷四、39文章编卷四、40文章集卷四、41文章集卷四、44卷一、48卷一

对菊联句序：20卷二十九、21卷二十九、22卷二十九、23卷二十九、24卷二十九

E

鹅羊山：01卷二、12外集卷二、13外集卷二、14外集卷二、15文录卷十二、16外集卷二、17外集卷二、18外集卷二、20卷十九、21卷十九、22卷十九、23卷十九、24卷十九、25卷八、26卷八、44卷二

恩寿双庆诗后序（戊辰）：01卷一、12外集卷六、13外集卷六、14外集卷六、15文录卷五、16外集卷六、17外集卷六、18外集卷六、20卷二十二、21卷二十二、22卷二十二、23卷二十二、24卷二十二、25卷五、26卷五

二乞便道省葬疏（十四年八月二十五日）：12别录卷四、13别录卷四、17别录卷四、18别录卷四、19卷四、20卷十二、21卷十二、22卷十二、23卷十二、24卷十二、26卷十四

二日雨：12外集卷四、13外集卷四、14外集卷四、15文录卷十四、16外集卷四、17外集卷四、18外集卷四、20卷二十、21卷二十、22卷二十、23卷二十、24卷二十、25卷九、26卷九、44卷三

F

繁昌道中阻风二首：12外集卷四、13外集卷四、14外集卷四、15文录卷十四、16外集卷四、17外集卷四、18外集卷四、20卷二十、21卷二十、22卷二十、23卷二十、24卷二十、25卷九、26卷九、44卷三

泛海：12外集卷一、13外集卷一、14外集卷一、15文录卷十一、16外集卷一、17外集卷一、18外集卷一、20卷十九、21卷十九、22卷十九、23卷十九、24

卷十九、25卷八、26卷八、27卷十六、28卷十六、35卷十六、36文章编卷四、37文章编卷四、38文章编卷四、39文章编卷四、40文章集卷四、41文章集卷四、44卷一

方思道送西峰：12外集卷四、13外集卷四、14外集卷四、15文录卷十四、16外集卷四、17外集卷四、18外集卷四、20卷二十、21卷二十、22卷二十、23卷二十、24卷二十、25卷九、26卷九、44卷四

防制省城奸恶牌（十二月十一日）：17别录卷十一、19卷十一、20卷三十一、21卷三十一上、22卷三十一、23卷三十一、24卷三十一

放回各处官军牌（十二月二十五日）：12别录卷十、13别录卷十、17别录卷十三、18别录卷十、19卷十三、20卷十八、21卷十八、22卷十八、23卷十八、24卷十八、26卷二十、27卷十二、28卷十二、36经济编卷六、37经济编卷六、38经济编卷六、39经济编卷六、40经济集卷六、41经济集卷六

飞报宁王谋反疏（十四年六月十九日）：12别录卷四、13别录卷四、15文录卷十六、17别录卷四、18别录卷四、19卷四、20卷十二、21卷十二、22卷十二、23卷十二、24卷十二、26卷十四、27卷九、28卷九、35卷六、36经济编卷四、37经济编卷四、38经济编卷四、39经济编卷四、40经济集卷四、41经济集卷四、55卷二

分调土官韦虎林进剿事宜牌（五月十五日）：17别录卷十四、20卷三十、21卷三十、22卷三十、23卷三十、24卷三十、26卷二十、27卷十三、28卷十三、37经济编卷七、38经济编卷七、39经济编卷七、40经济集卷七、41经济集卷七

分派思田土目办纳兵粮（四月）：12别录卷十、13别录卷十、17别录卷十三、18别录卷十、19卷十三、20卷十八、21卷十八、22卷十八、23卷十八、24卷十八、26卷二十、27卷十二、28卷十二、36经济编卷六、37经济编卷六、38经济编卷六、39经济编卷六、40经济集卷六、41经济集卷六

丰城阻风（前岁遇难于此，得北风幸免）：12外集卷四、13外集卷四、14

外集卷四、15 文录卷十四、16 外集卷四、17 外集卷四、18 外集卷四、20 卷二十、21 卷二十、22 卷二十、23 卷二十、24 卷二十、25 卷九、26 卷九、30 卷三、44 卷三

凤雏次韵答胡少参：01 卷二、12 外集卷二、13 外集卷二、14 外集卷二、15 文录卷十二、16 外集卷二、17 外集卷二、18 外集卷二、20 卷十九、21 卷十九、22 卷十九、23 卷十九、24 卷十九、25 卷八、26 卷八、27 卷十六、28 卷十六、30 卷三、36 文章编卷四、37 文章编卷四、38 文章编卷四、39 文章编卷四、40 文章集卷四、41 文章集卷四、44 卷二

芙蓉阁：12 外集卷四、13 外集卷四、14 外集卷四、15 文录卷十四、16 外集卷四、17 外集卷四、18 外集卷四、20 卷二十、21 卷二十、22 卷二十、23 卷二十、24 卷二十、25 卷九、26 卷九、27 卷十六、28 卷十六、33 卷六、34 卷六、36 文章编卷四、37 文章编卷四、38 文章编卷四、39 文章编卷四、40 文章集卷四、41 文章集卷四、44 卷三

芙蓉阁二首：12 外集卷一、13 外集卷一、14 外集卷一、15 文录卷十一、16 外集卷一、17 外集卷一、18 外集卷一、20 卷十九、21 卷十九、22 卷十九、23 卷十九、24 卷十九、25 卷八、26 卷八、33 卷六、34 卷六、44 卷一

抚安百姓告示（六月二十二日）：17 别录卷十、19 卷十、20 卷三十一、21 卷三十一上、22 卷三十一、23 卷三十一、24 卷三十一、27 卷九、28 卷九、30 卷五、31 卷六、32 卷六

抚恤来降（八月）：12 别录卷十、13 别录卷十、17 别录卷十四、18 别录卷十、20 卷十八、21 卷十八、22 卷十八、23 卷十八、24 卷十八、26 卷二十、27 卷十三、28 卷十三、37 经济编卷七、38 经济编卷七、39 经济编卷七、40 经济集卷七、41 经济集卷七

赴任谢恩遂陈肤见疏（六年十二月初一日）：12 别录卷六、13 别录卷六、15 文录卷十七、17 别录卷六、18 别录卷六、19 卷六、20 卷十四、21 卷十四、22 卷十四、23 卷十四、24 卷十四、26 卷十六、27 卷十二、28 卷十二、31 卷七、

32卷七、33卷二、34卷二、35卷七、36经济编卷六、37经济编卷六、38经济编卷六、39经济编卷六、40经济集卷六、41经济集卷六、53卷四、55卷三

赴谪次北新关喜见诸弟：01卷三、12外集卷一、13外集卷一、14外集卷一、15文录卷十一、16外集卷一、17外集卷一、18外集卷一、20卷十九、21卷十九、22卷十九、23卷十九、24卷十九、25卷八、26卷八、27卷十六、28卷十六、36文章编卷四、37文章编卷四、38文章编卷四、39文章编卷四、40文章集卷四、41文章集卷四、44卷一、48卷一

复过钓台：12外集卷四、13外集卷四、14外集卷四、15文录卷十四、16外集卷四、17外集卷四、18外集卷四、20卷二十、21卷二十、22卷二十、23卷二十、24卷二十、25卷九、26卷九、27卷十六、28卷十六、35卷十六、36文章编卷四、37文章编卷四、38文章编卷四、39文章编卷四、40文章集卷四、41文章集卷四、44卷四

复唐虞佐（庚辰）：02卷上、12文录卷一、13文录卷一、14文录卷一、15文录卷一、16文录卷一、17文录卷一、18文录卷一、20卷四、21卷四、22卷四、23卷四、24卷四、25卷一、26卷一、35卷十一、45卷一

复童克刚（乙酉）：12外集卷五、13外集卷五、14外集卷五、15文录卷四、16外集卷五、17外集卷五、18外集卷五、20卷二十一、21卷二十一、22卷二十一、23卷二十一、24卷二十一、25卷四、26卷四、29卷三、33卷三、34卷三、35卷十二、45卷一

复用杜韵一首：20卷二十九、21卷二十九、22卷二十九、23卷二十九、24卷二十九、44卷四

覆应天巡抚派取船只咨（三月二十四日）：20卷三十一、21卷三十一上、22卷三十一、23卷三十一、24卷三十一

G

改过（教条示龙场诸生）：20卷二十六、21卷二十六、22卷二十六、23卷

二十六、24卷二十六、25卷七、26卷七、27卷五、28卷五、35卷十四、36理学编卷四、37理学编卷四、38理学编卷四、39理学编卷四、40理学集卷四、41理学集卷四、42卷三、61卷一

改委南丹卫监督指挥牌：17别录卷十四、20卷三十、21卷三十、22卷三十、23卷三十、24卷三十

赣州书示四侄正思等：20卷二十六、21卷二十六、22卷二十六、23卷二十六、24卷二十六

高平县志序：20卷二十九、21卷二十九、22卷二十九、23卷二十九、24卷二十九、25卷五、26卷五、27卷十五、28卷十五、36文章编卷一、37文章编卷一、38文章编卷一、39文章编卷一、40文章集卷一、41文章集卷一、54卷一

告示七门从逆军民（七月二十一日）：12别录卷九、13别录卷九、17别录卷十、18别录卷九、19卷十、20卷十七、21卷十七、22卷十七、23卷十七、24卷十七、26卷十九、27卷九、28卷九、30卷五、31卷六、32卷六、36经济编卷四、37经济编卷四、38经济编卷四、39经济编卷四、40经济集卷四、41经济集卷四

告示在城官兵（七月十八日）：12别录卷九、13别录卷九、17别录卷十、18别录卷九、19卷十、20卷十七、21卷十七、22卷十七、23卷十七、24卷十七、26卷十九、27卷九、28卷九、30卷五、31卷六、32卷六、33卷五、34卷五、36经济编卷四、37经济编卷四、38经济编卷四、39经济编卷四、40经济集卷四、41经济集卷四

告谕：12别录卷八、13别录卷八、17别录卷九、18别录卷八、19卷九、20卷十六、21卷十六、22卷十六、23卷十六、24卷十六、26卷十八、35卷十七、52卷一

告谕安义等县渔户：12别录卷九、13别录卷九、17别录卷十一、18别录卷九、19卷十一、20卷十七、22卷十七、23卷十七、24卷十七、26卷十九、27卷

十一、28 卷十一、36 经济编卷五、37 经济编卷五、38 经济编卷五、39 经济编卷五、40 经济集卷五、41 经济集卷五

告谕村寨：12 别录卷十、13 别录卷十、17 别录卷十四、18 别录卷十、20 卷十八、21 卷十八、22 卷十八、23 卷十八、24 卷十八、26 卷二十、27 卷六、28 卷六、31 卷五、32 卷五

告谕父老子弟（正德十四年二月）：12 别录卷八、13 别录卷八、17 别录卷九、18 别录卷八、19 卷九、20 卷十六、22 卷十六、23 卷十六、24 卷十六、26 卷十八、35 卷十七

告谕各府父老子弟：12 别录卷八、13 别录卷八、17 别录卷八、18 别录卷八、19 卷八、20 卷十六、21 卷十六、22 卷十六、23 卷十六、24 卷十六、26 卷十八、35 卷十七

告谕军民（十二月十五日）：12 别录卷九、13 别录卷九、17 别录卷十一、18 别录卷九、19 卷十一、20 卷十七、21 卷十七、22 卷十七、23 卷十七、24 卷十七、26 卷十九、27 卷十、28 卷十、31 卷六、32 卷六、33 卷五、34 卷五、35 卷十八、36 经济编卷五、37 经济编卷五、38 经济编卷五、39 经济编卷五、40 经济集卷五、41 经济集卷五

告谕浰头巢贼（正德十二年五月）：12 别录卷八、13 别录卷八、17 别录卷九、18 别录卷八、19 卷九、20 卷十六、21 卷十六、22 卷十六、23 卷十六、24 卷十六、26 卷十八、27 卷七、28 卷七、30 卷五、31 卷五、32 卷五、33 卷五、34 卷五、35 卷十七、36 经济编卷三、37 经济编卷三、38 经济编卷三、39 经济编卷三、40 经济集卷三、41 经济集卷三、55 卷七

告谕庐陵父老子弟：20 卷二十八、21 卷二十八、22 卷二十八、23 卷二十八、24 卷二十八、30 卷五、35 卷十九

告谕顽民（十二月十五日）：12 别录卷九、13 别录卷九、17 别录卷十二、18 别录卷九、19 卷十二、20 卷十七、21 卷十七、22 卷十七、23 卷十七、24 卷十七、26 卷十九、27 卷十一、28 卷十一、30 卷五、31 卷六、32 卷六、33 卷五、

34卷五、35卷十八、36经济编卷五、37经济编卷五、38经济编卷五、39经济编卷五、40经济集卷五、41经济集卷五、55卷七

告谕新民：12别录卷八、13别录卷八、17别录卷八、18别录卷八、19卷八、20卷十六、21卷十六、22卷十六、23卷十六、24卷十六、26卷十八、27卷八、28卷八、30卷五、36经济编卷一、37经济编卷一、38经济编卷一、39经济编卷一、40经济集卷一、41经济集卷一

告谕新民（八月）：17别录卷十四、20卷三十、21卷三十、22卷三十、23卷三十、24卷三十

阁中坐雨：01卷二、12外集卷二、13外集卷二、14外集卷二、15文录卷十二、16外集卷二、17外集卷二、18外集卷二、20卷十九、21卷十九、22卷十九、23卷十九、24卷十九、25卷八、26卷八、44卷二

给迁隆寨巡检黄添贵冠带牌（嘉靖七年正月初八日）：20卷三十、21卷三十、22卷三十、23卷三十、24卷三十

给思明州官孙黄永宁冠带札付牌：17别录卷十三、19卷十三、20卷三十、21卷三十、22卷三十、23卷三十、24卷三十

给土目行粮牌（七月初八日）：17别录卷十四、20卷三十、21卷三十、22卷三十、23卷三十、24卷三十

给由疏（十二年二月二十五日）：12别录卷一、13别录卷一、17别录卷一、18别录卷一、19卷一、20卷九、21卷九、22卷九、23卷九、24卷九、26卷十一

公馆午饭偶书：12外集卷三、13外集卷三、14外集卷三、15文录卷十三、16外集卷三、17外集卷三、18外集卷三、20卷二十、21卷二十、22卷二十、23卷二十、24卷二十、25卷九、26卷九、44卷二

攻治盗贼二策疏（十二年五月二十八日）：12别录卷一、13别录卷一、15文录卷十五、17别录卷一、18别录卷一、19卷一、20卷九、21卷九、22卷九、23卷九、24卷九、26卷十一、27卷六、28卷六、31卷五、32卷五、33卷一、

34卷一、35卷五、36经济编卷一、37经济编卷一、38经济编卷一、39经济编卷一、40经济集卷一、41经济集卷一

姑苏吴氏海天楼次邝尹韵：12外集卷一、13外集卷一、14外集卷一、15文录卷十一、16外集卷一、17外集卷一、18外集卷一、20卷十九、21卷十九、22卷十九、23卷十九、24卷十九、25卷八、26卷八、44卷一

古道：12外集卷三、13外集卷三、14外集卷三、15文录卷十三、16外集卷三、17外集卷三、18外集卷三、20卷二十、21卷二十、22卷二十、23卷二十、24卷二十、25卷九、26卷九、33卷六、34卷六、44卷二

贾胡行：12外集卷四、13外集卷四、14外集卷四、15文录卷十四、16外集卷四、17外集卷四、18外集卷四、20卷二十、21卷二十、22卷二十、23卷二十、24卷二十、25卷九、26卷九、27卷十六、28卷十六、36文章编卷四、37文章编卷四、38文章编卷四、39文章编卷四、40文章集卷四、41文章集卷四、44卷四、48卷一

故山：12外集卷一、13外集卷一、14外集卷一、15文录卷十一、16外集卷一、17外集卷一、18外集卷一、20卷十九、21卷十九、22卷十九、23卷十九、24卷十九、25卷八、26卷八、30卷三、44卷一

观从吾登炉峰绝顶戏赠：12外集卷四、13外集卷四、14外集卷四、15文录卷十四、16外集卷四、17外集卷四、18外集卷四、20卷二十、21卷二十、22卷二十、23卷二十、24卷二十、25卷九、26卷九、27卷十六、28卷十六、36文章编卷四、37文章编卷四、38文章编卷四、39文章编卷四、40文章集卷四、41文章集卷四、44卷四、48卷一

观德亭记（戊寅）：02卷上、12文录卷四、13文录卷四、14文录卷四、15文录卷六、16文录卷四、17文录卷四、18文录卷四、20卷七、21卷七、22卷七、23卷七、24卷七、25卷六、26卷六、29卷四、30卷三、35卷九、42卷三

观稼：01卷二、12外集卷二、13外集卷二、15文录卷十二、16外集卷二、17外集卷二、18外集卷二、20卷十九、21卷十九、22卷十九、23卷十九、24

卷十九、25卷八、26卷八、30卷三、33卷六、34卷六、44卷二、52卷一

观九华龙潭：12外集卷四、13外集卷四、14外集卷四、15文录卷十四、16外集卷四、17外集卷四、18外集卷四、20卷二十、21卷二十、22卷二十、23卷二十、24卷二十、25卷九、26卷九、27卷十六、28卷十六、33卷六、34卷六、36文章编卷四、37文章编卷四、38文章编卷四、39文章编卷四、40文章集卷四、41文章集卷四、44卷三、48卷一

观傀儡次韵：01卷二、12外集卷二、13外集卷二、14外集卷二、15文录卷十二、16外集卷二、17外集卷二、18外集卷二、20卷十九、21卷十九、22卷十九、23卷十九、24卷十九、25卷八、26卷八、30卷三、44卷二、48卷一

广信元夕蒋太守舟中夜话：01卷三、12外集卷一、13外集卷一、15文录卷十一、16外集卷一、17外集卷一、18外集卷一、20卷十九、21卷十九、22卷十九、23卷十九、24卷十九、25卷八、26卷八、27卷十六、28卷十六、36文章编卷四、37文章编卷四、38文章编卷四、39文章编卷四、40文章集卷四、41文章集卷四、44卷一

归怀：12外集卷四、13外集卷四、14外集卷四、15文录卷十四、16外集卷四、17外集卷四、18外集卷四、20卷二十、21卷二十、22卷二十、23卷二十、24卷二十、25卷九、26卷九、44卷四、48卷一

归途有僧自望华亭来迎且请诗：12外集卷四、13外集卷四、14外集卷四、15文录卷十四、16外集卷四、17外集卷四、18外集卷四、20卷二十、21卷二十、22卷二十、23卷二十、24卷二十、25卷九、26卷九、44卷三

归兴：12外集卷四、13外集卷四、14外集卷四、15文录卷十四、16外集卷四、17外集卷四、18外集卷四、20卷二十、21卷二十、22卷二十、23卷二十、24卷二十、25卷九、26卷九、27卷十六、28卷十六、36文章编卷四、37文章编卷四、38文章编卷四、39文章编卷四、40文章集卷四、41文章集卷四、44卷三、48卷一

归兴二首：12外集卷四、13外集卷四、14外集卷四、15文录卷十四、16

外集卷四、17外集卷四、18外集卷四、20卷二十、21卷二十、22卷二十、23卷二十、24卷二十、25卷九、26卷九、27卷十六、28卷十六、30卷三、33卷六、34卷六、36文章编卷四、37文章编卷四、38文章编卷四、39文章编卷四、40文章集卷四、41文章集卷四、44卷四、48卷一

过分宜望铃冈庙：01卷三、12外集卷一、13外集卷一、14外集卷一、15文录卷十一、16外集卷一、17外集卷一、18外集卷一、20卷十九、21卷十九、22卷十九、23卷十九、24卷十九、25卷八、26卷八、44卷一

过江门崖：01卷二、12外集卷二、13外集卷二、14外集卷二、15文录卷十二、16外集卷二、17外集卷二、18外集卷二、20卷十九、21卷十九、22卷十九、23卷十九、24卷十九、25卷八、26卷八、44卷二、48卷一

过天生桥：01卷二、12外集卷二、13外集卷二、14外集卷二、15文录卷十二、16外集卷二、17外集卷二、18外集卷二、20卷十九、21卷十九、22卷十九、23卷十九、24卷十九、25卷八、26卷八、44卷二、48卷一

过鞋山戏题：12外集卷四、13外集卷四、14外集卷四、15文录卷十四、16外集卷四、17外集卷四、18外集卷四、20卷二十、21卷二十、22卷二十、23卷二十、24卷二十、25卷九、26卷九、27卷十六、28卷十六、36文章编卷四、37文章编卷四、38文章编卷四、39文章编卷四、40文章集卷四、41文章集卷四、44卷三、48卷一

过新溪驿：12外集卷四、13外集卷四、14外集卷四、15文录卷十四、16外集卷四、17外集卷四、18外集卷四、20卷二十、21卷二十、22卷二十、23卷二十、24卷二十、25卷九、26卷九、44卷四

H

旱灾疏（十四年七月三十日）：12别录卷四、13别录卷四、17别录卷四、18别录卷四、19卷四、20卷十二、21卷十二、22卷十二、23卷十二、24卷十二、26卷十四

何陋轩记（戊辰）：01 卷一、12 外集卷七、13 外集卷七、14 外集卷七、15 文录卷七、17 外集卷七、18 外集卷七、20 卷二十三、21 卷二十三、22 卷二十三、23 卷二十三、24 卷二十三、25 卷六、26 卷六、27 卷十四、28 卷十四、33 卷四、34 卷四、35 卷九、36 文章编卷二、37 文章编卷二、38 文章编卷二、39 文章编卷二、40 文章集卷二、41 文章集卷二、53 卷五

和董萝石菜花韵：12 外集卷四、13 外集卷四、14 外集卷四、15 文录卷十四、16 外集卷四、17 外集卷四、18 外集卷四、20 卷二十、21 卷二十、22 卷二十、23 卷二十、24 卷二十、25 卷九、26 卷九、44 卷四

贺监察御史姚应隆考绩推恩序：20 卷二十九、21 卷二十九、22 卷二十九、23 卷二十九、24 卷二十九

横水建立营场牌（十月二十七日）：17 别录卷八、19 卷八、20 卷三十、21 卷三十、22 卷三十、23 卷三十、24 卷三十、26 卷十八、27 卷七、28 卷七、36 经济编卷二、37 经济编卷二、38 经济编卷二、39 经济编卷二、40 经济集卷二、41 经济集卷二

横水桶冈捷音疏（十二年闰十二月初二日）：12 别录卷二、13 别录卷二、17 别录卷二、18 别录卷二、19 卷二、20 卷十、21 卷十、22 卷十、23 卷十、24 卷十、26 卷十二、27 卷七、28 卷七、31 卷五、32 卷五、35 卷五、36 经济编卷二、37 经济编卷二、38 经济编卷二、39 经济编卷二、40 经济集卷二、41 经济集卷二、53 卷四、55 卷一

弘治壬戌尝游九华值时阴雾竟无所睹至是正德庚辰复往游之风日清朗尽得其胜喜而作歌：12 外集卷四、13 外集卷四、14 外集卷四、15 文录卷十四、16 外集卷四、17 外集卷四、18 外集卷四、20 卷二十、21 卷二十、22 卷二十、23 卷二十、24 卷二十、25 卷九、26 卷九、44 卷四、48 卷一

鸿泥集序：20 卷二十九、21 卷二十九、22 卷二十九、23 卷二十九、24 卷二十九

后中秋望月歌：12 外集卷四、13 外集卷四、14 外集卷四、15 文录卷十四、

16外集卷四、17外集卷四、18外集卷四、20卷二十、21卷二十、22卷二十、23卷二十、24卷二十、25卷九、26卷九、44卷四

湖兵进止事宜（十月）：12别录卷十、13别录卷十、17别录卷十三、18别录卷十、19卷十三、20卷十八、21卷十八、22卷十八、23卷十八、24卷十八、26卷二十、27卷十二、28卷十二、35卷十九、36经济编卷六、37经济编卷六、38经济编卷六、39经济编卷六、40经济集卷六、41经济集卷六

化城寺六首：12外集卷一、13外集卷一、14外集卷一、15文录卷十一、16外集卷一、17外集卷一、18外集卷一、20卷十九、21卷十九、22卷十九、23卷十九、24卷十九、25卷八、26卷八、27卷十六、28卷十六、33卷六、34卷六、36文章编卷四、37文章编卷四、38文章编卷四、39文章编卷四、40文章集卷四、41文章集卷四、44卷一

怀归二首：12外集卷三、13外集卷三、14外集卷三、15文录卷十三、16外集卷三、17外集卷三、18外集卷三、20卷二十、21卷二十、22卷二十、23卷二十、24卷二十、25卷九、26卷九、44卷三、48卷一

还赣：12外集卷三、13外集卷三、14外集卷三、15文录卷十三、16外集卷三、17外集卷三、18外集卷三、20卷二十、21卷二十、22卷二十、23卷二十、24卷二十、25卷九、26卷九、33卷六、34卷六、44卷三

换敕谢恩疏（十二年九月十五日）：12别录卷二、13别录卷二、17别录卷二、18别录卷二、19卷二、20卷十、21卷十、22卷十、23卷十、24卷十、26卷十二、27卷六、28卷六、31卷五、32卷五、35卷五

黄楼夜涛赋：20卷二十九、21卷二十九、22卷二十九、23卷二十九、24卷二十九、25卷八、26卷八、27卷十六、28卷十六、33卷六、34卷六、36文章编卷四、37文章编卷四、38文章编卷四、39文章编卷四、40文章集卷四、41文章集卷四

黄省曾录（传习录）：03续录卷上、06卷中之二、20卷三、22卷三、23卷三、24卷三、26卷二十二、27卷二、28卷二、35卷二、36理学编卷二、37理学编

卷二、38 理学编卷二、39 理学编卷二、40 理学集卷二、41 理学集卷二、42 卷三、43 卷一下、47 传习录节录、52 卷一、60 卷一、65 传习录下

黄修易录（传习录）：03 续录卷上、06 卷中之一、10 卷一、11 卷上、20 卷三、22 卷三、23 卷三、24 卷三、26 卷二十二、27 卷二、28 卷二、35 卷二、36 理学编卷二、37 理学编卷二、38 理学编卷二、39 理学编卷二、40 理学集卷二、41 理学集卷二、42 卷三、43 卷一下、47 传习录节录、52 卷一、60 卷一、65 传习录下

黄以方录（传习录）：03 续录卷下、06 卷中之二、10 卷一、11 卷上、20 卷三、22 卷三、23 卷三、24 卷三、26 卷二十二、27 卷二、28 卷二、35 卷二、36 理学编卷二、37 理学编卷二、38 理学编卷二、39 理学编卷二、40 理学集卷二、41 理学集卷二、42 卷三、43 卷一下、47 传习录节录、52 卷一、60 卷一、65 传习录下

黄直录（传习录）：03 续录卷上、06 卷中之一、10 卷一、11 卷上、20 卷三、22 卷三、23 卷三、24 卷三、26 卷二十二、27 卷二、28 卷二、35 卷二、36 理学编卷二、37 理学编卷二、38 理学编卷二、39 理学编卷二、40 理学集卷二、41 理学集卷二、42 卷三、43 卷一下、47 传习录节录、52 卷一、60 卷一、65 传习录下

回军九连山道中短述：12 外集卷三、13 外集卷三、14 外集卷三、15 文录卷十三、16 外集卷三、17 外集卷三、18 外集卷三、20 卷二十、21 卷二十、22 卷二十、23 卷二十、24 卷二十、25 卷九、26 卷九、27 卷十六、28 卷十六、30 卷三、33 卷六、34 卷六、36 文章编卷四、37 文章编卷四、38 文章编卷四、39 文章编卷四、40 文章集卷四、41 文章集卷四、44 卷三

回军龙南小憩玉石岩双洞绝奇徘徊不忍去因寓以阳明别洞之号兼留此作三首：12 外集卷三、13 外集卷三、15 文录卷十三、16 外集卷三、17 外集卷三、18 外集卷三、20 卷二十、21 卷二十、22 卷二十、23 卷二十、24 卷二十、25 卷九、26 卷九、27 卷十六、28 卷十六、35 卷十六、36 文章编卷四、37 文章编卷

四、38 文章编卷四、39 文章编卷四、40 文章集卷四、41 文章集卷四、44 卷三、48 卷一

回军上杭：12 外集卷三、13 外集卷三、14 外集卷三、15 文录卷十三、16 外集卷三、17 外集卷三、18 外集卷三、20 卷二十、21 卷二十、22 卷二十、23 卷二十、24 卷二十、25 卷九、26 卷九、27 卷十六、28 卷十六、36 文章编卷四、37 文章编卷四、38 文章编卷四、39 文章编卷四、40 文章集卷四、41 文章集卷四、44 卷三、48 卷一

悔斋说（癸酉）：12 外集卷八、13 外集卷八、14 外集卷八、15 文录卷八、18 外集卷八、20 卷二十四、21 卷二十四、22 卷二十四、23 卷二十四、24 卷二十四、25 卷七、26 卷七、35 卷十三

火秀宫次一峰韵三首：12 外集卷四、13 外集卷四、14 外集卷四、15 文录卷十四、16 外集卷四、17 外集卷四、18 外集卷四、20 卷二十、21 卷二十、22 卷二十、23 卷二十、24 卷二十、25 卷九、26 卷九、27 卷十六、28 卷十六、36 文章编卷四、37 文章编卷四、38 文章编卷四、39 文章编卷四、40 文章集卷四、41 文章集卷四、44 卷四

J

稽山书院尊经阁记（乙酉）：02 卷下、12 文录卷四、13 文录卷四、14 文录卷四、15 文录卷六、16 文录卷四、17 文录卷四、18 文录卷四、20 卷七、21 卷七、22 卷七、23 卷七、24 卷七、25 卷六、26 卷六、27 卷十四、28 卷十四、29 卷四、30 卷三、35 卷九、36 文章编卷二、37 文章编卷二、38 文章编卷二、39 文章编卷二、40 文章集卷二、41 文章集卷二、42 卷三、55 卷五

即事漫述四首：12 外集卷四、13 外集卷四、14 外集卷四、15 文录卷十四、16 外集卷四、17 外集卷四、18 外集卷四、20 卷二十、21 卷二十、22 卷二十、23 卷二十、24 卷二十、25 卷九、26 卷九、27 卷十六、28 卷十六、36 文章编卷四、37 文章编卷四、38 文章编卷四、39 文章编卷四、40 文章集卷四、41 文章集卷四、

44 卷三

即席次王文济少参韵二首：01 卷二、12 外集卷二、13 外集卷二、14 外集卷二、15 文录卷十二、16 外集卷二、17 外集卷二、18 外集卷二、20 卷十九、21 卷十九、22 卷十九、23 卷十九、24 卷十九、25 卷八、26 卷八、33 卷六、34 卷六、44 卷二

计处地方疏（十五年五月十五日）：12 别录卷五、13 别录卷五、15 文录卷十七、17 别录卷五、18 别录卷五、19 卷五、20 卷十三、21 卷十三、22 卷十三、23 卷十三、24 卷十三、26 卷十五、27 卷十一、28 卷十一、35 卷六、36 经济编卷五、37 经济编卷五、38 经济编卷五、39 经济编卷五、40 经济集卷五、41 经济集卷五

纪梦（并序）：12 外集卷四、13 外集卷四、14 外集卷四、15 文录卷十四、16 外集卷四、17 外集卷四、18 外集卷四、20 卷二十、21 卷二十、22 卷二十、23 卷二十、24 卷二十、25 卷九、26 卷九、27 卷十六、28 卷十六、36 文章编卷四、37 文章编卷四、38 文章编卷四、39 文章编卷四、40 文章集卷四、41 文章集卷四、44 卷四、52 卷一

祭陈判官文：20 卷二十八、21 卷二十八、22 卷二十八、23 卷二十八、24 卷二十八

祭国子助教薛尚哲文（甲申）：12 外集卷九、13 外集卷九、14 外集卷九、15 文录卷十、17 外集卷九、18 外集卷九、20 卷二十五、21 卷二十五、22 卷二十五、23 卷二十五、24 卷二十五、25 卷十、26 卷十、30 卷三、35 卷十五、55 卷七

祭洪襄惠公文：13 外集卷九、20 卷二十五、21 卷二十五、22 卷二十五、23 卷二十五、24 卷二十五、25 卷十、26 卷十

祭军牙六纛之神文（戊子）：12 外集卷九、13 外集卷九、14 外集卷九、15 文录卷十、17 外集卷九、18 外集卷九、20 卷二十五、21 卷二十五、22 卷二十五、23 卷二十五、24 卷二十五、25 卷十、26 卷十

祭浰头山神文（戊寅）：12外集卷九、13外集卷九、14外集卷九、15文录卷十、17外集卷九、18外集卷九、20卷二十五、21卷二十五、22卷二十五、23卷二十五、24卷二十五、25卷十、26卷十、27卷八、28卷八、30卷三、31卷五、32卷五、33卷四、34卷四、35卷十五、36文章编卷三、37文章编卷三、38文章编卷三、39文章编卷三、40文章集卷三、41文章集卷三、54卷一、55卷七

祭刘仁征主事：20卷二十八、21卷二十八、22卷二十八、23卷二十八、24卷二十八

祭六世祖广东参议性常府君文（戊子）：12外集卷九、13外集卷九、14外集卷九、15文录卷十、17外集卷九、18外集卷九、20卷二十五、21卷二十五、22卷二十五、23卷二十五、24卷二十五、25卷十、26卷十

祭南海文（戊子）：12外集卷九、13外集卷九、14外集卷九、15文录卷十、17外集卷九、18外集卷九、20卷二十五、21卷二十五、22卷二十五、23卷二十五、24卷二十五、25卷十、26卷十

祭孙中丞文（己卯）：12外集卷九、13外集卷九、14外集卷九、18外集卷九、20卷二十五、21卷二十五、22卷二十五、23卷二十五、24卷二十五、25卷十、26卷十、30卷三

祭外舅介庵先生文（辛巳）：12外集卷九、13外集卷九、14外集卷九、15文录卷十、17外集卷九、18外集卷九、20卷二十五、21卷二十五、22卷二十五、23卷二十五、24卷二十五、25卷十、26卷十

祭文相文：12外集卷九、13外集卷九、14外集卷九、15文录卷十、17外集卷九、18外集卷九、20卷二十五、21卷二十五、22卷二十五、23卷二十五、24卷二十五、25卷十、26卷十

祭吴东湖文（丁亥）：12外集卷九、13外集卷九、14外集卷九、15文录卷十、17外集卷九、18外集卷九、20卷二十五、21卷二十五、22卷二十五、23卷二十五、24卷二十五、25卷十、26卷十

祭徐曰仁文（戊寅）：12 外集卷九、13 外集卷九、14 外集卷九、15 文录卷十、17 外集卷九、18 外集卷九、20 卷二十五、21 卷二十五、22 卷二十五、23 卷二十五、24 卷二十五、25 卷十、26 卷十、27 卷十四、28 卷十四、30 卷三、31 卷二、32 卷二、33 卷四、34 卷四、35 卷十五、36 文章编卷三、37 文章编卷三、38 文章编卷三、39 文章编卷三、40 文章集卷三、41 文章集卷三、53 卷五

祭杨士鸣文（丙戌）：12 外集卷九、13 外集卷九、14 外集卷九、15 文录卷十、17 外集卷九、18 外集卷九、20 卷二十五、21 卷二十五、22 卷二十五、23 卷二十五、24 卷二十五、25 卷十、26 卷十、27 卷十四、28 卷十四、30 卷三、31 卷二、32 卷二、35 卷十五

祭永顺宝靖土兵文（戊子）：12 外集卷九、13 外集卷九、15 文录卷十、17 外集卷九、18 外集卷九、20 卷二十五、21 卷二十五、22 卷二十五、23 卷二十五、24 卷二十五、25 卷十、26 卷十、27 卷十三、28 卷十三、30 卷三、31 卷七、32 卷七、33 卷四、34 卷四、35 卷十五、53 卷五、55 卷七

祭元山席尚书文（丁亥）：12 外集卷九、13 外集卷九、14 外集卷九、15 文录卷十、17 外集卷九、18 外集卷九、20 卷二十五、21 卷二十五、22 卷二十五、23 卷二十五、24 卷二十五、25 卷十、26 卷十、35 卷十五

祭张广溪司徒：20 卷二十八、21 卷二十八、22 卷二十八、23 卷二十八、24 卷二十八

祭郑朝朔文（甲戌）：12 外集卷九、13 外集卷九、14 外集卷九、15 文录卷十、17 外集卷九、18 外集卷九、20 卷二十五、21 卷二十五、22 卷二十五、23 卷二十五、24 卷二十五、25 卷十、26 卷十

祭朱守忠文（甲申）：12 外集卷九、13 外集卷九、14 外集卷九、15 文录卷十、17 外集卷九、18 外集卷九、20 卷二十五、21 卷二十五、22 卷二十五、23 卷二十五、24 卷二十五、25 卷十、26 卷十、30 卷三、35 卷十五

寄安福诸同志（丁亥）：02 卷上、12 文录卷三、13 文录卷三、14 文录卷三、15 文录卷三、16 文录卷三、17 文录卷三、18 文录卷三、20 卷六、21 卷六、22 卷六、

23卷六、24卷六、25卷三、26卷三、27卷四、28卷四、35卷十二、45卷一

寄冯雪湖二首：12外集卷三、13外集卷三、14外集卷三、15文录卷十三、16外集卷三、17外集卷三、18外集卷三、20卷二十、21卷二十、22卷二十、23卷二十、24卷二十、25卷九、26卷九、44卷三

寄浮峰诗社：12外集卷三、13外集卷三、14外集卷三、15文录卷十三、16外集卷三、17外集卷三、18外集卷三、20卷二十、21卷二十、22卷二十、23卷二十、24卷二十、25卷九、26卷九、44卷二

寄何燕泉（戊子）：12外集卷五、13外集卷五、14外集卷五、15文录卷四、16外集卷五、17外集卷五、18外集卷五、20卷二十一、21卷二十一、22卷二十一、23卷二十一、24卷二十一、25卷四、26卷四、45卷一

寄江西诸士夫：12外集卷四、13外集卷四、14外集卷四、15文录卷十四、16外集卷四、17外集卷四、18外集卷四、20卷二十、21卷二十、22卷二十、23卷二十、24卷二十、25卷九、26卷九、27卷十六、28卷十六、36文章编卷四、37文章编卷四、38文章编卷四、39文章编卷四、40文章集卷四、41文章集卷四、44卷三

寄舅：12外集卷一、13外集卷一、14外集卷一、15文录卷十一、16外集卷一、17外集卷一、18外集卷一、20卷十九、21卷十九、22卷十九、23卷十九、24卷十九、25卷八、26卷八、44卷一

寄李道夫（乙亥）：02卷上、12文录卷一、13文录卷一、14文录卷一、15文录卷一、16文录卷一、17文录卷一、18文录卷一、20卷四、21卷四、22卷四、23卷四、24卷四、25卷一、26卷一、27卷五、28卷五、35卷十、36理学编卷四、37理学编卷四、38理学编卷四、39理学编卷四、40理学集卷四、41理学集卷四、45卷一

寄陆原静（丙戌）：12文录卷三、13文录卷三、14文录卷三、15文录卷三、16文录卷三、17文录卷三、18文录卷三、20卷六、21卷六、22卷六、23卷六、24卷六、25卷三、26卷三、29卷三、35卷十二、45卷一

寄潘南山：12 外集卷三、13 外集卷三、14 外集卷三、15 文录卷十三、16 外集卷三、17 外集卷三、18 外集卷三、20 卷二十、21 卷二十、22 卷二十、23 卷二十、24 卷二十、25 卷九、26 卷九、44 卷三

寄石潭二绝：12 外集卷四、13 外集卷四、14 外集卷四、15 文录卷十四、16 外集卷四、17 外集卷四、18 外集卷四、20 卷二十、21 卷二十、22 卷二十、23 卷二十、24 卷二十、25 卷九、26 卷九、27 卷十六、28 卷十六、36 文章编卷四、37 文章编卷四、38 文章编卷四、39 文章编卷四、40 文章集卷四、41 文章集卷四、44 卷四、48 卷一

寄题玉芝庵（丙戌）：12 外集卷四、13 外集卷四、14 外集卷四、15 文录卷十四、16 外集卷四、17 外集卷四、18 外集卷四、20 卷二十、21 卷二十、22 卷二十、23 卷二十、24 卷二十、25 卷九、26 卷九、44 卷四

寄闻人邦英邦正（戊寅）：12 文录卷一、13 文录卷一、14 文录卷一、15 文录卷一、16 文录卷一、17 文录卷一、18 文录卷一、20 卷四、21 卷四、22 卷四、23 卷四、24 卷四、25 卷一、26 卷一、27 卷五、28 卷五、35 卷十一、36 理学编卷四、37 理学编卷四、38 理学编卷四、39 理学编卷四、40 理学集卷四、41 理学集卷四、45 卷一

寄闻人邦英邦正二（戊寅）：02 卷上、12 文录卷一、13 文录卷一、14 文录卷一、15 文录卷一、16 文录卷一、17 文录卷一、18 文录卷一、20 卷四、21 卷四、22 卷四、23 卷四、24 卷四、25 卷一、26 卷一、35 卷十一、45 卷一、52 卷一

寄闻人邦英邦正三（庚辰）：12 文录卷一、13 文录卷一、14 文录卷一、16 文录卷一、18 文录卷一、20 卷四、21 卷四、22 卷四、23 卷四、24 卷四、25 卷一、26 卷一、35 卷十一、45 卷一

寄西湖友：12 外集卷一、13 外集卷一、14 外集卷一、15 文录卷十一、16 外集卷一、17 外集卷一、18 外集卷一、20 卷十九、21 卷十九、22 卷十九、23 卷十九、24 卷十九、25 卷八、26 卷八、30 卷三、44 卷一

寄希渊（壬申）：02 卷上、12 文录卷一、13 文录卷一、14 文录卷一、15

文录卷一、16 文录卷一、17 文录卷一、18 文录卷一、20 卷四、21 卷四、22 卷四、23 卷四、24 卷四、25 卷一、26 卷一、27 卷五、28 卷五、29 卷一、35 卷十、36 理学编卷四、37 理学编卷四、38 理学编卷四、39 理学编卷四、40 理学集卷四、41 理学集卷四、45 卷一

寄希渊二（壬申）：02 卷上、12 文录卷一、13 文录卷一、14 文录卷一、15 文录卷一、16 文录卷一、17 文录卷一、18 文录卷一、20 卷四、21 卷四、22 卷四、23 卷四、24 卷四、25 卷一、26 卷一、27 卷五、28 卷五、35 卷十、36 理学编卷四、37 理学编卷四、38 理学编卷四、39 理学编卷四、40 理学集卷四、41 理学集卷四、45 卷一

寄希渊三（癸酉）：12 文录卷一、13 文录卷一、14 文录卷一、15 文录卷一、16 文录卷一、17 文录卷一、18 文录卷一、20 卷四、21 卷四、22 卷四、23 卷四、24 卷四、25 卷一、26 卷一、35 卷十、45 卷一

寄希渊四（己卯）：12 文录卷一、13 文录卷一、14 文录卷一、15 文录卷一、16 文录卷一、17 文录卷一、18 文录卷一、20 卷四、21 卷四、22 卷四、23 卷四、24 卷四、25 卷一、26 卷一、35 卷十一、45 卷一

寄席元山（癸未）：12 外集卷五、13 外集卷五、14 外集卷五、15 文录卷四、16 外集卷五、17 外集卷五、18 外集卷五、20 卷二十一、21 卷二十一、22 卷二十一、23 卷二十一、24 卷二十一、25 卷四、26 卷四、45 卷一

寄徐掌教：01 卷二、12 外集卷二、13 外集卷二、14 外集卷二、15 文录卷十二、16 外集卷二、17 外集卷二、18 外集卷二、20 卷十九、21 卷十九、22 卷十九、23 卷十九、24 卷十九、25 卷八、26 卷八、44 卷二

寄薛尚谦（癸未）：12 文录卷二、13 文录卷二、14 文录卷二、15 文录卷二、16 文录卷二、17 文录卷二、18 文录卷二、20 卷五、21 卷五、22 卷五、23 卷五、24 卷五、25 卷二、26 卷二、27 卷四、28 卷四、29 卷二、35 卷十二、45 卷一

寄杨仕德：20 卷二十七、21 卷二十七、22 卷二十七、23 卷二十七、24 卷二十七

寄杨邃庵阁老（壬午）：12 外集卷五、13 外集卷五、14 外集卷五、15 文录卷四、16 外集卷五、17 外集卷五、18 外集卷五、20 卷二十一、21 卷二十一、22 卷二十一、23 卷二十一、24 卷二十一、25 卷四、26 卷四、27 卷十五、28 卷十五、31 卷二、32 卷二、33 卷三、34 卷三、35 卷十一、45 卷一、53 卷五

寄杨邃庵阁老二（癸未）：02 卷上、12 外集卷五、13 外集卷五、15 文录卷四、16 外集卷五、17 外集卷五、18 外集卷五、20 卷二十一、21 卷二十一、22 卷二十一、23 卷二十一、24 卷二十一、25 卷四、26 卷四、27 卷十五、28 卷十五、29 卷三、31 卷二、32 卷二、33 卷三、34 卷三、35 卷十一、36 文章编卷一、37 文章编卷一、38 文章编卷一、39 文章编卷一、40 文章集卷一、41 文章集卷一、45 卷一、53 卷五、54 卷一、55 卷六

寄杨邃庵阁老三（丁亥）：12 外集卷五、13 外集卷五、14 外集卷五、15 文录卷四、16 外集卷五、17 外集卷五、18 外集卷五、20 卷二十一、21 卷二十一、22 卷二十一、23 卷二十一、24 卷二十一、25 卷四、26 卷四、45 卷一

寄杨邃庵阁老四（丁亥）：12 外集卷五、13 外集卷五、14 外集卷五、15 文录卷四、16 外集卷五、17 外集卷五、18 外集卷五、20 卷二十一、21 卷二十一、22 卷二十一、23 卷二十一、24 卷二十一、25 卷四、26 卷四、45 卷一

寄隐岩：12 外集卷三、13 外集卷三、14 外集卷三、15 文录卷十三、16 外集卷三、17 外集卷三、18 外集卷三、20 卷二十、21 卷二十、22 卷二十、23 卷二十、24 卷二十、25 卷九、26 卷九、44 卷二

寄友用韵：01 卷二、12 外集卷二、13 外集卷二、14 外集卷二、15 文录卷十二、16 外集卷二、17 外集卷二、18 外集卷二、20 卷十九、21 卷十九、22 卷十九、23 卷十九、24 卷十九、25 卷八、26 卷八、44 卷二

寄翟石门阁老（戊子）：12 外集卷五、13 外集卷五、14 外集卷五、15 文录卷四、16 外集卷五、17 外集卷五、18 外集卷五、20 卷二十一、21 卷二十一、22 卷二十一、23 卷二十一、24 卷二十一、25 卷四、26 卷四、29 卷三、45 卷一

寄张东所次前韵：12 外集卷三、13 外集卷三、14 外集卷三、15 文录卷

十三、16 外集卷三、17 外集卷三、18 外集卷三、20 卷二十、21 卷二十、22 卷二十、23 卷二十、24 卷二十、25 卷九、26 卷九、30 卷三、33 卷六、34 卷六、44 卷三

寄张世文：20 卷二十七、21 卷二十七、22 卷二十七、23 卷二十七、24 卷二十七

寄正宪男手墨二卷：20 卷二十六、21 卷二十六、22 卷二十六、23 卷二十六、24 卷二十六

寄正宪男手墨又：20 卷二十六、21 卷二十六、22 卷二十六、23 卷二十六、24 卷二十六

寄诸弟（戊寅）：02 卷上、12 文录卷一、13 文录卷一、14 文录卷一、15 文录卷一、16 文录卷一、17 文录卷一、18 文录卷一、20 卷四、21 卷四、22 卷四、23 卷四、24 卷四、25 卷一、26 卷一、27 卷四、28 卷四、29 卷一、35 卷十一、36 理学编卷四、37 理学编卷四、38 理学编卷四、39 理学编卷四、40 理学集卷四、41 理学集卷四、45 卷一

寄诸用明（辛未）：02 卷上、12 文录卷一、13 文录卷一、14 文录卷一、15 文录卷一、16 文录卷一、17 文录卷一、18 文录卷一、20 卷四、21 卷四、22 卷四、23 卷四、24 卷四、25 卷一、26 卷一、27 卷五、28 卷五、29 卷一、35 卷十、36 理学编卷四、37 理学编卷四、38 理学编卷四、39 理学编卷四、40 理学集卷四、41 理学集卷四、45 卷一

寄邹谦之（丙戌）：12 文录卷三、13 文录卷三、14 文录卷三、15 文录卷三、16 文录卷三、17 文录卷三、18 文录卷三、20 卷六、21 卷六、22 卷六、23 卷六、24 卷六、25 卷三、26 卷三、27 卷五、28 卷五、29 卷三、30 卷三、35 卷十二、36 理学编卷四、37 理学编卷四、38 理学编卷四、39 理学编卷四、40 理学集卷四、41 理学集卷四、45 卷一

寄邹谦之二（丙戌）：02 卷上、12 文录卷三、13 文录卷三、14 文录卷三、15 文录卷三、16 文录卷三、17 文录卷三、18 文录卷三、20 卷六、21 卷六、22

卷六、23卷六、24卷六、25卷三、26卷三、27卷五、28卷五、29卷三、35卷十二、36理学编卷四、37理学编卷四、38理学编卷四、39理学编卷四、40理学集卷四、41理学集卷四、45卷一、52卷一

寄邹谦之三（丙戌）：02卷上、12文录卷三、13文录卷三、14文录卷三、15文录卷三、16文录卷三、17文录卷三、18文录卷三、20卷六、21卷六、22卷六、23卷六、24卷六、25卷三、26卷三、27卷五、28卷五、29卷三、35卷十二、36理学编卷四、37理学编卷四、38理学编卷四、39理学编卷四、40理学集卷四、41理学集卷四、45卷一

寄邹谦之四（丙戌）：02卷上、12文录卷三、13文录卷三、14文录卷三、15文录卷三、16文录卷三、17文录卷三、18文录卷三、20卷六、21卷六、22卷六、23卷六、24卷六、25卷三、26卷三、35卷十二、45卷一

寄邹谦之五（丙戌）：02卷上、12文录卷三、13文录卷三、14文录卷三、15文录卷三、16文录卷三、17文录卷三、18文录卷三、20卷六、21卷六、22卷六、23卷六、24卷六、25卷三、26卷三、27卷五、28卷五、29卷三、35卷十二、36理学编卷四、37理学编卷四、38理学编卷四、39理学编卷四、40理学集卷四、41理学集卷四、45卷一

霁夜：01卷二、12外集卷二、13外集卷二、14外集卷二、15文录卷十二、16外集卷二、17外集卷二、18外集卷二、20卷十九、21卷十九、22卷十九、23卷十九、24卷十九、25卷八、26卷八、30卷三、33卷六、34卷六、44卷二、48卷一

家童作纸灯：01卷二、12外集卷二、13外集卷二、14外集卷二、15文录卷十二、16外集卷二、17外集卷二、18外集卷二、20卷十九、21卷十九、22卷十九、23卷十九、24卷十九、25卷八、26卷八、44卷二

嘉靖丙戌十二月庚申始得子，年已五十有五矣，六月静斋二丈昔与先公同举于乡闻之而喜，各以诗来贺，蔼然世交之谊也，次韵为谢二首：12外集卷四、13外集卷四、14外集卷四、15文录卷十四、16外集卷四、17外集卷四、18外

集卷四、20 卷二十、21 卷二十、22 卷二十、23 卷二十、24 卷二十、25 卷九、26 卷九、44 卷四、52 卷一

嘉靖甲申冬二十一日再登秦望自弘治戊午登后二十七年矣将下适董萝石与二三子来复坐久之暮归同宿云门僧舍：12 外集卷四、13 外集卷四、14 外集卷四、15 文录卷十四、16 外集卷四、17 外集卷四、18 外集卷四、20 卷二十、21 卷二十、22 卷二十、23 卷二十、24 卷二十、25 卷九、26 卷九、44 卷四、48 卷一

夹攻防守咨（十月）：17 别录卷八、19 卷八、20 卷三十、21 卷三十、22 卷三十、23 卷三十、24 卷三十

见月：01 卷三、12 外集卷一、13 外集卷一、14 外集卷一、15 文录卷十一、16 外集卷一、17 外集卷一、18 外集卷一、20 卷十九、21 卷十九、22 卷十九、23 卷十九、24 卷十九、25 卷八、26 卷八、27 卷十六、28 卷十六、33 卷六、34 卷六、36 文章编卷四、37 文章编卷四、38 文章编卷四、39 文章编卷四、40 文章集卷四、41 文章集卷四、44 卷一

见斋说（乙亥）：02 卷下、12 文录卷四、13 文录卷四、14 文录卷四、15 文录卷六、16 文录卷四、17 文录卷四、18 文录卷四、20 卷七、21 卷七、22 卷七、23 卷七、24 卷七、25 卷七、26 卷七、27 卷十四、28 卷十四、29 卷四、35 卷十三、36 文章编卷二、37 文章编卷二、38 文章编卷二、39 文章编卷二、40 文章集卷二、41 文章集卷二、53 卷五、55 卷六

谏迎佛疏（稿具未上）：02 卷下、12 别录卷一、13 别录卷一、15 文录卷十五、17 别录卷一、18 别录卷一、19 卷一、20 卷九、21 卷九、22 卷九、23 卷九、24 卷九、26 卷十一、27 卷十四、28 卷十四、31 卷二、32 卷二、33 卷一、34 卷一、35 卷五、36 经济编卷一、37 经济编卷一、38 经济编卷一、39 经济编卷一、40 经济集卷一、41 经济集卷一、53 卷四

江边阻风散步至灵山寺：12 外集卷四、13 外集卷四、14 外集卷四、15 文录卷十四、16 外集卷四、17 外集卷四、18 外集卷四、20 卷二十、21 卷二十、

22卷二十、23卷二十、24卷二十、25卷九、26卷九、44卷三

江上望九华不见：12外集卷四、13外集卷四、14外集卷四、15文录卷十四、16外集卷四、17外集卷四、18外集卷四、20卷二十、21卷二十、22卷二十、23卷二十、24卷二十、25卷九、26卷九、27卷十六、28卷十六、35卷十六、36文章编卷四、37文章编卷四、38文章编卷四、39文章编卷四、40文章集卷四、41文章集卷四、44卷三

江上望九华山二首：12外集卷四、13外集卷四、14外集卷四、15文录卷十四、16外集卷四、17外集卷四、18外集卷四、20卷二十、21卷二十、22卷二十、23卷二十、24卷二十、25卷九、26卷九、44卷三、48卷一

江施二生与医官陶野冒雨登山人多笑之戏作歌：12外集卷四、13外集卷四、14外集卷四、15文录卷十四、16外集卷四、17外集卷四、18外集卷四、20卷二十、21卷二十、22卷二十、23卷二十、24卷二十、25卷九、26卷九、44卷三

江西捷音疏（十四年七月三十日）：12别录卷四、13别录卷四、17别录卷四、18别录卷四、19卷四、20卷十二、21卷十二、22卷十二、23卷十二、24卷十二、26卷十四、27卷九、28卷九

将归与诸生别于城南蔡氏楼：20卷二十九、21卷二十九、22卷二十九、23卷二十九、24卷二十九、44卷四

将游九华移舟宿寺山二首：12外集卷四、13外集卷四、14外集卷四、15文录卷十四、16外集卷四、17外集卷四、18外集卷四、20卷二十、21卷二十、22卷二十、23卷二十、24卷二十、25卷九、26卷九、27卷十六、28卷十六、35卷十六、36文章编卷四、37文章编卷四、38文章编卷四、39文章编卷四、40文章集卷四、41文章集卷四、44卷四

奖劳督兵官牌（六月初十日）：17别录卷十四、20卷三十、21卷三十、22卷三十、23卷三十、24卷三十

奖劳剿贼各官牌（八月十九日）：17别录卷十四、20卷三十、21卷三十、

22卷三十、23卷三十、24卷三十

奖劳永保二司官舍土目牌（六月初十日）：17别录卷十四、20卷三十、21卷三十、22卷三十、23卷三十、24卷三十

奖励福建守巡漳南道广东守巡岭东道领兵官：12别录卷八、13别录卷八、17别录卷八、18别录卷八、19卷八、20卷十六、21卷十六、22卷十六、23卷十六、24卷十六、26卷十八

奖励湖广统兵参将史春牌：12别录卷八、13别录卷八、17别录卷八、18别录卷八、19卷八、20卷十六、21卷十六、22卷十六、23卷十六、24卷十六、26卷十八、27卷七、28卷七、31卷五、32卷五、35卷十七、36经济编卷二、37经济编卷二、38经济编卷二、39经济编卷二、40经济集卷二、41经济集卷二

奖励赏赉谢恩疏（七年九月二十日）：12别录卷七、13别录卷七、17别录卷七、18别录卷七、19卷七、20卷十五、21卷十五、22卷十五、23卷十五、24卷十五、26卷十七

奖励主簿于旺：12别录卷九、13别录卷九、17别录卷十二、18别录卷九、19卷十二、20卷十七、21卷十七、22卷十七、23卷十七、24卷十七、26卷十九、27卷十、28卷十、35卷十八

奖留金事顾溱批呈（十一月二十三日）：20卷三十、21卷三十、22卷三十、23卷三十、24卷三十

奖瑞州府通判胡尧元擒斩叛党（六月二十七日）：12别录卷九、13别录卷九、17别录卷十、18别录卷九、19卷十、20卷十七、21卷十七、22卷十七、23卷十七、24卷十七、26卷十九

交收旗牌疏（十二年九月二十五日）：12别录卷二、13别录卷二、17别录卷二、18别录卷二、19卷二、20卷十、21卷十、22卷十、23卷十、24卷十、26卷十二

剿捕漳寇方略牌（正月）：12别录卷八、13别录卷八、17别录卷八、18别

录卷八、19卷八、20卷十六、21卷十六、22卷十六、23卷十六、24卷十六、26卷十八、27卷六、28卷六、30卷五、31卷五、32卷五、33卷五、34卷五、35卷十七、36经济编卷一、37经济编卷一、38经济编卷一、39经济编卷一、40经济集卷一、41经济集卷一、55卷七

剿平安义叛党疏（十六年五月十五日）：12别录卷五、13别录卷五、17别录卷五、18别录卷五、19卷五、20卷十三、21卷十三、22卷十三、23卷十三、24卷十三、26卷十五、27卷十一、28卷十一、36经济编卷五、37经济编卷五、38经济编卷五、39经济编卷五、40经济集卷五、41经济集卷五

矫亭说（乙亥）：12文录卷四、13文录卷四、14文录卷四、15文录卷六、16文录卷四、17文录卷四、18文录卷四、20卷七、21卷七、22卷七、23卷七、24卷七、25卷七、26卷七、27卷十四、28卷十四、30卷三、33卷四、34卷四、35卷十三、36文章编卷二、37文章编卷二、38文章编卷二、39文章编卷二、40文章集卷二、41文章集卷二

教场石碑：20卷二十八、21卷二十八、22卷二十八、23卷二十八、24卷二十八

教习骑射牌（十二年五月十六日）：20卷三十、21卷三十、22卷三十、23卷三十、24卷三十

教约：06卷下之三、13传习录下卷五、20卷二、22卷二、23卷二、24卷二、35卷三、42卷二

揭阳县主簿季本乡约呈（四月）：12别录卷十、13别录卷十、17别录卷十三、18别录卷十、19卷十三、20卷十八、21卷十八、22卷十八、23卷十八、24卷十八、26卷二十

节庵方公墓表（乙酉）：02卷上、12外集卷九、13外集卷九、14外集卷九、15文录卷十、17外集卷九、18外集卷九、20卷二十五、21卷二十五、22卷二十五、23卷二十五、24卷二十五、25卷十、26卷十、27卷十五、28卷十五、35卷十五、36文章编卷三、37文章编卷三、38文章编卷三、39文章编

卷三、40 文章集卷三、41 文章集卷三、53 卷五、55 卷七

截剿安义逃贼牌（二月十三日）：17 别录卷十二、19 卷十二、20 卷三十一、21 卷三十一上、22 卷三十一、23 卷三十一、24 卷三十一

戒谕土目（五月）：12 别录卷十、13 别录卷十、17 别录卷十四、18 别录卷十、20 卷十八、21 卷十八、22 卷十八、23 卷十八、24 卷十八、26 卷二十、27 卷十三、28 卷十三、31 卷七、32 卷七、35 卷十九、37 经济编卷七、38 经济编卷七、39 经济编卷七、40 经济集卷七、41 经济集卷七

借山亭：12 外集卷三、13 外集卷三、14 外集卷三、15 文录卷十三、16 外集卷三、17 外集卷三、18 外集卷三、20 卷二十、21 卷二十、22 卷二十、23 卷二十、24 卷二十、25 卷九、26 卷九、44 卷三

金坛县志序（乙亥）：12 外集卷六、13 外集卷六、14 外集卷六、15 文录卷五、16 外集卷六、17 外集卷六、18 外集卷六、20 卷二十二、21 卷二十二、22 卷二十二、23 卷二十二、24 卷二十二、25 卷五、26 卷五、29 卷四、35 卷八

谨斋说（乙亥）：12 文录卷四、13 文录卷四、14 文录卷四、15 文录卷六、16 文录卷四、17 文录卷四、18 文录卷四、20 卷七、21 卷七、22 卷七、23 卷七、24 卷七、25 卷七、26 卷七、30 卷三、35 卷十三

进剿浰贼方略：12 别录卷八、13 别录卷八、17 别录卷九、18 别录卷八、19 卷九、20 卷十六、21 卷十六、22 卷十六、23 卷十六、24 卷十六、26 卷十八、27 卷八、28 卷八、36 经济编卷三、37 经济编卷三、38 经济编卷三、39 经济编卷三、40 经济集卷三、41 经济集卷三

进缴征藩钧帖（四月十七日）：17 别录卷十一、19 卷十一、20 卷三十一、21 卷三十一上、22 卷三十一、23 卷三十一、24 卷三十一、27 卷十、28 卷十

禁革轻委职官：12 别录卷十、13 别录卷十、17 别录卷十三、18 别录卷十、19 卷十三、20 卷十八、21 卷十八、22 卷十八、23 卷十八、24 卷十八、26 卷二十、27 卷十二、28 卷十二、35 卷十九、36 经济编卷六、37 经济编卷六、38 经济编卷六、39 经济编卷六、40 经济集卷六、41 经济集卷六

禁省词讼告谕（十二月十七日）：17别录卷十一、19卷十一、20卷三十一、21卷三十一上、22卷三十一、23卷三十一、24卷三十一

禁约榷商官吏：12别录卷八、13别录卷八、17别录卷九、18别录卷八、19卷九、20卷十六、21卷十六、22卷十六、23卷十六、24卷十六、26卷十八、35卷十七

禁约释罪自新军民告示（正德十六年正月初五日）：17别录卷十二、19卷十二、20卷三十一、21卷三十一上、22卷三十一、23卷三十一、24卷三十一、31卷六、32卷六

禁约驿递牌（七月初一日）：20卷三十、21卷三十、22卷三十、23卷三十、24卷三十

旌奖节妇牌：12别录卷九、13别录卷九、17别录卷十二、18别录卷九、19卷十二、20卷十七、21卷十七、22卷十七、23卷十七、24卷十七、26卷十九

经理书院事宜（八月）：12别录卷十、13别录卷十、17别录卷十三、18别录卷十、19卷十三、20卷十八、21卷十八、22卷十八、23卷十八、24卷十八、26卷二十

啾啾吟：12外集卷四、13外集卷四、14外集卷四、15文录卷十四、16外集卷四、17外集卷四、18外集卷四、20卷二十、21卷二十、22卷二十、23卷二十、24卷二十、25卷九、26卷九、27卷十六、28卷十六、30卷三、35卷十六、36文章编卷四、37文章编卷四、38文章编卷四、39文章编卷四、40文章集卷四、41文章集卷四、44卷四

九华山赋（壬戌）：12外集卷一、13外集卷一、14外集卷一、15文录卷十一、16外集卷一、17外集卷一、18外集卷一、20卷十九、21卷十九、22卷十九、23卷十九、24卷十九、25卷八、26卷八、35卷十六

九华山下柯秀才家：12外集卷一、13外集卷一、14外集卷一、15文录卷十一、16外集卷一、17外集卷一、18外集卷一、20卷十九、21卷十九、22卷

十九、23卷十九、24卷十九、25卷八、26卷八、33卷六、34卷六、44卷一

咎言（丙寅）：01卷三、12外集卷一、13外集卷一、14外集卷一、15文录卷十一、16外集卷一、17外集卷一、18外集卷一、20卷十九、21卷十九、22卷十九、23卷十九、24卷十九、25卷八、26卷八、48卷一

举能抚治疏（七年正月二十五日）：12别录卷七、13别录卷七、17别录卷七、18别录卷七、19卷七、20卷十五、21卷十五、22卷十五、23卷十五、24卷十五、26卷十七

君子亭记（戊辰）：01卷一、12外集卷七、13外集卷七、14外集卷七、15文录卷七、17外集卷七、18外集卷七、20卷二十三、21卷二十三、22卷二十三、23卷二十三、24卷二十三、25卷六、26卷六、27卷十四、28卷十四、35卷九、36文章编卷二、37文章编卷二、38文章编卷二、39文章编卷二、40文章集卷二、41文章集卷二、53卷五

浚河记（乙酉）：12外集卷七、13外集卷七、14外集卷七、15文录卷七、17外集卷七、18外集卷七、20卷二十三、21卷二十三、22卷二十三、23卷二十三、24卷二十三、25卷六、26卷六、27卷十四、28卷十四、33卷四、34卷四、35卷九、36文章编卷二、37文章编卷二、38文章编卷二、39文章编卷二、40文章集卷二、41文章集卷二

K

开报征藩功次赃仗咨（正德十五年三月初四日）：17别录卷十一、19卷十一、20卷三十一、21卷三十一上、22卷三十一、23卷三十一、24卷三十一、26卷十九、27卷九、28卷九、31卷六、32卷六、36经济编卷四、37经济编卷四、38经济编卷四、39经济编卷四、40经济集卷四、41经济集卷四、63卷一

开豁军前用过钱粮疏（十五年九月初四日）：12别录卷五、13别录卷五、17别录卷五、18别录卷五、19卷五、20卷十三、21卷十三、22卷十三、23卷十三、24卷十三、26卷十五

犒奖儒士岑伯高：12 别录卷十、13 别录卷十、17 别录卷十三、18 别录卷十、19 卷十三、20 卷十八、21 卷十八、22 卷十八、23 卷十八、24 卷十八、26 卷二十、27 卷十三、28 卷十三、30 卷五、31 卷七、32 卷七、35 卷十九、36 经济编卷六、37 经济编卷六、38 经济编卷六、39 经济编卷六、40 经济集卷六、41 经济集卷六

犒劳从征土目（八月）：12 别录卷十、13 别录卷十、17 别录卷十四、18 别录卷十、20 卷十八、21 卷十八、22 卷十八、23 卷十八、24 卷十八、26 卷二十

犒赏福建官军：12 别录卷九、13 别录卷九、17 别录卷十、18 别录卷九、19 卷十、20 卷十七、21 卷十七、22 卷十七、23 卷十七、24 卷十七、26 卷十九、27 卷九、28 卷九、30 卷五、36 经济编卷四、37 经济编卷四、38 经济编卷四、39 经济编卷四、40 经济集卷四、41 经济集卷四

犒赏新民牌（七月二十八日）：20 卷三十、21 卷三十、22 卷三十、23 卷三十、24 卷三十

犒送湖兵：12 别录卷十、13 别录卷十、17 别录卷十三、18 别录卷十、19 卷十三、20 卷十八、21 卷十八、22 卷十八、23 卷十八、24 卷十八、26 卷二十、27 卷十二、28 卷十二、36 经济编卷六、37 经济编卷六、38 经济编卷六、39 经济编卷六、40 经济集卷六、41 经济集卷六

犒谕都康等州官男彭一等（十二月二十八日）：12 别录卷十、13 别录卷十、17 别录卷十三、18 别录卷十、19 卷十三、20 卷十八、21 卷十八、22 卷十八、23 卷十八、24 卷十八、26 卷二十、30 卷五

刻期会剿咨（十月二十一日）：17 别录卷八、19 卷八、20 卷三十、21 卷三十、22 卷三十、23 卷三十、24 卷三十

客坐私祝（丁亥）：12 外集卷八、13 外集卷八、14 外集卷八、15 文录卷八、17 外集卷八、18 外集卷八、20 卷二十四、21 卷二十四、22 卷二十四、23 卷二十四、24 卷二十四、25 卷七、26 卷七、27 卷四、28 卷四、31 卷一、32 卷一、35 卷十四、52 卷一、61 卷一

克期进剿牌（正德十三年正月）：12别录卷八、13别录卷八、17别录卷九、18别录卷八、19卷九、20卷十六、21卷十六、22卷十六、23卷十六、24卷十六、26卷十八、27卷八、28卷八、36经济编卷三、37经济编卷三、38经济编卷三、39经济编卷三、40经济集卷三、41经济集卷三

宽恤禁约：12别录卷九、13别录卷九、17别录卷十、18别录卷九、19卷十、20卷十七、21卷十七、22卷十七、23卷十七、24卷十七、26卷十九、27卷九、28卷九、36经济编卷四、37经济编卷四、38经济编卷四、39经济编卷四、40经济集卷四、41经济集卷四

L

来仙洞：01卷二、12外集卷二、13外集卷二、14外集卷二、15文录卷十二、16外集卷二、17外集卷二、18外集卷二、20卷十九、21卷十九、22卷十九、23卷十九、24卷十九、25卷八、26卷八、33卷六、34卷六、44卷二、48卷一

来雨山雪图赋：20卷二十九、21卷二十九、22卷二十九、23卷二十九、24卷二十九、25卷八、26卷八、27卷十六、28卷十六、36文章编卷四、37文章编卷四、38文章编卷四、39文章编卷四、40文章集卷四、41文章集卷四

琅琊山中三首：12外集卷三、13外集卷三、14外集卷三、15文录卷十三、16外集卷三、17外集卷三、18外集卷三、20卷二十、21卷二十、22卷二十、23卷二十、24卷二十、25卷九、26卷九、27卷十六、28卷十六、33卷六、34卷六、35卷十六、36文章编卷四、37文章编卷四、38文章编卷四、39文章编卷四、40文章集卷四、41文章集卷四、44卷二、48卷一

老桧：01卷二、12外集卷二、13外集卷二、14外集卷二、15文录卷十二、16外集卷二、17外集卷二、18外集卷二、20卷十九、21卷十九、22卷十九、23卷十九、24卷十九、25卷八、26卷八、33卷六、34卷六、44卷二

类奏擒斩攻次疏（十二年五月二十八日）：12别录卷一、13别录卷一、17

别录卷一、18 别录卷一、19 卷一、20 卷九、21 卷九、22 卷九、23 卷九、24 卷九、26 卷十一

李白祠二首：12 外集卷一、13 外集卷一、14 外集卷一、15 文录卷十一、16 外集卷一、17 外集卷一、18 外集卷一、20 卷十九、21 卷十九、22 卷十九、23 卷十九、24 卷十九、25 卷八、26 卷八、44 卷一

礼记纂言序（庚辰）：02 卷下、12 文录卷四、13 文录卷四、14 文录卷四、15 文录卷六、16 文录卷四、17 文录卷四、18 文录卷四、20 卷七、21 卷七、22 卷七、23 卷七、24 卷七、25 卷五、26 卷五、27 卷五、28 卷五、29 卷四、35 卷八、36 理学编卷四、37 理学编卷四、38 理学编卷四、39 理学编卷四、40 理学集卷四、41 理学集卷四

礼取副提举舒芬牌：12 别录卷九、13 别录卷九、17 别录卷十二、18 别录卷九、19 卷十二、20 卷十七、22 卷十七、23 卷十七、24 卷十七、26 卷十九

醴陵道中风雨，夜宿泗州寺次韵：01 卷三、12 外集卷一、13 外集卷一、14 外集卷一、15 文录卷十一、16 外集卷一、17 外集卷一、18 外集卷一、20 卷十九、21 卷十九、22 卷十九、23 卷十九、24 卷十九、25 卷八、26 卷八、44 卷一

立崇义县治疏（十二年闰十二月初五日）：12 别录卷二、13 别录卷二、17 别录卷二、18 别录卷二、19 卷二、20 卷十、21 卷十、22 卷十、23 卷十、24 卷十、26 卷十二、27 卷七、28 卷七、36 经济编卷二、37 经济编卷二、38 经济编卷二、39 经济编卷二、40 经济集卷二、41 经济集卷二

立春：12 外集卷四、13 外集卷四、14 外集卷四、15 文录卷十四、16 外集卷四、17 外集卷四、18 外集卷四、20 卷二十、21 卷二十、22 卷二十、23 卷二十、24 卷二十、25 卷九、26 卷九、44 卷四

立春二首：12 外集卷四、13 外集卷四、14 外集卷四、15 文录卷十四、16 外集卷四、17 外集卷四、18 外集卷四、20 卷二十、21 卷二十、22 卷二十、23 卷二十、24 卷二十、25 卷九、26 卷九、27 卷十六、28 卷十六、36 文章编卷四、

37文章编卷四、38文章编卷四、39文章编卷四、40文章集卷四、41文章集卷四、44卷三、48卷一

立春日道中短述：12外集卷三、13外集卷三、14外集卷三、15文录卷十三、16外集卷三、17外集卷三、18外集卷三、20卷二十、21卷二十、22卷二十、23卷二十、24卷二十、25卷九、26卷九、35卷十六、44卷二

立志（教条示龙场诸生）：20卷二十六、21卷二十六、22卷二十六、23卷二十六、24卷二十六、25卷七、26卷七、27卷五、28卷五、35卷十四、36理学编卷四、37理学编卷四、38理学编卷四、39理学编卷四、40理学集卷四、41理学集卷四、42卷三、61卷一

浰头捷音疏（十三年四月二十日）：12别录卷三、13别录卷三、15文录卷十五、17别录卷三、18别录卷三、19卷三、20卷十一、21卷十一、22卷十一、23卷十一、24卷十一、26卷十三、27卷八、28卷八、31卷五、32卷五、35卷五、36经济编卷三、37经济编卷三、38经济编卷三、39经济编卷三、40经济集卷三、41经济集卷三、53卷四、55卷一

莲花峰：12外集卷一、13外集卷一、14外集卷一、15文录卷十一、16外集卷一、17外集卷一、18外集卷一、20卷十九、21卷十九、22卷十九、23卷十九、24卷十九、25卷八、26卷八、33卷六、34卷六、44卷一

梁仲用默斋说（辛未）：12文录卷四、13文录卷四、14文录卷四、15文录卷六、16文录卷四、17文录卷四、18文录卷四、20卷七、21卷七、22卷七、23卷七、24卷七、25卷七、26卷七、27卷十四、28卷十四、29卷四、33卷四、34卷四、35卷十三、36文章编卷二、37文章编卷二、38文章编卷二、39文章编卷二、40文章集卷二、41文章集卷二、52卷一、53卷五

两浙观风诗序（壬戌）：12外集卷六、13外集卷六、14外集卷六、15文录卷五、16外集卷六、17外集卷六、18外集卷六、20卷二十二、21卷二十二、22卷二十二、23卷二十二、24卷二十二、25卷五、26卷五、27卷十五、28卷十五、29卷四、31卷二、32卷二、33卷四、34卷四、35卷八、36文章编卷一、

37文章编卷一、38文章编卷一、39文章编卷一、40文章集卷一、41文章集卷一、53卷四

列仙峰：12外集卷一、13外集卷一、14外集卷一、15文录卷十一、16外集卷一、17外集卷一、18外集卷一、20卷十九、21卷十九、22卷十九、23卷十九、24卷十九、25卷八、26卷八、44卷一

林间睡起：12外集卷三、13外集卷三、14外集卷三、15文录卷十三、16外集卷三、17外集卷三、18外集卷三、20卷二十、21卷二十、22卷二十、23卷二十、24卷二十、25卷九、26卷九、30卷三、44卷二

林汝桓以二诗寄次韵为别：12外集卷四、13外集卷四、14外集卷四、15文录卷十四、16外集卷四、17外集卷四、18外集卷四、20卷二十、21卷二十、22卷二十、23卷二十、24卷二十、25卷九、26卷九、35卷十六、44卷四

凌孺人杨氏墓志铭（乙亥）：12外集卷九、13外集卷九、14外集卷九、15文录卷十、17外集卷九、18外集卷九、20卷二十五、21卷二十五、22卷二十五、23卷二十五、24卷二十五、25卷十、26卷十、35卷十五

岭南寄正宪男（家书墨迹四首之四）：20卷二十六、21卷二十六、22卷二十六、23卷二十六、24卷二十六

留陈惟浚：12外集卷三、13外集卷三、14外集卷三、15文录卷十三、16外集卷三、17外集卷三、18外集卷三、20卷二十、21卷二十、22卷二十、23卷二十、24卷二十、25卷九、26卷九、44卷三

留用官员疏（十四年七月初五日）：12别录卷四、13别录卷四、17别录卷四、18别录卷四、19卷四、20卷十二、21卷十二、22卷十二、23卷十二、24卷十二、26卷十四

刘氏三子字说（乙亥）：12外集卷八、13外集卷八、14外集卷八、15文录卷八、17外集卷八、18外集卷八、20卷二十四、21卷二十四、22卷二十四、23卷二十四、24卷二十四、25卷七、26卷七、35卷十三

刘子青墓表：20卷二十八、21卷二十八、22卷二十八、23卷二十八、24

卷二十八、33卷四、34卷四

六月五章：12外集卷三、13外集卷三、14外集卷三、15文录卷十三、16外集卷三、17外集卷三、18外集卷三、20卷二十、21卷二十、22卷二十、23卷二十、24卷二十、25卷九、26卷九、44卷三

龙场生问答（戊辰）：01卷一、12外集卷八、13外集卷八、14外集卷八、15文录卷八、17外集卷八、18外集卷八、20卷二十四、21卷二十四、22卷二十四、23卷二十四、24卷二十四、25卷七、26卷七、27卷十五、28卷十五、35卷十四、36文章编卷三、37文章编卷三、38文章编卷三、39文章编卷三、40文章集卷三、41文章集卷三

龙冈漫兴五首：01卷二、12外集卷二、13外集卷二、14外集卷二、15文录卷十二、16外集卷二、17外集卷二、18外集卷二、20卷十九、21卷十九、22卷十九、23卷十九、24卷十九、25卷八、26卷八、27卷十六、28卷十六、30卷三、36文章编卷四、37文章编卷四、38文章编卷四、39文章编卷四、40文章集卷四、41文章集卷四、44卷二、48卷一

龙冈新构：01卷二、12外集卷二、13外集卷二、14外集卷二、15文录卷十二、16外集卷二、17外集卷二、18外集卷二、20卷十九、21卷十九、22卷十九、23卷十九、24卷十九、25卷八、26卷八、33卷六、34卷六、44卷二、48卷一

龙蟠山中用韵：12外集卷三、13外集卷三、14外集卷三、15文录卷十三、16外集卷三、17外集卷三、18外集卷三、20卷二十、21卷二十、22卷二十、23卷二十、24卷二十、25卷九、26卷九、44卷二、48卷一

龙潭夜坐：12外集卷三、13外集卷三、14外集卷三、15文录卷十三、16外集卷三、17外集卷三、18外集卷三、20卷二十、21卷二十、22卷二十、23卷二十、24卷二十、25卷九、26卷九、27卷十六、28卷十六、33卷六、34卷六、35卷十六、36文章编卷四、37文章编卷四、38文章编卷四、39文章编卷四、40文章集卷四、41文章集卷四、44卷二、48卷一

庐陵县公移：20 卷二十八、21 卷二十八、22 卷二十八、23 卷二十八、24 卷二十八、26 卷二十、27 卷十四、28 卷十四、31 卷四、32 卷四、33 卷五、34 卷五、35 卷十九、36 经济编卷一、37 经济编卷一、38 经济编卷一、39 经济编卷一、40 经济集卷一、41 经济集卷一

庐山东林寺次韵：12 外集卷四、13 外集卷四、14 外集卷四、15 文录卷十四、16 外集卷四、17 外集卷四、18 外集卷四、20 卷二十、21 卷二十、22 卷二十、23 卷二十、24 卷二十、25 卷九、26 卷九、27 卷十六、28 卷十六、33 卷六、34 卷六、36 文章编卷四、37 文章编卷四、38 文章编卷四、39 文章编卷四、40 文章集卷四、41 文章集卷四、44 卷三

陆澄录（传习录）：02 卷上、03 卷二、04 上卷二、05 卷上、06 卷上之二、10 卷一、11 卷上、13 传习录上卷二、15 语录卷二、20 卷一、22 卷一、23 卷一、24 卷一、26 卷二十一、27 卷二、28 卷二、35 卷一、36 理学编卷一、37 理学编卷一、38 理学编卷一、39 理学编卷一、40 理学集卷一、41 理学集卷一、42 卷一、43 卷一上、47 传习录节录、52 卷一、57 卷一、58 卷一、59 传习则言、60 卷一、65 传习录上

陆广晓发：01 卷二、12 外集卷二、13 外集卷二、14 外集卷二、15 文录卷十二、16 外集卷二、17 外集卷二、18 外集卷二、20 卷十九、21 卷十九、22 卷十九、23 卷十九、24 卷十九、25 卷八、26 卷八、27 卷十六、28 卷十六、33 卷六、34 卷六、36 文章编卷四、37 文章编卷四、38 文章编卷四、39 文章编卷四、40 文章集卷四、41 文章集卷四、44 卷二

论元年春王正月（戊辰）：02 卷上、12 外集卷八、13 外集卷八、14 外集卷八、15 文录卷八、17 外集卷八、18 外集卷八、20 卷二十四、21 卷二十四、22 卷二十四、23 卷二十四、24 卷二十四、25 卷七、26 卷七、27 卷十五、28 卷十五、29 卷四、35 卷十三、36 文章编卷三、37 文章编卷三、38 文章编卷三、39 文章编卷三、40 文章集卷三、41 文章集卷三

罗旧驿：01 卷二、12 外集卷二、13 外集卷二、14 外集卷二、15 文录卷

十二、16 外集卷二、17 外集卷二、18 外集卷二、20 卷十九、21 卷十九、22 卷十九、23 卷十九、24 卷十九、25 卷八、26 卷八、27 卷十六、28 卷十六、36 文章编卷四、37 文章编卷四、38 文章编卷四、39 文章编卷四、40 文章集卷四、41 文章集卷四、44 卷二、48 卷一

罗履素诗集序（壬戌）：12 外集卷六、13 外集卷六、14 外集卷六、15 文录卷五、16 外集卷六、17 外集卷六、18 外集卷六、20 卷二十二、21 卷二十二、22 卷二十二、23 卷二十二、24 卷二十二、25 卷五、26 卷五、27 卷十五、28 卷十五、31 卷二、32 卷二、33 卷四、34 卷四、35 卷八、36 文章编卷一、37 文章编卷一、38 文章编卷一、39 文章编卷一、40 文章集卷一、41 文章集卷一、52 卷一

M

门人王嘉秀实夫萧琦子玉告归书此见别意兼寄声辰阳诸贤：12 外集卷三、13 外集卷三、14 外集卷三、15 文录卷十三、16 外集卷三、17 外集卷三、18 外集卷三、20 卷二十、21 卷二十、22 卷二十、23 卷二十、24 卷二十、25 卷九、26 卷九、44 卷二

梦与抑之昆季语湛崔皆在焉觉而有感因记以诗三首其二：01 卷三、12 外集卷一、13 外集卷一、14 外集卷一、15 文录卷十一、16 外集卷一、17 外集卷一、18 外集卷一、20 卷十九、21 卷十九、22 卷十九、23 卷十九、24 卷十九、25 卷八、26 卷八、30 卷三、44 卷一、48 卷一

梦与抑之昆季语湛崔皆在焉觉而有感因记以诗三首其三：01 卷三、12 外集卷一、13 外集卷一、14 外集卷一、15 文录卷十一、16 外集卷一、17 外集卷一、18 外集卷一、20 卷十九、21 卷十九、22 卷十九、23 卷十九、24 卷十九、25 卷八、26 卷八、44 卷一、48 卷一

梦与抑之昆季语湛崔皆在焉觉而有感因记以诗三首其一：01 卷三、12 外集卷一、13 外集卷一、14 外集卷一、15 文录卷十一、16 外集卷一、17 外集卷一、

18外集卷一、20卷十九、21卷十九、22卷十九、23卷十九、24卷十九、25卷八、26卷八、30卷三、44卷一

梦中绝句：12外集卷四、13外集卷四、14外集卷四、15文录卷十四、16外集卷四、17外集卷四、18外集卷四、20卷二十、21卷二十、22卷二十、23卷二十、24卷二十、25卷九、26卷九、33卷六、34卷六、36文章编卷四、37文章编卷四、38文章编卷四、39文章编卷四、40文章集卷四、41文章集卷四、44卷四

闽广捷音疏（十二年五月初八日）：12别录卷一、13别录卷一、17别录卷一、18别录卷一、19卷一、20卷九、21卷九、22卷九、23卷九、24卷九、26卷十一、27卷八、28卷八、36经济编卷一、37经济编卷一、38经济编卷一、39经济编卷一、40经济集卷一、41经济集卷一

明封刑部主事浩斋陆君墓碑志（丙子）：12外集卷九、13外集卷九、14外集卷九、15文录卷十、17外集卷九、18外集卷九、20卷二十五、21卷二十五、22卷二十五、23卷二十五、24卷二十五、25卷十、26卷十、27卷十五、28卷十五、35卷十五、36文章编卷三、37文章编卷三、38文章编卷三、39文章编卷三、40文章集卷三、41文章集卷三、54卷一

铭一首：20卷二十八、21卷二十八、22卷二十八、23卷二十八、24卷二十八、25卷七、26卷七、27卷十五、28卷十五、35卷十五、36文章编卷三、37文章编卷三、38文章编卷三、39文章编卷三、40文章集卷三、41文章集卷三

木阁道中雪：01卷二、12外集卷二、13外集卷二、14外集卷二、15文录卷十二、16外集卷二、17外集卷二、18外集卷二、20卷十九、21卷十九、22卷十九、23卷十九、24卷十九、25卷八、26卷八、44卷二

N

南庵次韵二首：01卷二、12外集卷二、13外集卷二、14外集卷二、15文

录卷十二、16外集卷二、17外集卷二、18外集卷二、20卷十九、21卷十九、22卷十九、23卷十九、24卷十九、25卷八、26卷八、27卷十六、28卷十六、36文章编卷四、37文章编卷四、38文章编卷四、39文章编卷四、40文章集卷四、41文章集卷四、44卷二、48卷一

南赣擒斩功次疏（十二年七月初五日）：12别录卷二、13别录卷二、17别录卷二、18别录卷二、19卷二、20卷十、21卷十、22卷十、23卷十、24卷十、26卷十二、27卷八、28卷八、36经济编卷一、37经济编卷一、38经济编卷一、39经济编卷一、40经济集卷一、41经济集卷一

南赣乡约：12别录卷九、13别录卷九、17别录卷十二、18别录卷九、19卷十二、20卷十七、21卷十七、22卷十七、23卷十七、24卷十七、26卷十九、30卷五、35卷十八、36经济编卷五、37经济编卷五、38经济编卷五、39经济编卷五、40经济集卷五、41经济集卷五、59乡约法

南冈说（丙戌）：12外集卷八、13外集卷八、14外集卷八、15文录卷六、16文录卷四、17文录卷四、18外集卷八、20卷二十四、21卷二十四、22卷二十四、23卷二十四、24卷二十四、25卷七、26卷七、27卷十四、28卷十四、35卷十三、36文章编卷二、37文章编卷二、38文章编卷二、39文章编卷二、40文章集卷二、41文章集卷二

南霁云祠：01卷二、12外集卷二、13外集卷二、14外集卷二、15文录卷十二、16外集卷二、17外集卷二、18外集卷二、20卷十九、21卷十九、22卷十九、23卷十九、24卷十九、25卷八、26卷八、33卷六、34卷六、44卷二、48卷一

南溟：01卷二、12外集卷二、13外集卷二、14外集卷二、15文录卷十二、16外集卷二、17外集卷二、18外集卷二、20卷十九、21卷十九、22卷十九、23卷十九、24卷十九、25卷八、26卷八、27卷十六、28卷十六、36文章编卷四、37文章编卷四、38文章编卷四、39文章编卷四、40文章集卷四、41文章集卷四、44卷二

南宁二首：12 外集卷四、13 外集卷四、14 外集卷四、15 文录卷十四、16 外集卷四、17 外集卷四、18 外集卷四、20 卷二十、21 卷二十、22 卷二十、23 卷二十、24 卷二十、25 卷九、26 卷九、27 卷十六、28 卷十六、35 卷十六、36 文章编卷四、37 文章编卷四、38 文章编卷四、39 文章编卷四、40 文章集卷四、41 文章集卷四、44 卷四

南屏：01 卷三、12 外集卷一、13 外集卷一、14 外集卷一、15 文录卷十一、16 外集卷一、17 外集卷一、18 外集卷一、20 卷十九、21 卷十九、22 卷十九、23 卷十九、24 卷十九、25 卷八、26 卷八、44 卷一、48 卷一

南浦道中：12 外集卷四、13 外集卷四、14 外集卷四、15 文录卷十四、16 外集卷四、17 外集卷四、18 外集卷四、20 卷二十、21 卷二十、22 卷二十、23 卷二十、24 卷二十、25 卷九、26 卷九、33 卷六、34 卷六、44 卷四

南游三首其二：01 卷三、12 外集卷一、13 外集卷一、14 外集卷一、15 文录卷十一、16 外集卷一、17 外集卷一、18 外集卷一、20 卷十九、21 卷十九、22 卷十九、23 卷十九、24 卷十九、25 卷八、26 卷八、44 卷一、48 卷一

南游三首其三：01 卷三、12 外集卷一、13 外集卷一、14 外集卷一、15 文录卷十一、16 外集卷一、17 外集卷一、18 外集卷一、20 卷十九、21 卷十九、22 卷十九、23 卷十九、24 卷十九、25 卷八、26 卷八、44 卷一

南游三首其一：01 卷三、12 外集卷一、13 外集卷一、14 外集卷一、15 文录卷十一、16 外集卷一、17 外集卷一、18 外集卷一、20 卷十九、21 卷十九、22 卷十九、23 卷十九、24 卷十九、25 卷八、26 卷八、44 卷一、48 卷一

南镇祷雨文（癸亥）：12 外集卷九、13 外集卷九、14 外集卷九、15 文录卷十、17 外集卷九、18 外集卷九、20 卷二十五、21 卷二十五、22 卷二十五、23 卷二十五、24 卷二十五、25 卷十、26 卷十、35 卷十五、55 卷七

P

牌行崇义县查行十家牌法：12 别录卷九、13 别录卷九、17 别录卷十二、18

、别录卷九、19卷十二、20卷十七、21卷十七、22卷十七、23卷十七、24卷十七、26卷十九

牌行抚州知府陈槐等收复南康九江（七月二十四日）：12别录卷九、13别录卷九、17别录卷十、18别录卷九、19卷十、20卷十七、21卷十七、22卷十七、23卷十七、24卷十七、26卷十九、27卷九、28卷九、35卷十八、36经济编卷四、37经济编卷四、38经济编卷四、39经济编卷四、40经济集卷四、41经济集卷四

牌行副总兵张祐搜剿馀巢（七月）：12别录卷十、13别录卷十、17别录卷十四、18别录卷十、20卷十八、21卷十八、22卷十八、23卷十八、24卷十八、26卷二十、27卷十三、28卷十三、30卷五、31卷七、32卷七、37经济编卷七、38经济编卷七、39经济编卷七、40经济集卷七、41经济集卷七

牌行赣州府集兵策应（正德十四年六月十八日）：12别录卷九、13别录卷九、17别录卷十、18别录卷九、19卷十、20卷十七、21卷十七、22卷十七、23卷十七、24卷十七、26卷十九、30卷五

牌行各哨统兵官进攻屯守（七月十七日）：12别录卷九、13别录卷九、17别录卷十、18别录卷九、19卷十、20卷十七、21卷十七、22卷十七、23卷十七、24卷十七、26卷十九、27卷九、28卷九、31卷六、32卷六、36经济编卷四、37经济编卷四、38经济编卷四、39经济编卷四、40经济集卷四、41经济集卷四

牌行吉安府敦请乡士夫共守城池（七月初八日）：12别录卷九、13别录卷九、17别录卷十、18别录卷九、19卷十、20卷十七、21卷十七、22卷十七、23卷十七、24卷十七、26卷十九、27卷九、28卷九、36经济编卷四、37经济编卷四、38经济编卷四、39经济编卷四、40经济集卷四、41经济集卷四

牌行江西二司安葬宁府宫眷：12别录卷九、13别录卷九、17别录卷十、18别录卷九、19卷十、20卷十七、21卷十七、22卷十七、23卷十七、24卷十七、26卷十九、27卷九、28卷九

牌行灵山县延师设教（六月）：12 别录卷十、13 别录卷十、17 别录卷十三、18 别录卷十、19 卷十三、20 卷十八、21 卷十八、22 卷十八、23 卷十八、24 卷十八、26 卷二十、30 卷五

牌行领兵官：12 别录卷十、13 别录卷十、17 别录卷十四、18 别录卷十、20 卷十八、21 卷十八、22 卷十八、23 卷十八、24 卷十八、26 卷二十、27 卷十三、28 卷十三、35 卷十九、37 经济编卷七、38 经济编卷七、39 经济编卷七、40 经济集卷七、41 经济集卷七

牌行南昌府保昌县礼送故官：12 别录卷十、13 别录卷十、17 别录卷十三、18 别录卷十、19 卷十三、20 卷十八、21 卷十八、22 卷十八、23 卷十八、24 卷十八、26 卷二十、27 卷七、28 卷七、31 卷二、32 卷二、33 卷五、34 卷五、35 卷十九

牌行南宁府延师讲礼（八月）：12 别录卷十、13 别录卷十、17 别录卷十三、18 别录卷十、19 卷十三、20 卷十八、21 卷十八、22 卷十八、23 卷十八、24 卷十八、26 卷二十、35 卷十九

牌行南宁府延师设教：12 别录卷十、13 别录卷十、17 别录卷十三、18 别录卷十、19 卷十三、20 卷十八、21 卷十八、22 卷十八、23 卷十八、24 卷十八、26 卷二十

牌行委官陈逅设教灵山：12 别录卷十、13 别录卷十、17 别录卷十三、18 别录卷十、19 卷十三、20 卷十八、21 卷十八、22 卷十八、23 卷十八、24 卷十八、26 卷二十

牌行委官季本设教南宁：12 别录卷十、13 别录卷十、17 别录卷十三、18 别录卷十、19 卷十三、20 卷十八、21 卷十八、22 卷十八、23 卷十八、24 卷十八、26 卷二十

牌行委官林应骢督谕土目（五月）：12 别录卷十、13 别录卷十、17 别录卷十四、18 别录卷十、20 卷十八、21 卷十八、22 卷十八、23 卷十八、24 卷十八、26 卷二十、27 卷十三、28 卷十三、30 卷五、31 卷七、32 卷七、33 卷五、

34卷五、35卷十九、37经济编卷七、38经济编卷七、39经济编卷七、40经济集卷七、41经济集卷七

牌行招抚官（正德十三年五月）：12别录卷八、13别录卷八、17别录卷八、18别录卷八、19卷八、20卷十六、21卷十六、22卷十六、23卷十六、24卷十六、26卷十八、27卷七、28卷七、31卷五、32卷五、36经济编卷二、37经济编卷二、38经济编卷二、39经济编卷二、40经济集卷二、41经济集卷二

牌委指挥赵璇留剿馀贼（六月）：12别录卷十、13别录卷十、17别录卷十四、18别录卷十、20卷十八、21卷十八、22卷十八、23卷十八、24卷十八、26卷二十、27卷十三、28卷十三、31卷七、32卷七、33卷五、34卷五、35卷十九、37经济编卷七、38经济编卷七、39经济编卷七、40经济集卷七、41经济集卷七

牌仰沿途各府州县卫所驿递巡司衙门慰谕军民：12别录卷九、13别录卷九、17别录卷十、18别录卷九、19卷十、20卷十七、21卷十七、22卷十七、23卷十七、24卷十七、26卷十九、27卷十、28卷十、30卷五、31卷六、32卷六、33卷五、34卷五、35卷十八、36经济编卷四、37经济编卷四、38经济编卷四、39经济编卷四、40经济集卷四、41经济集卷四

牌谕安远县旧从征义官叶芳等（十一月）：12别录卷十、13别录卷十、17别录卷十三、18别录卷十、19卷十三、20卷十八、21卷十八、22卷十八、23卷十八、24卷十八、26卷二十、27卷十二、28卷十二、35卷十九、36经济编卷六、37经济编卷六、38经济编卷六、39经济编卷六、40经济集卷六、41经济集卷六

牌谕都指挥冯勋等振旅还师：12别录卷九、13别录卷九、17别录卷十二、18别录卷九、19卷十二、20卷十七、21卷十七、22卷十七、23卷十七、24卷十七、26卷十九

潘氏四封录序（辛未）：12外集卷六、13外集卷六、14外集卷六、15文录卷五、16外集卷六、17外集卷六、18外集卷六、20卷二十二、21卷二十二、

22卷二十二、23卷二十二、24卷二十二、25卷五、26卷五、29卷四

批按察司伍文定患病呈：12别录卷九、13别录卷九、17别录卷十一、18别录卷九、19卷十一、20卷十七、22卷十七、23卷十七、24卷十七、26卷十九、35卷十八

批兵备道奖励官兵呈（七月初一日）：17别录卷八、19卷八、20卷三十、21卷三十、22卷三十、23卷三十、24卷三十

批参将沈良佐经理军伍呈（八月二十四日）：17别录卷十四、20卷三十、21卷三十、22卷三十、23卷三十、24卷三十

批参政张怀奏留朝觐官呈：12别录卷十、13别录卷十、17别录卷十三、18别录卷十、19卷十三、20卷十八、21卷十八、22卷十八、23卷十八、24卷十八、26卷二十

批苍梧道创建敷文书院呈（九月初六日）：17别录卷十三、19卷十三、20卷三十、21卷三十、22卷三十、23卷三十、24卷三十

批苍梧道修理梧州府城呈（三月十一日）：17别录卷十三、19卷十三、20卷三十、21卷三十、22卷三十、23卷三十、24卷三十

批东乡叛民投顺状词（四月初九日）：17别录卷十二、19卷十二、20卷三十一、21卷三十一上、22卷三十一、23卷三十一、24卷三十一

批都指挥李翱操演哨守官兵呈（十一月二十七日）：17别录卷十三、19卷十三、20卷三十、21卷三十、22卷三十、23卷三十、24卷三十

批抚州府同知汪嵩乞休呈：12别录卷九、13别录卷九、17别录卷十二、18别录卷九、19卷十二、20卷十七、22卷十七、23卷十七、24卷十七、26卷十九

批赣县生员雷瑞词（同）：12别录卷十、13别录卷十、17别录卷十三、18别录卷十、19卷十三、20卷十八、21卷十八、22卷十八、23卷十八、24卷十八、26卷二十

批赣州府给由呈（十二月二十五日）：20卷三十、21卷三十、22卷三十、

23卷三十、24卷三十、35卷十七

批赣州府赈济呈（四月二十八日）：20卷三十、21卷三十、22卷三十、23卷三十、24卷三十

批赣州府赈济石城县申：12别录卷八、13别录卷八、17别录卷九、18别录卷八、19卷九、20卷十六、21卷十六、22卷十六、23卷十六、24卷十六、26卷十八、35卷十七

批各道巡历地方呈（十二月二十六日）：17别录卷十二、19卷十二、20卷三十一、21卷三十一上、22卷三十一、23卷三十一、24卷三十一、27卷十、28卷十、35卷十八

批攻取河源贼巢呈（三月二十三日）：17别录卷九、19卷八、20卷三十、21卷三十、22卷三十、23卷三十、24卷三十

批广东按察司立县呈（七月二十八日）：17别录卷十二、19卷十二、20卷三十一、21卷三十一上、22卷三十一、23卷三十一、24卷三十一、26卷二十、27卷八、28卷八、35卷十八、36经济编卷五、37经济编卷五、38经济编卷五、39经济编卷五、40经济集卷五、41经济集卷五

批广东韶州府留兵防守申：12别录卷八、13别录卷八、17别录卷八、18别录卷八、19卷八、20卷十六、21卷十六、22卷十六、23卷十六、24卷十六、26卷十八、27卷六、28卷六、30卷五、31卷五、32卷五、35卷十七、36经济编卷一、37经济编卷一、38经济编卷一、39经济编卷一、40经济集卷一、41经济集卷一

批广东市舶司提举故官水手呈：18别录卷十、20卷十八、22卷十八、23卷十八、24卷十八

批广西布按二司请建讲堂呈：12别录卷十、13别录卷十、17别录卷十三、18别录卷十、19卷十三、20卷十八、21卷十八、22卷十八、23卷十八、24卷十八、26卷二十、30卷五、35卷十九

批广州卫议处哨守官兵呈（十一月二十五日）：17别录卷十三、19卷十三、

20卷三十、21卷三十、22卷三十、23卷三十、24卷三十

批湖广兵备道设县呈（十六年）：17别录卷十一、19卷十一、20卷三十一、21卷三十一上、22卷三十一、23卷三十一、24卷三十一、26卷二十、27卷八、28卷八、36经济编卷五、37经济编卷五、38经济编卷五、39经济编卷五、40经济集卷五、41经济集卷五

批吉安府救荒申：12别录卷九、13别录卷九、17别录卷十二、18别录卷九、19卷十二、20卷十七、22卷十七、23卷十七、24卷十七、26卷十九

批江西按察司故官水手呈：12别录卷九、13别录卷九、17别录卷十二、18别录卷九、19卷十二、20卷十七、22卷十七、23卷十七、24卷十七、26卷十九

批江西按察司优恤孙许死事（八月十五日）：17别录卷十、19卷十、20卷三十一、21卷三十一上、22卷三十一、23卷三十一、24卷三十一

批江西布政司礼送致仕官呈：12别录卷九、13别录卷九、18别录卷九、19卷十二、20卷十七、22卷十七、23卷十七、24卷十七、26卷十九

批江西布政司清查造册呈（四月十六日）：20卷三十一、21卷三十一上、22卷三十一、23卷三十一、24卷三十一

批江西布政司设县呈：12别录卷九、13别录卷九、17别录卷十二、18别录卷九、19卷十二、20卷十七、21卷十七、22卷十七、23卷十七、24卷十七、26卷十九、27卷十一、28卷十一、31卷六、32卷六、35卷十八

批江西都司掌管印信：12别录卷九、13别录卷九、17别录卷十二、18别录卷九、19卷十二、20卷十七、21卷十七、22卷十七、23卷十七、24卷十七、26卷十九

批将士争功呈：12别录卷八、13别录卷八、17别录卷八、18别录卷八、19卷八、20卷十六、21卷十六、22卷十六、23卷十六、24卷十六、26卷十八、27卷七、28卷七、30卷五、31卷五、32卷五、33卷五、34卷五、35卷十七、36经济编卷二、37经济编卷二、38经济编卷二、39经济编卷二、40

经济集卷二、41 经济集卷二

批立社学师耆老名呈（嘉靖七年正月）：12 别录卷十、13 别录卷十、17 别录卷十三、18 别录卷十、19 卷十三、20 卷十八、21 卷十八、22 卷十八、23 卷十八、24 卷十八、26 卷二十

批临江府耆民建立生祠呈：12 别录卷九、13 别录卷九、17 别录卷十二、18 别录卷九、19 卷十二、20 卷十七、22 卷十七、23 卷十七、24 卷十七、26 卷十九、35 卷十八

批岭北道攻守机宜呈（六月二十六日）：17 别录卷八、19 卷八、20 卷三十、21 卷三十、22 卷三十、23 卷三十、24 卷三十、27 卷七、28 卷七、31 卷五、32 卷五

批岭北道修筑城垣呈（五月十五日）：20 卷三十、21 卷三十、22 卷三十、23 卷三十、24 卷三十

批岭东道额编民壮呈（六月）：12 别录卷十、13 别录卷十、17 别录卷十三、18 别录卷十、19 卷十三、20 卷十八、21 卷十八、22 卷十八、23 卷十八、24 卷十八、26 卷二十、27 卷六、28 卷六、31 卷五、32 卷五

批岭西道抚处盗贼呈：12 别录卷十、13 别录卷十、17 别录卷十三、18 别录卷十、19 卷十三、20 卷十八、21 卷十八、22 卷十八、23 卷十八、24 卷十八、26 卷二十、35 卷十九

批岭西道立营防守呈（二月）：12 别录卷十、13 别录卷十、17 别录卷十三、18 别录卷十、19 卷十三、20 卷十八、21 卷十八、22 卷十八、23 卷十八、24 卷十八、26 卷二十、27 卷七、28 卷七、30 卷五、31 卷五、32 卷五、35 卷十九、36 经济编卷六、37 经济编卷六、38 经济编卷六、39 经济编卷六、40 经济集卷六、41 经济集卷六

批岭西道议处兵屯事宜呈（十一月二十三日）：17 别录卷十三、19 卷十三、20 卷三十、21 卷三十、22 卷三十、23 卷三十、24 卷三十、26 卷二十、27 卷十三、28 卷十三、37 经济编卷七、38 经济编卷七、39 经济编卷七、40 经济集卷七、

41 经济集卷七

  批留兵搜捕呈：12 别录卷八、13 别录卷八、17 别录卷八、18 别录卷八、19 卷八、20 卷十六、21 卷十六、22 卷十六、23 卷十六、24 卷十六、26 卷十八、27 卷七、28 卷七、35 卷十七、36 经济编卷二、37 经济编卷二、38 经济编卷二、39 经济编卷二、40 经济集卷二、41 经济集卷二

  批留岭北道杨璋给由呈：12 别录卷八、13 别录卷八、17 别录卷八、18 别录卷八、19 卷八、20 卷十六、21 卷十六、22 卷十六、23 卷十六、24 卷十六、26 卷十八、35 卷十七

  批南安府请兵策应呈（六月初十日）：17 别录卷八、19 卷八、20 卷三十、21 卷三十、22 卷三十、23 卷三十、24 卷三十

  批南昌府追征钱粮呈：12 别录卷九、13 别录卷九、17 别录卷十一、18 别录卷九、19 卷十一、20 卷十七、21 卷十七、22 卷十七、23 卷十七、24 卷十七、26 卷十九、27 卷十、28 卷十、31 卷六、32 卷六、33 卷五、34 卷五、35 卷十八

  批南康县生员张云霖复学词：12 别录卷十、13 别录卷十、17 别录卷十三、18 别录卷十、19 卷十三、20 卷十八、21 卷十八、22 卷十八、23 卷十八、24 卷十八、26 卷二十

  批南宁府表扬先哲申：12 别录卷十、13 别录卷十、17 别录卷十三、18 别录卷十、19 卷十三、20 卷十八、21 卷十八、22 卷十八、23 卷十八、24 卷十八、26 卷二十

  批南宁卫给发土官银两申（五月十八日）：17 别录卷十三、19 卷十三、20 卷三十、21 卷三十、22 卷三十、23 卷三十、24 卷三十

  批宁都县祠祀知县王天与申：12 别录卷九、13 别录卷九、17 别录卷十二、18 别录卷九、19 卷十二、20 卷十七、21 卷十七、22 卷十七、23 卷十七、24 卷十七、26 卷十九

  批佥事吴天挺乞休呈（八月二十五日）：20 卷三十、21 卷三十、22 卷三十、

23卷三十、24卷三十

批遣还夷人归国申（二月十四日）：20卷三十、21卷三十、22卷三十、23卷三十、24卷三十

批瑞州知府告病申：12别录卷九、13别录卷九、17别录卷十二、18别录卷九、19卷十二、20卷十七、22卷十七、23卷十七、24卷十七、26卷十九、27卷十、28卷十、31卷二、32卷二、33卷五、34卷五、35卷十八

批提学佥事邵锐乞休呈：12别录卷九、13别录卷九、17别录卷十二、18别录卷九、19卷十二、20卷十七、22卷十七、23卷十七、24卷十七、26卷十九、27卷十、28卷十、31卷二、32卷二、33卷五、34卷五、35卷十八、36经济编卷五、37经济编卷五、38经济编卷五、39经济编卷五、40经济集卷五、41经济集卷五

批汀州知府唐淳乞休申：12别录卷八、13别录卷八、17别录卷九、18别录卷八、19卷九、20卷十六、21卷十六、22卷十六、23卷十六、24卷十六、26卷十八、35卷十七

批兴安县请发粮饷申（四月十三日）：17别录卷十三、19卷十三、20卷三十、21卷三十、22卷三十、23卷三十、24卷三十

批议赏获功阵亡等次呈（三月初十日）：20卷三十一、21卷三十一上、22卷三十一、23卷三十一、24卷三十一

批永安州知州乞休呈（三月十四日）：20卷三十、21卷三十、22卷三十、23卷三十、24卷三十

批右江道断复向武州地土呈（正月二十六日）：20卷三十、21卷三十、22卷三十、23卷三十、24卷三十

批右江道调和寨目呈：12别录卷十、13别录卷十、17别录卷十三、18别录卷十、19卷十三、20卷十八、21卷十八、22卷十八、23卷十八、24卷十八、26卷二十、35卷十九

批右江道移置凤化县南丹卫事宜呈（八月初十日）：17别录卷十四、20卷

三十、21卷三十、22卷三十、23卷三十、24卷三十

批右江道议筑思恩府城垣呈（八月十五日）：17别录卷十四、20卷三十、21卷三十、22卷三十、23卷三十、24卷三十

批再申十家牌法呈（十一月二十九日）：17别录卷十二、19卷十二、20卷三十一、21卷三十一上、22卷三十一、23卷三十一、24卷三十一

批增城县改立忠孝祠申：12别录卷十、13别录卷十、17别录卷十三、18别录卷十、19卷十三、20卷十八、21卷十八、22卷十八、23卷十八、24卷十八、26卷二十

批漳南道给由呈：20卷三十、21卷三十、22卷三十、23卷三十、24卷三十

批漳南道教练民兵呈（正德十一年十一月二十五日）：17别录卷八、19卷八、20卷三十、21卷三十、22卷三十、23卷三十、24卷三十

批漳南道进剿呈（十一月二十六日）：17别录卷八、19卷八、20卷三十、21卷三十、22卷三十、23卷三十、24卷三十

批漳南道设立军堡呈（十二月初三日）：17别录卷九、19卷九、20卷三十、21卷三十、22卷三十、23卷三十、24卷三十、30卷五

批追征钱粮呈：12别录卷九、13别录卷九、17别录卷十一、18别录卷九、19卷十一、20卷十七、21卷十七、22卷十七、23卷十七、24卷十七、26卷十九、27卷十、28卷十、31卷六、32卷六、33卷五、34卷五、35卷十八

批准惠州府给由呈（正德十三年二月二十四日）：20卷三十、21卷三十、22卷三十、23卷三十、24卷三十、35卷十七

批左江道查给狼田呈（四月十一日）：17别录卷十四、20卷三十、21卷三十、22卷三十、23卷三十、24卷三十

批左江道纪验首级呈（五月二十八日）：17别录卷十四、20卷三十、21卷三十、22卷三十、23卷三十、24卷三十

批左江道推立土官呈（二月初一日）：20卷三十、21卷三十、22卷三十、

23卷三十、24卷三十

批左州分俸养亲申（正月十八日）：20卷三十、21卷三十、22卷三十、23卷三十、24卷三十

平八寨：12外集卷四、13外集卷四、14外集卷四、15文录卷十四、16外集卷四、17外集卷四、18外集卷四、20卷二十、21卷二十、22卷二十、23卷二十、24卷二十、25卷九、26卷九、35卷十六、44卷四

平茶寮碑（丁丑）：12外集卷九、13外集卷九、14外集卷九、15文录卷十、17外集卷九、18外集卷九、20卷二十五、21卷二十五、22卷二十五、23卷二十五、24卷二十五、25卷十、26卷十、27卷七、28卷七、35卷十五、37经济编卷七、38经济编卷七、39经济编卷七、40经济集卷七、41经济集卷七

平乐同知尹公墓志铭（癸亥）：12外集卷九、13外集卷九、14外集卷九、15文录卷十、17外集卷九、18外集卷九、20卷二十五、21卷二十五、22卷二十五、23卷二十五、24卷二十五、25卷十、26卷十

平浰头碑（丁丑）：12外集卷九、13外集卷九、14外集卷九、15文录卷十、17外集卷九、18外集卷九、20卷二十五、21卷二十五、22卷二十五、23卷二十五、24卷二十五、25卷十、26卷十、27卷八、28卷八、35卷十五、37经济编卷七、38经济编卷七、39经济编卷七、40经济集卷七、41经济集卷七

平山书院记（癸亥）：12外集卷七、13外集卷七、14外集卷七、15文录卷七、17外集卷七、18外集卷七、20卷二十三、21卷二十三、22卷二十三、23卷二十三、24卷二十三、25卷六、26卷六、27卷十四、28卷十四、29卷四、35卷九、36文章编卷二、37文章编卷二、38文章编卷二、39文章编卷二、40文章集卷二、41文章集卷二、53卷五

平溪馆次王文济韵：01卷二、12外集卷二、13外集卷二、14外集卷二、15文录卷十二、16外集卷二、17外集卷二、18外集卷二、20卷十九、21卷十九、22卷十九、23卷十九、24卷十九、25卷八、26卷八、44卷二

萍乡道中谒濂溪祠：01卷三、12外集卷一、13外集卷一、14外集卷一、

15 文录卷十一、16 外集卷一、17 外集卷一、18 外集卷一、20 卷十九、21 卷十九、22 卷十九、23 卷十九、24 卷十九、25 卷八、26 卷八、27 卷十六、28 卷十六、30 卷三、33 卷六、34 卷六、36 文章编卷四、37 文章编卷四、38 文章编卷四、39 文章编卷四、40 文章集卷四、41 文章集卷四、44 卷一、48 卷一

鄱阳战捷：12 外集卷四、13 外集卷四、14 外集卷四、15 文录卷十四、16 外集卷四、17 外集卷四、18 外集卷四、20 卷二十、21 卷二十、22 卷二十、23 卷二十、24 卷二十、25 卷九、26 卷九、27 卷十六、28 卷十六、30 卷三、36 文章编卷四、37 文章编卷四、38 文章编卷四、39 文章编卷四、40 文章集卷四、41 文章集卷四、44 卷三、52 卷一

破断藤峡：12 外集卷四、13 外集卷四、14 外集卷四、15 文录卷十四、16 外集卷四、17 外集卷四、18 外集卷四、20 卷二十、21 卷二十、22 卷二十、23 卷二十、24 卷二十、25 卷九、26 卷九、44 卷四、48 卷一

Q

七盘：01 卷二、12 外集卷二、13 外集卷二、14 外集卷二、15 文录卷十二、16 外集卷二、17 外集卷二、18 外集卷二、20 卷十九、21 卷十九、22 卷十九、23 卷十九、24 卷十九、25 卷八、26 卷八、33 卷六、34 卷六、44 卷二、48 卷一

栖禅寺雨中与惟乾同登：12 外集卷三、13 外集卷三、14 外集卷三、15 文录卷十三、16 外集卷三、17 外集卷三、18 外集卷三、20 卷二十、21 卷二十、22 卷二十、23 卷二十、24 卷二十、25 卷九、26 卷九、44 卷三

栖云楼坐雪二首：12 外集卷三、13 外集卷三、14 外集卷三、15 文录卷十三、16 外集卷三、17 外集卷三、18 外集卷三、20 卷二十、21 卷二十、22 卷二十、23 卷二十、24 卷二十、25 卷九、26 卷九、27 卷十六、28 卷十六、36 文章编卷四、37 文章编卷四、38 文章编卷四、39 文章编卷四、40 文章集卷四、41 文章集卷四、44 卷二

祈雨辞（正德丙子南赣作）：12外集卷一、13外集卷一、14外集卷一、15文录卷十一、16外集卷一、17外集卷一、18外集卷一、20卷十九、21卷十九、22卷十九、23卷十九、24卷十九、25卷八、26卷八、33卷六、34卷六

祈雨二首：12外集卷三、13外集卷三、14外集卷三、15文录卷十三、16外集卷三、17外集卷三、18外集卷三、20卷二十、21卷二十、22卷二十、23卷二十、24卷二十、25卷九、26卷九、33卷六、34卷六、44卷三

乞便道归省疏：12别录卷五、13别录卷五、17别录卷五、18别录卷五、19卷五、20卷十三、21卷十三、22卷十三、23卷十三、24卷十三、26卷十五

乞便道省葬疏（十四年六月二十一日）：12别录卷四、13别录卷四、17别录卷四、18别录卷四、19卷四、20卷十二、21卷十二、22卷十二、23卷十二、24卷十二、26卷十四

乞恩表扬先德疏：20卷二十八、21卷二十八、22卷二十八、23卷二十八、24卷二十八、27卷十一、28卷十一、31卷六、32卷六、33卷二、34卷二

乞恩暂容回籍就医养病疏（七年十月初十日）：12别录卷七、13别录卷七、17别录卷七、18别录卷七、19卷七、20卷十五、21卷十五、22卷十五、23卷十五、24卷十五、26卷十七、27卷十三、28卷十三、35卷七、37经济编卷七、38经济编卷七、39经济编卷七、40经济集卷七、41经济集卷七

乞放归田里疏（十四年正月十四日）：12别录卷三、13别录卷三、15文录卷十六、17别录卷三、18别录卷三、19卷三、20卷十一、21卷十一、22卷十一、23卷十一、24卷十一、26卷十三、35卷五

乞宽免税粮急救民困以弭灾变疏（十五年三月二十五日）：12别录卷五、13别录卷五、15文录卷十六、17别录卷五、18别录卷五、19卷五、20卷十三、21卷十三、22卷十三、23卷十三、24卷十三、26卷十五、27卷十、28卷十、31卷六、32卷六、33卷一、34卷一、35卷六、36经济编卷五、37经济编卷五、38经济编卷五、39经济编卷五、40经济集卷五、41经济集卷五、55卷二

乞休致疏（正德十三年三月初四日）：12别录卷三、13别录卷三、15文录

卷十五、17 别录卷三、18 别录卷三、19 卷三、20 卷十一、21 卷十一、22 卷十一、23 卷十一、24 卷十一、26 卷十三

乞养病疏（十年八月）：12 别录卷一、13 别录卷一、17 别录卷一、18 别录卷一、19 卷一、20 卷九、21 卷九、22 卷九、23 卷九、24 卷九、26 卷十一

乞养病疏（十五年八月，时官刑部主事）：12 别录卷一、13 别录卷一、17 别录卷一、18 别录卷一、19 卷一、20 卷九、21 卷九、22 卷九、23 卷九、24 卷九、26 卷十一

乞宥言官去权奸以章圣德疏（正德元年，时官兵部主事）：12 别录卷一、13 别录卷一、15 文录卷十五、17 别录卷一、18 别录卷一、19 卷一、20 卷九、21 卷九、22 卷九、23 卷九、24 卷九、26 卷十一、27 卷十四、28 卷十四、36 经济编卷一、37 经济编卷一、38 经济编卷一、39 经济编卷一、40 经济集卷一、41 经济集卷一

启问道通书：02 卷上、06 卷下之二、12 文录卷二、13 文录卷二、14 文录卷二、15 文录卷二、16 文录卷二、17 文录卷二、18 文录卷二、20 卷二、22 卷二、23 卷二、24 卷二、25 卷二、26 卷二、27 卷三、28 卷三、29 卷二、30 卷二、35 卷三、36 理学编卷三、37 理学编卷三、38 理学编卷三、39 理学编卷三、40 理学集卷三、41 理学集卷三、42 卷二、52 卷一、65 传习录中

气候图序（戊辰）：01 卷一、12 外集卷六、13 外集卷六、14 外集卷六、15 文录卷五、16 外集卷六、17 外集卷六、18 外集卷六、20 卷二十二、21 卷二十二、22 卷二十二、23 卷二十二、24 卷二十二、25 卷五、26 卷五、27 卷十五、28 卷十五、29 卷四、36 文章编卷一、37 文章编卷一、38 文章编卷一、39 文章编卷一、40 文章集卷一、41 文章集卷一

钱德洪录（传习录）：03 续录卷下、06 卷中之二、10 卷一、11 卷上、20 卷三、22 卷三、23 卷三、24 卷三、26 卷二十二、27 卷二、28 卷二、35 卷二、36 理学编卷二、37 理学编卷二、38 理学编卷二、39 理学编卷二、40 理学集卷二、41 理学集卷二、42 卷三、43 卷一下、47 传习录节录、52 卷一、60 卷一、65 传

习录下

钦奉敕谕通行（嘉靖六年十月初三日）：12别录卷十、13别录卷十、17别录卷十三、18别录卷十、19卷十三、20卷十八、21卷十八、22卷十八、23卷十八、24卷十八、26卷二十、27卷十二、28卷十二、35卷十九、36经济编卷六、37经济编卷六、38经济编卷六、39经济编卷六、40经济集卷六、41经济集卷六

钦奉敕谕切责失机官员通行各属：12别录卷八、13别录卷八、17别录卷八、18别录卷八、19卷八、20卷十六、21卷十六、22卷十六、23卷十六、24卷十六、26卷十八、27卷八、28卷八、36经济编卷一、37经济编卷一、38经济编卷一、39经济编卷一、40经济集卷一、41经济集卷一

钦奉敕谕提督军务新命通行各属（九月）：12别录卷八、13别录卷八、17别录卷八、18别录卷八、19卷八、20卷十六、21卷十六、22卷十六、23卷十六、24卷十六、26卷十八

钦奉诏书宽宥胁从：12别录卷九、13别录卷九、17别录卷十一、18别录卷九、19卷十一、20卷十七、21卷十七、22卷十七、23卷十七、24卷十七、26卷十九

亲民堂记（乙酉）：10卷一、11卷中、12文录卷四、13文录卷四、14文录卷四、15文录卷六、16文录卷四、17文录卷四、18文录卷四、20卷七、21卷七、22卷七、23卷七、24卷七、25卷六、26卷六、27卷十四、28卷十四、29卷四、30卷三、35卷九、36文章编卷二、37文章编卷二、38文章编卷二、39文章编卷二、40文章集卷二、41文章集卷二、42卷三

勤学（教条示龙场诸生）：20卷二十六、21卷二十六、22卷二十六、23卷二十六、24卷二十六、25卷七、26卷七、27卷五、28卷五、35卷十四、36理学编卷四、37理学编卷四、38理学编卷四、39理学编卷四、40理学集卷四、41理学集卷四、42卷三、61卷一

擒获宸濠捷音疏（十四年七月三十日）：12别录卷四、13别录卷四、15文

录卷十六、17别录卷四、18别录卷四、19卷四、20卷十二、21卷十二、22卷十二、23卷十二、24卷十二、26卷十四、27卷九、28卷九、31卷六、32卷六、33卷一、34卷一、35卷六、36经济编卷四、37经济编卷四、38经济编卷四、39经济编卷四、40经济集卷四、41经济集卷四、53卷四、55卷二

青原山次黄山谷韵：12外集卷四、13外集卷四、14外集卷四、15文录卷十四、16外集卷四、17外集卷四、18外集卷四、20卷二十、21卷二十、22卷二十、23卷二十、24卷二十、25卷九、26卷九、44卷四

清理永新田粮：12别录卷九、13别录卷九、17别录卷十二、18别录卷九、19卷十二、20卷十七、21卷十七、22卷十七、23卷十七、24卷十七、26卷十九

清平卫即事：01卷二、12外集卷二、13外集卷二、14外集卷二、15文录卷十二、16外集卷二、17外集卷二、18外集卷二、20卷十九、21卷十九、22卷十九、23卷十九、24卷十九、25卷八、26卷八、44卷二

请止亲征疏（十四年八月十七日）：12别录卷四、13别录卷四、17别录卷四、18别录卷四、19卷四、20卷十二、21卷十二、22卷十二、23卷十二、24卷十二、26卷十四、27卷九、28卷九、35卷六、36经济编卷四、37经济编卷四、38经济编卷四、39经济编卷四、40经济集卷四、41经济集卷四

庆吕素庵先生封知州序：20卷二十九、21卷二十九、22卷二十九、23卷二十九、24卷二十九

秋日饮月岩新构别王侍御：12外集卷四、13外集卷四、14外集卷四、15文录卷十四、16外集卷四、17外集卷四、18外集卷四、20卷二十、21卷二十、22卷二十、23卷二十、24卷二十、25卷九、26卷九、44卷四

秋声：12外集卷四、13外集卷四、14外集卷四、15文录卷十四、16外集卷四、17外集卷四、18外集卷四、20卷二十、21卷二十、22卷二十、23卷二十、24卷二十、25卷九、26卷九、30卷三、44卷四

秋夜：01卷二、12外集卷二、13外集卷二、14外集卷二、15文录卷十二、

16外集卷二、17外集卷二、18外集卷二、20卷十九、21卷十九、22卷十九、23卷十九、24卷十九、25卷八、26卷八、27卷十六、28卷十六、36文章编卷四、37文章编卷四、38文章编卷四、39文章编卷四、40文章集卷四、41文章集卷四、44卷二、48卷一

秋夜：12外集卷四、13外集卷四、14外集卷四、15文录卷十四、16外集卷四、17外集卷四、18外集卷四、20卷二十、21卷二十、22卷二十、23卷二十、24卷二十、25卷九、26卷九、44卷四

去妇叹五首（楚人有间于新娶而去其妇者，其妇无所归，去之山间独居，怀绻不忘，终无他适，予闻其事而悲之，为作去妇叹）：12外集卷二、13外集卷二、14外集卷二、15文录卷十二、16外集卷二、17外集卷二、18外集卷二、20卷十九、21卷十九、22卷十九、23卷十九、24卷十九、25卷八、26卷八、27卷十六、28卷十六、33卷六、34卷六、35卷十六、36文章编卷四、37文章编卷四、38文章编卷四、39文章编卷四、40文章集卷四、41文章集卷四、44卷二、48卷一

权处行粮牌：12别录卷九、13别录卷九、17别录卷十、18别录卷九、19卷十、20卷十七、21卷十七、22卷十七、23卷十七、24卷十七、26卷十九

劝酒：12外集卷四、13外集卷四、14外集卷四、15文录卷十四、16外集卷四、17外集卷四、18外集卷四、20卷二十、21卷二十、22卷二十、23卷二十、24卷二十、25卷九、26卷九、44卷四

却巫：01卷二、12外集卷二、13外集卷二、14外集卷二、15文录卷十二、16外集卷二、17外集卷二、18外集卷二、20卷十九、21卷十九、22卷十九、23卷十九、24卷十九、25卷八、26卷八、30卷三、44卷二、48卷一

S

三日风：12外集卷四、13外集卷四、14外集卷四、15文录卷十四、16外集卷四、17外集卷四、18外集卷四、20卷二十、21卷二十、22卷二十、23卷

二十、24卷二十、25卷九、26卷九、44卷三

三山晚眺：01卷二、12外集卷二、13外集卷二、14外集卷二、15文录卷十二、16外集卷二、17外集卷二、18外集卷二、20卷十九、21卷十九、22卷十九、23卷十九、24卷十九、25卷八、26卷八、44卷二

三省夹剿捷音疏（十三年六月十五日）：12别录卷三、13别录卷三、17别录卷三、18别录卷三、19卷三、20卷十一、21卷十一、22卷十一、23卷十一、24卷十一、26卷十三、27卷八、28卷八、36经济编卷三、37经济编卷三、38经济编卷三、39经济编卷三、40经济集卷三、41经济集卷三

三箴：12外集卷九、13外集卷九、15文录卷十、17外集卷九、18外集卷九、20卷二十五、21卷二十五、22卷二十五、23卷二十五、24卷二十五、25卷十、26卷十、27卷十五、28卷十五、35卷十五、36文章编卷三、37文章编卷三、38文章编卷三、39文章编卷三、40文章集卷三、41文章集卷三

僧斋：01卷二、12外集卷二、13外集卷二、14外集卷二、15文录卷十二、16外集卷二、17外集卷二、18外集卷二、20卷十九、21卷十九、22卷十九、23卷十九、24卷十九、25卷八、26卷八、30卷三、33卷六、34卷六、44卷二

山东乡试录序（甲子）：12外集卷六、13外集卷六、14外集卷六、15文录卷五、16外集卷六、17外集卷六、18外集卷六、20卷二十二、21卷二十二、22卷二十二、23卷二十二、24卷二十二、25卷五、26卷五、27卷十五、28卷十五、29卷四、31卷二、32卷二、33卷四、34卷四、35卷八、36文章编卷一、37文章编卷一、38文章编卷一、39文章编卷一、40文章集卷一、41文章集卷一、53卷五、55卷五

山僧：12外集卷四、13外集卷四、14外集卷四、15文录卷十四、16外集卷四、17外集卷四、18外集卷四、20卷二十、21卷二十、22卷二十、23卷二十、24卷二十、25卷九、26卷九、44卷三

山石：01卷二、12外集卷二、13外集卷二、14外集卷二、15文录卷十二、

16外集卷二、17外集卷二、18外集卷二、20卷十九、21卷十九、22卷十九、23卷十九、24卷十九、25卷八、26卷八、33卷六、34卷六、44卷二、48卷一

山途二首：01卷二、12外集卷二、13外集卷二、14外集卷二、15文录卷十二、16外集卷二、17外集卷二、18外集卷二、20卷十九、21卷十九、22卷十九、23卷十九、24卷十九、26卷八、44卷二

山中懒睡四首：12外集卷三、13外集卷三、14外集卷三、15文录卷十三、16外集卷三、17外集卷三、18外集卷三、20卷二十、21卷二十、22卷二十、23卷二十、24卷二十、25卷九、26卷九、27卷十六、28卷十六、30卷三、36文章编卷四、37文章编卷四、38文章编卷四、39文章编卷四、40文章集卷四、41文章集卷四、44卷三

山中立秋日偶书：12外集卷一、13外集卷一、14外集卷一、15文录卷十一、16外集卷一、17外集卷一、18外集卷一、20卷十九、21卷十九、22卷十九、23卷十九、24卷十九、25卷八、26卷八、35卷十六、44卷一

山中漫兴：12外集卷四、13外集卷四、14外集卷四、15文录卷十四、16外集卷四、17外集卷四、18外集卷四、20卷二十、21卷二十、22卷二十、23卷二十、24卷二十、25卷九、26卷九、33卷六、34卷六、44卷四

山中示诸生五首：12外集卷三、13外集卷三、14外集卷三、15文录卷十三、16外集卷三、17外集卷三、18外集卷三、20卷二十、21卷二十、22卷二十、23卷二十、24卷二十、25卷九、26卷九、27卷十六、28卷十六、30卷三、33卷六、34卷六、36文章编卷四、37文章编卷四、38文章编卷四、39文章编卷四、40文章集卷四、41文章集卷四、44卷二

上海日翁书（家书墨迹四首之三）：20卷二十六、21卷二十六、22卷二十六、23卷二十六、24卷二十六

上晋溪司马（戊寅）：12外集卷五、13外集卷五、14外集卷五、15文录卷四、16外集卷五、17外集卷五、18外集卷五、20卷二十一、21卷二十一、22

卷二十一、23卷二十一、24卷二十一、25卷四、26卷四、27卷七、28卷七、35卷十一、36经济编卷三、37经济编卷三、38经济编卷三、39经济编卷三、40经济集卷三、41经济集卷三、45卷一

上晋溪司马二（己卯）：12外集卷五、13外集卷五、14外集卷五、15文录卷四、16外集卷五、17外集卷五、18外集卷五、20二十一、21卷二十一、22卷二十一、23卷二十一、24卷二十一、25卷四、26卷四、45卷一

上彭幸庵（壬午）：12外集卷五、13外集卷五、14外集卷五、15文录卷四、16外集卷五、17外集卷五、18外集卷五、20二十一、21卷二十一、22卷二十一、23卷二十一、24卷二十一、25卷四、26卷四、45卷一

涉湘于迈岳麓是尊仰止先哲因怀友生丽泽兴感伐木寄言二首其二：01卷三、12外集卷一、13外集卷一、15文录卷十一、16外集卷一、17外集卷一、18外集卷一、20卷十九、21卷十九、22卷十九、23卷十九、24卷十九、25卷八、26卷八、27卷十六、28卷十六、36文章编卷四、37文章编卷四、38文章编卷四、39文章编卷四、40文章集卷四、41文章集卷四、44卷一

涉湘于迈岳麓是尊仰止先哲因怀友生丽泽兴感伐木寄言二首其一：01卷三、12外集卷一、13外集卷一、15文录卷十一、16外集卷一、17外集卷一、18外集卷一、20卷十九、21卷十九、22卷十九、23卷十九、24卷十九、25卷八、26卷八、44卷一

设立茶寮隘所：12别录卷八、13别录卷八、17别录卷八、18别录卷八、19卷八、20卷十六、21卷十六、22卷十六、23卷十六、24卷十六、26卷十八、27卷七、28卷七、36经济编卷二

申明便宜敕谕（七月二十一日）：17别录卷九、19卷九、20卷三十、21卷三十、22卷三十、23卷三十、24卷三十、26卷十八、27卷七、28卷七、30卷五、36经济编卷一、37经济编卷一、38经济编卷一、39经济编卷一、40经济集卷一、41经济集卷一

申明赏罚以励人心疏（十二年五月初八日）：12别录卷一、13别录卷一、

15文录卷十五、17别录卷一、18别录卷一、19卷一、20卷九、21卷九、22卷九、23卷九、24卷九、26卷十一、27卷六、28卷六、31卷五、32卷五、33卷一、34卷一、35卷五、36经济编卷一、37经济编卷一、38经济编卷一、39经济编卷一、40经济集卷一、41经济集卷一、53卷四、55卷一

申行十家牌法：20卷三十一、21卷三十一上、22卷三十一、23卷三十一、24卷三十一、27卷七、28卷七、30卷五、31卷五、32卷五、35卷十八、59保甲法一卷

申谕十家牌法：12别录卷九、13别录卷九、17别录卷十二、18别录卷九、19卷十二、20卷十七、21卷十七、22卷十七、23卷十七、24卷十七、26卷十九、27卷七、28卷七、30卷五、31卷五、32卷五、35卷十七、36经济编卷五、37经济编卷五、38经济编卷五、39经济编卷五、40经济集卷五、41经济集卷五、55卷七、59保甲法

申谕十家牌法增立保长：12别录卷九、13别录卷九、17别录卷十二、18别录卷九、19卷十二、20卷十七、21卷十七、22卷十七、23卷十七、24卷十七、26卷十九、27卷十一、28卷十一、30卷五、36经济编卷五、37经济编卷五、38经济编卷五、39经济编卷五、40经济集卷五、41经济集卷五、59保甲法

升赏谢恩疏（正德十二年十月初□日）：12别录卷二、13别录卷二、17别录卷二、18别录卷二、19卷二、20卷十、21卷十、22卷十、23卷十、24卷十、26卷十二

升荫谢恩疏（十四年正月初二日）：12别录卷三、13别录卷三、17别录卷三、18别录卷三、19卷三、20卷十一、21卷十一、22卷十一、23卷十一、24卷十一、26卷十三

省发土官罗廷凤等牌（十二月十七日）：17别录卷十三、19卷十三、20卷三十、21卷三十、22卷三十、23卷三十、24卷三十

狮子山：12外集卷三、13外集卷三、14外集卷三、15文录卷十三、16外

集卷三、17外集卷三、18外集卷三、20卷二十、21卷二十、22卷二十、23卷二十、24卷二十、25卷九、26卷九、33卷六、34卷六、44卷三、48卷一

十家牌法告谕各府父老子弟：12别录卷八、13别录卷八、17别录卷八、18别录卷八、19卷八、20卷十六、21卷十六、22卷十六、23卷十六、24卷十六、26卷十八、27卷六、28卷六、31卷五、32卷五、35卷十七、52卷一、59保甲法

时雨堂记（丁丑）：12外集卷七、13外集卷七、15文录卷七、17外集卷七、18外集卷七、20卷二十三、21卷二十三、22卷二十三、23卷二十三、24卷二十三、25卷六、26卷六、35卷九

始得东洞遂改为阳明小洞天三首：01卷二、12外集卷二、13外集卷二、14外集卷二、15文录卷十二、16外集卷二、17外集卷二、18外集卷二、20卷十九、21卷十九、22卷十九、23卷十九、24卷十九、25卷八、26卷八、30卷三、44卷二、48卷一

示弟立志说（乙亥）：02卷下、07、12文录卷四、13文录卷四、14文录卷四、15文录卷六、16文录卷四、17文录卷四、18文录卷四、20卷七、21卷七、22卷七、23卷七、24卷七、25卷七、26卷七、27卷五、28卷五、35卷十三、36理学编卷四、37理学编卷四、38理学编卷四、39理学编卷四、40理学集卷四、41理学集卷四、42卷三

示宪儿：12外集卷三、13外集卷三、14外集卷三、15文录卷十三、16外集卷三、17外集卷三、18外集卷三、20卷二十、21卷二十、22卷二十、23卷二十、24卷二十、25卷九、26卷九、30卷三、35卷十五、44卷三

示徐曰仁应试（丁卯）：02卷上、12外集卷八、13外集卷八、14外集卷八、15文录卷八、17外集卷八、18外集卷八、20卷二十四、21卷二十四、22卷二十四、23卷二十四、24卷二十四、25卷七、26卷七、27卷五、28卷五、29卷四、35卷十、57卷一、58卷一、59传习则言、60卷一

示谕江西布按三司从逆官员：12别录卷九、13别录卷九、17别录卷十、

18别录卷九、19卷十、20卷十七、21卷十七、22卷十七、23卷十七、24卷十七、26卷十九、27卷九、28卷九、30卷五、31卷六、32卷六、33卷五、34卷五、35卷十八、36经济编卷四、37经济编卷四、38经济编卷四、39经济编卷四、40经济集卷四、41经济集卷四

示诸生三首：12外集卷四、13外集卷四、14外集卷四、15文录卷十四、16外集卷四、17外集卷四、18外集卷四、20卷二十、21卷二十、22卷二十、23卷二十、24卷二十、25卷九、26卷九、27卷十六、28卷十六、30卷三、35卷十六、36文章编卷四、37文章编卷四、38文章编卷四、39文章编卷四、40文章集卷四、41文章集卷四、44卷四、52卷一

试诸生有作：20卷二十九、21卷二十九、22卷二十九、23卷二十九、24卷二十九、44卷四

谥襄惠两峰洪公墓志铭：13外集卷九、14外集卷九、20卷二十五、21卷二十五、22卷二十五、23卷二十五、24卷二十五、25卷十、26卷十

释放投首牌：12别录卷九、13别录卷九、17别录卷十、18别录卷九、19卷十、20卷十七、21卷十七、22卷十七、23卷十七、24卷十七、26卷十九

收复九江南康参失事官员疏（十四年九月初十日）：12别录卷四、13别录卷四、17别录卷四、18别录卷四、19卷四、20卷十二、21卷十二、22卷十二、23卷十二、24卷十二、26卷十四、27卷十、28卷十

手本南京内外守备追袭叛首（七月二十三日）：12别录卷九、13别录卷九、17别录卷十、18别录卷九、19卷十、20卷十七、21卷十七、22卷十七、23卷十七、24卷十七、26卷十九

守俭弟归日仁歌楚声为别予亦和之：12外集卷一、13外集卷一、14外集卷一、18外集卷一、20卷十九、21卷十九、22卷十九、23卷十九、24卷十九、25卷八、26卷八、33卷六、34卷六

守文弟归省携其手歌以别之：12外集卷三、13外集卷三、14外集卷三、15文录卷十三、16外集卷三、17外集卷三、18外集卷三、20卷二十、21卷二十、

22卷二十、23卷二十、24卷二十、25卷九、26卷九、44卷三

寿汤云谷序（甲戌）：12外集卷六、13外集卷六、14外集卷六、15文录卷五、16外集卷六、17外集卷六、18外集卷六、20卷二十二、21卷二十二、22卷二十二、23卷二十二、24卷二十二、25卷五、26卷五、27卷十五、28卷十五、29卷四、33卷四、34卷四、35卷八、36文章编卷一、37文章编卷一、38文章编卷一、39文章编卷一、40文章集卷一、41文章集卷一、53卷五、55卷五

寿杨母张太孺人序：20卷二十九、21卷二十九、22卷二十九、23卷二十九、24卷二十九

书草萍驿（九月献俘北上，驻草萍，时已暮，忽传王师已及徐淮，遂乘夜速发，次壁间韵纪之二首）：12外集卷四、13外集卷四、14外集卷四、15文录卷十四、16外集卷四、17外集卷四、18外集卷四、20卷二十、21卷二十、22卷二十、23卷二十、24卷二十、25卷九、26卷九、27卷十六、28卷十六、30卷三、33卷六、34卷六、35卷十六、36文章编卷四、37文章编卷四、38文章编卷四、39文章编卷四、40文章集卷四、41文章集卷四、44卷三

书察院行台壁（丁丑）：12外集卷八、13外集卷八、14外集卷八、15文录卷八、18外集卷八、20卷二十四、21卷二十四、22卷二十四、23卷二十四、24卷二十四、25卷七、26卷七

书陈世杰卷（庚辰）：12外集卷八、13外集卷八、14外集卷八、15文录卷九、16文录卷五、17文录卷五、18外集卷八、20卷二十四、21卷二十四、22卷二十四、23卷二十四、24卷二十四、25卷七、26卷七、35卷十四

书东斋风雨卷后（癸酉）：12外集卷八、13外集卷八、14外集卷八、15文录卷八、17外集卷八、18外集卷八、20卷二十四、21卷二十四、22卷二十四、23卷二十四、24卷二十四、25卷七、26卷七、27卷十四、28卷十四、31卷二、32卷二、33卷四、34卷四、35卷十四、36文章编卷三、37文章编卷三、38文章编卷三、39文章编卷三、40文章集卷三、41文章集卷三、53卷五、55卷六

书佛郎机遗事（庚辰）: 12外集卷八、13外集卷八、14外集卷八、15文录卷八、17外集卷八、18外集卷八、20卷二十四、21卷二十四、22卷二十四、23卷二十四、24卷二十四、25卷七、26卷七、27卷九、28卷九、29卷四、30卷五、31卷六、32卷六、33卷四、34卷四、35卷十四、36文章编卷三、37文章编卷三、38文章编卷三、39文章编卷三、40文章集卷三、41文章集卷三、52卷一、55卷六

书顾维贤卷（辛巳）: 02卷上、12文录卷五、13文录卷五、14文录卷五、15文录卷九、16文录卷五、17文录卷五、18文录卷五、20卷八、21卷八、22卷八、23卷八、24卷八、25卷七、26卷七、27卷十四、28卷十四、35卷十四、36文章编卷三、37文章编卷三、38文章编卷三、39文章编卷三、40文章集卷三、41文章集卷三

书韩昌黎与太颠坐叙: 20卷二十八、21卷二十八、22卷二十八、23卷二十八、24卷二十八、25卷七、26卷七、27卷十四、28卷十四、35卷十四、36文章编卷三、37文章编卷三、38文章编卷三、39文章编卷三、40文章集卷三、41文章集卷三

书黄梦星卷（丁亥）: 12文录卷五、13文录卷五、14文录卷五、15文录卷九、16文录卷五、17文录卷五、18文录卷五、20卷八、21卷八、22卷八、23卷八、24卷八、25卷七、26卷七、27卷四、28卷四、31卷一、32卷一、33卷四、34卷四、35卷十四、36文章编卷三、37文章编卷三、38文章编卷三、39文章编卷三、40文章集卷三、41文章集卷三

书九江行台壁: 12外集卷四、13外集卷四、14外集卷四、15文录卷十四、16外集卷四、17外集卷四、18外集卷四、20卷二十、21卷二十、22卷二十、23卷二十、24卷二十、25卷九、26卷九、44卷三

书李白骑鲸: 20卷二十八、21卷二十八、22卷二十八、23卷二十八、24卷二十八、33卷四、34卷四

书林司训卷（丙戌）: 12文录卷五、13文录卷五、14文录卷五、15文录卷九、

16 文录卷五、17 文录卷五、18 文录卷五、20 卷八、21 卷八、22 卷八、23 卷八、24 卷八、25 卷七、26 卷七、35 卷十四

书栾惠卷（庚辰）：12 外集卷八、13 外集卷八、14 外集卷八、15 文录卷九、16 文录卷五、17 文录卷五、18 外集卷八、20 卷二十四、21 卷二十四、22 卷二十四、23 卷二十四、24 卷二十四、25 卷七、26 卷七、27 卷四、28 卷四、31 卷一、32 卷一、33 卷四、34 卷四、35 卷十四

书梅竹小画：12 外集卷一、13 外集卷一、14 外集卷一、15 文录卷十一、16 外集卷一、17 外集卷一、18 外集卷一、20 卷十九、21 卷十九、22 卷十九、23 卷十九、24 卷十九、25 卷八、26 卷八、44 卷一

书孟源卷（乙亥）：02 卷上、12 文录卷五、13 文录卷五、14 文录卷五、15 文录卷九、16 文录卷五、17 文录卷五、18 文录卷五、20 卷八、21 卷八、22 卷八、23 卷八、24 卷八、25 卷七、26 卷七、35 卷十四

书泉翁壁：12 外集卷四、13 外集卷四、14 外集卷四、15 文录卷十四、16 外集卷四、17 外集卷四、18 外集卷四、20 卷二十、21 卷二十、22 卷二十、23 卷二十、24 卷二十、25 卷九、26 卷九、44 卷四

书三酸：20 卷二十八、21 卷二十八、22 卷二十八、23 卷二十八、24 卷二十八、33 卷四、34 卷四

书扇面寄馆宾：12 外集卷三、13 外集卷三、14 外集卷三、15 文录卷十三、16 外集卷三、17 外集卷三、18 外集卷三、20 卷二十、21 卷二十、22 卷二十、23 卷二十、24 卷二十、25 卷九、26 卷九、44 卷三

书扇示正宪：12 外集卷四、13 外集卷四、14 外集卷四、15 文录卷十四、16 外集卷四、17 外集卷四、18 外集卷四、20 卷二十、21 卷二十、22 卷二十、23 卷二十、24 卷二十、25 卷九、26 卷九、35 卷十六、44 卷四、52 卷一

书扇赠从吾：12 外集卷四、13 外集卷四、14 外集卷四、15 文录卷十四、16 外集卷四、17 外集卷四、18 外集卷四、20 卷二十、21 卷二十、22 卷二十、23 卷二十、24 卷二十、25 卷九、26 卷九、44 卷四

书石川卷（甲戌）：02 卷上、12 文录卷五、13 文录卷五、14 文录卷五、15 文录卷九、16 文录卷五、17 文录卷五、18 文录卷五、20 卷八、21 卷八、22 卷八、23 卷八、24 卷八、25 卷七、26 卷七、27 卷十四、28 卷十四、35 卷十四、36 文章编卷三、37 文章编卷三、38 文章编卷三、39 文章编卷三、40 文章集卷三、41 文章集卷三

书宋孝子朱寿昌孙教读源卷：20 卷二十八、21 卷二十八、22 卷二十八、23 卷二十八、24 卷二十八、25 卷七、26 卷七、27 卷十四、28 卷十四、35 卷十四、36 文章编卷三、37 文章编卷三、38 文章编卷三、39 文章编卷三、40 文章集卷三、41 文章集卷三

书庭蕉：01 卷二、12 外集卷二、13 外集卷二、14 外集卷二、15 文录卷十二、16 外集卷二、17 外集卷二、18 外集卷二、20 卷十九、21 卷十九、22 卷十九、23 卷十九、24 卷十九、25 卷八、26 卷八、27 卷十六、28 卷十六、33 卷六、34 卷六、36 文章编卷四、37 文章编卷四、38 文章编卷四、39 文章编卷四、40 文章集卷四、41 文章集卷四、44 卷二

书同门科举题名录后：20 卷二十八、21 卷二十八、22 卷二十八、23 卷二十八、24 卷二十八、35 卷十四

书汪进之卷：20 卷二十八、21 卷二十八、22 卷二十八、23 卷二十八、24 卷二十八、35 卷十四

书汪进之太极岩二首：12 外集卷四、13 外集卷四、14 外集卷四、15 文录卷十四、16 外集卷四、17 外集卷四、18 外集卷四、20 卷二十、21 卷二十、22 卷二十、23 卷二十、24 卷二十、25 卷九、26 卷九、30 卷三、44 卷四、52 卷一

书汪汝成格物卷（癸酉）：12 文录卷五、13 文录卷五、14 文录卷五、15 文录卷九、16 文录卷五、17 文录卷五、18 文录卷五、20 卷八、21 卷八、22 卷八、23 卷八、24 卷八、25 卷七、26 卷七、35 卷十四

书王嘉秀请益卷（甲戌）：02 卷上、12 文录卷五、13 文录卷五、14 文录卷五、15 文录卷九、16 文录卷五、17 文录卷五、18 文录卷五、20 卷八、21 卷八、

22卷八、23卷八、24卷八、25卷七、26卷七、35卷十四

书王天宇卷（甲戌）：12文录卷五、13文录卷五、14文录卷五、15文录卷九、16文录卷五、17文录卷五、18文录卷五、20卷八、21卷八、22卷八、23卷八、24卷八、25卷七、26卷七、35卷十四

书王一为卷（癸未）：12文录卷五、13文录卷五、14文录卷五、15文录卷九、16文录卷五、17文录卷五、18文录卷五、20卷八、21卷八、22卷八、23卷八、24卷八、25卷七、26卷七、35卷十四

书魏师孟卷（乙酉）：02卷上、12文录卷五、13文录卷五、14文录卷五、15文录卷九、16文录卷五、17文录卷五、18文录卷五、20卷八、21卷八、22卷八、23卷八、24卷八、25卷七、26卷七、35卷十四、57卷一、58卷一、59传习则言

书悟真篇答张太常二首：12外集卷三、13外集卷三、14外集卷三、15文录卷十三、16外集卷三、17外集卷三、18外集卷三、20卷二十、21卷二十、22卷二十、23卷二十、24卷二十、25卷九、26卷九、30卷三、44卷三、52卷一

书徐汝佩卷（癸未）：12外集卷八、13外集卷八、14外集卷八、15文录卷九、16文录卷五、18外集卷八、20卷二十四、21卷二十四、22卷二十四、23卷二十四、24卷二十四、25卷七、26卷七、27卷十四、28卷十四、29卷四、35卷十四、36文章编卷三、37文章编卷三、38文章编卷三、39文章编卷三、40文章集卷三、41文章集卷三、53卷五、55卷六

书玄默卷（乙亥）：12文录卷五、13文录卷五、14文录卷五、15文录卷九、16文录卷五、17文录卷五、18文录卷五、20卷八、21卷八、22卷八、23卷八、24卷八、25卷七、26卷七、35卷十四

书杨思元卷（乙亥）：12文录卷五、13文录卷五、14文录卷五、15文录卷九、16文录卷五、17文录卷五、18文录卷五、20卷八、21卷八、22卷八、23卷八、24卷八、25卷七、26卷七、35卷十四

书张思钦卷（乙酉）：12 文录卷五、13 文录卷五、14 文录卷五、15 文录卷九、16 文录卷五、17 文录卷五、18 文录卷五、20 卷八、21 卷八、22 卷八、23 卷八、24 卷八、25 卷七、26 卷七、27 卷十四、28 卷十四、31 卷二、32 卷二、33 卷四、34 卷四、35 卷十四、36 文章编卷三、37 文章编卷三、38 文章编卷三、39 文章编卷三、40 文章集卷三、41 文章集卷三、52 卷一

书杖锡寺：12 外集卷三、13 外集卷三、14 外集卷三、15 文录卷十三、16 外集卷三、17 外集卷三、18 外集卷三、20 卷二十、21 卷二十、22 卷二十、23 卷二十、24 卷二十、25 卷九、26 卷九、44 卷二

书赵孟立卷：20 卷二十八、21 卷二十八、22 卷二十八、23 卷二十八、24 卷二十八、25 卷七、26 卷七、27 卷十四、28 卷十四、36 文章编卷三、37 文章编卷三、38 文章编卷三、39 文章编卷三、40 文章集卷三、41 文章集卷三

书正宪扇（乙酉）：02 卷上、12 文录卷五、13 文录卷五、14 文录卷五、15 文录卷九、16 文录卷五、17 文录卷五、18 文录卷五、20 卷八、21 卷八、22 卷八、23 卷八、24 卷八、25 卷七、26 卷七、27 卷五、28 卷五、30 卷三、35 卷十三、36 理学编卷四、37 理学编卷四、38 理学编卷四、39 理学编卷四、40 理学集卷四、41 理学集卷四、60 卷一

书中天阁勉诸生（乙酉）：02 卷上、12 文录卷五、13 文录卷五、14 文录卷五、15 文录卷九、16 文录卷五、17 文录卷五、18 文录卷五、20 卷八、21 卷八、22 卷八、23 卷八、24 卷八、25 卷七、26 卷七、27 卷五、28 卷五、30 卷三、35 卷十四、36 理学编卷四、37 理学编卷四、38 理学编卷四、39 理学编卷四、40 理学集卷四、41 理学集卷四、61 卷一

书朱守乾卷（乙酉）：02 卷上、12 文录卷五、13 文录卷五、14 文录卷五、15 文录卷九、16 文录卷五、17 文录卷五、18 文录卷五、20 卷八、21 卷八、22 卷八、23 卷八、24 卷八、25 卷七、26 卷七、35 卷十四

书朱守谐卷（甲申）：12 文录卷五、13 文录卷五、14 文录卷五、15 文录卷九、16 文录卷五、17 文录卷五、18 文录卷五、20 卷八、21 卷八、22 卷八、23 卷八、

24卷八、25卷七、26卷七、27卷十四、28卷十四、35卷十四、36文章编卷三、37文章编卷三、38文章编卷三、39文章编卷三、40文章集卷三、41文章集卷三

书朱子礼卷（甲申）：12文录卷五、13文录卷五、14文录卷五、15文录卷九、16文录卷五、17文录卷五、18文录卷五、20卷八、21卷八、22卷八、23卷八、24卷八、25卷七、26卷七、27卷十四、28卷十四、35卷十四、36文章编卷三、37文章编卷三、38文章编卷三、39文章编卷三、40文章集卷三、41文章集卷三、53卷五、55卷六

书诸阳伯卷（甲申）：12文录卷五、13文录卷五、14文录卷五、15文录卷九、16文录卷五、17文录卷五、18文录卷五、20卷八、21卷八、22卷八、23卷八、24卷八、25卷七、26卷七、27卷十四、28卷十四、35卷十四、36文章编卷三、37文章编卷三、38文章编卷三、39文章编卷三、40文章集卷三、41文章集卷三

书诸阳伯卷（戊寅）：12外集卷八、13外集卷八、14外集卷八、15文录卷九、16文录卷五、17文录卷五、18外集卷八、20卷二十四、21卷二十四、22卷二十四、23卷二十四、24卷二十四、25卷七、26卷七、35卷十四

疏通盐法疏（十二年六月十五日）：12别录卷一、13别录卷一、17别录卷一、18别录卷一、19卷一、20卷九、21卷九、22卷九、23卷九、24卷九、26卷十一、27卷八、28卷八、36经济编卷一、37经济编卷一、38经济编卷一、39经济编卷一、40经济集卷一、41经济集卷一

双峰：12外集卷一、13外集卷一、14外集卷一、15文录卷十一、16外集卷一、17外集卷一、18外集卷一、20卷十九、21卷十九、22卷十九、23卷十九、24卷十九、25卷八、26卷八、33卷六、34卷六、44卷一

双峰遗柯生乔：12外集卷四、13外集卷四、14外集卷四、15文录卷十四、16外集卷四、17外集卷四、18外集卷四、20卷二十、21卷二十、22卷二十、23卷二十、24卷二十、25卷九、26卷九、27卷十六、28卷十六、35卷十六、

36 文章编卷四、37 文章编卷四、38 文章编卷四、39 文章编卷四、40 文章集卷四、41 文章集卷四、44 卷三

水滨洞：01 卷二、12 外集卷二、13 外集卷二、14 外集卷二、15 文录卷十二、16 外集卷二、17 外集卷二、18 外集卷二、20 卷十九、21 卷十九、22 卷十九、23 卷十九、24 卷十九、25 卷八、26 卷八、44 卷二、48 卷一

水灾自劾疏（十五年五月十五日）：12 别录卷五、13 别录卷五、15 文录卷十六、17 别录卷五、18 别录卷五、19 卷五、20 卷十三、21 卷十三、22 卷十三、23 卷十三、24 卷十三、26 卷十五、27 卷十、28 卷十、31 卷六、32 卷六、33 卷二、34 卷二、35 卷六、36 经济编卷五、37 经济编卷五、38 经济编卷五、39 经济编卷五、40 经济集卷五、41 经济集卷五、54 卷一

睡起偶成：12 外集卷四、13 外集卷四、14 外集卷四、15 文录卷十四、16 外集卷四、17 外集卷四、18 外集卷四、20 卷二十、21 卷二十、22 卷二十、23 卷二十、24 卷二十、25 卷九、26 卷九、27 卷十六、28 卷十六、30 卷三、35 卷十六、36 文章编卷四、37 文章编卷四、38 文章编卷四、39 文章编卷四、40 文章集卷四、41 文章集卷四、44 卷四

睡起写怀：01 卷二、12 外集卷二、13 外集卷二、14 外集卷二、15 文录卷十二、16 外集卷二、17 外集卷二、18 外集卷二、20 卷十九、21 卷十九、22 卷十九、23 卷十九、24 卷十九、25 卷八、26 卷八、30 卷三、44 卷二、52 卷一

思归轩赋（庚辰）：12 外集卷一、13 外集卷一、14 外集卷一、15 文录卷十一、16 外集卷一、17 外集卷一、18 外集卷一、20 卷十九、21 卷十九、22 卷十九、23 卷十九、24 卷十九、25 卷八、26 卷八、33 卷六、34 卷六

四明观白水二首：12 外集卷三、13 外集卷三、14 外集卷三、15 文录卷十三、16 外集卷三、17 外集卷三、18 外集卷三、20 卷二十、21 卷二十、22 卷二十、23 卷二十、24 卷二十、25 卷九、26 卷九、44 卷二

四乞省葬疏（十五年闰八月二十日）：12 别录卷五、13 别录卷五、15 文录卷十六、17 别录卷五、18 别录卷五、19 卷五、20 卷十三、21 卷十三、22 卷

十三、23 卷十三、24 卷十三、26 卷十五、27 卷十一、28 卷十一、31 卷六、32 卷六、33 卷一、34 卷一、36 经济编卷五、37 经济编卷五、38 经济编卷五、39 经济编卷五、40 经济集卷五、41 经济集卷五

泗洲寺：01 卷二、12 外集卷二、13 外集卷二、14 外集卷二、15 文录卷十二、16 外集卷二、17 外集卷二、18 外集卷二、20 卷十九、21 卷十九、22 卷十九、23 卷十九、24 卷十九、25 卷八、26 卷八、44 卷二

送别省吾林都宪序（戊子）：12 外集卷六、13 外集卷六、14 外集卷六、18 外集卷六、20 卷二十二、21 卷二十二、22 卷二十二、23 卷二十二、24 卷二十二、25 卷五、26 卷五、27 卷十五、28 卷十五、35 卷八、36 文章编卷一、37 文章编卷一、38 文章编卷一、39 文章编卷一、40 文章集卷一、41 文章集卷一、54 卷一

送蔡希颜三首：12 外集卷三、13 外集卷三、14 外集卷三、15 文录卷十三、16 外集卷三、17 外集卷三、18 外集卷三、20 卷二十、21 卷二十、22 卷二十、23 卷二十、24 卷二十、25 卷九、26 卷九、27 卷十六、28 卷十六、30 卷三、33 卷六、34 卷六、35 卷十六、36 文章编卷四、37 文章编卷四、38 文章编卷四、39 文章编卷四、40 文章集卷四、41 文章集卷四、44 卷二、48 卷一

送陈怀文尹宁都序：20 卷二十九、21 卷二十九、22 卷二十九、23 卷二十九、24 卷二十九

送德观归省二首：12 外集卷三、13 外集卷三、14 外集卷三、15 文录卷十三、16 外集卷三、17 外集卷三、18 外集卷三、20 卷二十、21 卷二十、22 卷二十、23 卷二十、24 卷二十、25 卷九、26 卷九、27 卷十六、28 卷十六、30 卷三、36 文章编卷四、37 文章编卷四、38 文章编卷四、39 文章编卷四、40 文章集卷四、41 文章集卷四、44 卷二

送德声叔父归姚（并序）：12 外集卷三、13 外集卷三、14 外集卷三、15 文录卷十三、16 外集卷三、17 外集卷三、18 外集卷三、20 卷二十、21 卷二十、22 卷二十、23 卷二十、24 卷二十、25 卷九、26 卷九、44 卷三

送方寿卿广东佥宪序：20卷二十九、21卷二十九、22卷二十九、23卷二十九、24卷二十九

送胡廷尉：12外集卷三、13外集卷三、14外集卷三、15文录卷十三、16外集卷三、17外集卷三、18外集卷三、20卷二十、21卷二十、22卷二十、23卷二十、24卷二十、25卷九、26卷九、44卷三

送黄敬夫先生佥宪广西序：20卷二十九、21卷二十九、22卷二十九、23卷二十九、24卷二十九、26卷五、27卷十五、28卷十五、31卷二、32卷二、33卷四、34卷四、35卷八、36文章编卷一、37文章编卷一、38文章编卷一、39文章编卷一、40文章集卷一、41文章集卷一、53卷五、55卷五

送徽州洪倅承瑞：12外集卷三、13外集卷三、14外集卷三、15文录卷十三、16外集卷三、17外集卷三、18外集卷三、20卷二十、21卷二十、22卷二十、23卷二十、24卷二十、25卷九、26卷九、44卷三

送客过二桥：20卷二十九、21卷二十九、22卷二十九、23卷二十九、24卷二十九、44卷四

送李柳州序：20卷二十九、21卷二十九、22卷二十九、23卷二十九、24卷二十九

送刘伯光：12外集卷三、13外集卷三、14外集卷三、15文录卷十三、16外集卷三、17外集卷三、18外集卷三、20卷二十、21卷二十、22卷二十、23卷二十、24卷二十、25卷九、26卷九、30卷三、44卷三

送骆蕴良潮州太守序：20卷二十九、21卷二十九、22卷二十九、23卷二十九、24卷二十九

送吕丕文先生少尹京丞序：20卷二十九、21卷二十九、22卷二十九、23卷二十九、24卷二十九

送毛宪副致仕归桐江书院序（戊辰）：01卷一、12外集卷六、13外集卷六、14外集卷六、15文录卷五、16外集卷六、17外集卷六、18外集卷六、20卷二十二、21卷二十二、22卷二十二、23卷二十二、24卷二十二、25卷五、26卷五、

35卷八、53卷五

送南元善入觐序（乙酉）：12外集卷六、13外集卷六、14外集卷六、15文录卷五、16外集卷六、17外集卷六、18外集卷六、20卷二十二、21卷二十二、22卷二十二、23卷二十二、24卷二十二、25卷五、26卷五、27卷十五、28卷十五、29卷四、35卷八、36文章编卷一、37文章编卷一、38文章编卷一、39文章编卷一、40文章集卷一、41文章集卷一

送人东归：12外集卷一、13外集卷一、14外集卷一、15文录卷十一、16外集卷一、17外集卷一、18外集卷一、20卷十九、21卷十九、22卷十九、23卷十九、24卷十九、25卷八、26卷八、44卷一

送邵文实方伯致仕：12外集卷四、13外集卷四、14外集卷四、15文录卷十四、16外集卷四、17外集卷四、18外集卷四、20卷二十、21卷二十、22卷二十、23卷二十、24卷二十、25卷九、26卷九、30卷三、44卷四、48卷一

送绍兴佟太守序：20卷二十九、21卷二十九、22卷二十九、23卷二十九、24卷二十九

送守中至龙盘山中：12外集卷三、13外集卷三、14外集卷三、15文录卷十三、16外集卷三、17外集卷三、18外集卷三、20卷二十、21卷二十、22卷二十、23卷二十、24卷二十、25卷九、26卷九、27卷十六、28卷十六、35卷十六、36文章编卷四、37文章编卷四、38文章编卷四、39文章编卷四、40文章集卷四、41文章集卷四、44卷二、48卷一

送惟乾二首：12外集卷三、13外集卷三、14外集卷三、15文录卷十三、16外集卷三、17外集卷三、18外集卷三、20卷二十、21卷二十、22卷二十、23卷二十、24卷二十、25卷九、26卷九、44卷二、48卷一

送闻人邦允序：12外集卷六、13外集卷六、14外集卷六、15文录卷五、16外集卷六、17外集卷六、18外集卷六、20卷二十二、21卷二十二、22卷二十二、23卷二十二、24卷二十二、25卷五、26卷五、35卷八

送萧子雍宪副之任：12外集卷四、13外集卷四、14外集卷四、15文录卷

十四、16 外集卷四、17 外集卷四、18 外集卷四、20 卷二十、21 卷二十、22 卷二十、23 卷二十、24 卷二十、25 卷九、26 卷九、44 卷四

送章达德归东雁序（辛未）：12 外集卷六、13 外集卷六、14 外集卷六、15 文录卷五、16 外集卷六、17 外集卷六、18 外集卷六、20 卷二十二、21 卷二十二、22 卷二十二、23 卷二十二、24 卷二十二、25 卷五、26 卷五、35 卷八

送张侯宗鲁考最还治绍兴序：20 卷二十九、21 卷二十九、22 卷二十九、23 卷二十九、24 卷二十九

送张宪长左迁滇南大参次韵：01 卷二、12 外集卷二、13 外集卷二、14 外集卷二、15 文录卷十二、16 外集卷二、17 外集卷二、18 外集卷二、20 卷十九、21 卷十九、22 卷十九、23 卷十九、24 卷十九、25 卷八、26 卷八、33 卷六、34 卷六、44 卷二、48 卷一

送诸伯生归省：12 外集卷三、13 外集卷三、14 外集卷三、15 文录卷十三、16 外集卷三、17 外集卷三、18 外集卷三、20 卷二十、21 卷二十、22 卷二十、23 卷二十、24 卷二十、25 卷九、26 卷九、44 卷三

送宗伯乔白岩序（辛未）：12 文录卷四、13 文录卷四、14 文录卷四、15 文录卷六、16 文录卷四、17 文录卷四、18 文录卷四、20 卷七、21 卷七、22 卷七、23 卷七、24 卷七、25 卷五、26 卷五、27 卷十五、28 卷十五、29 卷四、35 卷八、36 文章编卷一、37 文章编卷一、38 文章编卷一、39 文章编卷一、40 文章集卷一、41 文章集卷一、53 卷五、55 卷五

搜扒残寇咨（十一月十一日）：17 别录卷八、19 卷八、20 卷三十、21 卷三十、22 卷三十、23 卷三十、24 卷三十

搜剿馀党牌：12 别录卷八、13 别录卷八、17 别录卷八、18 别录卷八、19 卷八、20 卷十六、21 卷十六、22 卷十六、23 卷十六、24 卷十六、26 卷十八、27 卷七、28 卷七、36 经济编卷二、37 经济编卷二、38 经济编卷二、39 经济编卷二、40 经济集卷二、41 经济集卷二

宿净寺四首（十月至杭，王师遣人追宁濠，复还江西，是日遂谢病，退居西湖）：12 外集卷四、13 外集卷四、14 外集卷四、15 文录卷十四、16 外集卷四、17 外集卷四、18 外集卷四、20 卷二十、21 卷二十、22 卷二十、23 卷二十、24 卷二十、25 卷九、26 卷九、33 卷六、34 卷六、35 卷十六、44 卷三、48 卷一

宿萍乡武云观：01 卷三、12 外集卷一、13 外集卷一、14 外集卷一、15 文录卷十一、16 外集卷一、17 外集卷一、18 外集卷一、20 卷十九、21 卷十九、22 卷十九、23 卷十九、24 卷十九、25 卷八、26 卷八、27 卷十六、28 卷十六、36 文章编卷四、37 文章编卷四、38 文章编卷四、39 文章编卷四、40 文章集卷四、41 文章集卷四、44 卷一、48 卷一

绥柔流贼（五月）：02 卷上、12 别录卷十、13 别录卷十、17 别录卷十四、18 别录卷十、20 卷十八、21 卷十八、22 卷十八、23 卷十八、24 卷十八、26 卷二十、27 卷六、28 卷六、30 卷五、31 卷五、32 卷五、33 卷五、34 卷五、35 卷十九、37 经济编卷七、38 经济编卷七、39 经济编卷七、40 经济集卷七、41 经济集卷七

岁暮：01 卷三、12 外集卷一、13 外集卷一、14 外集卷一、15 文录卷十一、16 外集卷一、17 外集卷一、18 外集卷一、20 卷十九、21 卷十九、22 卷十九、23 卷十九、24 卷十九、25 卷八、26 卷八、27 卷十六、28 卷十六、33 卷六、34 卷六、36 文章编卷四、37 文章编卷四、38 文章编卷四、39 文章编卷四、40 文章集卷四、41 文章集卷四、44 卷一

T

太白楼赋（丙辰）：12 外集卷一、13 外集卷一、14 外集卷一、15 文录卷十一、16 外集卷一、17 外集卷一、18 外集卷一、20 卷十九、21 卷十九、22 卷十九、23 卷十九、24 卷十九、25 卷八、26 卷八、27 卷十六、28 卷十六、36 文章编卷四、37 文章编卷四、38 文章编卷四、39 文章编卷四、40 文章集卷四、41 文章集卷四

太傅王文恪公传（丁亥）：12 外集卷九、13 外集卷九、14 外集卷九、15 文录卷十、17 外集卷九、18 外集卷九、20 卷二十五、21 卷二十五、22 卷二十五、23 卷二十五、24 卷二十五、25 卷十、26 卷十、27 卷十五、28 卷十五、36 文章编卷三、37 文章编卷三、38 文章编卷三、39 文章编卷三、40 文章集卷三、41 文章集卷三

太平宫白云：12 外集卷四、13 外集卷四、14 外集卷四、15 文录卷十四、16 外集卷四、17 外集卷四、18 外集卷四、20 卷二十、21 卷二十、22 卷二十、23 卷二十、24 卷二十、25 卷九、26 卷九、33 卷六、34 卷六、35 卷十六、44 卷三

太息：12 外集卷四、13 外集卷四、14 外集卷四、15 文录卷十四、16 外集卷四、17 外集卷四、18 外集卷四、20 卷二十、21 卷二十、22 卷二十、23 卷二十、24 卷二十、25 卷九、26 卷九、44 卷三

太子桥：20 卷二十九、21 卷二十九、22 卷二十九、23 卷二十九、24 卷二十九、33 卷六、34 卷六、44 卷四

泰山高次王内翰司献韵：12 外集卷一、13 外集卷一、14 外集卷一、15 文录卷十一、16 外集卷一、17 外集卷一、18 外集卷一、20 卷十九、21 卷十九、22 卷十九、23 卷十九、24 卷十九、25 卷八、26 卷八、27 卷十六、28 卷十六、36 文章编卷四、37 文章编卷四、38 文章编卷四、39 文章编卷四、40 文章集卷四、41 文章集卷四、44 卷一

讨叛敕旨通行各属（九月初二日）：17 别录卷十、19 卷十、20 卷三十一、21 卷三十一上、22 卷三十一、23 卷三十一、24 卷三十一

提牢厅壁题名记：20 卷二十九、21 卷二十九、22 卷二十九、23 卷二十九、24 卷二十九、33 卷四、35 卷九、53 卷五、55 卷五

题甘泉居：12 外集卷四、13 外集卷四、14 外集卷四、15 文录卷十四、16 外集卷四、17 外集卷四、18 外集卷四、20 卷二十、21 卷二十、22 卷二十、23 卷二十、24 卷二十、25 卷九、26 卷九、35 卷十六、44 卷四

题灌山小隐二绝：12外集卷三、13外集卷三、14外集卷三、15文录卷十三、16外集卷三、17外集卷三、18外集卷三、20卷二十、21卷二十、22卷二十、23卷二十、24卷二十、25卷九、26卷九、44卷三

题郭诩濂溪图：20卷二十九、21卷二十九、22卷二十九、23卷二十九、24卷二十九、44卷四

题梦槎奇游诗卷（乙酉）：02卷上、12外集卷八、13外集卷八、14外集卷八、15文录卷八、17外集卷八、18外集卷八、20卷二十四、21卷二十四、22卷二十四、23卷二十四、24卷二十四、25卷七、26卷七、27卷十四、28卷十四、35卷十四、36文章编卷三、37文章编卷三、38文章编卷三、39文章编卷三、40文章集卷三、41文章集卷三

题施总兵所翁龙：20卷二十九、22卷二十九、23卷二十九、24卷二十九、44卷四

题寿外母蟠桃图（庚辰）：12外集卷八、13外集卷八、14外集卷八、15文录卷八、17外集卷八、18外集卷八、20卷二十四、21卷二十四、22卷二十四、23卷二十四、24卷二十四、25卷七、26卷七、27卷十四、28卷十四、36文章编卷三、37文章编卷三、38文章编卷三、39文章编卷三、40文章集卷三、41文章集卷三

题四老围棋图：12外集卷一、13外集卷一、14外集卷一、15文录卷十一、16外集卷一、17外集卷一、18外集卷一、20卷十九、21卷十九、22卷十九、23卷十九、24卷十九、25卷八、26卷八、27卷十六、28卷十六、33卷六、34卷六、36文章编卷四、37文章编卷四、38文章编卷四、39文章编卷四、40文章集卷四、41文章集卷四、44卷一

题岁寒亭赠汪尚和：12外集卷三、13外集卷三、14外集卷三、15文录卷十三、16外集卷三、17外集卷三、18外集卷三、20卷二十、21卷二十、22卷二十、23卷二十、24卷二十、25卷九、26卷九、27卷十六、28卷十六、36文章编卷四、37文章编卷四、38文章编卷四、39文章编卷四、40文章集卷四、

41文章集卷四、44卷三

题汤大行殿试策问下（壬戌）：12外集卷八、13外集卷八、14外集卷八、15文录卷八、17外集卷八、18外集卷八、20卷二十四、21卷二十四、22卷二十四、23卷二十四、24卷二十四、25卷七、26卷七、27卷十四、28卷十四、35卷十四、36文章编卷三、37文章编卷三、38文章编卷三、39文章编卷三、40文章集卷三、41文章集卷三、53卷五

题王实夫画：12外集卷三、13外集卷三、14外集卷三、15文录卷十三、16外集卷三、17外集卷三、18外集卷三、20卷二十、21卷二十、22卷二十、23卷二十、24卷二十、25卷九、26卷九、44卷三、48卷一

题遥祝图（戊寅）：12外集卷八、13外集卷八、14外集卷八、18外集卷八、20卷二十四、21卷二十四、22卷二十四、23卷二十四、24卷二十四、25卷七、26卷七

天成临别索赠（正文作《天成素有志于学兹得告东归林居静养其所就可知矣，临别以此纸索赠漫为赋此，遂寄声山泽诸贤》）：12外集卷三、13外集卷三、14外集卷三、18外集卷三、20卷二十、21卷二十、22卷二十、23卷二十、24卷二十、25卷九、26卷九、44卷三

天泉楼夜坐和萝石韵：12外集卷四、13外集卷四、14外集卷四、15文录卷十四、16外集卷四、17外集卷四、18外集卷四、20卷二十、21卷二十、22卷二十、23卷二十、24卷二十、25卷九、26卷九、27卷十六、28卷十六、33卷六、34卷六、36文章编卷四、37文章编卷四、38文章编卷四、39文章编卷四、40文章集卷四、41文章集卷四、44卷四

天心湖阻泊既济书事：01卷三、12外集卷一、13外集卷一、14外集卷一、15文录卷十一、16外集卷一、17外集卷一、18外集卷一、20卷十九、21卷十九、22卷十九、23卷十九、24卷十九、25卷八、26卷八、44卷一

天涯：01卷三、12外集卷一、13外集卷一、14外集卷一、15文录卷十一、16外集卷一、17外集卷一、18外集卷一、20卷十九、21卷十九、22卷十九、

23卷十九、24卷十九、25卷八、26卷八、27卷十六、28卷十六、36文章编卷四、37文章编卷四、38文章编卷四、39文章编卷四、40文章集卷四、41文章集卷四、44卷一

添设和平县治疏（十三年五月初一日）：12别录卷三、13别录卷三、17别录卷三、18别录卷三、19卷三、20卷十一、21卷十一、22卷十一、23卷十一、24卷十一、26卷十三、35卷五、55卷二

添设清平县治疏（十二年五月二十八日）：12别录卷一、13别录卷一、17别录卷一、18别录卷一、19卷一、20卷九、21卷九、22卷九、23卷九、24卷九、26卷十一、27卷六、28卷六、31卷五、32卷五、35卷五、36经济编卷一、37经济编卷一、38经济编卷一、39经济编卷一、40经济集卷一、41经济集卷一

田州立碑（丙戌）：12外集卷九、13外集卷九、14外集卷九、15文录卷十、17外集卷九、18外集卷九、20卷二十五、21卷二十五、22卷二十五、23卷二十五、24卷二十五、25卷十、26卷十、35卷十五、37经济编卷七、38经济编卷七、39经济编卷七、40经济集卷七、41经济集卷七

田州石刻：12外集卷九、13外集卷九、14外集卷九、15文录卷十、17外集卷九、18外集卷九、20卷二十五、21卷二十五、22卷二十五、23卷二十五、24卷二十五、25卷十、26卷十、27卷十二、28卷十二、31卷七、32卷七、33卷四、34卷四、35卷十五、37经济编卷七、38经济编卷七、39经济编卷七、40经济集卷七、41经济集卷七

通天岩：12外集卷三、13外集卷三、14外集卷三、15文录卷十三、16外集卷三、17外集卷三、18外集卷三、20卷二十、21卷二十、22卷二十、23卷二十、24卷二十、25卷九、26卷九、27卷十六、28卷十六、30卷三、35卷十六、36文章编卷四、37文章编卷四、38文章编卷四、39文章编卷四、40文章集卷四、41文章集卷四、44卷三

桶冈和邢太守韵二首：12外集卷三、13外集卷三、14外集卷三、15文录卷十三、16外集卷三、17外集卷三、18外集卷三、20卷二十、21卷二十、22

卷二十、23 卷二十、24 卷二十、25 卷九、26 卷九、44 卷三

土舍彭荩臣军前冠带札付（六月初十日）：17 别录卷十四、20 卷三十、21 卷三十、22 卷三十、23 卷三十、24 卷三十

W

玩易窝记（戊辰）：01 卷一、12 外集卷七、13 外集卷七、14 外集卷七、15 文录卷七、17 外集卷七、18 外集卷七、20 卷二十三、21 卷二十三、22 卷二十三、23 卷二十三、24 卷二十三、25 卷六、26 卷六、27 卷十四、28 卷十四、29 卷四、35 卷九、36 文章编卷二、37 文章编卷二、38 文章编卷二、39 文章编卷二、40 文章集卷二、41 文章集卷二

挽潘南山：12 外集卷四、13 外集卷四、14 外集卷四、15 文录卷十四、16 外集卷四、17 外集卷四、18 外集卷四、20 卷二十、21 卷二十、22 卷二十、23 卷二十、24 卷二十、25 卷九、26 卷九、44 卷四

万松书院记（乙酉）：02 卷上、12 文录卷四、13 文录卷四、14 文录卷四、15 文录卷六、16 文录卷四、17 文录卷四、18 文录卷四、20 卷七、21 卷七、22 卷七、23 卷七、24 卷七、25 卷六、26 卷六、35 卷九

往岁破桶冈宗舜祖世麟老宣慰实来督兵今兹思田之役乃随父致仕宣慰明辅来从事目击其父子孙三世皆以忠孝相承相尚也诗以嘉之：12 外集卷四、13 外集卷四、14 外集卷四、15 文录卷十四、16 外集卷四、17 外集卷四、18 外集卷四、20 卷二十、21 卷二十、22 卷二十、23 卷二十、24 卷二十、25 卷九、26 卷九、44 卷四

忘言岩次谦之韵：12 外集卷三、13 外集卷三、14 外集卷三、18 外集卷三、20 卷二十、21 卷二十、22 卷二十、23 卷二十、24 卷二十、25 卷九、26 卷九、44 卷三

望庐山：12 外集卷四、13 外集卷四、14 外集卷四、15 文录卷十四、16 外集卷四、17 外集卷四、18 外集卷四、20 卷二十、21 卷二十、22 卷二十、23 卷

二十、24卷二十、25卷九、26卷九、44卷三

为善最乐文（丁亥）：12外集卷八、13外集卷八、14外集卷八、15文录卷八、17外集卷八、18外集卷八、20卷二十四、21卷二十四、22卷二十四、23卷二十四、24卷二十四、25卷七、26卷七、27卷十四、28卷十四、35卷十四、36文章编卷三、37文章编卷三、38文章编卷三、39文章编卷三、40文章集卷三、41文章集卷三、52卷一

委按察使伍文定纪验残孽（九月二十日）：17别录卷十一、19卷十一、20卷三十一、21卷三十一上、22卷三十一、23卷三十一、24卷三十一

委分巡岭北道暂管地方事（六月初六日）：20卷三十、21卷三十、22卷三十、23卷三十、24卷三十

委官赞画牌（五月初七日）：17别录卷十四、20卷三十、21卷三十、22卷三十、23卷三十、24卷三十

委土目蔡德政统率各土目牌（四月初一日）：17别录卷十三、19卷十三、20卷三十、21卷三十、22卷三十、23卷三十、24卷三十、30卷五

委知府伍文定邢珣防守省城牌（九月十二日）：17别录卷十、19卷十、20卷三十一、21卷三十一上、22卷三十一、23卷三十一、24卷三十一、27卷十、28卷十、36经济编卷四、37经济编卷四、38经济编卷四、39经济编卷四、40经济集卷四、41经济集卷四

文衡堂试事毕书壁：20卷二十九、21卷二十九、22卷二十九、23卷二十九、24卷二十九、44卷四

文橘庵墓志（乙亥）：12外集卷九、13外集卷九、14外集卷九、18外集卷九、20卷二十五、21卷二十五、22卷二十五、23卷二十五、24卷二十五、25卷十、26卷十、35卷十五

文山别集序（甲戌）：12外集卷六、13外集卷六、14外集卷六、15文录卷五、16外集卷六、17外集卷六、18外集卷六、20卷二十二、21卷二十二、22卷二十二、23卷二十二、24卷二十二、25卷五、26卷五、27卷十五、28卷

十五、35 卷八、36 文章编卷一、37 文章编卷一、38 文章编卷一、39 文章编卷一、40 文章集卷一、41 文章集卷一、53 卷五

文殊台夜观佛灯：12 外集卷四、13 外集卷四、14 外集卷四、15 文录卷十四、16 外集卷四、17 外集卷四、18 外集卷四、20 卷二十、21 卷二十、22 卷二十、23 卷二十、24 卷二十、25 卷九、26 卷九、27 卷十六、28 卷十六、33 卷六、34 卷六、36 文章编卷四、37 文章编卷四、38 文章编卷四、39 文章编卷四、40 文章集卷四、41 文章集卷四、44 卷三、48 卷一

闻日仁买田雪上携同志待予归二首：12 外集卷三、13 外集卷三、14 外集卷三、15 文录卷十三、16 外集卷三、17 外集卷三、18 外集卷三、20 卷二十、21 卷二十、22 卷二十、23 卷二十、24 卷二十、25 卷九、26 卷九、27 卷十六、28 卷十六、33 卷六、34 卷六、36 文章编卷四、37 文章编卷四、38 文章编卷四、39 文章编卷四、40 文章集卷四、41 文章集卷四、44 卷三、48 卷一

卧病静慈写怀：01 卷三、12 外集卷一、13 外集卷一、14 外集卷一、15 文录卷十一、16 外集卷一、17 外集卷一、18 外集卷一、20 卷十九、21 卷十九、22 卷十九、23 卷十九、24 卷十九、25 卷八、26 卷八、30 卷三、44 卷一

卧马冢记（戊辰）：01 卷一、12 外集卷七、13 外集卷七、14 外集卷七、15 文录卷七、17 外集卷七、18 外集卷七、20 卷二十三、21 卷二十三、22 卷二十三、23 卷二十三、24 卷二十三、25 卷六、26 卷六、27 卷十四、28 卷十四、35 卷九、36 文章编卷二、37 文章编卷二、38 文章编卷二、39 文章编卷二、40 文章集卷二、41 文章集卷二

屋罅月：01 卷三、12 外集卷一、13 外集卷一、14 外集卷一、15 文录卷十一、16 外集卷一、17 外集卷一、18 外集卷一、20 卷十九、21 卷十九、22 卷十九、23 卷十九、24 卷十九、25 卷八、26 卷八、27 卷十六、28 卷十六、33 卷六、34 卷六、36 文章编卷四、37 文章编卷四、38 文章编卷四、39 文章编卷四、40 文章集卷四、41 文章集卷四、44 卷一

梧桐江用韵：12 外集卷三、13 外集卷三、14 外集卷三、15 文录卷十三、

16外集卷三、17外集卷三、18外集卷三、20卷二十、21卷二十、22卷二十、23卷二十、24卷二十、25卷九、26卷九、44卷二、48卷一

无寐二首其二：01卷二、12外集卷二、13外集卷二、14外集卷二、15文录卷十二、16外集卷二、17外集卷二、18外集卷二、20卷十九、21卷十九、22卷十九、23卷十九、24卷十九、25卷八、26卷八、44卷二

无寐二首其一：01卷二、12外集卷二、13外集卷二、14外集卷二、15文录卷十二、16外集卷二、17外集卷二、18外集卷二、20卷十九、21卷十九、22卷十九、23卷十九、24卷十九、25卷八、26卷八、33卷六、34卷六、44卷二

无题：12外集卷四、13外集卷四、14外集卷四、15文录卷十四、16外集卷四、17外集卷四、18外集卷四、20卷二十、21卷二十、22卷二十、23卷二十、24卷二十、25卷九、26卷九、27卷十六、28卷十六、36文章编卷四、37文章编卷四、38文章编卷四、39文章编卷四、40文章集卷四、41文章集卷四、44卷四

无相寺金沙泉次韵：12外集卷四、13外集卷四、14外集卷四、15文录卷十四、16外集卷四、17外集卷四、18外集卷四、20卷二十、21卷二十、22卷二十、23卷二十、24卷二十、25卷九、26卷九、44卷三

无相寺三首：12外集卷一、13外集卷一、14外集卷一、15文录卷十一、16外集卷一、17外集卷一、18外集卷一、20卷十九、21卷十九、22卷十九、23卷十九、24卷十九、25卷八、26卷八、33卷六、34卷六、44卷一

五经臆说十三条：20卷二十六、21卷二十六、22卷二十六、23卷二十六、24卷二十六、35卷十三

五经臆说序（戊辰）：01卷一、02卷上、12外集卷六、13外集卷六、14外集卷六、15文录卷五、16外集卷六、17外集卷六、18外集卷六、20卷二十二、21卷二十二、22卷二十二、23卷二十二、24卷二十二、25卷五、26卷五、29卷四、35卷八、53卷五、55卷五

午憩香社寺：12外集卷三、13外集卷三、14外集卷三、15文录卷十三、

16外集卷三、17外集卷三、18外集卷三、20卷二十、21卷二十、22卷二十、23卷二十、24卷二十、25卷九、26卷九、44卷二

武陵潮音阁怀元明：01卷二、12外集卷二、13外集卷二、14外集卷二、15文录卷十二、16外集卷二、17外集卷二、18外集卷二、20卷十九、21卷十九、22卷十九、23卷十九、24卷十九、25卷八、26卷八、33卷六、34卷六、44卷二

武夷次壁间韵：12外集卷一、13外集卷一、14外集卷一、15文录卷十一、16外集卷一、17外集卷一、18外集卷一、20卷十九、21卷十九、22卷十九、23卷十九、24卷十九、25卷八、26卷八、44卷一

X

西安雨中诸生出候因寄德洪汝中并示书院诸生：12外集卷四、13外集卷四、14外集卷四、15文录卷十四、16外集卷四、17外集卷四、18外集卷四、20卷二十、21卷二十、22卷二十、23卷二十、24卷二十、25卷九、26卷九、35卷十六、36文章编卷四、37文章编卷四、38文章编卷四、39文章编卷四、40文章集卷四、41文章集卷四、44卷四

西湖：12外集卷四、13外集卷四、14外集卷四、15文录卷十四、16外集卷四、17外集卷四、18外集卷四、20卷二十、21卷二十、22卷二十、23卷二十、24卷二十、25卷九、26卷九、44卷三

西湖醉中漫书：20卷二十九、21卷二十九、22卷二十九、23卷二十九、24卷二十九、44卷四

西湖醉中漫书二首：12外集卷一、13外集卷一、14外集卷一、15文录卷十一、16外集卷一、17外集卷一、18外集卷一、20卷十九、21卷十九、22卷十九、23卷十九、24卷十九、25卷八、26卷八、33卷六、34卷六、44卷一

西园：01卷二、12外集卷二、13外集卷二、14外集卷二、15文录卷十二、16外集卷二、17外集卷二、18外集卷二、20卷十九、21卷十九、22卷十九、

23卷十九、24卷十九、25卷八、26卷八、44卷二

惜阴说（丙戌）：12文录卷四、13文录卷四、14文录卷四、15文录卷六、16文录卷四、17文录卷四、18文录卷四、20卷七、21卷七、22卷七、23卷七、24卷七、25卷七、26卷七、30卷三、35卷十三

溪水：01卷二、12外集卷二、13外集卷二、14外集卷二、15文录卷十二、16外集卷二、17外集卷二、18外集卷二、20卷十九、21卷十九、22卷十九、23卷十九、24卷十九、25卷八、26卷八、33卷六、34卷六、44卷二

喜雨三首：12外集卷三、13外集卷三、14外集卷三、15文录卷十三、16外集卷三、17外集卷三、18外集卷三、20卷二十、21卷二十、22卷二十、23卷二十、24卷二十、25卷九、26卷九、27卷十六、28卷十六、36文章编卷四、37文章编卷四、38文章编卷四、39文章编卷四、40文章集卷四、41文章集卷四、44卷三、48卷一

夏日登易氏万卷楼用唐韵：20卷二十九、21卷二十九、22卷二十九、23卷二十九、24卷二十九、44卷四

夏日游阳明小洞天喜诸生偕集偶用唐韵：20卷二十九、21卷二十九、22卷二十九、23卷二十九、24卷二十九、44卷四

先日与诸友有郊园之约是日因送客后期小诗写怀：20卷二十九、21卷二十九、22卷二十九、23卷二十九、24卷二十九、44卷四

献俘揭帖（九月二十六日）：17别录卷十一、19卷十一、20卷三十一、21卷三十一上、22卷三十一、23卷三十一、24卷三十一、26卷十九、27卷十、28卷十、36经济编卷四、37经济编卷四、38经济编卷四、39经济编卷四、40经济集卷四、41经济集卷四

香山次韵：12外集卷三、13外集卷三、14外集卷三、15文录卷十三、16外集卷三、17外集卷三、18外集卷三、20卷二十、21卷二十、22卷二十、23卷二十、24卷二十、25卷九、26卷九、30卷三、35卷十六、44卷二

象祠记（戊辰）：01卷一、12外集卷七、13外集卷七、14外集卷七、15文

录卷七、17外集卷七、18外集卷七、20卷二十三、21卷二十三、22卷二十三、23卷二十三、24卷二十三、25卷六、26卷六、27卷十四、28卷十四、30卷三、31卷三、32卷三、33卷四、34卷四、35卷九、36文章编卷二、37文章编卷二、38文章编卷二、39文章编卷二、40文章集卷二、41文章集卷二、52卷一、53卷五、54卷一、55卷五

象山文集序（庚辰）：02卷上、12文录卷四、13文录卷四、14文录卷四、15文录卷六、16文录卷四、17文录卷四、18文录卷四、20卷七、21卷七、22卷七、23卷七、24卷七、25卷五、26卷五、27卷五、28卷五、29卷四、35卷八、36理学编卷四、37理学编卷四、38理学编卷四、39理学编卷四、40理学集卷四、41理学集卷四、52卷一

晓霁用前韵书怀二首：01卷二、12外集卷二、13外集卷二、14外集卷二、15文录卷十二、16外集卷二、17外集卷二、18外集卷二、20卷十九、21卷十九、22卷十九、23卷十九、24卷十九、25卷八、26卷八、33卷六、34卷六、44卷二

晓谕安仁馀干顽民牌（正德十五年二月）：12别录卷九、13别录卷九、17别录卷十二、18别录卷九、19卷十二、20卷十七、21卷十七、22卷十七、23卷十七、24卷十七、26卷十九、27卷十一、28卷十一、36经济编卷五、37经济编卷五、38经济编卷五、39经济编卷五、40经济集卷五、41经济集卷五

谢恩疏（十二年正月二十六日）：12别录卷一、13别录卷一、17别录卷一、18别录卷一、19卷一、20卷九、21卷九、22卷九、23卷九、24卷九、26卷十一、35卷五

心渔歌为钱翁希明别号题（钱翁，德洪父，三岁双瞽，好古博学，能诗文）：12外集卷四、13外集卷四、14外集卷四、15文录卷十四、16外集卷四、17外集卷四、18外集卷四、20卷二十、21卷二十、22卷二十、23卷二十、24卷二十、25卷九、26卷九、44卷四

新建预备仓记（癸亥）：12外集卷七、13外集卷七、14外集卷七、15文录

卷七、17外集卷七、18外集卷七、20卷二十三、21卷二十三、22卷二十三、23卷二十三、24卷二十三、25卷六、26卷六、35卷九

兴国守胡孟登生像记（壬戌）：12外集卷七、13外集卷七、14外集卷七、15文录卷七、17外集卷七、18外集卷七、20卷二十三、21卷二十三、22卷二十三、23卷二十三、24卷二十三、25卷六、26卷六、35卷九

兴举社学牌：12别录卷九、13别录卷九、17别录卷十二、18别录卷九、19卷十二、20卷十七、21卷十七、22卷十七、23卷十七、24卷十七、26卷十九

兴隆卫书壁：01卷二、12外集卷二、13外集卷二、14外集卷二、15文录卷十二、16外集卷二、17外集卷二、18外集卷二、20卷十九、21卷十九、22卷十九、23卷十九、24卷十九、25卷八、26卷八、27卷十六、28卷十六、33卷六、34卷六、36文章编卷四、37文章编卷四、38文章编卷四、39文章编卷四、40文章集卷四、41文章集卷四、44卷二、48卷一

行参将沈希仪计剿八寨牌（五月初九日）：17别录卷十四、20卷三十、21卷三十、22卷三十、23卷三十、24卷三十、26卷二十、27卷十三、28卷十三、30卷五、37经济编卷七、38经济编卷七、39经济编卷七、40经济集卷七、41经济集卷七

行参将沈希仪守八寨牌（二月二十三日）：17别录卷十四、20卷三十、21卷三十、22卷三十、23卷三十、24卷三十、27卷十三、28卷十三、37经济编卷七、38经济编卷七、39经济编卷七、40经济集卷七、41经济集卷七

行丰城县督造浅船牌（十六年）：20卷三十一、21卷三十一上、22卷三十一、23卷三十一、24卷三十一

行福建布政司调兵勤王：17别录卷十、19卷十、20卷三十一、21卷三十一上、22卷三十一、23卷三十一、24卷三十一

行福建漳州府取回岑邦佐牌：20卷三十、21卷三十、22卷三十、23卷三十、24卷三十

行广西统领军兵各官剿抚事宜牌（嘉靖六年十一月初五日）：17别录卷十三、19卷十三、20卷三十、21卷三十、22卷三十、23卷三十、24卷三十

行吉安府禁止镇守贡献牌（六月二十日）：17别录卷十、19卷十、20卷三十一、21卷三十一上、22卷三十一、23卷三十一、24卷三十一、26卷十八、27卷十一、28卷十一、31卷六、32卷六、36经济编卷五、37经济编卷五、38经济编卷五、39经济编卷五、40经济集卷五、41经济集卷五

行吉安府收囤兑粮牌（正德十四年六月二十日）：17别录卷十、19卷十、20卷三十一、21卷三十一上、22卷三十一、23卷三十一、24卷三十一、30卷五

行吉安府踏勘灾伤（七月初五日）：20卷三十一、21卷三十一上、22卷三十一、23卷三十一、24卷三十一

行吉安府知会纪功御史牌（七月初八日）：17别录卷十、19卷十、20卷三十一、21卷三十一上、22卷三十一、23卷三十一、24卷三十一

行江西按察司编审九姓渔户牌（九月二十四日）：17别录卷十一、19卷十一、20卷三十一、21卷三十一上、22卷三十一、23卷三十一、24卷三十一、26卷十八、27卷十、28卷十、36经济编卷四、37经济编卷四、38经济编卷四、39经济编卷四、40经济集卷四、41经济集卷四

行江西按察司查禁因公科索民财（十二月十一日）：17别录卷十一、19卷十一、20卷三十一、21卷三十一上、22卷三十一、23卷三十一、24卷三十一、27卷十、28卷十

行江西按察司清查军前解回粮赏等物（六月十九日）：17别录卷十二、19卷十二、20卷三十一、21卷三十一上、22卷三十一、23卷三十一、24卷三十一

行江西按察司审问通贼罪犯牌（六月十五日）：17别录卷十二、19卷十二、20卷三十一、21卷三十一上、22卷三十一、23卷三十一、24卷三十一

行江西按察司知会逆党宫眷姓名：17别录卷十一、19卷十一、20卷

三十一、21卷三十一上、22卷三十一、23卷三十一、24卷三十一

行江西布按二司看守宁府库藏（九月十一日）：17别录卷十、19卷十、20卷三十一、21卷三十一上、22卷三十一、23卷三十一、24卷三十一、27卷十、28卷十、36经济编卷四、37经济编卷四、38经济编卷四、39经济编卷四、40经济集卷四、41经济集卷四

行江西布按二司厘革抚绥条件（九月十二日）：17别录卷十、19卷十、20卷三十一、21卷三十一上、22卷三十一、23卷三十一、24卷三十一、26卷二十、27卷十、28卷十、36经济编卷四、37经济编卷四、38经济编卷四、39经济编卷四、40经济集卷四、41经济集卷四

行江西布按二司清查军前取用钱粮：17别录卷十一、19卷十一、20卷三十一、21卷三十一上、22卷三十一、23卷三十一、24卷三十一、26卷十九、27卷十、28卷十、36经济编卷四、37经济编卷四、38经济编卷四、39经济编卷四、40经济集卷四、41经济集卷四

行江西布政司清查没官房产（十一月二十日）：17别录卷十二、19卷十二、20卷三十一、21卷三十一上、22卷三十一、23卷三十一、24卷三十一

行江西三司清查被劫府库起运钱粮（九月初四）：17别录卷十、19卷十、20卷三十一、21卷三十一上、22卷三十一、23卷三十一、24卷三十一、27卷十、28卷十

行江西三司搜剿鄱阳馀贼牌（五月二十日）：17别录卷十一、19卷十一、20卷三十一、21卷三十一上、22卷三十一、23卷三十一、24卷三十一

行江西三司停止兴作牌（八月初九日）：17别录卷十二、19卷十二、20卷三十一、21卷三十一上、22卷三十一、23卷三十一、24卷三十一

行廉州府清查十家牌法（四月十六日）：17别录卷十三、19卷十三、20卷三十、21卷三十、22卷三十、23卷三十、24卷三十

行两广按察司稽查冒滥关文：17别录卷十三、19卷十三、20卷三十、21卷三十、22卷三十、23卷三十、24卷三十

行两广都布按三司选用武职官员（十二月初七日）：17 别录卷十三、19 卷十三、20 卷三十、21 卷三十、22 卷三十、23 卷三十、24 卷三十

行岭北道裁革军职巡捕牌（十四年五月初五日）：20 卷三十、21 卷三十、22 卷三十、23 卷三十、24 卷三十

行岭北道催督进剿牌（十月初十日）：17 别录卷八、19 卷八、20 卷三十、21 卷三十、22 卷三十、23 卷三十、24 卷三十

行岭北道清查赣州钱粮牌（十月二十三日）：20 卷三十一、21 卷三十一上、22 卷三十一、23 卷三十一、24 卷三十一

行岭北道申明教场军令（九月十七日）：17 别录卷十二、19 卷十二、20 卷三十一、21 卷三十一上、22 卷三十一、23 卷三十一、24 卷三十一、26 卷二十、27 卷六、28 卷六、36 经济编卷五、37 经济编卷五、38 经济编卷五、39 经济编卷五、40 经济集卷五、41 经济集卷五

行岭北等道议处兵饷（八月十四日）：17 别录卷九、19 卷九、20 卷三十、21 卷三十、22 卷三十、23 卷三十、24 卷三十

行龙川县抚谕新民：12 别录卷八、13 别录卷八、17 别录卷九、18 别录卷八、19 卷九、20 卷十六、22 卷十六、23 卷十六、24 卷十六、26 卷十八

行南昌府礼送孙公归榇牌（八月二十九日）：17 别录卷十、19 卷十、20 卷三十一、21 卷三十一上、22 卷三十一、23 卷三十一、24 卷三十一、27 卷十、28 卷十

行南昌府清查占夺民产（八月十六日）：17 别录卷十、19 卷十、20 卷三十一、21 卷三十一上、22 卷三十一、23 卷三十一、24 卷三十一

行南韶二府招集民兵牌（十一月十二日）：17 别录卷十三、19 卷十三、20 卷三十、21 卷三十、22 卷三十、23 卷三十、24 卷三十、27 卷十三、28 卷十三、37 经济编卷七、38 经济编卷七、39 经济编卷七、40 经济集卷七、41 经济集卷七

行通判陈志敬查禁田州府私征商税牌（五月十五日）：17 别录卷十三、19

卷十三、20 卷三十、21 卷三十、22 卷三十、23 卷三十、24 卷三十

行浔州府抚恤新民牌：17 别录卷十四、20 卷三十、21 卷三十、22 卷三十、23 卷三十、24 卷三十、26 卷二十、27 卷十三、28 卷十三、37 经济编卷七、38 经济编卷七、39 经济编卷七、40 经济集卷七、41 经济集卷七

行右江道犒赏卢苏王受牌（七月初三日）：17 别录卷十四、20 卷三十、21 卷三十、22 卷三十、23 卷三十、24 卷三十

行右江道招回新民牌（五月初六日）：17 别录卷十四、20 卷三十、21 卷三十、22 卷三十、23 卷三十、24 卷三十

行雩都县建立社学牌（十二月二十七日）：17 别录卷十二、19 卷十二、20 卷三十一、21 卷三十一上、22 卷三十一、23 卷三十一、24 卷三十一

行袁州等府查处军中备用钱粮牌（十月初六日）：17 别录卷十、19 卷十、20 卷三十一、21 卷三十一上、22 卷三十一、23 卷三十一、24 卷三十一

行漳南道禁支税牌（六月二十八日）：20 卷三十、21 卷三十、22 卷三十、23 卷三十、24 卷三十

行知县刘守绪等袭剿坟厂牌（七月十三日）：17 别录卷十、19 卷十、20 卷三十一、21 卷三十一上、22 卷三十一、23 卷三十一、24 卷三十一、26 卷十九、27 卷九、28 卷九、30 卷五、36 经济编卷四、37 经济编卷四、38 经济编卷四、39 经济编卷四、40 经济集卷四、41 经济集卷四

行左江道剿抚仙台白竹诸瑶牌（三月二十四日）：17 别录卷十四、20 卷三十、21 卷三十、22 卷三十、23 卷三十、24 卷三十、26 卷二十、27 卷十三、28 卷十三、37 经济编卷七、38 经济编卷七、39 经济编卷七、40 经济集卷七、41 经济集卷七

行左江道犒赏湖兵牌（六月初十日）：17 别录卷十四、20 卷三十、21 卷三十、22 卷三十、23 卷三十、24 卷三十

行左江道赈济牌（八月初十日）：17 别录卷十三、19 卷十三、20 卷三十、21 卷三十、22 卷三十、23 卷三十、24 卷三十

性天卷诗序：20 卷二十九、21 卷二十九、22 卷二十九、23 卷二十九、24 卷二十九

修道说（戊寅）：02 卷下、12 文录卷四、13 文录卷四、14 文录卷四、15 文录卷六、16 文录卷四、17 文录卷四、18 文录卷四、20 卷七、21 卷七、22 卷七、23 卷七、24 卷七、25 卷七、26 卷七、27 卷十四、28 卷十四、29 卷四、35 卷十三、36 文章编卷二、37 文章编卷二、38 文章编卷二、39 文章编卷二、40 文章集卷二、41 文章集卷二

徐爱录（传习录）：02 卷上、03 卷一、04 上（中、下）卷一、05 卷上、06 卷上之一、10 卷一、11 卷上、13 传习录上卷一、15 语录卷一、20 卷一、22 卷一、23 卷一、24 卷一、26 卷二十一、27 卷二、28 卷二、35 卷一、36 理学编卷一、37 理学编卷一、38 理学编卷一、39 理学编卷一、40 理学集卷一、41 理学集卷一、42 卷一、43 卷一上、47 传习录节录、52 卷一、57 卷一、58 卷一、59 传习则言、60 卷一、65 传习录上

徐昌国墓志（辛未）：02 卷上、12 外集卷九、13 外集卷九、14 外集卷九、15 文录卷十、17 外集卷九、18 外集卷九、20 卷二十五、21 卷二十五、22 卷二十五、23 卷二十五、24 卷二十五、25 卷十、26 卷十、27 卷十五、28 卷十五、35 卷十五、36 文章编卷三、37 文章编卷三、38 文章编卷三、39 文章编卷三、40 文章集卷三、41 文章集卷三、55 卷七

徐都宪同游南庵次韵：01 卷二、12 外集卷二、13 外集卷二、14 外集卷二、15 文录卷十二、16 外集卷二、17 外集卷二、18 外集卷二、20 卷十九、21 卷十九、22 卷十九、23 卷十九、24 卷十九、25 卷八、26 卷八、33 卷六、34 卷六、44 卷二

恤重刑以实军伍疏（十四年八月二十五日）：12 别录卷四、13 别录卷四、17 别录卷四、18 别录卷四、19 卷四、20 卷十二、21 卷十二、22 卷十二、23 卷十二、24 卷十二、26 卷十四

溆浦山夜泊：01 卷二、12 外集卷二、13 外集卷二、14 外集卷二、15 文录

卷十二、16 外集卷二、17 外集卷二、18 外集卷二、20 卷十九、21 卷十九、22 卷十九、23 卷十九、24 卷十九、25 卷八、26 卷八、33 卷六、34 卷六、44 卷二、48 卷一

选拣民兵：12 别录卷八、13 别录卷八、17 别录卷八、18 别录卷八、19 卷八、20 卷十六、21 卷十六、22 卷十六、23 卷十六、24 卷十六、26 卷十八、27 卷六、28 卷六、30 卷五、31 卷五、32 卷五、33 卷五、34 卷五、35 卷十七、36 经济编卷一、37 经济编卷一、38 经济编卷一、39 经济编卷一、40 经济集卷一、41 经济集卷一、55 卷七

选募将领牌：12 别录卷八、13 别录卷八、17 别录卷八、18 别录卷八、19 卷八、20 卷十六、21 卷十六、22 卷十六、23 卷十六、24 卷十六、26 卷十八、27 卷七、28 卷七、35 卷十七、36 经济编卷一、37 经济编卷一、38 经济编卷一、39 经济编卷一、40 经济集卷一、41 经济集卷一

薛侃录（传习录）：03 卷三、04 上卷三、05 卷上、06 卷上之三、10 卷一、11 卷上、13 传习录上卷三、15 语录卷三、20 卷一、22 卷一、23 卷一、24 卷一、26 卷二十一、27 卷二、28 卷二、35 卷一、36 理学编卷一、37 理学编卷一、38 理学编卷一、39 理学编卷一、40 理学集卷一、41 理学集卷一、42 卷一、43 卷一上、47 传习录节录、52 卷一、57 卷一、58 卷一、59 传习则言、60 卷一、65 传习录上

雪窗闲卧：20 卷二十九、21 卷二十九、22 卷二十九、23 卷二十九、24 卷二十九、44 卷四

雪望四首：12 外集卷四、13 外集卷四、14 外集卷四、15 文录卷十四、16 外集卷四、17 外集卷四、18 外集卷四、20 卷二十、21 卷二十、22 卷二十、23 卷二十、24 卷二十、25 卷九、26 卷九、27 卷十六、28 卷十六、33 卷六、34 卷六、36 文章编卷四、37 文章编卷四、38 文章编卷四、39 文章编卷四、40 文章集卷四、41 文章集卷四、44 卷四

雪岩次苏颖滨韵：20 卷二十九、21 卷二十九、22 卷二十九、23 卷二十九、

24卷二十九、44卷四

雪夜：01卷二、12外集卷二、13外集卷二、14外集卷二、15文录卷十二、16外集卷二、17外集卷二、18外集卷二、20卷十九、21卷十九、22卷十九、23卷十九、24卷十九、25卷八、26卷八、44卷二、48卷一

雪中桃次韵：01卷二、12外集卷二、13外集卷二、14外集卷二、15文录卷十二、16外集卷二、17外集卷二、18外集卷二、20卷十九、21卷十九、22卷十九、23卷十九、24卷十九、25卷八、26卷八、33卷六、34卷六、44卷二

巡抚地方疏（十五年四月二十五日）：12别录卷五、17别录卷五、18别录卷五、19卷五、20卷十三、21卷十三、22卷十三、23卷十三、24卷十三、26卷十五

巡抚南赣钦奉敕谕通行各属（正德十二年正月）：12别录卷八、13别录卷八、17别录卷八、18别录卷八、19卷八、20卷十六、21卷十六、22卷十六、23卷十六、24卷十六、26卷十八、27卷六、28卷六、30卷五、35卷十七、36经济编卷一、37经济编卷一、38经济编卷一、39经济编卷一、40经济集卷一、41经济集卷一、55卷七

寻春：12外集卷一、13外集卷一、14外集卷一、15文录卷十一、16外集卷一、17外集卷一、18外集卷一、20卷十九、21卷十九、22卷十九、23卷十九、24卷十九、25卷八、26卷八、44卷一、48卷一

训蒙大意示教读刘伯颂等：02卷上、06卷下之三、13传习录下卷五、20卷二、22卷二、23卷二、24卷二、35卷三、42卷二

Y

岩头闲坐漫成：12外集卷四、13外集卷四、14外集卷四、15文录卷十四、16外集卷四、17外集卷四、18外集卷四、20卷二十、21卷二十、22卷二十、23卷二十、24卷二十、25卷九、26卷九、44卷四、48卷一

岩下桃花盛开携酒独酌：12外集卷四、13外集卷四、14外集卷四、15文录卷十四、16外集卷四、17外集卷四、18外集卷四、20卷二十、21卷二十、

22卷二十、23卷二十、24卷二十、25卷九、26卷九、44卷三

阳明子之南也其友湛元明歌九章以赠崔子钟和之以五诗于是阳明子作八咏以答之其八：01卷三、12外集卷一、13外集卷一、14外集卷一、15文录卷十一、16外集卷一、17外集卷一、18外集卷一、20卷十九、21卷十九、22卷十九、23卷十九、24卷十九、25卷八、26卷八、27卷十六、28卷十六、36文章编卷四、37文章编卷四、38文章编卷四、39文章编卷四、40文章集卷四、41文章集卷四、44卷一、48卷一

阳明子之南也其友湛元明歌九章以赠崔子钟和之以五诗于是阳明子作八咏以答之其二：01卷三、12外集卷一、13外集卷一、14外集卷一、15文录卷十一、16外集卷一、17外集卷一、18外集卷一、20卷十九、21卷十九、22卷十九、23卷十九、24卷十九、25卷八、26卷八、27卷十六、28卷十六、36文章编卷四、37文章编卷四、38文章编卷四、39文章编卷四、40文章集卷四、41文章集卷四、44卷一、48卷一

阳明子之南也其友湛元明歌九章以赠崔子钟和之以五诗于是阳明子作八咏以答之其六：01卷三、12外集卷一、13外集卷一、14外集卷一、15文录卷十一、16外集卷一、17外集卷一、18外集卷一、20卷十九、21卷十九、22卷十九、23卷十九、24卷十九、25卷八、26卷八、30卷三、44卷一、48卷一

阳明子之南也其友湛元明歌九章以赠崔子钟和之以五诗于是阳明子作八咏以答之其七：01卷三、12外集卷一、13外集卷一、14外集卷一、15文录卷十一、16外集卷一、17外集卷一、18外集卷一、20卷十九、21卷十九、22卷十九、23卷十九、24卷十九、25卷八、26卷八、44卷一、48卷一

阳明子之南也其友湛元明歌九章以赠崔子钟和之以五诗于是阳明子作八咏以答之其三：01卷三、12外集卷一、13外集卷一、14外集卷一、15文录卷十一、16外集卷一、17外集卷一、18外集卷一、20卷十九、21卷十九、22卷十九、23卷十九、24卷十九、25卷八、26卷八、44卷一、48卷一

阳明子之南也其友湛元明歌九章以赠崔子钟和之以五诗于是阳明子作八咏

以答之其四：01卷三、12外集卷一、13外集卷一、14外集卷一、15文录卷十一、16外集卷一、17外集卷一、18外集卷一、20卷十九、21卷十九、22卷十九、23卷十九、24卷十九、25卷八、26卷八、30卷三、44卷一、48卷一

阳明子之南也其友湛元明歌九章以赠崔子钟和之以五诗于是阳明子作八咏以答之其五：01卷三、12外集卷一、13外集卷一、14外集卷一、15文录卷十一、16外集卷一、17外集卷一、18外集卷一、20卷十九、21卷十九、22卷十九、23卷十九、24卷十九、25卷八、26卷八、30卷三、44卷一、48卷一

阳明子之南也其友湛元明歌九章以赠崔子钟和之以五诗于是阳明子作八咏以答之其一：01卷三、12外集卷一、13外集卷一、14外集卷一、15文录卷十一、16外集卷一、17外集卷一、18外集卷一、20卷十九、21卷十九、22卷十九、23卷十九、24卷十九、25卷八、26卷八、27卷十六、28卷十六、36文章编卷四、37文章编卷四、38文章编卷四、39文章编卷四、40文章集卷四、41文章集卷四、44卷一、48卷一

阳朔知县杨君墓志铭：20卷二十八、21卷二十八、22卷二十八、23卷二十八、24卷二十八、35卷十五

杨邃庵待隐园次韵五首：12外集卷四、13外集卷四、14外集卷四、15文录卷十四、16外集卷四、17外集卷四、18外集卷四、20卷二十、21卷二十、22卷二十、23卷二十、24卷二十、25卷九、26卷九、27卷十六、28卷十六、30卷三、33卷六、34卷六、35卷十六、36文章编卷四、37文章编卷四、38文章编卷四、39文章编卷四、40文章集卷四、41文章集卷四、44卷三

仰湖广布按二司优恤冀元亨家属：12别录卷九、13别录卷九、17别录卷十二、18别录卷九、19卷十二、20卷十七、22卷十七、23卷十七、24卷十七、26卷十九

仰南安赣州府印行告谕牌：12别录卷八、13别录卷八、17别录卷九、18别录卷八、19卷九、20卷十六、21卷十六、22卷十六、23卷十六、24卷十六、26卷十八

仰南康府劝留教授蔡宗兖：12 别录卷九、13 别录卷九、17 别录卷十二、18 别录卷九、19 卷十二、20 卷十七、22 卷十七、23 卷十七、24 卷十七、26 卷十九、27 卷七、28 卷七、31 卷二、32 卷二、33 卷五、34 卷五、35 卷十八

夜泊江思湖忆元明：01 卷二、12 外集卷二、13 外集卷二、14 外集卷二、15 文录卷十二、16 外集卷二、17 外集卷二、18 外集卷二、20 卷十九、21 卷十九、22 卷十九、23 卷十九、24 卷十九、25 卷八、26 卷八、35 卷十六、44 卷二

夜泊石亭寺用韵呈陈娄诸公因寄储柴墟都宪及乔白岩太常诸友：01 卷三、12 外集卷一、13 外集卷一、15 文录卷十一、16 外集卷一、17 外集卷一、18 外集卷一、20 卷十九、21 卷十九、22 卷十九、23 卷十九、24 卷十九、25 卷八、26 卷八、27 卷十六、28 卷十六、33 卷六、34 卷六、36 文章编卷四、37 文章编卷四、38 文章编卷四、39 文章编卷四、40 文章集卷四、41 文章集卷四、44 卷一

夜寒：01 卷二、12 外集卷二、13 外集卷二、14 外集卷二、15 文录卷十二、16 外集卷二、17 外集卷二、18 外集卷二、20 卷十九、21 卷十九、22 卷十九、23 卷十九、24 卷十九、25 卷八、26 卷八、33 卷六、34 卷六、44 卷二

夜气说（乙亥）：12 文录卷四、13 文录卷四、14 文录卷四、15 文录卷六、16 文录卷四、17 文录卷四、18 文录卷四、20 卷七、21 卷七、22 卷七、23 卷七、24 卷七、25 卷七、26 卷七、29 卷四、35 卷十三

夜宿浮峰次谦之韵：12 外集卷四、13 外集卷四、14 外集卷四、15 文录卷十四、16 外集卷四、17 外集卷四、18 外集卷四、20 卷二十、21 卷二十、22 卷二十、23 卷二十、24 卷二十、25 卷九、26 卷九、27 卷十六、28 卷十六、33 卷六、34 卷六、36 文章编卷四、37 文章编卷四、38 文章编卷四、39 文章编卷四、40 文章集卷四、41 文章集卷四、44 卷四、48 卷一

夜宿功德寺次宗贤韵二绝：12 外集卷三、13 外集卷三、14 外集卷三、15 文录卷十三、16 外集卷三、17 外集卷三、18 外集卷三、20 卷二十、21 卷二十、

22卷二十、23卷二十、24卷二十、25卷九、26卷九、27卷十六、28卷十六、33卷六、34卷六、36文章编卷四、37文章编卷四、38文章编卷四、39文章编卷四、40文章集卷四、41文章集卷四、44卷二

夜宿天池月下闻雷次早知山下大雨三首：12外集卷四、13外集卷四、14外集卷四、15文录卷十四、16外集卷四、17外集卷四、18外集卷四、20卷二十、21卷二十、22卷二十、23卷二十、24卷二十、25卷九、26卷九、27卷十六、28卷十六、33卷六、34卷六、35卷十六、36文章编卷四、37文章编卷四、38文章编卷四、39文章编卷四、40文章集卷四、41文章集卷四、44卷三

夜宿汪氏园：01卷二、12外集卷二、13外集卷二、14外集卷二、15文录卷十二、16外集卷二、17外集卷二、18外集卷二、20卷十九、21卷十九、22卷十九、23卷十九、24卷十九、25卷八、26卷八、44卷二

夜宿无相寺：12外集卷一、13外集卷一、14外集卷一、15文录卷十一、16外集卷一、17外集卷一、18外集卷一、20卷十九、21卷十九、22卷十九、23卷十九、24卷十九、25卷八、26卷八、44卷一

夜宿香山林宗师房次韵二首：12外集卷三、13外集卷三、14外集卷三、15文录卷十三、16外集卷三、17外集卷三、18外集卷三、20卷二十、21卷二十、22卷二十、23卷二十、24卷二十、25卷九、26卷九、27卷十六、28卷十六、36文章编卷四、37文章编卷四、38文章编卷四、39文章编卷四、40文章集卷四、41文章集卷四、44卷二、48卷一

夜宿宣风馆：01卷三、12外集卷一、13外集卷一、14外集卷一、15文录卷十一、16外集卷一、17外集卷一、18外集卷一、20卷十九、21卷十九、22卷十九、23卷十九、24卷十九、25卷八、26卷八、27卷十六、28卷十六、33卷六、34卷六、35卷十六、36文章编卷四、37文章编卷四、38文章编卷四、39文章编卷四、40文章集卷四、41文章集卷四、44卷一、48卷一

夜雨山翁家偶书：12外集卷一、13外集卷一、14外集卷一、15文录卷十一、16外集卷一、17外集卷一、18外集卷一、20卷十九、21卷十九、22卷

十九、23卷十九、24卷十九、25卷八、26卷八、33卷六、34卷六、44卷一

夜坐：12外集卷四、13外集卷四、14外集卷四、15文录卷十四、16外集卷四、17外集卷四、18外集卷四、20卷二十、21卷二十、22卷二十、23卷二十、24卷二十、25卷九、26卷九、27卷十六、28卷十六、30卷三、36文章编卷四、37文章编卷四、38文章编卷四、39文章编卷四、40文章集卷四、41文章集卷四、44卷四

夜坐偶怀故山：12外集卷三、13外集卷三、14外集卷三、15文录卷十三、16外集卷三、17外集卷三、18外集卷三、20卷二十、21卷二十、22卷二十、23卷二十、24卷二十、25卷九、26卷九、44卷三

谒伏波庙二首：12外集卷四、13外集卷四、14外集卷四、15文录卷十四、16外集卷四、17外集卷四、18外集卷四、20卷二十、21卷二十、22卷二十、23卷二十、24卷二十、25卷九、26卷九、27卷十六、28卷十六、33卷六、34卷六、35卷十六、36文章编卷四、37文章编卷四、38文章编卷四、39文章编卷四、40文章集卷四、41文章集卷四、44卷四、48卷一

一日怀抑之也抑之之赠既尝答以三诗意若有歉焉是以赋也其二：01卷三、12外集卷一、13外集卷一、14外集卷一、15文录卷十一、16外集卷一、17外集卷一、18外集卷一、20卷十九、21卷十九、22卷十九、23卷十九、24卷十九、25卷八、26卷八、27卷十六、28卷十六、36文章编卷四、37文章编卷四、38文章编卷四、39文章编卷四、40文章集卷四、41文章集卷四、44卷一、48卷一

一日怀抑之也抑之之赠既尝答以三诗意若有歉焉是以赋也其三：01卷三、12外集卷一、13外集卷一、14外集卷一、15文录卷十一、16外集卷一、17外集卷一、18外集卷一、20卷十九、21卷十九、22卷十九、23卷十九、24卷十九、25卷八、26卷八、27卷十六、28卷十六、36文章编卷四、37文章编卷四、38文章编卷四、39文章编卷四、40文章集卷四、41文章集卷四、44卷一、48卷一

一日怀抑之也抑之之赠既尝答以三诗意若有歉焉是以赋也其一：01 卷三、12 外集卷一、13 外集卷一、14 外集卷一、15 文录卷十一、16 外集卷一、17 外集卷一、18 外集卷一、20 卷十九、21 卷十九、22 卷十九、23 卷十九、24 卷十九、25 卷八、26 卷八、27 卷十六、28 卷十六、36 文章编卷四、37 文章编卷四、38 文章编卷四、39 文章编卷四、40 文章集卷四、41 文章集卷四、44 卷一、48 卷一

猗猗：01 卷二、12 外集卷二、13 外集卷二、14 外集卷二、15 文录卷十二、16 外集卷二、17 外集卷二、18 外集卷二、20 卷十九、21 卷十九、22 卷十九、23 卷十九、24 卷十九、25 卷八、26 卷八、33 卷六、34 卷六、44 卷二

移居胜果寺二首：01 卷三、12 外集卷一、13 外集卷一、14 外集卷一、15 文录卷十一、16 外集卷一、17 外集卷一、18 外集卷一、20 卷十九、21 卷十九、22 卷十九、23 卷十九、24 卷十九、25 卷八、26 卷八、30 卷三、35 卷十六、44 卷一、48 卷一

移置驿传疏（正德十三年二月二十五日）：12 别录卷三、13 别录卷三、17 别录卷三、18 别录卷三、19 卷三、20 卷十一、21 卷十一、22 卷十一、23 卷十一、24 卷十一、26 卷十三

易直先生墓志（壬戌）：12 外集卷九、13 外集卷九、14 外集卷九、15 文录卷十、17 外集卷九、18 外集卷九、20 卷二十五、21 卷二十五、22 卷二十五、23 卷二十五、24 卷二十五、25 卷十、26 卷十、35 卷十五

瘗旅文（戊辰）：01 卷一、12 外集卷九、13 外集卷九、14 外集卷九、15 文录卷十、17 外集卷九、18 外集卷九、20 卷二十五、21 卷二十五、22 卷二十五、23 卷二十五、24 卷二十五、25 卷十、26 卷十、27 卷十四、28 卷十四、30 卷三、31 卷三、32 卷三、33 卷四、34 卷四、35 卷十五、36 文章编卷三、37 文章编卷三、38 文章编卷三、39 文章编卷三、40 文章集卷三、41 文章集卷三、52 卷一、53 卷五、54 卷一、55 卷七

忆别：12 外集卷一、13 外集卷一、14 外集卷一、15 文录卷十一、16 外集卷一、

17外集卷一、18外集卷一、20卷十九、21卷十九、22卷十九、23卷十九、24卷十九、25卷八、26卷八、30卷三、44卷一

忆鉴湖友：12外集卷一、13外集卷一、14外集卷一、15文录卷十一、16外集卷一、17外集卷一、18外集卷一、20卷十九、21卷十九、22卷十九、23卷十九、24卷十九、25卷八、26卷八、30卷三、44卷一

忆龙泉山：12外集卷一、13外集卷一、14外集卷一、15文录卷十一、16外集卷一、17外集卷一、18外集卷一、20卷十九、21卷十九、22卷十九、23卷十九、24卷十九、25卷八、26卷八、44卷一

忆昔答乔白岩因寄储柴墟三首其二：01卷三、12外集卷一、13外集卷一、14外集卷一、15文录卷十一、16外集卷一、17外集卷一、18外集卷一、20卷十九、21卷十九、22卷十九、23卷十九、24卷十九、25卷八、26卷八、30卷三、44卷一

忆昔答乔白岩因寄储柴墟三首其三：01卷三、12外集卷一、13外集卷一、14外集卷一、15文录卷十一、16外集卷一、17外集卷一、18外集卷一、20卷十九、21卷十九、22卷十九、23卷十九、24卷十九、25卷八、26卷八、44卷一

忆昔答乔白岩因寄储柴墟三首其一：01卷三、12外集卷一、13外集卷一、14外集卷一、15文录卷十一、16外集卷一、17外集卷一、18外集卷一、20卷十九、21卷十九、22卷十九、23卷十九、24卷十九、25卷八、26卷八、30卷三、44卷一

忆诸弟：12外集卷一、13外集卷一、14外集卷一、15文录卷十一、16外集卷一、17外集卷一、18外集卷一、20卷十九、21卷十九、22卷十九、23卷十九、24卷十九、25卷八、26卷八、44卷一

议处官吏廪俸：12别录卷九、13别录卷九、17别录卷十二、18别录卷九、19卷十二、20卷十七、21卷十七、22卷十七、23卷十七、24卷十七、26卷十九、27卷十二、28卷十二、31卷七、32卷七、35卷十八、36经济编卷五、

37经济编卷五、38经济编卷五、39经济编卷五、40经济集卷五、41经济集卷五

议处河源馀贼：12别录卷八、13别录卷八、17别录卷九、18别录卷八、19卷九、20卷十六、21卷十六、22卷十六、23卷十六、24卷十六、26卷十八、27卷六、28卷六、30卷五、31卷五、32卷五、33卷五、34卷五、35卷十七、36经济编卷三、37经济编卷三、38经济编卷三、39经济编卷三、40经济集卷三、41经济集卷三

议处江古诸处瑶贼：12别录卷十、13别录卷十、17别录卷十三、18别录卷十、19卷十三、20卷十八、21卷十八、22卷十八、23卷十八、24卷十八、26卷二十、27卷十三、28卷十三、30卷五、37经济编卷七、38经济编卷七、39经济编卷七、40经济集卷七、41经济集卷七

议处添设县所城堡巡司咨（五月三十日）：17别录卷九、19卷九、20卷三十、21卷三十、22卷三十、23卷三十、24卷三十

议夹剿兵粮疏（正德十二年七月初五日）：12别录卷二、13别录卷二、17别录卷二、18别录卷二、19卷二、20卷十、21卷十、22卷十、23卷十、24卷十、26卷十二、27卷六、28卷六、36经济编卷二、37经济编卷二、38经济编卷二、39经济编卷二、40经济集卷二、41经济集卷二

议夹剿方略疏（十二年九月十五日）：12别录卷二、13别录卷二、17别录卷二、18别录卷二、19卷二、20卷十、21卷十、22卷十、23卷十、24卷十、26卷十二、27卷六、28卷六、35卷五、36经济编卷二、37经济编卷二、38经济编卷二、39经济编卷二、40经济集卷二、41经济集卷二

议立县卫：12别录卷十、13别录卷十、17别录卷十四、18别录卷十、20卷十八、21卷十八、22卷十八、23卷十八、24卷十八、26卷二十、27卷十三、28卷十三、35卷十九、37经济编卷七、38经济编卷七、39经济编卷七、40经济集卷七、41经济集卷七

议南赣商税疏（十二年九月二十五日）：12别录卷二、13别录卷二、17别

录卷二、18 别录卷二、19 卷二、20 卷十、21 卷十、22 卷十、23 卷十、24 卷十、26 卷十二、27 卷八、28 卷八、35 卷五、36 经济编卷一、37 经济编卷一、38 经济编卷一、39 经济编卷一、40 经济集卷一、41 经济集卷一

因雨和杜韵：01 卷三、12 外集卷一、13 外集卷一、14 外集卷一、15 文录卷十一、16 外集卷一、17 外集卷一、18 外集卷一、20 卷十九、21 卷十九、22 卷十九、23 卷十九、24 卷十九、25 卷八、26 卷八、27 卷十六、28 卷十六、33 卷六、34 卷六、36 文章编卷四、37 文章编卷四、38 文章编卷四、39 文章编卷四、40 文章集卷四、41 文章集卷四、44 卷一、48 卷一

鹦鹉和胡韵：01 卷二、12 外集卷二、13 外集卷二、14 外集卷二、15 文录卷十二、16 外集卷二、17 外集卷二、18 外集卷二、20 卷十九、21 卷十九、22 卷十九、23 卷十九、24 卷十九、25 卷八、26 卷八、27 卷十六、28 卷十六、36 文章编卷四、37 文章编卷四、38 文章编卷四、39 文章编卷四、40 文章集卷四、41 文章集卷四、44 卷二

应天府重修儒学记（甲戌）：12 外集卷七、13 外集卷七、14 外集卷七、15 文录卷七、17 外集卷七、18 外集卷七、20 卷二十三、21 卷二十三、22 卷二十三、23 卷二十三、24 卷二十三、25 卷六、26 卷六、30 卷三、35 卷九、55 卷五

咏良知四首示诸生：12 外集卷四、13 外集卷四、14 外集卷四、15 文录卷十四、16 外集卷四、17 外集卷四、18 外集卷四、20 卷二十、21 卷二十、22 卷二十、23 卷二十、24 卷二十、25 卷九、26 卷九、27 卷十六、28 卷十六、30 卷三、33 卷六、34 卷六、35 卷十六、36 文章编卷四、37 文章编卷四、38 文章编卷四、39 文章编卷四、40 文章集卷四、41 文章集卷四、44 卷四

用实夫韵：12 外集卷三、13 外集卷三、14 外集卷三、15 文录卷十三、16 外集卷三、17 外集卷三、18 外集卷三、20 卷二十、21 卷二十、22 卷二十、23 卷二十、24 卷二十、25 卷九、26 卷九、44 卷三

用韵答伍汝真：12 外集卷四、13 外集卷四、14 外集卷四、15 文录卷十四、

16外集卷四、17外集卷四、18外集卷四、20卷二十、21卷二十、22卷二十、23卷二十、24卷二十、25卷九、26卷九、44卷三

优奖致仕县丞龙韬牌：12别录卷八、13别录卷八、17别录卷九、18别录卷八、19卷九、20卷十六、22卷十六、23卷十六、24卷十六、26卷十八、27卷七、28卷七、31卷二、32卷二、33卷五、34卷五、35卷十七、36经济编卷三、37经济编卷三、38经济编卷三、39经济编卷三、40经济集卷三、41经济集卷三

优礼谪官牌（十一月二十七日）：20卷三十、21卷三十、22卷三十、23卷三十、24卷三十、35卷十七

游九华：12外集卷四、13外集卷四、14外集卷四、15文录卷十四、16外集卷四、17外集卷四、18外集卷四、20卷二十、21卷二十、22卷二十、23卷二十、24卷二十、25卷九、26卷九、35卷十六、44卷四

游九华道中：12外集卷四、13外集卷四、14外集卷四、15文录卷十四、16外集卷四、17外集卷四、18外集卷四、20卷二十、21卷二十、22卷二十、23卷二十、24卷二十、25卷九、26卷九、33卷六、34卷六、35卷十六、44卷三

游来仙洞早发道中：01卷二、12外集卷二、13外集卷二、14外集卷二、15文录卷十二、16外集卷二、17外集卷二、18外集卷二、20卷十九、21卷十九、22卷十九、23卷十九、24卷十九、25卷八、26卷八、44卷二

游庐山开元寺：12外集卷四、13外集卷四、14外集卷四、15文录卷十四、16外集卷四、17外集卷四、18外集卷四、20卷二十、21卷二十、22卷二十、23卷二十、24卷二十、25卷九、26卷九、44卷三

游庐山开元寺：12外集卷四、13外集卷四、14外集卷四、15文录卷十四、16外集卷四、17外集卷四、18外集卷四、20卷二十、21卷二十、22卷二十、23卷二十、24卷二十、25卷九、26卷九、44卷四

游落星寺：12外集卷四、13外集卷四、14外集卷四、15文录卷十四、16外集卷四、17外集卷四、18外集卷四、20卷二十、21卷二十、22卷二十、23

卷二十、24卷二十、25卷九、26卷九、44卷四

游牛峰寺四首（牛峰今改名浮峰）：12外集卷一、13外集卷一、14外集卷一、15文录卷十一、16外集卷一、17外集卷一、18外集卷一、20卷十九、21卷十九、22卷十九、23卷十九、24卷十九、25卷八、26卷八、35卷十六、44卷一、48卷一

游牛峰寺又四绝句：12外集卷一、13外集卷一、14外集卷一、15文录卷十一、16外集卷一、17外集卷一、18外集卷一、20卷十九、21卷十九、22卷十九、23卷十九、24卷十九、25卷八、26卷八、33卷六、34卷六、35卷十六、44卷一

游牛首山：12外集卷三、13外集卷三、14外集卷三、15文录卷十三、16外集卷三、17外集卷三、18外集卷三、20卷二十、21卷二十、22卷二十、23卷二十、24卷二十、25卷九、26卷九、44卷三

游清凉寺三首：12外集卷三、13外集卷三、14外集卷三、15文录卷十三、16外集卷三、17外集卷三、18外集卷三、20卷二十、21卷二十、22卷二十、23卷二十、24卷二十、25卷九、26卷九、33卷六、34卷六、44卷三

游瑞华二首：12外集卷三、13外集卷三、14外集卷三、15文录卷十三、16外集卷三、17外集卷三、18外集卷三、20卷二十、21卷二十、22卷二十、23卷二十、24卷二十、25卷九、26卷九、27卷十六、28卷十六、36文章编卷四、37文章编卷四、38文章编卷四、39文章编卷四、40文章集卷四、41文章集卷四、44卷二、52卷一

游泰山：20卷二十九、21卷二十九、22卷二十九、23卷二十九、24卷二十九、33卷六、34卷六、44卷四

游通天岩次邹谦之韵：12外集卷三、13外集卷三、14外集卷三、15文录卷十三、16外集卷三、17外集卷三、18外集卷三、20卷二十、21卷二十、22卷二十、23卷二十、24卷二十、25卷九、26卷九、30卷三、44卷三

游通天岩示邹陈二子：12外集卷四、13外集卷四、14外集卷四、15文录

卷十四、16外集卷四、17外集卷四、18外集卷四、20卷二十、21卷二十、22卷二十、23卷二十、24卷二十、25卷九、26卷九、30卷三、44卷四

游岳麓书事：01卷三、12外集卷一、13外集卷一、14外集卷一、15文录卷十一、16外集卷一、17外集卷一、18外集卷一、20卷十九、21卷十九、22卷十九、23卷十九、24卷十九、25卷八、26卷八、44卷一

有僧坐岩中已三年诗以励吾党：12外集卷四、13外集卷四、14外集卷四、15文录卷十四、16外集卷四、17外集卷四、18外集卷四、20卷二十、21卷二十、22卷二十、23卷二十、24卷二十、25卷九、26卷九、30卷三、35卷十六、44卷四、52卷一

有室七章：01卷三、12外集卷一、13外集卷一、14外集卷一、15文录卷十一、16外集卷一、17外集卷一、18外集卷一、20卷十九、21卷十九、22卷十九、23卷十九、24卷十九、25卷八、26卷八、27卷十六、28卷十六、33卷六、34卷六、36文章编卷四、37文章编卷四、38文章编卷四、39文章编卷四、40文章集卷四、41文章集卷四、44卷一、48卷一

又次壁间杜牧韵：12外集卷四、13外集卷四、14外集卷四、15文录卷十四、16外集卷四、17外集卷四、18外集卷四、20卷二十、21卷二十、22卷二十、23卷二十、24卷二十、25卷九、26卷九、27卷十六、28卷十六、35卷十六、36文章编卷四、37文章编卷四、38文章编卷四、39文章编卷四、40文章集卷四、41文章集卷四、44卷三、48卷一

又次陈惟浚韵：12外集卷三、13外集卷三、14外集卷三、15文录卷十三、16外集卷三、17外集卷三、18外集卷三、20卷二十、21卷二十、22卷二十、23卷二十、24卷二十、25卷九、26卷九、27卷十六、28卷十六、36文章编卷四、37文章编卷四、38文章编卷四、39文章编卷四、40文章集卷四、41文章集卷四、44卷三

又次李金事素韵：12外集卷四、13外集卷四、14外集卷四、15文录卷十四、16外集卷四、17外集卷四、18外集卷四、20卷二十、21卷二十、22卷

二十、23 卷二十、24 卷二十、25 卷九、26 卷九、44 卷三

又次邵二泉韵：12 外集卷四、13 外集卷四、14 外集卷四、15 文录卷十四、16 外集卷四、17 外集卷四、18 外集卷四、20 卷二十、21 卷二十、22 卷二十、23 卷二十、24 卷二十、25 卷九、26 卷九、27 卷十六、28 卷十六、33 卷六、34 卷六、36 文章编卷四、37 文章编卷四、38 文章编卷四、39 文章编卷四、40 文章集卷四、41 文章集卷四、44 卷三、48 卷一

又答陆原静书：02 卷上、06 卷下之二、12 文录卷二、13 文录卷二、14 文录卷二、15 文录卷二、16 文录卷二、17 文录卷二、18 文录卷二、20 卷二、22 卷二、23 卷二、24 卷二、25 卷二、26 卷二、27 卷三、28 卷三、29 卷二、30 卷二、35 卷三、36 理学编卷三、37 理学编卷三、38 理学编卷三、39 理学编卷三、40 理学集卷三、41 理学集卷三、42 卷二、57 卷一、58 卷一、59 传习则言、65 传习录中

又答陆原静书：02 卷上、06 卷下之二、12 文录卷二、13 文录卷二、15 文录卷二、16 文录卷二、17 文录卷二、18 文录卷二、20 卷二、22 卷二、23 卷二、24 卷二、25 卷二、26 卷二、27 卷三、28 卷三、29 卷二、30 卷二、35 卷三、36 理学编卷三、37 理学编卷三、38 理学编卷三、39 理学编卷三、40 理学集卷三、41 理学集卷三、42 卷二、47 传习录节录、57 卷一、58 卷一、59 传习则言、60 卷一、65 传习录中

又祭徐曰仁文（甲申）：12 外集卷九、13 外集卷九、14 外集卷九、15 文录卷十、17 外集卷九、18 外集卷九、20 卷二十五、21 卷二十五、22 卷二十五、23 卷二十五、24 卷二十五、25 卷十、26 卷十、27 卷十四、28 卷十四、31 卷二、32 卷二、33 卷四、34 卷四、35 卷十五、36 文章编卷三、37 文章编卷三、38 文章编卷三、39 文章编卷三、40 文章集卷三、41 文章集卷三

又用曰仁韵：12 外集卷三、13 外集卷三、14 外集卷三、15 文录卷十三、16 外集卷三、17 外集卷三、18 外集卷三、20 卷二十、21 卷二十、22 卷二十、23 卷二十、24 卷二十、25 卷九、26 卷九、35 卷十六、44 卷二

又与克彰太叔：20卷二十六、21卷二十六、22卷二十六、23卷二十六、24卷二十六

雨霁游龙山次五松韵：20卷二十九、21卷二十九、22卷二十九、23卷二十九、24卷二十九、44卷四

与安宣慰（戊辰）：01卷一、12外集卷五、13外集卷五、14外集卷五、15文录卷四、16外集卷五、17外集卷五、18外集卷五、20卷二十一、21卷二十一、22卷二十一、23卷二十一、24卷二十一、25卷四、26卷四、27卷十五、28卷十五、31卷三、32卷三、33卷三、34卷三、35卷十、36文章编卷一、37文章编卷一、38文章编卷一、39文章编卷一、40文章集卷一、41文章集卷一、45卷一、54卷一

与安宣慰二（戊辰）：01卷一、12外集卷五、13外集卷五、14外集卷五、15文录卷四、16外集卷五、17外集卷五、18外集卷五、20卷二十一、21卷二十一、22卷二十一、23卷二十一、24卷二十一、25卷四、26卷四、27卷十五、28卷十五、30卷三、31卷三、32卷三、33卷三、34卷三、35卷十、36文章编卷一、37文章编卷一、38文章编卷一、39文章编卷一、40文章集卷一、41文章集卷一、45卷一、54卷一、55卷六

与安宣慰三（戊辰）：01卷一、12外集卷五、13外集卷五、14外集卷五、15文录卷四、16外集卷五、17外集卷五、18外集卷五、20卷二十一、21卷二十一、22卷二十一、23卷二十一、24卷二十一、25卷四、26卷四、27卷十五、28卷十五、30卷三、31卷三、32卷三、33卷三、34卷三、35卷十、36文章编卷一、37文章编卷一、38文章编卷一、39文章编卷一、40文章集卷一、41文章集卷一、45卷一

与安之（己卯）：12文录卷一、13文录卷一、14文录卷一、15文录卷一、16文录卷一、17文录卷一、18文录卷一、20卷四、21卷四、22卷四、23卷四、24卷四、25卷一、26卷一、29卷一、35卷十一、45卷一

与辰中诸生（己巳）：12文录卷一、13文录卷一、14文录卷一、15文录卷

一、16 文录卷一、17 文录卷一、18 文录卷一、20 卷四、21 卷四、22 卷四、23 卷四、24 卷四、25 卷一、26 卷一、27 卷四、28 卷四、29 卷一、33 卷三、34 卷三、35 卷十、36 理学编卷四、37 理学编卷四、38 理学编卷四、39 理学编卷四、40 理学集卷四、41 理学集卷四、45 卷一

与陈国英（庚辰）：12 文录卷一、13 文录卷一、14 文录卷一、15 文录卷一、16 文录卷一、17 文录卷一、18 文录卷一、20 卷四、21 卷四、22 卷四、23 卷四、24 卷四、25 卷一、26 卷一、35 卷十一、45 卷一

与陈惟浚（丁亥）：02 卷上、12 文录卷三、13 文录卷三、14 文录卷三、15 文录卷三、16 文录卷三、17 文录卷三、18 文录卷三、20 卷六、21 卷六、22 卷六、23 卷六、24 卷六、25 卷三、26 卷三、27 卷四、28 卷四、35 卷十二、45 卷一

与滁阳诸生书并问答语：20 卷二十六、21 卷二十六、22 卷二十六、23 卷二十六、24 卷二十六

与戴子良（癸酉）：12 文录卷一、13 文录卷一、14 文录卷一、15 文录卷一、16 文录卷一、17 文录卷一、18 文录卷一、20 卷四、21 卷四、22 卷四、23 卷四、24 卷四、25 卷一、26 卷一、35 卷十、45 卷一

与当道书：20 卷二十七、21 卷二十七、22 卷二十七、23 卷二十七、24 卷二十七、25 卷四、26 卷四、27 卷九、28 卷九、31 卷六、32 卷六、35 卷十一、36 经济编卷四、37 经济编卷四、38 经济编卷四、39 经济编卷四、40 经济集卷四、41 经济集卷四

与德洪：20 卷二十七、21 卷二十七、22 卷二十七、23 卷二十七、24 卷二十七

与傅生凤（甲戌）：12 文录卷五、13 文录卷五、15 文录卷九、16 文录卷五、17 文录卷五、18 文录卷五、20 卷八、21 卷八、22 卷八、23 卷八、24 卷八、25 卷七、26 卷七、33 卷四、34 卷四、35 卷十四

与顾惟贤：15 文录卷一、17 文录卷一、20 卷二十七、21 卷二十七、22 卷二十七、23 卷二十七、24 卷二十七、25 卷四、26 卷四、27 卷五、28 卷五、35

卷十一、36 文章编卷一、37 文章编卷一、38 文章编卷一、39 文章编卷一、40 文章集卷一、41 文章集卷一、53 卷五

与郭善甫：20 卷二十七、21 卷二十七、22 卷二十七、23 卷二十七、24 卷二十七

与郭子全：12 外集卷三、13 外集卷三、14 外集卷三、15 文录卷十三、16 外集卷三、17 外集卷三、18 外集卷三、20 卷二十、21 卷二十、22 卷二十、23 卷二十、24 卷二十、25 卷九、26 卷九、44 卷三

与胡伯忠（癸酉）：12 文录卷一、13 文录卷一、14 文录卷一、15 文录卷一、16 文录卷一、17 文录卷一、18 文录卷一、20 卷四、21 卷四、22 卷四、23 卷四、24 卷四、25 卷一、26 卷一、27 卷五、28 卷五、35 卷十、36 文章编卷一、37 文章编卷一、38 文章编卷一、39 文章编卷一、40 文章集卷一、41 文章集卷一、45 卷一

与胡少参小集：20 卷二十九、21 卷二十九、22 卷二十九、23 卷二十九、24 卷二十九、44 卷四

与黄诚甫（癸酉）：12 文录卷一、13 文录卷一、14 文录卷一、16 文录卷一、18 文录卷一、20 卷四、21 卷四、22 卷四、23 卷四、24 卷四、25 卷一、26 卷一、27 卷五、28 卷五、29 卷一、35 卷十、36 理学编卷四、37 理学编卷四、38 理学编卷四、39 理学编卷四、40 理学集卷四、41 理学集卷四、45 卷一

与黄诚甫（甲申）：12 外集卷五、13 外集卷五、18 外集卷五、20 卷二十一、21 卷二十一、22 卷二十一、23 卷二十一、24 卷二十一、25 卷四、26 卷四、45 卷一

与黄诚甫二（丁丑）：12 文录卷一、13 文录卷一、14 文录卷一、16 文录卷一、18 文录卷一、20 卷四、21 卷四、22 卷四、23 卷四、24 卷四、25 卷一、26 卷一、45 卷一

与黄诚甫二（甲申）：12 外集卷五、13 外集卷五、14 外集卷五、18 外集卷五、20 卷二十一、21 卷二十一、22 卷二十一、23 卷二十一、24 卷二十一、25 卷四、

26卷四、29卷三、45卷一

  与黄诚甫三（乙酉）：12外集卷五、13外集卷五、14外集卷五、18外集卷五、20卷二十一、21卷二十一、22卷二十一、23卷二十一、24卷二十一、25卷四、26卷四、29卷三、45卷一

  与黄勉之（甲申）：02卷上、12文录卷二、13文录卷二、14文录卷二、15文录卷二、16文录卷二、17文录卷二、18文录卷二、20卷五、21卷五、22卷五、23卷五、24卷五、25卷二、26卷二、35卷十二、45卷一

  与黄勉之（乙酉）：02卷上、12外集卷五、13外集卷五、14外集卷五、15文录卷二、16文录卷二、17文录卷二、18外集卷五、20卷二十一、21卷二十一、22卷二十一、23卷二十一、24卷二十一、25卷四、26卷四、29卷三、35卷十二、45卷一

  与黄勉之二（甲申）：12文录卷二、13文录卷二、15文录卷二、16文录卷二、17文录卷二、18文录卷二、20卷五、21卷五、22卷五、23卷五、24卷五、25卷二、26卷二、27卷五、28卷五、29卷二、30卷二、35卷十二、36理学编卷三、37理学编卷三、38理学编卷三、39理学编卷三、40理学集卷三、41理学集卷三、45卷一、52卷一

  与黄宗贤（丁亥）：02卷上、12文录卷三、13文录卷三、14文录卷三、15文录卷三、16文录卷三、17文录卷三、18文录卷三、20卷六、21卷六、22卷六、23卷六、24卷六、25卷三、26卷三、27卷四、28卷四、29卷三、33卷三、34卷三、35卷十二、36理学编卷四、37理学编卷四、38理学编卷四、39理学编卷四、40理学集卷四、41理学集卷四、45卷一、55卷六、60卷一、61卷一

  与黄宗贤（丁亥）：12外集卷五、13外集卷五、14外集卷五、15文录卷四、16外集卷五、17外集卷五、18外集卷五、20卷二十一、21卷二十一、22卷二十一、23卷二十一、24卷二十一、25卷四、26卷四、45卷一

  与黄宗贤（癸未）：02卷上、12文录卷二、13文录卷二、14文录卷二、15文录卷二、16文录卷二、17文录卷二、18文录卷二、20卷五、21卷五、22卷五、

23卷五、24卷五、25卷二、26卷二、29卷二、35卷十二、45卷一

与黄宗贤（辛未）：12文录卷一、13文录卷一、14文录卷一、15文录卷一、16文录卷一、17文录卷一、18文录卷一、20卷四、21卷四、22卷四、23卷四、24卷四、25卷一、26卷一、35卷十、45卷一

与黄宗贤二（丁亥）：12外集卷五、13外集卷五、14外集卷五、15文录卷四、16外集卷五、17外集卷五、18外集卷五、20卷二十一、21卷二十一、22卷二十一、23卷二十一、24卷二十一、25卷四、26卷四、35卷十二、45卷一

与黄宗贤二（壬申）：12文录卷一、13文录卷一、14文录卷一、15文录卷一、16文录卷一、17文录卷一、18文录卷一、20卷四、21卷四、22卷四、23卷四、24卷四、25卷一、26卷一、45卷一

与黄宗贤六（丙子）：02卷上、12文录卷一、13文录卷一、14文录卷一、15文录卷一、16文录卷一、17文录卷一、18文录卷一、20卷四、21卷四、22卷四、23卷四、24卷四、25卷一、26卷一、29卷一、35卷十一、45卷一

与黄宗贤七（戊寅）：12文录卷一、13文录卷一、14文录卷一、15文录卷一、16文录卷一、17文录卷一、18文录卷一、20卷四、21卷四、22卷四、23卷四、24卷四、25卷一、26卷一、29卷一、45卷一

与黄宗贤三（丁亥）：12外集卷五、13外集卷五、14外集卷五、15文录卷四、16外集卷五、17外集卷五、18外集卷五、20卷二十一、21卷二十一、22卷二十一、23卷二十一、24卷二十一、25卷四、26卷四、27卷五、28卷五、29卷三、35卷十二、36文章编卷一、37文章编卷一、38文章编卷一、39文章编卷一、40文章集卷一、41文章集卷一、45卷一

与黄宗贤三（癸酉）：12文录卷一、13文录卷一、14文录卷一、15文录卷一、16文录卷一、17文录卷一、18文录卷一、20卷四、21卷四、22卷四、23卷四、24卷四、25卷一、26卷一、35卷十、45卷一

与黄宗贤四（癸酉）：12文录卷一、13文录卷一、14文录卷一、15文录卷一、16文录卷一、17文录卷一、18文录卷一、20卷四、21卷四、22卷四、23卷四、

24卷四、25卷一、26卷一、45卷一

与黄宗贤四（戊子）：12外集卷五、13外集卷五、14外集卷五、18外集卷五、20卷二十一、21卷二十一、22卷二十一、23卷二十一、24卷二十一、25卷四、26卷四、27卷五、28卷五、35卷十二、36文章编卷一、37文章编卷一、38文章编卷一、39文章编卷一、40文章集卷一、41文章集卷一、45卷一

与黄宗贤五（癸酉）：02卷上、12文录卷一、13文录卷一、14文录卷一、15文录卷一、16文录卷一、17文录卷一、18文录卷一、20卷四、21卷四、22卷四、23卷四、24卷四、25卷一、26卷一、27卷五、28卷五、29卷一、35卷十、36理学编卷四、37理学编卷四、38理学编卷四、39理学编卷四、40理学集卷四、41理学集卷四、45卷一

与黄宗贤五（戊子）：12外集卷五、13外集卷五、14外集卷五、18外集卷五、20卷二十一、21卷二十一、22卷二十一、23卷二十一、24卷二十一、25卷四、26卷四、45卷一

与徽州程毕二子：12外集卷三、13外集卷三、14外集卷三、15文录卷十三、16外集卷三、17外集卷三、18外集卷三、20卷二十、21卷二十、22卷二十、23卷二十、24卷二十、25卷九、26卷九、30卷三、44卷三

与霍兀崖宫端（丁亥）：12外集卷五、13外集卷五、14外集卷五、15文录卷四、16外集卷五、17外集卷五、18外集卷五、20卷二十一、21卷二十一、22卷二十一、23卷二十一、24卷二十一、25卷四、26卷四、27卷五、28卷五、35卷十二、36文章编卷一、37文章编卷一、38文章编卷一、39文章编卷一、40文章集卷一、41文章集卷一、45卷一

与克彰太叔（家书墨迹四首之一）：20卷二十六、21卷二十六、22卷二十六、23卷二十六、24卷二十六

与林见素：20卷二十七、21卷二十七、22卷二十七、23卷二十七、24卷二十七

与刘元道（癸未）：12文录卷二、13文录卷二、14文录卷二、15文录卷二、

16文录卷二、17文录卷二、18文录卷二、20卷五、21卷五、22卷五、23卷五、24卷五、25卷二、26卷二、29卷二、35卷十二、45卷一

与陆清伯（甲申）：12外集卷五、13外集卷五、15文录卷二、16文录卷二、17文录卷二、18外集卷五、20卷二十一、21卷二十一、22卷二十一、23卷二十一、24卷二十一、25卷四、26卷四、45卷一

与陆清伯书：20卷二十七、21卷二十七、22卷二十七、23卷二十七、24卷二十七、35卷十一

与陆元静（辛巳）：02卷上、12文录卷二、13文录卷二、14文录卷二、15文录卷二、16文录卷二、17文录卷二、18文录卷二、20卷五、21卷五、22卷五、23卷五、24卷五、25卷二、26卷二、29卷二、30卷二、35卷十一、36理学编卷三、37理学编卷三、38理学编卷三、39理学编卷三、40理学集卷三、41理学集卷三、45卷一、52卷一、53卷五、57卷一、58卷一、59传习则言

与陆元静二（壬午）：02卷上、12文录卷二、13文录卷二、14文录卷二、15文录卷二、16文录卷二、17文录卷二、18文录卷二、20卷五、21卷五、22卷五、23卷五、24卷五、25卷二、26卷二、27卷四、28卷四、29卷二、30卷二、33卷三、34卷三、35卷十二、36理学编卷三、37理学编卷三、38理学编卷三、39理学编卷三、40理学集卷三、41理学集卷三、45卷一

与陆原静（丙子）：12文录卷一、13文录卷一、14文录卷一、15文录卷一、16文录卷一、17文录卷一、18文录卷一、20卷四、21卷四、22卷四、23卷四、24卷四、25卷一、26卷一、27卷四、28卷四、29卷一、35卷十一、36理学编卷三、37理学编卷三、38理学编卷三、39理学编卷三、40理学集卷三、41理学集卷三、45卷一

与陆原静二（戊寅）：12文录卷一、13文录卷一、14文录卷一、15文录卷一、16文录卷一、17文录卷一、18文录卷一、20卷四、21卷四、22卷四、23卷四、24卷四、25卷一、26卷一、35卷十一、45卷一

与马子莘（丁亥）：02卷上、12文录卷三、13文录卷三、14文录卷三、15

文录卷三、16 文录卷三、17 文录卷三、18 文录卷三、20 卷六、21 卷六、22 卷六、23 卷六、24 卷六、25 卷三、26 卷三、27 卷四、28 卷四、29 卷三、35 卷十二、36 理学编卷四、37 理学编卷四、38 理学编卷四、39 理学编卷四、40 理学集卷四、41 理学集卷四、45 卷一

与毛古庵宪副（丁亥）：12 文录卷三、13 文录卷三、14 文录卷三、15 文录卷三、16 文录卷三、17 文录卷三、18 文录卷三、20 卷六、21 卷六、22 卷六、23 卷六、24 卷六、25 卷三、26 卷三、27 卷五、28 卷五、29 卷三、35 卷十二、36 理学编卷四、37 理学编卷四、38 理学编卷四、39 理学编卷四、40 理学集卷四、41 理学集卷四、45 卷一

与欧阳崇一（丙戌）：12 文录卷三、13 文录卷三、14 文录卷三、15 文录卷三、16 文录卷三、17 文录卷三、18 文录卷三、20 卷六、21 卷六、22 卷六、23 卷六、24 卷六、25 卷三、26 卷三、27 卷四、28 卷四、35 卷十二、45 卷一

与戚秀夫（丁亥）：12 文录卷三、13 文录卷三、14 文录卷三、18 文录卷三、20 卷六、21 卷六、22 卷六、23 卷六、24 卷六、25 卷三、26 卷三、27 卷四、28 卷四、35 卷十二、45 卷一

与钱德洪王汝中（丁亥）：12 文录卷三、13 文录卷三、14 文录卷三、15 文录卷三、16 文录卷三、17 文录卷三、18 文录卷三、20 卷六、21 卷六、22 卷六、23 卷六、24 卷六、25 卷三、26 卷三、27 卷四、28 卷四、45 卷一

与钱德洪王汝中二（戊子）：12 文录卷三、13 文录卷三、14 文录卷三、15 文录卷三、16 文录卷三、17 文录卷三、18 文录卷三、20 卷六、21 卷六、22 卷六、23 卷六、24 卷六、25 卷三、26 卷三、27 卷四、28 卷四、45 卷一

与钱德洪王汝中三（戊子）：12 文录卷三、13 文录卷三、14 文录卷三、15 文录卷三、16 文录卷三、17 文录卷三、18 文录卷三、20 卷六、21 卷六、22 卷六、23 卷六、24 卷六、25 卷三、26 卷三、27 卷四、28 卷四、45 卷一

与商贡士二首：12 外集卷三、13 外集卷三、14 外集卷三、15 文录卷十三、16 外集卷三、17 外集卷三、18 外集卷三、20 卷二十、21 卷二十、22 卷二十、

23卷二十、24卷二十、25卷九、26卷九、44卷二

与唐虞佐侍御（辛巳）：02卷上、12文录卷二、13文录卷二、14文录卷二、15文录卷二、16文录卷二、17文录卷二、18文录卷二、20卷五、21卷五、22卷五、23卷五、24卷五、25卷二、26卷二、27卷四、28卷四、29卷二、31卷一、32卷一、33卷三、34卷三、35卷十一、36文章编卷一、37文章编卷一、38文章编卷一、39文章编卷一、40文章集卷一、41文章集卷一、45卷一

与汪节夫书：20卷二十七、21卷二十七、22卷二十七、23卷二十七、24卷二十七

与王纯甫（壬申）：02卷上、12文录卷一、13文录卷一、14文录卷一、15文录卷一、16文录卷一、17文录卷一、18文录卷一、20卷四、21卷四、22卷四、23卷四、24卷四、25卷一、26卷一、27卷四、28卷四、29卷一、35卷十、36理学编卷四、37理学编卷四、38理学编卷四、39理学编卷四、40理学集卷四、41理学集卷四、45卷一、55卷六、60卷一、61卷一

与王纯甫二（癸酉）：02卷上、12文录卷一、13文录卷一、14文录卷一、15文录卷一、16文录卷一、17文录卷一、18文录卷一、20卷四、21卷四、22卷四、23卷四、24卷四、25卷一、26卷一、27卷五、28卷五、30卷二、35卷十、36理学编卷四、37理学编卷四、38理学编卷四、39理学编卷四、40理学集卷四、41理学集卷四、45卷一

与王纯甫三（甲戌）：12文录卷一、13文录卷一、14文录卷一、15文录卷一、16文录卷一、17文录卷一、18文录卷一、20卷四、21卷四、22卷四、23卷四、24卷四、25卷一、26卷一、35卷十、45卷一

与王纯甫四（甲戌）：02卷上、12文录卷一、13文录卷一、14文录卷一、15文录卷一、16文录卷一、17文录卷一、18文录卷一、20卷四、21卷四、22卷四、23卷四、24卷四、25卷一、26卷一、29卷一、35卷十、45卷一

与王公弼（丙戌）：12文录卷三、13文录卷三、14文录卷三、15文录卷三、16文录卷三、17文录卷三、18文录卷三、20卷六、21卷六、22卷六、23卷六、

24卷六、25卷三、26卷三、29卷三、45卷一

与王公弼（乙酉）：12文录卷二、13文录卷二、14文录卷二、15文录卷二、16文录卷二、17文录卷二、18文录卷二、20卷五、21卷五、22卷五、23卷五、24卷五、25卷二、26卷二、27卷四、28卷四、45卷一

与王公弼二（丁亥）：12文录卷三、13文录卷三、14文录卷三、15文录卷三、16文录卷三、17文录卷三、18文录卷三、20卷六、21卷六、22卷六、23卷六、24卷六、25卷三、26卷三、45卷一

与王晋溪司马：20卷二十七、21卷二十七、22卷二十七、23卷二十七、24卷二十七、25卷四、26卷四、27卷七、28卷七、31卷六、32卷六、33卷三、34卷三、35卷十一，36经济编卷二（其二）、卷一（其三）、卷二（其四）、卷一（其五），37经济编卷二（其二）、卷一（其三）、卷二（其四）、卷一（其五），38经济编卷二（其二）、卷一（其三）、卷二（其四）、卷一（其五），39经济编卷二（其二）、卷一（其三）、卷二（其四）、卷一（其五），40经济集卷二（其二）、卷一（其三）、卷二（其四）、卷一（其五），41经济集卷二（其二）、卷一（其三）、卷二（其四）、卷一（其五），55卷六

与希颜台仲明德尚谦原静（丁丑）：12文录卷一、13文录卷一、14文录卷一、15文录卷一、16文录卷一、17文录卷一、18文录卷一、20卷四、21卷四、22卷四、23卷四、24卷四、25卷一、26卷一、35卷十一、45卷一

与席元山（辛巳）：12文录卷二、13文录卷二、14文录卷二、15文录卷二、16文录卷二、17文录卷二、18文录卷二、20卷五、21卷五、22卷五、23卷五、24卷五、25卷二、26卷二、27卷四、28卷四、29卷二、35卷十一、36理学编卷四、37理学编卷四、38理学编卷四、39理学编卷四、40理学集卷四、41理学集卷四、45卷一

与夏敦夫（辛巳）：12文录卷二、13文录卷二、14文录卷二、15文录卷二、16文录卷二、17文录卷二、18文录卷二、20卷五、21卷五、22卷五、23卷五、24卷五、25卷二、26卷二、35卷十一、45卷一

与萧子雍：20 卷二十七、21 卷二十七、22 卷二十七、23 卷二十七、24 卷二十七、35 卷十二

与徐仲仁（家书墨迹四首之二）：20 卷二十六、21 卷二十六、22 卷二十六、23 卷二十六、24 卷二十六、35 卷十

与许台仲书：20 卷二十七、21 卷二十七、22 卷二十七、23 卷二十七、24 卷二十七、25 卷四、26 卷四、27 卷五、28 卷五、35 卷十一、36 文章编卷一、37 文章编卷一、38 文章编卷一、39 文章编卷一、40 文章集卷一、41 文章集卷一、53 卷五、54 卷一

与许台仲书又：20 卷二十七、21 卷二十七、22 卷二十七、23 卷二十七、24 卷二十七、35 卷十

与薛尚谦（戊寅）：12 文录卷一、13 文录卷一、14 文录卷一、15 文录卷一、16 文录卷一、17 文录卷一、18 文录卷一、20 卷四、21 卷四、22 卷四、23 卷四、24 卷四、25 卷一、26 卷一、35 卷十一、45 卷一

与薛尚谦二：12 文录卷一、13 文录卷一、14 文录卷一、15 文录卷四、16 文录卷一、17 外集卷五、18 文录卷一、20 卷四、21 卷四、22 卷四、23 卷四、24 卷四、25 卷一、26 卷一、35 卷十一、45 卷一

与薛尚谦三：12 文录卷一、13 文录卷一、14 文录卷一、15 文录卷四、16 文录卷一、17 外集卷五、18 文录卷一、20 卷四、21 卷四、22 卷四、23 卷四、24 卷四、25 卷一、26 卷一、35 卷十一、45 卷一

与杨仕德薛尚谦（丁丑）：02 卷上、12 文录卷一、13 文录卷一、14 文录卷一、15 文录卷一、16 文录卷一、17 文录卷一、18 文录卷一、20 卷四、21 卷四、22 卷四、23 卷四、24 卷四、25 卷一、26 卷一、27 卷四、28 卷四、45 卷一

与杨仕鸣（辛巳）：02 卷上、12 文录卷二、13 文录卷二、14 文录卷二、15 文录卷二、16 文录卷二、17 文录卷二、18 文录卷二、20 卷五、21 卷五、22 卷五、23 卷五、24 卷五、25 卷二、26 卷二、27 卷五、28 卷五、29 卷二、35 卷十一、36 理学编卷四、37 理学编卷四、38 理学编卷四、39 理学编卷四、40 理学集卷四、

41 理学集卷四、45 卷一、57 卷一、58 卷一、59 传习则言

与杨仕鸣二（癸未）：12 文录卷二、13 文录卷二、14 文录卷二、15 文录卷二、16 文录卷二、17 文录卷二、18 文录卷二、20 卷五、21 卷五、22 卷五、23 卷五、24 卷五、25 卷二、26 卷二、35 卷十二、45 卷一

与杨仕鸣三（癸未）：12 文录卷二、13 文录卷二、14 文录卷二、15 文录卷二、16 文录卷二、17 文录卷二、18 文录卷二、20 卷五、21 卷五、22 卷五、23 卷五、24 卷五、25 卷二、26 卷二、35 卷十二、45 卷一

与杨邃庵：20 卷二十七、21 卷二十七、22 卷二十七、23 卷二十七、24 卷二十七、35 卷十一

与沅陵郭掌教：12 外集卷三、13 外集卷三、14 外集卷三、15 文录卷十三、16 外集卷三、17 外集卷三、18 外集卷三、20 卷二十、21 卷二十、22 卷二十、23 卷二十、24 卷二十、25 卷九、26 卷九、44 卷三

与郑启范侍御（丁亥）：12 外集卷五、13 外集卷五、14 外集卷五、15 文录卷四、16 文录卷二、17 文录卷三、18 外集卷五、20 卷二十一、21 卷二十一、22 卷二十一、23 卷二十一、24 卷二十一、25 卷四、26 卷四、29 卷三、35 卷十二、45 卷一

与朱守忠（辛巳）：12 文录卷二、13 文录卷二、14 文录卷二、15 文录卷二、16 文录卷二、17 文录卷二、18 文录卷二、20 卷五、21 卷五、22 卷五、23 卷五、24 卷五、25 卷二、26 卷二、29 卷二、35 卷十一、45 卷一

与邹谦之（辛巳）：12 文录卷二、13 文录卷二、14 文录卷二、18 文录卷二、20 卷五、21 卷五、22 卷五、23 卷五、24 卷五、25 卷二、26 卷二、45 卷一

与邹谦之二（乙酉）：12 文录卷二、13 文录卷二、14 文录卷二、18 文录卷二、20 卷五、21 卷五、22 卷五、23 卷五、24 卷五、25 卷二、26 卷二、27 卷四、28 卷四、29 卷二、45 卷一

玉山东岳庙遇旧识严星士：01 卷三、12 外集卷一、13 外集卷一、15 文录卷十一、16 外集卷一、17 外集卷一、18 外集卷一、20 卷十九、21 卷十九、22

卷十九、23 卷十九、24 卷十九、25 卷八、26 卷八、33 卷六、34 卷六、44 卷一

预备水战牌：12 别录卷九、13 别录卷九、17 别录卷十、18 别录卷九、19 卷十、20 卷十七、21 卷十七、22 卷十七、23 卷十七、24 卷十七、26 卷十九、27 卷九、28 卷九、36 经济编卷四、37 经济编卷四、38 经济编卷四、39 经济编卷四、40 经济集卷四、41 经济集卷四

预行南京各衙门勤王咨：17 别录卷十、19 卷十、20 卷三十一、21 卷三十一上、22 卷三十一、23 卷三十一、24 卷三十一、27 卷九、28 卷九、30 卷五、31 卷六、32 卷六、33 卷五、34 卷五、36 经济编卷四、37 经济编卷四、38 经济编卷四、39 经济编卷四、40 经济集卷四、41 经济集卷四

预整操练：12 别录卷八、13 别录卷八、17 别录卷八、18 别录卷八、19 卷八、20 卷十六、21 卷十六、22 卷十六、23 卷十六、24 卷十六、26 卷十八、27 卷七、28 卷七、35 卷十七、36 经济编卷一、37 经济编卷一、38 经济编卷一、39 经济编卷一、40 经济集卷一、41 经济集卷一

豫轩都先生八十受封序：20 卷二十九、21 卷二十九、22 卷二十九、23 卷二十九、24 卷二十九、25 卷五、26 卷五、27 卷十五、28 卷十五、36 文章编卷一、37 文章编卷一、38 文章编卷一、39 文章编卷一、40 文章集卷一、41 文章集卷一

谕俗四条（丁丑）：12 外集卷八、13 外集卷八、14 外集卷八、15 文录卷八、17 外集卷八、18 外集卷八、20 卷二十四、21 卷二十四、22 卷二十四、23 卷二十四、24 卷二十四、25 卷七、26 卷七、29 卷四、35 卷十四、52 卷一

谕泰和杨茂（其人聋哑，自候门求见，先生以字问，茂以字答）：12 外集卷八、13 外集卷八、14 外集卷八、15 文录卷九、16 文录卷五、17 文录卷五、18 外集卷八、20 卷二十四、21 卷二十四、22 卷二十四、23 卷二十四、24 卷二十四、25 卷七、26 卷七、27 卷四、28 卷四、29 卷四、31 卷一、32 卷一、35 卷十四、36 理学编卷四、37 理学编卷四、38 理学编卷四、39 理学编卷四、40 理学集卷四、41 理学集卷四、52 卷一

元日雾：12 外集卷四、13 外集卷四、14 外集卷四、15 文录卷十四、16 外集卷四、17 外集卷四、18 外集卷四、20 卷二十、21 卷二十、22 卷二十、23 卷二十、24 卷二十、25 卷九、26 卷九、44 卷三、48 卷一

元夕二首：01 卷二、12 外集卷二、13 外集卷二、14 外集卷二、15 文录卷十二、16 外集卷二、17 外集卷二、18 外集卷二、20 卷十九、21 卷十九、22 卷十九、23 卷十九、24 卷十九、25 卷八、26 卷八、27 卷十六、28 卷十六、30 卷三、36 文章编卷四、37 文章编卷四、38 文章编卷四、39 文章编卷四、40 文章集卷四、41 文章集卷四、44 卷二、48 卷一

元夕木阁山火：01 卷二、12 外集卷二、13 外集卷二、14 外集卷二、15 文录卷十二、16 外集卷二、17 外集卷二、18 外集卷二、20 卷十九、21 卷十九、22 卷十九、23 卷十九、24 卷十九、25 卷八、26 卷八、44 卷二、48 卷一

元夕雪用苏韵二首：01 卷二、12 外集卷二、13 外集卷二、14 外集卷二、15 文录卷十二、16 外集卷二、17 外集卷二、18 外集卷二、20 卷十九、21 卷十九、22 卷十九、23 卷十九、24 卷十九、25 卷八、26 卷八、33 卷六、34 卷六、44 卷二、48 卷一

沅江晚泊二首：01 卷二、12 外集卷二、13 外集卷二、14 外集卷二、15 文录卷十二、16 外集卷二、17 外集卷二、18 外集卷二、20 卷十九、21 卷十九、22 卷十九、23 卷十九、24 卷十九、25 卷八、26 卷八、44 卷二

沅水驿：01 卷二、12 外集卷二、13 外集卷二、14 外集卷二、15 文录卷十二、16 外集卷二、17 外集卷二、18 外集卷二、20 卷十九、21 卷十九、22 卷十九、23 卷十九、24 卷十九、25 卷八、26 卷八、44 卷二、48 卷一

袁州府宜春台四绝：01 卷三、12 外集卷一、13 外集卷一、14 外集卷一、15 文录卷十一、16 外集卷一、17 外集卷一、18 外集卷一、20 卷十九、21 卷十九、22 卷十九、23 卷十九、24 卷十九、25 卷八、26 卷八、30 卷三、33 卷六、34 卷六、44 卷一

圆明洞次谦之韵：12 外集卷三、13 外集卷三、14 外集卷三、18 外集卷三、

20 卷二十、21 卷二十、22 卷二十、23 卷二十、24 卷二十、25 卷九、26 卷九、44 卷三

远公讲经台：12 外集卷四、13 外集卷四、14 外集卷四、15 文录卷十四、16 外集卷四、17 外集卷四、18 外集卷四、20 卷二十、21 卷二十、22 卷二十、23 卷二十、24 卷二十、25 卷九、26 卷九、27 卷十六、28 卷十六、33 卷六、34 卷六、36 文章编卷四、37 文章编卷四、38 文章编卷四、39 文章编卷四、40 文章集卷四、41 文章集卷四、44 卷三

远俗亭记（戊辰）：01 卷一、12 外集卷七、13 外集卷七、14 外集卷七、15 文录卷七、17 外集卷七、18 外集卷七、20 卷二十三、21 卷二十三、22 卷二十三、23 卷二十三、24 卷二十三、25 卷六、26 卷六、27 卷十四、28 卷十四、30 卷三、35 卷九、36 文章编卷二、37 文章编卷二、38 文章编卷二、39 文章编卷二、40 文章集卷二、41 文章集卷二、54 卷一、55 卷五

约斋说（甲戌）：12 文录卷四、13 文录卷四、14 文录卷四、15 文录卷六、16 文录卷四、17 文录卷四、18 文录卷四、20 卷七、21 卷七、22 卷七、23 卷七、24 卷七、25 卷七、26 卷七、27 卷十四、28 卷十四、35 卷十三、36 文章编卷二、37 文章编卷二、38 文章编卷二、39 文章编卷二、40 文章集卷二、41 文章集卷二

月下吟三首：12 外集卷四、13 外集卷四、14 外集卷四、15 文录卷十四、16 外集卷四、17 外集卷四、18 外集卷四、20 卷二十、21 卷二十、22 卷二十、23 卷二十、24 卷二十、25 卷九、26 卷九、27 卷十六、28 卷十六、36 文章编卷四、37 文章编卷四、38 文章编卷四、39 文章编卷四、40 文章集卷四、41 文章集卷四、44 卷四

月夜二首：12 外集卷四、13 外集卷四、14 外集卷四、15 文录卷十四、16 外集卷四、17 外集卷四、18 外集卷四、20 卷二十、21 卷二十、22 卷二十、23 卷二十、24 卷二十、25 卷九、26 卷九、44 卷四

月夜二首（与诸生歌于天泉桥）：参见"秋夜""夜坐"条

云门峰：12外集卷一、13外集卷一、14外集卷一、15文录卷十一、16外集卷一、17外集卷一、18外集卷一、20卷十九、21卷十九、22卷十九、23卷十九、24卷十九、25卷八、26卷八、33卷六、34卷六、44卷一

Z

杂诗三首其二：01卷三、12外集卷一、13外集卷一、14外集卷一、15文录卷十一、16外集卷一、17外集卷一、18外集卷一、20卷十九、21卷十九、22卷十九、23卷十九、24卷十九、25卷八、26卷八、33卷六、34卷六、44卷一

杂诗三首其三：01卷三、12外集卷一、13外集卷一、14外集卷一、15文录卷十一、16外集卷一、17外集卷一、18外集卷一、20卷十九、21卷十九、22卷十九、23卷十九、24卷十九、25卷八、26卷八、27卷十六、28卷十六、30卷三、33卷六、34卷六、36文章编卷四、37文章编卷四、38文章编卷四、39文章编卷四、40文章集卷四、41文章集卷四、44卷一

杂诗三首其一：01卷三、12外集卷一、13外集卷一、14外集卷一、15文录卷十一、16外集卷一、17外集卷一、18外集卷一、20卷十九、21卷十九、22卷十九、23卷十九、24卷十九、25卷八、26卷八、27卷十六、28卷十六、33卷六、34卷六、36文章编卷四、37文章编卷四、38文章编卷四、39文章编卷四、40文章集卷四、41文章集卷四、44卷一

再报谋反疏（十四年六月二十一日）：12别录卷四、13别录卷四、17别录卷四、18别录卷四、19卷四、20卷十二、21卷十二、22卷十二、23卷十二、24卷十二、26卷十四、27卷九、28卷九、36经济编卷四、37经济编卷四、38经济编卷四、39经济编卷四、40经济集卷四、41经济集卷四

再辞封爵普恩赏以彰国典疏（嘉靖元年）：12别录卷五、13别录卷五、15文录卷十六、17别录卷五、18别录卷五、19卷五、20卷十三、21卷十三、22卷十三、23卷十三、24卷十三、26卷十五、27卷十一、28卷十一、31卷六、

32卷六、33卷一、34卷一、35卷六、36经济编卷五、37经济编卷五、38经济编卷五、39经济编卷五、40经济集卷五、41经济集卷五、55卷三

再过濂溪祠用前韵：01卷二、12外集卷二、13外集卷二、14外集卷二、15文录卷十二、16外集卷二、17外集卷二、18外集卷二、20卷十九、21卷十九、22卷十九、23卷十九、24卷十九、25卷八、26卷八、30卷三、33卷六、34卷六、44卷二、48卷一、52卷一

再禁词讼告谕（十二月）：17别录卷十一、19卷十一、20卷三十一、21卷三十一上、22卷三十一、23卷三十一、24卷三十一

再经武云观书林玉玑道士壁：01卷二、12外集卷二、13外集卷二、14外集卷二、15文录卷十二、16外集卷二、17外集卷二、18外集卷二、20卷十九、21卷十九、22卷十九、23卷十九、24卷十九、25卷八、26卷八、44卷二、48卷一

再批攻剿河源贼巢呈（八月二十一日）：17别录卷九、19卷九、20卷三十、21卷三十、22卷三十、23卷三十、24卷三十、26卷十八、27卷八、28卷八、36经济编卷三、37经济编卷三、38经济编卷三、39经济编卷三、40经济集卷三、41经济集卷三

再批追征钱粮呈：12别录卷九、13别录卷九、17别录卷十一、18别录卷九、19卷十一、20卷十七、21卷十七、22卷十七、23卷十七、24卷十七、26卷十九、27卷十、28卷十、31卷六、32卷六、33卷五、34卷五、35卷十八、36经济编卷五、37经济编卷五、38经济编卷五、39经济编卷五、40经济集卷五、41经济集卷五

再请疏通盐法疏（十三年十月二十二日）：12别录卷三、13别录卷三、17别录卷三、18别录卷三、19卷三、20卷十一、21卷十一、22卷十一、23卷十一、24卷十一、26卷十三、27卷八、28卷八、35卷五、36经济编卷二、37经济编卷二、38经济编卷二、39经济编卷二、40经济集卷二、41经济集卷二、55卷二

再申明三省救谕（十二月十二日）：17 别录卷九、19 卷九、20 卷三十、21 卷三十、22 卷三十、23 卷三十、24 卷三十

再试诸生：20 卷二十九、21 卷二十九、22 卷二十九、23 卷二十九、24 卷二十九、44 卷四

再试诸生用唐韵：20 卷二十九、21 卷二十九、22 卷二十九、23 卷二十九、24 卷二十九、44 卷四

再议崇义县治疏（十三年十月十一日）：12 别录卷三、13 别录卷三、17 别录卷三、18 别录卷三、19 卷三、20 卷十一、21 卷十一、22 卷十一、23 卷十一、24 卷十一、26 卷十三

再议平和县治疏（十三年十月十五日）：12 别录卷三、13 别录卷三、17 别录卷三、18 别录卷三、19 卷三、20 卷十一、21 卷十一、22 卷十一、23 卷十一、24 卷十一、26 卷十三

再用前韵赋鹦鹉：20 卷二十九、21 卷二十九、22 卷二十九、23 卷二十九、24 卷二十九、44 卷四

再游浮峰次韵：12 外集卷四、13 外集卷四、14 外集卷四、15 文录卷十四、16 外集卷四、17 外集卷四、18 外集卷四、20 卷二十、21 卷二十、22 卷二十、23 卷二十、24 卷二十、25 卷九、26 卷九、44 卷四

再游延寿寺次旧韵：12 外集卷四、13 外集卷四、14 外集卷四、15 文录卷十四、16 外集卷四、17 外集卷四、18 外集卷四、20 卷二十、21 卷二十、22 卷二十、23 卷二十、24 卷二十、25 卷九、26 卷九、33 卷六、34 卷六、44 卷四

再至阳明别洞和邢太守韵二首：12 外集卷三、13 外集卷三、14 外集卷三、15 文录卷十三、16 外集卷三、17 外集卷三、18 外集卷三、20 卷二十、21 卷二十、22 卷二十、23 卷二十、24 卷二十、25 卷九、26 卷九、44 卷三

责善（教条示龙场诸生）：20 卷二十六、21 卷二十六、22 卷二十六、23 卷二十六、24 卷二十六、25 卷七、26 卷七、27 卷五、28 卷五、35 卷十四、36 理学编卷四、37 理学编卷四、38 理学编卷四、39 理学编卷四、40 理学集卷四、

41 理学集卷四、42 卷三、61 卷一

赠别黄宗贤：12 外集卷三、13 外集卷三、14 外集卷三、15 文录卷十三、16 外集卷三、17 外集卷三、18 外集卷三、20 卷二十、21 卷二十、22 卷二十、23 卷二十、24 卷二十、25 卷九、26 卷九、30 卷三、44 卷二

赠陈东川：12 外集卷三、13 外集卷三、14 外集卷三、15 文录卷十三、16 外集卷三、17 外集卷三、18 外集卷三、20 卷二十、21 卷二十、22 卷二十、23 卷二十、24 卷二十、25 卷九、26 卷九、44 卷三

赠陈宗鲁：20 卷二十九、21 卷二十九、22 卷二十九、23 卷二十九、24 卷二十九、33 卷六、34 卷六、44 卷四

赠郭善甫归省序（乙亥）：02 卷上、12 文录卷四、13 文录卷四、14 文录卷四、15 文录卷六、16 文录卷四、17 文录卷四、18 文录卷四、20 卷七、21 卷七、22 卷七、23 卷七、24 卷七、25 卷五、26 卷五、27 卷五、28 卷五、35 卷八、36 理学编卷四、37 理学编卷四、38 理学编卷四、39 理学编卷四、40 理学集卷四、41 理学集卷四

赠翰林院编修湛公墓表（壬申）：12 外集卷九、13 外集卷九、14 外集卷九、15 文录卷十、17 外集卷九、18 外集卷九、20 卷二十五、21 卷二十五、22 卷二十五、23 卷二十五、24 卷二十五、25 卷十、26 卷十、35 卷十五

赠黄太守澍：01 卷二、12 外集卷二、13 外集卷二、14 外集卷二、15 文录卷十二、16 外集卷二、17 外集卷二、18 外集卷二、20 卷十九、21 卷十九、22 卷十九、23 卷十九、24 卷十九、25 卷八、26 卷八、44 卷二、48 卷一

赠林典卿归省序（乙亥）：12 文录卷四、13 文录卷四、14 文录卷四、15 文录卷六、16 文录卷四、17 文录卷四、18 文录卷四、20 卷七、21 卷七、22 卷七、23 卷七、24 卷七、25 卷五、26 卷五、27 卷十五、28 卷十五、29 卷四、35 卷八、36 文章编卷一、37 文章编卷一、38 文章编卷一、39 文章编卷一、40 文章集卷一、41 文章集卷一

赠林以吉归省序（辛未）：02 卷上、12 文录卷四、13 文录卷四、14 文录卷四、

15文录卷六、16文录卷四、17文录卷四、18文录卷四、20卷七、21卷七、22卷七、23卷七、24卷七、25卷五、26卷五、27卷四、28卷四、31卷一、32卷一、33卷四、34卷四、35卷八、36文章编卷一、37文章编卷一、38文章编卷一、39文章编卷一、40文章集卷一、41文章集卷一、53卷五

赠刘侍御二首：01卷二、12外集卷二、13外集卷二、14外集卷二、15文录卷十二、16外集卷二、17外集卷二、18外集卷二、20卷十九、21卷十九、22卷十九、23卷十九、24卷十九、25卷八、26卷八、27卷十六、28卷十六、33卷六、34卷六、36文章编卷四、37文章编卷四、38文章编卷四、39文章编卷四、40文章集卷四、41文章集卷四、44卷二

赠陆清伯归省序（乙亥）：12文录卷四、13文录卷四、14文录卷四、15文录卷六、16文录卷四、17文录卷四、18文录卷四、20卷七、21卷七、22卷七、23卷七、24卷七、25卷五、26卷五、27卷十五、28卷十五、29卷四、35卷八、36文章编卷一、37文章编卷一、38文章编卷一、39文章编卷一、40文章集卷一、41文章集卷一

赠潘给事：12外集卷三、13外集卷三、14外集卷三、15文录卷十三、16外集卷三、17外集卷三、18外集卷三、20卷二十、21卷二十、22卷二十、23卷二十、24卷二十、25卷九、26卷九、44卷三、48卷一

赠守中北行二首：12外集卷三、13外集卷三、14外集卷三、15文录卷十三、16外集卷三、17外集卷三、18外集卷三、20卷二十、21卷二十、22卷二十、23卷二十、24卷二十、25卷九、26卷九、44卷二

赠王尧卿序（辛未）：02卷上、12文录卷四、13文录卷四、14文录卷四、15文录卷六、16文录卷四、17文录卷四、18文录卷四、20卷七、21卷七、22卷七、23卷七、24卷七、25卷五、26卷五、35卷八

赠熊彰归：12外集卷三、13外集卷三、14外集卷三、15文录卷十三、16外集卷三、17外集卷三、18外集卷三、20卷二十、21卷二十、22卷二十、23卷二十、24卷二十、25卷九、26卷九、33卷六、34卷六、44卷二

赠阳伯：12 外集卷一、13 外集卷一、14 外集卷一、15 文录卷十一、16 外集卷一、17 外集卷一、18 外集卷一、20 卷十九、21 卷十九、22 卷十九、23 卷十九、24 卷十九、25 卷八、26 卷八、30 卷三、44 卷一

赠郑德夫归省序（乙亥）：02 卷上、12 文录卷四、13 文录卷四、14 文录卷四、15 文录卷六、16 文录卷四、17 文录卷四、18 文录卷四、20 卷七、21 卷七、22 卷七、23 卷七、24 卷七、25 卷五、26 卷五、27 卷五、28 卷五、29 卷四、35 卷八、36 理学编卷四、37 理学编卷四、38 理学编卷四、39 理学编卷四、40 理学集卷四、41 理学集卷四、52 卷一

赠周以善归省序（乙亥）：12 文录卷四、13 文录卷四、14 文录卷四、15 文录卷六、16 文录卷四、17 文录卷四、18 文录卷四、20 卷七、21 卷七、22 卷七、23 卷七、24 卷七、25 卷五、26 卷五、29 卷四、35 卷八

赠周莹归省序（乙亥）：12 文录卷四、13 文录卷四、14 文录卷四、15 文录卷六、16 文录卷四、17 文录卷四、18 文录卷四、20 卷七、21 卷七、22 卷七、23 卷七、24 卷七、25 卷五、26 卷五、27 卷十五、28 卷十五、29 卷四、35 卷八、36 文章编卷一、37 文章编卷一、38 文章编卷一、39 文章编卷一、40 文章集卷一、41 文章集卷一

札付同知桂鏊经理思恩：12 别录卷十、13 别录卷十、17 别录卷十三、18 别录卷十、19 卷十三、20 卷十八、21 卷十八、22 卷十八、23 卷十八、24 卷十八、26 卷二十

札付同知林宽经理田宁：12 别录卷十、13 别录卷十、17 别录卷十三、18 别录卷十、19 卷十三、20 卷十八、21 卷十八、22 卷十八、23 卷十八、24 卷十八、26 卷二十

札付永顺宣慰司官舍彭宗舜冠带听调：12 别录卷十、13 别录卷十、17 别录卷十三、18 别录卷十、19 卷十三、20 卷十八、21 卷十八、22 卷十八、23 卷十八、24 卷十八、26 卷二十、30 卷五

湛贤母陈太孺人墓碑（甲戌）：12 外集卷九、13 外集卷九、14 外集卷九、

15 文录卷十、17 外集卷九、18 外集卷九、20 卷二十五、21 卷二十五、22 卷二十五、23 卷二十五、24 卷二十五、25 卷十、26 卷十、27 卷十五、28 卷十五、35 卷十五、36 文章编卷三、37 文章编卷三、38 文章编卷三、39 文章编卷三、40 文章集卷三、41 文章集卷三、55 卷七

杖锡道中用张宪使韵：12 外集卷三、13 外集卷三、14 外集卷三、15 文录卷十三、16 外集卷三、17 外集卷三、18 外集卷三、20 卷二十、21 卷二十、22 卷二十、23 卷二十、24 卷二十、25 卷九、26 卷九、44 卷二

谪居粮绝请学于农将田南山永言寄怀：01 卷二、12 外集卷二、13 外集卷二、15 文录卷十二、16 外集卷二、17 外集卷二、18 外集卷二、20 卷十九、21 卷十九、22 卷十九、23 卷十九、24 卷十九、25 卷八、26 卷八、30 卷三、33 卷六、34 卷六、44 卷二

箴一首：20 卷二十八、21 卷二十八、22 卷二十八、23 卷二十八、24 卷二十八、35 卷十五

赈给思田二府（四月）：12 别录卷十、13 别录卷十、17 别录卷十三、18 别录卷十、19 卷十三、20 卷十八、21 卷十八、22 卷十八、23 卷十八、24 卷十八、26 卷二十

赈恤水灾牌：12 别录卷九、13 别录卷九、17 别录卷十二、18 别录卷九、19 卷十二、20 卷十七、22 卷十七、23 卷十七、24 卷十七、26 卷十九、27 卷十一、28 卷十一、35 卷十八、36 经济编卷五、37 经济编卷五、38 经济编卷五、39 经济编卷五、40 经济集卷五、41 经济集卷五

征剿八寨断藤峡牌（七年三月。以下俱征八寨）：12 别录卷十、13 别录卷十、17 别录卷十四、18 别录卷十、20 卷十八、21 卷十八、22 卷十八、23 卷十八、24 卷十八、26 卷二十、27 卷十三、28 卷十三、37 经济编卷七、38 经济编卷七、39 经济编卷七、40 经济集卷七、41 经济集卷七

征剿横水桶冈分委统哨牌：12 别录卷八、13 别录卷八、17 别录卷八、18 别录卷八、19 卷八、20 卷十六、21 卷十六、22 卷十六、23 卷十六、24 卷

十六、26 卷十八、27 卷六、28 卷六、31 卷五、32 卷五、35 卷十七、36 经济编卷二、37 经济编卷二、38 经济编卷二、39 经济编卷二、40 经济集卷二、41 经济集卷二

征剿稔恶瑶贼疏（七年四月十五日）：12 别录卷七、13 别录卷七、17 别录卷七、18 别录卷七、19 卷七、20 卷十五、21 卷十五、22 卷十五、23 卷十五、24 卷十五、26 卷十七、27 卷十三、28 卷十三、37 经济编卷七、38 经济编卷七、39 经济编卷七、40 经济集卷七、41 经济集卷七

征收秋粮稽迟待罪疏（十五年十二月初十日）：12 别录卷五、13 别录卷五、17 别录卷五、18 别录卷五、19 卷五、20 卷十三、21 卷十三、22 卷十三、23 卷十三、24 卷十三、26 卷十五、27 卷十、28 卷十、31 卷六、32 卷六、33 卷一、34 卷一、35 卷六、36 经济编卷五、37 经济编卷五、38 经济编卷五、39 经济编卷五、40 经济集卷五、41 经济集卷五、53 卷四、55 卷二

郑伯兴谢病还鹿门雪夜过别赋赠三首：12 外集卷三、13 外集卷三、14 外集卷三、15 文录卷十三、16 外集卷三、17 外集卷三、18 外集卷三、20 卷二十、21 卷二十、22 卷二十、23 卷二十、24 卷二十、25 卷九、26 卷九、35 卷十六、44 卷二

中秋：12 外集卷四、13 外集卷四、14 外集卷四、15 文录卷十四、16 外集卷四、17 外集卷四、18 外集卷四、20 卷二十、21 卷二十、22 卷二十、23 卷二十、24 卷二十、25 卷九、26 卷九、35 卷十六、44 卷四

钟鼓洞：01 卷二、12 外集卷二、13 外集卷二、14 外集卷二、15 文录卷十二、16 外集卷二、17 外集卷二、18 外集卷二、20 卷十九、21 卷十九、22 卷十九、23 卷十九、24 卷十九、25 卷八、26 卷八、44 卷二

舟过铜陵野云县东小山有铁船因往观之果见其仿佛因题石上：12 外集卷四、13 外集卷四、14 外集卷四、15 文录卷十四、16 外集卷四、17 外集卷四、18 外集卷四、20 卷二十、21 卷二十、22 卷二十、23 卷二十、24 卷二十、25 卷九、26 卷九、36 文章编卷四、37 文章编卷四、38 文章编卷四、39 文章编卷四、40

文章集卷四、41文章集卷四、44卷三

　　舟夜：12外集卷四、13外集卷四、14外集卷四、15文录卷十四、16外集卷四、17外集卷四、18外集卷四、20卷二十、21卷二十、22卷二十、23卷二十、24卷二十、25卷九、26卷九、27卷十六、28卷十六、36文章编卷四、37文章编卷四、38文章编卷四、39文章编卷四、40文章集卷四、41文章集卷四、44卷三

　　舟中除夕二首：01卷二、12外集卷二、13外集卷二、14外集卷二、15文录卷十二、16外集卷二、17外集卷二、18外集卷二、20卷十九、21卷十九、22卷十九、23卷十九、24卷十九、25卷八、26卷八、44卷二、48卷一

　　舟中至日：12外集卷四、13外集卷四、14外集卷四、15文录卷十四、16外集卷四、17外集卷四、18外集卷四、20卷二十、21卷二十、22卷二十、23卷二十、24卷二十、25卷九、26卷九、35卷十六、44卷三

　　朱子晚年定论：06附集一卷、07、20卷三、21卷三、22卷三、23卷三、24卷三

　　朱子晚年定论序（戊寅）：02卷上、12文录卷四、13文录卷四、14文录卷四、15文录卷六、16文录卷四、17文录卷四、18文录卷四、20卷七、21卷七、22卷七、23卷七、24卷七、25卷五、26卷五、27卷五、28卷五、29卷四、35卷八、36理学编卷四、37理学编卷四、38理学编卷四、39理学编卷四、40理学集卷四、41理学集卷四、52卷一

　　诸门人送至龙里道中二首：20卷二十九、21卷二十九、22卷二十九、23卷二十九、24卷二十九、44卷四

　　诸生：01卷二、12外集卷二、13外集卷二、14外集卷二、15文录卷十二、16外集卷二、17外集卷二、18外集卷二、20卷十九、21卷十九、22卷十九、23卷十九、24卷十九、25卷八、26卷八、30卷三、33卷六、34卷六、44卷二

　　诸生来：01卷二、12外集卷二、13外集卷二、14外集卷二、15文录卷十二、16外集卷二、17外集卷二、18外集卷二、20卷十九、21卷十九、22卷

十九、23卷十九、24卷十九、25卷八、26卷八、44卷二、48卷一

诸生夜坐：01卷二、12外集卷二、13外集卷二、14外集卷二、15文录卷十二、16外集卷二、17外集卷二、18外集卷二、20卷十九、21卷十九、22卷十九、23卷十九、24卷十九、25卷八、26卷八、44卷二、48卷一

诸用文归用子美韵为别：12外集卷三、13外集卷三、14外集卷三、15文录卷十三、16外集卷三、17外集卷三、18外集卷三、20卷二十、21卷二十、22卷二十、23卷二十、24卷二十、25卷九、26卷九、44卷三、48卷一

竹江刘氏族谱跋（甲戌）：12外集卷八、13外集卷八、14外集卷八、18外集卷八、20卷二十四、21卷二十四、22卷二十四、23卷二十四、24卷二十四、25卷七、26卷七、27卷十五、28卷十五、31卷二、32卷二、33卷四、34卷四、35卷十四、36文章编卷三、37文章编卷三、38文章编卷三、39文章编卷三、40文章集卷三、41文章集卷三、55卷六

追捕逋贼：12别录卷十、13别录卷十、17别录卷十四、18别录卷十、20卷十八、21卷十八、22卷十八、23卷十八、24卷十八、26卷二十、27卷十三、28卷十三、31卷七、32卷七、37经济编卷七、38经济编卷七、39经济编卷七、40经济集卷七、41经济集卷七

追剿入湖贼党牌（十五年）：17别录卷十一、19卷十一、20卷三十一、21卷三十一上、22卷三十一、23卷三十一、24卷三十一、27卷十、28卷十

咨报湖广巡抚右副都御史秦防贼奔窜（八月）：12别录卷八、13别录卷八、17别录卷八、18别录卷八、19卷八、20卷十六、21卷十六、22卷十六、23卷十六、24卷十六、26卷十八、27卷六、28卷六、31卷五、32卷五、36经济编卷二、37经济编卷二、38经济编卷二、39经济编卷二、40经济集卷二、41经济集卷二

咨报湖广巡抚右副都御史秦夹攻事宜：12别录卷八、13别录卷八、17别录卷八、18别录卷八、19卷八、20卷十六、21卷十六、22卷十六、23卷十六、24卷十六、26卷十八、27卷七、28卷七、36经济编卷二、37经济编卷二、38

经济编卷二、39经济编卷二、40经济集卷二、41经济集卷二

咨兵部查验文移：12别录卷九、13别录卷九、17别录卷十一、18别录卷九、19卷十一、20卷十七、21卷十七、22卷十七、23卷十七、24卷十七、26卷十九、27卷十、28卷十、31卷六、32卷六、35卷十八、36经济编卷四、37经济编卷四、38经济编卷四、39经济编卷四、40经济集卷四、41经济集卷四

咨都察院都御史颜权宜进剿（七月初五日）：12别录卷九、13别录卷九、17别录卷十、18别录卷九、19卷十、20卷十七、21卷十七、22卷十七、23卷十七、24卷十七、26卷十九、27卷九、28卷九

咨两广总督都御史杨停止调集狼兵：12别录卷九、13别录卷九、17别录卷十、18别录卷九、19卷十、20卷十七、21卷十七、22卷十七、23卷十七、24卷十七、26卷十九、27卷九、28卷九

咨两广总制都御史杨共勤国难：12别录卷九、13别录卷九、17别录卷十、18别录卷九、19卷十、20卷十七、21卷十七、22卷十七、23卷十七、24卷十七、26卷十九、27卷九、28卷九、36经济编卷四、37经济编卷四、38经济编卷四、39经济编卷四、40经济集卷四、41经济集卷四

咨六部伸理冀元亨：12别录卷九、13别录卷九、17别录卷十二、18别录卷九、19卷十二、20卷十七、21卷十七、22卷十七、23卷十七、24卷十七、26卷十九、27卷十、28卷十、30卷五、35卷十八、36经济编卷五、37经济编卷五、38经济编卷五、39经济编卷五、40经济集卷五、41经济集卷五

咨南京兵部议处献俘船只（九月初二日）：17别录卷十、19卷十、20卷三十一、21卷三十一上、22卷三十一、23卷三十一、24卷三十一

紫阳书院集序（乙亥）：02卷上、12文录卷四、13文录卷四、14文录卷四、15文录卷六、16文录卷四、17文录卷四、18文录卷四、20卷七、21卷七、22卷七、23卷七、24卷七、25卷五、26卷五、27卷五、28卷五、29卷四、35卷八、36理学编卷四、37理学编卷四、38理学编卷四、39理学编卷四、40理学集卷四、41理学集卷四

自得斋说（甲申）：02卷上、12文录卷四、13文录卷四、14文录卷四、15文录卷六、16文录卷四、17文录卷四、18文录卷四、20卷七、21卷七、22卷七、23卷七、24卷七、25卷七、26卷七、35卷十三

自劾不职以明圣治事疏：20卷二十八、21卷二十八、22卷二十八、23卷二十八、24卷二十八、26卷十二、36经济编卷五、37经济编卷五、38经济编卷五、39经济编卷五、40经济集卷五、41经济集卷五、54卷一

自劾乞休疏（十年时官鸿胪寺卿）：12别录卷一、13别录卷一、17别录卷一、18别录卷一、19卷一、20卷九、21卷九、22卷九、23卷九、24卷九、26卷十一

奏报田州思恩平复疏（七年二月十三日）：12别录卷六、13别录卷六、15文录卷十七、17别录卷六、18别录卷六、19卷六、20卷十四、21卷十四、22卷十四、23卷十四、24卷十四、26卷十六、27卷十二、28卷十二、31卷七、32卷七、33卷二、34卷二、35卷七、36经济编卷六、37经济编卷六、38经济编卷六、39经济编卷六、40经济集卷六、41经济集卷六、55卷三

奏留朝觐官疏（十四年八月十七日）：12别录卷四、13别录卷四、17别录卷四、18别录卷四、19卷四、20卷十二、21卷十二、22卷十二、23卷十二、24卷十二、26卷十四

奏闻宸濠伪造檄榜疏（十四年七月初五日）：12别录卷四、13别录卷四、15文录卷十六、17别录卷四、18别录卷四、19卷四、20卷十二、21卷十二、22卷十二、23卷十二、24卷十二、26卷十四、27卷九、28卷九

奏闻淮王助军饷疏（十四年八月十七日）：12别录卷四、13别录卷四、17别录卷四、18别录卷四、19卷四、20卷十二、21卷十二、22卷十二、23卷十二、24卷十二、26卷十四

奏闻益王助军饷疏（十四年七月三十日）：12别录卷四、13别录卷四、17别录卷四、18别录卷四、19卷四、20卷十二、21卷十二、22卷十二、23卷十二、24卷十二、26卷十四

阻风：12外集卷四、13外集卷四、14外集卷四、15文录卷十四、16外集卷四、17外集卷四、18外集卷四、20卷二十、21卷二十、22卷二十、23卷二十、24卷二十、25卷九、26卷九、33卷六、34卷六、35卷十六、44卷三

醉后歌用燕思亭韵：20卷二十九、22卷二十九、23卷二十九、24卷二十九、44卷四

遵奉钦依行福建三司清查钱粮（五月二十七日）：20卷三十、21卷三十、22卷三十、23卷三十、24卷三十

坐忘言岩问二三子：12外集卷三、13外集卷三、14外集卷三、15文录卷十三、16外集卷三、17外集卷三、18外集卷三、20卷二十、21卷二十、22卷二十、23卷二十、24卷二十、25卷九、26卷九、30卷三、44卷三、52卷一